비평의 집

THE HOUSE OF CRITICISM

지은이

김욱동 金旭東, Kim Wook-dong

한국외국어대학교 영문과 및 동 대학원을 졸업한 뒤 미국 미시시피대학교에서 영문학 석사학위를, 뉴욕주립대학교에서 영문학 박사학위를 받았다. 포스트모더니즘을 비롯한 서유럽 이론을 국내 학계와 문단에 소개하는 한편, 이러한 방법론을 바탕으로 한국문학과 문화 현상을 새롭게 해석하여 주목을 받았다. 현재 서강대학교 인문대학 명예교수다. 문학평론집으로는 『시인은 숲을 지킨다』, 『문학을 위한 변명』, 『문학의 위기』, 『지구촌 시대의 문학』, 『적색에서 녹색으로』, 『부조리의 포도주와 무관심의 빵』, 『문학이 미래다』 등이 있다.

비평의 집

초판발행 2024년 11월 15일

지은이 김욱동

펴낸이 박성모
펴낸곳 소명출판
출판등록 제1998-000017호
주소 서울시 서초구 사임당로14길 15 서광빌딩 2층
전화 02-585-7840
팩스 02-585-7848
이메일 somyungbooks@daum.net
홈페이지 www.somyong.co.kr

ISBN 979-11-5905-983-4 03800
정가 38,000원

비평의 집

THE HOUSE OF CRITICISM

김욱동 지음

시간과 공간을 초월한 영원한 독자가 없는 것처럼

그런 작가도 없는 것이다. 그들은 자신이야 원하거나

말거나 간에 또는 알고 있거나 모르거나 간에

시간과 공간의 그물에 걸려 있는 것이다.

— 김기림金起林

책머리에

이 책은 『문학이 미래다』소명출판, 2018를 출간한 뒤 몇 년 만에 처음 내는 비평집이다. 그동안 문예지를 비롯한 잡지에 실렸던 글과 강연 원고 등을 기초로 하여 묶었다. 지면 제한이나 시간 관계상 미처 다루지 못한 내용은 대폭 보강하고 미진한 부분은 다시 썼다. 물론 이 책을 위하여 새로 쓴 글도 서너 편 있다. 일관된 주제를 가지고 쓴 단행본 저서와는 달라서 이러한 문학비평집은 주제가 산만하기 일쑤다. 그러나 어렴풋하게나마 이 책에 수록한 글에 관류하는 주제가 있다면 몇몇 문학 장르의 특성을 밝혔다는 점에서 찾을 수 있을 것 같다. 예를 들어 모든 문학비평과 연구의 토대가 될 텍스트 비평, 요즈음 들어 부쩍 관심을 받고 있는 자서전의 성격, 그리고 문학 장르의 영원한 수수께끼라고 할 단편소설의 특성이 그러하다.

이 책에서 또 한 가지 눈에 띄는 것은 비교문학이나 상호텍스트성의 관점에서 한국문학 작품을 다룬 글도 네 편이나 실려 있다는 점이다. 특히 이 네 편의 글은 근현대 한국 작가들이 영문학에서 직간접으로 받은 영향을 다룬다. 김남천金南天과 헨리 제임스, 홍성원洪盛原과 어니스트 헤밍웨이, 김원일金源一과 조세희趙世熙와 윌리엄 포크너, 최인호崔仁浩와 J. D. 샐린저를 비교문학적 접근방법으로 다루었다. 그러므로 이 글들은 한국 근현대 작가들이 직간접으로 영문학에서 받은 영향을 다룬 졸저 『한국문학의 영문학 수용, 1922~1954』서강대 출판부, 2023의 연장선에 놓여 있는 셈이다.

이 책의 제사題辭로 삼은 김기림은 일찍이 문학 지망생들에게 주는 글에서 "무릇 기성의 규준을 가지고 사물을 처리한다든지 기성의 개념을 쌓아 올림으로써 그 이론의 체계를 이루어간다고 하면 어느 날 혼란이 올 적에 그것은 하루아침 폐허가 되기 쉽다. 나는 제군의 문학 인식과 이해가 이러한 사상누각이 될까 보아 염려한다"고 말한 적이 있다. 새로운 포도주는 새로운 부대에 담아야 하듯이 문학 작품도 낡은 규준이나 개념이 아니라 시대에 걸맞게 새로운 규준과 개념으로써 연구해야 할 것이다. 이 점에서는 비평도 마찬가지여서 기성의 규준과 개념의 잣대로써 새로운 문학 작품을 제대로 평가할 수 없는 것은 불을 보듯 뻔한 노릇이다. 시대마다 문학 작품을 평가하는 기준은 저마다 조금씩 다르게 마련이다. 가령 지그문트 프로이트의 정신분석 이론이 없었더라면 『햄릿』 비평은 그만큼 초라했을 것이다. 김기림의 말대로 낡은 잣대에 의존하다가는 자칫 비평의 사상누각을 지을지도 모른다. 그래서 나는 이 비평집에 '비평의 집'이라는 제목을 붙였다.

한때 제왕처럼 군림하던 활자 매체는 지금 이미지 매체에 밀려 제대로 기를 쓰지 못한다. 기를 쓰지 못한다는 말로는 부족하고 아예 빈사 상태에 놓여 있다시피 하다. 온갖 화려한 영상 매체가 이제 활자 매체를 밀어내고 그 자리에 이미지 왕국을 건설한 지도 벌써 십여 년이 지났다. 지하철이나 커피숍에서 책을 읽는 젊은이들은 좀처럼 찾아보기 어렵고, 거의 모두가 스마트폰이나 태블릿 PC에 넋이 빠져 있다. 심지어 교통이 번잡한 대로를 걸어가면서도 스마트폰을 들여다보는 젊은이들의 모습을 심심치 않게 보게 된다. 이러다가는 자칫 박물관에서나 책을 찾아볼 수 있을지 모른다고 우려하는 사람들마저 있다.

이러한 '무독無讀'과 '부독不讀'의 시대적 상황에서 책을 출간한다는 것은 여간 큰 사명감과 용기가 없이는 좀처럼 할 수 없는 일이다. 그런데도 이 책의 출간을 흔쾌히 허락해 주신 소명출판의 박성모 대표님께 감사를 드린다. 또한 이 책이 햇빛을 볼 수 있도록 온갖 수고를 아끼지 않은 편집부에게도 이 자리를 빌려 고마움을 표한다.

2024년 가을 해운대에서

김욱동

차례

1
비평의 집

집을 튼튼하게 지으려면 무엇보다도 먼저 집을 세울 땅을 굳게 다져야 한다. 지반이 튼튼하지 않으면 외부 충격에 집이 기울거나 심하면 무너질 수도 있기 때문이다. 이렇듯 집을 지을 때 지반을 다지는 달구질 작업은 건물 구조의 안정성을 얻기 위한 필수 작업이다. 실학파의 학문적 업적을 농정학적인 분야에서 체계적으로 정리한 서유구徐有榘는 『임원경제지林園經濟志』에서 지반 공사의 중요성에 대하여 "집을 짓는 데 기초에 가장 유의해야 한다는 사실을 모르는 사람은 없을 것이다"라고 밝힌다. 그러면서 그는 대臺를 다지는 데도, 주춧돌을 놓는 데도 법도가 있다고 지적한다.

문학비평도 집을 짓는 것과 크게 다르지 않아서 정확하지 않은 텍스트에 의존하여 지은 비평의 집은 쉽게 무너져 내리게 마련이다. 비평의 사상누각을 짓지 않으려면 원본이 정확한지 꼼꼼하게 따져보아야 한다. 후대로 전해 내려오는 과정에서 텍스트가 '오염'되거나 '타락'하지는 않았는가? 원본에 있던 낱말이나 구절이 누락된 것은 없는가? 이와는 반대로 원본에는 없던 낱말이나 구절이 추가된 것은 없는가? 오래된 텍스트일수록 와전될 가능성은 높지만 최근 텍스트라고 무조건 믿었다가는 낭패를 보기 쉽다. 문학 작품을 분석하거나 비평할 때 비평가는 텍스트를 그야말로 '이 잡듯이' 꼼꼼하게 살펴야 한다. 특히 시를 분석하거나 비평할 때는 명사나 동사 같은 실사實辭는 말할 것도 없고 구두점 같은 허사虛辭에도 관심을 게을리 해서는 안 된다.

물 건너 쪽 이야기이기는 하지만 텍스트 비평을 말할 때마다 F. O. 매티슨 교수와 관련한 일화 한 토막은 약방의 감초처럼 비평가들과 학자들의 입에 자주 오르내린다. '에머슨과 위트먼시대의 예술과 표현'이라는 부제를 붙인 『미국의 문예부흥』1941에서 그는 허먼 멜빌의 장편소설 『화이트 재킷』1850을 다루면서 "soiled fish of the sea"라는 구절에 주목한다. 매티슨은 새뮤얼 존슨이 17세기 형이상학파 시인들의 기상奇想과 관련하여 사용한 '조화 속의 부조화'를 언급하며 장황하게 몇 쪽에 걸쳐 그럴듯하게 철학적 해석을 내린다.

그런데 놀랍게도 매티슨이 그토록 주목하는 그 "soiled fish of the sea"라는 구절에서 'soiled'는 'coiled'의 오식임이 밝혀졌다. 19세기 중엽만 하여도 식자공은 글자 하나하나를 뽑아 조판하였다. 식자공은 's' 자를 뽑아야 할 것을 그만 실수로 'c' 자를 뽑고 말았다. 영어에 'coiled'라는 낱말이 없었더라면 금방 오식을 알아차렸을 터지만 이 낱말은 자주 쓰이는 탓에 출판사의 교열 편집자도 그냥 넘어가 버리고 말았다. 오염된 텍스트에 기초하여 논리의 전개한 매티슨은 결국 비평의 사상누각을 세웠던 셈이다.

1

한용운韓龍雲과 윤동주尹東柱와 더불어 일제 식민지시대의 저항 시인으로 유명한 이육사李陸史는 일제 강점기를 거쳐 갔던 수많은 문인들 중에서도 가장 적극적으로 독립운동을 한 인물이다. 39여 년의 생애 동안 옥살이를 무려 17번 했다는 사실만 보아도 그의 애국심과 민족의식이 얼마나 투철한지 쉽게 미루어볼 수 있다. 베이징北京에 머물던 이육사는 1943년 5월 어머니와 큰형의 소상小喪을 위하여 귀국했다가 이 해 6월 동대문경찰서 형사에게 체포되어 베이징으로 압송되고 이듬해 베이징 주재 일본총영사관 교도소에서 안타깝게도 옥사하였다.

동방은 하늘로 다 끗나고
비 한방울 나리잔는 그따에도
오히려 꼿츤 밝아케 되지안는가
내 목숨을 꾸며 쉬임업는 날이며

북쪽 '쓴도라'에도 찬 새벽은
눈속 깁히 꼿 맹아리가 옴작어려
제비떼 까마케 나라오길 기다리나니
마츰내 저버리지 못할 약속이며!

한 바다 복판 용소슴 치는곧

바람결 따라 타오로는 꽃城에는
나븨처럼 醉하는 회상의 무리들아
오날 내 여기서 너를 불러보노라.

이육사의 유고 작품 「꽃」의 전문이다. 육사의 친동생 이원조李源朝가 1945년 12월 이 시를 『자유신문』에 처음 공개하면서 세상에 널리 알려졌다. 작품을 싣고 그 끝에 이원조는 "가형家兄이 41세를 일기로 북경 옥사에서 영면하니 이 두 편의 시는 미발표의 유고가 되고 말았다. 이 시의 공졸工拙은 내가 말할 바가 아니고 내 혼자 남모르는 지관극통至寬極痛을 품을 따름이다. 1945년 11월 18일 사제舍弟 원조源朝 방누放淚 근기謹記"라고 적었다. 이 신문에 발표한 두 편 중 다른 한 편은 그 유명한 「광야」다.

1946년 8월 이원조는 육사가 사망한 지 2년 뒤 「황혼」, 「청포도」, 「절정」을 비롯한 이미 발표한 작품과 「광야」와 「꽃」 같은 유작 20편을 한데 모아 서울출판사에서 『육사 시집陸史詩集』을 간행하였다. 이원조는 발문에서 육사의 요절을 비탄하는 한편 천년 뒤에 백마 타고 오는 초인이 있어 이 노래를 목 놓아 부르게 될 날을 기다리면서 육사 생전의 친우들과 함께 산고散稿를 모아 엮었다고 밝힌다. 이원조는 광복 직후에 임화林和, 김남천金南天, 이태준李泰俊 등과 함께 조선문학건설본부를 결성하고 활동하다가 한국전쟁이 일어나기 전에 월북하였다. 그러자 이육사의 장조카 이동영李東英을 발행자로 하여 1956년 미발표 유고를 포함한 『육사 시집』을 범조사에서 새로이 간행하였다.

1946년의 『육사 시집』의 서문은 신석초申石艸, 김광균金光均, 오장환吳章

煥, 이용악李庸岳 네 사람이 쓰고, 당대의 유명한 화가 길진섭吉鎭燮이 장정을 맡았다. 신석초와 김광균 등은 공동 서문에서 "실생활의 고독에서 우러나온 것은 항시 무형한 동경이었다. 그는 한평생 꿈을 추구한 사람이다. (…중략…) 육신은 없어지고 그의 생애를 조각한 비애가 맺은 몇 편의 시가 우리의 수중에 있을 뿐"이라고 하였다. 이 시집에 수록된 작품들은 구국 항일투쟁으로 신산스러웠던 육사의 생애가 고생물을 간직한 화석처럼 고스란히 남아 있다. 길진섭은 정지용의 시집 『백록담』1941의 장정을 맡아 이 시집을 한껏 빛나게 했던 화가다.

이 『육사 시집』은 겉모습만 보면 어디에 내놓아도 전혀 손색이 없을 만큼 무척 화려하다. 예술주의 문학을 지향하는 시인과 사회주의 문학을 지향하는 네 시인이 마치 궁궐을 지키는 수문장처럼 시집 문 앞에 딱 버티고 서 있을 뿐 아니라 당시 내로라하는 화가가 실내장식을 맡고 있다. 그러나 막상 집 안으로 들어가 실내를 좀 더 자세히 들여다보면 안타깝게도 여기저기 부실 공사의 흔적이 드러난다.

김용직金容稷은 방금 앞에 언급한 『자유신문』에 실린 이원조의 글에 대하여 '至寬極痛'이 '至寃極痛'의 오식이므로 바로잡아야 한다고 지적한다. 그러면서 김용직은 "그 이후에 나온 많은 이육사론에서도 이에 대한 언급은 없었다. 그 문맥으로 보아 이 부분은 이원조가 육사의 죽음에 대해 지극한 아픔과 분함을 말하고자 한 것이다. 그렇다면 '極痛' 앞에는 '寬' 자가 쓰인 것이 아니라 '寃' 자가 쓰였을 것이다"라고 말한다. 그의 지적대로 식자공이 부주의하여 '寃' 자를 뽑는다는 것을 그만 '寬'로 잘못 뽑고 말았다.

그러나 김용직은 이렇게 이원조의 글 중에서 틀린 것을 제대로 지적하면서도 막상 그보다 훨씬 더 중요한 이육사의 작품 안의 오자는 그만 놓치고 말았다. 비유적으로 말하자면 그는 행랑채의 부실 공사만 지적할 뿐 본채의 부실 공사는 전혀 언급하지 않았다. 『자유신문』에 실린 「꽃」에서 첫 연의 4행 "내 목숨을 꾸며 쉬임업는 날이며"에서 '날이며'는 '날이여'의 오식이고, 둘째 연의 4행 "마츰내 저버리지 못할 약속이며!"에서도 '약속이며'는 '약속이여'의 오식이다. 웬만한 편집자나 비평가라면 한 연이 서술형 조사 '-이며'로 끝나는 것을 이상하게 여겼을 것이다. 더구나 둘째 연에서는 아예 느낌표가 찍혀 있어 누가 보아도 감탄이나 호소의 뜻이 담긴 격조사가 틀림없다고 생각하여 '약속이여!'로 수정했을 것이다.

이 두 구절 '날이며'나 '약속이며'보다 훨씬 더 심각한 문제는 첫 연 2행 "비 한방울 나리잔는 그따에도"라는 구절이다. 안타깝게도 이원조는 『육사 시집』을 간행하면서 텍스트 비평을 거치지 않고 육사의 시를 수록하였다. 「꽃」의 1연 2행이 『자유신문』에 처음 발표될 때는 "비 한방울 나리잔는 그따에도"로 되어 있었다. 그러나 『육사 시집』에 수록되면서는 어찌 된 일인지 "비 한방울 나리 잖는 그때에도"로 잘못 표기되었다.

김용직은 '민족시인 이육사 탄생 100주년 기념'으로 『이육사 전집』깊은샘, 2004을 출간하면서 아무런 텍스트 비평도 거치지 않고 『육사 시집』에 실린 그대로 첫 연을 "동방은 하늘도 다 끝나고 / 비 한방울 나리잖는 그때에도 / 오히려 꽃은 빨갛게 피지 않는가 / 내 목숨을 꾸며 쉬임없는 날이여"로 표기하였다. 어수선한 해방기에서 나온 『육사 시집』은 그렇다고 치더라고 21세기에 '민족시인 이육사 탄생 100주년 기념'으로 출간한 『이육사 전집』에 이르러서도 이렇게 여전히 오자가 그대로 반복된다는 것은 좀처럼 납득하기 어렵다. 그나마 다행인 것은 김용직이 '날이며'를 '날이여'로, '약속이며!'를 '약속이여!'로 수정했다는 점이다.

'그따에도'에서 '따'는 때[時]가 아니라 땅[地]을 뜻하는 옛말이다. 저 옛날 서당에서 학동들이 천자문을 배울 때 목청 높여 외우던 첫 구절 "하늘 천天, 따 지地, 검을 현玄, 누루 황黃" 할 때의 바로 그 '따'다. 「월인천강지곡月印千江之曲」의 "하ᄂᆞᆯ토 뮈며 ᄯᅡ토 뮈더니하늘도 움직이고 땅도 움직이니"에 나오는 'ᄯᅡ'가 바로 그것이다. 성삼문成三問의 "首陽山 ᄇᆞ라보며 夷齊를 恨하노라 / 주려 주글진들 採薇도 ᄒᆞᄂᆞᆫ 것가 / 비록애 푸새엣거신들 긔뉘ᄯᅡ헤 낫ᄃᆞ니"에서 종장 '긔뉘ᄯᅡ헤'의 그 'ᄯᅡ'도 마찬가지다. 20세기 초엽에 발간된 문헌에도 '따'라는 말이 가끔 나타나는 것을 보면 이 낱말이 '땅'에게 완전히 밀려난 것은 시기적으로 그렇게 오래된 것 같지 않다. '그따에도'는 같은 날 『자유신문』에 실린 「광야」와 비교해 보면 그 의미가 좀 더 뚜렷하게 드러난다.

까마득한 날에
하늘이 처음 열리고
어데 닭 우는 소리 들렷스랴

모든 山脈들이
바다를 戀慕해 **휘달릴때도**

참아 이곧을 犯하든 못하였으리라

끊임없는 光陰을
부지런한 季節이 픠여선 지고
큰 江물이 비로소 길을 연열엇다

지금 눈 나리고
梅花香氣 홀로 아득하니
내 여기 가난한 노래의 씨를 뿌려라

다시 千古의 뒤에
白馬타고 오는 超人이 있어
이 廣野에서 목노아 부르게 하리라

시간의 어떤 순간이나 부분을 가리키는 경우에는 '따'가 아닌 '때'를 사용한다. 중세 한국어에서는 이중모음인 [aj]로 소리가 났던 것이 18세기에서 19세기 사이에 단모음 [ɛ]로 바뀐 것으로 보아도 15세기에는 '따'와 '때'를 애써 구분하려고 했음을 알 수 있다. 육사가 「광야」에서 사용하는 시어는 거의 대부분 시간과 관련한 것들이다. 가령 '까마득한 날'을 비롯하여 '광음', '계절', '천고' 등이 이러한 경우를 보여 주는 좋은 예다. 한마디로 공간적 개념인 '따'와 시간적 개념인 '때' 사이에는 그야말로 하늘과 땅만큼 큰 차이가 난다.

'ᄯᅡ따'와 'ᄯᅢ때'의 차이점을 가장 뚜렷이 엿볼 수 있는 작품은 안서岸曙 김억金億의 「이별」이다. 1914년 그는 '돌샘'이라는 필명으로 재일본동경유학생학우회에서 그 기관지로 펴내던 잡지 『학지광學之光』 3호에 이 작품을 처음 발표하였다. 이 시는 신체시에서 근대시로 이행하는 데 징검다리 역할을 한 작품이다.

> 느진 가을의 찬 밝은 달은
> 그 광명의 빗을 대지의 일면에 던지여서
> 모든 것이 적막헌 중에서 휴식허는 듯허다.
> **ᄯᅢ는** 쉬지 안이허고 운전을 계속허는데
> ᄯᅥ나기를 슯허허는 두 사람, 그리워허는 두 사람
> 울며 보며 보며울며, 비애의 흐름이 **ᄯᅡ를** 적신다.
> 맘을 압흐게 하는 무형무취의 설음의 칼날은
> 가슴에 ᄲᅮ리굿은 생명줄을 ᄭᅳᆫ는 것 갓치
> 그들은 오열허며, 생각하야, 鐵杖갓치 섯슴ᄲᅮᆫ이다.

4행의 "ᄯᅢ는 쉬지 안이허고"에서 'ᄯᅢ'는 시간을 뜻하고, 6행의 "비애의 흐름이 ᄯᅡ를 적신다"에서 'ᄯᅡ'는 다름 아닌 땅을 뜻한다. 'ᄯᅢ'는 만추의 하늘에 떠 있는 밝은 달의 운행과 관련 있는 반면, 'ᄯᅡᆼ'은 사랑하는 두 연인이 헤어지며 흘리는 눈물이 떨어져 적시는 대지다. 그런데 'ᄯᅡ'와 'ᄯᅢ'의 두 낱말은 'ㅣ' 모음 하나 차이로 이렇게 그 의미가 크게 달라진다.

이 'ᄯᅡ'라는 낱말은 평안북도 정주의 오산학교 동문으로 김억과 가깝게 지낸 김여제金輿濟의 「만만파파식적을 울음」에서도 엿볼 수 있다. 오산학교에서 평생의 스승 춘원春園 이광수李光洙를 만난 김억과 김여제는 서로 격려하며 문학 활동을 하였다. 김억과 비교하여 문학 활동보다는 독립 운동에 온힘을 기울인 김여제는 그동안 시인으로 제대로 평가받지 못해 오다가 최근에 이르러서야 주목받기 시작하였다. 이 작품은 『삼국유사』와 『삼국사기』에 기록된 만파식적의 전설을 소재로 쓴 것이다. "천고의 遺恨. / 咀呪의 싸. / 눈물가진 者 그 누구냐? / 아아 萬萬波波息笛"의 2행 '저주의 싸'에서의 그 '싸'가 다름 아닌 땅을 가리킨다.

이렇듯 이육사가 「꽃」에서 구사하는 '싸'는 땅을 의미한다는 것은 새삼 말할 필요조차 없다. 이 작품의 시적 화자에게 일본 제국주의가 태평양전쟁의 막바지를 향하여 치닫던 무렵 식민지 조선은 비 한 방울 내리지 않는 척박한 황무지와 다름없었다. T. S. 엘리엇이 『황무지』1922에서 "죽은 나무는 아무런 피난처도, 귀뚜라미는 아무런 위안도 주지 못하고, 메마른 돌에는 물소리도 들리지 않는다"고 노래하면서 제1차 세계대전 이후의 서구 문명을 황무지에 빗댄 것과 비슷하다. 그러나 시적 화자는 아무리 일제 강점기에 혹독한 시련과 역경을 겪으면서도 결코 절망하지 않는다. 북극해 연안의 동토 지대인 툰드라 같은 극한 상황에서도 꽃망울이 싹트고 봄이 되면 어김없이 강남에서 제비가 찾아오듯이 한반도에도 광복의 날이 오리라고 굳게 믿기 때문이다.

2

한국의 근현대 시인 중에서 정지용鄭芝溶만큼 문학 텍스트의 오자와 탈자에 주목한 사람도 찾아보기 쉽지 않다. 그는 「교정실」이라는 수필에서 오자와 탈자와 관련하여 이렇게 불만을 털어 놓은 적이 있다.

> 귀또리도
>
> 흠식한 양,
>
> 옴짓 아니
>
> 귄다
>
> — 의 '옴' 자가 거꾸로 서고 보니까, '옴짓'이 '뭉짓'으로 되었습니다. — 『조광朝光』 11월호 拙詩 「玉流洞」의 末節 — 사람도 거꾸로 서면 우스운데, '옴짓'이 '뭉짓'으로 되고 보니 귀또리 같은 귀염성스런 놈도 징하게 되었습니다. 내 「愁誰語」에는 미스프린트 天地가 되어서 속이 상해 죽겠습니다.

정지용이 말하는 「수수어」란 1937년 2월 그가 『조선일보』에 연재한 일련의 산문을 말한다. 그는 뒷날 『지용문학독본』박문출판사, 1948을 출간하면서 이 글을 수록하였다. 이 책에 대하여 정지용은 "남들이 시인, 시인하는 말이 너는 못난이 못난이 하는 소리같이 좋지 않았다. 나도 산문을 쓰면 쓴다. 태준 만치 쓰면 쓴다는 변명으로 산문 쓰기 연습으로 시험한 것이 이 책으로 한 권은 된다. 대개 '수수어'라는 이름 아래 신문 잡지에 발표되었던 것들이다"라고 말한다. 일제 강점기에 문인들 사이에는 '시에는 지용, 문장에는 태준'이라는 말이 널리 퍼져 있을 만큼 두 사람은 식민지 조선 문단을 대표하는 문인이었다. 그러나 정지용은 시에 만족하지 않고 이태준의 산문에 도전하려고 하였다. 어찌 되었든 정지용은 『조광』 같은 잡지에서 『조선일보』 같은 일간신문에 이르기까지 오자와 타자가 무척 많이 눈에 띄는 것이 늘 불만이었다.

담장이
물 들고,

다람쥐 꼬리
숱이 짙다.

산맥 우의
가을 길—

이마바르히
해도 향그롭어
지팽이
자진 마짐

흰들이

우놋다.

白樺 훌훌
허울 벗고,

꽃 옆에 자고
이는 구름,

바람에
아시우다.

정지용이 『청색지青色紙』 2호1938.8에 처음 발표한 「비로봉 2」 전문이다. 이 작품은 정지용이 서구의 이미지즘이나 모더니즘을 뛰어넘어 한국의 오랜 시적 전통에 기반을 둔 산수시의 경지를 개척한 작품으로 흔히 평가받는다. 1936년 8월 하순 정지용은 절친한 친구요 문학적 동지인 박용철朴龍喆과 함께 금강산에 다녀온 뒤 이 작품을 썼다. 금강산 여행과 관련하여 정지용은 "한햇여름 8월 하순 다가서 금강산에 간 적이 있었으니 남은 高麗國에 태어나서 금강산 한번 보고지고가 願이라고 이른 이도 있었거니 나는 무슨 福으로 고려에 나서 금강을 두 차례나 보게 되었든가"라고 말한 적이 있다. "고려국에 태어나 금강산을 한번 보았으면願生高麗國 一見金剛山" 하고 노래한 사람은 송나라 시인 소동파蘇東坡였다.

그런데 5연 "흰들이 / 우놋다"라고 노래하는 대목에 이르러 고개를 갸우뚱하게 된다. 금강산의 최고봉인 비로봉에 흰 들이 놓여 있다는 것부터가 이치에 맞지 않기 때문이다. 아니나 다를까 '들'은 '돌'의 오식임이 드러났다. 바로 앞의 연 "지팽이 / 자진 마짐"과 바로 "흰들이 / 우놋다"의 '우놋다'를 보면 화자는 지금 등산용 지팡이로 땅을 내리치며 험난한 산에 오르고 있고, 산길의 돌들이 지팡이를 맞고 울음소리를 내고 있다.

'흰들'이 '흰돌'의 오식임은 정지용이 뒷날 금강산 여행에 대하여 언급하는 것을 보아도 알 수 있다. 「수수어 3-2」에서 그는 "한 더위에 집을 떠나온 것이 산 위에는 이미 가을 기운이 몸에 스미는 듯하더라. 순일을 두고 산으로 골로 돌아다닐 제 얼은 것이 심히 많았으니 나는 나의 해골을 조촐히 골라 다시 지니게 되었던 것이다. 설령 흰돌 위 흐르는 물깃에는 꽃같이 스러진다 하기로소니 슬프기는 새레 자칫 아프지도 않을 만하게 나는 산과 화합하였던 것이매 무슨 괴조조하게 시니 시조니 신음에 가까운 소리를 했을 리 있었으랴"라고 말한다. 비록 계곡에 흐르는 물을 언급하는 대목이지만 비로봉에 오를 때 지팡이로 내리치던 그 '흰돌'과 크게 다르지 않다.

정지용이 『청색지』에 처음 발표할 때만 하여도 '흰돌이'로 표기되어 있었지만 『백록담』문장사, 1941에 수록할 때 식자공의 잘못으로 그만 '흰들이'로 둔갑하고 말았다. 김학동金澤東은 『정지용 전집』민음사, 1988을 편집하면서 『백록담』의 오류를 그대로 반복하였고, 권영민權寧珉은 『정지용 전집』민음사, 2016을 다시 편집하면서 오류를 바로잡았다. 대니얼 A. 키스터는 김학동이 편집한 『정지용 전집』을 저본으로 삼아 이 작품을 영어로 번역하면서 "White fields / Laugh"로 옮겨놓았다. 키스터는 '흰 돌'을 '흰 들'로 번역한 것으로도 모자라 '울다'를 뜻하는 고어 '우놋다울다'를 '웃다'로 잘못 이해하여 어처구니없이 번역하고 말았다.

수박냄새 품어 오는
첫녀름의 저녁 때 ……

먼 海岸 쪽
길옆나무에 느러 슨
電燈. 電燈.
헤엄처 나온듯이 깜박어리고 빛나노나.

沈鬱하게 울려 오는
築港의 汽笛소리 …… 汽笛소리 ……
異國情調로 퍼덕이는
稅關의 旗ㅅ발. 旗ㅅ발.

세멘트 깐 人道側으로 사폿 사폿 옴기는
하이한 洋裝의 點景!

그는 흘러가는 失心한 風景이여니 ……
부즐없이 오랑쥬 껍질 씹는 시름 ……

아아, 愛施利 · 黃!

그대는 上海로 가는구려 ……

위 작품은 1926년 6월 정지용이 도시샤同志社대학 재학 중 재경도조선유학생학우회에서 간행한 잡지 『학조學潮』 창간호에 처음 발표한 「슬픈 인상화」 전문으로 『정지용 시집』시문학사, 1935(초판); 건설출판사, 1946(재판)에서 뽑았다. 권영민이 편집한 『정지용 전집』에서도 이렇다 할 텍스트 비평을 거치지 않은 채 『정지용 시집』 그대로 "아아, 애시리愛施利 · 황黃! / 그대는 상해로 가는구료 ……"로 표기하였다. 다만 『정지용 시집』과 『정지용 전집』에서 차이가 있다면 '가는구려'가 '가는구료'로 감탄 종결어미가 조금 달라졌을 뿐이다. 그러나 『학조』에 실린 이 작품의 마지막 연은 다음과 같이 표기되어 있다.

아아, 愛利施 · 黃!

그대는 上海로 가는구료 ……

여러 정황으로 미루어보아 『학조』에 표기된 대로 '애리시앨리스'가 맞고 『정지용 시집』이나 김학동과 권영민이 편집한 『정지용 전집』의 '애시리애슐리'는 틀리다. '애시리앨리스'는 영어 이름 'Ashley'의 일본어 표기법이고, '애리시앨리스'는 역시 'Alice'의 일본어 표기법이다. 전자는 16세기부터 최근까지 남성 이름으로 사용되어 왔다. 그러다가 마거릿 미첼이 『바람과 함께 사라지다』1939에서 스칼렛 오해러가 그토록 사랑하던 남성의 이름으로 사용하면서 '애슐리'라는 이름이 부쩍 많이 쓰이기 시작하였다. '애슐리'라는 이름이 남녀 공용으로 쓰이기 시작한 것은 그로부터 몇십 년 뒤 비로소 1960년대에 이르러 미국에서였다. 그러나 미국에서조차 '애슐리'는 여전히 여성 이름보다는 남성 이름으로 훨씬 자주 쓰인다.

60대 넘은 사람 중에는 아마 「황성荒城 옛터」 또는 「황성의 적跡」이라는 대중가요를 기억하는 사람이 많을 것이다. "황성 옛터에 밤이 되니 월색만 고요해 / 폐허에 서린 회포를 말하여 주노라." 일제 강점기에 식민지 조선인들은 이 노래를 듣고 부르며 망국의 서러움에 눈시울을 적셨다. 아니나 다를까 조선총독부는 이 노래의 확산을 막으려고 이를 금지곡으로 지정하였다. 그런데 이 노래를 부른 여가수 이름이 다름 아닌 이애리수李愛利秀였다. 그녀의 본명은 이음전李音全이었지만 영어 이름 '앨리스'를 예명으로 삼아 '애리수'로 표기하였다. 당시 일본에서도 영국 작가 루이스 캐럴의 아동소설 『이상한 나라의 앨리스』1865가 1908~1909년 메이지 41~42 『아리스 이야기アリス物語』라는 제목으로 번역되어 처음 소개된 뒤 1927년쇼와 2에 유명한 두 소설가 기쿠지 칸菊池寛과 아쿠타가와 류노스케芥川龍之介가 함께 다시 번역하면서 '아리스'라는 이름이 널리 알려지기 시작하였다.

「슬픈 인상화」에서 시적 화자는 지금 기적소리가 "침울하게 울려오는" 초여름 저녁녘 세관 건물에 "이국적 정조로" 깃발이 나부끼는 어느 항구에 와 있다. 모르긴 몰라도 아마 화자는 지금 항구 근처의 카페 같은 곳에 앉아 심란한 기분으로 바깥 풍경을 바라보고 있을 것이다. 여러 정황으로 미루어보면 화자는 상하이로 떠나는 황이라는 인물을 배웅하러 항구에 나온 것임이 틀림없다. "시멘트 깐 인도 측으로 사폿 사폿 옮기는 / 하이얀 양장의 점경!"이라고 노래하는 것은 보면 상해로 떠나가는 '그대'는 여성으로 볼 수밖에 없다. 바로 그 다음 연 "그는 흘러가는 실심한 풍경이어니 ……"에서 '그는'이라는 삼인칭 대명사에 속아 넘어가서는 안 된다. 지금도 더러 그러하지만 일제 강점기에는 더더욱 삼인칭 대명사 '그는'은 성별에 관계없이 남녀 모두에 두루 쓰였다. 여기서 '그는'은 '그대'와 동일한 인물이다. 그렇다면 '황'의 이름은 남성 이름으로 널리 쓰이는 '애슐리'보다는 여성 이름인 '앨리스'로 보는 쪽이 논리에 맞다.

한편 이 작품의 시적 화자를 남성으로 간주하는 데는 그럴 만한 까닭이 또 하나 있다. 화자는 지금 '그대'를 낯선 땅으로 떠나보내며 '부즐없이' 오렌지 껍질을 씹고 있다. 그런데 정지용은 『학조』에 「슬픈 인상화」를 발표한 데 이어 같은 잡지 2호1927.6에 「가모가와鴨川」를 발표하였다. 그 뒤 그는 이 작품을 조금 수정하여 『시문학』 창간호에 「교토가모가와京都鴨川」라는 제목으로 다시 발표하였다. 『시문학』에 실린 작품의 마지막 두 번째 연은 이렇게 되어 있다.

> 수박냄새 품어오는 저녁 물ㅅ바람.
> 오랑쥬 껍질 씹는 젊은 나그네의 시름

정지용은 이 구절에 「슬픈 인상화」의 첫 연 "수박냄새 품어 오는 / 첫 녀름의 저녁 때 ……"와 다섯째 연 "그는 흘러가는 실심한 풍경이어니…… / 부즐없이 오랑쥬 껍질 씹는 시름……"을 거의 그대로 옮겨놓다시피 하였다. 그러므로 「슬픈 인상화」의 시적 화자는 「교토가모가와」의 화자처럼 '젊은 나그네'임이 틀림없다. '나그네'는 '눈치'처럼 좀처럼 외국어로는 옮길 수 없는 한국어에 고유한 낱말이다. '(집을) 나가다'와 사람을 뜻하는 '-네'를 결합하여 만든 이 낱말은 『능엄경언해楞嚴經諺解』에는 '나ᄀᆞ내'로, 『월인석보月印釋譜』에는 '나그내'로 표기되어 있다. 여성에게는 좀처럼 사용하지 않고 정처 없는 이곳저곳을 떠도는 남성을 가리키는 것이 보통이다.

정지용은 「슬픈 인상화」를 1927년 3월 당시 일본의 대표적인 시인이요 동요작가, 가인歌人으로 일본 근대문학에 큰 족적을 남긴 기타하라 하쿠슈北原白秋가 주재하던 『긴다이후케이近代風景』에 일본어로 번역하여 다시 발표하였다. 문제되는 행은 다음과 같다.

> ああ 愛利施・黃!
> 彼の女は上海に行く

지금도 마찬가지이지만 당시 관행이던 세로쓰기로 된 '愛利施・黃'이라는 한자어 옆에는 가타카나片仮名로 'エリシ フワン'이라고 표기해 놓았다. 그렇다면 무슨 까닭에서인지는 몰라도 지금 '愛利施・黃'은 시적 화자를 식민지 조선에 남겨두고 여객선을 타고 상하이로 떠나간다. 그렇다면 이 여성의 이름은 '애슐리'보다는 '앨리스'로 간주하는 것이 합리적 추론이다.

권영민은 정지용 작품의 '정본'을 확립하려는 야심찬 의도에서 『정지용 전집』을 편집하면서 '애리시·황' 대신 '애시리·황'으로 표기하였다. 그것은 『학조』나 『긴다이후케이』에 실린 작품을 따르지 않고 아마 『정지용 시집』이나 김학동이 편집한 『정지용 전집』을 따랐기 때문일 것이다. 김학동의 『정지용 시집』에도 "아아, 愛施利·黃! / 그대는 상해로 가는구료 ……"로 표기되어 있다. 정지용이 꼼꼼히 직접 교정을 보았을 터인데도 이 구절은 그의 예리한 눈에서 살짝 비켜간 것 같다. 정지용 언어 구사에 대하여 이양하李敭河는 "말의 비밀을 알고 말을 휘잡아 조종하고 구사하는 데 놀라운 천재를 가진 시인"이라고 칭찬해 마지않는다. 더구나 박용철을 비롯하여 시문학사에서는 이 시집 출간에 온 정성을 기울였다. 그런데도 '愛利施·黃'이 '愛施利·黃'으로 표기된 것을 보면 오식을 잡아내기란 무척 힘들다는 사실을 절감하게 된다. 정지용이 이 작품을 『정지용 시집』에 수록하면서 『학조』에 실린 구절을 고쳤다기보다는 아무래도 인쇄공의 실수로 빚어진 착오를 정지용이 바로잡지 못했다고 보는 쪽이 타당하다.

김학동도 『학조』에 실린 작품을 저본을 삼았다고 밝히면서도 막상 작품에서는 "아아, 愛施利·黃!"으로 표기하였다. 김용권金容權도 지적하듯이 김학동은 『정지용 전집』을 편집하면서 『학조』에 실린 내용을 잘못 옮겨 적은 것이 틀림없다. 최동호崔東鎬가 편찬한 『정지용 사전』2003에도 '애리시 황'에 관한 항목은 없고 오직 '애시리 황' 항목이 있을 뿐이다. 이 항목에서 "'애시리'는 서구 여성 이름으로 많이 쓰이는 Ashley의 한자식 표기"이숭원로 풀이되어 있다.

원전 비평과 직접 관련한 문제는 아니지만 「슬픈 인상화」에서 사용한 '점경'이라는 낱말도 잠깐 짚고 넘어가는 것이 좋을 것 같다. 한 비평가는 모더니즘과 형식주의에 관심을 기울인 정지용이 영화의 카메라 기법을 사용한다고 지적한다. 독자는 이 작품을 읽으면서 원경에서부터 점차 근경으로 가까워지는 카메라의 렌즈를 의식한다고 주장한다. 시적 화자의 시선이 먼 데서부터 점차 가까워지다가 하얀 양장 차림의 젊은 여성에 멈추어 클로즈업되고 난 뒤 다시 화자의 상상이나 상념 속으로 옮아간다는 것이다. 그 비평가는 아마 "하이한 양장의 점경!"이라는 구절에서 힌트를 얻어 원근법을 생각해 낸 것 같다. 그러나 '점경'은 멀리 점점이 이루어진 경치를 의미하지만 산수화에서 사람이나 동물 또는 사물 따위를 화면의 곳곳에 그려 넣는 기법을 일컫기도 한다. 이 작품에서 정지용은 작품 제목에서도 알 수 있듯이 후자의 의미로 사용하였다.

'점경'이라는 낱말은 일제 강점기에 활약한 시인과 소설가에게 각별할 의미가 있었던 것 같다. 예를 들어 이태준의 단편소설 중에는 「점경」이라는 작품이 있다. 그는 이 작품에서 비천한 어린이의 눈에 비친 어른들의 모습을 설득력 있게 그린다. 이렇듯 그는 식민지시대의 그늘 속에서 살아가는 희미한 존재들을 즐겨 소재로 다루었다. 그가 그리는 인물들은 대부분 '점경'처럼 좀처럼 보이지 않을 만큼 보잘 것 없는 존재들이지만 하나같이 인간미의 소유자들이다. 수필가로 널리 알려진 이양하도 "鋪道가에 조그만 언덕 / 언덕 위에 실버들 하나 / 흰 냉이 꽃이 하나 둘"로 시작하는 「점경」이라는 시를 썼다. 이 작품에서도 그는 정지용이 「슬픈 인상화」에서 사용한 바로 그 의미로 '점경'을 사용한다.

3

그립다
말을할까
하니 그려워

그냥갈까
그래도
다시 더한번

져山에도 가마귀, 들에 가마귀
西山에는 해진다고
지저귑니다.

앞江물 뒷江물
흐르는 물은
어서따라오라고 따라가쟈고
흘너도 년다라 흐릅듸다려.

김소월金素月의 「가는 길」 전문이다. 김소월은 이 작품을 『개벽』 40호 1923.10에 처음 발표하였다. 1923년이라면 김소월이 시작 활동을 가장 왕성하게 하던 시기다. 그런데 이 작품에서 오자나 탈자를 찾아내기란 마치 모래밭에서 바늘을 찾아내는 것처럼 무척 어렵다. 무척 어려운 것이 아니라 아예 불가능하다고 하여도 크게 틀리지 않다. 「가는 길」은 『개벽』에 처음 발표할 때부터 올해로 정확히 100년이 지난 작품으로 지금까지 마침법 개정에 따라 표기법은 조금 달라졌어도 원문의 내용은 조금도 달라지지 않았다.

「가는 길」은 김소월이 살아 있을 때 편찬해 출간한 『진달내꼿』매문사, 1925에 수록되어 있다. 그가 요절한 뒤 그의 스승 안서 김억이 『소월시초』박문출판사, 1939를 출간하면서 무슨 이유에서인지는 몰라도 이 작품을 수록하지 않았다. 그 뒤 『정본 김소월시집』정음사, 1955을 비롯한 여러 시집과 전집이 우후죽순처럼 쏟아져 나오면서 이 작품이 다시 수록되면서 그동안 소월의 대표작 중의 하나로 평가받아 왔다.

김용직은 『김소월 전집』서울대 출판부, 1996을 펴내면서 「가는 길」에 대하여 "음성 구조에 기능적인 소월 시 가운데도 가장 그 특성이 잘 드러나는 시다"라고 지적하였다. 그러면서 그는 계속하여 "1·2연의 3음절 명사어의 종결과 제3연의 다소 유화된 말씨, 그리고 그에 이른 제4연의 호응과 종결이 매우 인상적이다"라고 주장한다. 그러면서도 그는 이 작품 텍스트에 오류가 있을 가능성에 대해서는 추호도 의심하지 않는다.

「가는 길」의 첫 연 3행 "그렵다 / 말을할까 / 하니 그려워"라는 구절을 다시 한 번 찬찬히 읽어보자. '그렵다'니 '그려워'니 하는 말은 평안도 사투리로 표준어로 바꾸면 '그립다'나 '그리워'에 해당한다. 김소월은 순수 토착어뿐 아니라 그가 태어나 자란 평안도 정주지방에서 주로 사용하는 지방 사투리도 즐겨 사용하였다.「진달래꽃」의 '즈려밟고'나「접동새」의 '불설워'처럼 '그렵다'도 평안도 사투리 중의 하나다.

「가는 길」을 좀 더 정확히 이해하려면 무엇보다도 먼저 시적 화자와 시적 상황을 알아보아야 한다. 이 작품의 시적 화자는 '님'을 떠나보낸 사람이다. 화자는 여성일 수도 있고 남성일 수도 있지만 시어나 어조로 보면「진달래꽃」의 화자처럼 여성일 가능성이 좀 더 크다. 제목에서도 분명히 드러나듯이 지금 화자는 어디로 가는 길에 님이 사는 집 앞 길을 지나가고 있다.

그런데 문제는 님의 집 앞을 지다나가던 화자가 이별한 님이 그렵다고 말을 할까 생각하니 갑자기 그리워진다고 진술하는 데 있다. 무슨 말을 할까 하고 생각하니 문득 어떤 행동을 하고 싶어진다고 말하는 것은 김소월의 시적 상상력에는 무척 낯설다. 비단 김소월뿐 아니라 어떤 시인도 막상 누군가가 그렵다고 생각하니 실제로 그리워지더라고는 말하지 않을 것이다. 그런데도 지금껏 어떤 학자나 비평가도 이 구절에 오식이 있을 가능성을 조금도 염두에 두지 않은 채 당연한 것으로 받아들이면서 그럴 듯한 해석을 내놓았다. 예를 들어 한계전韓啓栓은「가는 길」에 대하여 "시적 화자는 이별 상황에 놓여 있다"고 말한 뒤 시적 화자의 성격을 이렇게 평가한다.

그는 그리워하면서도 평소에는 '그렵다'는 말조차 못하는 여린 성격의 소유자이다. '그렵다'라는 말을 할까 하고 마음속에 되뇌어 보는 순간 마음속에 고여 있던 그리움이 새삼 절실하게 밀려온다. 이 시는 이별의 상황에서 느끼는 그리움과 망설임, 그리고 아쉬움이라는 미묘한 심리를 간결한 표현과 율동감 있는 언어와 여성적 어조를 통해 잘 드러내고 있다.

시적 화자가 '그립다'라고 말을 할까 하고 마음속에 되뇌어 보는 순간 마음속에 고여 있던 그리움이 새삼 절실하게 밀려온다고 주장한다는 점에서는 김재홍金載弘도 크게 다르지 않다. 이 작품을 지속과 중단, 변화의 원리로 해석하는 김재홍은 "1연은 '그립다', '말을 할까'중단, '하니 그리워'변화라는 세 가지 감정의 기복을 보여 준다고 지적한다. 이것은 그리움이라는 지속적인 감정이 겪는 갈등의 표출이면서, 동시에 사랑의 본질적인 모습이 된다"라고 주장한다.

한편 김흥규金興圭는 『한국 현대시를 찾아서』에서 이보다 한 발 더 나아가 마음속에 움직이는 감정은 논리적인 생각과 달라서 자기 스스로도 그 모습이나 크기를 잘 알지 못하는 경우가 있다고 지적한다. 그러면서도 그러한 구체적적인 실례를 「가는 길」의 첫 연에서 찾는다.

'그립다 말을 할까 하니 그리워'라는 구절은 얼핏 생각하기에 시에나 있을 법한 이상한 말 같기도 하다. 그러나 그것이 어찌 시에서만 있을 수 있는 경험이겠는가? 이 구절에서 '그립다'라는 말을 하려고 마음먹게 하는 것은 물론 마음속에 자리 잡은 그리움이다. 즉 그리움이 먼저 있고 그립다는 말이 나중에 있는 것이다. 그러나 일단 '그립다'라는 말을 할까 하고 생각하는 순간 마음속에 고여 있던 그리움은 갑작스런 바람을 만난 물결처럼 출렁이며 일어난다. 즉 '그립다'라는 말을 생각하는 순간 그 때까지 어렴풋하던 그리움은 새삼 절실하게 또렷한 모습으로 살아나는 것이다.

김홍규는 김소월이 사용한 "그렵다 / 말을할까 / 하니 그리워"라는 첫 구절이 "얼핏 생각하기에 시에나 있을 법한 이상한 말 같기도 하다"라고 지적한다. 그러나 이러한 구절은 일상생활에서는 말할 것도 없거니와 시에서조차 '있을 법한' 진술로 볼 수 없다. 김홍규는 김소월처럼 몇 마디 되지 않는 간결한 시어로 이처럼 섬세하게 "그리움과 망설임이 뒤섞인 상태"를 표현하기란 그렇게 쉽지 않은 일이라고 결론짓는다.

심지어 최근 외국문학비평을 전공한 한 연구자는 「가는 길」을 해석하는 데 최근 부쩍 관심을 받는 미국 철학자 브라이언 마수미의 '정동情動' 이론을 끌어들인다. 정동 이론affect theory을 한마디로 요약한다면 인간의 언어는 감정에 선행한다는 주장이다. 이 이론에 따르면 인간에게 감정이 생기는 것은 다름 아닌 언어 표현 때문이다. 「가는 길」의 시적 화자가 그렵다고 말을 하려는 순간 문득 님을 보고 싶은 감정이 생기는 것은 바로 언어 표현 때문에 가능하다는 것이다. 마수미는 언어 표현이 없는 사건이나 상황은 비록 겪어도 경험이 될 수가 없다고 주장한다.

그런데 만약 "그렵다 / 말을할까 / 하니 그려워"에서 만약 '하니'가 '아니'의 오식이라면 어떻게 될까? 그동안 비평가들이나 학자들은 비평의 사상누각을 쌓았다고 할 수 있다. 원본 비평에서는 외적 증거가 불충분하거나 없으면 내적 증거를 찾도록 요구한다. 텍스트 안에 모순되거나 상충되는 부분이 바로 내적 증거다. 『개벽』에 발표할 때부터 지금까지 동일하게 전해 왔다고 하여 무조건 믿을 만한 텍스트로 간주해서는 안 된다. 1920년대 초엽 열악한 활판 인쇄 사정을 고려하면 식자공이 '하' 자를 뽑는다는 것을 그만 실수로 '아' 자를 뽑았을 가능성은 얼마든지 있기 때문이다. 유행가 가사 말마따나 점 하나로 '님'이 되기도 하고 '남'이 되기도 하는 것이 텍스트 비평의 운명이다. 그런데 이러한 실수는 흔히 식자공의 손끝에서 순간적으로 이루어진다.

1930년대 식민지 조선의 인쇄 상황이 이러하다면 김소월이 「가는 길」을 발표한 1920년대 초엽은 더더욱 그러할 것이다. "그립다 / 말을 할까 / 아니 그리워"가 이 작품이 처음 이 세상이 태어난 지 무려 백 년이 지나도록 "그립다 / 말을할까 / 하니 그리워"로 읽혀 왔다면 아마 김소월도 정지용처럼 '속이 상해' 죽을 지경이었을 것이다.

「가는 길」에서 시적 화자가 이별한 님이 그립다고 말을 할까 생각했더니 정말로 그리워졌다는 것은 마치 소금이 짜다고 말하는 것처럼 싱겁기 짝이 없다. 언어 사용이나 시적 긴장에서 보더라도 이렇다 할 감흥을 주지 못한다. '그립다'라는 말을 생각하는 순간 그 때까지 어렴풋하게 남아 있던 그리움이 새삼 또렷한 모습으로 살아났다는 기존의 해석이 별로 설득력이 없는 것은 바로 그 때문이다. 원문 첫 연 세 행과 오식의 전제로 새롭게 고친 부분을 서로 나란히 놓고 대조해 보면 그 뜻이 좀 더 분명해진다.

그렵다
말을할까
하니 그려워

그렵다

말을할까

아니 그려워

이렇게 '하니'라는 동사를 '아니'라는 부정 부사로 바꾸어 놓으니 그 의미가 사뭇 달라진다. '하니'는 '생각하니'의 준말로 볼 수 있다. "아니 그리워"라는 그립지 않다는 것을 나타내는 부정어다. 좀 더 자세히 말하면 문장과 문장 사이에 쓰여 어떤 사실을 더욱 강조하여 나타내는 부정 부사에 해당한다. 이 구절을 읽고 있노라면 화자가 자신에게서 떠난 님을 그리워하면서도 그립지 않다고 마음을 추스르며 고개를 내젓는 모습이 눈앞에 선하게 떠오른다. 물론 그렇다고 화자가 님을 전혀 그리워하지 않는다는 말은 아니다.

더구나 김소월의 행갈이 방식도 '하니'가 '아니'의 오자일 가능성을 뒷받침해 준다. 만약 '하니'가 '아니'의 오식이 아니라 김소월이 의도한 그대로라면 "그렵다 / 말을할까 하니 / 그려워"로 행갈이를 했을 것이다. 이렇게 '하니'를 앞 행에 붙여 행갈이 하는 쪽이 논리로 보나 의미로 보나 훨씬 더 적절하다. 시에서 행갈이는 단순히 시각적으로 운문처럼 보이기 위한 장치가 아니라 의미에 큰 영향을 끼치게 마련이다. 예를 들어 만해萬海 한용운韓龍雲은 「복종」에서 "남들은 / 자유를 / 사랑한다지마는 // 나는 / 복종을 / 조아하여요"라고 노래한다. 여기서 1행 '남들은'과 4행 '나는'을 독립된 한 행으로 취급하는 것은 바로 시적 화자와 다른 사람들은 변별 짓기 위해서다. 이와 마찬가지로 2행 '자유를'과 5행 '복종을'을 한 행으로 취급하는 것도 대립 개념을 강조하기 위한 시작 장치로 볼 수 있다.

김소월은 「진달래꽃」의 마지막 연에서도 "나보기가 역겨워 / 가실때에는 / 죽어도 아니, 눈물흘니우리다"라고 노래한다. 의미를 강조하려고 도치법을 구사하여 "죽어도 눈물 흘리지 않으오리다"라고 말할 것을 일부러 "죽어도 아니, 눈물흘니우리다"라고 하였다. 부정의 의미를 강조할 뿐 아니라 슬퍼도 슬퍼하지 않는다는 애이불비哀而不悲의 심정을 표현하기도 한다. 「가는 길」에서도 "아니 그리워"도 "아니, 눈물흘니오리다"처럼 축어적으로 받아들이다가는 자칫 본뜻을 놓치기 쉽다. 두 구절 모두 반어적 의미가 담겨 있기 때문이다. 겉으로는 그립지 않다거나 눈물을 흘리지 않겠다고 다짐하지만 마음속으로는 그리운 마음과 슬픈 감정이 북받쳐 오르는 것은 어찌 할 수 없다. 마찬가지로 겉으로는 그립지 않다고 생각하지만 마음속 깊이 한 구석에는 자신도 모르게 그리움이 앙금처럼 가라앉아 있다.

이렇게 시적 화자가 떠나간 님에 대한 그리움이 마음에 사무치면서도 막상 그 말을 차마 입에 담지는 못하는 데는 여러 이유가 있을 터다. 자신을 버리고 떠나가 버린 님에 대한 섭섭함이나 원망이 아직 사라지지 않은 채 마음속에 남아 있기 때문일 수도 있을 것이고, 떠나간 님을 생각하거나 만나서는 안 되는 어떤 말 못할 사연도 있을지도 모른다. 그 이유야 어찌 되었든 그립다고 말하려고 생각하니 실제로 그리운 것이 아니라, 마음속으로는 그리워하면서도 막상 겉으로는 그립지 않다고 말할 뿐이다.

「가는 길」에서 '하니'가 '아니'의 오식일 가능성은 둘째 연의 보면 좀 더 분명해진다. 사랑하는 님과 헤어진 시적 화자는 지금 길 위에 있다. 그러나 막상 발길을 돌리려니 임에 대한 그리운 생각이 문득 떠올라 차마 발길이 떨어지지 않는다.

그냥갈까
그래도
다시 더한번

자기 곁을 떠나간 님의 집 앞을 지나면서 시적 화자는 처음에는 그 집을 바라보지도 않은 채 그냥 지나치려고 생각한다. 앞 연에서 '하니 / 아니'에 무게 중심이 실리는 것처럼 이 연에서는 '그래도'에 무게 중심이 실려 있다. 그래도 한때 사랑했던 사람이기에 마음을 고쳐먹고 다시 한 번 더 바라본다. 화자의 이러한 단념과 미련의 갈등은 첫 연에서 님을 그립다고 말하려다가 단념하는 행동과 아주 비슷하다.

이렇게 내적 갈등을 일으키는 시적 화자와 대조를 이루는 것이 화자 주변의 외적 대상이다. 셋째 연 "져山에도 가마귀, 들에 가마귀 / 西山에는 해진다고 / 지저귑니다"에서 까마귀는 머뭇거리는 시적 화자의 발길을 재촉한다. 마지막 연 "압江물 뒷江물 / 흐르는 물은 / 어서따라오라고 따라가쟈고 / 흘너도 년다라 흐릅듸다려"에서 강물도 앞 연의 까마귀처럼 화자의 발길을 재촉하기는 마찬가지다. 「가는 길」의 전체 구조로 보면 1~2연에서는 의향과 단념, 3~4연에서는 단념을 실천에 옮기도록 권유하는 형식을 취한다. 그러므로 작품 구조를 도표로 그려보면 '의향→단념→권유'가 될 것이다.

문학 텍스트의 와전이나 오류는 크게 네 가지 유형으로 나뉜다. 첫 번째 유형은 이육사의 「꽃」에서 "그따에도"처럼 원본 텍스트에는 올바르게 표기되어 있지만 후대로 내려오면서 와전되는 경우다. 원본 비평에서는 흔히 '오염' 또는 '타락'이라는 용어를 사용한다. 두 번째 유형은 정지용의 「슬픈 인상화」에서 "애시리·황 / 애리시·황"처럼 원본 텍스트가 후대로 내려오면서 와전되는 경우다. 세 번째 유형은 원본에는 맞게 되어 있던 것이 후대 텍스트에 와전되었다가 뒷날 다시 원본 텍스트에 따라 올바르게 수정하는 경우다. 정지용의 「비로봉 2」에서 "흰돌이 / 흰들이"가 바로 그것이다. 마지막으로 김소월의 「가는 길」에서 볼 수 있듯이 원본에 잘못 표기된 것이 후대 텍스트에 그 오류가 그대로 반복되는 경우다.

텍스트 비평에서 외적 증거가 없거나 불충분하다고 판단될 때는 텍스트 안에서 내적 증거를 찾아 잘못된 곳을 바로잡아야 한다. 만약 바로잡지 못하면 이러한 와전이나 오류는 계속 확대 재생산될 수밖에 없다. 김소월의 「가는 길」은 이러한 경우를 보여 주는 더할 나위 없이 좋은 본보기가 된다.

귀스타브 플로베르는 일찍이 "선한 신은 사소한 것에 있다"고 말한 것으로 전해진다. 독일에도 "악마는 디테일한 것에 있다"는 격언이 있다. 요즈음 이 두 문장을 변용하여 "진실은 사소한 것에 있다"는 표현이 뭇 사람의 입에 자주 오르내린다. 그런데 사소한 것이 자못 중요한 역할을 하는 것이 바로 원본 비평이다. 얼핏 사소해 보이는 낱말 하나 구절 하나에 주목하지 않으면 문학 텍스트는 쉽게 와전되거나 오염되기 쉽다. 만약 이렇게 와전되거나 오염된 텍스트를 근거로 작업하는 비평가는 자칫 비평의 사상누각을 짓게 될 것이다.

2
'님'의 의미장

최근 언어학의 의미론 분야에서 의미장意味場 이론이 부쩍 주목받고 있다. 처음에는 독일 언어학자들이 관심을 기울이더니 점차 영미 언어학자들도 이 이론에 관심을 기울여 좀 더 정교하게 다듬었다. 쉽게 말해서 하나의 상위어 아래 개념이나 의미가 서로 밀접하게 연관된 낱말들을 한 곳에 모아놓은 것을 '의미장'이라고 부른다. 의미장은 흔히 개념장槪念場과 어휘장語彙場으로 크게 나뉜다. 가령 색채어에서 개념장이란 '색깔'을 말하고 어휘장이란 '빨강·주황·노랑'처럼 색깔을 이루는 구체적인 낱말을 가리킨다.

순수 토박이말을 사용하려는 몇몇 학자들은 '어휘장' 대신에 '낱말밭'이라는 용어를 사용한다. 토박이말이 흔히 그러하듯이 '낱말밭'에서는 그 의미가 훨씬 더 구체적으로 피부에 와 닿는다. '낱말밭'은 특정한 꽃들이 핀 꽃밭에 빗댈 수 있다. 예를 들어 개나리, 진달래, 벚꽃, 유채꽃, 산수유 같은 꽃들은 봄꽃의 낱말밭에 들어간다. 한편 가을꽃의 낱말밭에는 국화, 코스모스, 백일홍, 채송화 같은 꽃이 들어간다.

그렇다면 언어학자들은 도대체 왜 의미장에 관심을 기울일까? 동일한 의미장에 속하는 모든 낱말을 한데 모으면 어휘 체계를 수립하는 데 도움을 줄 수 있기 때문이다. 의미장은 낱말과 낱말 사이의 수평적 상호 관계와 상위어와의 수직적 관계를 규명하기 위해서도 중요하다. 그러한 관계를 설정하는 과정에서 특정한 낱말의 의미는 좀 더 뚜렷하게 부각되게 마련이다. 의미장 이론가들은 개개인의 낱말이 저 홀로서는 이렇다 할 의미를 부여받을 수 없고 오직 전체의 맥락 안에서 존재 이유와 가치를 인정받을 수 있다고 주장한다.

최근에는 문학 분야에서도 의미장 이론에 관심을 기울이기 시작하였다. 문학이 언어 예술이고 언어의 기본 단위는 낱말이라는 점을 염두에 두면 쉽게 이해가 간다. 문학 예술가들은 낱말이라는 벽돌을 하나씩 쌓아올려 문학이라는 집을 짓는다. 그러므로 문학의 집을 연구하려면 무엇보다도 먼저 벽돌의 성격을 좀 더 자세하게 규명하는 일이 필수적일 것이다. 그러므로 개념장과 그 하부의 어휘장에 들어 있는 낱말들의 미묘한 차이를 밝히는 것이야말로 문학비평이 맡아야 할 중요한 임무 중 하나다.

고대와 현대를 굳이 가르지 않고 한국 시가문학에서 가장 중요한 개념장 중 하나는 아마 '님' 또는 '임'일 것이다. 한국문학 작품을 통틀어 이 시어처럼 의미 영역이 넓은 낱말도 찾아보기 쉽지 않다. '님'의 개념장 안에는 함축적 의미는 조금 다를지 몰라도 동일한 어휘 체계에 속하는 여러 낱말이 들어가 있다. 이렇듯 예로부터 전해 내려온 민요가락에서 시인이 감정과 사상을 표현한 현대시에 이르기까지 '님'의 의미장을 자세히 살피는 것은 자못 중요하다.

의미장의 개념이 조금 낯설게 느껴진다면 이번에는 역시 언어학에서 말하는 '전환사shifter'의 개념으로 설명하는 것도 좋을 것 같다. 덴마크의 언어학자 오토 예스페르센이 처음 도입한 전환사는 메시지를 참조하지 않고서는 일반적 의미를 정의 내릴 수 없는 언어적 요소를 말한다. 로만 야콥슨은 예스페르센의 이론을 받아들이되 전환사를 수신자와 발신자 사이에서 이루어지는 의사소통의 메시지로 한정하였다. 가령 '나'와 '너' 같은 인칭대명사와 '여기'와 '저기' 같은 지시부사는 그것이 사용되는 문맥을 참고할 때야 비로소 그 의미를 제대로 이해할 수 있다. 한편 본질에서 야콥슨의 이론을 따르는 자크 라캉은 일인칭 대명사의 비결정적이고 문제적인 성격을 보여 주는 데 전환사의 개념을 사용한다. 다만 야콥슨이 전환사를 '지표적 상징'으로 정의하는 반면, 라캉은 그것을 '지표적 시니피앙기표'으로 정의한다. 전환사의 개념에 비추어 보면 한국의 시가문학에서 자주 쓰이는 '님'이나 '임'은 텅 빈 공간으로 비평가나 학자가 작품을 해석할 때 비로소 의미작용의 결과로 '채워넣는' 언어적 기호의 한 범주다.

1

만해萬海 한용운韓龍雲의 시집 『님의 침묵』1926의 서문에 해당하는 「군말」은 '님'의 의미장이나 전화사를 살필 더할 나위 없이 좋은 실마리가 된다. 「군말」은 말 그대로 하지 않아도 좋은 쓸데없는 군더더기 말이 아니라 오히려 이 시집은 말할 것도 없고 한국 시 전체를 이해하는 데 없어서는 안 될 꼭 필요한 말이다. 말하자면 이 시는 무려 46편에 이르는 『님의 침묵』과 한국 현대시라는 높은 산 정상에 오르는 사람에게 친절한 안내판 같은 구실을 한다. 기호학적 관점에서 한용운의 작품을 분석한 이어령李御寧의 지적대로 「군말」은 시집 『님의 침묵』의 '고차 텍스트메타텍스트'로 보아 크게 틀리지 않다.

> '님'만님이아니라 긔룬것은 다님이다 衆生이 釋迦의님이라면 哲學은 칸트의님이다 薔薇花의님이 봄비라면 마시니의님은 伊太利다 님은 내가사랑할뿐아니라 나를사랑하나니라
>
> 戀愛가 自由라면 님도自由일것이다 그러나 너희는 이름조은 自由에 알뜰한 拘束을 밧지안너냐 너에게도 님이잇너냐 잇다면 님이아니라 너의그림자니라
>
> 나는 해저문벌판에서 도러가는길을일코 헤매는 어린羊이 긔루어서 이詩를 쓴다

'님'의 의미장은 잠깐 접어두고 첫 행의 '긔룬'과 마지막 행의 '긔루어서'부터 살펴보기로 하자. 한용운이 여러 작품에서 충청도 사투리를 즐겨 사용했다는 것은 이미 잘 알려진 사실이다. 타동사 '기루다'는 충청도와 전라북도지방에서 주로 사용하는 '기르다'의 방언이다. 방언이 흔히 그러하듯이 고어에 뿌리를 두고 있을 가능성이 크다. 어떤 대상을 그리워하거나 아쉬워하다는 뜻이다. 가령 한용운은 「사랑하는 까닭」이라

는 작품에서도 "내가 당신을 기루어하는 것은 까닭이 없는 것이 아닙니다"라는 구절을 사용한다. 여기서도 '기루어하다'는 어떤 대상을 그리워하거나 작품 제목처럼 좀 더 구체적으로 사랑하다는 뜻이다. 한편 송욱宋稶은 '안쓰럽다'나 '동정이 간다'의 의미로 풀이한다. 이상섭李商燮은 이보다 한 발 더 나아가 '그립다' 외에 '그럴 만하다', '안쓰럽다', '기특하다' 등으로 의미를 확충한다.

그렇다면 한용운이 말하는 '님'은 과연 누구 또는 무엇을 가리킬까? 해체주의 이론가 자크 데리다의 용어를 빌리자면 '님'은 한낱 '떠도는 기표'에 지나지 않는다. 데리다에게 언어의 의미란 '초월적 시니피에기의'의 상태로는 존재할 수 없으므로 '자유로운 유희' 속에서 끊임없이 지연된다. 이 점과 관련하여 그는 "초월적 시니피에의 부재로 말미암아 의미 작용의 영역과 유희가 무한히 확장된다"고 지적한다. 해체주의의 관점에서 보면 한 낱말의 의미는 뿌리를 박지 못한 채 물 위에 떠도는 부평초와 같아서 어떠한 맥락에서 어떻게 사용되느냐에 따라 그 의미가 끊임없이 달라지게 마련이다.

'님'이 데리다의 말대로 '떠도는 기호'라는 것은 "'님'만 님이 아니라 기룬 것은 다 님이다"라는 「군말」 첫 구절에서 여실히 엿볼 수 있다. 앞의 '님'은 두말할 나위 없이 가장 일반적 의미로 시적 화자 '나'가 애틋하게 그리워하고 사모하는 어떤 대상이다. 김소월金素月이 「님의 노래」에서 "그립은 우리님의 맑은 노래는 / 언제나 제 가슴에 젖어있어요"라고 노래할 때의 바로 그 '님'이다. 그러나 두 번째와 세 번째 '님'은 비단 화자가 사모하는 특정한 대상에 그치지 않고 그가 어떤 절대적 가치를 부여하는 대상이다. 그러므로 "기룬 것은 다 님이다"에서 부사 '다'에 무게 중심이 실려 있다.

한용운이 첫 구절 "'님'만 님이 아니라 긔룬 것은 다 님이다"에서 첫 번째 '님'에만 따옴표를 사용하는 것도 찬찬히 눈여겨보아야 한다. 여기서 '님'이란 가장 일반적의 의미의 '님', 즉 사모하는 연인을 말한다. 국어사전에 따르면 연인은 "서로 사랑하는 관계인 남녀 또는 이성으로서 그리며 사랑하는 사람"으로 풀이되어 있었다. 그러나 2012년 국립국어원은 성소수자들을 인정하는 사회적 분위기를 반영하여 '남녀'나 '이성'이라는 낱말을 빼고 '사람'이나 '두 사람'으로 바꾸어 놓았다. 또한 사랑의 정의도 "이성의 상대에게 끌려 열렬히 좋아하는 마음"에서 "어떤 상대의 매력에 끌려 열렬히 그리워하거나 좋아하는 마음"으로 고쳤다. 여기에서도 남녀를 지칭하는 '이성' 대신 '어떤 상대'라는 모호한 표현으로 살짝 바꾸어 놓았다.

불교의 교조이자 창시자이며 여러 붓다부처 중 하나인 석가에게 '님'은 계도해야 할 중생, 즉 생명을 지닌 모든 것을 뜻한다. 바람에 나부끼는 지푸라기에도, 길가에 나뒹구는 기왓장에도 불성이 깃들여 있다고 보는 불교의 세계관에서는 생명이 없는 무생물도 '님'에 해당할지 모른다. 한편 불교도들에게 '님'은 초월적인 절대자인 붓다를 가리킨다고 볼 수 있다. 한용운이 적잖이 영향을 받은 라빈드라나드 타고르는 『기탄잘리』에서 이렇게 노래한다.

만약 님께서 아무 말씀도 하지 않으시면

나는 님의 그 침묵으로
내 가슴을 채워 이를 견디며 살아갈 것입니다.
나는 별이 온통 빛나는 밤처럼
참을성 있게 깊이 머리 숙여
조용히 기다릴 것입니다.

여기서는 '님'으로 옮긴 원어는 영어 이인칭 대명사 'you'의 존칭 고어인 'thou'다. 일인칭 시적 화자 '나'에게 '님'은 어떤 절대적 존재자다. '님'은 타고르에게 큰 영향을 끼친 『우파니샤드』에서 말하는 만유의 빛이요 생명이요 궁극적 질서이며 원리인 '브라흐마'다. 불교도에게 '님'은 번뇌의 불을 꺼서 깨우침의 지혜를 완성하고 얻을 수 있는 최고의 경지인 열반을 뜻하기도 한다. 기독교의 관점에서 보면 예수 그리스도에게는 그가 구원과 영생의 길로 인도해야 할 대상인 신도가 곧 '님'이고, 기독교인들에게는 예수가 궁극적으로 지향해야 할 '님'에 해당한다. "님은 내가 사랑할 뿐 아니라 나를 사랑하나니라"라는 첫 연의 마지막 구절을 보면 더더욱 그러한 생각이 든다.

근대 계몽주의를 정점에 올려놓고 독일 관념철학의 토대를 굳게 다진 프로이센의 철학자 이마누엘 칸트에게 '님'은 다름 아닌 철학이다. 칸트 이전의 모든 철학은 칸트라는 큰 호수로 흘러 들어오고, 칸트 이후의 모든 철학은 칸트에서 시작된 물줄기라는 말을 흔히 듣는다. 그만큼 칸트와 근대 철학은 떼려야 뗄 수 없을 만큼 서로 깊이 연결되어 있다. 그렇다면 한용운이 「군말」에서 말하는 '님'은 좁게는 열과 성을 다하여 추구해야 할 관념 세계나 인간 이성, 넓게는 철학, 좀 더 넓게는 게오르크 빌헬름 프리드리히 헤겔의 절대정신이나 플라톤의 이데아 같은 지고의 추상적 이념이나 궁극적 진리를 뜻한다. 최근에는 '님'을 에마뉘엘 레비나스의 이론을 끌어들여 고통 받는 타자의 윤리적 명령에 복종하는 주체의 자기 초월로 해석하려는 사람도 있다.

한편 "장미화의 님이 봄비라면"이라는 구절에서도 볼 수 있듯이 봄비와 장미는 흔히 바늘과 실과 같은 관계를 맺고 있다. 4월 말이나 5월 초가 되면 일간신문에서 붉은 장미꽃을 배경으로 우산을 들고 걸어가는 시민들의 사진과 함께 "봄비가 내리는 오늘 서울의 한 담벼락에 장미꽃이 활짝 꽃망울을 터트렸다"는 기사를 심심치 않게 보게 된다. 봄비 하면 곧 장미를 떠올리는 것은 마치 가을 하면 낙엽을 떠올리는 것과 같다. 긴 겨울이 지나고 봄비라는 님을 맞아 꽃망울을 터뜨리는 장미는 어김없이 찾아오는 계절의 순환과 자연 현상을 보여 주는 더할 나위 없이 좋은 상징이다.

칸트에게 철학과 관념 세계가 '님'이라면 이탈리아의 철저한 민족주의자요 애국자였던 주세페 마치니에게는 그의 고국이 '님'이다. 19세기 이탈리아가 오스트리아의 지배를 받으면서 국력이 쇠잔할 대로 쇠잔하여 유럽의 낙오자로 뒤처져 있을 때 마치니는 실의에 빠져 있던 이탈리아 국민에게 용기와 희망을 불어넣어 주었다. 특히 이탈리아의 젊은이들 앞에서 마치니는 "이탈리아를 사랑하는 청년 여러분, 내가 여러분에게 약속할 수 있는 것은 잠 못 이루는 밤과 고난의 행군과 굶주림과 역경입니다. 그러나 그 뒤에는 위대한 이탈리아를 약속합니다"라고 부르짖었다. 흔히 이탈리아 '통일 삼걸三傑' 중 한 사람으로 평가받는 마치니는 무엇보다도 민족성과 민족국가의 성립을 중시하였다. 그러므로 마치니의 '님'은 오스트리아에게 빼앗긴 조국 이탈리아나 그 민족이지만 그 의미 영역을 좀 더 넓혀 보면 애국심이나 민족주의 또는 민족 국민주의를 의미한다.

「군말」의 2연의 "연애가 자유라면 님도자유일것이다 그러나 너희는 이름조은 자유에 알뜰한구속을 밧지안너냐"라는 구절에서는 조국이나 민족 같은 집단적이고 정치적인 차원에서 좀 더 구체적인 개인적 차원으로 옮아온다. 즉 여기에서 시적 화자는 처음으로 '님'을 남녀의 애모나 연정의 대상과 연관시킨다. 20세기 전만 하여도 중매 혼인이 대세였지만 일제 강점기 초부터 자유연애 사상이 전파되면서 부모에 의한 강제 혼인에 반기를 들고 결혼 당사자의 사랑을 기반으로 한 연애 혼인이 점차 힘을 얻기 시작하였다. 1917년 2월 이광수는 재일본동경조선유학생학우회가 그 기관지로 발행한 『학지광學之光』 11호에 단막극 「규한閨恨」을 발표하였다. 이 작품에서 여주인공 이영옥은 어느 날 도쿄로 유학을 떠난 남편 김영준한테서 편지 한 통을 받는다. 그런데 그 편지에는 "두 사람의 결혼은 자유의사로 한 것이 아니오 전혀 부모의 강제強制 — 강제, 강제 — 강제로 한 것이니 이 행위는 실로 법률상에 아무 효력이 없는 것이라. (…중략…) 지금, 문명한 세상에는 강제로 혼인시키는 법이 없나니 우리의 결혼행위는 당연히 무효하게 될 것이라"라는 내용이 적혀 있다. 그러면서 남편은 "이는 내가 그대를 미워하여 그럼이 아니라, 실로 법률이 이러함이니 이로부터 그대는 나를 지아비로 알지 말라,

나도 그대를 아내로 알지 아니할 터이니 이로부터 서로 자유의 몸이 되어 그대는 그대 갈대로 갈지어다"라고 말한다.

이광수는 극작품으로는 부족하다고 생각했는지 「규한」에 이어 『학지광』 12호에 실린 「혼인에 대한 관견」이라는 논문에서도 자유 연애를 부르짖는다. 그는 이 논문에서 "혼인의 목적은 생식과 행복을 구함에 잇다"고 밝힌다. 그러면서도 그는 "혼인 없는 연애는 상상할 수 있으나 연애 없는 혼인은 상상할 수 없는 것이외다. 종래로 조선의 혼인은 전혀 이 근본 조건을 무시하였습니다"라고 잘라 말한다.

이렇게 이광수가 처음 불은 지핀 자유연애 사상은 1920년대에 들어와 스웨덴의 엘렌 케이와 러시아의 알렉산드라 콜론타이가 일본을 거쳐 식민지 조선에도 알려지면서 더욱 활기를 띠었다. 케이는 『연애와 결혼』1911에서 자유로운 연애에 따른 자유로운 결혼이야말로 여성과 가족을 행복하게 만드는 토대라고 천명하였다. 한편 콜론타이는 『붉은 사랑』1923에서 사회주의적 자유 연애론를 부르짖어 관심을 끌었다. 물론 이러한 자유 연애는 이론적으로 얼핏 보이는 것처럼 그렇게 간단하지 않았다. 「군말」의 시적 화자가 "너에게도 님이잇너냐 잇다면 님이아니라 너의그림자니라"라고 노래하는 까닭이 바로 여기에 있다.

「군말」의 맨 마지막 구절 "나는 해저문벌판에서 도러가는길을일코 헤매는 어린양이 긔루어서 이시를 쓴다"는 좀 더 찬찬히 살펴볼 필요가 있다. 무엇보다도 일인칭 시적 화자 '나'를 앞세우는 점이 눈에 띈다. 물론 첫 연의 "님은 내가사랑할쌘아니라 나를사랑하나니라"에서도 일인칭 시적 화자가 등장하지만 마지막 구절처럼 주격으로 전면에 나서지는 않는다. 마지막 연에 이르러 그만큼 시적 화자는 자신의 신분이 다름 아닌 시를 쓰는 사람임을 분명하게 밝힌다. 다시 말해서 '님'의 의미가 '종교적 차원 → 철학적 차원 → 자연적 차원 → 정치적 차원 → 연애적 차원 → 시적 차원'으로 발전한다.

그동안 「군말」을 비롯하여 『님의 침묵』의 여러 시편에 나오는 '님'은 일본 제국주의의 식민지 지배를 받던 한민족이나 겨레, 일제에 빼앗긴 조국으로 해석하는 견해가 지배적이었다. "해저문벌판에서 도러가는길을일코 헤매는 어린양"이라는 구절을 보면 더더욱 그러한 생각이 들지 모른다. 일본과 서구 열강의 각축장이었던 19세기 말엽 한반도는 그야말로 '해 저문 벌판'과 크게 다르지 않았다. 일본은 쇄국의 빗장을 풀고 메이지明治 유신의 깃발을 높이 내걸고 동아시아에서 가장 먼저 서양 문물을 받아들였다. 한편 '은자의 나라' 조선은 일본과 청나라가 열어놓은 문틈으로 새어 들어온 근대의 섬광을 잠깐 받아들였을 뿐이다. 이러한 상황에서 조국을 잃고 일본 식민지 주민으로 전락한 한민족은 마치 길을 잃고 방황하는 어린 양과 같았다.

그러나 여기에서 '어린 양'을 식민지 조선의 주민으로 읽는 것은 그다지 바람직하지 않다. 그러한 정치적 의미는 이미 1연에서 언급하였다. 「군말」에서 시적 화자는 시적 언술을 한 단계씩 발전해 나갈 뿐 후퇴하거나 반복하지 않는다는 점을 염두에 두어야 한다. 무엇보다도 화자는 아예 드러내놓고 "길을일코 헤매는 어린양이 긔루어서 이시를 쓴다"고 말하지 않는가. 그렇다면 시적 화자에게 '님'이라고 할 '어린양'은 화자가 쓴 시를 읽는 독자를 가리킴에 틀림없다.

조연현趙演鉉은 "님은 어떤 때는 불타佛陀도 되고 자연도 되고 일제에 빼앗긴 조국이 되기도 하였다"고 주장한다. 그는 이렇게 '님'의 의미를 그럴 듯하게 여러 의미로 해석하면서도 막상 가장 중요한 마지막 행은 그냥 지나치고 말았다. 엄밀히 말하자면 마지막 행을 그냥 지나친 것이 아니라 '해저문벌판'을 일본 제국주의의 지배를 받는 식민지 조선으로, '도러가는길을 일코 헤매는 어린양'을 식민지 주민으로 해석한 것인지도 모른다.

'주제 문장토픽 센텐스'이라고 하여 전체 단락의 핵심 아이디어나 주제를 단락 맨 앞에 놓는 서양식 글쓰기와는 달리, 한국어 문장에서는 중심 주제를 단락 끝에 놓는 것이 보통이다. 「군말」에서도 마지막 연에 방점이 찍힌다. 그렇다면 시적 화자가 궁극적으로 말하려고 한 바는 좁게는 시 창작이다. 이어령은 "님이란 바로 시인이 추구하고 있는 시적 대상이다"라고 지적한다. 그러면서 그는 좀 더 구체적으로 "「군말」과 『님의 침묵』의 언술 속에 담긴 님의 정체는 '님이란 바로 노래시·언어를 낳게 하는 대상과 그 창조력'을 의미하고 있다"고 주장한다.

'님'이 예술 창작과 관련되는 것은 비단 고차 텍스트라고 할 「군말」뿐 아니라 대상 텍스트인 「님의 침묵」의 경우도 마찬가지다. 첫 구절 "님은 갓슴니다 아아 사랑하는나의님은 갓슴니다 / 푸른산빗을깨치고 단풍나무숩을향하야난 적은길을 거러서 참어썰치고 갓슴니다"에서 '님'을 조국이나 불타로만 해석하는 것은 좁은 소견이다. 마지막 두 행 "아 님은 갓지마는 나는 님을보내지 아니하얏슴니다 / 제곡조를못이기는 사랑의 노래는 님의沈默을 휩싸고돔니다"는 이 점을 뒷받침한다. 이어령의 지적대로 통합적 시간축을 따라 전개되는 이 작품에서 만남이 이별이 되고 맹세가 침묵이 되며 침묵이 마침내 '사랑의노래'가 되는 기적같은 놀라운 변화가 일어난다.

그러나 좀 더 범위를 넓혀 보면 「군말」과 「님의 침묵」의 시적 화자는 '님'을 시에 국한하지 않고 넓게는 문학, 더 넓게는 예술 창작 행위를 염두에 둔다. 말하자면 여기에서 '시'란 한낱 문학과 예술을 가리키는 환유에 지나지 않는다. 한용운이 「군말」에서 말하는 '님'은 언어를 매체로 삼는 시를 포함한 문학을 비롯하여 음악 같은 청각 예술과 미술 같은 시각 예술 등 모든 장르의 예술, 그리고 더 나아가 인문학을 가리키는 것으로 볼 수도 있다. 한용운은 불교의 학승이요 선승일 뿐 아니라 빼어난 문학가였다는 사실을 잊어서는 안 된다. 자칫 시인으로만 생각하기 쉽지만 그는 여러 문학 장르를 비교적 자유롭게 넘나들며 작품을 썼다. 한용운은 시집 『님의 침묵』에 수록한 작품 외에 여러 시 작품을 쓴 것에 그치지 않고 장편소설 『흑풍黑風』1935~1936, 『후회』1936, 『박명薄命』1938~1939, 단편소설 「죽음」과 「철혈미인鐵血美人」 등을 발표한 소설가이기도 하였다. 또한 그는 조선 불교의 혁신을 통하여 불교 본연의 자세로 돌아갈 것을 부르짖는 『조선불교 유신론』1913을 출간하기도 하였다.

이렇듯 한용운이 시적 화자의 입을 빌려 「군말」에서 말하는 '님'은 의미장이 무척 넓다. '석가'와 '중생'이라는 낱말에서 볼 수 있듯이 '님'은 좁게는 불교적 차원, 더 넓게는 종교적 차원과 관련이 있다. 이러한 종교적 차원은 '칸트'와 '철학'에서 볼 수 있듯이 철학적-사상적 차원으로 그 범위가 넓어진다. 이번에는 마시니'와 '이태리'에서 알 수 있듯이

'님'은 정치적 차원과도 깊이 관련되어 있다. 그런가 하면 '봄비'와 '장미화'에서 볼 수 있듯이 '님'은 인간의 차원에서 벗어나 자연 현상과도 무관하지 않다.

2

한용운의 「군말」을 출발점으로 삼아 이제는 좀 더 넓은 차원에서 한국 문학에 나타난 '님'의 의미장을 자세히 살펴볼 차례다. 앞에서도 잠깐 언급했듯이 가장 널리 사용되는 '님'의 의미는 애틋하게 그리워하거나 연모하는 대상을 가리킨다. '님'은 '임'의 옛말로 고풍스러운 맛을 자아내는 시어다. 옛날이나 지금이나 동양이나 서양이나 그리움이나 연모의 정서만큼 시인들이 그토록 자주 다루는 보편적인 소재나 주제도 아마 없을 것이다. 최근 일본 작가 신도 후유키新堂冬樹는 『백년 연인百年恋人』2007이라는 작품에서 '인생-사랑=죽음'이라는 방정식을 만들어내어 관심을 끌었다. 삶에서 사랑을 빼고 나면 죽음밖에는 남는 것이 없다는 말이다.

한국 시가에서 가장 오래된 작품으로 고조선시대 뱃사공 곽리자고藿里子高의 아내인 여옥麗玉이 지었다는 「공무도하가公無渡河歌」는 이러한 경우를 보여 주는 좋은 예로 꼽을 만하다. 이 작품은 문헌으로 남아 있는 고대 가요 중에서 가장 오래된 서정 시가다.

임이여 그 물을 건너지 마오

임은 그예 물속으로 들어가셨네

물에 빠져 돌아가시니

가신 임을 어찌할꼬

公無渡河

公竟渡河

墮河而死

當奈公何

이 작품은 입에서 입으로 전해오다가 「공후인箜篌引」이라는 제목으로 중국 위진 남북조시대의 백과사전에 해당하는 『고금주古今注』에 처음 기록되었다. 이렇게 한문으로 번역되어 기록된 것을 다시 한글로 번역하다 보니 상고시대의 구전 가요에 과연 '임'이라는 낱말을 지금처럼 사용했는지, 아니면 다른 형태로 사용했는지 지금으로서는 정확하게 확인할 수 없다. 다만 이 '임'은 한역된 제목 '공후인'을 비롯하여 '公無渡河'와 '公竟渡河'의 '공公'을 옮긴 것이다. 지금까지 정병욱鄭炳昱, 장덕순張德順, 구자균具滋均 같은 여러 국문학자가 이렇게 '공'을 '임'으로 옮겨 왔다.

그러나 여기에서 중요한 것은 최표崔豹가 『고금주』에 전하는 이 작품 창작과 관련한 내용이다. 조선 땅의 뱃사공 곽리자고霍里子高가 새벽 일찍이 일어나 나루터에 나가 배를 손질하고 있을 때 난데없이 머리가 새하얗게 센 미치광이 한 사람이 머리를 풀어헤친 채 술병을 끼고 강물 속으로 들어갔다. 늙은 미치광이의 아내가 곧 쫓아오면서 남편을 말렸지만 그 늙은이는 깊은 물속으로 휩쓸려 들어가 기어코 물에 빠져 죽고 말았다. 이때 그 아내는 들고 오던 공후를 타면서 「공무도하가」를 지어 불렀다. 노래를 마치고 나서 그 아내 또한 스스로 물속에 몸을 던져 목숨을 끊고 말았다. 곽리자고는 집에 돌아와 아내인 여옥麗玉에게 자기가 본 사실을 이야기하면서 노래의 사설과 소리를 들려주었다. 그러자 남편의 이야기를 들은 여옥은 눈물을 흘리며 공후를 끌어안고 그 노래를 다시 한 번 불렀다는 것이다.

이 작품에서 '임'은 누가 보더라도 한 여인이 애틋하게 사랑하는 대상, 즉 그녀의 남편인 백수광부白首狂夫를 가리킨다. 머리가 하얗게 센 늙은 미치광이일망정 그의 아내에게는 무척 소중한 연인일 것이다. 남편이 물에 빠져 죽자 그의 아내도 물에 몸을 던져 스스로 목숨을 끊는 것을 보면 부부의 정이 여간 깊지 않았음을 알 수 있다. '연인'이라고 하면 서로 연애하는 대상을 일컫는 것이 보통이지만, 좀 더 넓은 의미에서 누군가를 몹시 그리며 사랑하는 사람을 두루 가리키기도 한다. 성춘향과 이몽룡, 로미오와 줄리엣 같은 젊은이들만이 연인이라고 생각하는 것은 좁은 생각이다. 만약 그렇게 생각한다면 나이에 따른 연령차별로 자칫 노인 혐오를 불러올지도 모른다.

이왕 '연인'이라는 낱말이 나왔으니 말이지만 한국어와는 달리 일본어에서는 이 낱말을 '애인'과 구별하여 사용한다. 방금 앞에서 신도 후유키의 소설을 언급했지만 '고이비토恋人'는 일반적 의미에서 사랑하는 사람으로 한국어의 '애인'과 같은 뜻이다. 한편 '아이진愛人'은 흔히 육체적인 관계를 맺는 상대나 결혼한 사람의 경우에는 불륜 관계의 상대를 가리킨다. 그러므로 일본에서는 '연인'과 '애인'을 구별해서 사용하지 않으면 자칫 낭패를 보기 쉽다. 한편 중국에서 '아이런愛人'은 주로 혼인 관계에 있는 배우자, 즉 남편 입장에서는 아내를, 아내 입장에서는 남편을 가리킨다. 그러므로 중국에서 연인이나 여자친구를 '애인'이라 부르면 곤란하다. 한국어 '애인'에 해당하는 중국어는 '칭런情人'이다.

「공무도하가」는 원가原歌가 전하지 않은 채 오직 한역으로만 채록되어 있으므로 엄밀한 의미에서 '님'의 의미를 정확히 살피는 데는 한계가 있을 수밖에 없다. 한국문학에서 '님'을 연인이나 남편의 뜻으로 처음 사용한 것은 이별의 정한과 재회에 대한 소망을 노래한 「가시리」가 아마 처음일 것이다.

가시리 가시리잇고 나ᄂᆞᆫ
ᄇᆞ리고 가시리잇고 나ᄂᆞᆫ
위 증즐가 大平盛代대평성ᄃᆡ

날러는 엇디 살라 ᄒᆞ고
ᄇᆞ리고 가시리잇고 나ᄂᆞᆫ
위 증즐가 大平盛代대평성ᄃᆡ

잡ᄉᆞ와 두어리마ᄂᆞᄂᆞᆫ
선ᄒᆞ면 아니 올셰라
위 증즐가 大平盛代대평성ᄃᆡ

셜온 님 보내웁노니 나는
가시는 듯 도셔 오쇼셔 나는
위 증즐가 大平盛代대평성딕

신라 때 민간 사이에서 널리 불리던 향가처럼 고려가요는 평민들이 즐겨 부르던 노래다. 「가시리」는 이렇게 오늘날의 대중가요나 유행가처럼 민중 사이에서 널리 불리던 민요였다. 마지막 연의 '셜온 님'에서 '셜온'은 주체가 누구냐에 따라 두 가지로 해석할 수 있다. 시적 화자 '나'의 곁을 떠남으로써 화자를 서럽게 만드는 것일 수도 있고, 사랑하는 사람과의 이별을 서러워하는 것일 수도 있다. 어느 쪽으로 해석하든 '님'은 화자가 애틋하게 사모하는 대상임에는 틀림없다.

첫 번째 연에서는 이별의 이유는 밝혀져 있지 않지만 시적 화자가 어쩔 수 없이 사랑하는 '님'을 떠나보내야 하는 슬픔을 노래한다. 두 번째 연은 '임'이 떠나고 난 뒤 화자가 겪게 될 외롭고 쓸쓸한 삶을 두려워하는 심정과 원망 섞인 하소연을 읊는다. 세 번째 연은 화자가 행여 '님'의 마음이 상할까 두려운 나머지 떠나는 '임'을 차마 잡지 못하는 안타까운 심정을 드러낸다. 그리고 마지막 연에서는 홀연히 떠난 '님'이 부디 곧 돌아오기를 애처롭게 호소한다. 네 연의 내용을 도표로 그려보면 '이별에서 오는 슬픔과 안타까움 → 떠나가는 임에 대한 원망 → 임을 붙잡고 싶은 감정의 절제와 체념 → 임이 다시 돌아오기를 간절히 바라는 소망'이 될 것이다.

감탄사와 의성어가 한데 어우러진 후렴구 "위 증즐가 대평성딕"에 지나치게 의미를 부여하는 나머지 '님'을 임금으로 간주하려는 학자들도 없지 않다. 즉 「가시리」는 신하가 임금의 총애를 잃지 않으려고 애틋한 충정을 표현한 작품이라는 것이다. 그렇다면 시적 화자 '나'는 소극적이고 순종적인 전통적 여성에서 임금에 충성하는 궁중의 신하로 바뀌고, '님'도 여염의 평범한 한 남성에서 절대 권력을 행사하는 임금으로 바뀌는 셈이다. 이렇게 시가문학에 나타나는 '님'을 오직 임금으로만 해석하려는 태도를 '연군 콤플렉스'로 부를 수 있을 것이다. 모든 유형의 콤플렉스가 흔히 그러하듯이 문학 작품을 해석할 때도 연군 콤플렉스에 얽매이는 것은 그다지 바람직하지 않다.

물론 「가시리」는 여러 정황으로 미루어보면 민중 사이에서 불리던 이 노래가 시간이 지나면서 궁중 속악으로 유입되었을 가능성이 충분히 있다. 궁중 속악에 어울리게 하려고 후렴구를 덧붙였을 가능성도 배제할 수 없다. 그러나 "어진 임금이 나라를 잘 다스리어 태평한 세상이 되었구나!" 또는 "임금이 세상을 잘 통치하시어 세상을 평안하게 하소서!"로 해석할 수 있는 후렴구는 살아 있는 나무에 박힌 철못처럼 앞의 구절과는 자못 이질적이어서 서로 호응이 되지 않는다. 후렴구는 민요를 궁정 음악으로 격상하는 데는 이바지했을지 몰라도 사랑하는 임을 떠나보내야 하는 비극적 정조에 찬물을 끼얹는 결과를 낳기 때문이다.

이렇게 '님'을 연인이나 남편의 뜻으로 사용한 예는 한글을 창제한 세종이 그의 아내인 소헌왕후의 공덕을 빌기 위하여 직접 지은 찬불가 모음집 『월인천강지곡月印千江之曲』에서도 엿볼 수 있다. 밝은 달이 이 세상의 모든 강물에 고루 비친다는 뜻의 제목만 보아도 부처님의 교화를 널리 전하려는 의도가 뚜렷하게 엿보인다. 석가의 일대기를 기록한 이 책에는 안락국 태자 이야기가 나온다.

> 長子ㅣ 怒ᄒᆞ야 夫人ᄋᆞᆯ 주기ᅀᆞᆸ더니 놀애ᄅᆞᆯ 브르시니이다. 고ᄫᆞᆫ 님 몯 보ᅀᆞᄫᅡ ᄉᆞᆯ웃 우니다니 오ᄂᆞᆳ날애 넉시라 마로롓다.

> 장자가 노해서 부인을 죽이니 (부인이) 노래를 부르셨습니다. "고운 임 못 보아 사르고 끊듯 울며 다니었더니 (임이시여) 오늘날에 넋이라 하지 않겠습니다."

서천국의 사라수대왕의 왕비 원앙부인은 죽림국의 자현 장자 집에 몸종으로 지내던 중 장자한테서 죽임을 당한다. 원앙부인은 '고운 임', 즉 남편을 그리워하며 넋이 되어 떠돌며 노래를 부른다. 여기에서 '고운 임'은 다름 아닌 남편인 사라수대왕을 말한다. 세조 5년1459에 간행된 『월인석보月印釋譜』에도 "鴛鴦이 놀애ᄅᆞᆯ 블로ᄃᆡ 고ᄫᆞ니 몯 보아 ᄉᆞᆯ웃 우니다니 님하 오ᄂᆞᆳ나래 넉시라 마로리어다"라는 비슷한 구절이 나온다. '고ᄫᆞ니'는 '고운 이', 즉 어여쁜 사람을 말하고, '님하'는 돈호법 '임이여'를 가리킨다.

앞에서 언급한 「공무도하가」 또는 「공후인」으로 알려진 작품은 처음에 민요로 민간에서 널리 불렸을 것이라고 추정하는 학자들이 적지 않다. 이 점에서는 「가시리」도 마찬가지다. 그래서 그런지 민요에는 '님'이라는 낱말이 유난히 자주 나온다. 경상도 지역의 대표적인 민요인 「밀양아리랑」은 이러한 경우를 보여 주는 좋은 예다.

날 좀 보소 날 좀 보소 날 좀 보소
동지섣달 꽃 본 듯이 날 좀 보소

정든 님이 오셨는데 인사를 못해
행주치마 입에 물고 입만 방긋

첫 연에서 시적 화자 '나'는 피화자에게 마치 북풍한설 몰아치는 동지섣달에 꽃을 본 듯이 그렇게 반갑게 맞아달라고 간곡히 부탁한다. 물론 비닐하우스 농법이 발달한 오늘날에는 동지섣달에도 얼마든지 꽃을 볼 수 있어 이 비유법은 탄력의 잃은 고무줄처럼 신선함을 잃어버리고 말았다. 그러나 비닐하우스에서 꽃을 재배하기 불과 몇십 년 전만 하여도 동지섣달에 꽃을 본다는 것은 거의 기적에 가까웠다. 한겨울에 활짝 핀 꽃을 본다는 것은 무척 보기 드문 탓에 연인을 만나는 것이 그만큼 반가울 수밖에 없을 것이다.

첫째 연의 시적 화자가 남성이라면 둘째 연의 시적 화자는 여성이다. 멀리 떠나 마음속으로 몹시 그리던 '임'이 막상 돌아왔는데도 여성 화자는 차마 반갑다는 인사도 건네지 못한 채 반가운 마음을 기껏 행주치마를 입에 물고 살짝 미소 짓는 것으로 표현할 수밖에 없다. 행주치마를 두르고 있는 것을 보면 두 화자는 무슨 연유인지는 몰라도 헤어졌다가 다시 만난 부부인 것 같다. 엄격한 유교 질서에서 시부모를 모시고 살아가는 아내가 요즈음처럼 드러내놓고 애정을 표현하기란 그렇게 쉽지 않았을 것이다. 그녀가 할 수 있는 애정 표현이란 기껏 행주치마 자락이나 옷고름을 입에 물고 입가에 미소를 짓는 것이다.

이처럼 '님'을 연인이나 남편의 의미로 사용하는 것은 비단 민요에 그치지 않고 판소리에서도 엿볼 수 있다. 예를 들어 판소리 〈춘향가〉에서 '님 / 임'은 아니리와 창唱을 가르지 않고 두루 나온다. 다음은 신관 사또의 수청을 들지 않는다고 하여 옥에 갇힌 춘향을 묘사하는 장면이다.

이때 춘향이는 아무런 줄 모르고서 비몽사몽간非夢似夢間에 서방님이 오셨는데 머리는 금관이요 몸에는 홍삼이라. 식불감食不甘 침불안寢不安하여 상사일념에 목을 안고 만단정회萬端情懷 못 다하여 부르던 소리에 깨달으니 붙들었던 임은 인홀불견因忽不見 간 데 없고 칼머리만 붙들었네.

위 아니리는 춘향이 옥에서 이몽룡을 몹시 그리워하던 나머지 잠시 눈을 붙인 사이 꿈속에서 그를 만나는 장면에 대한 서술이다. 두 손으로 붙들고 있던 '임'은 언뜻 보이다가 홀연히 사라지고 잡고 있던 것은 사랑하는 사람의 몸이 아니라 목에 찬 칼이라는 사실을 깨닫고 깊은 절망에 빠진다. 한편 춘향은 이몽룡을 그리워하는 간절한 마음에 정신을 가누지 못한 채 울먹이며 중모리 장단에 맞추어 이렇게 노래한다.

갈까부다, 갈까부다. 임 따라서 갈까부다.
바람도 수여 넘고, 구름도 수여 넘는
수진이, 날진이, 해동청, 보라매 다 수여 넘는
동설령 고개라도 임 따라 갈까부다.

하날의 직녀성은 은하수가 막혔어도
일 년 일도一度 보련마는
우리 임 계신 곳은 무슨 물이 막혔간디
이다지 못 보는고.

위 창에서 세 번 되풀이하여 사용하는 '임'은 두말할 나위 없이 가족을 따라 한양으로 떠난 이몽룡을 말한다. 춘향에게는 한양으로 부른다고 해 놓고 아무런 연락도 없는 이몽룡에 대한 원망보다는 그를 만나고 싶다는 간절한 마음이 앞선다. 춘향은 이럴 줄 알았더라면 차라리 그 어떤 어려움이 있더라도 이몽룡과 함께 한양에 올라갔을 것을 그랬다고 생각하며 뒤늦게 밀려오는 후회로 가슴을 친다.

판소리 〈춘향가〉에서 사용하는 '임'은 『열녀 춘향 수절가』 같은 판소리 계열의 고전소설에서도 연인의 의미로 쓰인다. 예를 들어 춘향이 옥에 갇힌 장면에서 월매가 춘향에게 "너의 서방님이 왔다! 주야축수晝夜祝手 바라더니 어찌 이 지경으로 되었구나! 너 신세 내 팔자야 서럽고 분한 마음 어찌하여 애를 썩일거나"라고 푸념한다. 그러자 이 말을 들은 춘향은 "이게 웬 말이요? 아까 꿈에 왔던 임이 생시에 왔다니!"라고 놀라서 말한다. 여기에서 '임'이란 다름 아닌 월매가 말하는 '서방님', 즉 몽매에도 그리워하던 이몽룡을 말한다.

춘향처럼 사랑하는 사람을 '임'으로 부르는 것은 조선시대 평시조에서도 쉽게 볼 수 있다. 쉽게 볼 수 있는 정도가 아니라 시조에 두루 등장하는 '임'은 곧 연인이나 애인으로 보아도 크게 틀리지 않다. 조선 중기의 시인, 기녀, 작가, 서예가, 음악가, 무희 등 팔방미인으로 활약한 황진이黃眞伊의 작품은 더할 나위 없이 좋은 예로 꼽을 만하다.

> 冬至ㅅ돌 기나긴 밤을 한 허리를 버혀 내여
> 春風 니불 아릐 서리서리 너헛다가
> 어론님 오신 날 밤이여든 구뷔구뷔 펴리라

조선시대 평시조를 통틀어 이 작품만큼 찬란한 빛을 내뿜고 그윽한 예술적 향기를 풍기는 작품도 아마 찾아보기 어려울 것 같다. 참신한 비유와 토착어의 묘미를 한껏 살린 솜씨가 여간 돋보이지 않는다. 시간 개념을 공간 개념으로 바꾸어 놓는다든지, '서리서리'나 '구뷔구뷔' 같은 의태어를 구사한다든지 하는 솜씨도 뛰어나다. 또한 '한 허리', '니불 아릐', '너헛다가' 같은 표현에서는 외설스럽게 느껴지기까지 한다. 감수성 넘치는 한 여성의 섬세하고 애틋한 마음씨가 그대로 살아 숨 쉬는 빼어난 작품이다.

종장의 '어론 님'은 지금까지 흔히 정든 임을 가리키는 것으로 해석해 왔다. 그러나 '어론'은 '정든'이라는 의미보다는 훨씬 더 함축적 의미가 강하다. 액체가 고체 상태로 굳어지는 것을 의미하는 '얼다'는 남성의 발기를 떠오르게 한다. 실제로 미국의 페미니즘 이론가요 포스트휴먼 학자인 캐서린 헤일스는 여성성을 유체역학에, 남성성을 고체역학에 빗댄 적이 있다. 더구나 '얼다'는 '정을 통하다', '교합하다', '성교하다'를 가리키는 옛말이다. 성인을 뜻하는 '어른얼운'이나 '어르신얼우신'도 이러한 옛말에 뿌리를 두고 있다.

물론 '어론 님'을 축어적으로 해석하여 동짓달의 추운 날씨에 '몸이 언 임'으로 보는 학자도 없지 않다. 황진이의 작품은 찬찬히 반복하여 읽으면 읽을수록 속살이 드러나면서 관능적인 느낌을 준다. 시적 화자가 노래하는 '임'이 황진이가 그토록 흠모하던 화담花潭 서경덕徐敬德을 가리키는지, 아니면 한때 그녀가 사모하던 선전관의 명창 이사종李士宗을 가리키는지는 그다지 중요하지 않다. 다만 여기에서 중요한 것은 '임'이 시적 화자가 애타게 기다리는 애정의 대상이라는 점이다.

이왕 서경덕 이야기가 나왔으니 말이지만 그가 지은 것으로 흔히 전해지는 평시조 한 편을 살펴보기로 하자. 이 작품은 노랫가락으로도 즐겨 부르는 노래다.

> 말은 가려 울고 님은 잡고 아니 놓네
> 석양은 재를 넘고 갈 길은 천리로다
> 저 님아 가는 날 잡지 말고 지는 해를 잡아라

시인이요 수필가인 이양하李敭河는 옛시조 중에서도 이 작품을 가장 빼어난 시로 높이 평가하였다. 이 작품에 대하여 그는 "무르익어 뚝 떨어진 일품이다. 역대 시조를 통틀어 이렇게 잘된 것은 드물 것이다. 짧은 석 줄 가운데 해학이 있고 향토미鄕土美 흐뭇이 풍기는 선한 정경情景이 있고 기복 뚜렷한 '드라마'가 있다"고 밝힌 적이 있다. 이양하가 말하는 '무르익어 뚝 떨어진 일품'은 박용철朴龍喆이 작품의 완성도를 두고 그에게 해 준 말이다. 박용철은 시 한 편이 완성된 상태를 '꼭지가 돈다' 또는 '태반이 돌아 떨어진다'는 말로 자주 표현하곤 하였다.

이 작품에서 '님'의 의미를 이해하기 위해서는 무엇보다도 먼저 시적 화자 '나'가 누구인지 알아야 한다. 말을 타고 갈뿐더러 자기를 붙잡지 말라고 말하는 것으로 보면 남편인지 연인인지는 알 수 없지만 남성으로 보는 것이 좀 더 합리적이다. 옷소매 부여잡는 것을 보아 아마 연인보다는 남편이 가능성이 높다. 그러므로 이 작품에서 '님'은 남편을 떠나보내는 것을 못내 아쉬워하는 아내일 것이다.

묏버들 갈ᄒᆡ 것거 보내노라 님의 손ᄃᆡ
자시ᄂᆞᆫ 窓밧긔 심거두고 보쇼서
밤비예 새닙곳 나거든 날인가도 너기쇼서

조선 선조 때 함경도 홍원의 기생 홍랑洪娘이 지은 작품이다. 시적 화자 '나'는 멧버들 중에서도 가장 멋진 가지를 골라 꺾어 '님'에게 보낸다. 그러면서 '님'에게 잠을 자는 방 창 밖에 심어두고 눈여겨보라고 부탁한다. 밤비에 촉촉이 젖어 그 가지에서 새 잎이 돋거든 자기라고 여기라는 것이다. 이 작품은 홍랑이 조선 중기 8대 문장가로 꼽히는 고죽孤竹 최경창崔慶昌과 이별하며 그 아픔을 노래한 작품으로 알려져 있다. 최경창이 함경도 관찰사를 그만두고 한양으로 올라가게 되자 그를 배웅하면서 날은 저물고 궂은비마저 내리자 그를 그리는 마음에서 이 노래와 함께 버들가지를 보냈다고 전해진다. 방금 앞에서 인용한 황진이의 작품처럼 홍랑의 작품에서도 '님'은 애틋하게 사모하는 대상을 가리킨다.

> 梨花雨 흣뿌릴 제 울며잡고 이별한 님
> 秋風落葉에 져도 날 생각는가
> 千里에 외로운 꿈은 오락가락 하노매

선조 때 전라도 부안의 명기 매창梅窓의 작품이다. 본명이 이향금李香今이고 호가 계생桂生인 그녀는 노래와 거문고에 능하고 한시를 잘 지었다. 임진왜란 중 의병을 지휘한 공로로 통정대부가 된 유희경劉希慶과 깊이 사귀었지만 그가 한양으로 올라간 뒤 소식이 없자 이 시조를 짓고 수절할 것으로 알려져 있다.

황진이를 비롯하여 홍랑과 매창에서 볼 수 있듯이 조선시대 기녀들은 문학에서 자못 중요한 역할을 맡았다. 유교적 가치관에 얽매이지 않다 보니 그들은 여염집 여성들보다 자신의 정서를 좀 더 솔직하고 절실하게 표현할 수 있었다. 또한 남성과 자주 접촉하던 기녀들은 이성에 대한 애틋한 사랑, 특히 이별의 아픔이나 기다림과 같은 정한을 즐겨 노래하였다. 그들의 작품은 시공간을 초월하여 일반 서민이 흔히 겪는 보편적인 정서에 맞닿아 있으므로 그만큼 감동이 크다.

한편 사대부 남성들은 근엄한 유교적 체면에 억눌려 자연스러운 감정을 솔직하게 표현하는 데 한계가 있었다. 더구나 더러 예외가 없는 것은 아니지만 그들에게 문학이란 한낱 여기에 지나지 않았다. 조선의 사대부들은 흔히 문학을 도를 싣는 그릇으로 보는 문이재도文以載道나 도를 밝히는 문이명도文以明道에 경도되어 있었다. 이러한 효용론적 문학관에서는 기녀들처럼 자신의 감정을 자유롭게 표현할 수 없었다. 다분히 자기목적적이고 세속적이라고 할 문학은 지나치게 경건성을 중시하는 종교나, 경직된 도덕과 윤리적 가치를 중시하는 문화적 토양에서는 좀처럼 뿌리를 내리고 아름다운 꽃을 피우기 어렵다.

황진이와 홍랑과 매창에서 볼 수 있듯이 '임 / 님'이 가장 자주 사용되는 작품은 역시 평시조다. 육당六堂 최남선崔南善이 『시조유취時調類聚』에서 분류한 바에 따르면 '한정류閑情類' 281수, '남녀류' 155수, '상사류想思類' 122수, '이별류' 48수다. 남녀의 애정을 주제로 하는 작품들은 모두 325수로 '한정류'보다 훨씬 더 많다. 이러한 분류 방식을 통틀어 '임 / 님'이라는 낱말을 사용하는 시조는 무려 350여 수가 된다.

한편 정병욱이 엮어 펴낸 『시조문학사전』1966·1982에 수록된 작품은 모두 2,376수다. 그 중에서 '임 / 님'이라는 말이 나오는 작품은 평시조 255수, 엇시조 28수, 사설시조 71수 등 모두 354수다. 그러니까 '임 / 님'이 등장하는 시조는 전체 작품의 15퍼센트 가량을 차지하는 셈이다.

연인을 의미하는 '님'은 가사와 시조에 자주 나올 뿐 아니라 이제는 대중가요에서도 자주 쓰인다. 1938년에 김용호金用浩가 노랫말을 짓고 이시우李時雨가 작곡한 「눈물 젖은 두만강」은 좋은 예다.

> 두만강 푸른 물에 노 젓는 뱃사공
> 흘러간 그 옛날에 내 님을 싣고
> 떠나던 그 배는 어디로 갔소.

그리운 내 님이여, 그리운 내 님이여
언제나 오려나.

김용호가 이 노랫말을 지은 1938년은 일본 제국주의가 한 해 전 중일전쟁을 시작으로 침략전쟁을 본격화하던 시기다. 일제는 국가총동원령을 선포하여 미곡 증산을 실시했을 뿐 아니라 미곡 공출 제도를 시행하여 태평양전쟁을 준비하였다. 이처럼 이 노랫말에는 일본 식민지 지배를 받으면서 한민족이 겪은 고단하고 신산스러운 삶의 애환이 고스란히 배어 있다. 삶의 터전을 잃은 사람들은 두만강을 건너 만주 벌판으로 건너갔다. 일제는 1931년의 만주사변 이후 괴뢰국 만주국을 세우고 중국인과 조선인이 연합한 항일 무장단체인 동북항일연군의 주요 활동 지역에 집중적으로 조선인을 집단 이주시켰다. 그러다 보니 두만강 건너편 용정촌은 일제에 쫓겨난 한민족의 구심점이었다.

이 노랫말의 화자는 남편을 만주로 떠나보낸 아내로 보는 데 크게 무리가 없다. 남편을 만주로 실어다 준 뱃사공도 그가 젓던 나룻배도 어디로 갔는지 보이지 않는 것을 보면 남편이 화자의 곁을 떠나간 지도 무척 오래된 것 같다. 그래서 화자는 "그리운 내 님이여, 그리운 내 님이여 / 언제나 오려나"라고 한탄한다. 그런데 '님'의 의미장을 좀 더 넓혀 보면 식민지 조국을 위하여 싸우다 사라진 독립투사를 가리키는 말로도 읽힌다.

「눈물 젖은 두만강」에서 '님'이 아내를 두고 떠나가는 남편을 의미한다면 반야월半夜月 가사를 쓰고 김교성金敎聲이 작곡한 「울고 넘는 박달재」에서 '님'은 며칠 함께 지낸 남성을 가리킨다.

천둥산 박달재를

울고 넘는 우리 님아

물항라 저고리가

궂은비에 젖는 구려

충청북도 제천에 위치한 박달재의 전설을 배경으로 향토적이고도 구슬픈 가사와 그에 걸맞은 호소력 있는 멜로디로 1940년대 말부터 대중의 인기를 끈 대중가요다. 전설에 따르면 박달이라는 선비가 과거를 보러 한양으로 가던 중 박달재 아래 마을에서 금봉이란 처녀와 만나게 되었다. 두 사람은 첫눈에 반하여 며칠을 즐거이 보냈지만 박달은 장원급제하여 다시 찾아오겠다는 말을 남기고 한양으로 떠났다. 과거 시험에 낙방한 박달은 한양에서 몇 해 동안 무위도식하다가 마침내 금봉을 만나러 돌아갔지만 마을에서는 그녀의 장례식이 한창이었다. 알고 보니 박달을 애타게 기다리다가 지쳐 식음을 전폐한 금봉이 겨우 사흘 전에 죽었던 것이다.

그런데 반야월은 「울고 넘는 박달재」를 박달재 전설을 토대로 노랫말을 지은 것이 아니라 오히려 그 반대로 노랫말을 바탕으로 사람들이 전설을 만들어냈다고 주장하는 사람도 있다. 박달재는 천둥산을 넘는 고개가 아니라 시랑산을 넘는 고개고, 천둥산을 넘는 고개는 박달재가 아니라 다릿재라는 사실은 이 점을 더욱 뒷받침한다. 어찌 되었든 이 대중가요를 듣다 보면 궂은비를 맞으며 박달재를 넘어가는 남성'우리 님'과 도토리묵을 싸서 허리춤에 매어주며 서러워서 눈물을 흘리는 여성'금봉'의 모습이 눈앞에 선하다.

'임'은 유행가 노랫말에 이어 일상어에서도 자주 쓰인다. 두 가지 일을 동시에 이루는 것을 비유적으로 일컫는 "임도 보고 뽕도 따고"라는 관용적 표현이 그중의 하나다. 뽕을 따러 나가니 누에 먹이를 장만하여 좋고, 뽕밭에서 사랑하는 애인도 만나 정을 나눌 수 있어 좋다는 뜻이다. 그런데 이 관용어는 임진왜란 때 이여송李如松을 따라 조선에 들어온 명나라의 장수 두사충杜師忠의 일화에서 비롯하였다. 전쟁이 끝나고 두사충은 두 아들과 함께 조선에 귀화하여 대구지방에서 뽕나무를 가꾸고 누에를 치며 살았는데 어느 날 그가 뽕나무에 올라가 뽕잎을 따다가 우연히 옆집 과부를 보고 첫눈에 반했다고 전해진다. 그래서 두사충이 날마다 뽕나무에 올라가서 옆집 과부를 바라보곤 하면서 이 관용어가 생겨났다.

3

'님'의 의미장은 연인이나 애인 또는 남편을 뛰어넘어 절대군주시대의 임금으로 이어진다. 유교 문화에서 연인이나 애인에 대한 애틋한 마음이 절대 군주인 임금에 대한 충성으로 이어지는 것은 그다지 놀라운 일이 아니다. 가사에 한정지어 말한다면 '님'이 언급되는 비율은 연군 쪽이 애정 쪽보다 줄잡아 두 배가 된다. 두말할 나위 없이 유교를 국교로 삼던 조선시대로 접어들면서 남녀의 애정보다는 충효를 중요하게 여기는 가치관이 컸기 때문이다.

엄밀히 따지고 보면 '임'과 '임금'은 서로 같은 뿌리에서 갈라져 나왔다. '임금'은 『용비어천가龍飛御天歌』에서 볼 수 있듯이 15세기 고어로 '님금'이었고, 신라시대로 더 거슬러 올라가면 '니사금尼師今'이라고 하였다. '사'가 'ㅅ' 발음을 나타내는 기호로 사용되었을 가능성을 염두에 두면 '니사금'은 실제로는 잇자국을 뜻하는 '닛금' 정도의 발음에 가까웠을 것이라고 주장하는 학자도 있다. 예로부터 『삼국유사』 같은 동양 문헌에도, 아리스토텔레스의 『동물지』 같은 서양 문헌에도 이[齒]의 수가 많은 사람이 똑똑하다는 관념이 널리 퍼져 있었다.

향가에서 고려가요로 넘어가는 데 징검다리 역할을 한 작품으로 흔히 「도이장가悼二將歌」가 꼽힌다. 1120년에 예종이 지은 작품으로 다음은 양주동梁柱東이 번역한 것이다.

니믈 오ᄋᆞ로ᄉᆞᆯᄫᆞᆫ

ᄆᆞᅀᆞᄆᆞᆫ ᄀᆞᆺ하ᄂᆞᆯ 밋곤

넉시 가샤ᄃᆡ

사ᄆᆞ샨 벼슬마 ᄯᅩ ᄒᆞ져

ᄇᆞ라며 아리라

그ᄢᅴ 두 功臣여

오라나 고ᄃᆞᆫ

자최ᄂᆞᆫ 나토신뎌

님을 오롯하게 하신

마음은 하늘 끝까지 미치니

넋이 가셨으되

삼으신 벼슬은 높구나

바라보면 알리라

그 때의 두 공신이여

오래 되었으나 곧은

자취는 나타나는구나

김완진金完鎭은 원문의 첫 구절 "主乙完乎白乎"를 "니리믈 오ᄋᆞ로ᅀᆞᆯᄫᆞᆫ"로 번역하였다. 양주동이 '니믈'이라고 한 것을 김완진은 '니리믈'로 옮긴 것이 조금 다를 뿐 기본 내용은 서로 같다. 여기서 '님'이란 태조 왕건王建이 견훤甄萱과 싸우다가 궁지에 몰렸을 때 왕건을 대신해서 죽은 두 공신 신숭겸申崇謙과 김락金樂을 가리킨다. 태조 때부터 팔관회에서 죽은 두 공신을 기리는 추모 행사를 벌였다.

고려가요 중에서도 「정과정곡鄭瓜亭曲」은 지은이가 알려진 유일한 작품이다. 「도이장가」처럼 향가의 흔적이 남아 있어 흔히 '향가계 고려가요'로 일컫기도 한다.

내 님믈 그리ᅀᆞ와 우니다니

山 졉동새 난 이슷ᄒᆞ요이다

아니시며 거츠르신 ᄃᆞᆯ 아으

殘月曉星이 아ᄅᆞ시리이다
넉시라도 님은 ᄒᆞᆫᄃᆡ 녀져라 아으
벼기더시니 뉘러시니잇가
過도 허믈도 千萬 업소이다
ᄆᆞᆯ힛마리신뎌
ᄉᆞᆯᄋᆞᆺ븐뎌 아으
니미 나ᄅᆞᆯ 하마 니ᄌᆞ시니잇가
아소 님하 도람 드르샤 괴오쇼셔

내 임을 그리워하여 울고 있으니
산 접동새와 내 신세가 비슷합니다.
(모함이 사실이) 아니며 거짓인 줄을
지는 달 뜨는 별이 아실 것입니다.
넋이라도 임과 함께하고 싶습니다 아아
(내가 죄가 있다고) 우기시는 이 누구입니까
잘못도 허물도 천만 없습니다.
모함에 지나지 않는 것을
서럽구나 아아
임이 나를 벌써 잊으셨습니까
아 임이여, 다시 들으시어 사랑해 주소서

『고려사』 악지樂誌에 따르면 이 작품을 지은 정서鄭敍는 인종과 동서 사이로 오랫동안 왕의 총애를 받아왔는데 의종이 즉위한 뒤 참소를 받아 고향인 동래로 유배되었다. 이 때 의종은 머지않아 다시 소환하겠다고 약속했지만 아무리 오래 기다려도 소식이 없자 정서는 거문고를 잡고 이 노래를 지어 불렀다. 이 작품에는 신하가 유배지에서 임금을 그리워하는 마음을 절실하게 읊는 노래라고 하여 흔히 '충신연주지사忠臣戀主之詞' 또는 '연군가戀君歌'라는 꼬리표가 붙어 다닌다. 한편 유배지에서 쓴 작품이라는 점에서 보면 '유배문학'으로 볼 수도 있다.

정서가 「정과정곡」에서 네 번 되풀이하여 사용하는 '님'은 좁게는 고려의 의종, 더 넓게는 한 나라의 절대 군주나 통치자를 가리킨다. 비록 불교를 숭상하던 고려시대의 작품이라고는 하지만 유교는 당시 직간접으로 영향을 끼쳤다. 절대 군주인 임금에 대한 충성과 복종은 두말할 나위 없이 유교 정치문화가 낳은 결과 중 하나다.

정서가 미리 닦아 놓은 충신연주지사는 조선시대에 이르러 송강松江 정철鄭澈의 「사미인곡思美人曲」을 비롯한 가사와 시조로 이어진다. 「사미인곡」은 정철이 쉰 살 되던 해 당쟁으로 사헌부와 사간원의 논척을 받고 고향인 전라도 창평에 머물 때 지은 작품이다. 그는 임금을 사모하는 마음을 여성이 그 남편을 생이별하고 연모하는 마음에 빗대어 자신의 충절과 연군의 감정을 고백한 작품이다.

ᄒᆞᄅᆞ도 열두 ᄢᅢ ᄒᆞᆫ ᄃᆞᆯ도 셜흔 날
져근덧 ᄉᆡᆼ각 마라 이 시ᄅᆞᆷ 닛쟈 ᄒᆞ니
ᄆᆞ음의 ᄆᆡ쳐 이셔 골슈의 ᄢᅦ텨시니,

편쟉이 열히 오나 이 병을 엇디 ᄒᆞ리.
어와 내 병이야 이 님의 타시로다.
출하리 싀어디여 범나븨 되오리라.
곳나모 가지마다 간 ᄃᆡ 죡죡 안니다가
향 므든 날애로 님의 오ᄉᆡ 올므리라.
님이야 날인 줄 모ᄅᆞ샤도 내 님 조ᄎᆞ려 ᄒᆞ노라.

하루도 열두 때 한 달도 서른 날
잠깐 동안 생각 말아 이 시름 잊자 하니
마음에 맺혀 있어 뼛속까지 꿰쳤으니
명의가 열이 와도 이 병을 어찌하리.
아아, 내 병이야 이 임의 탓이로다.
차라리 사라져서 범나비 되오리라.
꽃나무 가지마다 간 데 족족 앉았다가
향기 묻은 날개로 임의 옷에 옮으리라.
임이야 나인 줄 모르셔도 나는 임을 좇으려 하노라.

정철의 작품을 보면 흔히 '결사結辭'로 일컫는 마지막 부분에는 마치 약방의 감초처럼 거의 언제나 '님'이 등장한다. 이 가사를 쓴 시인은 정철이지만 이 작품의 시적 화자는 무슨 사연인지는 몰라도 남편과 헤어진 아내다. 화자는 지금 자기가 앓고 있는 병이 너무 깊어 비록 편작扁鵲 같은 명의가 열 명이 와도 고칠 수 없다고 고백한다. 그도 그럴 것이 그녀의 병은 바로 '님'과 헤어진 탓에 생겨난 상사병이기 때문이다. 그러므로 '님'한테로 돌아가지 않는 한 그녀의 병은 아마 치료될 수 없을 것이다. 정철이 이 작품에서 말하는 남편이란 임금, 좀 더 구체적으로 말하면 그를 총애하던 선조다. 남편을 애타게 그리는 아내는 다름 아닌 정철 자신이다. 말하자면 남편을 연모하는 마음은 다름 아닌 임금을 향한 충절이다.

이렇게 정철이 임금에 대한 충절은 부부 관계에 빗대어 노래한 것은 좀 더 독자들에게 친근하게 다가가기 위해서다. 부부의 사랑이야말로 임금과 신하의 관계를 떠나 누구나 경험하고 공감할 수 있는 일상적 이야기이기 때문이다. 만약 시적 화자가 드러내놓고 군신 사이의 충정을 읊었더라면 아마 지금과 같은 시적 감흥을 불러일으키지 못했을 것이다.

여기에서 잠깐 「사미인곡」의 제목을 짚고 넘어가는 것이 좋을 것 같다. 이 작품의 본문에서 정철은 임금을 '님'으로 부르지만 제목에서는 '미인'으로도 부른다. '미인'이라면 흔히 아름다운 사람, 그중에서도 얼굴이나 몸매 따위가 아름다운 여성을 이른다. 중국 한나라 때는 궁녀의 관직 중에 '미인'이라는 관직이 있었다. 그러나 송강은 이 작품에서 '미인'을 '재덕이 뛰어난 사람'이라는 뜻으로 사용하였다. 그러므로 본문의 '님'과 제목의 '미인'은 서로 상충하지 않는다.

'미인'을 '님'의 의미로 사용하는 것은 비단 정철만이 아니다. 가령 김춘택金春澤은 「별사미인곡別思美人曲」에서 그 제목에 '미인'이라는 낱말을 사용하였다. 그러나 막상 작품 안으로 들어가 보면 정철처럼 여전히 '님'을 사용하고 있다. 김춘택은 "내가 제주에 와 우리말로 「별사미인곡」을 지으니 이는 정철의 양미인곡兩美人曲에 추화追和한 것이다"라고 밝혔다. 그의 말대로 김춘택은 제주도에 유배되어 있던 1706~1710년숙종 32~36에 정철의 가사를 본떠 이 작품을 지은 것으로 미루어볼 수 있다.

이 점에서는 이진유李眞儒의 가사「속사미인곡續思美人曲」도 김춘택의 작품과 마찬가지다. 1724년 이진유는 경종의 죽음을 청나라에 알리는 고부부사告訃副使로 다녀오는 길에 영조가 즉위하고 노론이 등용됨에 따라 전라도 나주와 추자도에 안치되었다. 작품 첫머리에 "삼년을 님을 써나 히도海島의 뉴락流落ᄒᆞ니 ……"라고 적는 것으로 보아 안치 기간에 쓴 것임을 알 수 있다. 송강이「사미인곡」의 속편을「속미인곡」이라고 한 것과는 달리 이진유는「속사미인곡」이라고 한 것도 흥미롭다.

한편 퇴계退溪 이황李滉은 '미인'을 송강과는 전혀 다른 의미로 사용하였다. 이황은 모두 여섯 곡으로 구성된 연시조「도산십이곡陶山十二曲」중 네 번째 곡에서 이렇게 노래한다.

> 幽蘭이 在谷하니 自然이 듣기 좋아
> 白雲이 在山하니 自然이 보기 좋아
> 이 중에 彼美一人을 더욱 잊지 못하네

시적 화자는 골짜기에는 난초가 그윽한 향기를 내뿜고 산에는 흰 구름이 떠 있어 그야말로 자연이 아름답기 그지없다고 노래한다. 예로부터 난초는 학문이나 그것을 추구하는 학자를 상징하는 대표적인 식물이다. 언제나 푸른빛을 잃지 않고 있다는 점에서도 그러하고, 그윽한 향기를 내뿜는다는 점에서도 그러하다. 이렇게 학문의 세계나 학자를 상징하기는 흰 구름도 마찬가지다. 자신의 호를 '백운白雲' 또는 '백운거사白雲居士'라고 지은 것에 대하여 이규보李奎報는 "나는 백운을 사랑한다. 사랑하고 사랑하여 백운의 이치를 하나하나 배워 가면 비록 세상에 자랑할 만한 것은 없을지라도 하등의 잘못은 없을 것이고 내 자신에게도 큰 손해는 없을 것이다"라고 말한 적이 있다.

그런데 이렇게 자연이 아름다우면 아름다울수록 이황은 더더욱 또 다른 '미인', 즉 종장의 '피미일인'을 못내 잊지 못한다. 여기서 미인이란 미모를 자랑하는 여성과는 거리가 멀다. 그것은 성리학적 도를 이상으로 삼고 그것을 몸소 실천하려고 애쓰는 사람을 이르는 표현이기 때문이다. 이황 같은 성리학자에게는 성리학의 도가 다름 아닌 아름다운 미인이다. 여기에서도 난초나 구름 같은 자연은 한낱 '저 아름다운 미인'을 불러오기 위한 구실에 지나지 않는다. 바꾸어 말해서 자연은 아름다운 미인의 모습을 돋보이게 할 배경일 뿐이다. 종장 "이 중에 피미일인을 더욱 잊지 못하네"에서 '더욱'이라는 부사가 이 점을 뒷받침한다.

이황이 '차미일인此美一人'이라고 하지 않고 굳이 '피미일인'이라고 말하는 것을 보면 성리학적 도를 실천하는 것이 얼마나 어려운지 알 수 있다. 지시 형용사나 지시 부사인 '彼저'와 '此이'는 영어의 '댓that'과 '디스this', '데어there'와 '히어here'처럼 물리적 거리에서 큰 차이가 난다. 전자가 말하는 사람을 기준으로 좀 더 멀리 떨어져 있는 대상을 가리킬 때 사용한다면, 후자는 말하는 사람 바로 가까이 있는 대상을 가리킬 때 사용한다. 정치권력의 단맛을 본 정철 같은 시인들이 자연에 파묻혀 지내면서도 궁중에 두고 온 임금을 못내 잊지 못하는 것처럼, 조선조를 통틀어 가장 유명한 유학자답게 이황은 '천석고황泉石膏肓' 운운하면서도 어쩔 수 없이 성리학적 도에 무게를 실었다.

정철의 연군가는 「사미인곡」이나 그 속편인 「속사미인곡」 같은 가사에 이어 평시조에서도 쉽게 찾아볼 수 있다. 앞에서 언급했듯이 황진이를 비롯한 기녀들이 시조에서 노래하는 '님'은 주로 애틋하게 사모하던 연인이거나 이런 저런 사정으로 이미 이별했거나 지금 이별하는 남편이다. 그러나 정철 같은 사대부가 즐겨 노래하는 '님'은 얼핏 보면 여성 같지만 한 꺼풀만 벗겨놓고 보면 어김없이 충성을 다하여 섬기던 임금임이 드러난다.

> 내 ᄆᆞᄋᆞᆷ 버혀내여 별ᄃᆞᆯ을 ᄆᆡᆼ글고져
> 九萬里長天의 번ᄃᆞ시 걸려 이셔
> 고온 님 겨서 고ᄃᆡ 가 비최여나 보리라

위 작품에서는 선조 임금에 대한 정철의 변함없는 충정을 읽을 수 있다. 이 평시조가 「사미인곡」과 조금 차이가 있다면 시적 화자가 의탁하는 대상이 다를 뿐이다. 가사에서는 죽어서 범나비가 되어 임금한테 찾아가고 싶다고 노래한다면, 평시조에서는 별이나 달과 같은 행성이 되어 임금을 비추고 싶다고 노래한다. 그러나 '님'을 애타게 그리워한다는 간절한 마음에서 두 작품은 크게 차이가 없다.

그런데 여기에서 한 가지 찬찬히 눈여겨볼 것은 가사에 등장하는 '님'

이 반드시 임금을 의미하지는 않는다는 점이다. 가령 조선 인조 때 문관 채득기蔡得沂의 「봉산곡鳳山曲」은 이러한 경우를 보여 주는 좋은 예에 속한다. 병자호란 때 소현세자와 봉림대군이 볼모가 되어 청나라의 심양에 들어갈 때 그들을 호종扈從하라는 명을 받고 대궐에 나아가 임금의 망극한 은혜를 읊은 작품이다. 흔히 '천대별곡天臺別曲'이라고도 부르는 이 작품에서 '님'은 인조가 아니라 어디까지나 소현세자와 봉림대군을 가리킨다.

임금에 대한 충성심은 가사뿐 아니라 평시조에서도 엿볼 수 있다. 평시조 중에서도 조선 초기 사육신의 시조에서 좀 더 분명하게 드러난다.

> 이 몸이 주거주거 일백 번 고쳐 주거
> 白骨이 塵土되여 넉시라도 잇고 업고
> 님 향한 一片丹心이야 가싈 줄이 이시랴

이성계李成桂가 고려를 무너뜨리고 조선을 건국하려고 할 때 이방원李芳遠은 고려 충신 포은圃隱 정몽주鄭夢周의 마음을 떠보려고 흔히 '하여가何如歌'로 일컫는 이 작품을 읊었다. 그러자 정몽주가 그것에 대한 화답가로 읊은 것이 다름 아닌 이 작품이다. 여기에서 '님'은 고려의 마지막 공양왕을 가리킨다. 충신은 두 임금을 섬기지 않는다는 원칙을 고수하며 기울어져가는 고려 왕조를 회생시키려다가 정몽주는 마침내 선죽교에서 순절하였다.

이 작품에서 종장 "님 향한 일편단심이야 가싈 줄이 이시랴"가 눈길을 끈다. 이 시조를 이방원의 「하여가」에 빗대어 흔히 '단심가丹心歌'로 일컫는 이유다. 그런데 여기에서 한 가지 흥미로운 것은 또 다른 사육신 박팽년朴彭年도 한 시조에서 위의 종장과 비슷한 구절을 구사한다는 점이다. "가마귀 눈비 마자 희는듯 검노매라 / 야랑명월夜郎明月이 밤인들 어두우랴 / 님 향흔 일편단심이야 변흘 줄 이이시랴." 성삼문이 '가실 줄'이라고 노래한 것을 박팽년은 '변흘 줄'로 살짝 바꾸어 놓은 것이 조금 다를 따름이다.

이렇게 충성을 다하여 모시던 임금을 '임'이라고 부르는 점에서는 왕방연王邦淵도 사육신들과 크게 다르지 않다.

> 천만리 머나먼 길에 고운 님 여희옵고
> 내 마음 둘듸없서 냇가에 안자이다
> 저물도 내 안 가도다 우러 밤길 녜놓다

수양대군이 계유정난을 일으켜 어린 조카 단종의 왕좌를 빼앗자 사육신 등이 단종의 복위를 시도하려다 김질金礩의 밀고로 드러났다. 그러자 수양대군은 그 책임을 단종에게 전가시켜 강원도 영월로 유배하였다. 노산군魯山君으로 강등되어 영월에 유배 중인 단종에게 1457년에 사약을 내릴 때 그 책임을 맡은 사람이 의금부도사 왕방연이었다. 노산군을 처형하고 한양으로 돌아오는 길에 굽이치는 여울의 언덕 위에 앉아서 읊은 노래로 알려져 있다. 앞에서 언급한 『월인천강지곡』에서 '고봉 님'이 남편을 가리킨다면 왕방연이 이 작품의 초장에서 사용하는 '고운 님'

은 두말할 나위 없이 노산군으로 강등된 단종을 가리킨다.

그런데 얼핏 보아서는 '님'이 임금을 가리키는 것인지, 아니면 연인이나 남편을 가리키는 것인지 헷갈리는 작품도 더러 있다. 작품의 창작 배경을 잘 모르고 읽는다면 연인이나 남편으로 해석할 독자가 적지 않다. 물론 그렇게 해석했더라도 잘못 읽은 것은 아니다. 문학가가 일단 작품을 창작하고 나면 작품의 의미를 해석하는 것은 어디까지나 독자의 몫이기 때문이다.

> 님이 혜오시매 나는 전혀 믿었더니
> 날 사랑하던 정을 뉘손대 옮기신고
> 처음에 믜시던 것이면 이대도록 설오랴

성리학의 대가로 흔히 '송자宋子'로 칭송 받던 우암尤菴 송시열宋時烈이 지은 평시조다. 효종의 스승으로 판중추부사와 봉조하의 벼슬을 지냈지만 그는 숙종 15년에 원자 책봉을 반대하다가 제주도로 귀향 갔다. 이 작품은 유배 중에 쓴 작품이다. 서인의 우두머리였던 송시열을 둘러싼 일련의 정치적 환경을 알고 이 작품을 읽으면 초장 "님이 혜오시매 나는 전혀 믿었더니"에서 '님'은 다름 아닌 숙종임을 알 수 있다.

그러나 만약 이러한 배경을 미처 알지 못하고 이 작품을 읽는다면 '님'은 얼마든지 연인으로 읽힌다. 그토록 마음을 주다가 배신한 상대를 원망하는 남녀의 애정 관계를 읊은 작품으로 볼 수도 있다. '님'을 철석같이 믿고 있던 시적 화자인 '나'에게 자기를 버리고 다른 '님'을 사랑하다니 그야말로 하늘이 무너지고 땅이 꺼지는 것 같은 느낌일 것이다. 종장에서 노래하듯이 차라리 처음부터 정을 주지 않았더라면 그렇게 서럽지도 야속하지도 않았을지도 모른다.

사랑이 거즛말이 님 날 사랑 거즛말이
숢에 와 뵈단 말이 긔 더욱 거즛말이
날갓치 좀 아니 오면 어늬 숢에 뵈리오

조선시대 판돈녕부사와 이조판서, 우의정 등을 역임한 문신 김상용金尙容의 작품이다. 평시조 같은 짧은 정형시에 점층법, 반복법, 설의법 같은 여러 수사법을 구사하는 솜씨가 무척 뛰어나다. 한 여성이 '님'을 그리워하는 심정을 마치 투정하는 듯한 어조로 표현하는 것이 무엇보다도 눈길을 끈다.

그러나 이 작품을 단순히 연정시로 읽기에는 김상용의 정치적 행보가 예사롭지 않다. 임진왜란이 일어나자 강화 선원촌으로 피난했다가 당시 양호체찰사 정철의 종사관이 되어 왜군 토벌과 명나라 군사 접대로 공을 세워 승지에 발탁되었다. 김상용은 그 뒤 대사간이 되었지만 북인의 배척을 받아 정주목사로 좌천된 후 지방관을 전전하였다. 광해군이 즉위하던 해에 잠깐 한성우윤과 도승지를 지낸 뒤에는 계속 한직에 머물렀다. 그렇다면 초장 "사랑이 거즛말이 님 날 사랑 거즛말이"에서 '님'은 광해군이나 인조로 볼 수도 있다.

綠楊이 千萬絲ㅣ들 가는 春風 잡아매며
探花蜂蝶인들 지는 꽃을 어이하리
아모리 思郞이 重한들 가는 님을 잡으랴

인품이 대쪽같이 곧아서 의절을 굽히는 일이 없었다는 오리梧里 이원익李元翼의 작품이다. 이 작품의 묘미는 수사적 의문법을 적절하게 구사하는 데 있다. 시적 화자는 푸른 버들가지가 천 갈래 만 갈래의 실과 같다고 한들 가는 봄바람을 어찌 잡아 맬 수 있으며, 꽃을 찾아다니는 벌과 나비라고 해도 떨어지는 꽃을 어찌 막을 수 있겠느냐고 묻는다. 종장에 이러서는 아무리 사랑이 소중하더라고 하여도 떠나가는 '님'을 어떻게 잡을 수 있겠느냐고 반문한다. 세 질문에 답은 이미 물음 속에 들어 있고, 그 답은 도저히 그럴 수 없다는 것이다. 여기에서 '님'은 변심한 연인이나 애인을 뜻한다. 몸은 붙잡아둘 수 있어도 마음은 붙잡을 수 없는 법이다.

이 작품에서 '님'을 연인이나 애인으로 보는 것은 종장의 '思郞' 때문이다. '사랑'은 본디 토착어로 생각을 뜻하는 옛말 'ᄉᆞ랑'과 관련이 있다. 동사 '사랑하다'는 옛날에는 '괴다'라고 하였다. 한편 '낭군 랑'에서 유추할 수 있듯이 '思郞'은 그 대상이 남성임을 분명히 한다. 다시 말해서 여성 화자가 남성을 애틋하게 생각하면서 그리워하는 것이 바로 '思郞'이다.

그러나 김상용의 작품처럼 이원익의 작품에서도 '님'은 비단 연인이나 애인에 그치지 않고 얼마든지 임금을 가리키는 것으로도 해석할 수 있다. 임진왜란 때 영의정을 지내던 이원익은 정인홍鄭仁弘 등이 유성룡柳成龍을 모함하는 것을 적극 변호하다가 파직된 일이 있을 정도로 강직한 선비였다. 또한 광해군의 이복동생 영창대군의 어머니인 인목대비의 폐모를 반대하다가 유배를 갔다. 이원익은 인조반정 후에 폐위된 광해군을 처형하려는 논의에도 극력 반대하였다. 억울하게 원균元均에게 무고를 당한 이순신李舜臣을 극력 두둔한 사람도 다름 아닌 이원익이었다. 이 작품은 천명을 거스르는 일은 결코 하지 않으려고 한 이원익의 충절과 올곧은 성격을 여실히 보여 준다.

한편 '님'은 사랑하는 연인이나 임금이 아니라 '주인'을 뜻하기도 한다. 『훈몽자회訓蒙字會』에는 '님 쥬'로 풀이되어 있고, 최근 옥편에는 '主'를 찾아보면 '주인 주'로 풀이되어 있다. 예를 들어 '무주공산無主空山'이라고 하면 '주인 없는 빈산'을 뜻하고, '무주공사無主空舍'라고 하면 주인 없는 빈 집을 뜻한다. 『용비어천가』에는 이러한 구절이 나온다.

> 전 ᄆᆞ리 현 버늘 딘ᄃᆞᆯ 三十年 天子ㅣ어시니 모딘 ᄢᅬᄅᆞᆯ 일우리잇가
> 石壁이 ᄒᆞᆫ 잣 ᄉᆞ싄ᄃᆞᆯ 數萬里△ 니미어시니 百仞虛空애 ᄂᆞ리시리잇가
> 저는 말이 몇 번을 넘어진들 서른 해의 천자이시니 모진 꾀를 이루시리이까?
> 돌 절벽이 한 자 사이인들 수만 리 땅의 주인 될 분이시니 백 길 허공에 떨어지겠습니까?

2행의 '니미어시니'에서 '님'은 수만 리 땅의 주인을 가리킨다. 물론 드넓은 땅을 소유하는 주인은 두말할 나위 없이 나라를 다스리는 임금일 것이다. 임금을 흔히 '나라님'이라고도 부르는 까닭이다. 물건을 소유한 사람을 일컫는 '임자'라는 말도 주인을 뜻하는 '임'과 서로 관련되어

있다. 그러나 『용비어천가』의 위 구절에 '님'을 아예 임금으로 옮기는 학자들도 없지 않다. 그러나 비유적 의미를 살려 '님'의 일차적인 의미는 역시 주인으로 받아들이는 것이 더 적절할 것이다.

4

그동안 굳게 닫혀 있던 쇄국의 빗장이 풀리면서 한반도는 그야말로 서구 열강의 각축장이 되다시피 하자 '님'의 의미장도 조금씩 달라지기 시작하였다. 신문학을 선도하던 최남선은 1908년 한국 최초의 근대적 종합잡지 『소년』을 발간하였다. "우리 대한으로 하여금 소년의 나라로 하라. 그리하랴 하면 능히 이 책임을 감당하도록 그를 교도하여라"라는 창간호의 발간 취지문에서도 엿볼 수 있듯이 최남선은 조국의 근대화를 앞당기는 길은 무엇보다도 청소년 계몽과 새로운 근대 지식의 보급에 있다고 굳게 믿었다.

최남선의 이러한 관심을 표현한 작품이 『소년』 2권 7호1909.8에 실린 「우리 님」이다. '구작舊作'이라고 밝힌 이 작품은 모두 6연으로 구성되어 있는데 내용에서 전반부 3연과 후반부 3연으로 나뉜다. 다음은 작품의 첫 연이다.

털冠 머리에 쓰고
몸에 金繡옷 닙고

가삼에는 勳章 차
異常하게 점잔은
行世하난 그 사람
우리 님이 아니오.

이 작품의 시적 화자는 화려한 옷을 입고 가슴에 훈장을 달고 점잖은 척하는 사람은 '우리 님'이 아니라고 단호하게 말한다. 여기에서 '이상하게'와 '행세하난'이라는 두 낱말을 눈여겨보아야 한다. '이상하게'란 자연스럽지 않거나 정상적이 아니라는 뜻이고, '행세한다'란 처지에 걸맞지 않게 세도를 부린다는 뜻이다. 화자는 나머지 두 연에서도 코에 안경을 걸치고 얼굴에 분 발라 남보다 잘난 척하는 사람도, 재물을 자랑하는 사람도 '우리 님'이 아니라고 밝힌다. 이렇게 '우리 님'의 범주에 들 수 없는 사람들을 열거한 뒤 시적 화자는 후반부 세 연에서는 '우리 님'에 들어갈 사람들을 열거한다.

우리 님아 우리 님
네모양은 읏더뇨.
나는 맨몸 맨머리
입고 가린 것 업서
弱한 쥐를 놀내려
아니 쓰오 괴가죽.

우리 님아 우리 님네

자랑은 무어뇨.

나는 根本을 알고

아난대로 하나니

粉 바르고 흰 빗갈

자랑하지 아니하오.

우리 님아 우리 님

네 가진 것 무언것

欠이 업난 내 마음

水晶갓히 맑으니

여럿의 것 거두어

난홀 째에 빗 안내오.

전반부 세 연에서 말하는 '우리 사람'이 아닌 사람이 곧 참다운 의미의 '우리 님'이다. 아무런 꾸밈없이 있는 그대로의 참모습을 보여 주는 사람, 좀 더 구체적으로 말하면 한민족에 긍지를 느끼고 민족의 정체성을 지킬 수 있는 사람이 곧 '우리 님'의 범주에 들어간다. 이 작품에서 '우리'는 한민족을 가리키고, '님'은 앞으로 조국의 미래를 떠맡아야 할 젊은이를 가리킨다. 이처럼 최남선은 조국의 운명이 풍전등화처럼 위태롭던 시기에 한민족의 자존감을 노래하였다. 한민족과 조국에 대한 그의 열망은 백두산을 기행하고 쓴 『백두산 근참기覲參記』1927에 수록한 시조에서도 엿볼 수 있다.

> 온다고 간다 하나
>
> 게가 도로 게걸 뿐을
>
> 님의 해 안 쪼이는
>
> 어느 구석 잇겟다해
>
> 한 가지 그 품속에서
>
> 예라제라 하리오.

최남선은 민족의 영산 백두산을 둘러보면서 한반도에 '님'의 해가 닿지 않는 곳이 없을뿐더러 한반도가 어머니 품속에 안긴 어린아이처럼 산천초목이 '님'의 품속에 포근하게 안겨 있다는 사실을 깨달았다고 노래한다. 셋째 행 "님의 해 안 쪼이는"에서 '님'은 백두산과 그것과 관련한 단군과 태백, 배달 등을 가리킨다. 최남선의 불함不咸 문화론은 일본 제국주의의 식민사관에 맞서 한민족의 문화적 독창성과 주체성을 강조하려는 데 있었다.

최남선은 3·1독립선언서를 작성한 것으로도 유명하다. 최린崔麟은 최남선만큼 서구적 교양과 전통 학문을 두루 갖추고 있고 문장력이 뛰어난 사람이 없다고 판단하면서 그에게 선언서 작성을 맡겼다. 최남선도 "일생을 학자로 마칠 생각이라 독립운동의 표면에 나서지는 못하지만 선언서는 작성하겠다"고 밝혔다. 그 뒤 한용운이 독립운동에 책임질 수 없는 사람이 선언서를 짓는 것은 옳지 않다고 주장하면서 자신이 그 일을 맡겠다고 나섰다. 그러나 그때는 이미 선언서의 초고가 완성된 뒤여서 한용운은 지금 전하는 독립선언서 끝에 붙은 '공약 3장'을 덧붙이는 것에 그치고 말았다.

이 일화에서도 엿볼 수 있듯이 한용운은 기미년 독립만세운동에서 주도적 역할을 맡았다. 독립선언서는 천도교 측 15인, 기독교 측 16인, 불교 측 2인 등 모두 33인이 민족 대표로 서명하였다. 그런데 한용운은 불교 측의 또 다른 인사로 백용성白龍城을 참여시키는 데 여간 큰 어려움을 겪지 않았다. 백용성의 본명은 백상규白相奎이고 법호는 용성이며 법명은 진종震鍾이었다. 그는 16세에 출가하여 합천 해인사로 들어가 선종과 교종을 함께 공부하였다. 백용성은 한용운보다 먼저 깨달음을 얻은 승려였던 터라 한용운은 선배 승려인 그를 불교계 대표로 독립운동에 끌어들이려고 노력하였다.

님은갓슴다. 아아 사랑하는나의님은 갓슴니다.

푸른산빗을깨치고 단풍나무숩을 향하야난 적은길을 거러서 참어떨치고 갓슴니다.

黃金의 쏫가티 굿고빗나든 옛盟誓는 차듸찬띄끌이되야서 한숨의微風에 나러갓슴니다.

날카로운 첫 '키스'의追憶은 나의運命의指針을 돌녀노코 뒤ㅅ거름처서 사러젓슴니다.

「님의 침묵」의 처음 두 행에서 시적 화자 '나'가 한껏 감정에 북받쳐 말하는 '님'은 과연 누구일까? 화자가 "사랑하는 나의 님"이라고 말한다든지, "날카로운 첫 '키스'의 추억"이라고 말한다든지 하는 것을 보면 그를 버리고 떠나간 연인일 가능성이 크다. 그러나 불교계의 3·1독립만세운동과 독립선언서를 염두에 두면 '님'에 대한 의문은 예상 밖으로 쉽게 풀린다. 한용운은 나이로 보나 학덕으로 보나 자기보다 선배인 백용성을 독립만세운동에 끌어들이려고 무척 애썼다. 그러나 당시 종로 3가 대각사에 머물고 있던 선승 백용성은 한용운의 간청에 침묵한 채 참선만 하고 있을 뿐 한용운의 간곡한 요청에는 좀처럼 응하려고 하지 않았다. 그렇다면 「님의 침묵」에서 '(스)님'은 백용성으로, 그의 완강한 거부를 '침묵'으로 볼 수 있다. 물론 백용성은 마침내 침묵을 깨고 한용운과 함께 불교계를 대표하는 인사로 독립선언서에 서명하였다.

한편 이광수의 '임 / 님'은 최남선의 '님'보다 그 의미장이 훨씬 넓고 크다. 이광수는 여러 작품에서 '임'을 자주 사용한다는 점에서 한용운이나 김소월 못지않다. 가령 이광수가 '임'을 소재로 쓴 작품으로는 「님 네가 그리워」, 「임의 언약」, 「임 여기 겨시다네」, 「임 그려」, 「임의 음성」, 「임의 얼골」, 「임 거긔」, 「봄과 님」, 「고운 님」 등 하나하나 열거할 수 없을 정도다. 한편 이광수는 '님'을 소재로 한 시조를 쓰기도 하였다. 그의 작품 중에서 두세 편만 살펴보기로 하자. 다음은 「애인」이라는 작품의 처음 두 연이다.

님에게는 아까운 것이 없이
무엇이나 바치고 싶은 이 마음

거기서 나는 布施를 배웠노라.

님께 보이고자 애써 깨끗이
단장하는 이 마음
거기서 나는 持戒를 배웠노라.

첫 연의 '보시'와 둘째 연의 '지계'에서 볼 수 있듯이 이광수는 이 작품에서 육바라밀六波羅蜜, 즉 불교에서 가장 소중하게 간주하는 보살의 실천행을 언급한다. 생사의 고해를 건너 이상경인 열반에 이르는 실천 수행법인 육바라밀은 보시와 지계 외에 인욕忍辱·정진精進·선정禪定·살바야智慧등 여섯 가지로 구성되어 있다. 이광수는 나머지 연에서 나머지 실천행이요 수행법을 차례로 노래한다. 그가 이 작품에서 노래하는 '임'은 제목에서도 드러나듯이 붓다를 말한다.

그러고 보니 기독교에서도 예수 그리스도와 신도의 관계를 흔히 신랑과 신부의 관계로 설명한다. 예를 들어 사도 바울은 예수와 그를 따르는 사람들을 신랑과 신부에 빗대면서 자신의 사명이 영적 결혼을 위한 중매쟁이라고 밝힌다. "나는 여러분을 순결한 처녀로 그리스도께 드리려고 여러분을 한 분 남편 되실 그리스도와 약혼시켰습니다"「고린도후서」 11장 2절. 바울의 이 언급에서는 "인제 알았노라 임은 이 몸에 / 짐짓 애인의 몸을 나투신 부처님이시라고"라는 「애인」의 마지막 연이 떠오른다. 이광수의 이 작품은 조금 과장하여 말하자면 감정이나 사상을 이미지로 형상화한 시라기보다는 마치 불교의 계명을 시 형식으로 행갈이 하여 놓은 것과 같다.

그러나 이광수의 시적 상상력은 「임 네가 그리워」에서는 좀 더 문학적으로 형상화되어 있다. 물론 연마다 "형제여 자매여"라는 돈호법으로 시작하고 연의 마지막 행은 "~하는가"라는 의문문으로 끝맺는 등 신체시에서 흔히 볼 수 있는 기계적 반복이 흠이라면 흠이다. 그러나 방금 언급한 「애인」과 비교해 보면 이미지나 비유법의 구사에서 훨씬 더 시로서의 모습을 갖추고 있다.

형제여 자매여
무너지는 돌탑 밑에 꿇어앉아
읊저리는 나의 노랫소리를
듣는가 — 듣는가

형제여 자매여
깨어진 질향로에 떨리는 손이
피우는 자단향의 향내를
맡는가 — 맡는가.

형제여 자매여
님 너를 그리워 그 가슴속이 그리워
성문밖에 서서 울고 기다리는 나를
보는가 — 보는가.

이 작품에서 '님'은 한용운의 '님'처럼 자못 다의적이어서 그 의미를 쉽게 파악하기 어렵다. 그러나 "무너지는 돌탑"이니 "깨어진 질 향로"니 하는 구절을 보면 '님'의 의미를 짐작할 수 없는 것도 아니다. 이 작품에서 '님'은 어쩌면 일본 제국주의에 빼앗긴 조국으로 미루어볼 수 있다. 이광수가 이 작품을 쓴 1938년은 일제가 육군특별지원병령과 제3차 조선교육령 등을 잇달아 선포하면서 황국 신민화 정책에 박차를 가하던 시기다. 이러한 상황에서 이광수는 백척간두에 놓여 있던 조국의 운명을 '님'으로 형상화하였다. 그 '님'이 오죽 그리웠으면 "님 그리워"라고 하여도 될 것을 굳이 "님 너를 그리워"라고 하겠는가. 그 '님'이 가슴속 깊이 그리운 나머지 성문 밖에 서서 기다리며 우는 시적 화자 '나'는 일제에 고통 받던 식민지 주민을 가리킬 것이다.

이 작품은 이광수의 친일 행위의 또 다른 모습을 보여 준다. 한편으로는 일본 제국주의에 적극 협력하고, 다른 한편으로는 "무너지는 돌탑"이나 "깨어진 질 향로"로 전락한 식민지 조선의 비극적 운명을 슬퍼한다. 이광수는 1922년 『개벽』에 「민족 개조론」을 발표하면서 친일파의 길을 걷기 시작했지만 그가 좀 더 적극적으로 친일 행위를 한 것은 수양동우회사건 이후다. 이광수는 시 작품으로는 「가끔씩 부른 노래」를, 소설로는 「진정 마음이 만나고서야心相觸れてこそ」, 평론으로는 「내선일체와 조선문학」 등을 발표함으로써 본격적으로 친일문학을 시작하였다. 무엇보다도 그는 조선 청년들을 전쟁터로 내모는 데 한몫을 하였다.

그러나 「님 네가 그리워」에서 '임'은 비단 일본의 제국주의 굴레에 신음하는 식민지 조국만을 의미하지는 않는다. 첫 연의 "무너지는 돌탑 밑에 꿇어앉아 / 읊저리는 나의 노랫소리를 / 듣는가 — 듣는가"니 둘째 연의 "깨어진 질향로에 떨리는 손이 / 피우는 자단향의 향내를 / 맡는가 — 맡는가"니 하는 구절을 보면 이광수와 시적 화자 '나'는 문학 작품을 언급하는 것 같다. 그렇다면 이 작품에서 '님'은 '나'의 작품을 읽는 독자로 해석하여도 크게 틀리지 않을 것이다.

허물어지는 돌탑 밑에 꿇어앉아 노래를 읊는다는 것은 일제에 파괴되어 온 한민족의 문화를 지키려는 몸부림으로 읽힌다. 한국에서 외교관을 지내고 미국에 귀국한 뒤 한국학 연구에 관심을 기울인 그레고리 헨더슨은 일본과 한국과 중국의 탑을 비교 분석한 적이 있다. 그에 따르면 일본에는 목조탑이 많고, 한국에서는 석탑이 많으며, 나무와 돌이 귀한 중국에서는 흙을 구워 만든 기와를 이용한 탑이 많다. 그러고 보니 '허물어지는 돌탑'이라는 표현이 예사롭지 않다.

이 점에서는 '깨어진 질향로'도 마찬가지다. 진흙을 재료로 하여 질그릇 가마에서 구워낸 용기 중 하나가 질향로이고 질화로다. 정지용鄭芝溶이 「향수」에서 "질화로에 재가 식어지면 / 뷔인 밭에 밤바람 소리 말을 달리고, / 엷은 졸음에 겨운 늙으신 아버지가 / 짚벼개를 돋아 고이시는 곳"라고 노래한다. '질화로'나 '짚베개'는 서구 문명이 들어오기 전 한반도에 전해 내려온 조선 토착 문화를 상징한다. 한편 임화林和도 「우리 옵바와 화로」에서 "사랑하는 우리 옵바 어저께 그만 그렇게 위하시던 옵바의 거북무늬 질화로가 깨어졌어요"라고 노래한다. 그 깨진 질화로에는 좁게 해석하면 사회주의 불씨를 간직하고 있지만 좀 더 넓게 보면 한민족의 얼이라는 불씨를 간직하고 있다.

'무너지는 돌탑'과 '깨어진 질향로'에서 볼 수 있듯이 일제는 내선일체와 황국신민화라는 통치이념 아래 조선의 얼이라고 할 조선의 문화와 언어를 말살하였다. 일제는 조선을 식민지로 삼던 때부터 학교 교육에서 조선어를 배제했는가 하면, 조선어 신문을 폐간시켜 조선어를 사회에서 추방하였다. 그러나 일제의 이러한 시도에 조선의 얼을 지키려는 시도도 만만치 않았다. 예를 들어 일제의 조선어 탄압이 숨 막히게 조여들자 조선어학회는 한민족의 탑이요 민족혼의 그릇이라고 할 조선어사전 편찬에 착수하였고, 일제는 조선의 민족정기를 말살하려고 조선어어학회사건을 조작하여 탄압하였다.

이광수가 「님 네가 그리워」에서 '님'을 문학 작품의 독자로 상정했다는 것은 일찍이 1925년 『조선문단』에 발표한 「붓 한 자루」를 보아도 잘 알 수 있다. 시적 화자 '나'는 평생 붓 한 자루와 더불어 살아갈 것이라고 노래한다.

붓 한 자루
나와 일생을 가치 하련다.

무거운 은혜
인생에서 얻은 갖가지 은혜,
어찌나 갚을지
무엇해서 갚으리 망연해두

쓰린 가슴을

부듬고가는 나그네 무리

쉬어나 가게

내 하는 이야기를 듣고나 가게.

붓 한 자루여

우리는 이야기를 써볼까이나.

이 작품에서 이광수는 '님'이나 '임'을 직접 언급하지는 않지만 "쓰린 가슴을 / 부둠고가는 나그네 무리"라고 에둘러 말한다. 여기서 '나그네 무리'란 시적 화자 '나'가 창작한 문학 작품을 읽는 독자들을 말한다. 또한 이광수는 글을 쓰는 도구인 붓이나 펜을 친구처럼 다정하게 부른다. 그에게 붓은 마치 농부에게 호미와 쟁기처럼 친근하다. 칼이나 창이 흔히 무武를 가리키는 환유이듯이 붓이나 펜은 문文을 가리키는 환유다. 예로부터 동양에서는 종이[紙], 붓[筆], 먹[墨], 벼루[硯] 등 글을 짓거나 학문하는 선비가 늘 옆에 두는 네 가지 문방구를 '문방사우文房四友' 또는 '문방사보文房四寶'라고 하지 않았던가. 시적 화자는 작가와 붓을 '우리'라는 일인칭 복수로 친근하게 부르면서 동반자로 함께 문학 작품'이야기'을 쓰며 일생을 보내자고 권유한다.

한편 칼이 무력 못지않게 일본의 군국주의를 상징하는 반면, 붓은 일제의 식민지 지배를 받던 조선을 상징한다. 최근 한국학을 전공하는 한 미국인 학자는 한국과 일본을 비교하며 전자는 선비 문화이고 후자는 사무라이侍 문화라고 밝혀 관심을 끌었다. 그러면서 그는 20세기 후반기에 들어와 일본이 점차 쇠퇴한 반면 한국이 세계 강국으로 부상한 이유를 두 문화 차이에서 찾는다. 군국주의와 제2차 세계대전으로 치닫던 사무라이 문화와는 달리, 선비 문화는 전통을 중시하고 학문적 열망과 교육의 이상을 존중하여 전 세계에 걸쳐 선풍적인 인기를 끄는 K-문화와 고도기술에 기반을 둔 경제 발전을 이룩했다는 것이다. 이광수가 노래하는 '붓'은 일본 제국주의에 대한 암묵적인 비판이기도 하다. 그가 이 작품을 처음 발표한 것은 당시 문단을 휩쓸던 계급주의적 경향문학을 배격하고 민족문학의 순수성 옹호라는 깃발을 내걸고 창간한 『조선문단』이었다.

이렇게 이광수가 「붓 한 자루」에서 작가나와 독자나그네 무리와 문학의 도구붓를 노래한다면, 그는 또 다른 작품 「독자와 저자」에서는 아예 드러내놓고 작가와 독자의 관계를 명시적으로 언급한다.

내 쓰자 임 읽으시고
내 부르자 들으시네.

임 안 계오시면 내 노래 없을 것이
임 계시니 내 노래 늘 있어라.

사십 년 부른 노래 어듸어듸 가더인고
삼천리 고븟고븟 임 찾아 가더이다.

첫 연 첫 행 "내 쓰자 임 읽으시고"에서 볼 수 있듯이 시적 화자 '나'는 작가나 저자를 가리키고, '임'은 그의 작품을 읽는 독자를 가리킨다. 3연의 마지막 행 "삼천리 고붓고붓 임 찾아 가더이다"를 보면 독자의 폭이 한반도 전역에 걸쳐 있음을 알 수 있다. 실제로 1920~1930년대 이광수의 인기를 무척 컸다. 중국 상하이에서 독립운동을 하던 그는 1921년에 귀국하여 1923년에 『동아일보』와 『조선일보』에 입사하여 편집국장과 부사장을 지내면서 『재생』1924, 『마의 태자』1927~1928, 『단종 애사』1928~1930, 『혁명가의 아내』1930, 『이순신』1931, 『흙』1932 같은 작품을 잇달아 발표하였다.

물론 제목에 끌려 「붓 한 자루」의 '임'을 독자로만 해석하는 것은 옳지 않을 수도 있다. 첫 연 둘째 행 "내 부르자 들으시네"를 보면 문학 같은 시각 예술 못지않게 음악 같은 청각 예술을 언급하기 때문이다. 이광수는 3연 6행밖에 되지 않는 비교적 짧은 작품에서 '노래'라는 낱말을 무려 세 번이나 사용한다. 그러므로 이 작품에서 '나'는 예술가로, '임'은 문학 작품뿐 아니라 음악과 미술을 포함한 모든 예술 작품을 두루 향유하는 사람으로 보는 것이 좀 더 타당할 것이다.

'임'이나 '님'을 노래한 근대 시인으로는 김소월을 빼놓을 수 없다. 그가 생전에 출간한 유일한 시집인 『진달래 꽃』1925과 그가 사망한 뒤 오산학교의 스승 안서岸曙 김억金億이 편찬하여 간행한 『김소월 시초素月詩抄』1939에 수록된 작품에는 '임'이나 그와 관련한 낱말이 무척 많이 나온다. 조금 과장해서 말한다면 김소월의 작품에서 '임'을 빼고 나면 별로 남는 것이 없다고 하여 크게 틀린 말이 아닐지도 모른다. 『김소월 전집』1996

을 펴낸 김용직金容稷은 "우리 모두에게 김소월은 고향 동산이며 온돌방 아랫목이요 모국어 그 자체다"라고 말한 적이 있다. 그런데 그가 김소월 시의 특징으로 꼽는 이 세 요소에서 '임'이 차지하는 몫은 흔히 생각보다 아주 크다.

김소월은 『진달래 꽃』에서 모두 16개에 이르는 소제목 아래 127수의 개별 작품을 수록하였다. 첫 번째 소제목 '님에게' 항목에는 「님의 노래」, 「님의 말슴」, 「님에게」 같은 작품이 들어가 있고, 다른 소제목 항목에도 「님과 벗」 같은 작품이 들어가 있다. 그러나 김소월은 작품 제목에는 '님'이라는 낱말을 사용하지 않아도 작품 안에 '님'을 사용하는 경우도 아주 많다. 『진달래 꽃』에 누락된 작품을 수록한 『김소월 시초』에도 '님'을 노래하는 작품이 많다. 이 두 시집에서 막상 '님'의 동의어거나 유의어처럼 사용하는 '당신', '당신님', '그대', '그 사람' 등을 넣으면 그 수는 훨씬 더 많아진다.

김소월에게 '님'의 의미는 주로 사모하는 연인, 좀 더 구체적으로 말해서 이런 저런 이유로 시적 화자 곁을 떠난 '부재하는 임'에 국한되어 있다. 예를 들어 초기 작품에 속하는 「풀싸기」는 '부재하는 임'을 읊은 대표적인 작품이다.

> 우리집 뒷山에는 풀이푸르고
> 숩사이의 시냇물, 모래바닥은
> 파알한 풀그림자, 떠서흘너요.

그립은 우리님은 어듸계신고
날마다 퓌여나는 우리님생각
날마다 뒷山에 홀로안자서
날마다 풀을싸서 물에던져요.

김소월은 이 작품을 1921년 4월 『동아일보』에 처음 발표했다가 조금 고쳐 이듬해 8월 『개벽』에 다시 발표하였다. 이 작품은 3음보 7·5조의 율격과 소박한 시어, 소재에서 동요를 떠올리게 한다. 그래서 나이 어린 시적 화자가 뒷산에 올라가 흐르는 시냇물에 풀잎을 따서 물에 던지는 동심을 노래하는 것으로 생각하지 쉽다. 그러나 화자는 성숙한 젊은이로 사연은 알 수 없어도 지금 사랑하는 사람과 멀리 떨어진 상태에서 몹시 그리워하고 있다. '나의 님'이나 그냥 '님'이라고 하지 않고 '우리님'이라고 하는 것을 보면 두 사람의 관계가 무척 친밀했음을 알 수 있다.

김소월은 「풀싸기」에서 '부재하는 임'에 대한 그리움을 좀 더 생생하게 표현하려고 시각 이미지를 한껏 구사한다. 이 작품은 온통 푸른색으로 가득 차 있다. '풀'이라는 낱말의 뿌리를 거슬러 올라가다 보면 '푸르다'는 색깔을 만나게 된다. 2연의 둘째 행 "날마다 퓌여나는 우리님생각"도 생각해 보면 볼수록 여간 예사롭지 않다. 임 생각이 새봄의 아지랑이처럼 피어오른다고 해석할 수도 있다. 그러나 새봄을 맞아 뒷산의 풀이 푸르게 싹이 피어나듯이 임에 대한 화자의 생각도 날마다 새롭게 피어난다고 해석하는 것이 더 합리적이다. 소재나 주제에서 「풀싸기」는 1922년 7월 『개벽』에 발표한 「개여울」과 아주 비슷하다.

당신은 무슨일로

그리합니까?

홀로히 개여울에 주저안자서

파릇한풀포기가

도다나오고

잔물은 봄바람에 해적일때에

가도 아주가지는

안노라시든

그러한約束이 잇섯겟지요.

이 작품의 시적 화자가 '우리님' 대신 '당신'을 사용하는 것을 보아 「풀따기」의 화자보다 좀 더 성숙한 것처럼 보인다. 그러나 곁에 없는 '임'을 간절한 마음으로 그리워하는 시적 상황은 「개여울」은 「풀따기」와 크게 다르지 않다. 물론 「풀따기」에서 떠나간 '임'을 그리워하는 화자의 마음이 간절하다면, 「개여울」에서는 곧 돌아오겠다는 약속을 지키지 않는 '임'을 원망하는 화자의 마음이 훨씬 더 강하게 드러나 있다.

김소월이 「풀따기」와 「개여울」에서 처음 노래한 '부재하는 임'은 이번에는 「님의 노래」로 이어진다.

그립은우리님의 맑은노래는

언제나 제가슴에 저저잇서요.

긴날을 門바게서 섯서드러도
그립운우리님의 고흔노래는
해지고 져무도록 귀에들녀요.
밤들고 잠드도록 귀에들녀요.

이 작품의 시적 화자는 어조나 상황으로 미루어볼 때 다름 아닌 여성이다. 지금 화자는 자기 곁을 떠난 '우리님'을 간절하게 그리워하면서 애타게 기다리고 있다. 화자가 '우리님'이라고 말하는 것도 눈여겨보아야 한다. 영어를 비롯한 서양어와는 달리 한국어에서는 '나의'라고 해야 할 것을 '우리'라고 말함으로써 좀 더 공동체적인 친밀감을 드러낸다. '우리님'이 떠나기 전 불러준 노래가 늘 화자의 가슴에 젖어 있다는 것은 그만큼 두 사람 사이가 매우 친밀했음을 보여 준다. 1연 "그립은우리님의 맑은노래는 / 언제나 제가슴에 저저잇서요"는 이 점을 뒷받침한다. 「풀싸기」에서 시적 화자가 임에 대한 그리움이 동적 이미지를 구사하여 마치 풀잎처럼 '피어난다'고 노래하듯이 「님의 노래」의 화자는 임의 노래가 가슴속에 촉각 이미지를 구사하여 '젖어 있다'고 말한다.

「님의 노래」에서 시적 화자는 떠나간 임이 몹시 그리운 나머지 문 밖에 서 있는 자신의 귓가에 그의 노랫소리가 낭랑하게 들린다고 말한다. 더구나 밤이 깊어 잠자리에 들 때까지도 그 노랫소리는 계속하여 귓가에 맴돈다. '임'의 부재에 대한 그리움과 안타까움은 마지막 두 연에 이르러 정점에 이른다.

고히도흔들니는 노래가락에
내잠은 그만이나 깁피드러요.
孤寂한잠자리에 홀로누어도
내잠은 포스근히 깁피드러요.

그러나 자다깨면 님의노래는
하나도 남김업시 닐어바려요.
드르면듯는대로 님의노래는
하나도 남김업시 닛고마라요.

잠자리에 든 시적 화자는 귓가에 들리는 '님'의 노랫소리를 자장가로 삼아 마치 갓난아이처럼 포근하게 잠이 든다. 그러나 잠들기 전만 하여도 비록 환상의 세계에서나마 함께 있던 '우리님'의 노랫소리는 한밤중에 갑자기 잠이 깨는 순간 시적 화자만 홀로 남겨 놓고 어디론가 사라져 버린다. 그러고 나서 '님'의 노랫소리는 화자의 기억에 한마디도 남지 않지 않고 완전히 잊힌다. 한마디로 화자는 환청과 망각을 통하여 '부재하는 임'의 존재를 끊임없이 확인하는 것이다.

일제 강점기에 '님 / 임'은 흔히 부재하는 연인이면서도 동시에 일제의 식민주의에 빼앗긴 조국을 가리킨다. 어떤 의미에서는 그 둘은 동전의 양면과 같아서 서로 구분 짓기란 여간 어렵지 않다. 문인들이 자신들의 감정과 사상을 자유롭게 표현할 수 없던 탓에 다른 사물이나 인물에 의탁하여 에둘러 말하기 일쑤였기 때문이다.

임이여 어디 갔노, 어디메로 갔단 말고?
풀나무 봄이 되면, 해마다 푸르건만,
어찌ㅎ다, 우리 임은 돌아올 줄 모르나?

임이여, 못 살겠소, 임 그리워 못살겠소.
임 떠난 그 날부터 겪는 이 설음이라.
임이여, 어서 오소서, 기다리다 애타오.

봄맞이 반긴 뜻은 임 올까 함이러니,
임을랑 오지 않고, 봄이 그만 저물어서,
꽃지고 나비 돌아가니, 더욱 설어하노라.

강물이 아름아름, 끝난 데를 모르겠고,
버들가지 출렁출렁, 물속까지 드리웠다.
이내 한 길고 또 길어, 그칠 줄이 없어라.

이 연시조는 한글학자 외솔 최현배崔鉉培의 「임 생각」이라는 작품이다. 무슨 이유 때문인지는 몰라도 떠나간 '임'을 그리워하며 어서 돌아오기를 애타게 기다리는 시적 화자의 마음이 여간 절실하지 않다. 2연의 첫 구절 "임이여, 못 살겠소, 임 그리워 못살겠소"를 보면 더더욱 그러한 생각이 든다. 솔직하고 서민적인 시어를 구사하는 데다 시어를 반복하고 의성어와 의태얼을 많이 사용한다는 점에서 이 작품은 전통적인 민요 가락과 적잖이 닮았다. 가령 "아우라지 뱃사공아 배 좀 건너주게 / 싸리골 올동박이 다 떨어진다 / 떨어진 동백은 낙엽에나 쌓이지 / 사시장철 임 그리워 나는 못살겠네"「정선 아리랑」라든지, "못살겠소 / 못살겠소 / 임 없는 / 요시상에 / 누를 믿고 / 산단말가"「창부타령」 등이 그러하다. 「임 생각」의 시적 화자도 계절이 어김없이 바뀌면서 어느덧 새봄이 찾아왔는데도 떠나간 임은 돌아올 줄을 모른다고 한탄한다.

형식주의자들과 그들의 이론을 좀 더 극단적으로 밀고나간 미국의 신비평주의자들은 문학 작품을 해석하면서 시인이나 작가의 전기적 사실에서 되도록 눈을 돌릴 것을 권한다. 윌리엄 윔젓과 먼로 비어즐리 같은 신비평가들은 저자의 의도나 목적 또는 심리 상태와 관련지어 작품을 해석하는 것을 아주 못마땅하게 생각하여 그러한 태도에 아예 '의도의 오류'라는 낙인을 찍는다. 그들은 창작 과정이나 저자의 전기 또는 심리 상태 같은 텍스트 외적인 문제에서 눈을 돌리는 대신 텍스트 내적 구성에 주목하였다. 그들에 따르면 문학 텍스트는 일단 저자의 손을 떠나면 그 해석은 어디까지나 독자와 비평가의 몫이다.

그러나 비록 '의도의 오류'를 범할지라도 문학 작품을 역사적 맥락에서 살피는 것이 오히려 도움이 될 때가 더러 있다. 최현배가 「임 생각」을 쓴 것은 앞에서 잠깐 언급한 조선어학회사건으로 함흥 감옥에서 옥살이 하던 때다. 옥중에서 온갖 고초와 수모를 겪으면서도 그는 일제에 빼앗긴 조국을 생각하면서 이 작품을 썼다. 2연의 2행 "임 떠난 그 날부터 겪는 이 설움이라. / 임이여, 어서 오소서, 기다리다 애타오"에서는 경술국치 이후 한민족이 얼마나 갖가지 고통과 시련을 겪었는지 읽을 수 있다. 그러나 그 범위를 좀 더 좁혀 보면 '설움'은 외솔이 함흥 감옥에서 겪은 고문을 뜻한다. 외솔은 "해방이 사흘만 늦었어도 끝없는 망국의 한을 안은 채 왜적의 총알에 쓰러지고 말았을 것"이라고 회고한 적이 있다. 그만큼 그를 비롯한 한글학자들이 겪은 고초는 무척 심하였다. 일제는 "고유 언어는 민족의식을 양성하는 것이므로 조선어학회의 사전 편찬은 조선민족정신을 유지하는 민족운동의 형태다"라는 함흥지방재판소의 예심종결 결정문에 따라 이 사건에 연루된 한글학자들에게 치안유지법의 내란죄를 적용하였다. 외솔은 1942년 10월부터 동료 학자들과 함께 체포되어 수감되어 고문을 당하다가 조국이 광복되면서야 비로소 풀려났다. 그렇다면 「임 생각」에서 '임'은 두말할 나위 없이 식민지 조국, 좀 더 정확히 말해서 일제의 식민지 굴레에서 풀려나 광복을 맞이한 조국이다.

이처럼 한국문학 작품에서 '임'이 차지하는 의미장은 무척 넓고 크다. 그렇다면 '임'이 될 수 있는 조건은 과연 무엇일까? 첫째, '임'은 다른 사람의 마음을 크게 움직일 만큼 어떤 소중한 가치나 탁월한 힘을 지닌다. 둘째, '임'은 어떤 절대적인 힘이나 권력을 행사할 수 있다. 셋째, '임'은 어떤 이해관계에 깊이 얽힌 대상이다. 한마디로 정신적으로나 육체적, 또는 물질적으로 큰 영향력을 행사할 수 있는 사람이나 사물 또는 개념이 '임'이 될 수 있다.

이 점과 관련하여 조연현은 "임은 그것이 단순한 임금이나 애인의 상징인 데에만 그 뜻이 있는 것이 아니고 자기의 모든 것을, 즉 자기의 생명과 영혼을 다 바칠 삶의 집중적 초점이 되어 있었다는 데 더 큰 뜻이 있다고 보아야 할 것이다"라고 지적한 적이 있다. 요즈음 경영학에서 '선택과 집중'이라는 용어가 널리 사용되고 있지만 이러한 경영 전략은 문학 작품에서도 적용할 수 있다. 조연현이 말하는 '삶의 집중적 초점'은 '임'의 의미장을 파악하는 데 아주 중요하다. 인간이든 사물이든 추상적 개념이든 '임'은 시적 화자가 열과 성을 다 바쳐, 즉 몸과 마음을 다하여 그리워하거나 성취하려는 어떤 욕망의 대상이다. 한용운의 시구처럼 비단 연인만이 '님'이 아니라 '긔룬' 것은 하나같이 '님'의 의미장에 들어가는 것이다.

3
자서전의 장르적 성격

문학을 비롯한 모든 예술이 흔히 그러하듯이 자서전도 그 역사를 거슬러 올라가다 보면 고대 그리스시대와 만나게 된다. 잘 알려진 것처럼 플라톤의 『소크라테스의 변명』은 제자 플라톤이 스승 소크라테스의 법정 변론을 기록한 책이다. 소크라테스가 법정에 서게 된 까닭은 아테네 사람들에게 '무지無知의 지知'를 깨닫게 해 주는 것이 자신의 임무라고 여기고 '깨달음을 낳게 하는 산파' 역할을 했기 때문이다. 그는 "나는 내가 아무것도 모른다는 것을 알고 있다"고 말하면서 자신이야말로 아테네에서 가장 지성을 갖춘 사람이라고 주장하였다. 그 말을 실천하려고 소크라테스는 스스로 지식이 있다고 내세우는 사람들을 찾아가 그 특유의 논법으로 그들을 '아포리아', 즉 통로가 없는 다른 길로 몰아넣어 무지하다는 것을 증명하였다.

플라톤은 『소크라테스의 변명』에서 "소크라테스가 내 목숨이 붙어 있는 한 지知를 사랑하고 추구하는 일을 결코 그만두지 않을 것이다"라고 외쳤다. 이렇듯 자신의 행동을 정당화하려고 쓴 글을 고대 그리스 사람들은 '아폴로기아apologia'라고 불렀다. 본디 고대 그리스어 '아폴로기아'는 멀리 떨어져서apo 자신을 방어하려고 하는 말logia을 뜻하였다. 특히 소크라테스에서 볼 수 있듯이 이 말은 당시 자신에게 가해진 비난을 심사숙고한 끝에 논리적으로 답변하는 것을 말한다. 이 '아폴로기아'를 그동안 동양 문화권에서는 '변명'으로 번역해 왔지만 좀 더 엄밀히 말하면 '변론'이나 '변호'가 더 적절하다.

플라톤이 말하는 '아폴로기아'의 의미는 고대 로마시대를 거치면서도 크게 달라지지 않고 거의 그대로 이어졌다. 기원후 1세기 사도 바울로는 동역자 디모데에게 보낸 편지 마지막 부분에서 "내가 처음 나를 변론할 때에, 내 편에 서서 나를 도와 준 사람은 한 사람도 없습니다. 모두 나를 버리고 떠났습니다. 그러나 그들에게 허물이 돌아가지 않기를 빕니다"「디모데후서」 4장 16~17절라고 말하였다.

바울로가 변론한 그리스도 신앙은 그 후 로마제국의 테두리를 벗어나 온 세상에 퍼지게 되었다. 그러다가 기원후 4~5세기에 이르러 본래의 의미에 자아비판적 성격이 덧붙여지기 시작하였다. 기독교 역사에서 사도 바울로 이후 가장 큰 영향을 끼친 인물이요 교부 철학을 완성한 성聖 아우구스티누스의 『고백록』은 바로 이러한 자아비판적 경향을 잘 보여주는 책이다. 이 책에 대하여 그는 "제가 진실로 고백하려는 것은 육체의 언어나 음성이 아니고 영혼의 언어와 사유의 외침이므로 당신께서는 잘 알아들으실 줄 믿습니다"라고 밝힌다. 그의 『고백론』은 로마가톨릭에 크나큰 영향을 끼쳤을 뿐 아니라 르네상스시대에 이르러서는 개신교가 태어나는 데도 산파 역할을 맡았다.

이렇게 자기성찰적 의미가 강한 성 아우구스투스의 『고백록』은 무려 1,500년이 지난 뒤 다시 한 번 찬란한 꽃을 피운다. 18세기에 이르러 장 자크 루소가 『고백록』1782~1789을 출간하였고, 19세기에 이르러서는 러시아의 문호 레프 톨스토이가 『참회록』1884을 출간하였다. 성 아우구스티누스의 책이 방탕아에서 신앙심 깊은 주교가 되기까지 한 인간의 내적 체험을 기록한 것이라면, 루소의 책은 철학가의 내면 성찰을 기록한 것이고, 톨스토이의 책은 문학가의 고뇌를 기록한 것이다. 이렇게 성격은 조금씩 달라도 이 책들은 하나같이 한 인간의 내면 세계를 독자들에게 드러낸다는 점에서 서로 비슷하다. 이러한 고백론과 참회록은 오늘날 자서전 장르가 발전하는 데 초석이 되었을 뿐 아니라 자서전을 문학 장르의 반열에 올려놓는 데도 크게 이바지하였다.

1

자서전이 18세기 말엽과 19세기 초엽에 걸쳐 크게 발달한 데는 이 무렵 유럽 문단과 예술계를 성난 파도처럼 휩쓸다시피 한 낭만주의가 큰 몫을 하였다. 17세기에 처음 주창되어 18세기 전반기에 널리 퍼진 계몽주의에 대한 비판적 반작용으로 낭만주의가 태어났다는 사실은 이제 새삼 언급하기도 쑥스럽다. 그런데 계몽주의는 개념이 무척 넓어서 그 우산 속에는 르네 데카르트와 브루흐 스피노자와 고트프리트 라이프니치 등의 합리주의, 프랜시스 베이컨과 존 홉스와 존 로크 등의 경험주의, 제러미 벤담과 존 스튜어트 밀의 공리주의, 심지어 아이작 뉴턴의 기계론적 우주관도 모두 들어간다. '이성의 시대'라는 용어에서도 엿볼 수 있듯이 계몽주의는 이성의 무기로 삼아 현존질서를 타파하고 사회를 개혁하여 인류를 무한한 진보로 이끄는 데 온힘을 기울였다. 그러나 계몽주의는 점차 힘을 얻으면서 인간 진보의 수단보다는 오히려 인간을 억압하는 기재로 변질되었다.

이렇게 이성을 신주처럼 떠받들던 계몽주의는 18세기 말엽에 이르러 낭만주의의 도전을 받기 시작하였다. 낭만주의에서는 이성보다는 감성, 기계적 세계관보다는 유기체적 세계관, 집단의식보다는 개인의 개성, 객관적 세계보다는 주관적 내면 세계에 무게를 실었다. 이러한 낭만주의는 자서전이라는 식물이 자라서 꽃을 피우는 데는 더할 나위 없이 비옥한 토양이 되었다.

이 무렵 영국에서는 윌리엄 테일러와 로버트 사우디 등이 자서전에 깊은 관심을 기울였다. 낭만주의 시인으로 1813년부터 사망할 때까지 영국 계관시인을 지낸 사우디는 1797년 『먼슬리 리뷰』에 기고한 글에서 '자서전'이라는 용어를 맨 처음 사용하였다. 독일 낭만주의 문학을 처음 영국문학에 받아들여 토착화하는 데 힘쓴 테일러도 사우디의 뒤를 이어 1809년 『쿼터리 리뷰』에 기고한 글에서 '자서전'이라는 용어를 사용하였다. 방금 앞에서 언급한 장자크 루소는 흔히 계몽주의자로 알려져 있지만 실제로는 이성 중심의 계몽주의의 집을 허물고 낭만주의의 집을 지으려고 토대를 다지는 데 이바지한 인물이었다. 자서전을 문학의 영역으로 끌어들인 사람도 바로 루소였다. 그가 『참회록』을 완성한 1770년이 윌리엄 워즈워스가 태어난 해라는 사실은 여러모로 자못 상징적이다.

루소는 예순여섯 해의 삶 중 예순에 가까운 세월 동안 겪은 크고 작은 일을 이 『고백록』에 기록하였다. 그가 나머지 부분을 채 마치지 못하고 사망하였으므로 엄밀한 의미에서 이 책은 미완성 자서전이다. 다만 그 후 그가 집필했다고 알려진 『대화록』1772~1776과 그가 죽기 3개월 전까지 썼다는 일기 형식의 『고독한 산책자의 몽상』1776~1778에서 그의 나머지 삶을 유추할 수 있을 따름이다.

그런데 루소의 『고백록』에서 눈여겨보아야 할 것은 제목에서도 드러나듯이 그가 자신의 삶을 진솔하게 털어놓는다는 점이다. 그동안 이 책을 번역한 몇몇 사람들은 제목을 '고백론' 대신 '참회록'으로 옮긴 까닭도 여기에 있다. 이 책을 쓰게 된 동기에 관하여 루소는 자신이 진리라고 믿었던 길을 걸으면서 부딪쳤던 여러 굴곡진 삶을 감추거나 미화하지 않고 솔직하게 기록하고 싶었기 때문이라고 밝힌다. 예를 들어 루소는 열여섯 살 되던 해 불쌍한 하녀에게 도둑의 누명을 뒤집어씌운 뒤 평생 양심의 가책을 느끼며 살았다. 또한 그는 뭇 여성과 크고 작은 염문을 뿌렸는가 하면 자기 아이를 자신이 키우지 않고 고아원에 맡기기도 하였다. 그래서 루소는 자신은 말할 것도 없고 이 책에 언급된 인물들이 모두 사망하고 난 뒤에야 비로소 이 책을 출간하기를 간절히 바랐던 것이다.

2

자서전이라고 하면 흔히 한 인간의 개인적 삶을 직접 글로 쓰거나 구술로 엮어서 펴낸 책을 말한다. 좀 더 넓은 의미에서는 일기나 저널 또는 서간문도 자서전의 범주에 넣을 수 있다. 그러나 하루하루의 일상경험을 기록한 일기나 저널, 남들과 주고받은 서간문은 지나치게 개인적일뿐더러 처음부터 남이 읽도록 출판할 의도가 없었기 때문에 엄밀한 의미에서 자서전으로 간주하기에는 조금 미흡하다.

동양 문화권에서 자서전은 글자 그대로 '자신의 삶을 스스로 직접 쓴 이야기'라는 뜻이다. 서양어도 마찬가지여서 가령 영어 'autobiography'는 '스스로 직접auto' '자신의 삶bio'을 '기록한 글graphy'을 말한다. 그러나 주인공이 직접 쓰지 않는 자서전도 더러 있다. 방금 앞에서 자서전을 "글로 쓰거나 구술로 엮어서 낸 책"이라고 말한 것은 바로 그 때문이다. 어떤 자서전은 책의 주인공이 직접 집필하지 않고 구술한 내용을 다른 사람이 정리하여 출간하는 경우도 있다. 가령 미국 흑인해방 운동의 지도자 맬컴 엑스의 『자서전』1964은 『뿌리』1976의 작가 앨릭스 헤일리가 2년에 걸쳐 엑스를 만나 나눴던 이야기를 토대로 엮은 책이다. 이렇게 구술을 토대로 출간된 자서전은 맬컴 엑스처럼 집필자를 밝히는 경우도 있지만 대개의 경우 집필자를 밝히지 않는다.

가령 김우중金宇中의 자서전 『세계는 넓고 할 일은 많다』1989는 집필자를 밝히지 않은 좋은 예로 꼽을 만하다. 이 책은 출간된 지 6개월 만에 무려 100만 부가 팔려나가면서 '최단기 밀리언셀러'로 기네스북에 오를 정도였다. 김우중이 구술한 내용을 토대로 누가 이 자서전을 썼는지는 아직껏 알려져 있지 않다. 그래서 이러한 익명의 집필자는 그 실체를 잘 알 수 없다고 하여 흔히 '유령 작가'라고 부른다.

미국 작가 필립 로스의 장편소설 『유령 작가』1979는 바로 이러한 집필자를 소재로 삼아 쓴 작품이다. 로만 폴란스키 감독이 영화로 만들어 더욱 유명해진 〈유령 작가〉도 영국 작가 로버트 해리스의 소설 『유령』2007을 각색한 작품이다. 그런가 하면 일본뿐 아니라 전 세계에 걸쳐 몇 백만 부 이상의 판매고를 올린 국제적인 베스트셀러 작가 무라카미 하루키村上春樹의 『1Q84』2009도 중심 플롯 중 한 가닥은 유령 작가와 깊이 연관되어 있다. 학원에서 수학 강사를 하며 작가를 꿈꾸는 가와나 덴고川奈天吾가 바로 그 주인공이다.

그렇다면 '자서전'과 '전기'는 어떻게 구별 지을 수 있는가? 그 답은 바로 '스스로 직접'을 뜻하는 한자 '自' 또는 'auto'라는 영어 접두어에서 찾을 수 있다. 한 인물의 삶을 그 주인공이 직접 기록하면 자서전이 되고, 주인공을 대신하여 다른 사람이 기록하면 전기가 된다. 그러나 그러한 구별은 어디까지나 형식적인 것일 뿐 '유령 작가'가 쓴 자서전에서도 볼 수 있듯이 자서전과 전기의 경계는 실제로는 그렇게 뚜렷하지 않고 적잖이 모호하다.

그런데 여기에서 한 가지 눈여겨볼 것은 자서전이나 전기가 한 인간이 살아온 발자취를 다루되 유년부터 노년에 이르는 모든 삶을 총체적으로 다루지 않는다는 점이다. 한 인간이 걸어온 삶의 모습을 연대기적으로 다루다 보면 몇 권, 아니 몇십 권의 분량으로도 모자랄 것이다. 자서전이든 전기든 한 인간이 걸어온 삶의 족적 중에서 좀 더 깊이 파인 부분, 즉 다른 사람들의 삶과 변별되는 특징을 밝히는 데 주력한다. 앞으로 좀 더 자세히 언급하겠지만 특히 자서전에서는 한 인간의 외면적 행위보다는 정신적 발전이나 자아 성장 과정에 초점을 맞춘다. 다시 말해서 자서전은 전기와 마찬가지로 한 인간의 삶 중에서 가장 두드러지는 부분을 골라 다루게 마련이다.

그렇다면 자서전과 전기 중에서 어느 쪽이 좀 더 진실에 가깝고 사실에 부합할까? 이 물음에 대한 답으로 자서전 쪽에 손을 들어주는 사람이 적지 않을 것이다. 그러나 자서전은 저자나 필자가 자신의 입장에서 삶을 직접 재구성하기 때문에 주관에 흐를 가능성이 그만큼 크다. 또한 자서전은 인생의 말년에 기억에 의존하여 집필하기 때문에 정확하지 않을 수도 있다. 그런가 하면 자신의 삶을 미화하거나 날조할 가능성도 크다. 적어도 이 점에서는 다른 사람이 좀 더 객관적 관점에서 기술한 전기가 자서전보다 훨씬 더 진실과 사실에 가깝다. 그러나 전기 작가도 한 사람을 지나치게 찬양하거나 이와는 반대로 지나치게 비판함으로써 오히려 자서전보다도 객관성을 잃는 경우가 없지 않다. 한마디로 자서전이든 전기든 어떤 의도를 품고 집필하는 때는 진실과 사실에서 멀어질 수밖에 없다.

자서전은 전기와 다르듯이 회고록과도 조금 차이가 난다. 회고록도 자서전처럼 한 인간이 살아온 삶을 회고하여 기록한 글이지만 회고록에는 자서전보다 사회적 경험과 공적인 삶, 인물과 사건 중심에 좀 더 무게가 실린다. 다시 말해서 자서전은 누구나 쓸 수 있지만 회고록은 한

국가나 인류 역사에서 큰 업적을 남긴 인물이 쓰게 마련이다. 특히 국제 정치 무대에서 주역을 맡은 정치가들이나 전쟁에서 용맹을 떨친 영웅적인 군인들, 유명 연예인들 등이 회고록을 쓴다.

예를 들어 1948년에 쓰기 시작하여 1953년에 6권으로 완간한 윈스턴 처칠의 『2차 세계대전 회고록』1959은 비단 그가 살아온 개인적 삶에 그치지 않고 영국 수상으로 제2차 세계대전과 관련한 시대적 상황을 기록하는 데 초점을 맞춘다. 좀 더 구체적으로 말하면 일방적인 군축으로 약해진 영국과 프랑스가 패퇴한 전쟁 초기부터 전열을 가다듬은 영국이 미국과 소련을 끌어들여 노르망디 상륙작전과 원자폭탄 투하로 승기를 잡기까지의 과정, 그리고 전후 세계 판도를 재구성한 얄타회담에 이르기까지 시간의 순서에 따라 기술하였다. 처칠은 보기 드물게 이 책으로 노벨문학상을 받았다. 또한 1954, 1956, 1959년 무려 세 차례에 걸쳐 3권으로 출간된 샤를 드골의 『전쟁 회고록』도 회고록이되 아예 '전쟁'에 관한 회고록이라고 못박는다. 그래서 그는 이 회고록에서 처칠을 비롯하여 이오시프 스탈린, 해리 트루먼, 아돌프 히틀러에 관하여 언급한다.

그러나 자서전과 전기와 회고록의 차이는 흔히 생각하는 것처럼 그렇게 엄격히 구분 지을 수 없다. 서구문학사에서 대표적인 자서전으로 몇 손가락 안에 꼽히는 벤저민 프랭클린의 『자서전』을 한 예로 들어보자. 영국 식민지의 굴레에서 벗어나 신생국가 미국을 세운 '건국의 아버지' 중 한 사람인 그는 1771년부터 1790년까지 무려 20년 가깝게 『자서전』을 집필하였다. 물론 프랭클린이 미처 마무리지 짓지 못하고 사망하여 엄밀히 말하면 이 책은 '미완성' 자서전이다. 그런데 프랭클린은 이

『자서전』을 처음에는 '자서전'이 아닌 '회고록'으로 불렀다. 그가 사망한 뒤 우여곡절 끝에 출간된 이 책은 지금은 회고록보다는 오히려 자서전으로 널리 알려져 있다. 그도 그럴 것이 미국의 건국과 관련한 공적인 내용보다는 사사로운 개인의 삶에 무게가 실려 있기 때문이다.

3

'자서전' 하면 활자 매체로 인쇄된 책을 떠올리는 것이 보통이다. 자서전은 단행본 같은 책은 아니더라도 적어도 문자로 기록한 글임이 틀림없기 때문이다. 한국어의 '-전傳'이나 영어의 '-graphy'에서 볼 수 있듯이 자서전은 활자 매체와는 떼려야 뗄 수 없이 서로 깊이 관련되어 있다. 그러나 활자 매체를 떠나 회화나 조각 또는 음악 같은 다른 매체를 사용하는 자서전도 전혀 없는 것도 아니다.

예를 들어 구스타프 말러는 음악으로 자서전을 쓴 대표적인 음악가 중 한 사람이다. 그는 "나는 삼중의 이방인이다. 오스트리아인 사이에서는 보헤미아인이요, 독일인들 사이에서는 오스트리아인이며, 세계인 사이에서는 유대인이다"라고 말하였다. 이렇듯 그는 평생 아웃사이더로 살았다. 또한 말러는 "내가 작곡한 교향곡은 내 삶의 전 과정이다"라고 말하기도 하였다. 이처럼 말러는 음악 속에 자신의 삶을 투영하려고 노력하였다. 말러만큼 음악이 개인적인 삶의 사건이나 경험과 깊이 얽힌 작곡가도 찾아보기 드물다. 실제로 그의 음악 속에는 인간의 근원적인 고독과 고통, 인간과 신의 관계, 구원과 천국 같은 철학적이고 신학적인 문제가 담겨 있다. 또한 염세주의자인 말러의 음악에는 삶의 비극적 의미와 죽음의 그림자가 짙게 드리워져 있다. 그러므로 말러의 교향곡들과 가곡들은 음표로 쓴 자서전이나 인생론이라고 하여도 그렇게 틀리지 않을 것 같다.

음악으로 표현하는 자서전은 고전 음악뿐 아니라 대중음악에서도 마찬가지로 엿볼 수 있다. 가령 비틀즈의 〈존과 요코의 발라드〉를 비롯하여 빌리 조얼의 〈빌리 더 키드의 발라드〉, 마이클 잭슨의 〈유년기〉, 에미넴의 〈나의 클로짓 청소하기〉 등은 '음악적 자화상'에 해당하는 자서전이라고 할 수 있다. 그중 〈존과 요코의 발라드〉는 흔히 '20세기의 연인'으로 일컫는 비틀즈의 멤버 존 레논과 일본인 아내 오노 요코小野洋子의 사랑을 노래한 작품이다. 그런가 하면 미국의 싱어송 라이터로 '팝의 황제'로 일컫는 잭슨의 〈유년기〉는 아프리카계 미국인으로 겪은 불우한 시절을 소재로 삼은 작품이다.

한편 라파엘로와 미켈란젤로를 비롯하여 렘브란트와 빈센트 반 고흐가 그린 '자화상' 회화나 조각 작품은 미술이나 조형 형식을 빌려 표현한 자서전이다. 그중에서 고흐는 무려 40여 점에 이르는 많은 자화상을 남겼는데 〈귀에 붕대를 감은 자화상〉과 〈파이프를 물고 귀에 붕대를 한 자화상〉 두 작품이 가장 유명하다. 고흐는 이 자화상 작품에 자신의 신산스러운 삶을 그대로 옮겨놓았다. 잘 알려진 대로 고흐의 비극은 동생의 소개로 폴 고갱을 만나 프랑스의 남부 도시 아를에 함께 살면서 시작되었다.

그러나 고흐와 고갱은 예술에 대한 태도가 사뭇 달라 자주 논쟁을 벌였고, 이 논쟁이 발단이 되어 마침내 고흐는 자신의 귀를 자르는 자해 행위를 하였다. 허공을 쳐다보는 듯한 두 눈에서는 삶을 향한 어떠한 의지도 찾아보기 어렵고, 굳은 얼굴 표정에서는 고갱을 잃어버린 상실감과 불안에서 비롯하는 우수와 절망의 그림자가 짙게 드리워져 있다. 고흐의 이 두 자화상을 보고 있노라면 그 어떤 문필가가 글로 기록한 자서전 못지않게 천재 화가의 고단한 삶을 느낄 수 있다.

흔히 '현대 조각의 아버지'로 일컫는 오귀스트 로댕은 조각가로 성공을 거두기 전 화가로 시작하였다. 특히 그는 회화 작품이든 조각 작품이든 인물을 즐겨 오브제로 삼았다. 그의 초기 작품 중에는 연필로 그린 〈자화상 1〉과 〈자화상 2〉가 있다. 작품 창작과 관련하여 로댕은 "진정으로 치열하고 진실해야 한다. 비록 당신의 입장이 기존 관념과 상반된다고 하더라도 당신이 느낀 것을 표현하는 데 주저하지 말라. 처음에는 사람들이 당신을 이해하지 못할지도 모르지만 곧 여러 친구들이 당신에게로 올 것이다. 어느 한 사람에게 진실한 것은 결국 모든 사람에게 진실한 것이기 때문이다"라고 말한 적이 있다. 화가나 조각가 지망생에게 주는 충고이지만 자서전 저자들도 귀담아 들어야 할 소중한 말이다. 한편 로댕의 연인으로 잘 알려진 카미유 클로델도 자전적인 조각 작품을 남겼다.

'회화적 자서전'과 '조형적 자서전'이라고 할 이러한 작품은 비단 서양에만 그치지 않는다. 중국의 대표적인 현대 조각가 첸웬링陈文令도 자전적 작품으로 이름을 떨치고 있다. 중국 아방가르드 1세대 작가로 평가받는 그는 2007년 두산아트센터 산하 두산아트갤러리 개막전에 강렬한 빨간색과 익살스러운 표정이 혼합된 '리틀 피그'와 '빅보이'를 전시해 한국에 널리 알려지기 시작하였다, 강렬한 붉은색과 익살스러운 표정이 한데 어우러진 〈리틀 피그〉와 〈빅보이〉는 현재 두산아트센터 만남의 장소에 영구 설치되어 건물의 마스코트로 자리 잡았다.

쳰웬링의 작품 중에서도 〈붉은 기억〉 시리즈는 중국의 상징인 붉은색에 중국인 특유의 낙천적인 웃음을 결합한 데서 엿볼 수 있듯이 중국을 상징하는 작품이다. 그러나 시야를 좁혀 보면 쳰웬링 자신의 삶을 재현한 자전적 작품으로 볼 수 있다. 그는 자신의 작품과 관련하여 "내 유년 시절은 문화혁명 시기와 겹쳐 불행했다. 그러나 과거의 기억이 현재를 불행하게 하지는 않는다는 것을 말하고 싶었다"고 밝힌다.

굳이 먼 데서 예를 구할 필요도 없이 한국에서도 '회화적 자서전'과 '조형적 자서전'의 예를 그다지 어렵지 않게 찾을 수 있다. 그 누구보다도 가장 먼저 떠오르는 인물이 한국인이 가장 좋아하는 화가 중 한 명인 천경자千鏡子다. 또한 그녀의 작품 속에 일관되게 나타나는 이미지는 다름 아닌 꽃과 여성이다. 그녀에게 예술가가 추구하는 아름다움의 세계를 가장 잘 대변하는 것이 아마 꽃과 여성이기 때문일 것이다. 그녀처럼 평생 꽃과 여성을 그리다시피 한 화가도 찾아보기 쉽지 않을 것 같다.

여러 작품에서 천경자가 그린 강렬한 눈빛의 여성상은 굴곡진 삶을 살아온 화가 자신의 분신이다. 그녀의 작품에는 빈센트 반 고흐의 자화상처럼 강렬하고 화려하면서도 어딘지 모르게 외로워 보이기도 하고 애처로워 보이기도 하고 슬퍼 보이기도 한다. 천경자의 대표작 중 하나로 흔히 일컫는 〈두상〉에서 쏟아지는 꽃비를 맞고 있는 여성의 모습은 너무 강렬하고 아름다워 처연한 느낌마저 든다.

한편 '조형적 자서전' 조각가로는 흔히 '공공미술 여왕'의 꼬리표가 붙어 다니는 김경민金庚民을 꼽을 수 있다. 'K-아트' 조각의 위상을 국외에 드높인 그녀는 주변의 소소한 풍경과 인물을 예리한 시선으로 포착하여 경쾌한 조각 작품으로 주목을 받았다. 가령 〈나들이〉는 온 가족이 아빠의 목마를 타고 환한 미소를 짓는 작품이다. 자기 어깨에 앉은 아내의 두 다리를 꼭 감싸 안은 남편, 엄마 위로 세 남매가 층층이 탑처럼 올라타 있으며, 그들 옆 바닥에는 반려견도 다소곳이 앉아 있다. 팝아트적인 기법으로 자신의 가족을 모델로 한 자전적 조각으로 행복한 한 가족의 모습을 익살스럽게 표현한 작품이다.

문학적 자서전은 단행본으로 출간하는 것이 보통이지만 반드시 책의 형식으로 출간할 필요는 없다. 지금까지 적지 않은 시인들은 '자화상'이라는 이름으로 자신의 삶을 관조하고 성찰하는 작품을 즐겨 써 왔다. 가령 미당未堂 서정주徐廷柱의 「자화상」은 이러한 경우를 보여 주는 좋은 예로 꼽을 만하다.

애비는 종이었다 밤이기퍼도 오지않었다.

파뿌리같이 늙은할머니와 대추꽃이 한주 서 있을뿐이었다.

어매는 달을두고 풋살구가 꼭하나만 먹고싶다하였으나……

흙으로 바람벽한 호롱불밑에

손톱이 깜한 에미의아들.

甲午年이라든가 바다에 나가서는 도라오지않는다하는 外할아버지의 숯많은 머리털과

그 크다란눈이 나는 닮었다한다.

스물세햇동안 나를 키운건 八割이 바람이다.

세상은 가도가도 부끄럽기만하드라

어떤이는 내눈에서 罪人을 읽고가고

어떤이는 내입에서 天痴를 읽고가나

나는 아무것도 뉘우치진 않을란다.

찰란히 티워오는 어느아침에도

이마우에 언친 詩의 이슬에는

멫방울의 피가 언제나 서껴있어

볓이거나 그늘이거나 혓바닥 느러트린

병든 숫개만양 헐덕거리며 나는 왔다.

서정주가 스물세 살 중추에 쓴 '문학적 자화상'이다. 이 작품을 두고 문정희文貞姬는 "미당의 자화상을 읽으면 문득 시퍼런 독가시에 찔린 듯 전신으로 감동이 밀려온다. 홀로 목젖을 떨며 조금 울게 된다"고 말한 적이 있다. 서정주의 시적 재능을 물려받았다고 할 문정희는 "23세 천부의 젊음이 가쁜 호흡으로 쏟아놓은 이 시는 한국시사에 눈부신 비늘을 번뜩이며 영원히 황홀한 감동을 선사하고 있다"고 밝힌다.

이 작품에서 서정주가 일제 강점기의 암울한 식민지시대를 배경으로 삼고 있다거나, 시적 화자 '나'의 아버지가 호남의 어느 부호 집안의 마름으로 미천한 신분이었다거나 하는 개인사와 관련한 이야기에 지나치게 무게를 두는 것은 그다지 바람직하지 않다. 그렇게 해석하는 것은 마치 살아 있는 아름다운 나비를 잡아 알코올을 발라 핀으로 꽂아 나비 표본을 만드는 것과 같다.

그러나 이 작품을 '문학적 자화상', 즉 자서전으로 읽는다면 그렇게 읽어도 무리가 없다. 이 작품에서는 서정주가 태어나기 전부터 시인으로 살아온 고단한 삶의 발자취를 가늠해 볼 수 있기 때문이다. 밤이 깊어도 애비가 집에 오지 않았다는 시적 화자의 아버지가 사망했거나, 아니면 적어도 김소월金素月의 '부재하는 님'처럼 '아버지의 부재'를 의미한다. "갑오년이든가"라고 구절에서는 동학농민운동을 겪으면서 시적 화자와 그 가족이 겪은 고통과 시련, 역경 등을 느낄 수 있다. 뭇 사람의 입에 자주 오르내리는 "스물세햇동안 나를 키운 건 팔할이 바람이다"라는 구절은 세상 풍파를 겪으며 살아온 시적 화자의 험난한 삶의 여정을 말한다.

더구나 "이마우에 언친 시의 이슬에는 / 몇방울의 피가 언제나 서꺼 있어"라는 구절에서 엿볼 수 있듯이 화자는 시의 형식을 빌려 누추한 삶을 천상의 세계를 향하여 한 단계 승화시킨다. 한마디로 이 작품에는 어떤 단행본 자서전 못지않게, 아니 어떤 의미에서는 그보다 훨씬 더 한 인간이 이 세상에 태어나기 전부터"어매는 달을두고 풋살구가 꼭하나만 먹고 싶다 하였으나 ……" 시인으로 성장할 때까지의 신산스러운 삶의 여정이 고스란히 간직되어 있다. 2000년 서정주가 사망했을 때 한 평론가의 지적처럼 서정주는 어떤 의미에서는 이 작품에 이미 자신의 유언까지 남기고 있다고 볼 수도 있다.

윌리엄 하워스 같은 이론가들은 『프랭클린 자서전』처럼 우리가 흔히 말하는 자서전을 '문학적 자화상'이라고 부르기도 한다. 그러면서 그는 우리가 흔히 말하는 '자서전'은 미술에서 자화상이 하는 역할을 문자를 빌려 표현한 것이라고 지적한다. 그런데 하워스에 따르면 문자를 매체로 삼든 물감이나 대리석을 매체로 삼든 자서전 작가는 하나같이 비전과 기억, 시간과 공간, 축소와 확장의 축에서 작업하게 마련이다.

4

자서전을 집필하려는 사람은 무엇보다도 먼저 몇 가지 선입견이나 고정관념을 버려야 한다. 첫째, 자서전은 유명인사만이 집필할 수 있는 것이 아니다. 인간은 저마다 다른 사람들과는 다른 자신만의 독특한 삶을 영위하기 때문에 누구나 자서전을 쓸 수 있다. 어니스트 헤밍웨이는 "누구의 삶이라도 진실하게 말한다면 한 편의 소설이 된다"고 말한 적이 있다. 그의 말을 살짝 바꾸어 표현한다면 누구든지 자신의 삶을 진실하게 표현한다는 한 편의 '자서전'이 될 수 있다. 자서전 저자는 '유령 작가'에 의존하지 말고 직접 집필해야 하는 이유가 바로 여기에 있다.

둘째, 자서전은 오직 노년에 이르러서만 쓸 수 있다는 생각은 잘못이다. 물론 먼 거리에서 사물을 바라보면 사물을 좀 더 폭넓게 조망할 수 있듯이 노년에 이르러 자서전을 쓰면 지나온 삶을 좀 더 총체적으로 조감할 수 있다. 그래서 르네상스시대 이탈리아의 조각가이자 화가요 음악가이자 군인으로 화려한 삶을 산 벤베누토 첼리니는 자서전을 집필하려는 사람은 반드시 마흔 살이 넘어야 한다고 주장하였다. 미국의 유명한 영화 제작자요 할리우드에 영화 스튜디오 창립에 공헌한 새뮤얼 골드윈은 첼리니보다 한 수 더 떠 사망하기 직전 자서전을 쓰고 사망한 뒤에 출간해야 한다고 못박아 말하기도 하였다.

그러나 이러한 주장은 좀처럼 받아들이기 어렵다. 요즈음 세상에 이러한 주장을 했다면 아마 모르긴 몰라도 나이 차별의 혐의를 면하기 어려울 것 같다. 장년은 물론이고 20대와 30대의 젊은 나이에도 얼마든지 자서전을 쓸 수 있다. 젊은 나이에는 기억력이 생생하고, 주어진 시점에서 삶을 바라볼 수 있다는 이점이 있으며, 좀 더 본격적인 미래의 자서전을 위한 준비 작업이 될 수도 있다. 문제는 나이가 아니라 자신의 삶을 얼마나 깊이 있게 성찰하고 진솔하게 기록하느냐에 달려 있다.

셋째, 자서전은 앞에서도 잠깐 언급했듯이 굳이 진실과 사실에 지나치게 얽매일 필요는 없다. 자서전은 역사와 허구, 사실과 상상력 사이에서 절묘한 균형과 조화를 꾀하는 장르이기 때문이다. 물론 소설 같은 장르와 비교해서는 허구보다는 역사, 상상력보다는 사실에 가깝다. 『내셔널 리뷰』를 창간한 미국의 저술가 윌리엄 버클리는 자서전에서 중요한 것은 역사적 사실보다는 경험의 진실성과 심오성이라고 주장하였다. 자서전 작가는 지나치게 역사적 사실에 얽매인 나머지 문학적 상상력을 위축할 필요는 없다.

역사 기술은 얼핏 보면 아주 객관적이고 사실에 충실한 것 같지만 엄밀히 따지고 보면 반드시 그러하지만도 않다. 포스트모더니즘이 고개를 쳐들기 전인 20세기 중엽까지만 하여도 게오르크 빌헬름 프리드리히 헤겔에서 레오폴트 랑케를 거쳐 페르낭 브로델을 중심으로 한 아날학파에 이르기까지 전통적인 역사 이론이 역사학의 주류를 이루고 있었다. 전통적인 역사학에서는 객관성과 총체성을 목숨처럼 소중하게 생각하였다. 그러나 이러한 객관주의적 역사 이론은 20세기 중반에 접어들면서 점차 도전을 받기 시작하였다. 예를 들어 미국의 역사학자 루이스 고츠초크는 역사 방법론에 관한 책 『역사의 이해』1969에서 "역사는 삼차원적이다. 즉 그것은 과학과 예술 그리고 철학의 성격을 지닌다"고 주장함으로써 종래의 일차적 역사 기술에 쐐기를 박는다.

이러한 주관적 역사 이론은 20세기 후반 포스트모더니즘에 이르러 더욱 심각한 도전을 받는다. 문학이 '허구의 역사화'에 깊은 관심을 기울이듯이 역사는 이제 '사실의 허구화'에 무게를 싣는다. 이 점과 관련하여 흔히 '포스트모던' 역사학자' 또는 '해체주의 역사가'로 일컫는 미국의 역사 이론가 도미니크 라카프라와 헤이든 화이트는 특히 눈여겨볼 만하다. 역사 이론을 세우는 데 이 두 이론가들은 한결같이 자크 데리다의 해체주의에서 큰 영향을 받았다.

포스트모던 역사가들이 전통적인 객관적 역사 이론에 의구심을 품는 것은 무엇보다도 언어의 속성 때문이다. 라카프라는 『역사와 비평』1985에서 역사는 문학과 마찬가지로 언어를 매체로 삼으며, 이렇게 언어를 매체로 삼는 이상 어쩔 수 없이 텍스트와 관련을 맺지 않을 수 없다고 지적한다. 이 점과 관련하여 그는 "과거는 텍스트와 텍스트화 된 잔존물, 즉 회고록·보고서·출판물·기록보관소·기념물 등의 형식을 통하여 우리에게 전달된다"고 밝힌다. 또 다른 저서에서도 라카프라는 역사란 비록 텍스트 자체는 아닐는지 모르지만 텍스트의 형식을 거치지 않고서는 독자들에게 전달될 수 없다고 주장하기도 한다.

전통적인 역사 이론에 깊은 회의를 보이기는 화이트도 마찬가지다. 화이트는 라카프라와 마찬가지로 역사 기술에서 언어가 차지하는 몫에 큰 비중을 둔다. 19세기 유럽 역사를 다루는 『메타역사』1973에서 화이트는 역사 저술을 한마디로 "서사적 산문 담론의 형태를 취하는 언어 구성물"이라고 못박아 말한다. 그에 따르면 모든 역사는 "일정한 양의 자료, 이 자료를 설명하는 이론적 개념, 그리고 그 자료를 제시하는 서사적 구조"를 서로 결합하게 마련이다.

이와 관련하여 화이트가 말하는 '역사적 상상력'이라는 이 책의 부제를 찬찬히 살펴볼 필요가 있다. 역사와 상상력은 상충되는 개념으로 엄밀히 말하면 이 용어는 모순어법이다. 그러나 화이트는 '상상력'이라는 말에서도 엿볼 수 있듯이 역사 기술을 문학이나 예술 창작과 동일한 차원에서 보려고 한다. 『담론의 회귀선』1978에서 그는 이 이론을 한 발 더 밀고 나가 "역사적 서사는 (…중략…) 언어적 허구물이고, 그 내용은 발견하는 것 못지않게 만들어 내는 것이다. 또한 그 형식도 과학의 형식보다는 문학의 형식과 공통점이 더 많다"고 지적한다. 여기에서 화이트가 말하는 '문학의 형식'이란 다름 아닌 언어의 수사성을 말한다. 물고기가 물을 떠나서 존재할 수 없듯이 언어는 수사성을 떠나서는 존재할 수 없다. 수사는 진리를 드러내는 데 사용하기도 하지만 진리를 감추거나 호도하는 데 더 많이 쓰인다.

이러한 수사성에 따른 언어의 불완전성 말고도 자서전을 문학 장르로 볼 근거는 또 있다. 얼핏 보면 자서전 저자는 직접 독자를 대상으로 자신의 이야기를 쓰는 것 같지만 실제로는 소설 같은 문학 작품처럼 복잡한 여러 내러티브 과정을 거치게 마련이다. 여기에서 잠깐 미국의 두 수사학자 웨인 부스와 시모 채트먼의 서사 이론을 살펴보는 것이 좋을 것 같다. 부스는 일찍이 '암시된 저자'의 개념을 도입하였고, 채트먼은 이 이론을 좀 더 정교하게 다듬어 구체적으로 다음과 같이 서술 소통 도표를 만들어 주목을 끌었다.

> 실제 저자author → 암시된 저자implied author → 서술자narrator → 피서술자narratee → 암시된 독자implied reader → 실제 독자reader

위 도표에서 '서술자'와 '피서술자' 사이에 텍스트문학 작품가 놓여 있다. 즉 텍스트는 서술자 또는 서술 화자가 없이는 피서술자에게 전달될 수 없다. '암시된 저자'란 비록 작품의 실제 저자는 아니지만 독자가 작품을 읽으면서 만나게 되는 가상의 저자를 말한다. 마찬가지로 '암시된 독자'는 텍스트를 실제로 읽는 독자는 아니지만 '암시된 저자'가 텍스트를 창작하면서 머릿속으로 상상하는 이상적인 독자를 말한다. '실제 저자'와 '실제 독자'는 각각 작품을 창작한 저자와 그 작품을 실제로 읽는 독자를 일컫는다.

채트먼의 서술 소통 도표를 자서전과 관련시켜 다시 그려 보면 '저자→화자→주인공→피화자→독자'가 된다. 여기서 '주인공'은 자서전에 다루는 중심 대상이 되는 인물을 말하지만 엄밀히 말해서 '저자'와 '화자'는 조금 다르다. '저자'와 '화자'의 관계는 시 작품을 생각해 보면 좀 더 쉽게 이해가 간다. 시에 등장하는 일인칭 시적 화자를 흔히 '퍼소나'로 부른다. 고대 그리스 연극에서 무대에 등장하는 배우들은 하나같이 가면페르소나을 쓰고 등장했기 때문이다. 마찬가지로 시 작품에 비록 일인칭 화자인 '나'가 등장할지라도 그는 시인 자신이라기보다는 어디까지나 가면을 쓴 시인일 뿐이다. 채트먼의 용어를 빌려 표현하자면 시 작품을 창작하는 실제 시인이 '실제 저자'에 해당한다면 시적 화자는 '암시된 저자'에 해당한다.

가령 김소월의 「진달내 꼿」에서 첫 구절 "나보기가 역겨워 / 가실째에는 / 말업시 고히 보내드리우리다 // 寧邊에藥山 / 진달내꼿 / 아름짜다 가실길에 뿌리우리다"를 한 예로 들어보자. 시적 상황이나 어조 등을 미루어보면 이 작품의 시적 화자 '나'는 남성이 아니라 어디까지나 여성이다. 고려가요 「가시리」처럼 이 작품도 한민족의 보편적 정서라고 할 이별의 정한을 인종의 의지력으로 극복해는 조선 여성의 모습을 형상화한 작품이다. 그렇다면 적어도 이론적으로 화자는 김소월과는 다른 인물일 수밖에 없다.

또한 자서전에서는 '더블 퍼소나', 즉 이중 화자가 등장하기도 한다. 저자는 '작가'의 태도를 취하는 반면, 작중인물은 '주인공'의 태도를 취하기도 한다. 그런데 작가와 화자를 별개로 간주하듯이 작가와 주인공도 독립적 실체로 간주하는 것이 보통이다. 이를 달리 말하면 자서전에서는 저자와 주인공이 동일한 이름을 취하면서도 동일한 시간과 공간을 공유하지는 않는다.

더구나 소설 같은 문학 작품과 마찬가지로 자서전에서도 온갖 스토리텔링의 기교를 구사한다. 갖가지 수사법 외에 ① 독자의 관심을 끌 만한 플롯 전개 방식, ② 인물의 성격 형성, ③ 생생한 묘사, ④ 대화, ⑤ 문체, ⑥ 이미지, ⑦ 시간적·공간적 배경, ⑧ 모티프, ⑨ 상징 등 문학적 기교 등을 사용한다. 소설처럼 자서전에서도 '말하기'보다는 오히려 '보여 주기'에 무게를 둔다. 그런가 하면 방금 앞에서 언급한 서술학자들의 서술 도표에서도 볼 수 있듯이 자서전에서도 저자 못잖게 독자에 대한 배려도 중요하다. 그래서 어떤 자서전 이론가 중에는 '스토리텔링story-telling'에 빗대어 '스토리리스닝story-listening'의 개념을 도입하기도 한다.

본디 교육 방법에서 주로 사용하는 '스토리리스닝'이란 교사가 학습자의 나이, 언어 능력, 흥미 등에 적절하고 적합한 이야기를 선택한 뒤 교실에서 학생들에게 말하는 방법을 말한다. 이 방법은 '이해 가설', 즉 우리가 듣고 읽는 것을 이해할 때 언어를 습득할 수 있다는 가설에 기반을 둔다. 이와 마찬가지로 자서전 저자도 무엇보다도 독자들을 배려하여 자신의 삶과 관련한 이야기를 기술해야 한다.

5

자서전에는 다른 문학 장르에서는 좀처럼 볼 수 없는 몇 가지 특징이 있다. 자서전에는 소설처럼 주인공의 성격 형성이 중요하다고 밝혔지만 자서전에서는 언제나 일인칭 단수 화자가 등장하게 마련이다. 아주 특별한 경우가 아니라면 좀처럼 삼인칭 화자가 등장하는 일이 없다. 만약 삼인칭 화자가 등장하는 경우라면 자서전이 아니라 전기가 될 것이다.

자서전은 소설 같은 문학 작품과는 달리 주제에서 제한을 받는다. 일반 문학 작품에서는 사랑·우정·고통·시련·죽음 같은 삶과 관련한 모든 문제를 주제로 삼을 수 있지만 자서전에서는 특정한 중심 아이디어나 신념에 좀 더 초점을 맞춘다. 자서전 저자는 비단 개인의 삶에 그치지 않고 철학, 종교, 정치, 문화의 관점에서 그가 살아 온 사회 분위기나 시대정신에 주목하기도 한다.

모든 글이 흔히 그러하듯이 자서전도 세월의 풍화작용을 받으면서 시대에 따라 그 성격이 조금씩 변한다. 제2차 세계대전 이후 포스트모더니즘의 거센 파도를 타고 자서전도 변화를 겪지 않을 수 없었다. 20세기 이후 이른바 '허구적 자서전'이 많이 쏟아져 나오기 시작하였다. 물론 이러한 유형의 자서전은 20세기 전반기에도 전혀 없지 않았다. 가령 한국인으로서는 처음으로 1932년 하버드대학교에서 국제 정치학 박사 학위를 받은 박노영朴魯英은 영문으로 『중국인의 기회』1940라는 자서전을 집필하여 미국에서 출간하였다. 이 자서전은 1948년에 개정 3판을 낼 만큼 미국에서도 보기 드물게 큰 인기를 끌었다.

그런데 이 책은 '허구적 자서전'이라고 불러도 손색이 없을 만큼 전통적인 의미의 자서전과는 사뭇 다르다. 박노영이 이렇게 자서전에 허구성을 가미한 것은 중앙학교 재학 시절 기미년 독립만세운동에 가담하여 일본 제국주의의 수배를 받고 있어 한국인의 신분으로 속이고 중국인으로 행세했기 때문이다. 또한 강연과 집필로 생계를 유지해야 하던 당시 상황에서 그는 자신의 삶을 과장하여 독자들의 흥미를 끌어 판매 부수를 올리려고 한 것도 한몫 했을 것이다.

허구적 자서전을 좀 더 문학 장르의 영역으로 끌어들인 것이 다름 아닌 '자전적 소설'이다. '허구적 자서전'과 '자전적 소설'의 차이는 전자는 역사에 가까운 반면 후자는 문학에 가깝다는 데서 찾을 수 있다. '자전적 소설'은 '논픽션 소설'처럼 사실성보다는 허구성, 역사성보다는 문학성에 좀 더 무게가 실린다. 최초의 한국계 미국 작가 중의 한 사람으로 꼽히는 강용흘姜鏞訖의 작품 『초당草堂』1931은 장르에서 '허구적 자서전'보다는 '자전적 소설'에 가깝다.

한편 21세기에 들어와 디지털시대의 막이 본격적으로 열리면서 자서전은 다시 한 번 큰 변신을 꾀한다. 인터넷이 보편화되면서 '월드 와이드 웹www'에 게시하는 웹사이트의 일종인 블로그가 출현하였다. 블로그란 인터넷 망을 뜻하는 '웹web'과 기록을 뜻하는 '로그log'을 결합하여 만들어낸 용어다. 인터넷이 현대인의 필수품이 되다시피 하면서 전통적인 자서전 작가들은 블로그를 통하여 자신의 삶을 기록하는 한편 정보를 공유하고 의견을 교환하기도 한다. 최근에는 자신의 일상생활을 동영상으로 찍어 인터넷에 공개하는 '브이로그'가 인기를 끌고 있다. '브이로 그'란 두말할 나위 없이 동영상을 뜻하는 영어 '비디오'와 역시 기록을 뜻하는 '로그'를 결합하여 만들어낸 합성어다.

그런데 블로그나 브이로그에서 흥미로운 것은 문자로 기록하는 전통적인 자서전과는 달리 가장 최근에 올린 글부터 게시가 된다는 점이다. 그래서 독자들 또는 시청자들은 글을 쓴 사람의 삶의 발자취를 현재 삶에서 점차 과거로 소급하여 읽게 된다. 말하자면 블로그나 브이로그는 흔히 플래시백 수법을 구사하여 전통적인 자서전을 쓴 것과 비슷한 효과를 자아낸다.

6

『동물농장』1945으로 전 세계에 걸쳐 작가로서 명성을 떨친 영국 소설가 조지 오웰은 1936년 「나는 왜 글을 쓰는가?」라는 글을 발표하여 관심을 끌었다. 그는 글을 쓰는 이유를 ① 순전한 이기심, ② 심미적 열정, ③ 역사적 충동, ④ 정치적 목적 등 크게 네 가지로 파악한다. 그렇다면 자서전 작가들은 과연 어떤 이유에서 자서전을 쓸까? 그들은 내적 갈등이나 긴장을 치유하고, 자아표현의 욕구를 실현하며, 자기성찰이나 내면 성찰을 위하여 자서전을 집필한다.

예로부터 적지 않은 작가들이 글을 씀으로써 심리적 갈등이나 부담에서 벗어나려고 하였다. 지그문트 프로이트는 윌리엄 셰익스피어, 요한 볼프강 폰 괴테, 헨리크 입센, 표도르 도스토옙스키 같은 문학가들, 레오

나르도 다 빈치와 미켈란젤로 같은 화가와 조각가의 작품을 분석하면서 예술 작품에서 환상과 백일몽, 억압된 무의식, 창조 과정의 원천 등을 찾아내었다. 영국의 소설가 D. H. 로렌스는 아예 "작가들은 책 속에 그들의 질병을 쏟아놓고, 반복적으로 감정을 다시 털어놓음으로써 그 감정을 다스린다"고 말한다. 로렌스는 주로 심리적 측면에서 글쓰기를 언급하지만 이러한 치유는 비단 심리적 문제에 그치지 않고 더 나아가 생리적으로도 크게 작용한다. 과학자들은 많은 사람이 글을 쓰는 동안 스트레스가 현저하게 줄어든다는 사실을 밝혀내었다. 요즈음 들어 문학을 통한 심리 치료가 부쩍 관심을 끄는 것도 이와 무관하지 않다.

전 세계에 걸쳐 글쓰기 붐을 일으키다시피 한 미국의 대중 작가 내털리 골드버그는 온몸을 이용해야 한다는 점에서 글쓰기도 운동과 같다고 주장하여 관심을 끌었다. 그녀는 "무릎, 팔, 신장, 간, 손가락, 치아, 폐, 척추 등 모든 신체기관이 종이 위를 맴돌며 집중하려고 애쓴다"고 말한다. 이렇게 글을 쓰면서 집중하는 것은 비단 신체기관에 그치지 않고 정신력도 마찬가지다. 골드버그는 '글쓰기, 선禪, 지그재그의 삶'이라는 부제를 붙인 『위대한 봄』2017에서 글쓰기를 선 수련에 빗댄다. 그녀가 제목에서 말하는 '위대한 봄'이란 것도 선을 통하여 이르게 된 깨달음의 경지를 말한다.

자서전 작가 중에는 자아 표현의 욕구를 실현하려고 자서전을 집필하는 사람들이 적지 않다. 1940년대 미국의 심리학자 에이브러햄 매슬로는 욕구계층 이론을 주장하여 관심을 끌었다. 처음에는 5계층으로 설정했지만 1969년 사망하기 한 해 전 한 계층을 덧붙여 모두 6계층으로 만들었다. ① 생리적 욕구, ② 안전 욕구, ③ 소속감과 애정의 욕구, ④ 존중 욕구, ⑤ 자아실현 욕구, ⑥ 자아초월 욕구 등이 바로 그것이다. 여섯 범주를 크게 두 가지로 나누어 1~2단계를 물질적 욕구로, 3~6단계를 정신적 욕구로 분류하기도 하며, 1~4단계를 결핍 욕구, 5~6단계를 성장 욕구로 분류하기도 한다.

자서전의 집필은 그중 다섯 번째 자아실현의 욕구, 즉 자기발전을 위하여 잠재력을 극대화하고 자기완성을 바라는 욕구와 관련이 있다. 몇몇 심리학자들은 매슬로의 욕구계층 이론을 인정하면서도 지적 욕구와 미적 욕구가 자기실현 욕구만으로는 설명하는 데 조금 미흡하다고 주장한다. 그래서 1990년 그의 제자들은 존중 욕구와 자기실현 욕구 사이에 지적 욕구와 미적 욕구의 두 단계를 추가하여 모두 8단계로 만들었다. 지적 욕구란 지식과 기술, 주변 환경에 대한 호기심과 이해에 대한 욕구를 말하고, 미적 욕구란 질서와 안정을 바라며 아름다움을 추구하려는 욕구를 말한다. 그렇다면 자서전을 집필하려는 사람들은 궁극적으로 지적 욕구와 미적 욕구를 충족하려고 한다고 볼 수 있다.

한편 자기성이나 내면 성찰을 위하여 자서전을 집필하는 사람도 적지 않다. 소크라테스는 일찍이 "반성하지 않은 삶은 살 만한 가치가 없다"고 잘라 말하였다. 서양 철학에서 이러한 전통은 르네 데카르트에서 쇠렌 키에르케고르에 이르기까지 계속 이어져 왔다. 이렇듯 자신의 내면을 반성하고 성찰함으로써 참다운 자아를 발견할 수 있다는 생각은 근대적 자아에 대한 관념이 발전하는 데 견인차 역할을 하였다. 방금 앞에서 언급한 에이브러햄 매슬로도 "한 순간 한 순간 자신에게, 자아에게 귀를 기울이지 않는 사람은 현명하게 삶을 선택할 수 없다"고 잘라 말한다.

그러면 자기성찰과 관련하여 여기에서 잠깐 윤동주尹東柱의 「자화상」이라는 작품을 살펴보기로 하자. 연희전문학교에 재학 중이던 1939년에 지어 교내잡지 『문우文友』에 처음 발표한 작품이다.

> 산모퉁이를 돌아 논가 외딴우물을 홀로
> 찾아가선 가만히 드려다 봅니다.
> 우물속에는 달이 밝고 구름이 흐르고 하늘이 펼치고 파아란 바람이 불고 가을이 있습니다.
> 그리고 한 사나이가 있습니다.
> 어쩐지 그 사나이가 미워저 돌아갑니다.
> 돌아가다 생각하니 그사나이가 가엽서집니다.
> 도로가 드려다 보니 사나이는 그대로 있습니다.
> 다시 그사나이가 미워저 돌아갑니다.
> 돌아가다 생각하니 그사나이가 그리워집니다.
> 우물속에는 달이 밝고 구름이 흘고 하늘이펄치고
> 파아란 바람이 불고 가을이 있고 追憶처럼 사나이가 있습니다.

흔히 우물은 거울처럼 사물을 비추어 볼 수 있는 매체이고, 그 우물물에 비친 자신의 얼굴을 '가만히' 들여다본다는 것은 곧 자신을 성찰하고 반성하는 것을 뜻한다. 시적 화자가 이렇게 애써 혼자서 산모퉁이를 돌아가 논가 '외딴 우물'을 찾아간다는 것은 그만큼 자기성찰이 절실하기 때문이다. 화자가 우물물 속에 '한 사나이'가 있다고 말하는 것은 자신을 제3자로 객관화하여 보려는 태도다. "어쩐지 그 사나이가 미워져" 뒤돌아서는 것은 현실의 자아에 불만을 품기 때문이다.

윤동주는 「서시」에서도 시적 화자의 입을 빌려 "잎새에 이는 바람에도 나는 괴로워했다"고 고백한다. 「자화상」의 시적 화자도 「서시」의 화자처럼 일제 강점기에 암울한 식민지 현실을 외면한 채 현실에 안주하여 살아가는 자신에 대한 부끄러움과 자기연민을 보여 준다. 그러나 그의 수치심과 연민을 굳이 식민지 지식인의 자아인식으로만 해석할 필요는 없다. 시간과 공간을 떠나 인간은 누구나 자신을 반성하고 성찰하기 때문이다. 시적 화자는 뒤돌아서다 말고 다시 돌아서 다시 우물을 들여다보는 행위를 반복한다. 그만큼 자아에 대한 인식에 자신이 없어지면서 부끄러움과 자기연민, 애정과 증오가 서로 부단히 교차한다. 시적 화자가 느끼는 감정의 진자운동을 도표로 그리면 '미움→가엾음→미움→그리움'이 될 것이다.

7

이제 마지막으로 자서전을 어떻게 써야 할까 하는 문제가 남아 있다. 자서전을 연구하는 학자들은 자서전을 마치 소설을 쓰듯이 흥미롭고 박진감 있게 쓸 것을 제안한다. 소설에 주인공이 있듯이 자서전에도 주인공이 있다. 자서전 작가는 주인공을 독자의 관심을 끌 만한 흥미진진한 인물로 만들어야 한다. 주인공뿐 아니라 부모, 교사, 멘토, 상관, 친구 같은 그의 주변 인물들도 소설의 작중인물들처럼 살아 숨 쉬는 역동적이고 흥미로운 인물로 창조해야 한다.

자서전 작가는 인물들과 그들의 성격뿐 아니라 플롯에서도 중심적인 갈등을 만들어내야 한다. 유년시절과 사춘기의 모험, 청년 시절에 겪은 실연과 좌절 또는 성공 등은 더할 나위 없이 좋은 갈등 요소가 될 수 있다. 중심적 갈등과 관련하여 중요한 것은 사건의 선택과 집중이다. 주로 현대 경영학 이론에서 사용하는 '선택과 집중' 전략은 자서전 집필에서도 적용할 수 있다.

앞에서 잠깐 언급했듯이 주인공의 삶을 유년 시절부터 자서전 집필 시점까지 일거수일투족을 낱낱이 기록할 필요는 없다. 삶 중에서 가장 핵심적인 사건을 선별하여 집중적으로 다루어야 독자의 관심을 끌 수 있다. 다시 말해서 자서전은 출생부터 장년이나 노년에 이르기까지의 삶을 연대기적으로 기록하지 않아도 된다. 독자의 관심을 끌 만한 중요 사건을 중심으로 이야기를 전개해 나가야 한다. 그러기 위해서는 자서전 작가는 소설처럼 플래시백 수법을 구사하여 현재 시점에서 과거를 회상하여 삶의 재구성할 수도 있다.

방금 앞에서 언급한 내털리 골드버그는 한국에서는 『인생을 쓰는 법』이라는 제목으로 번역되어 출간된 『멀리 떨어진 친구』2008에서 자서전 작가는 일정한 규칙에 얽매이지 말고 자유롭게 쓰라고 권한다. 지나치게 큰 것에 집착하지 말고 작은 것, 비범한 것에서 눈을 돌려 평범한 것에 관심을 기울이라고 말한다. 이 점과 관련하여 골드버그는 "자기 삶에 관하여 쓰는 일에 정해진 규칙은 없다. 종이 위에 붙들어 놓지 않으면 망각 속으로 사라져버릴 삶의 한 점들을 붙잡고 써내려가라. 차분한 목소리로 당신의 평범한 삶을 들려줘라. 틀에 박힌 삶 속에서 물결치는 감정의 결을 보여줘라"라고 밝힌다.

더구나 자서전 작가는 자신의 삶을 미화하여 기록해서는 안 된다. 장점은 장점대로, 단점은 단점대로 모두 기록해야 한다. 자신의 성취나 업적을 나열하는 것은 독자에게 이렇다 할 흥미를 줄 수 없다. 앞에서 잠깐 언급했듯이 성 아우구스티누스나 장자크 루소는 젊은 시절의 절도 행각이나 혼전 동거 같은 남에게 감추고 싶은 치부라고 할지라도 그대로 기록하였다. 루소는 자신의 『고백록』과 관련하여 "언젠가 최후 심판의 나팔 소리가 울려 퍼지더라도 나는 이 책 한 권을 가지고 심판관인 신 앞에 나아가서 큰 소리로 말할 것이다. 나는 이렇게 행동했노라, 나는 이렇게 생각했노라, 나는 이렇게 살았노라"고 말하였다. 루소는 계속하여 "나는 선악을 가리지 않고 모두 말하고 싶다. 어떠한 잘못도 감추지 않고 어떠한 선행도 과장하고 있지 않다"고 밝혔다.

자서전을 집필하는 중요한 목적 중 하나는 한 인간의 실패와 좌절을 진솔하게 보여줌으로써 독자들에게 교훈을 주는 데 있다. 물론 독자들은 선행과 미담에서도 교훈을 받을 수 있지만 남의 실패와 좌절에서 더 많은 교훈을 얻는다. 『시경詩經』에서 유래한 '타산지석他山之石'이나 1950년대 말 마오쩌둥毛澤東이 중국공산당 간부들 앞에서 처음 사용했다는 '반면교사反面敎師'는 이를 두고 일컫는 말이다. 전자가 좋은 일을 본받는 경우를 일컫는 데 사용하는 반면, 후자는 좋지 않은 일을 교훈을 삼을 때 흔히 사용한다.

자서전 저자는 마치 투명한 유리그릇에 음식을 담듯이 자신이 겪은 실패와 좌절을 숨기지 않고 진솔하게 밝히면서, 될수록 자신의 인생관이나 세계관을 선명하게 드러내야 한다. 자서전의 그릇에는 겉으로 드러난 외부 행동이나 사건보다도 한 인간의 고뇌와 삶에 대한 관조 같은 내면세계를 담아내야 한다. 영국 인문학자 로이 파스칼은 "'진정한' 자서전이라면 단순히 기억된 행동과 생각만을 말할 뿐 아니라 저자와 독자에게 '영혼의 실험, 발견의 항해'가 되어야 한다"고 지적한다. 파스칼의 말대로 자서전은 작가 자신의 영혼이 항해한 궤적을 기록해 놓은 책이다.

마지막으로 자서전은 개인의 삶을 확장하여 한 인간이 성장해 온 문화적 환경, 좀 더 넓게는 그가 산 시대정신을 반영하여야 한다. 자서전 저자는 특정 사회의 한 구성원인 만큼 그가 살아온 사회를 떠나서는 존재할 수 없다. 예를 들어 성 아우구스티누스는 『고백록』에서 기원후 4세기의 유럽 사회와 깊이 연관되어 있다. 이 무렵 로마제국은 기독교를 법적으로는 국가종교로 삼았으면서도 비신자들이 아직 많이 있었던 데다 마니교와 이단 교파들이 여전히 큰 힘을 떨치고 있었다. 이러한 상황에서 성 아우구스티누스는 자기가 믿는 그리스도교의 하느님을 옹호하고 좀 더 많은 사람에게 기독교 신앙을 호소할 목적으로 자서전을 썼다. 이렇게 자신이 살던 시대가 놓인 상황과 관련하여 자신의 삶을 다룬다는 점에서는 장자크 루소도, 벤저민 프랭클린도, 레프 톨스토이도 성 아우구스티누스와 크게 다르지 않았다.

이번에는 한국에서 그 실례를 찾아보기로 하자. 20여 년이라는 오랜 시간에 걸쳐 집필한 백범白凡 김구金九의 『백범일지白凡逸志』1947는 장르를 규정짓기가 그렇게 쉽지 않다. 두 권으로 출간된 이 책은 김인金仁과 김신金信 두 아들에게 보내는 서간문으로 볼 수도 있고, 자손에게 남기는 유서로도 볼 수 있다. 그러나 이 책은 뭐니 뭐니 하여도 백범이 걸어온 파란만장한 삶을 기록한 자서전의 성격이 가장 짙다.

중국 상하이上海에서 집필한 『백범일지』의 상권은 '황해도 벽촌의 어린 시절', '시련의 사회 진출', '질풍노도의 청년기' 등의 소제목에서도 볼 수 있듯이 주로 김구 자신의 개인사에 초점이 맞추어져 있다. 그러나 충칭重慶에서 집필한 하권은 '상해 임시정부 시절', '이봉창李奉昌과 윤봉길尹奉吉의 의거', '피신과 유랑의 나날' 등의 제목에서 볼 수 있듯이 일제강점기 식민지 조국의 거친 역사적 맥박을 느낄 수 있다. 한마디로 이 책은 김구의 개인적 삶과 민족사가 함께 어우러진 자서전인 것이다.

4
단편소설의 특성

단편소설이 하나의 독립된 문학 유형으로 정립된 것은 19세기 이후 장편소설이 예술 형태로서 그 위치를 확고히 굳힌 뒤의 일이지만 그 기원은 인간의 역사와 거의 때를 같이한다. 기원전 4천 년경 이미 고대 이집트에서는 그 무렵 일반 사람들 사이에 전해 오던 설화를 한데 묶어 『마술사의 이야기』라는 책이 나왔다. 그 밖에도 아라비아를 비롯하여 힌두, 그리스, 히브리의 문화권에서도 그와 비슷한 기록을 찾아볼 수 있다. 그리고 구약성서에 나오는 「룻기」나 「요나서」의 이야기라든지, 신약성서의 '탕아의 비유' 같은 이야기는 비록 초기 형태로나마 오늘날 단편소설에 가깝다.

특히 중세기와 르네상스시대에 접어들면서 단편소설의 모습을 갖춘 작품이 많이 쏟아져 나왔다. 그중에서도 조반니 보카치오의 『데카메론』, 제프리 초서의 『캔터베리 이야기』는 가장 대표적인 작품으로 꼽을 만하다. 단테 알리기에리의 『신곡』에 빗대어 '인곡人曲'으로 흔히 일컫는 보카치오의 작품은 그 제목이 말해 주듯이 크게 열 부분으로 나뉘어져 있는데, 그 무렵 피렌체지방에 만연하던 흑사병을 피해 온 젊은 남녀가 무료한 시간을 달래려고 서로 주고받은 이야기 100편을 모아 놓은 것이다. 초서의 작품 또한 제목 그대로 캔터베리로 순례의 길을 떠나는 사람들이 지루함을 달래기 위하여 한 사람씩 돌아가며 주고받은 이야기를 모아 놓은 것이다. 특히 「면죄부를 파는 사람 이야기」는 그 내용과 형식에서 오늘날의 단편소설에 아주 비슷하다.

이렇게 보카치오와 초서가 처음으로 뿌린 단편소설의 씨앗은 19세기에 들어와서야 비로소 싹이 트고 꽃이 피었다. 독일, 러시아, 프랑스, 그리고 미국 등 여러 나라에서 단편소설 작품이 한꺼번에 쏟아져 나오기 시작하였다. 독일에서는 에르네스트 호프만과 요한 루드비히 티크가 낭만주의 색채가 짙은 단편작품집을 출판하였고, 러시아에서는 이제까지 장편소설과 희곡에만 전념하던 알렉산드르 푸시킨, 니콜라이 고골, 그리고 안톤 체홉 등이 단편소설에 눈을 돌려 평범한 일상생활을 소재로 한 사실주의적인 작품을 발표하였다. 한편 프랑스에서도 프로스페르 메리메, 오노레 드 발자크, 기 드 모파상, 테오필 고티에 같은 작가들이 콩트를 비롯해 콩트와 로망의 중간 형태라고 할 누벨의 전통을 세웠다.

미국에서는 워싱턴 어빙이 『스케치북』1820이라는 작품집을 출간하면서 단편소설 본격적인 궤도에 들어섰다. 어빙 말고도 19세기 중엽 너새니얼 호손, 에드거 앨런 포, 허먼 멜빌 같은 작가들이 우수한 단편작품을 많이 썼다. 특히 포는 처음으로 단편소설의 이론적 체계를 마련했다는 점에서 흔히 '단편소설의 아버지'라고 부른다. 이론 면이나 실제 면에서 단편소설이 미국에서 활발히 발전한 것을 생각해 보면 미국을 흔히 '단편소설의 나라' 또는 단편소설을 두고 '미국의 문학예술'이라고 부르는 것은 어쩌면 지극히 당연할지 모른다.

세계문학사를 들여다보면 장편소설은 좀처럼 쓰지 않고 오직 단편소설만 쓰는 작가들이 적지 않다. 예를 들어 아르헨티나의 작가 호르헤 루이스 보르헤스를 비롯해 미국의 오 헨리, 플래너리 오커너, 존 치버, 앤 비티, 레이먼드 카버 등이 그러하다. 한국 작가들 가운데에서도 최서해崔曙海를 비롯해 계용묵桂鎔默, 이태준李泰俊, 이효석李孝石, 최근에는 윤후명尹厚明, 오정희吳貞姬, 이문구李文求, 최성각崔性珏, 이승우李承雨 같은 작가들이 그동안 장편소설보다는 단편소설에 깊은 관심을 기울여 왔다. 외국에서나 한국에서나 이들 작가는 하나같이 단편소설을 모든 문학 장르 중에서 가장 세련되고 도전적인 예술로 간주해 왔다.

1

조반니 보카치오와 제프리 초서 이후 4백 년 넘도록 제대로 빛을 보지 못하고 있던 단편소설은 19세기에 들어와 갑자기 찬란히 꽃을 피우기 시작하였다. 고대로부터 중세, 17세기에 이르기까지는 시와 로망스와 희곡 같은 문학 양식이 주류를 이루고 있었다. 그러다가 17세기 말엽과 18세기 초엽에 이르러서야 비로소 과학의 발달과 합리주의적인 인간 사고의 산물로서 소설문학이 탄생하였다. 그러나 산업혁명 이후 복잡하고 다양해진 생활 속에서 인간의 경험을 좀 더 단순하고 간결하게 표현할 수 있는 문학 양식이 절실히 요구되었다. 단편소설은 이러한 시대적 상황과 필요에 따라 자연 발생적으로 태어난 문학 형태다.

단편소설은 20세기에 들어오면서부터 그야말로 눈부신 발전을 이룩하였다. 20세기를 흔히 '단편소설의 시대'라고 부르는 것도 그다지 무리는 아니다. 단편소설이라는 간결하고 명료한 장르가 다른 어떤 문학 양식보다도 현대인의 감각에 알맞은 데다 현대인의 경험을 가장 효과적으로 표현할 수 있는 수단이기 때문일 것이다. 그리하여 수많은 작가가 이 새롭고 매혹적인 형식에 관심을 기울이기 시작하였다. 미국으로 그 범위를 좁혀 보더라도 셔우드 앤더슨, 거트루드 스타인, 이디스 워튼, 어니스트 헤밍웨이, 윌리엄 포크너, 존 스타인벡, 캐서린 앤 포터, J. D. 샐린저, 플래너리 오커너, 레이먼드 카버 같은 작가들이 이 장르에서 걸작을 남겼다.

한편 영국에서는 제임스 조이스, 버지니아 울프, D. H. 로렌스, 캐서린 맨스필드, 서머싯 몸, 킹슬리 같은 작가들이 크게 활약하였다. 프랑스에서도 크게 다르지 않아서 앙드레 모루아, 앙드레 도텔, 마르셀 에이메, G. O. 샤토레이노 같은 작가들이 단편소설 작가로 이름을 날렸다. 독일에서는 아르투르 시니츨러, 하이린히 만, 스테판 츠바이크 같은 작가들이 단편소설 작가로 활약하였다. 그리고 러시아와 북유럽에서는 막심 고리키, 이반 부닌, 에위빈드 욘손, 하뤼 마르틴손 같은 작가들의 활동이 눈에 띈다. 이밖에도 호르헤 루이 보르헤스, 알베르트 모라비아 같은 작가들이 단편소설을 한 단계 올려놓는 데 크게 이바지하였다.

2

문학 형태의 막내아들과 현대문학의 총아로 군림한 단편소설은 도대체 어떤 문학 장르인가? 다시 말해서 단편소설은 시와 희곡 같은 문학 장르와 어떠한 점에서 구별 지을 수 있는가? 단편소설은 시나 희곡은 말할 것도 없고 같은 산문 서사문학에 속하는 장편소설과도 다른 특징이 있다.

단편소설은 무엇보다도 먼저 산문이기 때문에 운율을 사용하는 시와는 엄격히 구별된다. 물론 오늘날 많은 현대시가 시행의 길이, 운율의 패턴, 시련詩聯의 형식 등에서 종래의 전통적인 제약에서 벗어나 좀 더 자유로운 형태를 취한다. 마찬가지로 산문 또한 구체적인 이미지, 응축된 감정, 율동적인 패턴 등 시에서 흔히 사용하는 수법을 많이 사용한다. 그러나 적어도 그 효과의 측면에서 본다면 산문은 본질에서 운문 형식을 취하는 시와는 엄격히 구별된다. 단편소설은 장편소설이나 희곡과 마찬가지로 산문을 기본적인 형식으로 삼고 있다.

이렇게 산문을 사용한다는 점 말고도 단편소설은 여러 면에서 중요한 특징을 지닌다. 에드거 앨런 포가 작가와 이론가로서 단편소설 장르의 이론을 정립하는 데 크게 이바지했다는 점을 이미 앞에서 언급하였다. 그는 19세기 중엽까지만 하여도 어정쩡한 위치에 있던 단편소설을 본격적인 문학 장르의 반열에 올려놓았다. 단편소설은 이제 장편소설에 밀려 문학의 변방에 놓여 있지 않고 장편소설 못지않게 문학의 중심부에서 당당히 행세한다. 다시 말해서 단편소설은 서자의 신분에서 적자의 신분을 차지한다.

포가 처음 내세운 단편소설 이론은 150여 년이 지난 지금에도 좀처럼 세월의 풍화작용을 받지 않고 아직도 여전히 설득력이 있다. 그가 주창한 몇 가지 이론에는 귀담아들을 만한 내용이 적지 않다. 물론 한 세기 반이 지난 지금 단편소설도 포가 활약하던 시대와는 장르의 성격이나 조금 달라질 수밖에 없다. 문학 장르도 생물의 종이나 개체처럼 환경에 따라 변하기 때문이다.

단편소설은 모든 산문문학 장르 중에서도 작가에게 고도의 기술이 요구되는 예술 형태다. 미국 작가 윌리엄 포크너는 소설가로 노벨문학상까지 받았지만 문학청년 시절에는 소설이 아닌 시에 뜻을 두고 있었다. 그러나 막상 시를 써 보니 생각처럼 쉽지 않다는 사실을 깨닫고 나서 시를 포기하고 손을 댄 장르가 단편소설이었다. 이 점과 관련하여 포크너는 "단편소설이란 시 다음으로 엄격한 장르로 거의 모든 낱말이 거의 정확해야 한다. (…중략…) 단편소설 작가에게는 게으르고 부주의할 여유가 없다. 쓰레기 같은 낱말을 사용할 여지가 적다"고 말하였다. 이렇게 단편소설 또한 그렇게 녹녹치 않다는 사실을 깨달은 그는 이번에는 장편소설에 관심을 기울이기 시작하였다. 그래서 포크너는 자신을 두고 '실패한 시인'이라고 부르면서 평생 첫사랑을 잊지 못하는 연인처럼 시에 대한 미련을 차마 떨쳐내지 못하였다.

적어도 이 점에서는 거의 같은 시대에 작가로 데뷔한 어니스트 헤밍웨이도 마찬가지였다. 그 또한 포크너처럼 처음에는 시인이 되려고 하다가 뒷날 단편소설과 장편소설 작가로 이름을 떨쳤다. 그가 노벨문학상을 받은 것도 포크너처럼 장편소설 작가로 세계문학사에 이룩한 업적 때문이었다. 그렇다면 포크너나 헤밍웨이에게서 볼 수 있듯이 단편소설은 시 다음으로 가장 엄격하여 창작하기 힘든 문학 장르다. 동양과 서양을 굳이 가르지 않고 그동안 단편소설을 쓰려고 시도해 온 작가는 수없이 많았지만 막상 뛰어난 작품을 쓴 작가는 그다지 많지 않다는 사실은 이 점을 뒷받침한다. 길이가 짧다고 우습게 보았다가는 자칫 낭패를 보기 쉬운 장르가 다름 아닌 단편소설이다. 크기가 작은 보석일수록 세공하기가 어렵듯이 단편소설을 쓰기란 그렇게 녹록하지 않다.

단편소설은 산문문학이라는 특징 말고도 형제 관계에 있다고 할 장편소설과도 중요한 점에서 다르다. 단편소설은 무엇보다도 먼저 길이가 짧아야 한다. 소금이 짜다는 말처럼 자칫 진부하게 들리는지 모르지만 길이가 짧은 것이야말로 단편소설의 가장 중요한 특징 중 하나다. 단편소설은 장편소설이나 중편소설처럼 산문문학이라 하여도 길이에서 제한을 받는다는 점에서 이 두 장르와는 엄연히 다르다. 길이가 짧다는 외형적 제약이 단편소설을 단편소설로 규정짓는 필수조건이다.

세계문학사에서 길이가 가장 짧은 단편소설은 헤밍웨이가 쓴 작품으로 알려져 있다. 그는 어느 날 뉴욕의 한 술집에서 동료 작가들과 함께 점심을 먹으며 문학 이야기를 나눈 적이 있다. 그는 오직 여섯 낱말로 단편소설을 써서 그들을 울게 만들 수 있다고 호언장담하며 내기를 걸었다. 만약 자기가 이기면 각자 10달러씩 내라는 것이었다. 그러면서 헤밍웨이는 식탁에서 냅킨 한 장을 들어 그 위에 펜으로 이렇게 썼다.

판매함 : 한 번도 신지 않은 아기 구두

(For Sale : Baby shoes, never worn.)

물론 헤밍웨이가 다분히 술김에 던진 농담 같은 제안이었지만 언중유골이라고 그 나름의 의미가 담겨 있다. 이렇게 여섯 낱말로 된 짧은 문장 속에 시작과 중간과 결말 등 단편소설이 갖추어야 할 요소를 두루 갖추고 있다. 만약 부모가 한 번도 신지 않은 아기 구두를 내다 파는 데는 그럴 만한 사연이 있을 터다. 가령 신생아가 태어나자마자 죽었거나, 아니면 숨진 상태로 태어나는 등 무슨 끔찍한 사연이 있었을 것이다. 부모는 자식을 얻을 기쁨에 아이가 신을 구두를 미리 사 놓았다가 미처 신겨 보지도 못하고 아이를 저세상으로 떠나보낸 부모의 심정이 과연 어떠했을까. 물론 아이가 죽지 않고 여전히 살아 잘 자라고 있지만 이런저런 이유로 미처 신발을 신어 보지도 못한 채 훌쩍 자란지도 모른다. 이 짧은 문장 속에는 모든 가능성이 활짝 열려 있어 독자들의 상상력을 한껏 자극한다.

영어를 비롯한 서양어에서는 단편소설의 분량을 줄잡아 8백 낱말에서 3천 낱말까지로 제한하는 것이 보통이다. 아무리 낱말 수가 많아도 7천에서 9천은 넘지 않아야 한다고 주장하는 이론가들이 있다. 미국의 '공상과학소설가협회'에서는 이 분야의 상인 '네뷸러상'에 응모하는 작품은 반드시 7천5백 낱말보다 적어야 한다고 못박는다. 그러나 이론가에 따라서는 2만 낱말보다는 적어야 하지만 그렇다고 1천 낱말 이하가 되어서는 안 된다고 주장하기도 한다. 1천 낱말이 안 되는 작품은 '짧은 단편소설'이나 '플래시소설' 또는 '미니픽션'이라고 부른다. 이렇게 짧은 소설을 한국에서는 흔히 '엽편소설葉片小說'이나 '초단편소설超短篇小說' 또는 '콩트'로 일컫고, 일본에서는 '장편소설掌篇小說'로 일컫는다.

단편소설은 인쇄해서 다섯 쪽에서 열 쪽이 되어야 한다고 주장하지만 이 또한 모호한 기준이다. 어떻게 인쇄하느냐에 따라 한 쪽에 들어갈 낱말의 수는 얼마든지 달라질 수 있기 때문이다. 요즈음 출판사에서는 이미지에 길든 독자들을 위하여 넉넉하게 조판하는 추세여서 쪽수는 전보다 더 늘어나게 마련이다. 한국에서 단편소설은 흔히 200자 원고지로 대략 50매에서 200매 정도의 분량을 기준으로 삼는다.

이렇듯 길이가 짧아야 한다는 것은 어디까지나 상대적인 기준일 뿐 절대적인 기준은 될 수 없다. 그래서 포는 「작문의 철학」에서 좀 더 구체적으로 "앉은 자리에서 다 읽을 수 있을 정도의 분량"이어야 한다고 못박아 말한다. 물론 이러한 규정도 엄밀히 따지고 보면 상대적이라고 할 수밖에 없을지 모른다. 겨우 십 분만 앉아 있어도 엉덩이를 들썩이는 사람이 있는가 하면, 한두 시간이 넘도록 끄덕하지도 않고 앉아서 책을 읽는 사람이 있기 때문이다. 어찌 되었든 단편소설은 장편소설이나 중편소설과 비교해 그 길이가 짧아야 한다. 단편소설의 그 '단' 자가 다름 아닌 짧은 '短'라는 사실을 기억하는 것이 좋다. 그러므로 단편소설이란 일단 "길이가 짧은 산문 소설"이라고 정의 내릴 수 있을 것이다.

그런데 여기에서 한 가지 짚고 넘어갈 것은 길이 짧다고 하여 단편소설이 장편소설이나 중편소설의 내용을 짧게 요약해 놓은 것이 아니라는 점이다. 단편소설은 장편이나 중편소설에서 한 일화나 사건을 따로 독립시켜 놓은 것이 결코 아니다. 더구나 장편소설이나 중편소설에서 한 장章을 그대로 옮겨놓은 것은 더더욱 아니다. 다시 말해서 단편소설과 장편소설이나 중편소설은 길이에서 비롯하는 양적인 차이보다는 장르의 성격에서 비롯하는 질적인 차이에서 구별된다. 가령 서정시와 서사시가 같은 운문의 형식을 취하면서도 길이의 차이 말고도 근본적인 면에서 그 성격이 다른 것과 같은 이치다. 장르의 성격에서 보면 장편소설이 서사시에 해당한다면 단편소설은 서정시에 해당하는 셈이다.

단편소설과 장편소설이나 중편소설의 차이는 달리기 경주에 견줄 수 있다. 장거리 경주이든 단거리 경주이든 모두 정해진 목표를 향하여 일정한 공간을 달리는 것은 같지만 두 경주의 성격은 판이하게 다르다. 장거리 경주는 단순히 단거리 경주를 연장해 놓은 것이 아니며, 단거리 경주 또한 장거리 경주의 일부 구간이 아니다. 두 경주는 처음부터 전혀 성격을 달리하는 경기다. 그러므로 100미터 달리기 같은 단거리 경주에서는 마라톤 같은 장거리 경주와는 전혀 다른 경기 방법과 전략이 필요하다. 마찬가지로 마라톤 같은 장거리 경주에서는 100미터 달리기 같은 단거리 경주와는 전혀 다른 경기 방법이나 전략이 필요하다. 단편소설은 단거리 경주인 반면, 장편소설은 장거리 마라톤 같은 경주다. 중편소설은 단거리 달리기 경주와 장거리 달리기 경주 중간에 해당하는 중거리 달리기 경주가 될 것이다.

3

단편소설은 무엇보다도 경제적이고 압축적이어야 한다. 단편소설의 이 조건은 앞에서 지적한 첫 번째 조건이나 두 번째 조건과 서로 깊이 관련되어 있다. 길이가 짧은 데다 '단일한 효과'나 '인상의 통일성'을 추구하려면 무엇보다도 낱말을 절약하여 사용해야 하기 때문이다. 단편소설에서는 장편소설에서처럼 사건을 자세하고 길게 묘사할 여유가 없다. 장편소설에서 흔히 볼 수 있는 여유 있는 성격 형성, 상세하고 장황한 서술이나 묘사, 그리고 불필요한 반복 따위가 단편소설에서는 허용되지 않는다.

단편소설에서 모든 사건은 정해진 결말을 향하여 치닫기 때문에 낱말 하나하나가 무척 소중하다. 극단적으로 말하자면 한 낱말을 빼서도 안 되고 더 넣어서도 안 된다. 단편소설에서도 "최소한의 자재로 최대한의 효과를 거둔다"는 경제 원칙을 철저하게 따른다. 그러므로 단편소설에서는 낱말을 한 마디도 낭비해서는 안 된다. 단편소설에서 모든 요소나 세부 사항은 서로 유기적으로 관련되어 있어야 하기 때문이다. 적어도 이 점에서 단편소설은 소설보다는 차라리 모든 감정을 극도로 응축해 표현하는 시에 가깝다.

줄잡아 6만이 넘은 낱말을 사용하여 장편소설을 쓰는 작가와 비교해 보면 단편소설 작가가 낱말을 얼마나 경제적으로 사용해야 하는지 쉽게 알 수 있다. 낱말 수를 재산으로 생각한다면 장편소설 작가는 단편소설 작가보다 훨씬 여유 있는 부자인 셈이다. 그래서 낱말이라는 재산을 가난한 사람들에게 나누어 주거나 자신이나 식구들이 조금 낭비해도 크게 문제가 되지 않는다. 그러나 아주 제한된 재산을 사용해야 하는 단편소설 작가는 단 한 푼도 낭비할 여유가 없다. 만약 얼마 안 되는 재산을 헛되이 쓴다면 단편소설이라는 가계를 꾸려갈 수 없으므로 파산선고를 해야 할지도 모른다.

이번에는 단편소설 작가와 장편소설 작가를 각각 우주 탐사선을 타고 여행하는 우주 비행사와 서부개척시대 이전 북아메리카 대륙에 살았던 원주민에 빗댈 수 있다. 우주선에 실을 수 있는 식량은 아주 제한되어 있다. 우주 비행선이 무겁고 크면 클수록 그만큼 많은 양의 에너지, 즉 많은 연료를 소비해야 한다. 그래서 우주 비행사들은 유료하중을 최소한으로 줄이려고 심지어 자신의 소변과 땀, 숨을 내쉴 때 나온 수분을 모아 물을 재처리하기도 한다. 이렇게 소변 등을 재처리하거나 재활용하는 것은 우주 왕복선에 싣는 적재량을 줄일 수 있기 때문이다. 우주 비행사들이 식량을 사용하는 방식은 이렇게 광활한 대륙에서 자유롭게 이동하며 먹이를 구하던 북아메리카 원주민들의 사람들의 방식과는 크게 다를 수밖에 없다. 먹거리가 곳곳에 널려 있던 북아메리카 원주민들이 식량 절약에 별로 관심이 없었던 것처럼, 장편소설 작가들은 언어 사용에서 비교적 여유가 있다.

앞에서 어니스트 헤밍웨이가 오직 여섯 낱말 가지고 단편소설을 썼다는 일화를 소개하였다. 이 일화가 사실인지 아닌지는 그렇게 중요하지 않다. 다만 여기에서 중요한 것은 단편소설 작가란 최대한 적은 낱말을 가지고 최대한의 효과를 얻도록 작품을 써야 한다는 사실이다. 단편소설이 아무리 길이가 짧다고는 하지만 여섯 문장이나 단락도 아니고 오직 여섯 낱말 가지고 작품을 쓴다는 것은 불가능하다. 과장치고는 터무니없는 과장이라고 아니할 수 없다. 그러나 이 일화는 단편소설의 중요한 특징인 경제성과 압축성을 웅변적으로 말해 준다. 또한 그동안 헤밍웨이가 지향해 온 '하드보일드 스타일'로 일컫는 간결체 문장을 설명해 줄 뿐 아니라, 더 나아가 그의 문학관과 인생관을 한마디로 요약해 주는 좋은 예가 되기도 하다.

단편소설 작가는 다양한 방식으로 경제성과 압축성을 얻을 수 있다. 가령 작중인물을 만들고 그의 성격을 형성하면서 작가는 지나치게 외부 묘사에 치중하기보다는 그의 성격을 보여 줄 핵심적 사항에 주목한다. 작중인물들이 서로 주고받는 대화도 촌철살인寸鐵殺人의 묘를 한껏 살려 간결하고 압축적이다. 단편소설 작가라면 작품의 배경을 설정할 때도 장편소설 작가와는 다른 방법으로 설정해야 한다. 또한 비록 시는 아니지만 구체적인 이미지를 구사하는 것도 언어를 경제적으로 사용하는 효과적인 방법 중 하나다.

에드거 앨런 포의 「고자질하는 심장」1843은 어떻게 낱말을 경제적이고 압축적으로 구사하는지 보여 주는 좋은 예로 꼽을 만하다. 포의 연구가 아서 홉슨 퀸은 포의 이론을 거의 완벽하게 예시해 주는 작품으로 「고자질하는 심장」을 든다. 이 작품에서는 낱말 하나하나가 오직 작가가 의도한 효과를 얻는 데만 사용된다고 지적한다. 일인칭 화자요 주인공인 '나'는 평소 자신의 심기를 거슬리던 한 노인을 일주일 동안 미리 범행을 계획한 끝에 살해한다. '나'는 노인의 시체를 토막 내어 방바닥에 숨긴다. 노인이 죽을 때 지른 외마디 비명을 들은 이웃이 경찰에 신고하게 되고, 경찰관 세 명이 '나'의 집에 찾아와 집 안을 샅샅이 수사하지만 아무런 단서도 찾지 못한다. 전혀 동요하지 않는 '나'는 경찰관들에게 노인의 방을 보여 주며 그들에게 의자까지 가져다주는 등 예의 바르고 침착하게 행동한다. 어느 모로 보나 '나'를 범인으로 단정할 만한 증거를 찾을 수 없다. 그래서 경찰들은 '나'를 의심하지 않고 오히려 가벼운 담소를 나누기까지 한다. 그러나 원인 모를 불안감에 휩싸인 '나'는 노인의 심장 박동 소리가 귓가에 뚜렷하게 들려오면서 감정이 격해지자 경찰관들에게 모든 범행을 자백하고 만다.

줄잡아 2,200개 낱말로 이루어진 「고자질하는 심장」은 포의 단편소설 중에서도 길이가 가장 짧은 작품에 속하기도 하지만, 작가는 될 수 있는 대로 낱말을 헛되이 낭비하지 않으려고 무척 고심한 흔적을 작품 곳곳에서 쉽게 엿볼 수 있다. 편집증을 다루는 이 작품에서 포는 살인자의 강박관념, 즉 노인의 눈과 심장 박동과 자신이 제정신이라는 주장을 강조하려고 불필요한 세부 묘사를 철저하게 배격한다. 오직 결말을 향하여 모든 언어를 경제적으로 구사하려고 애쓸 뿐이다. 어떤 의미에서 서술 화자의 이러한 태도가 그의 편집광적인 성격을 오히려 잘 보여 준다고 할 수 있다.

4

단편소설에서는 무엇보다도 한 가지 효과만을 노려야 한다. 이를 달리 바꾸어 표현하면 '단일한 인상'을 추구해야 한다는 말이 된다. 에드거 앨런 포가 단편소설의 첫 번째 조건으로 길이가 짧아야 한다고 주장한 것도 따지고 보면 단일한 인상이라는 효과를 얻기 위해서다. 단편소설 작가는 독자들에게 오직 하나의 정서적 효과를 가져다줘야 한다. 넓게는 모든 예술가, 좁게는 단편소설 작가는 독자의 정서적 반응을 불러일으키기 위하여 어떤 효과를 만들어 낼 것인지 먼저 결정해야 한다. 그러고 나서 그는 그러한 효과를 성취하기 위하여 자신의 모든 창조력을 동원해야 한다.

에드거 앨런 포에 따르면 현명한 작가라면 단편소설을 구상하면서 먼저 사건을 선택하고 그 사건에 맞는 사상이나 관념을 만들어낼 것이 아니라, 오히려 먼저 어떤 단일한 효과를 정해 놓고 그 효과에 적절한 사건을 만들어내야 한다. 이처럼 단편소설에서는 이미 설정된 효과나 의도가 무엇보다도 가장 중요하며, 작품의 모든 요소는 이 효과나 의도를 얻도록 치밀하게 구성되어야 한다. 바꾸어 말해서 독자는 한 단편소설 작품을 다 읽고 난 뒤에 모든 것이 끝났다는 인상을 받아야 한다.

영국문학에서 현대 단편소설 전통을 세우는 데 크게 이바지한 서머싯 몸은 언젠가 "단편소설은 줄임표로 끝내기보다는 완전한 마침표로 끝내기를 좋아한다"고 말한 적이 있다. 물론 여기에서 그는 요즈음 소설 이론에서 흔히 말하는 '닫힌 결말'에 대해 언급하는 것 같다. 최근에 내려오면 올수록 사건을 종결짓는 대신 독자의 판단에 맡기는 '열린 결말'을 사용하는 작가들이 많아진다. 특히 모더니즘과 포스트모더니즘 계열에 속하는 작가들의 작품에서는 더더욱 그러하다. 그러나 전통적인 리얼리즘 작가라고 할 몸은 '열린 결말'보다는 오히려 '닫힌 결말'을 선호한다. 그러나 몸의 말은 포가 말하는 '단일한 인상'을 지적한 말로 받아들여도 그다지 무리가 되지 않는다.

포는 '단일한 효과' 말고도 '인상의 통일성' 또는 '효과의 총체성'이라는 용어를 사용하기도 한다. 그는 이 세 용어를 여러 글에서 뒤섞어 사용하기 때문에 같은 뜻을 지닌 동의어로 이해할 수 있다. 포는 동시대 작가 너새니얼 호손의 단편집 『두 번 들은 이야기들』1837·1842에 관한 비평에서 일관성이나 통일성을 단편소설을 규정짓는 가장 기본적이고 중요한 요소로 간주한다.

> 효과나 인상의 통일성은 단편소설에서 가장 중요한 요소다. 더구나 이러한 통일성은 한 번 앉은 자리에서 모두 읽을 수 없는 작품에서는 철저하게 얻을 수 없다.

위 인용문에서 특히 눈여겨볼 것은 "한 번 앉은 자리에서 읽을 수 없는"이라는 구절이다. 앉은 자리에서 한꺼번에 읽을 수 없는 작품이라면 통일성을 얻을 수 없다는 말이다. 이를 바꾸어 말하면 단편소설에서 '단일한 효과'나 '인상의 통일성'을 얻기 위해서는 반드시 앉은 자리에서 한꺼번에 읽을 수 있어야 한다. 그렇게 앉은 자리에서 한꺼번에 읽기 위해서는 무엇보다도 작품의 길이가 짧아야 할 것이다.

독자가 여러 번 나누어서 읽는 것이 아니라 앉은 자리에서 한 번에 읽기 위해서 단편소설은 단순한 사건을 다루어야 한다. 단편소설에서 사건은 제한된 그릇에 담을 수 있어야 한다. 파노라마처럼 펼쳐지는 삶의 모습은 단편소설이라는 그릇에 담기에는 너무 크고 복잡하다. 장편소설이나 중편소설에서는 중심 플롯 말고도 보조 플롯이라고 할 곁플롯을 다룰 수 있다. 그러나 단편소설 작가들은 오직 중심 플롯 하나만을 사용한다. 그래서 작품에서 위기나 갈등 하나가 일어나는 사건을 다루기 일쑤다.

19세기 말엽에서 20세기 초엽에 걸쳐 활약한 스페인의 작가 비센테 블라스코 이바녜스의 「우연한 발견」이라는 작품을 한 예로 들어 보자. 고백체로 쓴 이 작품은 막달레나라는 어느 절도범의 이야기로 그가 어떻게 해서 감옥에 들어오게 되었는지 기술한다. 주인공은 옛 감옥에서 사귄 차모르라라는 친구의 유혹으로 어느 부유한 대장장이의 집으로 도둑질하러 간다. 마침 집주인이 외출 중이어서 도둑들은 쉽게 물건을 훔칠 수 있다. 차모르라는 현금과 보석 같은 값진 귀중품을 훔치지만 아직도 겁에 질린 주인공은 결국 침실에 있는 이불을 말아 어깨에 메고 달아난다.

그런데 안전한 곳으로 도피한 주인공은 자기가 훔친 이불 속에 갓난아이가 들어 있는 것을 발견하게 된다. 사랑하는 자식을 잃고 괴로워할 그 아이의 어머니를 생각하며 마침내 그는 아이를 도로 데려다주기로 하고 갓난아이를 다시 업고 대장장이의 집으로 발길을 돌린다. 갓난아이를 침대에 안전하게 눕히고 집을 나서는 순간 주인공은 외출에서 막 돌아오던 주인에게 붙잡히고 만다. 옛 감옥의 동료로부터 유혹을 받을 때, 막상 대장장이 집에 들어가 물건을 훔칠 때, 그리고 자신이 훔쳐 온 것이 바로 갓난아이라는 사실을 발견했을 때 등 주인공은 여러 번 갈등이나 위기를 겪을 수 있다.

그러나 이바녜스는 이 작품에서 갓난아이를 두고 느끼는 주인공 차모르라의 갈등에 초점을 맞춘다. 이 갓난아이를 죽임으로써 자신이 방금 저지른 범죄 행위를 감출 것인가? 아니면 주인에게 붙잡힐 위험을 무릅쓰고라도 그 아이를 도로 가져다줄 것인가? 이 작품에서 독자가 느끼는 '단일한 효과'나 '인상의 통일성'은 바로 주인공의 이러한 중심적인 갈등이나 위기에서 비롯한다.

단편소설의 영혼이라고 할 이러한 '단일한 효과'나 '인상의 통일성'을 달성하는 데 실패한 작품을 한 예로 들어보자. 앞에서 이미 언급한 이태준은 일제 강점기에 흔히 '조선의 모파상'으로 일컬을 만큼 단편소설의 대가로 주목을 받았다. 당시 문인들 사이에는 "시는 지용, 문장은 태준"이라는 말이 널리 나돌 정도였다. 그런데 원숭이도 나무에서 떨어질 때가 있다고 이태준의 작품이라고 모두 수작은 아니다. 예를 들어 1934년 2월 『신가정』에 발표한 「방물장수 늙은이」는 한 스토리나 플롯을 다루어야 한다는 단편소설의 기본 규칙을 어김으로써 '단일한 효과'나 '인상의 통일성'을 얻는 데 실패한 작품이다.

제목에서도 알 수 있듯이 이 작품은 방물장수 노파를 중심으로 일어나는 일련의 사건을 다룬다. 조선시대부터 근대화 시기까지 방물장수는 여성에게 주로 쓰이는 화장품과 장식품, 바느질 도구 및 패물 등 여러 가지 물건을 팔러 다니는 행상을 말한다. 나이 지긋한 여성들이 이 행상에 나섰기 때문에 흔히 '아파牙婆'라고도 부르는 그들은 물건을 파는 본업 외에 여염집 여성에게 세상 소식을 알려 주거나 특수한 심부름을 맡아 하는 구실도 겸하였다. 특히 사대부집 여성은 바깥출입이 금지되어 있었으므로 방물장수의 입을 통해서 세상물정을 아는 것이 거의 유일한 방법이기도 하였다. 이태준의 작품에 등장하는 방물장수는 쉰 대여섯 살 된 노파로 주로 경성과 경기도지방을 돌아다니며 물건을 판다.

「박물장수 늙은이」는 ① '파랑 대문집', ② '그 집네', ③ '그이 어머니네 집', ④ '그 과수댁', ⑤ '인생은 외롭다' 등 다섯 에피소드로 구성되어 있다. 에피소드 ①에서는 성북동에 새로 기와집을 짓고 이사온 신혼부부가 살고 있다. 그런데 놀랍게도 파랑 대문집 바깥양반은 방물장수가 잘 아는 사람으로 고향 포천읍 부자 권 참사의 아들 권근효로 밝혀진다. 권근효는 이미 결혼하여 포천에 처자식을 둔 기혼남이다. 방물장수가 "몹쓸 놈이지! 그렇게 참배처럼 연싹싹한 그 집네를 어떡하구 ……"라고 한숨을 쉬며 말하는 것은 바로 그 때문이다.

집 근처에서 우연히 만난 권근효에게 방물장수가 "또 여기다 딴살림을 차리셨군그래?"라고 말하는 것을 보면 본가 외에 딴살림을 차린 것은 성북동의 파랑 대문 집이 처음은 아닌 듯하다. 또한 방물장수가 "저 녀석은 갈아들이느니 여학생이야. 것두 재준지!"라고 내뱉듯이 권근효가 주로 딴살림을 차리는 대상은 하나같이 젊은 여학생들이다. 그의 첩이 되는 여학생들에 대해서도 방물장수는 "흥! 저이가 제일인 체해두 공부한 년들은 더 잘 속아 떨어져 ……"라고 중얼거린다.

에피소드 ②에서는 권근효의 또 다른 딴살림을 다룬다. 방물장수는 권철동 어느 여관에서 우연히 만난 권근효의 부탁을 받고 한 여학생을 소개해 준다. 돈이 탐나 방물장수는 "권근효가 연출시키는 대로 한 장 연극에 등장키로 허락한 것"이다. 방물장수는 권근효가 마음에 둔 여학생 김형순을 속여 마침내 결혼시키는 데 성공한다. 권근효는 형순에게 일년 만 참으면 취운정에 문화주택을 지어준다고 하고 장사동에 조그마한 전셋집을 얻어 살림을 차린다. 그러나 남편의 인격과 행동을 의심하고 수소문해 본 형순은 자신이 속아 결혼한 사실을 알아차린다.

에피소드 ③에서는 동옥이라는 신여성을 다룬다. 파랑 대문집 새색시는 방물장수에게 가정부를 소개해 달라고 부탁하고, 방물장수는 동옥의 집에서 일하는 가정부를 소개해 준다. 그 가정부는 동옥이 온갖 궂은일을 시키는 바람에 다른 집에서 가정부 자리를 얻고 싶다고 했기 때문이다. 그런데 동옥이라는 신여성은 파랑 대문집의 새댁과 서로 잘 아는 사이로 밝혀진다. 모르긴 몰라도 아마 동옥도 파랑 대문집 새댁처럼 남편에 속아 딴살림을 차린 젊은 여성일 것이다. 방물장수는 '시어머니 몹시 부려먹은 집'으로 알려진 신식 살림하는 집을 찾아가 시어머니를 설득하여 동옥의 집에 가정부로 소개해 준다. 이 집 젊은 며느리는 돈에 인색할뿐더러 손끝 하나 까딱하지 않고 늙은 시어머니를 '종년 부리듯' 부려 먹는 것으로 악명 높다.

한편 에피소드 ④에서는 포천 양짓말에 사는 윤회양이라는 노인과 시집 온 지 얼마 안 되어 열일곱 살 때 남편을 잃고 지금껏 수절해 온 젊은 과부가 중심인물로 등장한다. 윤 노인은 그동안 참봉댁 제수인 과수댁에 눈독을 들여왔다. 역시 돈에 눈이 어두어 방물장수는 과수댁을 윤 노인에게 소개해 준다. 한밤중에 윤 노인을 몰래 만나고 난 지 며칠 뒤 참봉댁 과수는 마을 뒷동산에 올라가 목을 매고 죽는다. 이 소식을 전해들은 방물장수에 대하여 서술 화자는 "늙은이는 큰 뭉어리 돌을 받는 것처럼 가슴이 철렁 내려앉았다"고 말한다. 마을 사람들은 과수로 외롭게 살아가는 것이 힘들어 자살한 것이라고 생각하지만 과수댁이 왜 자살했는지 아는 사람은 오직 윤 노인과 방물장수 두 사람뿐이었다.

마지막 에피소드 ⑤에서는 포천의 방물장수 가족이 중심인물로 직접 등장한다. 그동안 어떻게 절약해서라도 살림을 이룩하려던 사위가 읍에 나가 첩을 얻고 부부 싸움이 벌어지면서 사건이 시작한다. 권 참사의 소작농이던 사위는 한 해가 다르게 농사짓기가 더욱 힘들어지자 자포자기에 빠진 나머지 읍내 주막에서 술을 파는 여성을 첩으로 맞이한 것이다. 방물장수는 읍내 주막에 가 행패를 부린 뒤 딸집으로 돌아와 예의 인생철학에 빠진다. "다 제 갈길 가는 거지 에미가 애쓴다고 어디 그대로 되나……"라고 되뇌며 방물장수는 절에 찾아가 윤회양에게서 받은 돈으로 과수댁을 위하여 재를 올린다. 그러고 난 뒤 그녀는 다시 방물짐을 머리에 이고 동구 밖을 나서 산 아래 마을로 발길을 돌린다.

이렇듯 「방물장수 늙은이」는 서로 다른 다섯 개의 에피소드로 구성된 작품이다. 방물장수 노파가 모든 에피소드에 등장하여 이런저런 방식으로 사건에 연류 된다는 점을 제외하고는 각각의 에피소드는 이렇다 할 관련이 없다. 방물장수 노파의 또 한 가지 역할은 "세상일이 다 장난이야 장난"이라든지 "인생은 외롭다"든지 하는 진부한 철학을 마치 주문처럼 읊조림으로써 다섯 에피소드에 주제의 통일성을 부여해 주는 데 있다.

그러나 이태준은 「방물장수 늙은이」에서 이러한 주제의 통일성을 얻는 데는 성공했을지 몰라도 구성의 통일성을 성취하는 데는 실패하였다. 그는 「단편과 장편掌篇」에서 "인생을 그리는 데 각이 여럿 있는 선으로 둥그렇게 긋는다면, 그 둥그런 전체는 장편소설이요, 전체가 못되는 것은 중편소설이요, 한 각 면만은 단편소설이요, 면이 없으면 한 모의 각만은 장편掌篇이라 할 수 있다"고 말한다. 그런데 이태준은 「방물장수 늙은이」에서 서로 다른 다섯 개의 각을 동시에 다룬다. 이 작품이 다섯 개의 각을 다룬다면 장편소설이나 중편소설로서는 몰라도 단편소설로서는 부적격이다. 만약 이태준이 다섯 각 중 하나만을 선택하여 다루었더라면 극적 긴장은 지금보다 훨씬 더 높아졌을 것이고, 「달밤」이나 「가마귀」 또는 「그림자」 같은 작품처럼 단편소설로서 크게 성공을 거두었을 것이다.

5

단편소설은 형식에서나 내용에서 다른 어떤 문학 장르보다 제약이 많으면서도, 다른 한편으로는 무한한 가능성을 지니는 예술 형태다. 지금까지 많은 작가들이 단편소설이라는 장르를 하나의 고정된 양식에 한정시키지 않은 채 끊임없이 새로운 가능성을 모색해 왔다. 스타일이나 기교에서 볼 때 단편소설은 ① 수필이나 소묘적인 작품, ② 서정시적인 작품, ③ 연극적인 작품, ④ 사회사적인 작품 등 크게 네 가지로 나눌 수 있다.

수필이나 소묘적인 단편소설이란 주위에서 일어나는 사건을 주로 신변잡기처럼 기록하거나, 마치 옛날이야기를 하듯이 독자에게 친근하게 전달하는 작품을 말한다. 이러한 유형에 속하는 작품에서 작가는 특히 플롯이 단순한 이야기를 많이 사용한다. 또한 이 갈래의 단편소설에서는 독자가 작품을 읽으며 작가의 존재를 의식할 수 있을 만큼 작가의 역할이 두드러지게 나타난다. 흔히 미국 단편소설의 선구자로 일컫는 워싱턴 어빙의 「립 밴 윙클」이나 「슬리피 할로의 전설」 같은 작품은 바로 이러한 갈래에 속하는 대표적인 작품이라고 할 만하다.

「립 밴 윙클」에서 어빙은 식민지시대와 독립전쟁 과도기 미국의 한 동부 지역 마을을 배경으로 펼쳐지는 흥미롭고 기괴한 이야기를 다룬다. 주인공 립 밴 윙클은 사나운 아내 등쌀에 시달리면서도 태평스럽게 세상을 살아가는 마음씨 착한 사나이다. 어느 날 뉴욕주의 캐츠킬 산맥 깊은 곳에서 네덜란드풍의 옷차림을 한 이상야릇한 늙은이들을 만난다. 나인핀 놀이를 하는 그들 곁에서 맛좋은 술을 한 잔 또 한 잔 들이켜다가 어느새 잠이 들고, 잠에서 깨어 마을에 내려와 보니 미국이 영국 식민지에서 독립하고 립을 못살게 굴던 고약한 아내는 이미 사망한지 어느덧 20년이라는 세월이 흘렀다.

순박하기 그지없는 립은 구대륙의 악에 물들지 않은 신대륙 미국을 상징하고, 립을 못살게 굴던 아내는 다름 아닌 제국주의 영국을 상징한다고 보아도 크게 틀리지 않다. 작품의 마지막 장면에서 마을 사람들이 술을 간절히 원하는 것은 미국이 마침내 식민지 굴레에서 벗어난 것을 자축하려는 의미가 담겨 있다. 그런데 어빙은 비록 단편소설의 형식을 빌리고 있지만 이 작품은 에세이나 산문 소품으로 읽어도 크게 무리가 없다.

이렇게 수필이나 산문 소품에 가까운 단편소설로는 어빙의 또 다른 작품 「슬리피 할로의 전설」도 마찬가지다. 무엇보다도 '전설'이라는 제목에서 잘 짜인 단편소설보다는 구수한 옛날이야기를 듣는 것 같은 느낌이 든다. 실제로 어빙은 작품의 첫 장면부터 마치 옛날이야기를 시작하듯이 배경과 분위기를 설정한다. 작가는 서술 화자의 입을 빌려 "그곳의 나른한 고요함과 더불어 초기 네덜란드계 개척자들의 후손들인 그곳 주민들의 독특한 성격 때문에 이 깊숙한 골짜기는 오래전부터 '슬리피 할로', 즉 '잠의 골짜기'라는 이름으로 알려져 있으며, 그곳의 투박스러운 사내들은 모든 인근 지역에서 '슬리피 할로의 사내들'로 일컫는다"고 말한다. 화자는 계속하여 "그곳에는 몽롱하고 꿈결 같은 분위기가 대지 위에 드리워 있을 뿐 아니라 공기 중에도 가득 차 있다"고 묘사한다. 두 작품의 수필이나 산문 소품을 닮아가는 경향은 작품집 『스케치북』 1820만 보아도 잘 알 수 있다. 이 책에는 이 두 단편소설 말고도 독특한 분위기를 풍기는 수필들이 함께 실려 있다.

한국의 단편소설 중에서 김동인의 「광화사狂畵師」가 비교적 이 갈래의 작품에 속한다. 이 작품은 방금 앞에서 언급한 어빙의 「립 밴 윙클」과 여러모로 비슷한 데가 많다.

인왕仁王.

바위 위에 잔솔이 서고 잔솔 아래는 이끼가 빛을 자랑한다.

굽어보니 바위 아래는 몇 포기 난초가 노란 꽃을 벌리고 있다. 바위에 부딪히는 잔바람에 너울거리는 난초잎.

여余는 허리를 굽히고 스틱으로 아래를 휘저어보았다. 그러나 아직 난초에는 4, 5축의 거리가 있다. 눈을 옮기면 계곡.

전면이 소나무의 잎으로 덮인 계곡이다. 틈틈이는 철색鐵色의 바위로 보이기는 하나, 나무 밑의 땅은 볼 길이 없다. 만약 여余로서 그 자리에 한 번 넘어지면 소나무의 잎 위로 굴러서 저편 어디인지 모를 골짜기까지 떨어질 듯하다.

위 인용문에서도 볼 수 있듯이 이 작품은 단편소설이라기보다는 수필이나 산문 소묘에 가깝다. 김동인은 일인칭 화자 '여余', 즉 '나'의 입을 빌려 일제 강점기 인왕산에 올라가 경성 시내를 바라보고 느끼는 소감을 묘사한다. 높은 바위 위에 올라서면 무학재로 통한 커다란 골짜기가 나타날 것이라고 말한다. 그러면서 그가 지금 서 있는 곳은 심산으로 깊은 산이 지녀야 할 온갖 조건을 두루 갖추고 있다고 밝힌다. 즉 "바람이 있고, 암굴이 있고, 산초 산화가 있고, 계곡이 있고, 생물이 있고, 절벽이 있고, 난송亂松이 있고 — 말하자면 심산이 가져야 할 유수미幽邃味를 다 구비하였다"는 것이다. 적어도 이 작품의 첫 장면만 본다면 김동인이 쓴 '인왕산에 올라'라는 제목의 수필을 읽는 것으로 착각할 수도 있다.

일종의 퀸스틀러로만예술가소설 범주에 들어가는 김동인의 「광화사」는 액자 소설이다. 화자 '여 / 나'는 작품의 액자에 해당하고, 액자 안의 이야기는 조선조 세종 때 화가 솔거에 관한 이야기다. 다시 말해서 액자에 해당하는 외부 이야기는 '여 / 나'에 관한 이야기로 시간상으로 보면 현재에 일어난 일이고, 허구성이나 실제성으로 보자면 실제적 사실이다. 한편 액자 안의 그림에 해당하는 내부 이야기 화공 솔거의 이야기로 시간상으로 보면 과거에 일어난 일이고, 허구성이나 실제성으로 보자면 한낱 상상력이 빚어낸 허구일 뿐이다. 액자 소설이 흔히 그러하듯이 이 작품에서도 액자 안에 들어 있는 이야기 못지않게 액자 그 자체가 자못 중요하다. 솔거에 관한 부분은 흥미진진한 허구지만 적어도 '여 / 나'의 이야기는 한 편의 수필이나 산문 소묘에 가깝다.

서정시적인 단편소설이란 감각적 이미지, 함축적인 언어, 수사법의 구사, 응축된 감정 등 서정시에서 주로 많이 사용되는 기교를 구사하여 시적인 정서나 분위기를 한껏 자아내는 작품을 말한다. 감정의 강도나 효과 면에서 서정시에 가까운 이 갈래의 작품은 미국의 작가 셔우드 앤더슨이나 영국 작가 버지니아 울프, 그리고 아일랜드 작가 제임스 조이스 같은 작가가 주로 많이 썼다. 특히 조이스의 「죽은 사람들」은 이러한 갈래의 대표적인 예라고 할 만하다. 이 작품에서 게이브리얼 컨로이라는 주인공이 그동안 자기중심적이고 이기적으로 살아왔다는 사실을 깨닫는 자기인식의 과정을 다룬다. 그런데 작가는 시인이 무색할 만큼 온갖 이미지와 상징과 모티프 등을 두루 구사한다.

한국에서는 이효석의 「메밀꽃 필 무렵」이 이러한 갈래의 단편소설을 대표하는 작품이다. 토속적 정서를 바탕으로 인간의 원초적 애정을 그린 이 작품은 그동안 흔히 산문과 시의 경계를 자유롭게 넘나든다는 평을 들어왔다.

대화까지는 팔십 리의 밤길, 고개를 둘이나 넘고 개울을 하나 건너고 벌판과 산길을 걸어야 된다. 길은 지금 긴 산허리에 걸려 있다. 밤중을 지난 무렵인지 죽은 듯이 고요한 속에서 짐승 같은 달의 숨소리가 손에 잡힐 듯이 들리며, 콩 포기와 옥수수 잎새가 한층 달에 푸르게 젖었다. 산허리는 온통 메밀밭이어서 피기 시작한 꽃이 소금을 뿌린 듯이 흐뭇한 달빛에 숨이 막힐 지경이다. 붉은 대궁이 향기같이 애잔하고 나귀들의 걸음도 시원하다.

떠돌이 장돌뱅이 허 생원이 젊은 동이와 함께 봉평장에서 일찍 짐을 거두고 대화장을 향하여 한밤중에 산길을 걸어가는 장면이다. 일과를 끝내고 고개를 넘고 물을 건너가야 하는 밤길이건만 두 사람에게는 고즈넉한 동행이기도 하다. 작품 전체가 시적 분위기를 자아내지만 위 인용문만 보아도 서정시 한 편을 읽는 듯한 느낌이 든다. 시각, 청각, 촉각, 심지어 미각 등 온갖 이미지가 너무 구체적이어서 마치 직접 눈으로 보고 귀를 듣고 피부를 느끼는 듯하다.

가령 "쥐 죽은 듯이"라는 직유법에서 '쥐'라는 말을 살짝 빼고 그냥 "죽은 듯이"라고 표현하니 그 뜻이 아주 새롭게 다가온다. "짐승 같은 달의 숨소리가 손에 잡힐 듯이 들리며"라는 구절도 마찬가지다. 어떻게 달이 짐승 같을 수 있고, 어떻게 달이 숨을 쉴 수 있으며, 또 어떻게 그 숨소리가 손에 잡힌단 말인가? 시각 이미지와 청각 이미지와 촉각 이미지가 한데 어우러져 감각의 교향악을 만들어낸다. 박목월朴木月의 "술 익는 마을마다 타는 저녁 놀"「나그네」 또는 김광균金光均의 "분수처럼 흩어지는 푸른 종소리"「외인촌」가 자연스럽게 떠오르는 공감각의 구사다.

그다음 문장 "콩 포기와 옥수수 잎새가 한층 달에 푸르게 젖었다"에서도 밝은 달빛에 콩 포기와 옥수수 잎사귀가 더욱 푸르게 보이는 모습을 '달에 푸르게 젖었다'로 표현한다. "산허리는 온통 메밀밭이어서 피기 시작한 꽃이 소금을 뿌린 듯이 흐뭇한 달빛에 숨이 막힐 지경이다"라는 문장에 이르러서는 비유법이 그야말로 찬란한 빛을 내뿜는다. 한마디로 뛰어난 시적 상상력이 아니고서는 도저히 구사할 수 없는 언어 구사력이다.

이효석은 「메밀꽃 필 무렵」에서 과학적 진리를 잠시 접어두고 시적 진리에 의존하기도 한다. 그는 작품 곳곳에서 허 생원과 동이가 단순히 떠돌이 장돌뱅이가 아니라 실제로는 아버지와 아들 사이라는 사실을 암시한다. 그러한 암시 중의 하나가 두 작중인물 모두 왼손잡이라는 사실이다. 작품 첫 부분에서 이효석은 "아이의 웃음소리에 허 생원은 주춤하면서 기어코 견딜 수 없어 채찍을 들더니 아이를 쫓았다. '쫓으려거든 쫓아보지. 왼손잡이가 사람을 때려'"라고 밝힌다. 작품이 끝나가는 장면에서 작가는 다시 한 번 "나귀가 걷기 시작하였을 때, 동이의 채찍은 왼손에 있었다. 오랫동안 아둑시니같이 눈이 어둡던 허 생원도 요번만은 동이의 왼손잡이가 눈에 띄지 않을 수 없었다"고 말한다. 작품 앞 장면에서는 독자들에게 허 생원이 왼손잡이라는 사실을 넌지시 귀띔해 주고, 작품 뒤 장면에서는 동이 역시 왼손잡이라는 사실을 다시 한번 확인해 준다.

그러나 성인 인구의 7퍼센트에서 10퍼센트를 차지하는 왼손잡이는 일반적으로 유전이 되지 않는다는 것이 학계의 이론이다. 물론 왼손잡이가 되는 데는 유전자가 관여한다고 주장하는 학자들이 전혀 없는 것은 아니다. 어찌 되었든 왼손잡이가 되는 것은 뇌의 비대칭성에서 비롯하는 것으로 뇌의 우측 반구가 우성일 때 왼손잡이가 될 확률이 높다. 어떤 학자들은 임신했을 때와 출산할 때의 산모와 아기가 받는 스트레스가 원인이 되어 왼손잡이가 된다는 가설을 내세웠다.

이른바 '출산 스트레스 증후군'은 임신 기간이나 출산할 때, 또는 이 두 경우 모두 어머니에게서 남성호르몬인 테스토스테론이 비정상적으로 많이 분비되는 증상이다. 학자들은 어머니의 영양 상태 결핍이나 외부 환경으로부터 받는 스트레스가 남성호르몬 수치를 높인다고 지적한다. 그러고 보니 동이가 왼손잡이가 된 것도 그다지 무리는 아닌 듯하다. 허 생원이 처음 만난 동이의 어머니"성서방네 처녀"는 동이를 임신할 무렵 온갖 스트레스를 겪고 있었음이 틀림없다. 허 생원이 조선달에게 "성서방네는 한창 어려워서 들고날 판인 때였지. 한집안 일이니 딸에겐들 걱정이 없을 리 있겠나?"라고 말하는 대목만 보아도 잘 알 수 있다. 더구나 동이가 "제천 촌에서 달도 차지 않은 아이를 낳고 어머니는 집을 쫓겨났죠"라고 말하는 것을 보면 사정이 어떠한지 쉽게 미루어보고도 남는다.

만약 왼손잡이가 색맹과는 달라서 유전에 따른 것이 아니라면 허 생원과 동이를 부자父子 관계로 설정하려는 이효석의 의도는 막상 총을 발사했지만 탄알이 터지지 않은 불발탄과 같다. 그런데도 이 작품이 뭇 사람에게 큰 감동을 주는 까닭은 비록 과학적 진리는 아니더라도 시적 진리에 의존하기 때문이다. 시적 상상력의 세계에서는 그것은 얼마든지 가능하다. 이러한 장치는 넓은 의미에서 일종의 '시적 허용'에 해당한다.

실제로 이렇게 허구적인 소설이 과학적 사실과 다른 예는 김동리의 「역마驛馬」에서도 엿볼 수 있다. 전라도와 경상도가 만나는 화개 장터에서 주막을 운영하며 사는 옥화는 아들 성기의 역마살을 잠재우려고 체장수의 딸 계연과 결혼시키려고 하지만 계연이 자신의 이복동생인 것을 깨닫고 계연을 떠나보낸다. 그런데 옥화가 계연이 이복동생이라는 사실을 알게 된 계기는 계연의 귓바퀴에 난 사마귀 때문이다. 그러나 왼손잡이처럼 사마귀도 유전 질환이 아니므로 동일한 신체 부위에 사마귀가 있다고 하여 혈연관계를 단정할 수는 없다.

연극적인 단편소설은 묘사나 설명을 최소한으로 줄이는 대신 작중인물들이 주고받는 대화와 구체적인 그들의 행동에 초점을 맞춤으로써 독자가 마치 무대에서 상연되는 연극을 관람하고 있다는 인상을 주는 작품을 말한다. 특히 이러한 갈래의 작품에서는 주로 대화나 행동을 빌려 작중인물들의 성격 묘사하기 일쑤다. 이러한 갈래의 작품을 가장 성공적으로 사용한 작가는 어니스트 헤밍웨이다. 그의 「하얀 코끼리 같은 언덕들」이나 「깨끗하고 밝은 곳」 등은 이러한 경우의 좋은 예가 된다. 특히 그의 「살인자들」은 간이식당이라는 제한된 장면 안에서 생기에 넘치는 작중인물의 대화와 몇 가지 구체적인 외부 행동을 효과적으로 사용하고 있어 단막극으로도 쉽게 상연될 수 있는 작품이다.

이러한 갈래에 속하는 한국 단편소설 중에서는 제4회 동인문학상을 수상한 손창섭의 「잉여인간」이 쉽게 떠오른다. 한국전쟁 이후 등단해

전후의 허무감이나 패배감 또는 소외 의식을 즐겨 다루기 때문에 그에게는 거의 언제나 '전후 세대 작가'라는 꼬리표가 붙어 다닌다. 치과 의원을 배경으로 치과의사 서만기를 비롯해 그의 중학교 동창생인 채익준과 천봉우를 중심으로 이야기가 전개된다. 일정한 직업이 없는 두 사람은 서만기의 치과병원에서 신문을 읽거나 한담으로 거의 날마다 시간을 보내다시피 한다.

"봉우, 이거 봐. 글쎄 이런 능지처참할 놈들이 있느냐 말야."

익준은 핏대를 세우며 다시 흥분하기 시작했다.

(…중략…)

"뭐 말이야?"

"뭐 말이야가 뭐야, 이런 방충이 같은 녀석. 그래 자네 눈깔엔 이게 안 뵌단 말야?"

화가 동해서 견딜 수 없다는 듯이 익준은 손가락 끝으로 톱기사의 먹 같은 활자를 찔렀다. (…중략…) 익준은 더 참을 수 없다는 듯이 고함을 질렀다.

"왜 아무 말이 없는 거야?"

봉우는 동정을 구하듯 하는 눈동자로 만기와 익준을 번갈아 보았다.

"임마, 그래 넌 아무렇지두 않단 말야? 눈뜬 채 코를 베어 먹히구두 심상하단 말야?"

"누가 코를 베어 먹혔대? 난 잘 안 봤어."

봉우는 얼른 신문을 다시 집어 들었다. 그러자 익준은 그 신문지를 낚아채서는 탁자 위에다 힘껏 동댕이를 치고 나서,

"이런 쓸개 빠진 녀석 …… 에잇 난 다신 자네들과 얘기 않겠네."

우뚤해 가지고 홱 돌아서더니 댓바람에 문을 차고 나가 버리었다.

채익준이 신문 사회면에서 어느 제약회사가 외국제 포장갑을 대량으로 밀수입하여 인체에 해로운 위조품을 넣어서 고급 외국제 약으로 둔갑시켜 팔아 엄청난 부당이득을 취했다는 기사를 읽고 흥분하는 장면이다. 위 인용문에서는 채익준과 천봉우의 대조적인 성격이 잘 드러나 있다. 채익준이 부조리한 사회에 비분강개하는 다혈질적인 인물이지만, 천봉우는 전쟁을 겪고 난 뒤부터 소극적이고 실의에 빠진 무기력한 인물이다. 이렇게 성격은 서로 달라도 두 사람은 전쟁에서 가까스로 살아남았을 뿐 아니라 전후 사회에서도 아주 쓸모없는 '잉여인간'이다.

「잉여인간」을 읽다 보면 마치 무대 위에서 공연되는 연극 한 편을 보는 것과 같다. 손창섭의 작품이 흔히 그러하듯이 이 소설에도 연극적인 요소가 아주 많다. 작중인물이 서로 주고받는 말은 실제 일상생활에서 들을 수 있는 살아 숨 쉬는 대화다. 또한 "화가 동해서 견딜 수 없다는 듯이 익준은 손가락 끝으로 톱기사의 먹 같은 활자를 찔렀다"느니, "익준은 더 참을 수 없다는 듯이 고함을 질렀다"느니, "봉우는 동정을 구하듯하는 눈동자로 만기와 익준을 번갈아 보았다"느니 하는 문장은 괄호 안에 넣는다면 영락없이 희곡의 지문이다. 또한 "봉우는 얼른 신문을 다시 집어 들었다. 그러자 익준은 그 신문지를 낚아채서는 탁자 위에다 힘껏 동댕이를 치고 나서"느니, "우뚤해 가지고 홱 돌아서더니 댓바람에 문을 차고 나가 버리었다"느니 하는 문장도 마찬가지다.

「잉여인간」에는 이렇다 할 사건이 일어나지 않는다. 이 작품은 희곡처럼 대부분 작중인물의 동작과 대화로써 이루어져 있다. 또한 손창섭은 이 작품에서 감정을 헤프게 늘어놓거나 자신의 견해를 직접 밝히지도 않는다. 모든 것을 객관적인 작중인물의 행동과 대화를 통해서만 전달하려고 애쓴다. 1963년 극단 '산하山河'가 이 작품을 이기하李基夏 연출로 국립극장에서 창립 기념 작품으로 공연한 것을 보아도 이 소설이 얼마나 극적 수법을 효과적으로 사용하는지 잘 알 수 있다.

마지막으로, 사회사적인 단편소설이란 어느 특정한 사회의 일면을 마치 역사가들이 기술하듯이 객관적이고 사실적으로 묘사하는 작품을 말한다. 흔히 자연주의 전통에 속하는 작가들이 그동안 이러한 갈래의 작품을 많이 써 왔다. 가령 미국 작가 시어도어 드라이저의 작품 「늙은 로우곰과 그의 테레사」는 뉴욕시에 사는 어느 가난한 이민 가족을 그리고 있는데 마치 뉴욕시의 이민 사회사의 한 장章을 읽는 것과 같다. 톨레스 일가의 생활을 그리는 존 스타인벡의 「도주」나 미국 흑인 생활을 그린 리처드 라이트의 「착한 흑인 거인」 같은 작품도 이러한 갈래에 속한다.

한국 단편소설 중에서 이문구의 「관산추정冠山秋情」은 이 갈래에 속하는 작품으로 보아 크게 무리가 없다. 연작 소설 8편 중 여섯 번째로 발표된 작품으로 작가는 뒷날 작품집 『관촌수필』1977에 수록하였다. 이 작품은 작품집의 제목에서도 엿볼 수 있듯이 수필 같은 형식을 취한다. 고향을 방문하여 그때그때 일인칭 화자 '나'의 기억이 흐르는 곳을 따라 어린 시절의 삶을 회상되는 형식으로 되어 있다.

화자 '나'는 어른이 되어 고향을 방문하여 전통적인 마을을 흐르는 개울 '한내[大川]'가 도시의 소비 문명의 영향을 받아 점차 파괴되어 퇴폐적 하수구로 변하게 된 실상을 묘사한다. 그런데 여기에서 한 개울이 더럽혀지는 것은 단순히 자연 파괴나 환경오염이라는 차원에 머물지 않는다. 유교 질서에 뿌리를 둔 공동체적 삶의 붕괴와 함께 자연의 질서에 순응하면서 살아온 전통적 삶의 방식 해체를 보여 준다.

이렇듯 이문구는 「관산추정」에서 한국 전통 사회가 근대화 과정을 겪으며 붕괴되는 모습을 비교적 사회학적인 수법으로 묘사하거나 기술한다. 작가가 수필이나 신변잡기적인 형식을 사용하는 것도 따지고 보면 이러한 사회사적 측면을 강조하기 위해서다. 이문구는 「관산추정」을 비롯한 연작 작품에서 단순히 전통 사회의 긍정적 가치를 낭만적으로 추억하거나 그것에 대한 향수를 기술하지 않는다. 그는 작품에서 근대화 과정에서 가치 박탈당한 농촌 사람들이 겪는 고단한 삶의 모습이 사회학자의 객관적 시선으로 생생하게 기록한다. 바로 이 점에서 이문구의 소설은 이문열의 연작소설 『그대 다시 고향에 가지 못하리』1980와는 비슷하면서도 사뭇 다르다. 이문열은 이문구처럼 잃어버린 고향을 묘사하면서도 문중이나 가문에 대한 아련한 향수와 유교적 가치에 대한 미련을 차마 떨쳐내지 못한다.

6

언뜻 보면 단편소설은 장편소설과 거의 비슷한 구성 요소를 지니는 것 같다. 실제로 ① 배경, ② 플롯, ③ 갈등, ④ 작중인물, ⑤ 시점, ⑥ 어조, ⑦ 주제 등 단편소설이나 장편소설이나 구성 요소는 동일하거나 거의 비슷하다. 그러나 좀 더 꼼꼼히 살펴보면 단편소설의 구성 요소는 장편소설의 구성 요소와는 적잖이 다르다는 사실을 알 수 있다. 다 같이 짐승의 뿔이라고 해도 소뿔과 염소뿔과 사슴뿔이 서로 다른 것과 같은 이치다.

단편소설에서 배경이란 이야기의 사건이 일어나는 장소나 시간을 말한다. 흔히 지리적 배경을 가리키는 용어로 널리 사용되고 있지만 실제로는 공간적 배경 못지않게 시간적 배경 또한 중요하다. 다시 말해서 단편소설에서는 사건이 '어디에서' 일어나느냐 하는 것과 함께 '언제' 일어나느냐 하는 것도 자못 중요하다. 지리적·공간적 배경은 넓게는 우주, 세계, 국가에서 지역과 마을에 이르기까지 스펙트럼이 무척 넓다. 마찬가지로 시간적 배경도 역사적 시대에서 세기, 연도를 거쳐 계절과 달과 하루, 하루 중에서도 아침·오후·저녁 같은 특정한 시간에 이르기까지 아주 다양하게 나뉜다. 그러나 단편소설에서는 제한된 공간적 배경을 사용해야 하고, 시간적 배경에서도 비교적 짧은 시간 안에 일어나는 사건을 다루어야 한다. 단편소설의 배경을 화가가 그림을 그리는 캔버스에 빗댄다면, 단편소설 작가가 사용할 캔버스는 아주 작다.

그런데 여기에서 한 가지 찬찬히 눈여겨보아야 할 것은 날씨나 사회적 분위기도 넓은 의미에서는 배경에 속한다는 점이다. 사건이 벌어지는 날에 비가 내리는지, 눈이 내리는지, 안개가 끼어 있는지, 폭풍우가 몰아치는지 세심하게 주목해야 한다. 작가는 이러한 기상 조건을 작품의 의미와 연관시키기 때문이다. 한편 작중인물이 어떠한 사회적 조건에서 사는지, 그의 일상적 삶은 어떤 사회적 상황에서 이루어지는지도 작품의 의미에 영향을 끼치게 마련이다.

단편소설에서 날씨가 작품의 주제에 어떠한 영향을 끼치는지 김승옥金承鈺의 대표작이라고 할 「무진기행」을 한 예로 들어보기로 하자. 그는 그동안 작중인물이 겪는 미묘한 내적 갈등을 감각적으로 표현하여 '감수성의 혁명'을 일으켰다는 평가를 받았다.

> 무진霧津에 명산물이 없는 게 아니다. 나는 그것이 무엇인지 알고 있다. 그것은 안개다. 아침에 잠자리에서 일어나서 밖으로 나오면, 밤사이에 진주해 온 적군들처럼 안개가 무진을 빙 둘러싸고 있는 것이었다. 무진을 둘러싸고 있던 산들도 안개에 의하여 보이지 않는 먼 곳으로 유배당해 버리고 없었다. 안개는 마치 이승에 한恨이 있어서 매일 밤 찾아오는 여귀女鬼가 뿜어내놓은 입김과 같았다. 해가 떠오르고, 바람이 바다 쪽에서 방향을 바꾸어 불어오기 전에는 사람들의 힘으로써는 그것을 헤쳐 버릴 수가 없었다.
>
> 손으로 잡을 수 없으면서도 그것은 뚜렷이 존재했고 사람들을 둘러쌌고 먼 곳에 있는 것으로부터 사람들을 떼어놓았다. 안개, 무진의 안개, 무진의 아침에 사람들이 만나는 안개, 사람들로 하여금 해를, 바람을 간절히 부르게 하는 무진의 안개, 그것이 무진의 명산물이 아닐 수 있을까!

이 작품을 읽고 있노라면 자욱이 낀 안개가 눈앞에 어린다. 오죽하면 작가는 이 지도로써 찾아갈 수 없는, 문학적 상상력이 빚어낸 가공架空의 도시를 '무진'이라고 이름 붙였을까. 19세기 말엽에서 20세기 초엽에 걸쳐 활약한 미국 작가 이디스 워튼은 『이선 프롬』1911에서 미국의 북동부 뉴잉글랜드지방에 불어 닥친 추위와 폭풍을 기병대가 마을을 습격하는 것에 빗댄 적이 있다. 김승옥도 무진을 감싸고 있는 안개를 "밤사이에 진주해 온 적군들"에 빗대는 것이 무척 흥미롭다. 이 작품에서 안개는 단순히 배경이나 기상 현상이 아니라 살아서 숨 쉬는 작중인물 같은 역할을 한다. 그런가 하면 주인공의 의식 세계와 맞닿아 있는 안개는 이 작품의 주제와도 깊이 관련되어 있다.

이 작품의 주제를 쉽게 알려면 "현실 세계에 항상 오염된 그리움의 세계가 무진이라는 것을 안개는 상징적으로 잘 보여 주고 있다"는 문장을 좀 더 찬찬히 살펴보아야 한다. 이 작품에서 김승옥은 서울과 무진, 현실 세계와 이상 세계의 두 축을 대립 구도로 삼는다. 윤희중이라는 일인칭 서술 화자 '나'가 사는 서울은 현실 세계인 반면, 언제나 안개가 자욱이 낀 무진은 이상적 세계이다. 서술 화자 '나'는 "그리움의 세계"라고 할 이상 세계가 현실 세계에 의해 "항상 오염되어 있다"고 말한다. '나'는 비록 풍요롭지만 현실 세계에 만족하지 못한 채 언제나 이상 세계를 갈망한다. 그러나 '나'는 두 가치관 사이에서 적잖이 갈등을 겪지만 마침내 현실의 두꺼운 벽에 부딪혀 현실과 타협하고 만다. 안개는 이렇게 주인공 '나'가 무진에 내려와 현실 세계와 이상 세계 사이에서 겪는 정신적 혼미와 허무주의를 상징적으로 보여 준다. "안개는 마치 이승에 한

이 있어서 매일 밤 찾아오는 여귀가 뿜어내놓은 입김과 같았다"고 말하는 까닭이 바로 여기에 있다.

단편소설에서 플롯이란 작가가 자신의 창작 의도에 걸맞게 사건을 배열하는 것을 말한다. '플롯'은 단순히 사건이 일어난 순서에 따라 줄거리를 요약해 놓은 '스토리'와는 조금 다르다. 플롯은 논리에 따라 시작과 중간과 결말을 지녀야 한다. 좀 더 구체적으로 말해서 플롯은 ① 배경과 상황과 작중인물을 소개하는 발단, ② 갈등을 일으키는 핵심적 사건의 전개, ③ 주인공이 어떤 행동을 취하는 데 결정적인 순간이라고 할 위기, ④ 위기가 최고점에 이르는 절정, ⑤ 갈등이 해소되는 해결 등 모두 다섯 단계에 따라 순차적으로 진행한다. 그러나 장편소설과는 달리 "앉은 자리에서 한꺼번에" 읽어야 하는 단편소설에서는 그중 어느 한두 가지를 생략해도 무방하다.

특히 작품을 결말짓는 방식에서 최근에 나온 단편소설은 전통적인 단편소설과는 사뭇 다르다. 즉 앞에서 잠깐 언급했듯이 최근 작품에서는 작가가 직접 나서 사건을 마무리 짓는 '닫힌 결말' 방식보다는 독자의 판단에 맡기는 '열린 결말' 방식이 널리 사용되고 있다. 이러한 결말 방식은 예전처럼 미래를 예측할 수 없는 불확실성의 시대를 반영한 것이기도 하다. 물론 결말을 포함하여 다섯 가지 단계에 따라 사건이 진행하는 단편소설도 얼마든지 있다. 또한 단편소설에서는 한 가지 갈등이 일어나는 플롯이 하나만 필요하다.

방금 앞에서 배경과 관련해 예로 든 「무진기행」은 비교적 다섯 단계에 따라 플롯이 진행한다. 서술 화자요 주인공인 '나'가 버스를 타고 무진에 들어가는 것이 발단이다. 동창과 후배와 만난 술자리에서 음악 교사 하인숙을 만나는 것은 전개에 해당한다. '나가' 옛날의 자신처럼 어떻게 하든 무진을 떠나려는 하인숙을 만나 잠시나마 사랑을 나누는 것은 위기다. 그녀와 정사情事를 벌이는 것은 이 작품에서 절정 단계에 해당한다. 하인숙과 정사를 벌인 이튿날 아침 '나'가 서울에 있는 아내한테서 전보를 받고 하인숙에게 사랑을 고백한 편지를 찢어 버리는 것은 반전이다. 그리고 '나'가 마침내 무진을 떠나면서 부끄러움을 느끼는 것은 결말이라고 할 수 있다.

플롯에서 가장 핵심적인 요소는 두말할 나위 없이 갈등이다. 갈등이 없이는 어떤 플롯도 존재할 수 없다. 비록 존재할 수는 있을지언정 김빠진 청량음료수와 같아서 독자들에게 아무런 긴장감도 주지 못한다. 단편소설에서 갈등은 플롯이라는 기관차를 움직이는 동력이다. 갈등은 흔히 대립이나 투쟁을 통하여 나타난다. 그런데 장편소설과는 달리 단편소설에서 대립이나 투쟁이 오직 하나만 있어야 한다.

그런데 갈등은 크게 외적 갈등과 내적 갈등의 두 가지로 나뉜다. 외적 갈등이란 주인공이 자아 밖에 있는 어떤 힘과 대립하거나 투쟁하는 것을 말한다. 예를 들어 다른 작중인물이나 짐승과 신체적으로 겨룬다든지, 환경이나 운명과 싸운다든지, 사회의 관습이나 관념 또는 가치관과 갈등을 겪는다든지 하는 경우가 바로 여기에 해당한다. 한편 내적 갈등은 주인공이 다름 아닌 자신과 대립하는 것을 말한다. 다시 말해서 자아나 자신의 내면에 있는 어떤 힘과 대립하거나 투쟁하는 것을 가리킨다. 가령 어떤 문제를 두고 중대한 결심을 한다든지, 엄청난 고통이나 시련을 극복한다든지, 유혹이나 충동과 싸워 이겨낸다든지 하는 것이 내적 갈등이다.

「무진기행」에서 주인공 '나'가 겪는 갈등은 외적이라기보다는 내적인 것에 가깝다. 무진에 내려온 '나'는 의식적 또는 무의식적으로 옛날 무진의 기억에 모든 것을 내맡기고 싶어 한다. 특히 하인숙에게서 자신의 과거 모습을 보게 되는 '나'는 이상야릇하고 몽환적인 감정을 느끼면서 나른한 센티멘털리즘에 빠진다. 그러나 '나'는 언제나 무진이 상징하는 세계에만 안주할 수 없는 노릇이다. '나'에게는 사회적 존재로서 그가 맡아야 할 책임과 의무가 있기 때문이다. 이렇게 책무를 일깨워주는 것이 바로 아내가 보내는 전보다. 그래서 '나'는 마침내 무진을 떠나 서울로 향한다.

마지막 장면에서 김승옥은 '나'의 입을 빌려 "무진을, 안개를, 외롭게 미쳐가는 것을, 유행가를, 술집 여자의 자살을, 배반을, 무책임을 긍정하기로 하자"고 되뇐다. 그러나 곧바로 "마지막으로 한 번만이다. 꼭 한 번만"이라는 단서를 붙임으로써 실제로는 무진과 그것이 나타내는 가치를 거부하기에 이른다. 특히 무진을 떠나기 직전에 하인숙에게 "우리는 아마 행복할 수 있을 것"이라고 고백한 편지를 북북 찢는 상징적 행동을 빌려 '나'는 잠시 잊고 있던 현실 세계로 다시 돌아간다. 그러므로 '나'에게 무진은 이제 또다시 안개처럼 아련한 추억의 공간 속에만 남아 있게 될 뿐이다.

'작중인물'이라는 용어에는 흔히 두 가지 의미가 들어 있다. 첫 번째 의미는 단편소설에 등장하는 인물들을 말하고, 두 번째 의미는 등장인물의 성격을 가리킨다. 장편소설과는 달리 단편소설에서는 작중인물이 적게는 한두 사람, 많게는 몇 사람 등장하게 마련이다. 가장 핵심적 역할을 하는 인물을 '프로태거니스트'라고 부르고, 그에 맞서는 인물을 '앤터거니스트'라고 부른다. 전통적으로는 주인공을 '히어로'라는 용어를 많이 사용했지만 요즈음은 대신 '프로태거니스트'라는 용어를 훨씬 더 자주 사용한다. 서사시나 고전소설에서는 주인공이 곧 영웅호걸이었지만, 현대소설에서 주인공은 영웅보다는 오히려 반영웅적 인물이거나 반사회적 인물이 대부분이기 때문이다.

작중인물을 등장시킬 때 무엇보다도 중요한 것이 어떻게 그의 성격을 만들어낼 것이냐 하는 점이다. 작가가 작중인물의 성격을 만들어내는 것을 '성격 형성'이라고 부른다. 단편소설 작가가 작중인물의 성격을 형성하는 데는 크게 네 가지 방법이 있다. 첫째, 작중인물의 신체적 특징이나 외모를 기술한다. 둘째, 작중인물이 무엇을 말하고 생각하고 느끼고 꿈꾸는지 드러낸다. 셋째, 작중인물이 무슨 행동을 하는지, 또는 무슨 행동을 하지 않는지 보여 준다. 넷째, 다른 작중인물들이 그에 대하여 무엇이라고 말하는지, 또 그에 대하여 어떻게 반응하는지 기술한다.

작중인물의 성격은 일관성이 있고 그의 행동에 대해서는 납득할 수 있을 만큼 충분히 동기 유발이 되어야 한다. 이를 달리 바꾸면 우리 주위에서 쉽게 볼 수 있고 우리와 동일시할 수 있는 '살아 있는' 인물이어야 한다는 말이 된다. 그러나 현대 단편소설에 등장하는 인물이 흔히 반영웅적이고 반사회적이듯이, 작중인물들도 이렇다 할 일관성이 없고 행동도 충분한 동기 부여가 되지 않을 때가 많다. 그러나 인형이나 꼭두각

시가 아니라 피와 살을 지닌 구체적이고 개별화된 인물이어야 함은 두 말할 나위가 없다.

영국의 소설가요 소설 이론가인 E. M. 포스터는 『소설의 양상』1927이라는 책에서 작중인물을 크게 '평면적' 인물과 '입체적' 인물의 두 갈래로 나눈다. 전자는 성격이 작품이 진행되는 동안에도 좀처럼 변하지 않는 인물을 말한다. 한편 후자는 작품이 진행되면서 성격이 달라지는 인물을 가리킨다. 포스터는 기하학의 비유를 사용하기 있지만 전자는 '정적靜的' 인물, 후자는 '동적動的' 인물로 부르는 쪽이 더 적절할 것 같다. 아니면 전자를 '고정적' 인물, 후자를 '발전적' 인물로 불러도 상관없을 것이다.

그런데 여기에서 한 가지 주목해야 할 것은 평면적 인물은 나쁘고 입체적 인물이 좋다고 생각해서는 안 된다는 점이다. 작가는 어디까지나 자신의 창작 의도에 따라 이 두 유형 중에서 어느 한쪽을 선택할 따름이다. 다시 말해서 어떤 작품에는 평면적이나 정적 인물이 좀 더 어울리는가 하면, 또 어떤 작품에는 입체적이나 동적 인물인 오히려 안성맞춤일 때가 있다.

시점이란 서술 화자가 이야기를 전달하는 앵글을 말한다. 카메라 앵글을 어떻게 잡느냐에 따라 피사체의 모습이 달라지듯이 단편소설에서도 화자가 어떤 시점에서 이야기를 전달하느냐에 따라 그 의미가 크게 달라진다. 그래서 단편소설에서 시점과 화자는 거의 같은 의미로 사용한다. 물론 전자에는 시각에 무게가 실리고 후자에는 목소리에 무게가 실린다.

서술 화자는 크게 일인칭 화자와 삼인칭 화자의 두 가지로 나눈다. 이

인칭 화자는 보통 독자가 되기 때문에 몇몇 실험적인 작품을 제외하고는 유형의 화자는 거의 사용되지 않는다. 일인칭 화자에도 사건에 연루되는지 그렇지 않은지 여부에 따라 '개입 화자'와 '비개입 화자'의 두 유형이 있다. 전자의 경우 화자가 사건에 얼마나 깊이 개입하느냐에 따라 주인공이 될 수도 있고 여러 작중인물 중 한 사람이 될 수도 있다. 개입 화자의 경우 화자가 주인공으로 역할을 하는 경우와 오직 보조 작중인물로 역할을 하는 두 유형으로 나눌 수 있다.

예를 들어 앞에서 언급한 김승옥의 「무진기행」에서 '나'는 화자이면서 동시에 주인공인 개입 화자인 반면, 김동인의 「광화사」에서 '여 / 나'는 시대적으로 몇 백 년이나 떨어진 화가 솔거와는 아무런 관계가 없는 비개입 화자이다. 한편 이문구의 「관산추정」에서 '나'는 화자이면서 사건에 개입하지만, 그 정도는 「무진기행」의 '나'보다는 훨씬 적다. 이러한 사정은 비개입 화자도 마찬가지여서 자신이 직접 목격한 내용을 전달할 수도 있고, 남한테서 직접 또는 간접으로 전해들은 내용을 전달할 수도 있다.

삼인칭 화자에도 초월적 존재자인 신神처럼 모든 것을 알고 있는 전지적全知的 화자가 있고, 오직 자신이 목격한 것이나 전해들은 내용만 알고 있는 비전지적 화자가 있다. 전지적 화자에도 제한적으로 알고 있는 화자와 그렇지 않은 화자가 있다. 이밖에도 아직 때 묻지 않은 어린아이의 순수한 눈으로 이야기를 전달하는 '순진한 눈'의 화자가 있는가 하면, 마치 독자가 한 작중인물의 머릿속에 들어가 있듯이 그가 생각하고 느끼는 것 등을 낱낱이 알고 있는 '의식의 흐름' 또는 '내면 독백'의 화자가 있다.

미국의 이론가 웨인 부스는 작품을 쓴 '실제' 저자 말고도 제2의 저자라고 할 '내포 저자'의 개념을 도입한다. 작가가 염두에 두고 있는 '내포 독자'를 상정할 수 있듯이 저자에도 실제 저자 앞에서 작품을 쓰는 '내포 저자'를 상정해 볼 수 있다. 그렇다면 단편소설에서 이야기는 '실제 저자→내포 저자→화자'를 거쳐 전달되는 셈이다.

주제란 단편소설에서 지배적인 추상적 관념이나 중심적인 통찰을 말한다. 즉 작가가 작품에서 독자에게 말하려는 의미나 중심 관념이 바로 주제다. 흔히 사랑, 우정, 질투, 야망, 전쟁 등을 주제로 생각하는 사람이 적지 않지만 이것은 작품의 주제가 아니라 소재일 뿐이다. 주제란 이러한 소재에 대한 작가의 구체적인 태도나 관점을 가리킨다. 동일한 소재로 작품을 써도 작가의 인생관이나 세계관에 따라 주제는 얼마든지 서로 다를 수 있다. 가령 사랑만 하여도 사랑을 삶을 의미 있게 해 주는 천상의 선물이요 축복으로 간주하는 작가가 있는가 하면, 비극을 잉태하는 치명적인 것으로 보는 작가가 있다. 그런가 하면 사랑이란 맹목적으로 물불을 가리지 않는 속성이 있다고 보는 작가도 있다.

작품의 배경, 플롯, 작중인물, 관점 등 지금까지 말한 모든 요소가 한데 어우러져 자연스럽게 녹아 있는 삶에 대한 통찰이나 태도가 곧 주제다. 작품에서 추상적인 주제를 찾으려고 애쓰는 독자들이 생각 밖으로 많다는 데 새삼 놀라게 된다. 작품의 주제는 '발견'하는 것이라기보다는 오히려 '느끼는' 것이다. 독자는 작품을 읽으면서 건포도 빵이라는 작품에서 건포도라는 주제만 빼 먹으려고 해서는 안 된다. 작품이라는 빵 전체를 먹으면서 그 맛을 찬찬히 음미해야 한다.

이 점에서는 작가도 독자와 크게 다르지 않다. 작가는 독자에게 교훈을 주어야 한다는 강박관념에서 벗어나야 한다. 작가가 교훈을 주려고 애쓰면 애쓸수록 그만큼 효과는 줄어들게 마련이다. 계용묵桂鎔默의 「백치 아다다」1935는 이러한 경우를 보여 주는 더할 나위 없이 좋은 예다. 이 소설은 제목 그대로 백치, 좀 더 정확히 말하자면 언어장애인인 아다다의 기구한 운명을 그린 작품이다.

아다다가 시집갈 나이가 되어도 시집을 못 가자 그의 부모는 땅을 얹어 주면서 노총각에게 시집을 보낸다. 처음에는 시집 식구들이 따뜻하게 그녀를 보살펴 주지만 점차 돈을 벌어가면서 남편은 아다다를 구박하게 되고 아다다는 집으로 도망쳐 온다. 친정집에서도 반기지 않자 아다다는 자신에게 친절한 수롱이를 의지하게 되고, 그와 함께 외딴 섬으로 가서 산다. 그러나 수롱이에게 모아둔 돈이 있고 그 돈으로 땅을 산다는 말을 듣고 아다다는 이전 남편처럼 자신이 구박받게 되리라고 생각한 나머지 그 돈을 몰래 훔쳐 바다에 던져 버린다. 이를 본 수롱이는 화가 치밀어 마침내 아다다를 물에 떠밀어 죽인다.

「백치 아다다」에서 계용묵은 인간의 삶에서 참다운 가치가 과연 있는지, 만약 있다면 어디에 있는지 질문을 던지고 그 해답을 제시한다. 물질적 풍요와 인간다운 삶 중에서 어느 쪽이 더 소중한지, 행복의 근거가 과연 무엇인지 다시 한 번 곰곰이 생각하게 해 주는 작품이다. 주인공 수롱이는 물질에 집착하는 인물인 반면, 벙어리 아다다는 비록 가난해도 인간적인 삶을 추구하려는 인물이다.

이 작품의 마지막 장면에서 계용묵은 온갖 이미지를 아주 구체적으로 구사해 독자는 아다다의 죽음을 마치 눈앞에서 직접 생생하게 보는 듯하다. 수롱이는 바다 물속에 뛰어들어 돈을 건지려 하지만 쉽지 않자 언덕 위로 달려 올라가 아다다에게 사정없이 발길질한다. 그러자 아다다는 언덕 아래로 굴러 떨어져 바다 물속에 잠기고 만다.

> 한참 만에 보니 아다다는 복판도 한복판으로 밀려가서 솟구어 오르며 두 팔을 물 밖으로 허우적거린다. 그러나 그 깊은 파도 속을 어떻게 헤어나랴! 아다다는 그저 물위를 둘레둘레 굴며 요동을 칠 뿐, 그러나 그것도 한순간이었다. 어느덧 그 자체는 물속에 사라지고 만다.
>
> 주먹을 부르쥔 채 우상같이 서서 굼실거리는 물결만 그저 뚫어져라 쏘아보고 섰는 수롱이는 그 물 속에 영원히 잠들려는 아다다를 못 잊어 함인가? 그렇지 않으면 흘러 버린 그 돈이 차마 아까워서인가?
>
> 짝을 찾아 도는 갈매기 떼들은 눈물겨운 처참한 인생 비극이 여기에 일어난 줄도 모르고 끼약끼약 하며 흥겨운 춤에 훨훨 날아다니는 깃[羽] 치는 소리와 같이 해안의 풍경도 돕고 있다.

이 작품의 맨 마지막 단락은 그야말로 사족蛇足이다. 작가는 독자에게 "눈물겨운 처참한 인생 비극"을 말하려는 나머지 갈매기 떼들을 불러들이고 있지만 주제를 전달하는 데 도움을 주기는커녕 오히려 방해가 될 뿐이다. 이 작품은 바로 앞 단락에서 끝나야 한다. 이 마지막 단락 때문에 독자가 지금까지 느껴온 정서적 강도는 훨씬 줄어들게 된다. 마지막 단락을 읽는 순간, 마치 팽팽하게 당긴 고무줄이 탄력을 잃고 끊어져 버린 것처럼 갑자기 독자의 긴장이 풀린다. 이 세상에 없는 것을 새롭게 만들어내는 것이 창작이지만 이 세상에 필요 없는 것을 만들어내지 않는 것 또한 소중한 창작이다.

7

역사적인 퍼스펙티브에서 볼 때 단편소설은 두 줄기의 큰 흐름 속에서 발전하고 변모하였다. 주로 프랑스 작가들이 수립한 첫 번째 전통은 사실주의에 기초를 둔 것으로 명확한 관찰, 생생한 세부 묘사, 정확한 표현 등을 강조하였다. 흔히 '객관성 전통'이라고 일컫는 이 전통은 프로스페르 메리메와 오노레 드 발자크가 시작하여 귀스타브 플로베르와 기 드 모파상이 완성하였다. 그들은 하나같이 미국의 단편소설 작가 에드거 앨런 포에게서 영향을 받은 바가 아주 크다.

이 전통에 속하는 작가들은 인간의 경험을 좀 더 극적이고 객관적으로, 그리고 치밀하고 질서 정연한 구성을 통하여 표현하려고 하였다. 특히 이 전통에 크게 이바지한 모파상은 플롯이나 클라이맥스를 교묘히 조작함으로써 독자에게 전체적인 효과를 주려고 하였다. 그의 작품 「목걸이」는 이 객관성의 전통을 단적으로 표현한 좋은 예라고 할 수 있다. 미국에서는 장편소설은 한 편도 쓰지 않고 오직 단편소설만 쓴 오 헨리가 이 전통을 더욱 정교하게 다듬고 발전시켰다.

한편 단편소설의 두 번째 전통은 주로 러시아에서 발전하였다. 객관성의 전통과는 달리 이 전통에서는 작중인물의 단순한 외부 행동보다는 오히려 작중인물의 내부 성격 묘사나 심리적 갈등에 무게를 실었다. 흔히 '주관성 전통'으로 일컫는 이 전통은 막심 고골과 이반 투르게네프가 발전시키고 안톤 체홉이 완성하였다. 러시아 작가들은 플로베르나 모파상처럼 평범한 일상생활을 작품의 소재로 다루되 작중인물의 삶에서 순간적인 위기를 드러내는 데 초점을 맞춘다. 작품의 구성에서 볼 때 주관적 전통에서는 플롯이 느슨한 것이 특징이다. 사건의 클라이맥스도 복잡하고 교묘한 사건에서 비롯하기보다는 작중인물의 성격이나 그가 놓인 상황을 조금씩 이해하는 데서 오는 것이다.

체홉은 단편소설이란 "시작도 끝도 있어서는 안 된다"고 주장하였다. 인간의 삶에는 형체가 없고 유동적이어서 그러한 삶에 인위적인 정연성이나 질서 또는 확실성을 부여한다면 그것은 곧 삶을 왜곡하는 것과 다름없다. 흔히 "체홉의 작품에서는 아무 일도 일어나지 않는다"는 비난을 받는다. 그러나 그는 함축적이고 암시적인 기법을 통하여 단편소설의 공간적 한계를 극복하려고 노력하였다.

플롯 중심의 포-모파상 전통과 성격 묘사 중심의 투르게네프-체홉 전통은 20세기에 들어오면서부터 새로운 국면을 맞는다. 넓게는 문학 작품, 좁게는 소설 장르에서 이른바 '유기체 이론'이 활발히 대두되었다. 이 이론을 처음 펼친 헨리 제임스는 모든 소설을 살아 있는 하나의 유기체로 보았다. 그의 이론에 따르면 소설은 다른 유기체와 같아서 소설의 한 부분이나 요소는 다른 부분이나 요소와 떼려야 뗄 수 없이 서로 밀접하게 유기적으로 관련되어 있다.

좀 더 구체적으로 말해서 소설에서 주인공의 성격은 사건이나 그의 행동을 결정하고, 이와 마찬가지로 소설에서 일어나는 사건이나 행동은 하나같이 주인공의 성격에서 비롯한다. 제임스는 한 여성이 두 손을 테이블 위에 올려놓고 어떤 특유한 태도로 누군가를 쳐다보고 있을 때, 그것은 사건을 기술하는 것인 동시에 주인공의 성격을 표현하는 것이라고 주장하였다. 제임스의 유기체 이론은 제1차 세계대전 이후 영국과 미국 작가들에게 큰 영향을 미쳤다.

제1차 세계대전 이후 문학은 미술·음악·무용·건축 같은 다른 예술과 마찬가지로 혁명적인 변화를 맞았다. 흔히 '모더니즘'이라는 용어로 부르는 현상이 바로 그것이다. 주로 형식이나 기교의 혁명이라고 할 모더니즘은 제1차 세계대전 이전에 풍미하던 전통이나 가치관과 의식적으로 결별한다. 그중에서도 중요한 특색 몇 가지를 살펴보면, 많은 현대 작가들은 시간을 사실주의나 자연주의 작가들과는 전혀 다른 시각으로 새롭게 바라보았다. 시간을 연대기적으로 간주하여 일련의 연속적인 순간으로 보았던 종래의 작가들과는 달리, 대부분의 현대 작가들은 시간을 개인의 의식 속에 흐르는 하나의 강물 같은 것으로 본다. 다시 말해서 그들에게 시간이란 독립된 순간순간이 연속된 것이 아니라, 과거·현재·미래가 모두 하나가 되어 끊임없이 유동하는 것에 지나지 않는다.

물론 이러한 새로운 시간관은 지그문트 프로이트와 카를 융의 심리학에서 영향 받은 바가 자못 크다. 프랑스 작가 마르셀 프루스트는 연작소설 『잃어버린 시간을 찾아서』1913~1927에서 과거는 현재에 작용하고 의식은 기억으로 결정된다는 사실을 잘 보여 준다. 의식이 복합적이라고 믿는 현대 소설가들은 현재란 과거의 총화이며 어느 한 개인의 의식을 깊이 탐구한다면 그의 삶 전체를 파악할 수 있다고 생각한다.

현대 소설가들은 이 이론에 근거하여 '의식의 흐름'이나 '내면 독백'이라는 새로운 수법을 창안하기에 이르렀다. 이 수법에서는 주어진 어느 순간 한 개인의 의식이 감각·사상·기억·연상 등의 여러 가지 것들이 서로 뒤섞여 있어서 이러한 의식을 표현하는 데는 논리적 연관성보다는 오히려 자유스러운 심리적 연상이 훨씬 더 중요하게 마련이다. 앞에서 이미 언급한 제임스 조이스와 버지니아 울프, 윌리엄 포크너 등은 이 수법을 효과적으로 구사하여 성공을 거둔 작가들이다.

이렇게 외부적 행동보다는 내면적 의식을 강조하는 현대 작가들은 주제에서도 사회 집단보다는 개인을, 그리고 이성이나 집단적 윤리보다는 오히려 개인의 직관이나 감정을 더 중요하게 생각한다. 대부분의 현대 작가들은 비록 철학적 실존주의자들이 아닐지라도 현대인이 놓인 여러 상황을 실존주의적인 관점에서 즐겨 다룬다. 아르헨티나의 호르헤 루이스 보르헤스를 비롯한 많은 작가는 인간 실존을 부조리하고 무의미한 현상으로 본다. 그 어느 때보다도 심각해진 개인과 사회와의 갈등, 그리고 거기에서 생겨나는 소외 의식의 문제가 작품의 주제로 두드러지게 나타난다.

제2차 세계대전 이후의 단편소설은 기교면에서 볼 때 실험적 요소가 더 많이 나타나고 있다. 전위 작가들은 단편소설이라는 형식을 극한점에까지 밀고 나간다. 가령 프랑스에서 전통적인 소설의 형식이나 관습을 부정하고 새로운 수법을 시도한 '앙티로망'이 나타났다. '반소설反小

說'을 뜻하는 앙티로망은 장폴 사르트르가 나탈리 사로트의 소설 『미지인未知人의 초상』1948의 서문에서 처음 사용한 용어다. 이 유형의 소설에서는 줄거리를 비롯하여 작중인물, 심리 묘사 등이 뚜렷하지 않고 주제나 사상의 통일성이 없으며, 일관된 시점을 사용하지 않는다. 알랭 로브그리예를 비롯한 작가들이 시도한 '누보로망'도 앙티로망과 같은 개념이다. 단편소설이 현대시 못지않게 복잡하고 난해하다는 비난을 받는 것은 그 때문이다. 그러나 단편소설의 이러한 현상은 현대 생활 자체가 복잡한 데다 중심이 해체되고 권위가 상실되었기 때문에 빚어지는 필연적인 결과라고 할 수 있다.

단편소설은 포스트모더니즘에 이르러 한편으로는 모더니즘의 실험성을 좀 더 극단적으로 밀고 나가고, 다른 한편으로는 사실주의로의 복귀를 조심스럽게 탐색하고 있다. 포스트모더니즘시대에 단편소설은 말하자면 일종의 과도기를 겪고 있다고 할 수 있다. 요컨대 문학 장르의 막내아들로 태어난 단편소설은 아직도 뼈가 굳지 않았으며 여전히 성장하고 발전하는 단계에 있다고 할 수 있을 것이다.

5
이효석의 「산」
신유물론적 접근

문학 작품은 역사적 시간과 지리적 공간의 제약에서 벗어나 보편타당한 주제를 다루어야 한다는 것이 그동안 비평계의 정설이었다. 이 이론에 따르면 뛰어난 작품은 좀처럼 세월의 풍화작용을 받지 않고 지구촌 어느 독자에게나 동일한 의미를 주어야 한다. 실제로 이러한 보편성이 크면 클수록 그 작품은 고전으로 존중을 받아 왔다. 그러나 절대성과 객관성에 대한 믿음이 크게 흔들린 지금 문학에 대한 개념도 적잖이 달라졌다. 문학 텍스트는 시대에 따라 '다시 읽힌다'는 이론이 점차 힘을 얻고 있다. 윌리엄 셰익스피어 비극도 르네상스시대 독자에게 주는 의미가 다르고, 이성을 신처럼 떠받들던 계몽주의시대 독자에게 주는 의미가 다르며, 빛의 속도로 정보를 주고받는 21세기 독자에게 주는 의미가 다를 수밖에 없을 것이다.

지금 인류는 일찍이 경험하지 못한 지구온난화와 그에 따른 심각한 기후 변화로 크게 생존을 위협받고 있다. 가이아 이론의 창시자 제임스 러브록은 지구가 생물과 무생물이 상호 작용하면서 스스로 진화하고 변화해 나가는 하나의 생명체이자 유기체라고 주장하였다. 이렇게 환경 위기에 낙관적이었던 그마저 환경 위기가 임계점을 넘어 지구 파멸은 이제 돌이킬 수 없는 단계에 이르렀다고 절망감을 드러낸다. 근대화의 혈액이라고 할 석유와 석탄 같은 화석 연료가 모두 고갈되고 지구에 얼마 남지 않은 열대우림이 파괴되는 2050년경이 되면 지구는 설치류는 몰라도 인류가 살아가기에는 부적합한 행성이 될 것이라는 주장이 점점 더 설득력을 얻고 있다.

줄잡아 1만 년 전부터 현재까지의 지질시대는 그동안 '홀로세Holocene'로 일컫는다. 충적세 또는 현세라고도 부르는 홀로세는 플라이스토세 빙하가 물러나면서부터 시작된 시기로, 신생대 제4기의 두 번째 시기다. 마지막 빙기가 끝나는 약 1만 년 전부터 가까운 미래를 포함한 현재까지의 지질시대가 홀로세에 속한다. 그런데 최근 '인류세Anthropocene'라는 새로운 용어가 홀로세를 밀어내고 대신 그 자리를 차지하였다. 홀로세라는 그릇으로써는 오늘날의 환경 위기를 제대로 담아낼 수 없다는 생각이 팽배했기 때문이다. 지질학자들은 홀로세 중에서도 인류가 지구 환경에 심각한 영향을 끼친 시점부터 별개의 시기를 설정할 필요성을 느꼈다. 학자들 사이에서 아직 정확한 시점은 합의되지 않은 상태지만 적어도 대기 변화를 기준으로 삼을 때 산업혁명이 그 출발점이라는 데는 대체로 의견이 일치한다.

지구호가 환경위기의 빙산에 부딪쳐 하루가 다르게 침몰하고 있는 지금 문학 작품도 시대에 걸맞게 새롭게 읽혀야 한다. 그렇다면 가산可山 이효석李孝石의 단편소설 「산」은 어떻게 새롭게 읽어야 할까? 「메밀꽃 필 무렵」과 더불어 이효석의 대표작이라고 할 「산」은 마치 한 편의 산문시를 떠올리게 하는 빼어난 서정성, 간결하고 함축적인 문체, 한국어의 창고에서 찾아낸 순수 토박이말의 구사, 감칠맛 나는 생생한 비유법 등이 돋보이는 작품이다. 1936년 1월 『삼천리』 8권 1호에 처음 발표한 「산」에서 이효석은 초기 작품에 보인 사회주의적 경향 문학에서 젖을 떼고 향토색 짙은 순수문학으로 이유離乳한 작품이기도 하다. 주제에서 보더라도 주인공 중실이 마을에서 겪는 불행한 삶과 산에서의 행복한 삶이 빛과 그림자처럼 뚜렷하게 대조되어 전개된다. 그래서 이 작품은 그동안 자연을 대변하는 산과 인간 세상을 대변하는 마을 사이의 긴장, 문명과 사회의 갈등, 자연 회귀라는 주제를 다룬 작품으로 평가받아 왔다. 물론 「산」은 이효석이 자연과의 동화와 자연 예찬을 지나치게 강조한다고 하여 현실 도피적 작품이라는 비판을 받아 오기도 하였다.

1

절체절명의 환경위기시대에 「산」은 그 이전과는 전혀 다른 의미로 읽힌다. 특히 최근 환경위기와 관련하여 주목받는 신유물론의 관점에서 읽으면 이 작품은 새로운 의미로 다가온다. 신유물론은 인문학과 사회과학 분야에서 새로운 패러다임으로 주목받는다. 여기에서 잠깐 신유물론을 짚고 넘어가는 좋을 것 같다. 1990년대에 처음 등장한 신유물론은 이름 그대로 전통적인 고전 유물론에서 자양분을 얻고 자란 반면 그것에 대한 반작용이다. 신유물론은 영어를 비롯한 외국어로 표기할 때 흔히 복수형으로 표기하는 데서 엿볼 수 있듯이 단일한 사상 체계라기보다는 고전 유물론에 대한 여러 갈래의 비판과 반성적 성찰을 두루 일컫는 용어다.

예를 들어 '인간의 죽음'을 처음 언급하며 주체성을 비판한 미셸 푸코를 비롯하여 과학기술연구STS 분야에서 잘 알려진 프랑스 철학자요 인류학자인 브뤼노 라투르의 '행위자-망網 이론', 쥘 들뢰즈와 펠릭스 가타리의 '리좀 이론'이 신유물론에 속한다. 이밖에도 멕시코계 미국인 철학자 마누엘 데란다가 발전시킨 '아상블라주 이론', 로즈메리 헤너시와 스테비 잭슨과 크리스틴 델피에서 시작하여 캐런 버라드와 로지 브라이도티 등이 주도하는 유물론적 페미니즘 이론, 도너 해러웨이의 비판적 페미니즘 이론과 포스트휴머니즘 이론, 제인 베닛의 사물의 정치생태학 등이 모두 신유물론의 개념적 우산 속에 들어간다. 그러므로 신유물론은 흔히 우리가 생각하는 것보다 그 퍼스펙티브가 무척 넓다.

카를 마르크스와 프리드리히 엥겔스는 헤겔의 유심론에 맞서 유물론을 부르짖었지만 여전히 인간중심주의의 끈을 놓지 못하였다. 마르크스와 엥겔스가 꿈꾸던 사회 변혁의 주체는 지식인에서 노동자로 무게 중심이 실렸을 뿐 인간이라는 점에서는 G. W. F 헤겔의 유심론과 크게 차이가 없다. 그래서 마르크스주의에서 인간이 아닌 피조물은 자본주의 사회의 프롤레타리아처럼 좀처럼 조명을 받지 못하였다. 반면 무엇보다도 인간중심주의에 대한 비판을 출발점으로 삼는 신유물론은 인간이 아닌 물질에 좀 더 비중을 둔다. 신유물론을 '물질적 선회'라고 부르는 까닭이 바로 여기에 있다. 신유물론 학자들은 인간이 우주의 중심이라는 오만에서 벗어나 동물을 비롯하여 미생물과 무생물, 심지어 기계의 존재에 새로운 의미를 부여한다.

이렇듯 신유물론자들은 그동안 푸코, 자크 데리다, 들뢰즈와 펠릭스 가타리가 인간중심주의와 이성중심주의에 내린 파산 선고에 확정 판결을 내린다. 이 점에서 신유물론자들은 헤겔과 마르크스와 테오도르 아도르노의 전통을 따르기보다는 오히려 고대 그리스의 철학자 데모크리토스와 에피크로스를 비롯하여 바뤼흐 스피노자와 앙리 베르그송의 전통에 서 있다. 역사적 유물론보다는 생기적 유물론에 무게를 두는 신유물론자들은 비록 정도의 차이는 있을망정 하나같이 '생동적 물질의 존재론'에 관심을 기울인다.

그렇다면 신유물론은 구유물론, 즉 전통적인 유물론과 어떻게 변별적으로 구분 지을 수 있는가? 신유물론은 환경 인문학과 어떠한 관계가 있는가? 신유물론의 특징이 한두 가지가 아니지만 크게 ① 일원론적 존재론, ② 관계적 물질성, ③ 비인간의 작인作因의 세 가지로 요약할 수 있다. 이 세 가지 특징은 서로 깊이 맞물려 있어 서로 구분 짓기란 여간 어렵지 않다.

첫째, 신유물론은 르네 데카르트 이후 서구를 지배해 온 이원론적 존재론을 극복하고 일원론을 받아들인다. 즉 이 이론에서는 주체 / 객체, 인간 / 자연, 정신 / 물질, 문화 / 환경, 동일자 / 타자 같은 이항대립에 기초한 이분법의 구분은 이렇다 할 의미가 없다. 신유물론에 따르면 이 우주에 존재하는 것들은 하나같이 오직 물질성의 연속체 안에서만 존재

이유를 담보 받을 수 있다.

둘째, 신유물론은 물질성에 초점을 맞추되 연관성 또는 관계성에도 무게를 싣는다. 즉 물질적 존재는 고정불변한 실체라기보다는 언제나 유동적이고 불균등한 상태에 놓여 있다. 그래서 다른 존재들과 끊임없이 유기적 관계를 맺음으로써 존재이유를 부여받는다. 신유물론 이론가들은 아메바 같은 하급 생물이나 심지어 돌멩이 같은 무생물로부터 '만물의 영장'이라는 인간에 이르기까지 이 우주에 홀로 존재하는 것이란 아무것도 없다고 주장한다. 모든 것은 이런저런 방식으로 서로 얽히고설키게 마련이다. 이러한 연계적 사고와 관련하여 새롭게 떠오른 것이 공진화共進化 개념이다. 공진화란 글자 그대로 거대한 생태계에서 둘 또는 그 이상의 집단 사이에서 일어나는 상호의존적인 진화를 말한다. 공진화는 경쟁과 협동은 말할 것도 없고 다른 종이나 개체가 제한된 동일 자원을 사용할 경우 서로 다른 활용이라는 피드백 형태로 일어난다. 찰스 다윈의 정통 진화론을 한 단계 넘어서는 이러한 공진화는 비단 생물체와 생물체 사이에서만 일어나지 않고 심지어 생물과 무생물 사이에서도 일어난다.

셋째, 신유물론에서는 인간뿐 아니라 더 나아가 비인간 세계, 즉 생물이나 무생물에게도 사회성을 만들어내고 재현하는 능력으로서의 작인이 있다고 본다. 사회적 행위를 유발하는 이러한 작인은 인간을 뛰어넘어 비인간 존재와 기계 같은 무생물에까지 확장된다. 그동안 인간은 우주의 드라마에서 주인공의 역할을 독차지해 왔지만 이제는 인간이 아닌 다른 존재들과 그 역할을 분담해야 한다. 이를 달리 말하면 신유물론에서는 인간중심주의보다는 만물평등주의가 중시된다는 것이 된다. 인간은 이제 '우주의 주인'이라는 오만함을 버리고 비인간 세계와 함께 사회적·물질적 공동체를 이루어 나가야 한다.

이렇듯 신유물론에서는 물질적 자연 세계를 정적이고 비활성적이고 수동적으로 보지 않고 오히려 끊임없이 운동하고 변화하는 역동적인 것으로 파악한다. 제인 베닛은 『생동하는 물질』2010에서 자연이 '생동하고' 어떤 의미에서 '살아서 숨 쉰다'고 지적한다. 베닛을 비롯한 신유물론 이론가들은 고전 물질과학 이후에 이루어진 성과를 바탕으로 인간의 문화와 마찬가지로 물질과 비인간적인 생명에도 독립적인 작인이나 행위성을 부여한다. 다시 말해서 이 이론에서는 존재보다는 생성에 무게를 싣는다.

새롭게 부상한 이론이 흔히 그러하듯이 신유물론도 전문가들 사이에서는 몰라도 일반 학자들에게는 여전히 낯설고, 일반 독자들에게는 더더욱 그러하다. 그래서 비활성적 물질에도 생동하는 힘이 존재한다는 신유물론의 주장은 그동안 여러 명칭으로 불러 왔다. 가령 '인간을 넘어서는 세계more-than-human world', '동반 생성becoming-with' 또는 '공동 생성co-becoming', '생기적 물질vital matter', '대상지향적 존재론object-oriented ontology', '관계적 존재론relational ontology', '존재인식론적 유물론onto-epistemic materialism' 등이 바로 그것이다. 이렇게 명칭은 달라도 그동안 동일자의 관점에서 서유럽의 사상과 세계관을 지배해 온 인간중심주의에 회의를 품고 반성하는 반면, 타자의 위치에 머물러 있던 비인간, 즉 인간이 아닌 존재에 좀 더 깊은 관심을 기울인다는 점에서 공통점이 있다.

2

이효석의 「산」은 신유물론의 관점에서 읽으면 그 의미가 새롭게 다가온다. 그는 이 작품에서 신유물론자처럼 좁게는 인간과 비인간, 더 넓게는 생물과 무생물을 굳이 구별 짓지 않는다. 그에게 우주만물은 수직적 관계가 아니라 어디까지나 수평적 관계를 맺기 때문이다. 이효석과 그가 창조한 주인공 중실에게 인간 / 비인간, 생물 / 무생물, 인간 / 자연, 유정물 / 무정물의 이분법은 이렇다 할 의미가 없다. 이 작품에는 아무리 눈을 씻고 찾아보아도 인간이 다른 생물체나 물질 위에 군림하는 모습을 좀처럼 찾아보기 어렵다.

> 돌을 집어던지면 깨금알같이 오드득 깨여질 듯한 맑은 하늘. 물고기 등같이 푸르다. 높게 뜬 조각구름떼가 해변에 뿌려진 조개껍질같이 유난스럽게도 한편에 옹졸봉졸 몰려들었다. 높은 산등이라 하늘이 가까우련만 마을에서 볼 때와 일반으로 멀다. 구만리일까. 십만리일까. 골짜기에서의 생각으로는 산기슭에만 오르면 만저질 듯 하든 것이 산허리에 나서면 단번에 구만리를 내빼는 가을 하늘.

「산」의 둘째 단락으로 이효석이 제한적 삼인칭 서술 화자의 입을 빌려 산에서 바라보는 가을 하늘을 묘사하는 장면이다. 자연이 전면에 부각되어 있는 반면 화자인 인간은 뒤쪽으로 한참 물러나 있어 좀처럼 그의 존재를 느낄 수 없다. 첫 문장의 첫 구절 "돌을 집어던지면"과 마지막 문장의 첫 구절 "골짜기에서의 생각으로는"에서 겨우 그 주체가 인간이라는 사실을 어렴풋이 짐작할 뿐이다. 지금 주인공 중실은 산에서 나무하던 손을 잠시 멈추고 발밑의 깨금나무개암나무 포기를 들쳐 제철에 익을대로 익은 깨금개암 열매를 입에 넣고 어금니로 오도독 깨뜨려 먹는다. 가을 하늘이 너무 쨍쨍하여 "깨금알같이 오도독 깨어질 듯"하다고 말하는 것은 지금 깨금 열매를 깨뜨려 먹고 있기 때문이다. 한편 화자는 파란 가을 하늘을 고등어 같은 등 푸른 생선에 빗대어 "물고기 등같이 푸르다"고 말하기도 한다.

더구나 이효석은 맑은 가을 하늘을 생명 없는 무한대의 넓은 공간이 아니라 생물처럼 살아 숨 쉬는 유기체로 묘사한다. 맑은 하늘이 깨금알처럼 '오도독' 소리를 내며 깨어질 듯하다거나, 마치 물고기 등처럼 푸른색을 띤다고 말하는 것은 하늘이 단순히 무생물이 아니라 살이 있는 생명체라는 뜻이다. 청명한 하늘에 떠 있는 조각구름 떼마저 한낱 기상 현상이 아니라 바닷가에 흩어진 조개껍질과 같다고 말한다. 심지어 산기슭에만 오르면 손에 만져질 듯하던 가을 하늘마저 막상 산허리에 이르니 마치 물건을 훔치다 발각된 도둑처럼 구만리 밖으로 멀리 도망쳐 버린다.

위 인용문에서 또 한 가지 찬찬히 눈여겨볼 것은 이효석이 비유법을 유난히 많이 사용한다는 점이다. '깨금알같이'와 '물고기 등같이', 둘째 문장의 '조개껍질같이'는 하나같이 직유법이다. 그런데 주인공이 지금 산속에 있으므로 산에서 쉽게 얻을 수 있는 깨금 열매에 빗대는 것은 마땅하지만, 산과는 대척 관계인 바다와 관련한 물고기와 조개껍질에 빗대는 것은 조금 이상하게 보일지도 모른다. 그러나 청명한 가을 하늘을 등 푸른 생선에, 옹기종기 모여 있는 조각구름떼를 조개껍질에 빗대는 것도 그다지 무리는 아닌 것 같다. 그것들은 색깔이나 모습에는 서로 닮았기 때문이다.

한편 이효석은 위 인용문에서 직유 못지않게 은유법을 구사하기도 한다. 예를 들어 "조각구름 떼가 (…중략…) 유난스럽게도 한편에 옹졸봉졸 몰려들 있다"라는 문장은 한곳에 모여 있는 조각구름떼를 귀엽고 엇비슷한 아이들이 옹기종기 모여 있는 모습에 빗대는 은유다. 골짜기에서 산기슭에 오르면 만져질 듯하던 하늘이 "산허리에 나서면 단번에 구만 리를 내빼는 가을 하늘"도 은유기는 마찬가지다. 손에 잡히지 않는 하늘을 붙잡으려는 것을 쫓아오는 사람을 피하여 달아나는 모습에 빗대는 표현이다. "산허리에 나서면"의 '산등'과 '산허리'도 그동안 자주 사용한 탓에 지금은 비유로서의 기능을 잃어버린 죽은 은유지만 한때는 창조의 새아침처럼 싱그러웠다.

이효석은 직유법과 은유법과 함께 '오도독'이니 '옹졸봉졸'이니 하는 의태어나 의성어를 즐겨 사용한다. '오도독'은 깨금 열매처럼 작고 단단한 물건을 깨뜨리는 소리로 보면 의성어지만 깨뜨리는 모습에 주목하면 의태어로 볼 수도 있다. 중실이 깨금알을 입에 넣고 어금니로 깨뜨리는 소리가 마치 귓가에 들리는 듯하다. '올망졸망'과 같은 뜻인 '옹졸봉졸'은 강원도지방 사투리인 것 같다. 두 의태의성어 '올망졸망'과 '옹졸봉졸'은 양성모음을 사용하고 있어 음성모음을 사용하는 '우두둑'과 '웅줄붕줄'보다 훨씬 더 작고 밝은 느낌을 준다.

이렇게 무한대의 공간인 하늘이나 기상 현상인 구름이 인간을 비롯한 생물의 속성을 지닌다면, 주인공 중실은 인간의 탈을 훌훌 벗어던지고 무생물을 비롯한 자연과 하나가 된다. '낫가리같이 두두룩하게' 쌓인 낙엽 속에 파묻혀 있으면 중실은 어느덧 자신도 모르는 사이 산과 하늘과 한 몸뚱이가 되어 서로 구분 지을 수 없다고 생각한다.

> 낙엽 속에 파묻혀 앉아 깨금을 알뜰히 바수는 중실은 이제 새삼스럽게 그 향기를 생각하고 나무를 살피고 하늘을 바라보는 것이 아니었다. 그런 것은 한데 합쳐서 몸에 함빡 젖어들어 전신을 가지고 모르는 결에 그것을 느낄 뿐이다. 산과 몸이 빈틈없이 한데 열린 것이다. 눈에는 어느 결엔지 푸른 하늘이 물들었고 피부에는 산냄새가 배였다. 바심할 때의 짚북덕이보다도 부드러운 나뭇잎 — 여러 자 깊이로 쌓이고 쌓인 깨금잎 가랑잎 떡갈잎의 부드러운 보료 — 속에 몸을 파묻고 있으면 몸동아리가 마치 땅에서 솟아난 한 포기의 나무와도 같은 느낌이다.

첫 문장 "낙엽 속에 파묻혀 앉아 (…중략…) 하늘을 바라보는 것이 아니였다"에서 주체와 객체, 중실과 향기·나무·하늘, 인간과 자연은 서로 분리되지 않는다. 둘째 문장의 첫 마디 '그런 것'이란 깨끔알을 깨뜨려 먹으며 그 향기를 생각하고 주위에 서 있는 온갖 나무들을 살피고 가을 하늘을 바라보는 행위를 말한다. 중실과 관련하여 찬찬히 눈여겨보아야 할 것은 한곳이나 한군데를 뜻하는 부사 '한데'를 되풀이하여 사용한다는 점이다. "한데 합처서 몸에 함빡 젖어들어"와 "한데 열린 것이다"가 바로 그러하다. 인간중실과 자연향기, 나무, 하늘이 한곳에 합쳐 있다는 말이다. 그것도 마치 비를 맞아 몸이 흠뻑 젖듯이 '함빡 젖어들어' 있다고 말한다. 한편 "한데 얼린 것이다"에서 '얼린'은 '어울리다[和]'의 준말로 볼 수도 있고 '얼다[凍]'의 사동형으로 볼 수도 있다. 만약 후자의 뜻으로 받아들인다면 액체가 고체 상태로 되어 합일의 의미가 훨씬 더 뚜렷해진다.

위 인용문은 뒤로 가면 갈수록 중실과 대자연의 합일이 좀 더 선명하게 드러난다. 서술 화자는 어느 결엔지 중실의 눈에 푸른 하늘이 '물들었다'고 말하는가 하면, 그의 피부에는 산 냄새가 '배었다'고 말한다. 동사 '물들다'는 빛깔이 스미거나 옮아서 묻는 현상을 말하고, 동사 '배다'는 냄새 같은 것이 스며들거나 스며 나오는 현상을 말한다. 두 동사 모두 합일이나 융합을 가리키는 데 더할 나위 없이 썩 잘 어울린다. 마지막 문장 "바심할 때의 짚북덕이보다도 부드러운 (…중략…) 속에 몸을 파묻고 있으면 몸동아리가 마치 땅에서 솟아난 한 포기의 나무와도 같은 느낌이다"에 이르러 인간과 대자연의 합일과 융합은 정점에 이른다. 보료처럼 부드러운 온갖 낙엽에 파묻힌 중실은 자기의 몸뚱어리가 마치 땅에서 솟아난 나무와 같다고 느낀다.

이렇게 자기와 나무를 동일시하는 중실은 좀 더 구체적으로 "두 발은 뿌리요 두 팔은 가지다. 살을 베이면 피 대신에 나무진이 흐를 듯하다"고 생각하며 나무를 자기의 신체에 빗댄다. 중실은 외형적 생김새뿐 아니라 신체 내부도 여러모로 나무와 서로 비슷하다고 생각한다. 직립적 인간은 나무처럼 대지에 곧게 서고 두 팔은 나뭇가지처럼 수평을 유지하는 데다 인간의 혈액은 나무의 수액처럼 몸 전체에 흐른다. 그렇다면 새봄이 되면 고로새나무에서 수액을 채취하여 마시는 인간은 나무의 피를 빨아먹는 흡혈 인간과 크게 다르지 않을 것 같다. 중실히 왜 잠자코 서 있는 나무들이 서로 주고받는 은근한 말을 이해하고, 나뭇가지의 고갯짓하는 의미와 나뭇잎의 소곤거리는 속마음을 넉넉히 짐작할 수 있다고 말하는지 알 만하다. 심지어 중실은 "해가 쪼일 때에 즐겨하고 바람 불 때 농탕치고 날 흐릴 때 얼굴을 찡그리는 나무들의 풍속과 비밀을 역력히 번역해 낼 수 있다"고 말한다.

여기서 마지막 구절 '역력히 번역해 낼 수 있다'는 표현을 주목해 보아야 한다. '역력히'란 부사는 환히 알 수 있을 정도로 또렷하게라는 뜻이다. 번역이란 두말할 나위 없이 한 문화권의 언어를 다른 문화권의 언어로 옮기는 것을 뜻하지만 넓은 의미에서는 이해한다는 뜻으로도 쓰인다. 최근 생물학에서 '번역'은 전령傳令 아르엔에이mRNA의 유전 정보를 해독하고 암호에 대응하는 아미노산을 차례로 결합하여 단백질을 합성하는 과정을 일컫기도 한다. 어떤 의미로 사용하든 무엇인가를 다른 무엇으로 '번역'하기 위해서는 번역하려는 대상에 대하여 잘 알고 있어야 한다. 그렇지 않으면 오역이나 졸역을 낳기 쉽다. 중실이 '나무들의 풍속과 비밀'을 뚜렷이 '번역해' 낼 수 있다고 자신만만해 하는 것은 바로 나무들에 대하여 속속들이 잘 알기 때문이다.

중실은 나무 같은 식물이 되는 것처럼 개 같은 동물이 되기도 한다. 앞에서 언급했듯이 그는 김 영감 집에서 7년 동안 머슴살이를 하면서 이용만 당한다. 중실은 "명절에는 놀이할 돈도 푼푼히 없이 늘 개보름 쇠듯 하였다"고 말한다. 설이나 정월 대보름, 추석 같은 명절이 되면 집

주인은 머슴에게 놀이를 하도록 용돈을 주는 것이 관례다. 그런데도 인색한 김 영감이 돈 한 푼 주지 않아 중실은 그야말로 '개 보름 쇠듯' 지낼 수밖에 없었다. '개 보름 쇠듯 하다'라는 속담은 대보름날 개에게 밥을 주면 개가 자라지 못한다는 속설에 근거한다. 물론 이효석은 이 속담 구절을 명절인데도 중실이 배를 곯는다는 뜻이 아니라 돈이 없어 동네 청년들이 벌이는 노름판에 낄 수 없다는 뜻으로 사용한다. 어찌 되었든 이효석은 중실을 개에 빗대는 것은 맞다.

작품의 마지막 장면에 이르러서 중실은 마침내 천체의 일부가 된다. 그는 개울가에 불을 피운 뒤 냄비를 걸고 저녁밥을 지어 먹는다. 등걸불이 점차 사그러지자 개울물 소리가 한층 더 뚜렷이 들린다. 하늘에는 별들이 어지럽게 깜박거리고, 초승달이 나뭇가지에 걸려 있다.

> 나머지 등걸불을 발로 비벼끄니 골짜기는 더한층 막막하다.
>
> 어느만 때인지 산속에서는 때도 분별할 수 없다.
>
> 자기가 이른 지 늦은 지도 모르면서 나무밑 잠자리로 향하였다.
>
> 낫가리같이 두두룩하게 쌓인 낙엽 속에 몸을 송누리째 파묻고 얼굴만을 빼꼼히 내놓았다.
>
> 몸이 차차 푸근하여 온다.
>
> 하늘의 별이 와르르 얼굴 위에 쏟아질 듯 쉽게 갔다가 멀어졌다 한다.
>
> 별 하나 나 하나 별 둘 나 둘 별 셋 나 셋 ……
>
> 어느 결엔지 별을 세고 있었다. 눈이 아물아물하고 입이 뒤바뀌어 수효가 틀려지면 다시 목소리를 높혀 처음부터 고쳐 세곤 하였다.

별 하나 나 하나 별 둘 나 둘 별 셋 나 셋……
세는 동안에 중실은 제몸이 스스로 별이 됨을 느꼈다.

두 번 되풀이하는 "별 하나 나 하나 별 둘 나 둘 별 셋 나 셋……"이라는 구절에서 윤동주尹東柱의 「별 헤는 밤」을 떠올릴 독자가 많을 것이다. 그러나 이 구절은 전래동요 「별노래」의 첫 머리에 나온다. 경상북도 문경지방에 전해오는 민요에는 "별 하나 나하나, 별 둘 나 둘"로 시작하여 "별 아홉 나 아홉, 별 열 나 열"로 끝난다. 김소운金素雲이 경상북도 안동지방에서 채록한 민요에도 "별 하나 내 하나 탱주 낭게 걸고 매고 때고, 별 둘 내 둘 탱주 낭게 걸고 매고 때고, 별 셋 내 셋 탱주 낭게 걸고 매고 때고……"라는 노래가 있다. 이효석은 윤동주처럼 아마 이러한 전래동요에서 영향을 받았을 것이다. 이효석이 「산」을 발표한 것이 1936년 1월이고, 윤동주가 이 시를 지은 것은 1941년 11월이므로 두 작품 사이에는 아무런 영향 관계가 없다. 영향 관계야 어찌 되었든 중실은 놀랍게도 하늘에 총총히 박혀 있는 별을 헤아리는 동안 자기 몸이 어느듯 별로 변하는 것을 느낀다.

그러고 보니 이효석의 「산」에서는 20세기 초에 활약한 미국 시인 조이스 킬머의 「나무」가 떠오른다. 바다와 물고기를 서로 떼어서 생각할 수 없듯이 산과 나무도 떼어서 생각할 수 없다. 조이스가 1913년에 써서 그 이듬해 발표한 「나무」는 최근 생태주의의 대두와 더불어 새롭게 재평가 받는 작품이다.

이 세상에 나무처럼

아름다운 시가 어디 있을까.

단물 흐르는 대지의 젖가슴에

마른 입술을 내리누르고 서 있는 나무.

온종일 신神을 우러러보며

잎이 무성한 팔을 들어 기도하는 나무.

한여름에는 머리 위에

개똥지빠귀의 둥지를 틀고 있을 나무.

가슴에는 눈[雪]을 품고 있는 나무.

비와 더불어 다정하게 살아가는 나무.

나 같은 바보들은 시는 쓰지만

신 아니면 나무를 만들지 못한다.

—「나무」 전문

킬머는 이효석보다 한 발 더 나아가 나뭇가지를 사람의 팔로 간주하고, 흔히 수관樹冠이라고 부르는 나무줄기 위쪽 끄트머리를 머리로 간주하며, 중간 부분을 가슴으로 간주한다. 차이가 있다면 이효석이 중실의 두 다리를 나무뿌리에 빗대는 반면, 킬머는 마치 갓난아기가 어머니의 품안에 안겨 젖을 빨아 먹듯이 '대지의 젖가슴'에서 물을 흡수하는 '마른 입술'에 빗댄다. 물론 인간에게 나무의 속성을 부여하는 이효석과는 달리 킬머는 오히려 나무를 인간으로 취급하여 인격을 부여한다. 다시 말해서 이효석의 작품에서는 주체인간가 객체나무로 옮겨가는 반면, 킬머의 작품에서는 이와는 반대로 객체객체가 주체인간로 옮겨간다. 그러나 나무와 사람을 동일시한다는 점에서는 크게 다르지 않다.

이번에는 나희덕羅喜德의 「겨울 산에 가면」을 한 예로 들어보자. 이 작품에서는 주체와 객체, 객체와 주체가 한 방향으로 바뀌는 것이 아니라 양쪽 방향으로 서로 오간다. 시적 화자 '나'는 겨울 산에 올라가면 벌목으로 몸통이 잘려나가고 밑동만 남은 채 눈을 맞는 나무들이 있다고 노래한다.

> 쌓인 눈을 손으로 헤쳐내면
> 드러난 나이테가 나를 보고 있다
> 들여다볼수록
> 비범하게 생긴 넓은 이마와
> 도타운 귀, 그 위로 오르는 외길이 보인다
> 그새 쌓인 눈을 다시 쓸어내리면
> 거무스레 습기에 지친 손등이 있고
> 신열에 들뜬 입술 위로
> 물처럼 맑아진 눈물이 흐른다
>
> —「겨울산에 가면」 일부

첫 두 행은 나무의 나이테가 주체가 되어 객체인 시적 화자 '나'를 바라본다. 그러나 셋째 행부터는 갑자기 시적 화자가 주체가 되고 나이테는 객체가 된다. 3행의 '들여다볼수록'의 주어는 나이테가 아니라 시적 화자다. 말하자면 3행부터는 주객전도 현상이 일어나는 셈이다. 마지막 여섯 행의 "도끼로 찍히고 / 베이고 눈속에 묻히더라도 / 고요히 남아서 기다리고 계신 어머니, / 눈을 맞으며 산에 들면 / 처음부터 끝까지 나를 바라보는 / 나이테가 있다"에 이르러 나이테는 다시 주체로서의 역할을 되찾는다. 그러므로 이 작품에서 나이테는 '주체 → 객체 → 주체'로 바뀐다.

더구나 시적 화자는 나이테에서 톱에 베어지기 전 나무의 모습을 상상해 본다. 화자의 머릿속에 우람스러운 나무의 '넓은 이마', '도타운 귀', '습기에 지친 손등', '신열에 들뜬 입술' 등이 떠오른다. 나무 둥치가 잘릴 때 떨어진 톱밥가루는 "해산한 여인의 땀"처럼 빛을 내뿜고, 그 옆에는 아직 나이테도 생기지 않은 '어린것들'이 뿌리박힌 곳에서 자란다.

이효석은 「산」에서 중실의 신체 전체에 대하여 "몸은 한 포기의 나무다"라고 잘라 말한다. 그렇다면 이효석은 왜 '한 그루의 나무'라고 하지 않고 굳이 '한 포기의 나무'라고 말할까? 나무의 낱개를 가리킬 때는 '그루'라는 낱말을 주로 사용하는 반면, '포기'라는 낱말은 뿌리를 단위로 한 초목의 낱개를 가리킬 때 주로 사용한다. 그런데도 「산」에서 이효석은 '포기'라는 낱말을 무려 다섯 차례에 걸쳐 사용한다. 아마 중실이 대지에 받치고 있는 두 다리를 뿌리에 빗대기 때문이거나, 아니면 중실이 지금 수북이 쌓인 낙엽 속에 비스듬히 누워 있기 때문일 것이다. 사정이 이렇다면 중실에게 나무는 동떨어진 이질적 사물이 아니라 서로 떼어 놓을 수 없는 생명 유기체인 셈이다.

이렇게 정신과 물질, 인간과 자연, 동일자와 타자 사이의 간극을 극복하려 한다는 점에서 신유물론은 힌두교의 범아일여梵我一如 사상과 맞닿아 있다. 범아일여란 글자 그대로 세계와 나, 우주와 개체는 서로 분리할 수 없고 하나라는 뜻이다. 물론 범아일여 사상은 외향적 사변에서 내향적 자기성찰로의 전환을 뜻하므로 방향성에서는 신유물론과 정반대다. 그러나 적어도 이원론적 사고의 한계를 깨닫고 일원론적 사고를 추구한다는 점에서 신유물론과 적잖이 비슷하다.

3

앞에서 잠깐 언급했듯이 이효석은 「산」에서 조이스 킬머와 나희덕처럼 의인법을 즐겨 구사한다. 의인법은 수사적으로 중요하지만 심리적으로도 큰 의미가 있다. 과학이 발달하지 않은 고대시대에 살던 사람들은 화산 폭발이나 지진 같은 천재지변이나 폭풍우와 천둥 번개 같은 자연현상을 매우 두려워하였다. 그래서 고대인들은 그러한 현상에 인격을 부여함으로써 심리적으로 그 힘을 제어하고 통제하려고 하였다. 한편 서양의 스토아 철학자들은 추상적 관념을 의인화할 때 놀라운 힘을 발휘하는 것으로 생각하였다. 멀게는 고대 그리스시대의 아이소포스이솝에서 17세기의 장 드 라퐁텐을 거쳐 가깝게는 조지 오웰에 이르기까지 동물에 빗대어 인간의 행동을 풍자하는 작가들이 적지 않았다.

넓은 의미에서 의인법은 은유법의 한 갈래로 볼 수 있다. 원관념과 매개 관념, 축어적 관념과 비유적 관념의 관계에서 매개 관념이나 비유적 관념이 사람이 되는 은유법이 바로 의인법이다. 다시 말해서 "A는 B이다" 또는 "A는 B가 된다"라는 은유법에서 'A'는 무생물이나 동식물이나 추상적 관념이고 'B'가 인간이라면 의인법이 성립한다. 만약 이와는 정반대로 'A'가 인간이고 'B'가 무생물이나 동식물 또는 추상적 관념이라면 의인법이 아닌 의물법이 된다.

생명이 없는 무생물이나 동식물 또는 자연 현상이나 추상적인 개념에 사람의 생명과 속성을 부여하는 의인법의 밑바닥에는 인간을 우주의 중심으로 보려는 인간중심주의가 도사리고 있다. 모든 현상을 인간 본위로 생각하고 판단한다는 점에서 의인화나 의인법은 가히 인간중심적이라고 할 수 있다. 그러나 신유물론자들은 의인법이나 의인화를 이와는 전혀 다른 관점에서 파악한다. 신유물론자 중에서도 제인 베닛은 남달리 의인화에 주목한다. '비인격적 정동情動'과 '물질적 생동성'에 무게를 두는 베닛은 『생동하는 물질』에서 의인화가 오히려 그동안 인간과 자연 사이에 가로놓인 장벽을 허무는 데 이바지할 수 있다고 주장한다. 인간이 아닌 다른 대상에 인격을 부여한다는 것은 그만큼 대상을 인간과 같은 차원에서 간주하는 태도에서 비롯하기 때문이다.

이와 관련하여 베닛은 "의인화의 일필一筆은 한 세계가 존재론적으로 독특한 존재의 범주주체와 객체로 구성되지 않고 오히려 연합체를 형성하는 다양한 물질성으로 구성된다고 보는 감수성에 촉매 역할을 할 수 있다"고 말한다. 그녀는 인간의 힘이나 작인作因이 자연 같은 비인간 물체에서도 볼 수 있는 점에서 인간의 나르시시즘을 극복할 수 있다고 지적한다. 오늘날 인류가 겪는 환경 위기나 생태계 위기도 궁극적으로 모든 현상을 가치 판단의 작두 위에 올려놓고 두 쪽으로 갈라놓으려는 이항 대립적 이분법의 결과로 보아 크게 틀리지 않다. 베넛은 의인화가 이러한 이분법을 해체하는 데 이바지할 수 있다고 지적한다.

이효석은 「산」의 첫 머리에서 "골짜기에서의 생각으로는 산기슭에만 오르면 만저질 듯 하든 것이 산허리에 나서면 단번에 구만리를 내빼는 가을 하늘"이라고 말한다. 논리적으로는 기상 현상과 관련한 가을 하늘이 구만리나 멀리 '내뺄' 수 없다. 하늘이 멀리 도망칠 수 있다는 것은 인간이나 동물처럼 다리가 있기 때문이다. 낙엽 속에 파묻혀 있던 중실이 갑자기 힘이 솟아 벌떡 뛰어 일어나 입을 크게 벌리고 하늘을 향하여 고함을 친다. 그러자 서술 화자는 "산이 대답하고 나무가지가 고개짓한다"고 말한다. 산과 나무가 인간의 속성을 지니지 않고서는 중실의 지르는 고함 소리에 응답하고 고갯짓으로 반응할 수 없다. 이밖에 맞은편 산허리에서는 자웅의 꿩 두 마리가 갑자기 푸드득 날며 고함 소리에 '대답'하기도 한다. 소설 화자는 "살진 까투리의 꽁지를 물고 나는 쟁끼의 오색 날개가 맑은 하늘에 찬란하게 빛났다"고 말한다. 이 작품에서 의인법을 가장 잘 엿볼 수 잇는 것은 셋째 단락이다.

산 속의 아침 나절은 조을고 있는 짐승같이 막막은 하나 숨결이 은근하다. 휘엿한 산등은 누어 있는 황소의 등어리요 바람결도 없는데 쉴 새 없이 파르르 나부끼는 사시나무 잎새는 산의 숨소리다. 첫눈에 띄는 하얗게 분장한 자작나무는 산 속의 일색. 아무리 단장한 대야 사람의 살결이 그렇게 흴 수 있을까. 숩북 들어선 나무는 마을의 인총보다도 많고 사람의 성보다도 종자가 흔하다. 고요하게 무럭무럭 걱정없이 잘들 자란다. 산오리나무 물오리나무 가락나무 참나무 졸참나무 박달나무 사수래나무 떡갈나무 피나무 물가리나무 싸리나무 고로쇠나무. 골짜기에는 산사나무 아그배나무 갈매나무 개옻나무 엄나무. 잔등에 간간히 섞여 어느 때나 푸르고 향기로운 소나무 잣나무 전나무 향나무 노가지나무 …… 걱정없이 무럭무럭 잘들 자라는 — 산 속은 고요하나 웅성한 아름다운 세상이다.

위 인용문은 무려 스무 가지 넘는 나무 이름을 빼고 나면 거의 대부분 의인법으로 되어 있다. 의인법이 이효석이 열거하는 온갖 나무처럼 인용문을 화려하게 장식한다. 이효석은 산 속의 아침나절을 졸고 있는 짐승에 빗대어 그 숨결이 막막하면서도 은근하다고 말한다. 그는 '산등'을은 누워 있는 황소의 등에 빗댄다.

작품의 끄트머리에서도 이효석은 의인법을 사용하여 "깊흔 하늘에 별이 총총 돋고 초생달이 나무가지를 올개미지웠다. 새들도 깃드리고 바람도 자고 개울물만이 쫄쫄 쫄쫄 숨 쉰다. 검은 산등은 잠든 황소다"라고 말한다. 날이 저물면서 하늘에 별이 뜨는 것을 이효석은 '돋다'고 표현한다. "새 벼리 나ᄌᆞㅣ 도ᄃᆞ니"「용비어천가」니, "ᄃᆞᆯ하 노피곰 도ᄃᆞ샤 어긔야 머리곰"「정읍사」니 하는 구절에서 볼 수 있는 그 '돋다'다. 지금은 비유적 기능이 약화되어 '죽은' 비유로 전락했지만 본디 새싹이 움트는 것에 빗대는 표현이었다. 바람이 '자고' 개울물이 쫄쫄 쫄쫄 '숨 쉰다'라는 표현도 의인법이었던 것이 지금은 일상어가 된 죽은 비유다. 날이 저물면서 점차 검게 변하는 산등성이를 '잠든 황소'에 빗대는 것도 의인법이다. 또한 초생달이 나무가지를 올가미를 씌웠다는 표현은 사람이 아니고서는 도저히 할 수 없는 행동이다. 물론 무생물을 식물이나 동물에 빗대는 것은 엄밀한 의미에서 의인법으로 보기 어렵지만 좀 더 넓은 의미에서는 의인법으로 보아도 크게 틀리지 않다.

위 인용문의 후반에서 이효석은 통상적 의미의 의인법을 사용하여 산과 나무에 인간의 성격과 특징을 부여한다. "숩북 들어선 나무는 마을의 인총보다도 많고 사람의 성보다도 종자가 흔하다"는 문장은 의인법이다. 이효석이 '인총'을 한자로 표기하지 않아서 한곳에 많이 모인 사람의 무리를 뜻하는 '人叢'인지, 아니면 일정한 지역에 사는 사람의 수를 뜻하는 '人總'인지 잘 알 수 없다. 그러나 어느 쪽이든 사람과 관련이 있음에 틀림없다.

나무 이름을 열거하기 바로 앞 문장 "고요하게 무럭무럭 걱정없이 잘들 자란다"와 줄임표 다음의 "걱정없이 무럭무럭 잘들 자라는" 온갖 나무는 나무를 어린아이의 성장에 빗대는 의인법이다. '무럭무럭'이라는 의태어를 보면 더더욱 그러하다. 마지막 문장 "산속은 고요하나 웅성한 아름다운 세상이다"도 의인법이다. '고요하나 웅성한'은 '소리 없는 아우성'처럼 모순어법이지만, 형용사 '웅성한'은 무럭무럭 잘 자란 아이들이 한데 모여 소란스럽게 떠드는 것을 가리킨다는 점에서 의인법으로 볼 수 있다. 서술 화자의 말대로 이렇게 씩씩하게 자라는 아이들이 모여 떠드는 소리야말로 '아름다운 세상'일 것이다.

이효석은 바람결도 없는데 쉴새없이 나부끼는 사시나무 잎을 산이 내쉬는 숨소리에 빗댄다. "첫눈에 띄이는 하얗게 분장한 자작나무는 산 속의 일색"에서 '일색'도 의인법이기는 마찬가지다. '일색一色'이란 한 가지 빛깔을 뜻하지만 뛰어난 미인을 가리키는 말이기도 하다. 그래서 이효석은 "아모리 단장한 대야 사람의 살결이 그렇게 흴 수 있을까"라고 말하면서 자작나무의 흰 줄기를 여성의 흰 살결에 빗댄다.

위 인용문에서 이효석이 산오리나무와 물오리나무로 시작하여 노가지나무에 이르기까지 스무 가지 넘는 온갖 나무를 언급하는 것은 예사롭지 않다. 이 중에는 갈매나무나 싸가락나무, 사수래나무처럼 독자들에게 낯선 나무들도 등장한다. 이렇게 온갖 나무를 마치 염주 알을 실에 꿰듯이 일부러 길게 나열하는 것은 러시아 형식주의자 빅토르 시클롭스키가 말하는 '낯설게 하기' 또는 '탈자동화'의 기법이다. 일반적인 소설 문법에서 이렇게 온갖 나무를 열거하는 것은 흔한 일이 아니지만, 나무들을 '전경화前景化'함으로써 나무의 존재를 새롭게 부각하는 데는 효과적이다.

무생물에 생물의 속성을 부여하는 것도 넓은 의미에서는 의인법으로 볼 수 있다. 예를 들어 이효석은 이웃 산에 불이 나면서 불꽃을 묘사하면서 "백일홍같이 새빨간 불꽃이 어둠 속에 가깝게 솟아올낫다. (…중략…) 누에에게 먹히우는 뽕잎같이 아물아물해지는 것 같으나 기실은 한자리에서 아롱아롱 타는 것이였다"라고 말한다. 나무가 빠르게 연소하면서 새빨간 빛과 열을 발산하는 현상을 붉은 백일홍에 빗대고 산림이 조금씩 불길에 파괴되는 것을 뽕잎이 누에게 먹히는 것에 빗대는 솜씨가 놀랍다. 이효석은 이어 "악귀의 혀끝같이 널름거리는 불꽃이 세상에도 아름다웠다. 울밑에 꽃보다도 비단결보다도 무지개보다도 수닭의

맨드라미보다도 곱고 장하다"고 말하기도 한다. 여기서도 이효석은 불꽃이 너울거리는 모습을 혀끝을 널름거리는 악귀로, 찬란히 타오르는 불꽃을 봉선화 같은 울밑에 핀 꽃과 수탉의 벼슬에 빗댄다.

한편 의물법은 앞에서 잠깐 언급했듯이 의인법과 반대로 인간에게 무생물이나 동물이나 식물의 속성을 부여하여 말하는 수사법을 말한다. 의인법이 인간이 아닌 대상에게 인간의 인격을 부여하는 비유법이라면, 의물법은 이와는 반대로 인간을 무생물이나 동식물에 견주어 표현하는 비유법이다. 의인법에서와는 달리 의물법에서는 추상적 관념은 좀처럼 비유의 대상이 되지 않는다. 두 대상의 유사성에 의존하고 유추 작용을 통하여 깨닫는다는 점에서 의물법도 의인법과 마찬가지로 넓은 의미에서는 은유법의 한 갈래로 볼 수 있다. 의물법은 특정한 인물이나 집단을 부정적으로 말할 때 주로 쓰인다. 의인법과 마찬가지로 의물법도 여러 방법으로 이루어진다. 의물법은 무엇보다도 먼저 인간을 동식물이나 무생물과 동일시할 때 일어난다. 이 경우 의물법은 "인간은 (동식물)이다"니 "인간은 (무생물)이다"니 하는 식으로 이루어진다.

예를 들어 김춘수金春洙는 「꽃을 위한 서시」에서 "나는 시방 위험한 짐승이다 / 나의 손이 닿으면 너는 / 미지의 까마득한 어둠이 된다"고 노래한다. 여기서 시적 화자 '나'는 '위험한 짐승'이 되는 것으로 표현된다. 시적 화자를 토끼나 사슴을 잡아먹는 호랑이나 사자쯤으로 생각하면 틀림없을 것이다. 작은 짐승을 잡아먹는 호랑이나 사자처럼 사람은 가냘프고 연약하기 그지없는 꽃을 마음만 먹으면 언제든지 꺾어 버릴 수 있다. 사람의 손이 닿는 순간 꽃은 그야말로 '미지의 까마득한 어둠'

이 되게 마련이다. 화자가 꽃에게 "존재의 흔들리는 가지 끝에서 / 너는 이름도 없이 / 피었다 진다"고 말하는 까닭이 바로 여기에 있다. 석송石松 김형원金炯元도 「벌거숭이의 노래」에서 의물법을 구사한다. "나는 어린 풀이다. (…중략…) 나에게는 오직 생장이 있을 뿐이다"라고 노래한다. 김수영이 「풀」에서 의인법을 사용하여 "풀이 눕는다"니 "풀이 울었다"니 하고 말하는 반면, 김형원은 이와는 반대로 의물법을 사용하여 "나는 풀이다"라고 말한다.

이효석도 「산」에서 김춘수나 김형원처럼 의물법을 구사한다. 온갖 낙엽이 수북이 쌓인 곳에 몸을 파묻는 주인공 중실은 마치 두툼한 요 속에 들어가 있는 것 같은 편안함을 느낀다.

> 바심할 때의 짚북덕이보다도 부드러운 나뭇잎 — 여러 자 깊이로 쌓이고 쌓인 깨금잎 가락잎 떡갈잎의 부드러운 보료 — 속에 몸을 파묻고 있으면 몸동아리가 마치 땅에서 솟아난 한 포기의 나무와도 같은 느낌이다.

낙엽의 보료 속에 파묻힌 중실은 지금 몸뚱어리가 땅에서 솟아난 나무와 같다고 느낀다. 김형원이 인간에게 풀의 속성을 부여한 것처럼 이효석은 중실에게 나무의 속성을 부여한다. 앞에서도 언급했듯이 나무를 세는 단위인 '그루' 대신에 초목을 세는 단위인 '포기'로 표현하는 것은 중실이 자기 몸을 나무 못지않게 풀로도 간주하기 때문일 것이다.

4

이효석은「산」은 그동안 산과 마을, 비문명과 문명, 자연과 인간의 이항대립의 관점에서 흔히 논의되어 왔다. 자연을 상징하는 산과 인간 세상을 상징하는 마을이 이분법적 대립 구조로 작용하여 주인공이 마을에서 겪는 불행한 삶과 자연 속에서 누리는 행복한 삶이 대비적으로 전개된다. 산에는 조화와 평화가 존재하는 공간인 반면, 마을에는 지배와 복종, 거짓과 허위가 존재하는 공간이다. 실제로 중실은 김 영감 집에서 머슴 산 지 칠팔 년에 아무런 보상도 받지 못한 채 맨주먹으로 집에서 쫓겨난다. 해마다 사경을 또박또박 받지도 못한 데다 옷 한 벌 버젓하게 얻어 입지도 못하였다. 지금와 생각해 보면 장가 들여 주고 집 사 주어 살림을 차려준다는 것도 '헛소리'였다. 김 영감은 중실이 첩을 건드렸다는 생트집을 잡아 내쫓아 버렸던 것이다. 중실은 이 일이 "원통은 하였스나 애통하지는 않았다"고 밝힌다.

그러나「산」에는 마을과 산의 대조가 겉으로 보이는 것처럼 그렇게 뚜렷하지 않다. 산과 마을 사이에는 읍내 장터가 있어 이 두 사이를 연결하는 교량 역할을 한다. 산에서 이 십리 떨어진 읍내 장터에서 중실은 산에서 해 온 나무를 팔고 그 돈으로 마을에서 생산하는 감자와 좁살과 소금과 남비 등 산 살림에 필요한 물건을 구입한다. 화자는 "나무를 판 때의 마음이 이날같이 즐거운 적은 없었다. 물건을 산 때의 마음도 이날같이 즐거울 적은 없었다"고 말한다. 장터는 이렇게 물건을 사고파는 장소일 뿐 아니라 자연과 문명이 만나는 접점이기도 하다. 만약 장터가 없었더라면 중실은 마을에서 완전히 격리된 산 속에 살 수밖에 없을 것이고, 마을은 마을대로 산과는 아무런 인연도 맺지 못할 것이다.

읍내 장터에서 중실은 마을 소식을 전해 듣기도 한다. 거리에서 만난 박 서방 입에서 우연히 김 영감 소식을 한 토막 얻어듣는다. '등긁애 첩'은 기여코 김 영감의 눈을 피하여 최 서기와 줄행낭을 쳤다는 것이다. 두 사람의 종적을 좇고 있지만 아직도 오리무중이라고 한다. 중실은 사랑방에서 '고시랑고시랑 잠을 못니룰' 60세 노인의 꼴을 측은하게 생각하면서도 다시 살러 들어갈 뜻도 그를 위로하고 싶은 마음도 없다.

중실에게는 산과 마을을 이어 주는 것이 읍내 장터 외에 또 한 가지 있다. 마을에 살 때부터 그가 마음속에 두고 있던 룡녀였다. 장터에서 사온 남비로 개울가에서 서투른 솜씨로 저녁밥을 지어 먹은 뒤 중실은 더할 나위 없이 기분이 흐뭇하다. 다만 그에게는 한가지 욕심이 생긴다. 그는 "밥짓는 일이란 머슴의 할 일이 못된다. 사내자식은 역시 밭갈고 나무하는 것이 옳은 짓이다"라고 생각한다. 그러면서 장가들려면 이웃집 룡녀만한 색시는 없다고 말하면서 그녀를 산에 데려오기로 결심한다.

> 굵은 나무를 베어다 껍질채 토막을 내 양지쪽에 쌓아올려 단간의 조촐한 오들막을 짓겠다. 평퍼짐한 산허리를 일구어 밭을 만들고 봄부터 감자와 귀리를 갈 작정이다. 오랍뜰에 우리를 세우고 염소와 도야지와 닭을 칠 터. 산에서 노루를 산채로 붙들면 우리 속에 같이 기르고. 룡녀가 집일을 하는 동안에 밭을 가꾸고 나무를 할 것이며 아이가 나면 소같이 산같이 튼튼하게 자라렸다. 룡녀가 만약 말을 안 들으면 밤중에 내려가 가만히 업어올걸. 한번 산에만 들어오

면 별 수 없지……

중실에게 산은 삶의 터전이다. 무슨 까닭으로 산이 그렇게도 좋은지 아무리 생각해 보아도 특별한 이유가 없다. "덮어놓고 양지쪽이 좋고 자작나무가 눈에 들고 떡갈잎이 마음을 끄는 것이다"라고 말하면서 그저 평생 산에서 살도록 태어난지도 모른다고 밝힐 뿐이다. 그렇다고 중실이 산에서 모든 것을 자급자족으로 살아갈 수 있는 것은 아니다. 가령 오두막을 지을 재목은 산에서 얻을 수 있지만 밭에 심을 감자와 귀리는 마을에서 구해 오지 않으면 안 된다. 씨앗은커녕 산허리를 일구어 밭을 만들기 위해서도 곡괭이와 삽 같은 농기구가 필요할 것이다. 노루는 몰라도 사립문 안에 있는 오랍뜰오래뜰에 키울 염소와 돼지와 닭도 장터에서 사와야 한다.

중실이 머릿속에 그리는 생활은 전적으로 산속의 생활이라고도 할 수 없고 그렇다고 마을의 생활이라고도 할 수 없다. 그것은 산과 마을의 중간 어딘가에 속하는 생활이다. 산과 마을은 서로 대척 관계가 아니라 서로 돕는 상생관계에 있다. 이렇게 산과 마을, 인간과 자연, 원시와 문명 사이를 이어주는 역할을 하는 것이 다름 아닌 읍내 장터요 룡녀다.

이효석이 1936년에 「산」을 발표한 지도 벌써 90년이 가까워진다. 1936년이라면 한반도가 일본 제국주의 식민지배의 길고 어두운 터널을 4분의 3쯤 통과하던 시기다. 정지용鄭芝溶은 『문장』 27호에 발표한 「조선시의 반성」1948.10에서 일제 말기 "친일도 배일도 못한 나는 산수山水에 숨지 못하고 들에서 호미도 잡지 못하였다"고 고백한 적이 있다. 이효석은 「산」의 주인공 중실처럼 마을을 떠나 자연으로 도피하고 싶었는지도 모른다.

그러나 이효석의 「산」은 21세기 들어와 본격적으로 모습을 드러낸 신유물론의 관점에서 읽으면 일본 제국주의는 점차 뒤쪽으로 물러가고 인간중심주의에 대한 반성적 성찰이 앞쪽으로 다가선다. 이효석은 인간이 자연 위에 군림하는 존재가 아니라 궁극적으로 생물과 미생물, 무생물 같은 자연의 일부임을 지적한다. 인류세의 환경 위기와 생태 위기시대에 이효석은 「산」에서 인간과 비인간을 이분법적으로 구분 짓는 것에 의문을 품는다. 인간과 비인간의 관계를 새롭게 정립하지 않으면 오늘날 인류가 겪는 위기를 극복하기란 무척 어렵기 때문이다. 이효석은 환경 위기나 생태 위기가 단순히 과학과 기술의 문제가 아니라 의미와 가치를 다루는 문학, 더 넓게는 인문학의 문제라는 사실을 새삼 일깨워 주는 것이다.

6
김춘수의 「꽃」
실존과 본질과 생성

꽃을 소재로 쓴 김춘수金春洙의 일련의 연작시를 읽으면 마치 종소리를 듣고 침을 흘리는 파블로프의 개처럼 조건반사적으로 라이너 마리아 릴케를 떠올리는 사람이 적지 않다. 그도 그럴 것이 김춘수는 일제 강점기에 릴케의 작품을 읽으며 비로소 시의 세계에 입문했기 때문이다. 김춘수는 “릴케의 시가 있었기 때문에 나는 시에 눈을 뜨게 되고 시를 쓰게 되었는지도 모른다. 그것은 하나의 우연처럼 나에게도 왔다”고 밝힌 적이 있다. 이렇듯 김춘수가 꽃과 관련한 일련의 작품을 쓰는 데는 릴케의 영향이 무척 컸다. 릴케는 『오르페우스에게 바치는 소네트』1923에서 “꽃이 우리에게 위대하기를!”이라고 노래하였다. 한편 김춘수는 「릴케의 장章」에서 “라이너 마리아 릴케, / 당신의 눈은 보고 있다. / 천사들이 겨울에도 얼지 않는 손으로 / 나무에 꽃을 피우고 있는 것을”이라고 노래한다. 이 두 작품에서 김춘수와 릴케는 마치 꽃을 두고 서로 대화를 나누는 것 같다.

해방 후 몇 해 동안 김춘수는 청록파 시인 조지훈趙芝薰·박목월朴木月·

박두진朴斗鎭과 서정주徐廷柱 같은 선배들의 작품을 읽으며 시인으로서의 수련을 쌓았다. 그러다가 한국전쟁이 일어난 1950년경부터 그동안의 수련 단계에서 점차 벗어나 자신만의 시 세계를 구축하기 시작하였다. 김춘수는 "그때 나는 실존주의 철학의 영향을 받고 있었다. 한편 릴케의 시를 다시 읽게 되었다"고 밝혔다. 여기서 '그때'는 1940년대 초 일본 유학 시절을 말하고, 릴케의 작품을 '다시' 읽게 되었다고 말하는 것은 니혼日本대학 예술학부에서 공부할 무렵 릴케한테서 한 차례 세례를 받았기 때문이다. 김춘수는 1950년대에 이르러 "릴케와 실존주의 철학이 나대로의 허울로 내 시에 나타나게 되었다"고 고백하였다. 「릴케와 나의 시」에서 김춘수는 "시를 철학의 등가물로 생각한 듯한 릴케 몸짓이 여기서도 두드러지고 있다. (…중략…) 이런 몸짓제스처은 모두 릴케에게서 나도 모르는 사이에 배워서 몸에 배게 된 것"이라고 고백한다. 그래서 비평가들은 실존주의적 경향을 보이는 김춘수의 초기 시는 하나같이 릴케의 영향을 받고 쓴 것이라고 주장한다.

이렇듯 김춘수가 20세기 독일어권 시인 중 가장 탁월한 시인 중 한 사람으로 일컫는 릴케의 영향을 받은 것은 부정할 수 없는 사실이다. 릴케가 시 창작의 원리를 삼은 고독과 우수, 그리고 그 하부 개념이라고 할 어둠과 불안과 죽음은 넓은 의미에서 보면 실존주의와 맞닿아 있다. 실제로 릴케는 내면 고독을 인간 실존의 본질로 파악하였다. 그는 쇠렌 키에르케고르의 저서를 애독하며 그에게서 크고 작은 영향을 받았다. 릴케는 이 덴마크의 '우수의 철학자'의 저서를 원문으로 읽으려고 덴마크어를 배울 정도였다.

한편 마르틴 하이데거는 자신의 철학이 릴케가 시로 말한 것을 추상적으로 개념화한 것에 지나지 않는다고 밝혔다. 그만큼 하이데거의 철학은 릴케의 작품과 깊이 연관되어 있다. 하이데거는 「무엇을 위한 시인인가?」라는 글에서 릴케의 작품을 분석하면서 시 창작의 근원과 시인의 사명을 다룬다. 그래서 꽃과 관련한 김춘수의 초기 작품을 언급할 때면 으레 약방의 감초처럼 등장하는 철학가가 하이데거다. 「꽃」을 비롯하여 꽃을 소재로 한 10여 편에 이르는 작품에는 하이데거 철학의 그림자가 자주 어른거린다.

하이데거는 '존재자das Seiende'와 '존재das Sein'를 엄밀히 구별 지었다. 전자는 책상, 창문, 나무, 건물, 인간처럼 우리 눈앞에 객관적으로 놓여 있는 사물이나 사람을 말한다. 한편 후자는 존재자의 근거, 즉 존재자를 존재자일 수 있도록 해 주는 그 어떤 것을 뜻한다. 하이데거는 '존재자'와 '존재'의 구분이야말로 지금까지 모든 철학이 간과했던 가장 중요한 구분이라고 생각하였다. 하이데거는 「예술의 기원」에서 빈센트 반 고흐의 〈한 켤레의 구두〉를 예로 들면서 하나의 사물로서 우리 눈앞에 있는 구두가 '존재자'라면 단순한 사물로서의 구두가 아닌, 고흐의 그림이 묘사하는 차원이 '존재'라고 주장하였다. 다시 말해서 '존재'란 '존재자'인 구두가 현실 세계에서 만들어내는 구체적인 상황을 말한다.

하이데거는 존재자 중에서도 인간이 존재의 의미에 대하여 의문을 품고 질문할 수 있는 특별한 존재자라고 간주하여 '다자인Dasein'이라고 불렀다. 흔히 '현존재現存在'로 번역하는 이 개념은 '그곳에'를 뜻하는 독일어 'da'와 '있음'을 뜻하는 'sein'을 결합하여 만들어낸 말이다. 학자에 따라 '정재定在'라고도 옮기는 현존재는 단순한 사물과는 달리 지금 이 순간 눈앞에 존재하면서 자기의 존재나 자기 외의 것에 관심을 보이는 존재를 말한다.

이렇듯 하이데거는 헤겔과는 달리 본질이나 가능태可能態가 아니라 현실 세계에 실제로 존재하는 존재 양식으로서의 존재론에 주목하였다. 물론 하이데거의 현존재도 테오도어 아도르노한테서 역사적 현실에서 도피한 이상주의적 개념이라고 비판을 받았다. 어찌 되었든 인간이 자신의 존재 의미를 묻는 존재자의 특별할 태도를 하이데거는 '실존'이라고 불렀다. 그래서 그는 『존재와 시간』1927에서 "현존재의 본질은 실존에 있다"는 유명한 명제를 내세웠다. 꽃을 소재로 김춘수가 창작한 일련의 작품에서 하이데거가 말하는 현존재를 읽는 것은 그다지 어렵지 않다.

그런데 김춘수의 초기 시에 주목한 많은 비평가들은 지나치게 릴케와 하이데거에 주목한 나머지 김춘수에게 그들보다 훨씬 더 중요하게 영향을 끼친 실존주의 철학자 장폴 사르트르를 까맣게 잊고 있다시피 하다. 「꽃」의 첫 구절을 빌려 말하자면 사르트르는 그 이름이 아직 호명되지 않은 채 오직 "하나의 몸짓에 지나지 않았다"고 할 수 있다. 이제는 그의 이름을 불러주어 우리에게로 와서 꽃이 되게 할 때다. 비평가들은 그동안 릴케한테서 영향을 많이 받았다는 김춘수의 말은 입에 침이 마르도록 말하면서도 다음 말에 대해서는 꿀 먹은 벙어리처럼 좀처럼 언급하지 않는다.

그때 나는 또 일본어 번역으로 읽은 실존주의 사상과 문학에 많은 자극을 받고 있었는데 그런저런 까닭으로 해서 그렇게 된 것이 아닌가도 한다. 실존주의 사상과 문학, 특히 키에르케고르, 사르트르 등을 읽으면서 나는 학생 때 읽은 쉐스토프가 불현듯 생각나서 다시 뒤져보곤 했다. 제정 러시아의 사상가인 쉐스토프는 실존주의 사상의 선도자의 한 사람이었다. 이런 따위 실존주의 사상가들은 어딘가 직접 간접으로 릴케를 연상케 하는 요소를 가지고 있었다. 릴케는 이런 모양으로 50년대의 나를 다시 사로잡아 놓아주지 않았다. (…중략…) 60년대로 접어들자 나는 릴케의 늪으로부터 비로소 빠져나오게 된 내 자신을 발견할 수 있었다.

위 인용문에서도 알 수 있듯이 김춘수는 단순히 릴케에만 탐닉했던 것은 아니다. 그가 일본어로 읽었다는 '실존주의 사상과 문학' 중에서 릴케는 오직 한 부분을 차지할 따름이다. 엄밀히 말해서 하이데거는 몰라도 릴케는 실존주의자라고 못박아 말하기 어렵다. 서양에서 릴케는 주로 주관적 경험과 불신을 탐구한 표현주의 작가로 평가받는다. 심지어 하이데거조차 실존주의 철학자보다는 오히려 현상학자로 간주하려는 학자들이 없지 않다.

위 인용문에서 김춘수가 "실존주의 사상과 문학, 특히 키에르케고르, 사르트르 등을 읽으면서 ……"라고 말하는 점을 좀 더 찬찬히 눈여겨볼 필요가 있다. 김춘수는 여러 실존주의 철학자 중에서도 '특히' 키에르케고르와 사르트르에 주목하였다. 키에르케고르는 흔히 '실존주의의 아버지'로 일컫는 철학자이고, 사르트르는 실존주의를 철학적 개념으로 처음 정립한 철학자다. 1940년대와 1950년대에 김춘수가 실존주의에 관심을 두게 된 '그런저런 까닭' 중에는 일본 제국주의가 일으킨 태평양전쟁이 막바지에 접어들고 있었다는 점도 한몫했을 것이다. 일제는 전쟁 막바지에 접어들면서 국가총동원법 등을 통하여 조선인에 대한 통제의 고삐를 한층 더 바짝 조였다. 당시 조선인들은 그야말로 절망의 구렁텅이에서 신음할 수밖에 없었다. 김춘수가 유학 시절 읽었다는 레프 셰스토프는 당시 '절망의 철학'으로 젊은이들에게 큰 감명을 준 실존주의 철학자였다. 절망의 경험을 모든 일의 출발점으로 생각하는 셰스토프는 자유의 상실, 확실성의 상실, 의미의 상실에서 삶의 긍정적 의미를 찾으려고 하였다.

꽃을 소재로 한 작품들을 좀 더 찬찬히 읽다 보면 김춘수는 릴케나 하이데거한테서 받은 영향보다는 사르트르한테서 받은 영향이 훨씬 더 크다는 것을 알 수 있다. 꽃을 소재로 쓴 일련의 작품 중에서도 가장 널리 알려진 「꽃」을 살펴보기로 하자. 김춘수에 따르면 이 작품을 처음 쓸 때 그는 대학노트에 한 장 빽빽하게 썼는데 원고지로 따지면 열 장이 넘고도 남을 분량이었다. 그 작품을 찌개를 졸이듯 줄이고 줄여 마침내 지금 형태로 만들었다. 이 작품은 한국전쟁이 한창이던 1952년 12월 유치환柳致環을 발행인으로 하고 유치진柳致鎭, 구상具常, 이정호李正鎬, 김윤성金潤成, 설창수薛昌洙, 김춘수를 편집위원으로 하여 대구에서 발행한 잡지 『시와 시론』 창간호에 처음 발표되었다가 다섯 번째 시집 『꽃의 소묘』1959에 수록되었다.

내가 그의 이름을 불러주기 전에는

그는 다만
하나의 몸짓에 지나지 않았다.

내가 그의 이름을 불러주었을 때,
그는 나에게로 와서
꽃이 되었다.

내가 그의 이름을 불러준 것처럼
나의 이 빛깔과 향기에 알맞는
누가 나의 이름을 불러다오.
그에게로 가서 나도
그의 꽃이 되고 싶다.

우리들은 모두
무엇이 되고 싶다.
너는 나에게 나는 너에게
잊혀지지 않는 하나의 눈짓이 되고 싶다.

—「꽃」 전문

이 작품의 일인칭 시적 화자 '나'를 단순히 김춘수로 볼 수 없다. 시에서 화자는 늘 가면을 쓰고 나타나기 때문이다. 실제로 시적 화자를 가리키는 영어 '퍼소너'는 가면을 뜻하는 라틴어 '페르소나persona'에서 왔고,

이 라틴어는 그리스어 '프로소폰prosopon'에 뿌리를 둔다. 고대 그리스 연극에서 배우가 무대에 나올 때는 으레 가면을 쓰고 등장하였다. 오늘날에서도 희곡 작품에 등장하는 인물을 '드라마티스 페르소네'라고 부른다. 그렇다면 "그의 이름을 불러주기 전에는"에서 '그'는 과연 누구일까? '무엇일까'라고 하지 않고 왜 굳이 '누구일까'라고 할까? 삼인칭 대명사 '그'는 흔히 사물보다는 인간을 가리킬 때 주로 쓴다. 지금까지는 주로 남성을 가리킬 때 사용해 왔지만 젠더 문제가 첨예한 관심사로 떠오른 요즈음에는 남성과 여성을 구분하지 않고 중립적 인칭 대명사로 사용한다.

제목에서도 엿볼 수 있듯이 삼인칭 대명사 '그'는 시적 화자 '나'가 2연에서 꽃이라고 부르는 어떤 대상이다. '나'가 꽃이라고 이름을 불러주기 전에는 '그'는 꽃이 아니라 오직 '하나의 몸짓'에 지나지 않았다. 여기서 화자가 장미나 백합 같은 특정한 꽃 이름을 언급하지 않고 그냥 뭉뚱그려 '꽃'이라고 부른다는 점을 주목해야 한다. 화자에게 중요한 것은 개별적인 꽃이 아니라 나무나 풀과 구별되는 꽃이라는 식물이다. 김춘수도 밝혔듯이 이 작품에서 꽃은 꽃밭이나 길가에 피어 있는 실제 꽃이 아니라 어디까지나 '관념의 꽃'이다. 이 점과 관련하여 그는 "말라르메가 '내가 꽃이라고 발음할 때, 이 세상에는 없는 꽃의 환영이 떠오른다'고 할 때의 그 꽃과 원칙적으로 같은 꽃이다"라고 말한 적이 있다.

이제 「꽃」과 관련하여 사르트르와 그의 실존주의를 살펴볼 차례다. 앞에서 언급한 "현존재의 본질은 실존에 있다"는 하이데거의 명제를 여기서 다시 한 번 떠올릴 필요가 있다. 하이데거는 자신의 철학적 태도를 현상학적 존재론으로 규정하면서 실존주의와는 구별 지었지만 넓은 의미에서는 여전히 실존주의의 자장에 놓여 있었다. 사르트르는 1945년에 「실존주의는 휴머니즘이다」라는 강연에서 하이데거의 명제를 한 발 더 밀고나가 "실존은 본질에 앞선다"고 천명하였다. 이 강연이 이듬해 단행본으로 출간되면서 이 명제는 실존주의의 슬로건이 되다시피 하였다. 사르트르는 『실존주의는 휴머니즘이다』1946와 그보다 3년 전에 나온 '현상학적 존재론에 관한 에세이'라는 부제가 붙은 『존재와 무』1943에서 사물의 본질본성이 실존존재보다 근본적이고 불변하다는 전통적인 철학적 견해를 완전히 뒤집어엎었다. 지금까지의 형이상학은 본질이 실존에 앞선다고 보았다. 그러나 사르트르는 실존이나 존재가 먼저 오기 전에는 그 어떤 본질이나 본성도 있을 수 없다고 주장하였다.

"실존이 본질에 앞선다"는 사르트르의 명제는 좀 더 구체적으로 무슨 의미일까? 인간이 만드는 모든 물건에는 그 나름의 본질이 있음을 뜻한다. 여기에서 보편적인 본질이나 본성이란 사물의 어떤 의도와 목적을 말한다. 인간의 주변에 있는 사물들은 모두 저마다의 의도와 목적을 염두에 두고 만들어진다. 예를 들어 망치를 만드는 대장장이는 못을 박거나 무엇을 두드릴 수 있는 목적을 염두에 두고 묵직한 망치를 만들겠다는 분명한 의도를 가지고 있어야 한다. 그러고 나서 대장장이는 이러한 의도와 목적에 걸맞은 망치를 만든다. 못을 박지 못하거나 무엇을 두드릴 수 없는 망치는 망치로서 쓸모가 없게 마련이다. 이 점에서는 시계도 마찬가지여서 시간의 흐름을 보여 주기 위한 분명한 의도와 목적으로 제작된다. 이렇듯 의도와 목적이 없이 만들어진 사물은 이 세상에 단 하나도 없다. 특히 인간이 생활의 편리를 모도하려고 도구적 목적으로 만든 사물은 더더욱 그러하다.

그렇다면 인간은 과연 어떠한가? 인간도 방금 예로 든 망치나 시계처럼 어떤 의도와 목적을 가지고 이 세상에 태어났는가? 하이데거는 인간이 이 광활한 우주에 아무런 목적이나 의미도 없이 그냥 '내던져' 있다고 보았고, 이러한 비극적 상황을 '피투성被投性'이라고 불렀다. 사르트르도 "존재하는 모든 것은 아무 이유 없이 태어나서 연약함 속에 존재를 이어가다가 우연하게 죽는다"고 말하였다. 이렇듯 그에게 존재는 우연의 결과에 지나지 않는다. 또한 사르트르는 인간이 사물과는 달리 의도와 목적을 가지고 이 세상에 태어난 것이 아니라고 밝혔다. 의도나 목적은커녕 심지어 그가 원해서 태어난 것도 아니라는 것이다.

영국 낭만주의 시인 조지 고든 바이런은 "어느 날 아침 일어나 보니 유명해져 있더라"라고 말한 적이 있다. 인간은 어느 날 갑자기 유명해진 바이런처럼 원하든 원하지 않든 자신의 의지와는 아무 상관없이 어느 날 갑자기 이 세상에 존재하게 된다. 거울에 비친 자신의 모습을 바라보면서 그는 이 세상에 분명히 존재하고 있다는 사실을 인식하고 확인한다. 그러므로 "실존이 본질에 앞선다"는 것은 인간이 이 세상에 먼저 존재하고 나서 그 뒤에 살아가면서 삶의 의도와 목적을 만들어 나간다는 것을 뜻한다. 나의 삶을 만들어 가는 주체는 다름 아닌 나 자신이다. 인간은 미래를 향하여 끊임없이 자신을 던지는 행위를 통하여 자신의 본질을 추구해 간다. 사르트르가 "인간의 운명은 인간의 두 손에 달려 있다"고 말하는 까닭이 여기에 있다. 망치나 시계가 제작 공정을 모두 거친 완제품이라면 인간은 아직 만들어 가는 과정에 있는 미완의 존재일 따름이다.

인간은 살아가면서 삶의 본질을 만들어내는 데 선택은 필수 요건이다. 이런 저런 여러 선택 과정을 거쳐 어떤 무엇이 되기 때문이다. 가령 망치를 만드는 대장장이가 될 수도 있고, 시계를 만드는 기술공이 될 수도 있다. 또한 사르트르처럼 철학자가 될 수도 있고, 김춘수처럼 시인이 될 수도 있다. 사르트르는 다른 철학자과는 달리 소설과 희곡 같은 문학 작품을 쓴 창작가기도 하다. 그는 글을 쓰는 것이 자신이 존재하는 이유라고 밝힌 적이 있다. 이렇게 인간은 어떤 식으로든지 선택하지 않을 수 없다. 만약 그가 선택하지 않는다면 그것은 곧 선택하지 않기로 선택한 것에 지나지 않는다. 이렇게 도공이 질흙으로 도자기를 빚듯이 인간은 끊임없이 선택을 통하여 미래의 삶을 만들어가는 과정에서 불안과 고뇌가 따르게 마련이다. 언제나 자유롭게 선택할 수 있지만 잘못된 선택을 할 수도 있기 때문이다. 이러한 상태를 사르트르는 "인간은 자유를 선고받았다"는 말로 표현하였다.

사르트르의 실존주의에서 또 한 가지 중요한 개념이 '즉자적卽自的 존재'와 '대자적對自的 존재'다. 그는 이 세계의 모든 존재를 즉자적 존재와 대자적 존재의 두 유형으로 나눈다. 줄여서 흔히 '즉자en-soi'라고 말하는 즉자적 존재는 인간의 의식 밖에 있으며 본질 그 자체로 존재하는 것, 즉 자족적이고 우발적인 사물을 가리킨다. 즉자는 다른 어떤 것과 관계를 맺지 않고 그 자체로 존재한다. 아무런 의식이 없기 때문에 적극적으로 행동할 수도 없고 삶의 환경에 어떤 자유를 행사할 수도 없다. 무생물과 인간을 제외한 생물은 모두 즉자적 존재에 속한다. 반면 흔히 '대자pour-soi'로 줄여 말하는 대자적 존재는 즉자의 대립 개념으로 자기 자신을 대면할 수 있는 의식을 지닌 존재를 말한다. 다른 존재와의 관계에서 존재하고 본질에 앞서 존재하는 인간을 가리킨다. 불완전하고 부족하고 결여 상태에 놓여 있는 대자는 늘 다른 것을 지향하고 바깥으로 자기를 내던져 미래를 향하여 자기를 딛고 넘어서려고 한다. 인간은 본래 대자적 존재지만 타인에게 관찰 대상이 되면 즉자적 존재로 전락한다. 타인의 관찰 대상이 되는 순간 적극적으로 행동할 수도 자유를 행사할 수도 없기 때문이다.

사르트르의 즉자적 존재와 대자적 존재의 개념에서 매개 역할을 하는 것이 '시선' 또는 '응시'다. 그는 대자와 대자의 관계가 시선이나 응시를 통하여 이루어진다고 주장하였다. 사르트르는 주체를 바라보는 자를 '타자'로 부르고, 주체는 타자를 하나의 객체인 동시에 한 인간으로 파악한다. 타자는 '나'를 즉자적 존재로 의식함으로써 '나'의 세계와 우주에 균열을 불러일으킨다. 스스로 존재의 근거를 찾을 수 없는 대자적 존재인 '나'는 오직 타자의 시선이나 응시를 통하여 실존의 근거를 알 수 있다.

이렇듯 사르트르는 시선이나 응시가 이중의 존재론적 지위를 누린다고 지적하였다. 르네 데카르트에게 주체는 언제나 '나'이지만, 사르트르에게는 '나' 못지않게 '타자'도 주체로서의 역할을 한다. 주체와 타자는 시선이나 응시를 통하여 상대방을 객체화하며 자신이 주체가 되려고 한다. 한마디로 나와 타자의 관계는 서로 우위에 서려는 '갈등' 관계에 있다. 사르트르는 희곡 『닫힌 방』1944에서 한 작중인물의 입을 빌려 "지옥, 그것은 타자다"라고 말한다. 인간은 이 세상에 던져져 자유를 구가하도록 선고받았지만 타인과 교류해야 실존할 수 있다. 또한 그 과정에서 끊임없이 타인의 시선이나 응시에 신경을 써야 한다. 그러므로 사르트르에게 타자는 지옥이면서 동시에 나와 나 자신을 서로 연결해 주는 나의 존재에 없어서는 안 될 중개자요 협조자이기도 하다. 그에게 '나'의 존재 근거는 바로 타자의 시선이나 응시에 포착된 '나'의 모습이다. 그래서 '나'는 자신의 진면목에 이르기 위해서는 반드시 '타자'라는 관문을 거쳐야 한다.

즉자적 존재와 대자적 존재의 관계는 일방적이지만 대자적 존재와 대자적 존재의 관계는 어디까지나 쌍방적이다. 쌍방적 관계는 근본적으로 갈등을 수반할 수밖에 없고, 이러한 갈등을 해소할 수 있는 방법은 대자와 대자가 공동으로 참여하는 것이다. 사르트르에 따르면 의식이 존재 방식인 대자의 특성을 유지하면서 동시에 자기 자신의 즉자화 된 모습을 확보하는 것, 즉 의식이 자기 자신과 일치하여 '나'라는 존재의 총체성을 확보하는 것이 인간 존재의 최종 목표다. 사르트르는 이 목표를 '즉자-대자의 결합'이라고 불렀고, 이러한 결합 상태를 '신의 존재 방식'으로 간주하였다. 그러므로 사르트르에게 인간 존재로 있다는 것은 곧 신이 되려고 하는 욕망과 크게 다르지 않다.

김춘수는 「꽃」에서 사르트르의 실존주의를 한 편의 문학 작품으로 형상화하였다. 좀 더 구체적으로 말해서 김춘수는 "실존이 본질에 앞선다"는 철학적 명제와 즉자와 대자 개념에 살을 붙이고 피를 통하게 하여 마침내 한 편의 아름다운 시로 재창조하였다. 시적 화자인 '나'가 '그'의 이름을 불러주기 전에는 한낱 '하나의 몸짓'에 지나지 않았다는 것은 즉자적 존재를 말하는 것이다. 다시 말해서 아무런 의식이 없는 사물이라는 뜻이다. 그런데 이 작품을 『시와 시론』에 처음 발표할 때만 해도 김춘수는 '몸짓'이라는 시어 대신에 '물상物象'이라는 어휘를 사용하였다.

> 내가 그의 이름을 불러주기 전에는
> 그는 다만
> 하나의 물상에 지나지 않았다

지금은 낯선 어휘가 되었지만 불과 몇십 년 전만 해도 '물상'은 '생물'과 더불어 자주 쓰였다. 생명 체계를 다루느냐, 다루지 않느냐에 따라 자연과학을 크게 '물상과학'과 '생명과학'으로 분류하였고, 중학교 교과목에도 '물상'과 '생물'이 구분되어 있을 정도였다. 김춘수는 「꽃」에서 처음에는 자연계 사물의 형태를 뜻하는 '물상'이라는 어휘를 사용했다가 뒷날 '몸짓'으로 살짝 바꾸었다. 그런데 이 두 어휘는 함축적 의미에서 큰 차이가 난다. 전자는 주로 생명이 없는 무생물이나 사물에 사용하는 반면, 후자는 인간이든 다른 생물이든 생명이 깃든 생명체에 주로 사용하기 때문이다. 그러므로 '물상'은 '몸짓'보다 사물의 특성을 좀 더 분명하게 드러낸다. 반면 인간이 몸을 놀리는 모양을 가리키는 '몸짓'은 '물상'보다는 좀 더 생명체에 가깝게 느껴진다. 그러나 시적 화자가 사물이 움직이는 모습이거나 바람에 나부끼는 모습을 '몸짓'으로 표현한다는 점에서 '몸짓'은 여전히 사물의 영역 안에 놓여 있다.

그 자체로서는 한낱 무의미한 사물에 지나지 않던 물상이나 몸짓이 살아 숨 쉬는 생명체로 변화하는 것은 비로소 2연에 이르러서다. 시적 화자는 "내가 그의 이름을 불러주었을 때, / 그는 나에게로 와서 / 꽃이 되었다"고 말한다. 시적 화자가 물상이나 몸짓에 지나지 않던 '그'에게 이름을 불러주자 화자에게로 와서 꽃이 되는 놀라운 변화가 일어난다. 즉 한낱 무의미한 사물에 지나지 않던 '물상 / 몸짓'이 좀 더 구체적으로 꽃이라는 생명체, 더 나아가 아름다운 식물로 탄생하는 것이다.

시적 화자가 이렇게 무의미한 사물에 지나지 않던 '하나의 물상'이나 '하나의 몸짓'에 이름을 불러주자 한 떨기 꽃이 되어 화자에게로 왔다는 것은 과연 무슨 뜻일까? 그것은 곧 인간이 즉자적 존재에서 대자적 존재로, 즉 무의미한 존재에서 실존적 존재로 탈바꿈하는 과정을 뜻한다. 아무런 본질을 지니지 않은 채 이 세상에 태어난 인간은 처음에는 물상이나 기껏해야 몸짓에 지나지 않았다. 사르트르는 일기체 형식의 장편소설 『구토』1938에서 인간의 비극적 조건을 '진흙visqueux'에 빗댄다. 그의 실존주의적 세계관에 따르면 인간은 진흙 속에서 태어난 것과 크게 다르지 않다. 인간은 이러한 진흙 속에 나뒹군 채 반의식 상태에서 수동적이고 무기력한 삶을 살거나, 아니면 자신이 놓인 부조리한 상황을 점차 깨닫고 '고뇌'와 함께 절망을 느낀다. 이러한 고뇌와 절망에서 비롯하는 역동성을 에너지로 삼아 그는 마침내 "진흙에서 몸을 일으켜" 삶을 영위하기 시작한다.

진흙 속에 계속 머물러 있을 것인가, 아니면 진흙을 떨치고 일어날 것인가 하는 선택은 어디까지나 개인의 몫이다. 만약 후자를 택한다면 그는 실존적 존재로 다시 탄생하는 것이 된다. 실존적 존재는 황량한 우주에 갑자기 존재하게 된 비극적 상황을 깊이 깨닫고 자신의 삶을 좀 더 가치 있고 의미 있는 그 무엇으로 만들려고 노력하는 인간이다. 한마디로 김춘수는 「꽃」의 1~2연에서 이렇다 할 의도나 목적이 없이 우연적으로 태어난 인간이 어떻게 삶의 본질을 만들어 나가는지 그 과정을 꽃의 이미지를 빌려 그야말로 생생하게 보여 준다.

그런데 하나의 물상이나 몸짓을 한 떨기 꽃으로 만들게 하는 것은 다름 아닌 언어를 통한 호명呼名이다. 누군가가 이름을 부른다는 것은 그 사람을 인식하고 그에게 의미를 부여하는 행위다. 다이아몬드에 가치를 부여하고 아름답다는 의미를 부여하기 전에는 그저 흑연처럼 탄소를 함유한 반짝이는 돌에 지나지 않는다. 그러나 그 돌에 가치와 의미를 부여하는 순간 그것은 다이아몬드로 다시 태어난다. 시적 화자 '나'가 '그'에게 이름을 불러주자 곧바로 그는 '나'에게로 와서 꽃이 되었다. 무엇 또는 누구의 이름을 부른다는 것은 대상을 규정짓는 행위이므로 그만큼 마술적 힘을 발휘한다. 이처럼 이름은 어떠한 존재를 규정짓고 규명할 수 있는 꼬리표의 역할을 한다. 윌리엄 셰익스피어는 『로미오와 줄리엣』에서 여주인공의 입을 빌려 로미오에게 "이름이란 무엇인가요? 장미는 다른 이름으로 불러도 향기는 마찬가지예요"라고 말한다. 그러나 이 말에 속아 넘어가서는 안 된다. 어떤 이름으로 부르나에 따라 그 대상의 본질이나 성격이 크게 달라질 수 있기 때문이다.

대상을 호명하는 데 사용하는 언어란 로고스를 말한다. 신약성경 「요한복음」은 "태초에 '말씀'이 계셨다"1장 1절는 구절로 시작한다. 여기에서 '말씀'이라는 어휘는 헬라어 '로고스λογος'를 번역한 것이다. 사도 요한은 예수 그리스도를 가리키는 말로 사용했지만 당시 로고스는 「요한복음」을 읽는 유대인이나 헬라인에게 익숙한 개념이었다. 파토스와 대립 개념인 로고스는 그들에게 이 세상에 의미를 만들어내는 이성이요, 허위와 신화에 맞서는 진리며, 혼돈을 질서로 만드는 원리였다. 물론 김춘수는 페르디낭 드 소쉬르처럼 시니피앙기표과 시니피에기의가 서로 일치하지 않는다는 사실을 깨닫고 있었다. 그래서 「나목과 시」에서 그는 "詩를 孕胎한 言語는 / 피었다 지는 꽃들의 뜻을 / 든든한 大地처럼 / 제 품에 그대로 안을 수가 있을까, / 詩를 孕胎한 言語는 / 겨울의 / 설레이는 가지 끝에 / 설레이며 있는 것이 아닐까"라고 노래한다.

김춘수의 작품에서는 언어를 통한 호명 외에 어둠을 밝히는 촛불도 즉자적 존재를 대자적 존재 또는 실존적 존재로 만드는 역할을 한다. 릴케의 영향을 엿볼 수 있는 「어둠」은 이러한 경우를 보여 주는 대표적인 작품으로 꼽을 만하다.

> 촛불을 켜면 면경의 유리알, 의롱의 나전, 어린것들의 눈망울과 입 언저리, 이런 것들이 하나씩 살아난다.
>
> 차차 촉심이 서고 불이 제자리를 정하게 되면, 불빛은 방 안에 그득히 원을 그리며 윤곽을 선명히 한다. 그러나 아직도 이 윤곽 안에 들어오지 않는 것이 있다. 들여다보면 한 바다의 수심과 같다. 고요하다. 너무 고요할 따름이다.
>
> —「어둠」 전문

캄캄한 방안에 촛불을 켜면 방안이 조금씩 환하게 밝아오면서 어둠에 묻혀 있던 거울과 옷장의 자개박이 같은 사소한 가재도구와 방 바닥에 잠들어 있는 어린 자식들의 눈망울과 입 언저리들이 하나씩 보이기 시작한다. 시적 화자가 '눈에 보인다'라고 하지 않고 굳이 '살아난다'고 하는 점을 눈여겨보아야 한다. 어두워서 보이지 않던 대상은 촛불을 밝힐 때까지는 죽어 있던 것과 다름없었다는 말이다. 그러나 촛불이 방안을 환하게 밝히자 이렇게 죽은 것과 다름없던 대상들이 하나씩 다시 생명을 되찾는다. 죽은 것처럼 고개를 수그리고 있던 초의 심지가 꼿꼿이 서면서 촛불이 안정을 찾으면 불빛은 방 안 가득히 둥근 원을 그리며 모든 사물의 윤곽을 선명하게 해 준다. 「꽃」에서 언어가 이성과 진리의 역할을 하듯이 어둠을 밝히는 촛불도 몽매와 무지를 깨우쳐 주는 이성과 진리 역할을 한다.

그러나 방안에 촛불이 환하게 비추는데도 사물 중에는 마치 한바다의 깊은 수심과 같아서 불빛의 윤곽 바깥에 남아 잘 드러나지 않는 것들이 있다. 즉자적 존재라고 하여 모두 대자적 존재나 실존적 존재가 되는 것은 아니다. 김춘수는 촛불이 완전히 어둠을 몰아낼 수 없듯이 즉자적 존재도 어쩔 수 없이 한계를 지닐 수밖에 없음을 보여 준다. 앞에서 사르트르가 『구토』에서 말하는 '진흙'을 언급했듯이 어떤 인간은 진흙 속에서 여전히 나뒹군 채 무기력하고 피동적인 삶을 영위한다. 사르트르는 이렇게 진흙에서 벗어나 창조적 삶을 영위하지 못한 채 기존의 질서와 제도에 따라 맹목적으로 살아가는 삶을 '기성품' 또는 '중고품' 같은 삶이라고 부른다.

이렇게 기성품이나 중고품 같은 삶을 영위한다는 것은 곧 대자적 존재가 되지 못하고 즉자적 존재 상태에 계속 머물러 있다는 것을 뜻한다. 더구나 대자적 존재는 언제 다시 즉자적 존재로 떨어질지 모르는 운명에 놓여 있다. 김춘수는 「꽃을 위한 서시」에서 대자적 존재가 얼마나 우발성에 노출되어 있는지 잘 보여 준다.

> 나는 시방 危險한 짐승이다.
> 나의 손이 닿으면 너는
> 未知의 까마득한 어둠이 된다
>
> 存在의 흔들리는 가지 끝에서
> 너는 이름도 없이 피었다 진다
> 눈시울이 젖어드는 이 無名의 어둠에
> 追憶의 한 접시 불을 밝히고
> 나는 한밤내 운다
>
> 나의 울음은 차츰 아닌 밤 돌개바람이 되어
> 塔을 흔들다가
> 돌에까지 스미면 金이 될 것이다.
>
> …… 얼굴을 가린 나의 新婦여.

—「꽃을 위한 서시」 전문

이 작품에서 시적 화자 '나'는 자신을 '위험한 짐승'이라고 말한다. 마치 포식자 사자가 토끼나 여우같은 피식자를 앞에 두고 하는 말처럼 들린다. 2연에서 "존재의 흔들리는 가지 끝에서 / 너는 이름도 없이 피었다 진다"고 말하는 것을 보면 이인칭 피화자 '너'는 「꽃」에서 노래한 '그'와 동일하다. 그러면서 화자는 자신이 원하면 언제든지 '너'를 꺾어 버림으로써 "미지의 까마득한 어둠"으로 만들어 버릴 수 있다고 위협한다. 만약 그렇게 되면 꽃은 3연의 첫 행 "눈시울이 젖어드는 이 무명의 어둠에"의 '무명'처럼 이름도 없이 사라져 버리고 말 것이다.

「꽃」의 첫 두 연이 즉자적 존재에서 대자적 존재로 변모하는 과정을 보여 준다면 마지막 두 연은 사르트르의 후기 실존주의 사상을 보여 준다. 3연에서 시적 화자 '나'는 주체적인 태도에서 한 발 뒤로 물러나 '나'가 '그'의 이름을 불러준 것처럼 이번에는 누군가가 '나'의 이름을 불러 달라고 부탁한다.

> 내가 그의 이름을 불러준 것처럼
> 나의 이 빛깔과 향기에 알맞는
> 누가 나의 이름을 불러다오.
> 그에게로 가서 나도
> 그의 꽃이 되고 싶다.

시적 화자 '나'는 자기의 이름을 불러달라고 말하면서도 일상적 이름이 아니라 "나의 이 빛깔과 향기에 알맞는" 특별한 이름을 불러달라고 간곡히 부탁한다. 그러면서 화자는 자기의 이름을 불러주는 "그에게로 가서 나도 / 그의 꽃이 되고 싶다"고 노래한다. 그것도 '그'가 '나'한테 오는 것이 아니라 '나'가 '그'에게로 가서 꽃이 되고 싶어 한다. 또한 화자는 '나의 꽃'이 아니라 '그의 꽃'이 되고 싶다고 말한다. 이렇게 화자는 '나'와 '그'가 격의 없이 하나가 되려고 노력한다.

여기에서 마르틴 부버의 실존주의를 잠깐 짚고 넘어가는 것이 좋을 것 같다. 물론 그의 유신론적 실존주의는 사르트르의 무신론적 실존주의와는 조금 결이 다르다. 그런데도 관계를 중시하는 부버의 철학은 후기 사르트르의 철학과 비슷한 데가 있다. 부버의 핵심 사상은 "모든 참된 삶은 '만남'이다"라는 명제에 들어 있다. 그래서 부버는 『너와 나』1923에서 앞에서 인용한 「요한복음」의 첫 구절에 빗대어 "태초에 관계가 있었다"고 말한다. 끊임없는 만남의 관계 속에서 이루어지는 인간의 삶에 대하여 부버는 '나'가 온전한 존재가 되는 것은 바로 '너'가 있기 때문이라고 주장한다. 그러나 '나와 너'의 관계는 서로가 인격적으로 마주하는 관계로 그 무엇으로 대체할 수 없을 만큼 깊은 신뢰 속에서 이루어진다. 부버가 말하는 '나와 너'의 관계는 얼핏 사람과 사람 사이에서만 일어나는 것처럼 보일지 모르지만 실제로는 인간을 비롯하여 자연과 정신적 존재들 사이에서도 일어난다. 반면 '나와 그것'의 관계는 도구적인 관점에서 세상을 바라보며 대상을 언제든지 다른 대상으로 대체할 수 있는 일시적이고 기계적인 관계다.

김춘수가 「꽃」의 3연에서 말하는 '나'와 '그'의 관계는 부버의 '나와 너'의 관계에 가깝다. 부버에 따르면 인간은 홀로 있을 때는 그 의미를 찾을 수 없고 오직 '너와 함께' 있을 때 비로소 존재 의미가 있다. 이렇게 함께 하는 존재에서 중요한 토대가 되는 것이 바로 대화다. 서로 다른 두 존재자를 엮어 주는 역할을 하는 대화는 상호간의 고유성을 해치지 않고 서로 함께 참여하도록 유도한다. 우리가 '나와 너'의 관계로 존재할 것인지, 아니면 '나와 그것'의 관계로 존재할 것인지 하는 것은 오직 대화 방식에 달려 있다. 일방적으로 '너'를 '나'의 의식 속에 포섭하고 인식하고 구성하는 것이 아니라 쌍방적으로 '나'와 '너'가 서로의 삶에 참여하여 함께 삶을 이루어 나갈 때 비로소 참다운 의미의 교감과 의사소통이 일어난다. 이러한 교감과 의사소통은 「꽃」의 마지막 연에서 엿볼 수 있다.

> 우리들은 모두
> 무엇이 되고 싶다.
> 너는 나에게 나는 너에게
> 잊혀지지 않는 하나의 눈짓이 되고 싶다.

'나'와 '너'의 일인칭 단수 대명사가 마지막 4연에 이르러서는 '우리'라는 일인칭 복수 대명사로 바뀐다. 한국어에서는 '나'라고 해야 할 곳에도 흔히 '우리'라고 한다. 가령 자기 배우자를 '우리 남편'이나 '우리 아내'라고 하고, 심지어 무남독녀 외동딸도 친구들에게 자기 아버지를 '우리 아빠'라고 소개한다. 다른 문화권과 비교하여 한국 문화권에서는 그만큼 개인보다는 공동체 의식이 강하다. 그러나 "우리들은 모두"라는 구절에서도 잘 드러나듯이 '우리'는 일인칭 단수 대명사의 대용으로서의

'우리'가 아니라 본래 의미 그대로 일인칭 복수 대명사로서의 '우리'다.

'나'와 '너' 사이의 쌍방적 관계나 교감을 가장 극명하게 엿볼 수 있는 곳은 강조 처리한 3행이다. 교차 반복법을 구사하는 "너는 나에게 나는 너에게"라는 구절만큼 '너와 나'의 관계를 생생하게 보여 주는 표현도 없다. 이 구절은 「너에게 난, 나에게 넌」이라는 대중가요에도 나오면서 더욱 널리 알려지게 되었다. 마르틴 부버가 말하는 '너'와 '나'의 관계가 피부에 와 닿는다. 그냥 지나쳐 버리기 쉽지만 이 구절도 김춘수가 잡지에 처음 발표했을 때는 '의미'로 했다가 뒷날 '눈짓'으로 개작하였다.

> 나는 너에게 너는 나에게
> 잊혀지지 않는 하나의 의미가 되고 싶다

동일한 교차 반복법을 구사한다고 하여도 처음 발표했던 구절과 개작한 구절 사이에는 적잖이 차이가 난다. 개작에서 김춘수는 '나는 너에게'를 뒤로 돌리고 '너는 나에게'를 앞에 내세웠다. 얼핏 대수롭지 않게 보일지 모르지만 일인칭 화자보다 이인칭 피화자를 존중한다는 의미가 담겨 있다.

쌍방적 관계는 근본적으로 갈등을 수반할 수밖에 없고, 이러한 갈등을 해소하는 방법은 대자적 존재와 즉자적 존재가 공동으로 참여하는 것이다. 사르트르에 따르면 의식이 존재 방식인 대자의 특성을 유지하는 동시에 자기 자신의 즉자화 된 모습을 확보하는 것, 즉 '나'라는 존재의 총체성을 확보하는 것이 인간 존재의 최종 목표다. 사르트르는 이 목표를 '즉자-대자의 결합'이라고 불렀고, 이러한 결합 상태를 '신의 존재 방식'으로 간주하였다. 그러므로 사르트르에게 인간 존재로 남아 있다는 것은 곧 신이 되려고 하는 욕망과 크게 다르지 않다.

이러한 '즉자-대자의 결합'은 「꽃」의 마지막 연 마지막 두 행 "너는 나에게 나는 너에게 / 잊혀지지 않는 하나의 눈짓이 되고 싶다"에서 엿볼 수 있다. 시적 화자 '나'는 마침내 쌍방에게 잊히지 않고 영원히 기억되는 '하나의 눈짓'이 되고 싶다는 간절한 소망을 드러낸다. 김춘수가 「꽃」을 처음 발표할 때 '물상'을 뒷날 '몸짓'으로 바꾸었듯이 4행의 마지막 행에서도 처음에는 '의미'라는 어휘를 사용했다가 시집에 수록할 때 '눈짓'으로 바꾸었다.

> 우리들은 모두
> 무엇이 되고 싶다
> 너는 나에게 나는 너에게
> 잊혀지지 않는 하나의 **의미**가 되고 싶다

이로써 김춘수는 추상적 개념이라고 할 '의미'를 좀 더 구체적인 차원으로 끌어내린다. 눈을 움직여서 상대편에게 어떤 뜻을 전달하거나 암시하는 동작인 '눈짓'은 '몸짓'보다 훨씬 더 미묘하고 감각적이다. 눈짓으로 가볍게 하는 인사를 '목례目禮'라고 하고, 눈짓으로 어떤 일을 못하게 막는 것을 '목금目禁'이라고 하며, 말 대신 눈짓으로 생각과 마음을 통하는 것을 '목어目語'라고 한다. 이밖에도 토착어와 한자어를 결합하여

'눈욕辱'이나 '눈도장圖章' 같은 어휘를 사용하기도 한다. '눈짓'에는 '눈치'처럼 외국어로서는 좀처럼 표현하기 어려운 한국어 특유의 함축적 의미가 살아 숨 쉰다.

이러한 눈짓은 비단 대자적 존재 사이에서만 볼 수 있는 행위는 아니다. 신들도 얼마든지 눈짓을 지을 수 있을 것이기 때문이다. 김춘수는 「최후의 탄생」에서 '신의 눈짓'이라는 구절을 사용한다.

> 그것은 **신의 눈짓**과 같은
> 한 순간입니다
> 그 순간에 서면
> 정신은
> 날 수도 떨어질 수도 없는
> 한갓 진공 속의 생물이 됩니다
> 모든 것을 거부한 그에게
> 어찌 저항이 있을 수 있겠습니까?
>
> —「최후의 탄생」 일부

'신의 눈짓'이라는 구절은 일찍이 하이데거가 사용하였다. 「횔덜린과 시의 본질」에서 그는 시를 '언어에 의한 존재의 건설'로 규정짓는다. 이러한 존재의 건설은 신들의 눈짓에 얽매여 있다. 이렇듯 프리드리히 횔덜린에게서 영향을 받은 하이데거는 시 창작을 "신들의 눈짓을 받아들이고 민족에게 그 눈짓을 보내는 작업"에, 시인을 신들의 그러한 눈짓을 세상 사람들에게 전하는 사람으로 보았다. 하이데거한테서 직간접으로 영향을 받은 김춘수가 말하는 "신의 눈짓과 같은 / 한 순간"이란 시인이 시적 상상력을 한껏 발휘할 수 있는 그러한 순간이다. 한편 릴케는 「수도자 생활의 서」에서 "나의 시선은 이제 무르익어, 보내는 눈길마다 / 원하는 사물이 마치 신부新婦처럼 다가옵니다", "나의 오월의 기도는 / 나무를 보며 무르익듯 / 당신의 눈길로 익어가지 않는가요?", 또는 "그는 나의 눈길 속에 머물러 있습니다"라고 노래한다. 릴케는 '눈길'을 이 작품에서 무려 다섯 번에 걸쳐 반복하여 사용한다.

이렇듯 '의미'와 '눈짓' 사이에는 여러모로 엄청난 차이가 난다. '물상'과 '몸짓'처럼 한자어와 순수 토박이 한국어의 함축적 의미에서 비롯하는 차이가 먼저 눈에 띈다. 관념적이고 추상적 성격이 강한 한자어와는 달리 토박이말은 감각적이고 구체적 성격이 강하다. 이미지에 크게 기대는 시에서 이러한 차이는 더더욱 뚜렷하게 드러난다. '의미'가 마네킹에 박혀 있는 인공 눈 같다면 '눈짓'은 그야말로 살아 숨 쉬는 인간의 초롱초롱한 표정이다. 더구나 '눈짓'은 '몸짓'과 두 연을 사이에 두고 떨어져 있으면서도 내적 각운을 이루어 작품 전체에 통일성을 가져다준다. 「꽃」에서 '그'가 발전하는 과정을 도표로 그려보면 '물상 → 몸짓 → 꽃 → 의미 → 눈짓'이 될 것이다.

김춘수는 "실존이 본질에 앞선다"는 사르트르의 명제를 어떤 시인보다도 잘 알고 있었다. 「내 인생 내 문학－통영 바다 내 마음의 바다」라는 글에서 김춘수는 고독을 그렇게 부정적으로만 보지 않는다. 고독은 인간이라면 누구나 태어나면서 걸머져야 할 멍에이기 때문이다. 더구나 고독은 인간과 인간 사이에 연대 의식을 낳게 한다는 점에서 긍정적 측면이 있다. 김춘수는 고독과 연대 의식이 꽃을 소재로 한 일련의 작품에서 궁극적으로 지향하는 주제라고 밝힌다.

> 인간의 존재 양식이란 원래가 고독하다는 것이 특색이다. 존재로서의 의미부여는 살아가면서 자기가 해야 한다. 어떤 본질존재로서의이 미리 있었던 것은 아니다. 개체로서의 존재 양식은 그처럼 고독하다는 데 있다. 그 고독이 결국은 연대 의식을 낳게 한다. 이런 따위의 관념이 이 시「꽃」의 테마가 되고 있다.

김춘수는 릴케처럼 인간의 존재 양식이 고독하다는 사실을 깊이 깨닫고 있다. 그러면서도 고독에 굴복하지 않고 꿋꿋이 살아가면서 스스로 '존재로서의 의미부여'를 하는 데 인간 실존의 의미가 있다고 밝힌다. 여기서 '고독'은 하이데거가 말하는 피투성, 사르트르가 말하는 진흙의 상태로 받아들여도 크게 틀리지 않다.

「꽃」의 후반부에서 무엇보다도 눈에 띄는 것은 김춘수가 반복하여 사용하는 '되다'라는 자동사다. 변화와 생성을 뜻하는 이 동사는 첫 연을 제외한 모든 연에서 일관되게 사용된다. 2연의 "꽃이 되었다", 3연의 "그의 꽃이 되고 싶다", 4연의 "무엇이 되고 싶다"와 "하나의 눈짓이 되고 싶다"가 바로 그것이다. '되었다'라는 과거형을 사용하는 2연과는 달리 나머지 행에서는 '되고 싶다'라는 간절한 소망이나 욕구를 드러낸다. 김춘수는 작품 전반부에서 즉자적 존재에서 대자적 존재로 변모하는 과정을 보여 주듯이 후반부에 이르러서는 존재에서 생성으로 변화하는 과정을 보여 준다.

사르트르가 "실존이 본질에 앞선다"는 명제를 내걸었을 때 그는 존재 못지않게 생성에도 무게를 두었다. 인간은 망치나 시계 같은 사물처럼 선험적으로 결정된 본질을 지닌 존재가 아니라 어디까지나 자유 의지를 행사하여 삶의 의미와 가치를 스스로 만들어 나가야 하는 생성의 존재다. 자유 의지를 행사도록 선고받은 인간이 미래를 향하여 자신을 던져 스스로의 본질을 만들어 나가야 한다는 점에서 생성과 깊이 연관되어 있을 수밖에 없다. 사르트르는 실존이 돌처럼 딱딱하게 굳어 있지 않고 끊임없이 변화하고 생성하는 상태라고 주장하였다. 그에게 공동체는 단순히 개인들의 연합체가 아니라 개별적인 실존의 자발성에 따라 생성하고 변화하고 약동하는 집단이다. 그리고 이러한 집단의 상존을 보장하기 위하여 사르트르가 사용하는 개념이 바로 '서약devenir'이다.

전통적 철학자들이 그동안 삶의 문제를 객관적이고 추상적 개념으로 다루려고 했다면 사르트르는 때로는 예술 형식을 빌려 표현하려고 하였다. 사르트르는 말할 것도 없고 알베르 카뮈 같은 작가들은 소설, 희곡, 에세이 같은 문학 작품을 창작하여 실존주의를 일반 독자들에게 널리 알리는 데 크게 이바지하였다. 엄밀히 따지고 보면 실존주의는 추상적이고 관념적인 사상 체계라기보다는 삶에 대한 구체적인 태도나 관점이다. 그래서 전통적 철학 담론보다는 오히려 문학 양식을 빌려 표현되어 왔다.

김춘수는 사르트르의 실존주의에 걸맞게 시 형식을 빌려 인간의 실존 문제를 표현하였다. 말하자면 청록파 시인들과 서정주에게서 점차 젖을 떼고 난 뒤 김춘수는 사르트르의 실존주의로 이유식을 하였다. 그러나 문학에 점차 자의식을 느끼기 시작한 김춘수는 이유식마저도 일찍 끝내고 일반식으로 바꾸었다. 이 점과 관련하여 김춘수는 "관념을 위해서는 철학이 따로 있지 않는가? 철학에서 할 수 없는 것을 시에서는 해야 하지 않을까? 실존또는 존재 양식을 철학적으로 구명하고 그 결과를 설명하는 식으로 시를 쓸 것이 아니라 실존을 그대로 시화詩化해야 하지 않을까?"라고 스스로에게 물었다. 적어도 형식에서 문학은 철학과 다르다는 김춘수의 자의식에서 탄생한 시가 바로 「꽃」을 비롯하여 꽃을 소재로 한 일련의 작품인 것이다.

7
최인훈의 『광장』
이분법을 넘어서

세계문학사를 통틀어 어니스트 헤밍웨이만큼 전쟁에 그토록 깊은 관심을 기울인 작가도 찾아보기 어렵다. '관심'이라는 말로는 부족하고 차라리 '강박관념'이라고 해야 할 것 같다. 전쟁이 일어나는 곳이라면 그 어디든 그는 만사를 제쳐두고 전쟁터로 달려갔다. 가령 제1차 세계대전 중 이탈리아 전선에서 근무했는가 하면 1937년부터 1939년까지 스페인내전에 참여하여 공화파 편에서 싸웠고, 제2차 세계대전 중에는 특파원은 전투에 참여할 수 없다는 규정을 깨고 노르망디 상륙작전에 직접 참가하여 물의를 빚기도 하였다. 전쟁을 소재로 다룬 헤밍웨이의 작품을 두고 미국 작가 토비어스 울프는 헤밍웨이가 다루는 문제는 전쟁 그 자체가 아니라 전쟁 중 인간의 영혼에 일어난 일, 그리고 전쟁이 끝난 뒤 어떻게 그 영혼을 취급하는지라고 지적한 적이 있다. 실제로 헤밍웨이 작품을 읽다 보면 전쟁은 들판이나 산악 같은 지리적 공간에서 벌어지기보다는 작중인물들의 내면 세계에서 일어난다. 다시 말해서 주인공의 마음이 곧 전쟁터인 셈이다. 그래서 헤밍웨이 작품에서는 주인공이 신체에 상처를 입는 것 못지않게 그의 영혼이 상처를 입고 피를 흘리고 쓰러진다.

이렇게 전쟁의 육체보다 전쟁의 영혼에 초점을 맞춘다는 점에서 최인훈의 『광장』도 헤밍웨이 작품과 크게 다르지 않다. 최인훈의 작품에서는 좀처럼 탱크가 불을 내뿜고 기관총이 요란한 소리를 내고 포탄이 작렬하지 않는다. 최인훈의 말대로 "낙동강에 물이 아니라 피가 흘렀다"는 낙동강 전투가 좀처럼 믿기지 않을 만큼 『광장』에서 전쟁은 마치 풍문처럼 저 멀리 뒤쪽으로 물러나 있다. 이 작품에서 최인훈은 전쟁 그 자체에 관심을 두기보다는 전쟁이 일어날 수밖에 없는 저간의 사정과 휴전에 들어간 뒤의 사건, 그리고 무엇보다도 주인공의 인식 변화 과정에 주목한다.

월북 후 노동신문사 평양 본사 편집부에 근무하는 주인공 이명준은 한국전쟁이 일어나자 인민군에 입대하여 정치보위부 장교로 낙동강 전선에 투입된다. 그러나 삶과 죽음의 갈림길에 서 있는데도 그에게 전쟁은 한낱 자신과는 이렇다 할 관련이 없는 '먼 이야기'처럼 생각될 뿐이다. 이명준은 "지지는 햇볕 아래 멀리 울리는 포 소리를 들으며 참호에 서 있으면, 이 거창한 죽임의 마당이, 문득 자기와는 동떨어진 먼 이야기인 것만 같은 때도 있었다"고 고백한다. 이처럼 비록 '잊힌 전쟁'으로 흔히 알려져 있지만 세계 전쟁 중 일곱 번째 규모를 차지하는 한국전쟁을 최인훈은 주인공과는 '동떨어진 먼 이야기'로 설정하는 것이 여간 놀랍지 않다.

1

최인훈이 『광장』에서 관심을 두는 표층적 주제는 크게 두 가지로 요약할 수 있다. '이명준의 진혼을 위하여'라는 1973년판 서문에서 작가는 "나는 12년 전, 이명준이란 잠수부를 상상의 공방工房에서 제작해서, 삶의 바다 속에 내려 보냈다. 그는 '이데올로기'와 '사랑'이라는 심해의 숨은 바위에 걸려 다시는 떠오르지 않았다"고 밝힌다. 그러면서 최인훈은 이명준이 비록 이 두 암초를 피하지는 못했을망정 그곳에 이르는 사이 바다 밑 지리와 심도에 대해서는 독자들에게 '송신'해 주었다고 덧붙인다.

이렇듯 겉으로 드러난 『광장』의 주제는 한반도 분단과 관련한 우익과 좌익의 정치 이념과 젊은 남녀의 애틋한 사랑이다. 좀 더 구체적으로 말하자면 주인공이 정치 이데올로기에 절망하고 사랑에서 도피처를 찾는 과정이다. 그러나 이러한 표층적 주제 뒤에 숨은 핵심 주제는 주인공이 이념의 혼란과 애정을 겪는 과정에서 조금씩 터득해 가는 삶의 의미다. 그러므로 이 작품의 궁극적 의미는 주인공이 암초에 부딪히면서 독자들에게 송신해 주었다는 심해 정보, 즉 삶에 대한 새로운 인식이나 세계관이다. 그렇다면 한국전쟁은 한낱 이러한 주제를 형상화하기 위한 배경에 지나지 않는 셈이다.

주인공 이명준이 월북하는 데는 여러 이유가 있다. 해방 전부터 박헌영과 함께 남로당에서 활동하던 아버지가 해방 후 월북하여 민주주의 민족통일전선 중앙선전 책임자로 최근 대남 방송에 나오면서 이명준은 서울의 S경찰서에 몇 차례 불러가 치욕적인 조사를 받는다. 경찰서에 다녀온 뒤 "그의 삶의 가락은 아주 무너지고 말았다"고 말하는 것을 보면 이 경험은 그의 삶에 자못 큰 영향을 끼친 것 같다.

더구나 이 무렵 이명준은 변영미의 소개로 국문학을 전공하는 인천 출신의 강윤애를 만나면서 성에 눈뜬다. 그러나 '순결 콤플렉스'에 사로잡힌 윤애는 그에게 선뜻 마음을 열어주지 않는다. 마을과 바다가 보이는 언덕의 움푹한 자리에서 사랑을 나눈 뒤 그녀는 언제 그랬느냐는 듯이 전혀 다른 사람으로 변하기 일쑤다. 이명준은 자신이 "월북을 해낸 데는, 그녀가 안겨준 노여움과 서운함이 그 대목에서 미치고 있었던 것만은 가릴 수 없다"고 말한다.

그러나 이명준이 월북하는 가장 큰 이유는 뭐니 뭐니 해도 해방기 남한 사회에 대한 환멸에서 찾아야 한다. 월북하기 전 그는 대학에서 철학을 전공하는 학생이었다. '누리와 삶에 대한 그 어떤 그럴싸한 맺음말'을 찾으려 애쓰는 그는 "사람이 무엇 때문에 살며, 어떻게 살아야 보람을 가지고 살 수 있는지 알아야 한다"고 생각한다. 이 작품의 서술 화자는 이명준을 네 번에 걸쳐 '관념 철학자의 달걀'이라고 부른다. '달걀'이라는 말이 함축하듯이 그는 아직 관념 철학자라는 병아리로 부화하는 단계에 있다. 말하자면 관념 철학자가 될 가능성은 있되 그러한 상태에 아직 이르지는 못하였다. 그의 다다미방 윗목 벽 한쪽 절반을 차지하는 책장에는 무려 400여 권의 책들이 꽂혀 있다. 이 책에 대하여 그는 "한 권 한 권은 그대로 고갯마루 말뚝"이라고 말하면서 자신을 보호해 주는 갑옷이나 살갗에 빗대기도 한다. 그런가 하면 책장에 책이 한 권씩 늘어날 때마다 그는 몸속에 세포가 하나씩 늘어가는 듯한 느낌이 든다고 말하기도 한다. 그만큼 당시 이명준은 철학도답게 책과 관념 세계에 파묻혀 살다시피 한다.

무심코 그냥 지나치기 쉽지만 이명준이 고고학자요 여행가인 정 선생의 집을 방문하여 일본인한테서 엄청난 돈을 주고 구입했다는 미라를 감상하는 장면도 찬찬히 눈여겨보아야 한다. 몇 천 년 고대 이집트에서 인간의 시체를 부패하지 않도록 건조하여 원형에 가까운 모습으로 보존한 것은 인간의 영혼이 불멸하다고 믿었기 때문이다. 시신에도 혼이 깃들어 있다고 굳게 믿은 고대 이집트인들은 고인의 시신을 보존하여 내세에서도 현세의 삶을 계속하도록 배려하였다. 이렇듯 미라는 세월의 풍화작용을 받지 않는 영원불멸을 상징한다. 그러고 보니 정 선생이 이명준에게 "내 집은 시간이 실각한 곳일세"라고 말하는 것도 자못 의미심장하다. 정 선생이 미라에서 삶의 영원성을 발견하듯이 이명준은 관념 철학에서 영원불변한 보편적 진리를 추구한다.

독서를 통하여 삶의 의미를 추구하는 관념 철학도이면서도 이명준은 어수선한 해방 정국에서 남한의 정치와 사회 현실에 무관심할 수 없다. 한반도에 해방은 함석헌의 말대로 "도둑같이 뜻밖에" 찾아왔는가 하면, 박헌영의 말대로 "아닌 밤중에 찰시루떡 받는 격으로" 찾아왔다. 이렇게 갑작스럽게 맞이한 해방 정국에서 한반도는 남쪽에는 미군이, 북쪽에는 소련이 진주하면서 좌우 이데올로기가 첨예하게 대립하는 동서 냉전의 중심 무대가 되었다.

그런데 『광장』에서 좌우 이데올로기는 '광장'과 '밀실'의 두 축으로 이루어진다. 서로 대립적인 두 개념은 이 작품의 주제를 열 핵심 키워드다. 조금 과장하여 말한다면 이 두 핵심 키워드를 어떻게 해석하느냐에 따라 이 작품의 의미가 크게 달라진다. 이명준은 정 선생에게 "인간은 그 자신의 밀실에서만은 살 수 없어요. 그는 광장과 이어져 있어요"라고 말한다. 그러면서 그는 남한 정치에 대하여 "추악한 밤의 광장. 탐욕과 배신과 살인의 광장. 이게 한국 정치의 광장이 아닙니까"라고 따져 묻는다. 비단 정치의 광장만이 아니다. 경제의 광장에는 '협박의 불꽃'이 타오르고 '허영의 애드벌룬'이 떠돈다고 말한다. 문화의 광장도 마찬가지여서 그곳에는 '헛소리의 꽃'이 만발할 뿐이다. 시인들은 언어를 극한까지 '두들겨 패서' 사디즘적 충동을 정화하고, 비평가들은 자기만이 박래품이라는 '망상에 걸린 불쌍한 미치광이'에 지나지 않는다.

이렇게 광장을 불신하게 되면 사람들은 '자기만의 방'이라고 할 밀실을 찾게 마련이다. 밀실에는 공동체 구성원이 아닌 개인이 굳게 자리 잡고 있다. 이명준은 계속하여 정 선생에게 남한이야말로 밀실만 있고 광장이 없는 사회라고 밝힌다.

> 그는 밀실에만은 한 떨기 백합을 마련하기를 원합니다. 그의 마지막 숨을 구멍이기 때문이지요. 저희들에겐 좋은 아버지였어요. 국고금을 덜컥한 정치인을 아버지로 가진 인테리 따님의 말이 풍기는 수수께끼는 여기 있는 겁니다. 오, 좋은 아버지, 인민의 나쁜 심부름꾼. 개 인만 있고 국민은 없습니다. 밀실만 푸짐하고 광장은 죽었습니다. 각기의 밀실은 신분에 맞춰서 그런대로 푸짐합니다. 개미처럼 물어다 가꾸니깐요.

첫 문장에서 이명준이 말하는 '그'란 광장을 불신하고 밀실을 믿는 사람을 가리킨다. 밀실이란 광장에 실망한 개인이 숨는 '마지막 구멍'이다. 한마디로 어떤 공동선이나 공동체의 가치를 무시한 채 개인의 사리사욕이 채우는 곳이 곧 밀실이다. 밀실에서는 '비루한 욕망, 탈을 쓴 권세욕, 그리고 섹스'가 마치 독버섯처럼 자란다. 이명준은 정 선생에게 남한 사회에서는 광장이 죽고 밀실이 판치는 곳이라고 항변한다. 묵묵히 이명준의 말을 듣고 있던 정 선생은 그에게 "그 텅 빈 광장으로 시민을 모으는 나팔수는 될 수 없을까?"라고 묻는다. 그러자 이명준은 폭군들의 힘이 워낙 강하여 나팔수 노릇을 할 자신이 없다고 대답한다.

남한 사회에서 절망하는 이명준은 마침내 인천 부두에서 밀수선을 타고 '때 묻지 않은 새로운 광장'이라고 할 찬연한 이념의 고향을 찾아 북쪽으로 넘어간다. 비린내 나는 메스꺼운 갑판 밑 뱃간에 누운 채 그는 잠시 꾸는 꿈속에 나타난 북한은 "맑은 분수가 무지개를 그리고 있는" 광장이고 "싱싱한 꽃이 꿀벌들 잉잉거리는 속에서 웃고 있는" 꽃밭이다. 한마디로 그가 지금껏 원하던 유토피아의 모습이다. 그러나 실망스럽게도 북한에서 이명준이 그토록 바라던 광장은 아무리 눈을 씻고 찾아도 찾을 수 없다. 이명준이 북에서 발견한 것은 '인민의 공화국'이 아니라 '잿빛 공화국'이다. 혁명이 아니라 '혁명의 흉내', 신명이 아니라 '신명의 흉내', 믿음이 아니라 '믿음의 소문'뿐이다. 그래서 그는 스스로 '호랑이 굴'에 걸어 들어온 것을 저주하지만 돌이키기에는 너무 늦었다. 어느 날 아버지를 만난 이명준은 그동안 가슴 속에 묻어 두었던 분노와 절망감을 그대로 쏟아놓는다.

> 이게 무슨 인민의 공화국입니까? 이게 무슨 인민의 소비에트입니까? 이게 무슨 인민의 나랍니까? 제가 남조선을 탈출한 건, 이런 사회로 오려던 게 아닙니다. (…중략…) 보람 있게 청춘을 불태우고 싶었습니다. 정말 삶다운 삶을 살고 싶었습니다. 남녘에 있을 땐, 아무리 둘러보아도, 제가 보람을 느끼면서 살 수 있는 광장은 아무 데도 없었어요. 아니, 있긴 해도 그건 너무나 더럽고 처참한 광장이었습니다.

북쪽의 광장도 남쪽의 광장과 크게 다르지 않다는 사실을 깨닫고 이명준은 적잖이 실의와 절망에 빠진다. 남한에는 밀실만 있고 진정한 광장이 없다면 북한에는 허울 좋은 광장만 있고 개인의 자유가 보장받는 밀실이 없다. 북쪽의 광장에는 '꼭두각시'가 있을 뿐 피와 살을 지닌 인간은 찾아볼 수 없다. 인간인 줄 알고 말을 건네려고 가까이 다가가면 그것은 사람이 아니라 '깎아놓은 장승'으로 드러난다. 남한 사회가 '백귀야행하는 도시 알 수 없는 난장판'이라면 북한 사회는 양떼 같은 인민을 상대로 벌이는 '굿판'이요 '도깨비놀음'이라고 할 수 있다. 한마디로 이명준에게 북한은 한낱 "혁명과 인민의 탈을 쓴 여전한 부르주아 사회"에 지나지 않는다.

이명준이 북한의 현실을 처음 몸으로 부딪치는 것은 월북한 지 얼마 되지 않아 북조선의 도시를 순회하며 강연할 때다. 그는 작성한 강연 원고를 당 선전부의 지적을 받고 고치고 또 고쳐 쓴다. 이렇게 당의 입맛에 맞게 고친 원고는 마침내 '죽은 글'로 전락한다. 이명준이 하고 싶은 주제는 고스란히 빠져 김빠진 맥주와 같아져서 굳이 이명준이 아닌 다른 누군가의 입을 빌려 해도 마찬가지 상태가 되어 버린다.

이명준의 실의와 절망감은 노동신문사의 기자로 근무하면서 더욱 뚜렷하게 드러난다. 어느 날 그는 남만주의 조선인 꼴호즈 생활에 대하여 현지 보도하라는 지시를 받는다. 그러나 그는 이 보고서 때문에 신문사 편집실에서 자아비판을 받는다. 편집장은 이명준이 '소부르주아적인 판단의 낙후성' 때문에 현지 조선인 동포들의 '영웅적인 증산 투쟁'의 모습을 사실적으로 파악하는 데 실패했다고 지적한다. 이러한 실패는 이명준이 남조선에서 '썩어빠진 부르주아 철학'을 공부하던 시절에 품고 있던 '반동적인 생활 감정'을 제대로 청산하지 못했기 때문이라는 것이다. 편집장은 특히 이명준이 농민들이 여전히 일본 제국주의 군인들이 입던 군복을 입고 있을 뿐 아니라 일본인들이 작업화로 사용하던 실외용 버선인 지까다비地下足袋를 신고 있다고 보고한 점을 문제 삼는다.

이명준은 편집장에게 자신의 보고서가 현지에서 목격한 대로 옮긴 것일 뿐이라고 항변한다. 이에 맞서 편집장은 비록 이명준의 보고가 실제 사실에 근거한 것이라도 하더라도 그 사실을 보고한 것 자체가 잘못이라고 비판한다. 그러자 이명준은 이명준대로 편집장에게 리얼리즘이란 사실을 있는 그대로 정확하게 옮기는 것이라고 말한다. 이에 대하여 편집장은 그러한 태도가 바로 반동적 사상이라는 점을 상기시키며 "사회주의 리얼리즘은, 인민의 적개심과 근로의 의욕을 앙양시키고 고무시키는 방향으로 취사선택이 가해져야 합니다. 무책임한 사실의 나열을 일삼는 자본주의 신문의 생리와 다른 것입니다"라고 지적한다.

여기서 편집장이 언급하는 사회주의 리얼리즘을 잠깐 짚고 넘어가는 것이 좋을 것 같다. 사회주의 국가의 대표적인 문예사조라고 할 사회주의 리얼리즘은 1932년 5월 소비에트작가동맹 조직위원회에서 처음 사용된 뒤 1934년 소비에트작가동맹 제1회 대회에서 이 사조의 개념을 좀 더 구체화하였다. 블라디미르 레닌은 이를 다시 ① 당파성, ② 인민성, ③ 계급성, ④ 혁명성의 네 가지 범주로 나누었다. 이명준의 자아비판에서 편집장이 특별히 문제 삼는 것은 인민성과 당파성이다. 사회주의 문학과 예술은 공산당의 예술이므로 철저하게 당의 톱니바퀴와 나사, 즉 당의 이념을 선전할 수 있는 도구가 되어야 한다. 또한 사회주의 국가에서 예술은 반드시 일부 특권 계층이 아니라 전체 인민대중에게 봉사하는 것이어야 한다. 사회주의 리얼리즘은 편집장의 말대로 "인민의 적개심과 근로의 의욕을 앙양시키고 고무시키는 방향으로" 취사선택하여 다뤄야 한다. 편집장은 이명준처럼 사실을 무책임하게 나열하는 것은 곧 인민을 모욕하는 행위라고 분명히 못박아 말한다. 한마디로 이명준이 '리얼리즘'에 무게를 싣는다면 편집장은 '사회주의'에 무게를 두는 셈이다. 적어도 이 점에서 편집장의 리얼리즘은 '낭만적 리얼리즘'이라고 불러 마땅하다.

보람 있게 청춘을 불태우며 삶다운 삶을 살고 싶어 월북한 이명준은 희망과 꿈을 모두 상실한다. 북쪽에도 그가 깃발을 꽂을 광장은 없다는 사실, 그곳은 혁명의 광장이 아니라 '따분한 매스게임에 파묻힌 운동장'이라는 사실에 크게 좌절한다. 이명준은 자신이 밀림의 어디에선가에서 길을 잘못 든 길손이라는 생각을 떨칠 수 없다. 이렇게 좌절한 이명준에 대하여 소설의 서술 화자는 "그의 심장은 시들어빠진 배추 잎사귀처럼 금방 바서질 듯 메마르고, 푸름을 잃어버린 잿빛 누더기였다"고 밝힌다. 그러면서 화자는 계속하여 "심장이 들어앉아야 할 자리에, 그는, 잿빛 누더기를 담아 안고 살아가는 사람이 돼 있었다"고 말한다. 이 문장을 비롯하여 작품 곳곳에서 화자가 거듭 사용하는 '잿빛'은 죽음의 색깔로 삶과 희망의 색깔인 '푸름'과는 사뭇 대조적이다.

이명준은 마침내 남쪽의 시장경제와 자유민주주의의 이념에도, 북쪽의 공산경제와 사회주의의 이념에도 크게 실망한다. 그 어느 쪽도 그가 그토록 바라던 세계는 아니라는 사실이 드러난다. 이명준은 그가 보람을 느끼면서 살 수 있는 광장은 이제 한반도 어디에도 없다는 사실에 깊은 절망감을 느낀다. 말하자면 그는 새 편에도 쥐 편에도 들 수 없는 박쥐와 같은 신세가 되면서 광장 주위를 헤매는 이데올로기의 미아로 전락한다.

2

이 무렵 절망에 빠져 있던 이명준에게 한 가닥 위로와 희망을 주는 은혜가 혜성처럼 갑자기 나타난다. 야외극장을 짓는 일에 동원된 그는 그만 발을 헛디뎌 부상을 입고 병원에서 치료를 받던 중 국립극장 소속의 발레리나들의 병문안을 받는다. 은혜는 병문안을 온 발레리나 중 한 명이었다. 은혜는 소련에서 발레를 전공한 안나 김이라는 여성이 단장으로 있는 국립극장 소속 발레단의 발레리나다. 단장은 은혜를 '우리 마샤'라고 부르면서 퍽 귀여워한다.

그런데 여기에서 한 가지 눈여겨볼 것은 최인훈이 이명준이 남한에서 사귄 여성 '강윤애'는 굳이 성까지 밝히면서도 한글로만 표기하는 반면, 북한에서 만난 여성에 대해서는 성도 밝히지 않은 채 그것도 한자와 함께 '은혜恩惠'로 표기한다는 점이다. 두말할 나위 없이 그녀의 이름에 "고맙게 베풀어 주는 신세나 혜택"이라는 보통명사 '은혜'의 의미를 부여하려는 의도가 엿보인다. 북한 사회의 현실에 절망한 이명준에게 은혜는 이름 그대로 은총이요 구원자와 다름없다. 실제로 그는 "자기 영혼과 아무 탯줄이 닿지 않는, 시대의 꿈에서 떨어져 있을 수 있는 그녀에게서 명준은 은총을 보았다"고 생각한다.

이명준이 북한 사회의 광장에는 꼭두각시와 장승만이 있을 뿐 살아 숨 쉬는 진정한 인간이 없다고 깊은 절망감에 빠져 있을 때 만난 사람다운 사람이 다름 아닌 은혜다. 특히 그녀를 두 팔에 안을 때 비로소 북한에도 사람이 존재한다는 사실을 깊이 깨닫는다. 이명준은 "스스로 사람임을 믿을 수 있는 것은 그녀를 안을 때뿐이었다"느니, "두 팔이 만든 둥근 공간. 사람 하나가 들어가면 메워질 그 공간이, 마침내 그가 이른 마지막 광장인 듯했다"느니 하고 고백한다. 이제 그에게 오로지 남은 우상은 '부드러운 가슴과 젖은 입술을 가진' 은혜와 그녀에 대한 사랑뿐이다.

> 사랑하리라. 사랑하리라. 명준은 속으로 그렇게 중얼거렸다 깊은 데서 우러나오는 이 잔잔한 느낌만은 아무도 빼앗을 수 없다. 이 다리를 위해서라면, 유럽과 아시아에 걸쳐 모든 소비에트를 팔기라도 하리라. 팔 수만 있다면. 세상

에 태어나서 지금 이 자리에서 처음으로 진리의 벽을 더듬은 듯이 느꼈다. 그는 손을 뻗쳐 다리를 만져 보았다. 이것이야말로 확실한 진리다. 이 매끄러운 닿음새. 따뜻함. 사랑스러운 튕김. 이것을 아니랄 수 있나. 모든 광장이 빈 터로 돌아가도 이 벽만은 남는다. 이 벽에 기대어 사람은, 새로운 해가 솟는 아침까지 풋잠을 잘 수 있다. 이 살아 있는 두 개의 기둥.

이명준이 마침내 다다른 광장은 생산 수단의 사회적 소유와 그것을 민주적으로 통제한다는 사회주의 사회가 아니라 그가 '진리의 벽'으로 일컫는 발레리나 은혜의 풋풋한 육체다. 이명준의 삶을 떠받드는 기둥은 이제 추상적 이념이 아니라 살아 숨 쉬는 은혜의 몸뚱어리일 뿐이다. 정치 이념에 좌절한 그는 이제 은혜의 육체를 도피처로 삼는다.

더구나 욕정의 자리에서 그 일을 깨끗이 잊어버리고 순결한 여성으로 다시 돌아가는 강윤애와는 달리 은혜는 그에게 아무런 유보 없이 모든 것을 내어준다. 이명준은 은혜가 먼 옛날 잃어버렸던 자기의 반쪽이라고 생각한다. 심지어 그는 은혜에게서 자애로운 어머니의 모습을 읽어내기도 한다. 그러고 보니 플라톤은 일찍이 『향연』에서 태초의 인간이 남성과 여성의 구별 없이 한 몸이었다고 말한 적이 있다. 그 완전함을 경계한 신이 인간을 절반으로 쪼개어 여성과 남성으로 갈라놓았고, 인간은 그때부터 자신의 반쪽을 찾아 헤매게 되었다는 것이다. 순례자가 일생에 몇 번이고 성지를 찾아 신앙을 다짐하듯이 이명준은 은혜의 육체를 더듬으며 사랑을 확인한다. 그는 "손에 닿고 만져지는 참에만 진리는 미더웠다. 남자가 정말 믿을 수 있는 진리는, 한 여자의 몸뚱어리가 차지하는 부피쯤에 있는 것인가"라고 생각한다. 적어도 이렇게 은혜의 육체적 물질성을 인정하고 그것에서 진리를 찾으려고 한다는 점에서 이명준은 이제 유심론자에서 유물론자로 탈바꿈한 셈이다.

은혜가 이명준을 절망에서 구출해 준 구원자라면 한국전쟁은 이념의 미아인 그를 구체적인 역사의 대열로 인도해 준 획기적 사건이다. 최인훈이 '사람과 짐승이 섞이는 광장'이라고 일컫는 한국전쟁이 일어나자마자 그는 자원입대하여 정치보위부 장교로 활약한다. 그러던 중 평양에서 자신을 속이고 예술제에 참가하려고 모스크바로 떠난 은혜를 낙동강 전투에서 우연히 다시 만난다. 그녀 역시 전쟁이 일어나자마자 간호병으로 지원하여 전선에 투입되었던 것이다. 두 사람은 이명준이 우연히 찾아낸 '원시의 작은 광장'이요 '마지막 광장'이라고 할 동굴에서 평양에서 시작한 사랑을 다시 이어나간다. 한 순간도 죽음의 그림자에서 벗어날 수 없는 한계상황에서 두 사람은 상대방의 육체에서 불안과 절망을 극복할 힘을 찾는다. 그러나 안타깝게도 이명준의 아이를 임신한 은혜는 마침내 낙동강 전투에서 유엔 공군의 폭격으로 사망하고, 이명준은 포로로 잡혀 거제도 수용소에 갇힌다.

이렇듯 『광장』은 광장과 밀실이 상징하는 정치 이념 못지않게 사랑의 복음을 전한다. 이명준은 은혜에게 농담으로 "사랑하지 않는 자는 인민의 적이며, 자본가의 개이며, 제국주의자들의 스파이다. 누구를 묻지 않고, 사랑하지 않는 자는 인민의 이름으로 사형에 처한다"고 말하면서 사랑의 중요성을 설파한다. 김현이 일찍이 지적했듯이 이 세계에 사랑이 없으면 풍문과 이념만 남게 마련이다. 두 사람은 오직 사랑만이 인간을 구원할 수 있다고 굳게 믿는다. 단테 알리기에리가 『신곡』에서 "만물은 성스러운 사랑이 움직인다"고 노래한 까닭이 여기에 있다. 사막의 오아시스처럼 절망에서 솟아나온 사랑은 이명준과 은혜에게 갈증을 풀어주는 생명수의 역할을 한다.

3

포로수용소에 갇히면서 이명준은 설령 육체적으로는 살아 있을지 모르지만 정신적으로는 이미 사망한 것과 크게 다름없다. 은혜가 전사하자 그는 존재이유를 상실하기 때문이다. 서술 화자는 "은혜의 죽음을 당했을 때, 이명준 배에서는 마지막 돛대가 부러진 셈이다"라고 밝힌다. 최인훈은 주인공의 정신적 죽음을 시체를 넣는 관棺의 상징적 이미지로 표현한다. 가령 수용소와 그 주위 거제도 바다에 대하여 그는 "남녘의 바다 쇠가시 울타리를 이불 덮고 관 속에 누워 있네 바다여 내가 갇혔느냐 네가 갇혔느냐"라고 말한다. 행갈이를 하면 영락없이 시의 한 구절과 같다. 이 문장의 첫 부분은 남해 바다에 갇힌 거제도를 두고 하는 말이지만 수용소에 갇힌 이명준을 두고 하는 말로 읽어도 크게 무리가 없다.

더구나 이 문장의 서술의 주체가 누구인지도 정확히 헤아리기 쉽지 않다. 서술 화자의 말로 볼 수도 있고, 주인공 이명준의 독백으로 볼 수도 있다. 그러나 이 장면의 상황으로 미루어보면 아무래도 후자로 보는 쪽이 더 옳을 것 같다. 최인훈은 이 문장에서 한 쪽 반쯤 뒤에 가서 다시

"남쪽 바다에 떠 있는 가시 울타리를 덮은 관 속에 누워서 이명준은 서울 거리를 없는 사람들을 찾아 헤매던 자기를 그때마다 다시 산다"고 말한다. '관 속에 누워' 있다는 것은 넓게는 관처럼 생긴 거제도에 수용된 상태를 뜻하지만 좀 더 범위를 좁혀 보면 이명준이 이 섬에 갇힌 상태를 가리킨다. 이명준이 '다시 산다'고 말한다는 것은 그가 이미 죽은 상태에 있다는 것을 전제로 한다.

포로들이 석방되고 송환 절차가 시작되자 이명준은 곧바로 제3국행을 결심한다. 남한과 북한 외에 제3국을 택할 수 있다는 말을 듣자마자 그는 바로 자기를 위하여 마련된 길이라고 생각한다. 그는 처음부터 북한에 돌아갈 생각은 아예 없다. 북한에서 몇 해 살아 온 경험은 그에게 지울 수 없는 상처를 안겨주었다. 그는 "그 굿마당에서 그들은, 헛것을 섬김을 '똑똑히 보았기 때문이다. 제 머리로 참을 헤아림이 아니라 푸닥거리에 기대는 곳이었다"고 말한다. 더구나 남로당의 우두머리 박헌영이 체포된 지금 그의 아버지도 숙청의 칼날을 피해 가기 쉽지 않을 것이다. 또한 북한에 가더라도 그동안 그에게 존재이유와 다름없던 은혜는 없다.

그렇다고 이명준에게 남한도 바람직한 선택지가 아니다. 그가 월북하기 전과 그 후의 남한은 크게 달라진 것이 없기 때문이다. 남한을 두고 그는 덴마크의 철학자 쇠렌 키에르케고르식으로 말해서 '실존하지 않는 사람들의 광장 아닌 광장'이라고 부른다. 집단주의를 위한 광장은 있지만 개인의 밀실이 없는 곳이 북한이라면, 밀실만 풍성하고 사이비 광장이 존재하는 곳이 남한이다. 다만 남한에 한 가지 좋은 것이 있다면 '타락할 수 있는 자유'와 '게으를 수 있는 자유'가 있다는 사실이다.

마침내 송환국을 결정하는 판문점 천막 사무실에서 이명준은 북한과 중국의 대표들에게 마치 주문을 외듯이 '중립국'이라는 말을 다섯 번에 걸쳐 되풀이한다. 대표들이 중립국도 자본주의 국가로 "굶주림과 범죄가 우글대는 낯선 곳"이라고 말하면서 북한을 선택할 것을 설득하지만 그는 아무런 대꾸도 하지 않은 채 오직 '중립국'이라는 말만 반복한다. 그는 지금까지 살아오면서 그때만큼 자신의 의견을 속 시원하게 털어놓은 적이 없었다고 말한다. 이명준은 다른 천막 사무실에서 진행되었을 광경을 머릿속에 그려보기도 한다. 남한 대표가 이명준에게 그가 태어나 자란 남한을 선택할 것을 권유하지만 그는 역시 '중립국'이라는 대답으로 응수한다.

최인훈은『광장』에서 이명준이 중립국을 선택하는 것으로 설정하지만 당시 실제 상황은 이와는 조금 다르다. 석방 포로들이 선택한 나라는 좀 더 정확하게 말해서 중립국이 아니라 제3국이었다. 이렇게 제3국을 선택한 포로들은 인민군 74명, 국군 2명, 중공군 12명으로 모두 88명이었다. 그중 중공군 포로를 제외한 남북한 포로들을 흔히 '76인의 포로들'이라고 부른다. 인도가 포로 송환을 맡았으므로 제3국을 선택한 88명 포로를 일단 인도로 데려갔을 뿐 인도가 포로들의 최종 목적지는 아니었다. 스위스나 스웨덴 같은 중립국은 석방 포로들을 받지 않으려고 하였다. 결국 복잡한 과정을 거쳐 76명의 남북한 포로 중 48명은 브라질, 11명은 아르헨티나로 떠나고 인도에 잔류한 사람은 겨우 6명밖에 되지 않았다. 실제로 스위스나 스웨덴 같은 중립국으로 간 사람은 하나도 없다. 포로들 중 절반을 차지하는 북한 포로들은 반공 이념이 강하고 남한에 호의적이었지만 북한 출신인이라 연고가 없어 굳이 남한에 정착할 필요가 없었다. 중립국 선택한 인민군 포로 주영복이 증언하듯이 포로들이 제3국을 선택한 것은 이념보다는 출신과 연고 같은 다른 이유가 크게 작용하였다.

이명준은 제3국을 선택한 실제 석방 포로들과는 여러모로 적잖이 차이가 난다. 무엇보다도 그가 중립국을 선택한 이유는 정치 이념이 큰 몫을 한다. 그는 이제 남한의 밀실도, 북한의 광장도 좀처럼 믿지 않는다. '이것이냐 저것이냐'의 양자택일의 선택 대신에 '모두 둘 다'의 포용적 태도를 취한다. 그러나 남북한이 분단된 현실에서 그 어느 쪽도 선택할 수 없는 이명준은 결국 제3국행을 택할 수밖에 없다.

『광장』에서 최인훈은 주인공이 이항대립에 기초한 이분법과 이분법이 철학적 체계로 발전한 이원론의 한계를 깨닫고 극복하려는 시도를 설득력 있게 보여 준다. 이분법이나 이항대립의 극복이 곧 이 작품의 핵심 주제다. 페르니당 드 소쉬르의 일반언어학이나 클로드 레비스트로스의 구조인류학에서 볼 수 있듯이 이분법은 구조주의에서 가장 중요한 개념이다. 우리가 일상생활에서 사용하는 언어를 비롯한 모든 현상이나 대상에 어떤 추상적 체계가 자리 잡고 있다고 할 때 이 '체계'라는 말을 다른 말로 바꾸면 곧 이분법이 된다. 종교 영역에서는 선한 신과 악한 신, 철학 영역에서는 진리와 허위, 윤리 영역에서는 선과 악, 논리 영역에서는 옳음과 그름은 가장 대표적인 이분법이다. 이밖에도 천칭의 한쪽 접시에는 문명, 인간, 남성, 정신, 영혼, 주체, 아름다움 등을 올려놓고, 천칭의 다른 접시에는 야만, 자연, 여성, 물질, 육체, 객체, 추함 등을 올려놓는다.

현상이나 대상을 마치 작둣날 위에 올려놓고 쪼개듯이 둘로 나누는 이분법이나 이항대립은 복잡한 논리를 극도로 단순화하여 설명할 수 있다는 이점이 있다. 특히 이분법은 불확실성을 제거하여 문제를 단순하게 하는 데 아주 효과적이다. 모든 정보를 0과 1의 2진법의 조합으로 표현할 수 있다는 정보이론도 따지고 보면 다름 아닌 이분법에 기반을 둔다.

그러나 삶의 다양한 측면을 포용하지 않은 채 편협한 결론을 이끌어낸다는 점에서 이분법이나 이항대립은 바람직하지 않다. 바람직하지 않다기보다는 차라리 치명적이라고 해야 할 것이다. 이항대립은 언제나 어느 한쪽에 가치를 둔다는 데 그 특징이 있기 때문이다. 특히 이분법이나 이항대립의 한계가 가장 뚜렷이 드러나는 것은 대립항을 상호배타적인 범주로 간주하여 두 범주 사이에 중간 범주의 존재를 인정하지 않는 흑백 논리다. 예를 들어 신 / 악마, 진리 / 허위, 선 / 악, 인간 / 자연, 문명 / 야만, 정신 / 물질, 영혼 / 육체, 남성 / 여성, 주체 / 객체, 아름다움 / 추함의 이분법에서 무게 중심은 늘 후자 쪽보다는 전자 쪽에 실려 있게 마련이다. 레비스트로스가 장폴 사르트르의 실존주의에 문제를 제기한 것도 이러한 이유에서다. 사르트르는 역사가 발전한다고 주장했지만 이는 과거와 미래, 정체와 진보, 퇴보와 발전이라는 이항대립을 전제로 할 때 비로소 가능하다. 사르트르의 이론을 한 발 더 밀고 나가다 보면 서양은 진화하고 발전한 문명국인 반면, 동양은 여전히 원시시대에 머물러 있는 미개한 야만국이라는 결론에 도달하게 된다.

넓은 의미에서 포스트구조주의, 좁은 의미에서 해체주의 철학의 기수 자크 데리다는 이분법을 자못 의혹의 눈길로 바라보며 배격한다. 이분법은 자칫 '치명적' 결과를 낳을 수 있기 때문이다. 그동안 서유럽의 형이상학은 주로 모든 현상을 이분법으로 나누어 설명해 왔다. 데리다는 이러한 이항대립의 구조에서 불평등과 억압과 차별이 생길 뿐 아니라 더 나아가 획일성과 전체주의에 길을 열어준다고 지적한다. 이분법의 모순을 밝히고 다양성과 차이를 인정하려는 것이 데리다가 부르짖는 해체주의다. 이 이론에 따라 그동안 서유럽을 지배하던 유럽중심주의를 비롯하여 백인중심주의와 남성중심주의, 음성중심주의 등이 도전을 받으면서 비유럽, 유색인종, 여성, 문자 등이 새롭게 주목을 받는다.

『광장』에서 이분법이나 이항대립은 밀실과 광장을 비롯하여 그 하부 유형이라고 할 남한과 북한, 개인주의와 집단주의, 자유민주주의와 인민민주주의의 형태로 나타난다. 최인훈은 이명준이 이러한 이분법이나 이항대립을 해체하여 제3의 길을 선택하려고 하는 모습을 웅변적으로 보여 준다. 포로수용소에서 석방되어 남한과 북한 중 양자택일을 해야 할 때 그는 마치 '막다른 골목에 몰린 짐승'처럼 얼이 빠져 주저앉을 것 같다. 그러나 제3국에 갈 수 있는 길이 열리자 그는 아무런 유보 없이 이 길을 택한다. 그는 그때에 느낀 기쁨을 아직도 간직하고 있다고 밝힌다.

이분법이나 이항대립을 지양하고 제3의 길을 추구하려는 이명준의 태도에 대하여 소설의 서술 화자는 "그는 거짓말이 지니는 참도 알고 있다"고 말한다. 이분법이나 이항대립의 세계에서는 거짓이면 거짓이고 참이면 참일 뿐 그 사이에 어떤 중간항도 존재하지 않게 마련이다. 그러나 거짓말이나 허위 속에도 얼마든지 참이나 진실이 들어 있다고 생각하는 이명준은 이분법이나 이항대립의 한계를 분명히 깨닫고 그 대안을 찾으려 한다.

그러나 엄밀히 말해서 제3의 길은 관념 세계에서는 몰라도 현실 세계에서는 좀처럼 얻기 힘들다. 그는 "저 혼자만이 쓰는, 그런 광장"을 찾아 헤매지만 그러한 곳은 이 세상 어디에도 없다. 그가 '거룩한 호젓함'을 누리는 낙동강 근처의 동굴이나 석방 포로들을 실은 인도 선박 타고르호의 뒤쪽 갑판이 잠시 그러한 역할을 할 뿐이다. 이명준이 마침내 타고르호가 홍콩을 지나 마카오에 접근할 즈음 갑판에서 바다로 뛰어들어 스스로 목숨을 끊는다. 양자택일의 선택을 강요하는 현실 세계에서 제3의 길을 찾기란 불가능에 가깝다고 절망하기 때문이다. '제3의 길'이란 용어가 학술 용어로 자리 잡은 것은 영국의 사회학자 앤서니 기든스가 그의 논문 「좌우를 넘어서」에 기초하여 1998년에 출간한 저서 『제3의 길』에서다. 그러나 그는 뒷날 이제 그 용어를 그만 사용하면 좋겠다고 말하면서 세계를 특정 개념으로 규정지으려고 하지 말고 세계가 어떻게 변하고 있는지 다양한 시각에서 분석하라고 권고하였다.

한편 이명준에게 바다는 은혜와 그녀가 잉태한 어린 딸이 사는 공간이기도 하다. 이명준은 바다에 몸을 던지기 전 "그 기름진 두께 밑에 이 짭사한 물의 바다가 있고, 거기서, 그들의 딸이라고 불릴 물고기 한 마리가 뿌리를 내렸다고 한다"고 말한다. '기름진 두께'란 은혜의 기름진 하복부를 말하고, '짭사한 물의 바다'란 그녀의 자궁 속 양수를 말하며, 그곳에 뿌리를 내린 '물고기 한 마리'란 그녀가 잉태한 새 생명을 말한다. 서술 화자는 그녀의 음부를 '바다로 통하는 굴속'으로 묘사하기도 한다. 바다야말로 이명준이 그토록 찾던 '푸른 광장'으로 이곳에서 그는 은혜와 그의 딸을 비록 상징적으로나마 만날 수 있다.

이명준이 자살하는 마지막 장면에서 은혜와 그녀의 딸은 갈매기들로 그 모습을 드러낸다. 타고르호를 탈 때부터 지금까지 줄곧 숨바꼭질을 하듯이 배를 쫓아오는 갈매기들은 그가 사랑한 여성임이 밝혀진다. 선장의 사냥총을 들어 두 마리 갈매기를 쏘려고 하는 순간 이명준은 총구멍이 겨누는 새 중 한 마리가 다른 새의 반쯤만 한 작은 새임을 알아차린다. 그 순간 이명준은 동굴에서 마지막으로 만나던 날 은혜가 딸을 임신했다고 말한 일을 떠올리며 갈매기 두 마리가 은혜와 그녀의 딸이라는 사실을 깨닫는다. 어미새와 꼬마 새가 바다를 향하여 미끄러지듯이 내려오자 그는 "무덤을 이기고 온, 못 잊을 고운 각시들이, 손짓해 부른다. 내 딸아. 비로소 마음이 놓인다"고 말한다. 그러면서 갑자기 그는 은혜와 그녀의 딸을 좇아 바다에 뛰어든다.

최인훈이 갈매기와 관련하여 『광장』을 개작한 것도 찬찬히 주목해 보아야 한다. 이 작품을 처음 발표한 『새벽』 잡지와 그 뒤에 나온 단행본까지는 두 마리 갈매기를 각각 윤애와 은혜의 상징으로 설정하였다. 그러나 1976년의 '최인훈 전집'판에 이르러 그는 윤애 대신 은혜의 딸로 바꾸었다. 그만큼 최인훈은 윤애보다는 은혜와 그녀의 딸에 무게를 두었다. 마지막 장면에서 서술 화자는 갈매기 두 마리가 미끄러지듯이 바다를 향하여 내려오는 모습에 대하여 "그녀들이 마음껏 날아다니는 광장을 명준은 처음 알아본다. (…중략…) 제정신이 든 눈에 비친 푸른 광장이 거기 있다"고 말한다.

얼핏 이명준은 삶의 패배자요 낙오자처럼 보일지도 모르지만 최인훈은 그의 자살을 그렇게 부정적으로 보지 않는다. 작가는 『새벽』에 처음 발표할 때 서문에서 이 작품을 두고 "풍문에 만족지 못하고 현장에 있으려고 한 우리 친구의 얘기"라고 밝힌다. 1961년판 서문에서도 최인훈은 주인공을 두둔할 생각은 없다고 유보를 두면서도 "다만 그가 '열심히 살고 싶어 한' 사람이라는 것만은 말할 수 있다. 그가 풍문에 만족지 않고는 현장에 있으려고 한 태도다"라고 말한다. 1973년판 서문에서도 최인훈은 "그는 안내 없는 바다에 내려간 용사"였다고 밝힌다. 그러면서 『광장』을 쓴 것도 바로 이러한 용사를 기리기 위한 '기념비'나 '묘비명'의 의미가 있다고 주장한다. 그런가 하면 '1989년판을 위한 머리말'에서 최인훈은 이명준에 대하여 "인생에 대하여 그 어느 때보다 유보 없는 꿈과 희망에 휩싸인 시대를 산 사람"이라고 못박아 말한다.

최인훈의 작품 중에서 기념비적인 위치를 차지하는 『광장』은 정치 이념이라는 악기와 남녀의 사랑 문제라는 또 다른 악기로 연주하는 이중주와 같다. 오롯이 음악가 두 명이 연주하는 이중주에서는 웅장한 관현악에서 맛볼 수 없는 친밀함을 맛보게 되듯이 이 작품에서도 그러한 친밀함을 느끼게 된다. 『광장』에서 이러한 이중주가 연주하는 주악상은 최근 들어 포스트모더니즘의 대두와 더불어 부쩍 주목받는 이분법적이나 이항대립적 사고에 대한 비판적 성찰이다. 최인훈은 광장에 이르는 골목이 무수히 많다고 말하듯이 이러한 양자택일의 이분법적 사고에서 벗어나지 않는 한, 21세기 새로운 세계화의 광장으로 나아가는 길은 여전히 험난하고 요원할 것이다.

8
김남천과 '헨리 제임스 조이스'

사회주의 문학운동에 심취한 근현대 작가 중에서 김남천金南天만큼 한국을 비롯한 동아시아 전통에 매몰되지 않고 미국과 서유럽의 정신을 깊이 호흡하려고 애쓴 사람도 드물다. 이러한 태도를 가장 뚜렷이 엿볼 수 있는 글이 1937년에 발표한 「고전에의 귀환」이다. 이해 9월 『조광朝光』은 '조선문학의 재건 방법'이라는 특집호를 마련하였고, 김남천은 특집호에 이 글을 기고하였다. 그는 먼저 '재건'이라는 용어 사용에 문제를 제기하면서 글을 시작한다. '재건'은 '파괴'를 전제로 하는 말일뿐더러 '건설'을 전제로 하는 말이므로 그는 '재건'보다는 오히려 '발전'이라는 용어가 훨씬 더 적절하다고 밝힌다.

적절한 용어 사용으로 말하자면 김남천도 문제가 없지 않다. 얼핏 '고전의 귀환'이라는 제목만 보면 그는 '고전'으로 귀환할 것을 주장하는 것처럼 보인다. 그러나 막상 그의 글을 좀 더 찬찬히 읽어 보면 그는 고전에 귀환하는 것만으로는 조선문학을 새로운 차원으로 발전시킬 수 없다고 지적한다. 김남천은 조선문학의 미래를 고전문학의 '복고적 퇴영주의'가 아닌 다른 곳에서 찾을 것을 권한다.

> 조선의 문학은 가까이 30년에 이르는 신문학의 역사를 가지고 있고 10유년有餘 년의 신흥문학의 경험 위에 서 있다. 이것의 거부나 이것의 포기에 의하여 우리는 일보도 전진하지 못한다. 오늘날의 조선의 작가는 싫거나 좋거나 이 속에서 자라났고 또 이것을 토대로 하여서만 금후에도 성장을 할 것이다. 미약하고 불충분하고 보잘것없는 하찮은 물건일는지 모르나 이것이 오늘날의 조선문학의 현실적 기반이다. 이 기반에서 훌쩍 떠나서 고대로 날아가 보아도 문학은 전진하지 못한다. 이것을 내버리고 훌륭한 미래를 환상하여도 문학은 번영할 수 없다. 우리는 이 현실적 기반 속에서 아세아적 특수성을 극복하고 새로운 문학을 창조하여야 한다. 이렇게 하여 나는 구체적으로 고발문학에의 길에서 조선문학의 일보 전진을 꾀하여 보았다. 누차 상론한 바 있으므로 중언重言을 피하거니와 금일의 조선문학이 갈 길은 고발문학의 방향이 있을 뿐이라고 생각한다.

신문학이 시작된 지 30년이 지났다고 말하는 것을 보면 김남천은 신문학의 출발점을 이인직李人稙을 비롯한 신소설 작가들의 작품으로 간주하는 것 같다. 또한 김남천은 '신흥문학'이 시작된 지 십여 년 지났다고 말한다. 그렇다면 신흥문학은 이광수李光洙가 『무정』을 발표하고 김동인金東仁과 염상섭廉想涉 등이 잇달아 작품을 발표한 1910년대 말과 1920년대 초에 시작한 것으로 볼 수 있다.

그런데 문제는 신문학과 신흥문학을 뛰어넘어 그 이전의 고전문학으로 돌아가더라도 그곳에서 새로운 조선문학의 미래를 찾을 수 없다고 주장하는 데 있다. 김남천은 "헛되이 고대에로 올라가서 역사의 왜곡과 주관을 가지고 '풍류성'을 발굴해 놓고 이것에의 귀환을 부르짖는 등은 한낱 복고적 퇴영주의일 뿐으로 이것으로 인하여 현대의 문학은 일보도 전진하지는 못한다"고 잘라 말한다. 또한 김남천은 외국문학과 조선문학을 엄격히 구분 짓는 태도도 못마땅하게 생각한다. 이 두 문학은 상호배타적인 관계가 아니라 어디까지나 상호보완적인 관계를 맺고 있기 때문이다. 김남천은 아시아적 특수성에서 벗어나 세계문학의 보편성을 획득할 때 비로소 조선문학의 미래가 있다고 주장한다.

1

방금 앞에서 인용한 「고전에의 귀환」에서 마지막 문장도 찬찬히 눈여겨보아야 한다. 김남천은 '고발문학'의 힘을 빌려 조선문학의 일보 전진을 시도해 왔다고 밝힌다. 그러면서 그는 오늘날 조선문학이 나아갈 길은 오직 고발문학의 방향밖에는 없다고 단호하게 주장한다. 그런데 김남천이 말하는 '고발문학'이란 자연주의 전통에서 흔히 볼 수 있듯이 부정적인 사회 현실을 고발하거나 폭로하는 일반적 의미의 개념과는 조금 다르다. 김남천의 고발문학은 쇼와昭和시대에 활약한 문학비평가 가메이 가츠이치로龜井勝一郞의 '가면 박탈' 이론에 뿌리를 둔다. 일본프롤레타리아작가동맹NALP 맹원이었다가 이 문학 운동에서 전향한 가메이는 1932년에 발표한 「온갖 가면의 박탈」에서 일본 프로문학에 직접 참여한 사람으로서 느낀 문제점을 일종의 자기비판 형식으로 고발하여 일본 문단에서 관심을 끌었다.

> 나는 지식인의 푸념을 파고들 것이다. 이것도 나에게는 온갖 가면을 벗기는 것 중의 하나다. 이 점에서 나는 톨스토이가 아주 위대하다고 생각한다. 그는 한 걸음 더 나아가 외부의 가면을 벗기는 동시에 자기의 내면적 생활의 가면을 끌어당기고, 그곳에 자기와 현실의 엄청난 갈등을 보여 준다. 『부활』도 그러하다. 카체리나 미하일로바 마슬로바를 뒤에 남겨두면 감옥 생활의 실체가 명백하게 드러나고 이번에는 드미트리 이바노비치 네흘류도프의 귀족 생활의 허위가 드러난다.

여기에서 가메이 가쓰이치는 흔히 '19세기 러시아의 양심'으로 일컫는 레프 톨스토이의 『부활』을 빌려 자신의 태도를 천명한다. 가메이는 얼굴에 쓴 가면을 벗으면 내적 가면이 벗겨지면서 자아와 현실 세계가 큰 갈등을 겪고 있음을 훤히 들여다볼 수 있다고 밝힌다. 가메이는 '프로문학'의 가면을 벗고 나니 비로소 '문학'의 속살이 보인다고 지적한다. 이렇듯 가메이에게 '가면 박탈'은 자기반성이요 자기비판이었다. 그는 「정치와 문학」에서도 "패배의 정신은 우리들의 외부와 내부에 있다. 어떤 경우에는 혁명적 가면을 쓰고 있다. 리얼리즘을 패배시키는 반동을 낳은 책임을, 오늘 우리는 자기의 어깨에 느껴야 한다"고 밝힌다.

일본 유학 시절부터 프로문학에 깊숙이 발을 들여놓은 김남천은 가메이 가쓰이치의 이론에서 한 차례 강하게 세례를 받았다. 김남천이 가메이의 개념을 빌려와 주창한 문학론이 바로 고발문학론이다. 김남천은 이기영李箕永의 『고향』을 다루는 「지식계급 전형의 창조와 『고향』 주인공에 대한 감상」에서 '가면 박탈'이라는 용어를 사용한다. 주인공 김희준의 성격을 언급하면서 김남천은 "그것은 지식계급 자신에 대한 가면 박탈의 방향이다. 가면 박탈, 그렇다. 조금도 용서 없는 가면 박탈의 칼만이 가히 나팔륜拿破崙의 칼이 될 수 있으며 이것만이 지식층의 출신 작가로 하여금 소극적인 인텔리겐트 주인공을 정당히 ××하게 할 수 있으며 주인공에게 부여되는 일체의 생활 감정도 편애의 긍정에서가 아니라 가장 치열한 비판적 태도에서 그려나갈 수가 있을 것이다"라고 주장한다.

어떤 의미에서 가메이 가쓰이치의 프로문학에 대한 자기비판은 김남천과 함께 조선프롤레타리아예술가동맹KAPF에서 활동한 박영희朴英熙의 자기비판과도 비슷하다. 1933년 12월 박영희는 카프에서 탈퇴하면서 "얻은 것은 이데올로기요 잃은 것은 예술이다"라는 유명한 말을 남겼다. 한 차례 검거사건을 거친 뒤 카프는 타개책을 찾기 위하여 노력하다가 마침내 1935년 5월 흔히 '전주사건' 또는 '신건설사건'으로 일컫는 2차 검거사건의 여파로 해체되었다. 이와 거의 같은 시기인 1934년 2월 일본에서도 당시 작가동맹의 서기장이었던 가지 와타루鹿地亘는 작가동맹의 해산을 정식으로 발표하였다.

그러나 좀 더 찬찬히 따져보면 김남천의 고백문학과 가메이 가쓰이치의 '가면 박탈' 사이에는 조금 차이가 있다. 두 사람이 외파와 내파의 힘에 밀려 종래의 프로문학에서 벗어나 순수문학과 예술주의로 방향을 선회했다는 점에서는 서로 크게 다르지 않을지 모른다. 그러나 계급문학에 대한 미련을 완전히 떨쳐버린 가메이와는 달리 김남천은 여전히 계급문학에 대한 끈을 놓지 않았다. 그 끈을 놓는 대신 미국과 서유럽 문학 작품과 이론을 받아들여 그것을 좀 더 정교하게 다듬었다. 그의 이러한 시도를 가장 뚜렷이 엿볼 수 있는 곳이 「고발의 정신과 작가—신창작 이론의 구체화를 위하여」라는 글이다. 리얼리즘의 진정한 정수를 고발정신에서 찾는 김남천은 "이 정신 앞에서는 공식주의도 정치주의도 폭로되어야 한다. 영웅주의도 관료주의도 고발되어야 한다. 추醜도, 미美도, 빈貧도, 부富도 용서 없이 고발되어야 한다"고 부르짖는다.

김남천이 제기한 고발문학은 프롤레타리아문학이 외부의 압력과 내부의 비판으로 퇴조한 1930년대 중반 조선의 식민지 상황에서 소비에트연방의 사회주의 리얼리즘에 대한 반응으로 볼 수 있다. 그는 자기비판의 렌즈를 통하여 조선의 현실을 들여다보면 볼수록 저항 의지의 당위성이 더욱더 확연하게 드러난다고 주장한다. 카프가 지도적 기능을 상실하고 작가가 세계관과 사회적 실천을 거세당한 시대에 작가는 과연 어떠한 태도를 취해야 하는가? 작가가 취할 방법 중 하나는 리얼리즘에 기반을 두되 먼저 '자기 자신을 격파하려는 정신'을 함양하는 것이다. 그동안 프로문학이 그 방법론으로 받아들여 온 사회주의 리얼리즘은 어디까지나 소련의 사회-정치적 토양에서 자라난 문예 이론이다. 식민지 조선이라는 특수한 토양에 이식해서는 제대로 자랄 수 없을 것이다. 그래서 김남천은 조선의 사회주의 리얼리즘을 식민지 사회 현실과 정치 상황에 걸맞게 변형하지 않으면 안 된다고 주장한다.

김남천이 식민지 조선의 작가에게 제시하는 또 다른 방법은 자국의 문학 전통에 매몰되지 말고 고개를 쳐들어 시야를 넓히고 세계정신을 깊이 호흡하는 것이다. 당시 조선문학은 문학관과 세계관에 따라 민족주의 문학과 계급주의 문학으로 크게 나눌 수 있다. 더러 예외가 없는 것은 아니지만 전자는 대체로 국수주의적인 경향을 보여 주었다. 반면 후자는 국제적 경향을 띠면서도 정치 이데올로기에 편향되어 있었다. 김남천은 본질에서는 후자의 입장을 견지하되 좀 더 미국과 서유럽의 외국문학을 받아들여 조선문학을 발전시키려고 노력하였다. 「고전의 귀환」에서 그가 "우리는 이 현실적 기반 속에서 아세아적 특수성을 극복하고 새로운 문학을 창조하여야 한다"고 말한다는 점에 다시 한 번 주목해야 한다. '아세아적 특수성'을 극복한다는 것은 곧 미국과 서유럽의 보편성을 추구한다는 뜻이다. 문학적 실천에서 계급적 주체 문제를 두고 그가 임화林和와 논쟁을 벌인 것도 이러한 맥락에서 이해할 수 있다. 당대의 다른 프로문학 작가들과 비교하여 김남천이 돋보이는 것은 바로 이 점에서다. 그는 좀 더 열린 마음으로 세계정신을 호흡하려고 애썼던 것이다.

2

김남천이 이렇게 좀 더 열린 마음으로 세계정신을 호흡하려고 한 데는 그가 일본에 유학하여 외국문학을 전공했다는 사실과 무관하지 않다. 근현대기 한국 작가들 중에는 외국문학, 그중에서도 특히 영문학을 전공한 문인들이 유난히 많다. 그도 그럴 것이 영문학과 비교하여 프랑스문학이나 독일문학은 영문학보다 뒤늦게 동아시아에 도입되었기 때문이다. 가령 1926년에 개교한 경성제국대학 법문학부만 같아도 문학부 외국어문학 전공에는 오직 영어영문학밖에 없었다. 물론 이러한 사정은 도쿄제국대학도 마찬가지여서 영문학과가 먼저 설치된 뒤에야 비로소 독일문학과와 프랑스문학과가 순차적으로 설치되었다.

평안남도 성천군에서 출생한 김남천은 본명이 김효식金孝植으로 1929년 평양고등보통학교 재학 중 문예 활동을 활발히 한 것으로 알려져 있다. 가령 그는 한재덕韓載德 등과 함께 동인지 『월역月域』을 발간하는 한편 동서양 작가들의 작품을 섭렵하였다. 표도르 도스토옙스키를 비롯하여 막심 고리키, 미하일 숄로호프, 오노레 발자크, 윌리엄 셰익스피어 같은 서유럽 작가들의 작품을 폭넓게 읽었다. 또한 김남천은 무샤노코지 사네아쓰武者小路實篤, 아리시마 다케오有島武郞, 사토미 돈里見惇 같은 일본의 '순수파' 작가들뿐 아니라 『신시초新思潮』파의 아쿠타가와 류노스케芥川龍之介, 신감각파의 시가 나오야志賀直哉와 요코미쓰 리이치橫光利一 같은 작가들까지 두루 읽었다.

평양고보를 졸업한 김남천은 1929년 일본 도쿄로 유학하여 호세이法政대학 예과에 입학하여 영문학을 전공하였다. 소설가 박태원朴泰遠, 시인 이하윤異河潤, 문학비평가 이원조李源朝, 수필가 김진섭金晉燮 등 문인 중에는 이 대학에 다닌 사람들이 적지 않다. 도쿄법학사東京法学社와 도쿄 프랑스학교東京仏学校를 모태로 설립한 호세이대학에는 당시 쟁쟁한 외국문학 교수들이 많았다. 예를 들어 이리에 나오스케入江直祐, 이와쿠라 도모히데岩倉具栄, 이와타 긴조岩田欣三, 가쓰라다 리키치桂田利吉, 혼타 겐쇼本多顕彰, 노가미 도요이치로野上豊一郎 같은 영문학자들과 도요시마 요시오豊島与志雄 같은 프랑스문학 연구가들이 바로 그들이다.

호세이대학 예과에 재학 중 김남천은 와세다早稻田대학에 재학 중이던 한재덕의 소개로 안막安漠을 만나 카프 도쿄지부 소속 극단의 조선 공연에 참여할 것을 권유받았다. 한재덕과 안막과 함께 귀국한 김남천은 임화를 만나고 뒤이어 카프 도쿄지부에서 발행하는 기관지 『무산자無産者』 발간에 참여하였다. 여름방학을 이용하여 귀국한 그는 고향에 내려가 성천 청년동맹을 조직하는가 하면, 평양 고무공장 노동자 총파업에 관여하여 격문 등을 작성하기도 하였다. 일본에 다시 돌아간 김남천은 1931년 호세이대학에서 독서회, 적색스포츠단, 무산자사신문법정반, 무산청년법정반, 전기법정반 같은 사회주의 단체에 가입하면서 본격적으로 사회 운동에 뛰어들었다. 임화와 함께 문예 운동의 볼셰비키화를 주창하였고, 노동 쟁의에도 직접 참여하였다. 이처럼 식민지 조선과 일본에서부터 사회주의 운동에 적극 참여한 김남천은 그해 3월 호세이대학으로부터 제적처분을 받았다. 이 무렵 그는 상징적 몸짓으로 '김효식'에서 '김남천'으로 이름을 바꾸었다.

1931년 10월 카프 1차 검거 때 검거되지만 수감 중 병보석으로 풀려나고 1934년 2차 검거 때 다시 검거되지만 과거 투옥 경력으로 구속되지는 않았다. 이듬해 5월 임화와 김기진金基鎭과 협의하여 카프 해산계를 경기도 경찰국에 제출한 뒤 김남천은 작품 활동에 전념하였다. 해방이 되자마자 김남천은 '조선문학건설본부' 설립에 참여하고 그 이듬해 이 단체와 '조선프롤레타리아문학동맹'을 통합한 '조선문학가동맹'의 중앙 집행위원회 서기국의 서기장을 맡아 활동하였다. 1947년경 임화 등과 함께 월북한 그는 북한에서 제1기 최고인민회의 대의원과 조선문학예술총동맹 서기장 등을 역임했지만 휴전 협정 후 박헌영을 중심으로 한 남로당 세력의 숙청 때 임화 등과 함께 숙청당한 것으로 알려져 있다.

김남천은 카프 해산 이후 한편으로는 고발문학론과 모럴론 같은 창작 방법론을 펼쳤고, 다른 한편으로는 그동안 중단한 창작 활동을 다시 전개하였다. 그런데 그의 창작 활동에서 평양고등보통학교와 호세이대학 시절에 읽은 외국문학 작품이 자못 중요한 역할을 했음은 두말할 나위가 없다. 특히 전향 후에 발표한 중편소설 「경영」1940과 「맥麥」1941, 미완성 장편소설 『낭비』1940~1941에는 외국문학, 그중에서도 특히 영문학 작품의 그림자가 자주 어른거린다. 연작소설이라고 할 이 세 작품은 1947년 공산주의자에 대한 탄압이 점차 심해지자 남로당 계열의 문인들과 함께 월북할 때까지 김남천이 남긴 작품 중에서 가장 완성도가 높다. 이 연작소설은 최재서崔載瑞가 주관하던 인문사 기획의 전작 장편소설 총서 첫 작품 『대하大河』1939와 함께 소설가로서의 김남천의 역량을 충분히 가늠해 볼 수 있다.

3

김남천이 직간접으로 영향을 받은 영문학 작가 중에서도 헨리 제임스는 단연 첫손가락에 꼽힌다. 조집 콘래드와 스티븐 크레인 같은 작가들이 제임스를 '대가'로 부른 이후 제임스에게도 흔히 '대가'라는 꼬리표가 붙어 다닌다. 실제로 제임스는 영문학에서 다른 작가들에게 영향을 끼쳤다는 점에서 흔히 '작가의 작가'로 평가받는다. 그러나 미국과 서유럽의 근대문학을 받아들이는 전초기지라고 할 일본에서조차 제임스는 다른 작가들에 비하여 뒤늦게 소개되었다. 도미타 아키라富田彬가 『나사의 회전』1898을 이와나미문고岩波文庫로 번역한 출간한 것이 1936년이다. 그 뒤 1940년 와타나베 준渡辺純과 가와타 가네오川田周雄가 공역하여 역시 이와나미 문고로 『데이지 밀러』1879를 출간하였다. 그뒤 헨리 제임스 번역과 소개는 1950~1960년대에 이르러서야 비로소 본격적으로 이루어졌다.

한편 한국에서 헨리 제임스의 소개와 작품 번역은 해방 후 몇 해가 지난 뒤에야 비로소 이루어지기 시작하지만 그에 관한 소개는 일제 강점기에 이미 이루어졌다. 식민지 조선에 제임스를 처음 소개한 사람은 1920~1930년대에 소설가, 기자, 잡지 편집인으로 활발하게 활동했던 작가 전무길全武吉이었다. 황해도 재령 출생인 그는 휘문고등보통학교를 졸업한 뒤 일본 도요대학東洋大學에서 수학하였다. 귀국 후 그는 소설가와 평론가로 활약하면서 『조선지광朝鮮之光』 편집부에서 근무하다가 1930년대에 종합지 『대조大潮』를 주재하기도 하였다. 1934년 9월 전무길은 『동아일보』에 '미국소설 점고點考'라는 일련의 글을 연재하였다. 이

시리즈의 하나로 그는 「영미국英美國의 공유아共有兒인 제임스의 국제 작품」을 발표하였다. 이 글에서 전무길은 제임스의 가문과 성장과 교육 과정을 밝힌 뒤 윌리엄 딘 하우얼스의 추천으로 문단에 데뷔한 사실을 설명한다. 그러고 난 뒤 그는 제임스 문학의 특징을 이렇게 지적한다.

그의 구상은 단순한 편이나 에밀 졸라 식의 미세한 묘사가 특장이며 또 난해할 문장으로도 유명하다. 철학자와 같은 문장을 쓴다는 평도 들었다.

그는 인간 사회에 복재伏在한 모든 사음·기만·허위·질투 등의 추악 면을 아모 격분도 표시하지 않고 냉정히 객관적으로 묘사하였다. 그의 회심의 작作인 *The Ambassadors*1903는 야릇한 남녀 관계를 그린 흥미있는 것이다. 『금배金盃』도 거의 노성기老成期의 작으로 『어떤 여자의 초상』과 함께 형식과 내용이 잘 조화된 작품이다. 후자는 심리 묘사에 특기를 발휘하였다. (…중략…) 미국인으로 출생하여 영국인으로 서거하였고 미국 의식도 영국 의식도 갖지 않은 변형적 절충아 쩨임스는 1916년 74세로서 일생을 마쳤다.

전무길은 이 글에서 헨리 제임스 문학의 특징을 거의 대부분 언급한다. 묘사가 미세하고 치밀하다는 점에서는 에밀 졸라의 자연주의 전통을 이어받았다는 점을 지적한다. 실제로 제임스는 파리에 머물던 무렵 졸라와 친교를 맺었다. 물론 제임스는 객관적 묘사 못지않게 심리 묘사에도 관심을 둔다. 난해한 문장도 제임스 문학을 특징짓는 중요한 지표다. 특히 전무길이 제임스를 "미국 의식도 영국 의식도 갖지 안흔 변형적 절충아"라고 지적하는 점이 눈에 띈다.

전무길이 이렇게 헨리 제임스를 식민지 조선에 처음 소개하고 나서 한동안 그에 대한 관심이 거의 없다시피 하였다. 그러다가 1950년대 초부터 미국 공보원USIS이 냉전시대 일종의 문화 외교의 일환으로 미국문학의 대표적인 작품들을 번역하여 한국 독자들에게 소개하는 작업을 벌이면서 다시 활기를 찾았다. 그때 서울대학교 영문학과 교수 고석구高錫龜가 『나사의 회전』의 번역을 맡았지만 건강 문제로 중단하자 그의 제자 최승묵崔升墨이 그 작업을 맡아 마무리를 지어 『망령』이라는 제목으로 1956년에 출간하였다. 이러한 상황에 미루어볼 때 김남천이 일찍이 1930년대 말과 1940년대 초에 제임스에 관심을 기울였다는 것이 무척 놀랍다.

미국문학에서 리얼리즘은 크게 세 갈래로 발전하였다. 마크 트웨인이 특정 지역에 뿌리를 둔 '지방적 리얼리즘' 전통을 세우고 윌리엄 딘 하우얼스가 결혼과 가족 문제에 무게를 두는 '가정적 리얼리즘' 전통을 세웠다면, 헨리 제임스는 작중인물의 행동 동기나 그들이 겪는 미묘한 심리적 갈등을 다루는 '심리적 리얼리즘' 전통을 세웠다. 제임스의 작품 중에서도 방금 언급한 『나사의 회전』를 비롯하여 『귀부인의 초상』1881과 『대사들』1896 등은 심리적 리얼리즘을 잘 보여 준다. 주로 외부의 객관 세계에 눈을 돌리는 트웨인과 하우얼스와는 달리 제임스는 작중인물들의 내면 세계에 초점을 맞춤으로써 모더니즘이 다가올 길을 미리 닦아 놓았다. 흔히 제임스를 리얼리즘 전통에 선 작가로 평가하지만 좀 더 정확히 말하면 리얼리즘의 끝자락과 모더니즘의 첫 자락에 걸친 과도기적 작가다.

김남천의 작품 중에서도 헨리 제임스한테 가장 큰 영향을 받은 작품은 『낭비』다. 장편소설로 계획한 이 작품은 1940년 2월부터 1941년 2월까지 최재서가 주재하던 『인문평론』에 11회에 걸쳐 연재되었다. 이 잡지가 폐간되면서 연재를 중단한 것으로 흔히 알려져 있다. 그러나 이 잡지가 폐간된 것은 1941년쇼와 16 4월이어서 『낭비』의 중단과 잡지 폐간과는 직접 관련이 없다. 11회 연재 끄트머리에 앞의 다른 호처럼 '계속'이라는 말을 붙여 놓았다는 것은 이 점을 뒷받침한다. 1941년 2월호 '편집후기'에서도 편집자는 "김남천 씨의 『낭비』는 주인공의 운명이 좌우될 중대한 포인트에 도달하여 이 작자의 의도가 더욱 명료하다"고 밝히는 것을 보면 작품 연재를 계속할 것이었음을 알 수 있다.

『인문평론』 마지막 호에 실린 '문단 일지'에는 김남천이 평안북도 성천에 가서 『대하』 제2부를 집필하다가 얼마 전 경성에 돌아왔다는 소식을 전한다. 물론 이 잡지의 발행인 겸 편집인인 최재서는 한 호를 더 내고 강제 폐간된 뒤 조선총독부의 종용으로 1941년 11월 『국민문학』을 발행하기 시작하였다. 새로이 창간한 잡지에 옮겨 연재할 수도 있을 터지만 『낭비』는 일제 말기의 어용 문학잡지에는 전혀 어울리지 않았다. 이 점과 관련하여 『인문평론』 9호에 실린 '편집후기'는 시사하는 바가 자못 크다.

> 이러한 전환기에 있어 소설의 장래는 어떻게 되나? 이것은 문단인과 더불어 독자 전체가 궁금히 생각하는 문제이리라. 이에 본지는 소설의 운명을 자기 일신의 운명으로 체득하고 있는 김남천 씨로 하여금 책임 있는 의견을 개진토록 하였다. 부질없는 회의懷疑는 서로 삼가해야 할 일이다.

이 편집후기는 아마 『인문평론』의 편집자인 최재서가 썼을 것이다. 김남천이 주장한 '소설의 운명'을 못마땅하게 생각하는 편집자는 '책임 있는 의견'을 좀 더 분명하게 밝히도록 요구한다. 최재서는 김남천의 평론 「소설의 운명」을 염두에 두는 것임에 틀림없다. 이 글에서 김남천은 "문학이 이상을 가지는 길은 이상을 표방하는 데 열려 있는 것이 아니라, 진실을 그리고 진리를 표상화하는 데 열려 있었다. 하느님을 찾는 자가 모두 천국으로 들어가는 것은 아니었다"고 지적한다. 최재서는 정통 러시아의 사회주의 리얼리즘과 적잖이 거리가 있는 김남천의 주장을 받아들이기 어려웠을지 모른다.

김남천이 헨리 제임스한테서 받은 영향은 해방 전후 다른 작가들이 영미 작가들한테서 받은 영향과는 성격이 조금 다르다. 김소월金素月과 정지용鄭芝溶과 김기림金起林 같은 시인들과 이태준李泰俊, 박태원朴泰遠, 김내성金來成, 조세희趙世熙, 김원일金源一, 최인호崔仁浩 같은 시인들이나 소설가들은 영문학 작품에서 좁게는 시어·자구·문장, 넓게는 문학 전통·장르·기법, 더 넓게는 문학관과 세계관 등에서 크고 작은 영향을 받았다.

그러나 김남천은 헨리 제임스의 문학 세계 자체를 소재로 삼는다는 점에서 방금 앞에서 언급한 작가들과는 조금 다르다. 『낭비』의 주인공 이관형은 스물일곱 살로 경성제국대학 법문학부에서 영문학을 전공한 뒤 3년째 대학원에서 공부하며 연구 논문을 쓰고 있다. 9월 중순이나 늦어도 10월 초에는 이 연구 논문을 제출하여 교수들의 심사를 받아야 한다. 이 논문이 무사히 심사에 합격하면 그는 경성제대의 조선인 강사로 채용될 것이다. 당시 스물일곱 살의 조선인으로 제국대학에 강사로 채용된다는 것은 그야말로 엄청난 명예였다. 당시 경성제대는 교수들은 말할 것도 없고 강사들도 일본인을 채용하였다. 이러한 사실을 잘 아는 이관형은 마침내 논문을 제출하고 난 뒤 "이런 방면에서 조선사람 학생의 진출이란 것이 도시 흔하지 않은 일이고 보니 어떻게나 결말이 날 것인지 근심되지 않는 배 아니었다"고 고백한다.

일제 강점기에 강사는 접어두고라도 경성제대에 다닌다는 것만으로도 여간 큰 영광이 아니었다. 이 무렵 경성제대 예과와 본과에 입학하는 조선인 학생들은 식민지 조선에서 최고 엘리트로 대접받았다. 입학시험에서 일본 학생들도 어려워한다는 일본 고전문학 과목을 합격해야만 들어갈 수 있을 정도로 입학시험부터가 무척 까다로웠다. 사정이 이러하다 보니 어려운 관문을 뚫고 입학한 경성제대 학생들의 긍지도 대단하였다. 예과 학생들이 검은 망토를 걸치고 흰 테 두 줄에 느티나무 세 잎의 교모를 쓰고 경성 시내에 나가면 조선인들은 말할 것도 없고 심지어 일본 상인들도 하던 일을 멈추고 선망의 눈으로 바라볼 정도였다.

그래서 이관형은 논문 집필에 여간 심혈을 기울이지 않는다. 심지어 그는 이 연구 논문이 목숨과 바꾸어도 아깝지 않을 만큼 중요한 일이라고 생각할 정도다. 이 작품의 서술 화자가 "지금 그의 머리에는 이것 이외의 것이 침범하여서는 큰일이다"라고 말하는 것은 그 때문이다. 그러나 학문에 관심이 없는 그의 동생 이관국은 누나의 친구인 김연에게 형이 결혼이나 할 것이지 "쓸데없는 공부로 청춘을 소비하고 있습니다"라고 말하는 등 형의 학구열을 그다지 탐탁하게 생각하지 않는다.

『낭비』는 이관형이 번잡한 경성을 떠나 그의 아버지 소유의 원산 송도원 해수욕장 별장에서 논문을 쓰는 것으로 시작한다. 현재 3분의 2 정도를 끝낸 상태로 이제 나머지를 집필하고 정리하여 원고를 타자기로 작성하면 모두 완성된다. 그러나 별장에 두 동생과 다른 피서객이 드나들면서 논문 집필에 집중할 수 없게 되자 그는 원산 별장을 떠나기로 한다. 이관형은 "나는 산속으로 가야 한다. 아무도 없고 아무도 나를 부르지 않는 깊은 산속으로 들어가서, 나는 거기서 다시 헨리 젬스의 위대한 정신과 싸워야 한다"고 다짐한다. 그래서 이관형은 김연이 추천하는 온천 휴양지인 양덕 산골로 들어가 마침내 논문을 완성하자 "이 길을 통하여 그는 누구나도 가질 수 없는 새로운 청춘을 획득했다는 놀라운 자각에 한참 동안 안절부절 못했다"고 고백한다.

이관형이 헨리 제임스를 처음 알게 된 것은 경성제국대학 대학원에 입학하여 영문과 주임교수 가사이笠井한테서 이 작가에 대하여 소개를 받으면서부터다. 이관형은 가사이 교수의 지도로 제임스에 관한 참고도서를 수집하고 그의 작품과 그것에 대한 연구를 섭렵하면서 마침내 그를 연구해 보고 싶은 욕구가 생겨났다. 아까운 청춘을 바친다는 생각을 떨치지 못하면서도 그는 "학문에 대한 굽혀지지 않는 사모의 마음이 그윽한 흥분을 그의 가슴에 선물"하는 것을 느낀다. 주인공의 학문적 열정을 서술 화자가 '사모의 마음'이니 '그윽한 흥분'이니 하고 성적性的 이미지로 표현하는 것이 흥미롭다. 뒤에 자세히 다루겠지만 이 작품에서 성性이 차지하는 몫은 아주 크다.

김남천이 비교적 자세히 밝히듯이 헨리 제임스는 미국에서 태어나 일찍이 영국에 이주하여 살다가 만년에 다시 미국에 돌아와 사망한 작가다. 그는 철학이나 사상이 척박한 미국에 실용주의 철학을 정립한 윌리엄 제임스의 동생이다. 윌리엄 제임스가 미국을 대표하는 사상가로 융숭한 대접을 받듯이 헨리 제임스는 영문학에서 가장 중요한 현대 작가 중 한 사람으로 평가받는다. 그러나 그의 작품은 동시대 작가들의 작품과 비교하여 난해하기로 악명이 높다.

> 저의 나라 사람들 사이에서도 난해하기로 유명한 헨리 젬스의 문장이었다. 한 작품 전체를 통독하고 난 뒤에도 무엇이 무엇인지 머리빡이 혼란해서 갈피를 잡을 수 없는 경우가 많았다. 만년의 작품에 이르면 작자 자신도 이해하였는가 의아되리 만큼 문장은 심리에 얽혀서, 그것을 따라가는 독자는 풀숲과 삼림에 쌓여 하늘을 구경할 수 없는 원시림 가운데서 길을 잃은 사람처럼, 멍청하니 흐릿한 주위를 둘러보는 수밖에 없었다. 어디선가 희미한 광선이 들어오는 것도 같으나 길은 없고, 설사 길이 없는 수풀 위에서라도 무중아리를 피로 적시며 좇아갈 만한 뚜렷한 불광선이 빛이는 곳이 보이들 않는 것이다.

이관형이 제임스의 작품을 읽는 독자를 "원시림 가운데서 길을 잃은 사람"에 빗대는 것이 흥미롭다. 실제로 제임스의 후기 장편소설들은 플롯 전개가 꽤 복잡하여 독자들은 마치 미로에 갇힌 듯한 느낌을 자주 받는다. 앞에 언급한 윌리엄 딘 하우얼스는 제임스의 독자에 대하여 "제임스를 참을 수 없다고 솔직하고 인정하고 나서 정직하게 그를 무시해 버리거나, 아니면 몰래 그를 동경하며 때때로 그에게 다시 돌아가 조금 더 좋아할 수 있을지 조금 더 참을 만한지 시험해 보는 사람들이 있다. (…

중략…) 그러나 많은 사람은 그의 적이거나 편의상 적이라고 부를 수 있는 사람들이다. 물론 그들은 그의 독자로는 거의 간주되지 않을 것이다"라고 말한 적이 있다. 이관형은 두말할 나위 없이 하우얼스가 말하는 제임스의 독자에 들어가지 않는다. 제임스의 난해한 작품에서 길을 잃고 헤매면서도 그는 제임스의 작품을 정복하려는 꿈을 결코 저버리지 않는다. 이관형은 제임스라는 원시림이 다른 숲과 비교하여 비록 어둡기는 할망정 앞을 향하여 할 발도 떼지 못할 만큼 그렇게 캄캄하지는 않다고 생각한다.

> 그렇다고 아주 캄캄한 암흑인 것도 아니다. 만약 지척을 분간할 수 없는 칠흑같은 암흑이 눈 가는 곳, 손길이 부딪히는 곳마다 둘러싸여 있다면, 아람드리 나무에 머리를 부셔 버리고, 바위에 걸려 몸을 던지고, 가시덤불에 얽혀서 왼 몸을 갈기갈기 찢기는 한이 있어도, 오히려 그가 다투어야 할 대상이 명확한 만큼, 그는 그것을 뚫고 나가야 할 용기를 품을 수 있고 그것으로 하여 자신의 구원을 받아들일 길이 열릴 것이다. 그러나 어둡기는 할망정 캄캄하지는 않은 것이다. 바람도 없다. 어디선가, 희미한 광선이 움직이지 않는 바람처럼 시력을 둔하게 만들고, 머리 속까지 음산한 와사瓦斯가 숨여 드는 것이다.

이관형은 심지어 영미 문화권의 독자들도 난해하다고 불평하는 제임스의 작품을 지구 반대편의 식민지 지식인인 그가 이해하려 애쓰는 것이 어떤 의미에서는 도전적이면서도 기특하다고 생각하는 듯하다. 실제로 1930년대 말과 1940년대 초엽 연구 기준에서 보면 제임스 문학에 대한 김남천의 이해는 비교적 높은 편이다. 가령 제임스의 문학적 생애를 미국·유럽·미국의 세 시기로 나누어 설명하는 것도 그러하고, 제임스의 문학에 관류하는 모티프를 국제주의 주제와 '이종異種 문명의 충돌'에서 찾는 것도 그러하다.

더구나 김남천은 이 세 시기에 해당하는 작품을 하나하나 예로 들면서 설명한다. 몇몇 작품은 플롯까지 요약하는 것을 보면 김남천은 실제로 제임스의 작품을 읽은 것 같다. 김남천은 "항용 영국문학의 연구가나 미국문학의 전공가는 헨리 젬스의 문학 생활을 세 기간으로 나누어서 생각하기를 즐긴다"고 말한다. 그러면서 그는 제1기를 1875~1885년, 제2기를 1885~1900년, 제3기를 1900~1916로 잡는다. 물론 제임스 문학의 이러한 특징은 영문학계에서는 상식처럼 되어 있다시피 하다. 가령 영미의 제임스 연구가들도 흔히 그의 문학을 크게 ① 수련기1864~1881, ② 중간기1882~1895, ③ 전성기1896~1916의 세 단계로 나눈다. 연도에서 조금 차이가 날 뿐 제임스 문학의 발전 단계를 파악하는 방식에서는 이관형과 영미 학자들은 크게 다르지 않다.

4

『낭비』의 주인공 이관형이 경성제국대학 강사 채용 조건으로 집필하는 학술 논문은 헨리 제임스 작품의 핵심적 특징이라고 할 심리주의가 어떠한 것에 기반을 두는지 밝히는 것이다. 제임스의 소설 작품이 '괴팍

스런 내부 생활', 즉 작중인물들의 복잡한 심리를 다룬다는 것은 지금까지 제임스 연구가들이 거의 일치하는 의견이었다. 제임스에게 소설의 가치는 "삶에 대한 개인적이고 직접적인 인상"을 보여 주는 데 있다. 그런데 그것은 겉으로 드러난 물질 조건을 연대기적으로 기록하는 데 있지 않고 오히려 인간의 주관적·심리적 복잡성을 면밀히 검토하는 데 있다. 앞에서 잠깐 언급했듯이 같은 리얼리즘 전통에 서 있으면서도 제임스는 윌리엄 딘 하우얼스나 마크 트웨인과는 결이 다르다.

이관형이 지금 집필하는 연구 논문 제목은 「문학에 있어서의 부재의식不在意識」이다. 그 부제로는 '헨리 젬스에 있어서의 심리주의와 인터내슈낼 시튜에 — 슌國際的 舞臺'으로 정하려고 고려 중이다. 그런데 그의 논문 내용은 본제보다는 오히려 부제에서 훨씬 더 뚜렷이 엿볼 수 있다. 제임스가 국제주의 주제를 즐겨 다룬다는 것은 이미 잘 알려진 사실이다. 그는 구대륙 유럽의 풍습과 신대륙 미국의 풍습을 비교하여 성찰하는 『미국인』1877과 『유럽인들』1878, 『데이지 밀러』를 발표하여 처음 국제적 명성을 얻었다. 제임스의 초기 작품에서 나타나는 국제주의는 말기의 작품에 이르러 다시 한 번 나타난다.

여기에서 한 가지 눈여겨볼 것은 이관형이 이렇게 상식으로 통하는 학계의 연구 성과를 뛰어넘으려고 한다는 점이다. 종래의 연구자들은 주로 공시적 관점에서 국제주의 주제를 다루거나, 심리주의 방법론으로 그의 작품을 분석해 왔다. 그러나 이관형은 기존의 문화 충돌 연구나 심리주의 비평에서 벗어나 좀 더 통시적 관점에서 제임스 문학을 역사적 시간과 사회적 공간의 산물로 파악하려고 한다. 이 점과 관련하여 이관형은 "제임스를 시대와 연결시켜서 그의 문학의 배후에 있는 사회적 시대적 의의를 추궁한 자는 찾아보기 힘들었다"고 선행 연구 성과를 지적한다. 이렇듯 이관형의 관심은 제임스의 내면 세계나 심리에서 벗어나 좀 더 외부 세계나 사회에 주목하려고 하는 데 있다.

> 이관형이가 착수한 논문의 테마와 모티브는 이러한 아카데미스트들의 기정된 연구 업적과 평가를 뒤집어 놓고, 헨리 젬스의 이른바 국제적 무대, 인터내슈낼 시튜에슌과 심리주의를 밀접하게 관련시키고, 이러한 각도에서 그를 재검토하고, 시대와의 연관성에서 그의 소설 방법과 기술적 특성을 추구하고 이리하여 그의 존재를 전혀 사회적으로 규정하려는 데 있다.

기존 연구를 '뒤집어' 놓음으로써 제임스 연구에 새로운 지평은 열려고 한다는 점에서 김남천의 논문은 획기적이다. 그것도 영미 문화권이 아닌 동아시아의 젊은 지식인이 시도한다는 여간 놀랍지 않다. 그런데 위 인용문의 마지막 문장에서 볼 수 있듯이 "제임스의 존재를 전혀 사회적으로 규정하려는" 이관형의 시도는 참으로 참신하다.

실제로 영국과 미국의 학계에서도 제임스를 사회비평가로 평가하기 시작한 것은 비로소 1940년대 중반에 이르러서다. 가령 클린턴 올리버는 1947년에 「사회비평가로서의 헨리 제임스」라는 논문을 발표하여 큰 관심을 끌었다. 그 뒤 학자들이나 비평가들은 제2기 문학적 생애에서 1881년에서 1890년에 이르는 시기에 제임스가 사회 문제에 관심을 기울였다고 입을 모은다. 예를 들어 제임스는 『보스턴 사람들』1886에서 미국 사회의 여권 문제를 다루고, 『카사마시마 공주』1886에서는 영국의 계급투쟁 문제를 다룬다.

제임스가 고국인 미국을 떠나 영국에서 살면서 사망하기 직전 영국으로 귀화한 데는 여러 이유가 있을 터다. 영국을 비롯한 서유럽과는 달리 미국에는 이렇다 할 문화적 전통이 없다는 사실도 중요한 이유 중 하나다. 심지어 이관형은 당시 미국을 영국의 '문화적 식민지'라고 부른다. 정치적으로는 영국 식민지에서 독립했을지언정 문화적으로는 여전히 예속 상태에 놓여 있다는 말이다. 이관형은 어릴 적부터 유럽에서 성장하고 교육을 받은 제임스로서는 '아메리카의 식민지적 야만 문화'가 견딜 수 없었을 것이라고 지적한다. 그러나 유럽을 주거지로 택했지만 제임스는 유럽에서도 그가 바라던 것을 찾을 수 없었다.

> 구라파에 건너간 젬스는 그곳에서도 그의 동경하던 문화적 이념을 만족시킬 수가 없었다. 그의 마음의 고향은 이미 부패하기 시작한 구라파인의 생활 가운데도 있지 않았던 것이다. 그러므로 밖으로 향하여 그곳에서 마음을 펼 수 없었던 그의 문학은 심리와 의식으로 내향內向의 길을 더듬기 시작하게 되었다. 아메리카와 구라파의 두 세계를 지리적 문화적 배경으로 삼으면서, 그는 그것을 작중인물에게 주는 심리적 영향이라는 방면에서만 그의 예술의 주제主題를 삼았다. 이리하여 두 세계에 대하여 희망을 잃고, 그리고 이러한 두 세계와 맹렬히 싸워나갈 투쟁력을 가지지 못한 헨리 젬스의 문학은, 전혀 내부 생활로 방향을 바꾸었고, 그것은 갈수록 심해져서 드디어 '의식의 흐름'이라고 일컫는 신심리주의적 창작 방법, 20세기에 들어와서 저 유명한 젬스 죠이스의

『유리시즈』를 이루어 놓은 전혀 새로운 예술 방법의 원조가 되었던 것이다.

이관형은 제임스가 왜 내부 세계와 심리에 관심을 둘 수밖에 없었는지 그 이유를 미대륙에서와 마찬가지로 서유럽에서도 '마음의 고향'을 발견하지 못했다는 데서 찾는다. 제임스는 영국을 비롯한 유럽은 겉으로는 세련되고 교양을 갖춘 것처럼 보일지 모르지만 실제로 그 이면에는 부패와 타락이 독버섯처럼 자라고 있다는 사실을 몸소 깨닫는다. 그래서 밖으로 향하던 제임스의 문학은 점차 "심리와 의식으로 내향의 길", 즉 인간의 내면 세계에 주목한다는 것이 이관형의 논문의 취지다.

위 인용문의 마지막 문장에서 김남천이 언급하는 '의식의 흐름'과 '신심리주의적 창작 방법'을 좀 더 주목해야 한다. 앞에서 잠깐 언급했듯이 헨리 제임스는 20세기에 들어와 모더니즘의 대부代父 제임스 조이스가 다가올 길을 미리 닦아 놓았다. 이관형은 경성제국대학 심리학과의 사키자카向坂 교수에게 "20세기에 들어와서 가장 큰 봉우리를 이루어 놓은 문학은 이러나저러나 하여도 역시 쪼이스의 문학이라고 생각했습니다"라고 밝힌다.

김남천은 일찍이 이 두 작가를 한데 묶어 '헨리 제임스 조이스'라고 부른다. 영미 학계에서도 이렇게 제임스와 조이스의 관계를 '헨리제임스조이스HenryJamesJoyce'로 묶어 한 단어로 표기하는 것은 반세기 뒤의 일이다. 1984년 대니얼 마크 포겔이 '대가의 계승'이라는 부제가 붙은 연구 논문에서 'HenryJAMESjoyce'라는 명칭을 처음 사용한 바가 있다.

헨리 제임스는 사물 같은 외부 세계에 대한 묘사가 위주였던 전통적 리얼리즘에서 벗어나 작중인물들의 내면 심리를 탐구하는 데 깊은 관심을 보였다. 헨리 제임스는 유럽의 문화적 식민지인 미국에서는 말할 것도 없고 심지어 그가 그토록 동경하던 유럽에서도 문화적 이상을 찾을 수 없었다. 이렇게 외부 세계에서 문화적 이상을 찾을 수 없던 그는 결국 인간의 내면 세계로 눈을 돌려 그곳에서 그것을 찾을 수밖에 없었다. 이렇게 인간의 의식이나 심리에 무게를 실은 헨리 제임스의 문학은 제임스 조이스는 말할 것도 없고 버지니아 울프와 윌리엄 포크너 같은 소설가, T. S. 엘리엇 같은 시인에게 큰 영향을 끼쳤다. 이러한 영향은 영문학의 범위를 벗어나 프란츠 카프카 같은 독일 문화권 작가들, 심지어 동아시아 작가들에게서도 찾아볼 수 있다.

그렇다면 김남천이 이렇게 식민지 지식인 이관형을 주인공으로 내세워 말하고 싶은 것은 과연 무엇일까? 이 물음에 답하려면 이관형의 논문 제목 '문학에 있어서의 부재의식'을 다시 한 번 주목해 볼 필요가 있다. 김남천에게 부재의식은 아주 중요한 개념이다. 그런데 이 개념은 그가 식민지 지식인이라는 사실과 깊이 연관되어 있다. 제임스에게 미국은 말할 것도 없고 그가 동경하던 유럽에도 문화적 이상이 존재하지 않듯이 이관형에게도 일본 제국주의의 식민지로 전락한 한반도에 문화적 이상은 물론 정치적 이상도 존재하지 않는다. 이러한 상황에서 식민지 조선의 문인들은 허무주의에 빠지지 않은 채 문화적 이상을 추구할 길을 찾아야 하였다. 문화적 이상이 과연 어떠한 것인지 김남천은 뚜렷하게 밝히지는 않지만 적어도 일본 문인들을 뒤쫓아 따르거나 지나치게 국수주의의 늪에 빠지는 것이 아님은 분명하다.

이렇게 이관형이 제임스 작품에서 사회 문제를 논문 주제로 삼은 것은 어찌 보면 식민지 조선에서도 심리 문제보다는 사회 문제가 훨씬 더 중요하고 절실하기 때문이다. 이관형은 성욕리비도과 잠재의식이 핵심적 역할을 하는 지그문트 프로이트의 정신분석 이론으로는 제임스의 '부재의식'을 충분히 설명할 수 없다고 판단한다. 물론 그는 문난주와 김연을 은근히 좋아하는 자기도 프로이트의 이론을 뒷받침하는 것이라고 생각할 때도 있다.

이관형은 제임스를 연구하면 할수록 자기도 제임스와 같은 운명에 희롱당하는 것처럼 느낀다. 그는 "제임스가 찾아간 세계가, 지금 펼쳐 보고 있는 작품처럼 심리와 의식의 착잡하고 혼미한 정신의 고독한 분위기일진대, 이관형의 참을 수 없는 고독과 문화에 대한 향수가 가 닿을 곳도 이러한 암담한 정신 세계는 아닐 것인가"라고 자문한다. 아직 젊은 나이를 떠올리며 이관형은 제임스를 넘어뜨리지 않고서는 자기의 세계가 열리지 않을 것이라고 확신한다.

어떤 의미에서 이관형은 작가 김남천이 자신을 투사한 인물로 보아 크게 틀리지 않다. 고발문학론과 관련하여 앞에서 언급했듯이 김남천은 카프가 공식적으로 해체된 후에도 사회주의에 기반을 둔 계급문학에 대한 미련을 완전히 버리지 못하였다. 1947년쯤 임화 등과 함께 월북할 때까지 그는 어수선한 해방기에 좌익 문단에서 주도적인 역할을 하였다. 이러한 김남천으로서는 제임스를 심리적 리얼리즘의 좁은 울타리에 가두어 놓는 것은 그다지 바람직하지 않았을 것이다.

5

이관형이 헨리 제임스의 심리주의를 사회적 기반에서 그 원인을 찾는다는 것은 제임스 학계에서는 획기적이라고 할 만하다. 그러나 일본 제국주의자들에게는 마치 목에 가시가 걸린 것처럼 불편하기 그지없다. 자칫 일본 제국주의에 대한 도전으로 여겨질 수 있기 때문이다. 더구나 1940년대 초라면 일제 강점기 말기로 일본제국의 침략 야욕이 가장 적나라하게 드러난 시기다. 그 이듬해 진주만공습으로 태평양전쟁이 발발한 일제는 식민지 조선에 창씨개명, 국어와 국사 교육 금지, 강제 징용 및 징병, 위안부 및 정신대 징집 등 온갖 방법으로 탄압하던 무렵이다.

마침내 경성제국대학에 논문을 제출한 이관형은 교수들의 심사 결과를 학수고대한다. 그러던 가운데 심사위원 중 한 사람인 심리학 전공의 사키자카 교수에게 불려간 그는 논문에 대한 교수의 평을 듣고 적잖이 당황한다. 교수는 그에게 "전체로서 받은 인상으로 심리학이 사회학의 밑에 포섭되는 것 가은 느낌을 받았는데 실상 그렇게 생각하고 있는 것이오?"라고 먼저 운을 뗀다. 그러고 나서 교수는 계속하여 제임스 관련 논문을 쓴 것이 문학적 동기 외에 다른 어떤 사회적 동기가 있지 않느냐고 추궁한다.

"이 논문은 그렇지만, 단순한 문학적인 이유만으로 해석할 수 없는 군데가 많지 않겠소. 문학적인 이유 외에 사회적인 이유라고도 말할 만한 것이 있지는 않소. (…중략…) 뿐만 아니라 군이 부재의식의 천명의 핵심을 관습과 심정의 갈등, 모순, 분리에서 찾는 바엔 여기에 단순히 문학적인 이유만으로 해석될 수 없는 다른 동기가 있는 것이 아니오?"

이관형은 이미 앞에서 언급한 '헨리 제임스 조이스'를 언급하며 자기 논문이 오직 심리주의의 사회적 기반을 밝힐 것일 뿐 어떠한 사회적 동기도 없다고 밝힌다. 그러나 사키자카 교수는 그의 주장을 좀처럼 받아들이지 않으려 한다. 사까자까의 질문에 대하여 이관형은 "신랄한 질문이긴 하였으나 또한 적지 않은 사취邪推와 독기가 풍기는 화살"이라고 고백한다. '사취'는 못된 의심을 품고 추측한다는 뜻의 '사추'의 오식일 가능성이 크다. 이관형은 '사추'라는 단어로 모자라 아예 '독기가 풍기는 화살'이라고 생각한다. 그래서 그는 다시 한 번 사키자카 교수의 주장에 맞선다.

"아니올시다. 결코 문학적인 이유 외에 다른 동기가 있을 리 없습니다. 어떠한 문학이든 환경과 분리된 것은 없는 줄 압니다. 문학이란 개인적인 창조물이라곤 하지만 역시 문학을 탄생시키는 태반은 환경에 있다고 믿습니다. 그것은 저 입포리트 테느의 소위 미류설에 가담해서가 아니라, 작가의 개인적인 환경과 사회적 자연적 환경을 무시하고는 그의 문학 작품을 충분히 분석하고 해석할 건덕지가 없을 것이라 믿기 때문입니다."

사키자카 교수의 비위를 거스를 수 없는 이관형은 되도록 차분하게 이론에 근거하여 자기의 입장을 밝힌다. 이관형이 자기주장의 근거로 삼는 것은 19세기 프랑스 실증주의의 대표적인 사상가 이폴리트 텐의 이론이다. 오귀스트 콩트의 실증주의적 방법을 응용하여 문학을 연구한 텐은 객관적이고 과학적 시각에서 예술 작품을 분석하는 실증주의 미학의 기반을 다짐으로써 근대 비평의 새로운 지평을 열었다. 그는 특히 문학을 결정짓는 것으로 인종race, 환경milieu, 시대moment의 세 요소를 들었다. 이관형이 말하는 '소위 미류설'이란 바로 이 세 요소 중 환경을 가리킨다. 환경에 대하여 텐은 유전 받은 종족의 기질을 변형하는 사회경제적 상황 또는 환경이라고 말한다.

사키자카 교수는 이관형에게 계속하여 집요하게 그가 논문에서 사용한 '크레아타 에트 크레안스'의 개념에 대해 따져 묻는다. 그러자 이관형은 "인간은 사회에 의해서 만들어진 물건이지만 동시에 인간은 사회를 맹그는 물건이다. 만들어지면서 또한 만들어 나가는, 이러한 것으로 인간의 본질을 파악할려는 뜻으로 쓴 것입니다"라고 대답한다. 이관형은 '크레아티오 엑스 니힐로creatio ex nihilo'의 반대 개념으로 '크레아타 에트 크레안스creata et creans', 즉 모든 피조물은 무無에서 창조되는 것이 아니라 어디까지나 유有에서 창조된다는 점을 지적한다. 인간이 사회의 영향을 받는 동시에 사회에 영향을 끼친다는 생각은 텐의 환경론적 결정론에서 한 발 발전한 것이다.

그러나 사키자카 교수는 이관형의 주장을 흔쾌히 받아들이려 하지 않는다. 교수는 "여하튼 군이 이 논문에서 사용한 방법이 사회과학적 방법인건 확실하지 않소?"라고 되물은 뒤 곧바로 "말할 것도 없이 사회과학적 방법이란 ……"이라고 말끝을 흐린다. 그가 미처 내뱉지 않은 말은 모르긴 몰라도 아마 "식민지 지식인으로서 제국주의에 맞서려는 시도가 아닌가?"로 받아들여도 크게 틀리지 않을 것 같다. 사키자카 교수에게는 제임스 연구의 기존 정설을 깨고 굳이 사회적 기반을 끌어들이는 이관형의 태도가 사상적으로 의심스러울 수밖에 없다.

한편 지도교수인 가사이는 사키자카 교수와 같은 입장이면서도 이관형을 대하는 태도가 조금 다르다. 먼저 사가이 교수는 이관형의 영어 문장에 대하여 마치 영국인이 쓴 것 같다며 칭찬한다. 그는 이관형에게 "우리 일본사람들의 통폐인 잔잘분하구, 빽빽한, 문법에 구애하는 문장과는 동이 떠서, 언뜻 영국사람 자신의 영어 같은 느낌을 주는걸"이라고 말한다. 당시 제국대학에서 졸업 논문은 영어로 쓰는 것이 관행이었다. 이렇게 영어 구사력을 칭찬하고 난 뒤 사가이는 이관형이 제임스의 심리주의를 사회적인 문제와 연결시키는 것에 불만을 표한다. 그는 "단순히 심리학적인 문제로 국한시켜서 취급하는 것이 온당하지 않을까 생각하는데"라고 완곡하게 말한다.

가사이 교수와 이관형의 관계는 여러모로 경성제국대학의 영문학과의 사토 기요시佐藤清 교수와 최재서의 그것과 비슷하다. 사토는 외모에서 "키가 작달막하고 도수가 강한 조꼬만 근시안경을 쓴 가사이 교수"를 닮았다. 공적 관계를 떠나 사토와 최재서는 사적 관계에서도 친밀하였다. 가사이는 논문 문제로 의기소침한 이관형을 동숭동 집으로 초대하여 술과 식사를 함께한다. 여러 정황으로 미루어보면 이관형은 가사이의 집을 처음 방문한 것이 아니라 그동안 여러 번 차례 방문하였다. 김남천은 사토의 부인이 쓰다津田를 나온 재산가의 딸로 설정하는데 최재서의 여동생 최보경崔寶卿은 쓰다에이가쿠주쿠津田英學塾를 졸업하였다. 『낭비』가 미완성으로 끝나 이관형이 과연 논문에 합격하여 경성제대의 강사로 임명되는지 알 수 없지만, 적어도 최재서로 미루어보면 아마 강사에 임명되지만 곧 다른 일본인 교수들의 압력으로 강사직을 그만 두게 될 것 같다.

이관형은 제임스 논문을 완성한 뒤 연구 방향을 영국 비평사로 바꾸었다는 점도 최재서와 비슷하다. 전공 분야를 바꾼 것과 관련여 이관형은 "영국 비평사 — 하나의 역사요, 남의 나라에서 점차 비평이 형성되고 성립되는 과정을 정밀히 살피는 사업이고 보니 조금만 노력하면 종차론 몰라도 자기자신을 완전히 분리해 놓을 수 있을 것 같았다"고 말한다. 그런데 최재서도 경성제대 학부와 대학원 과정에서는 주로 영국 낭만주의를 연구하다가 졸업 후에는 비평으로 전공 분야를 바꾸었다. 그는 흔히 식민지 조선에 주지주의 문학 이론을 처음 본격적으로 소개한 비평가로 꼽힌다.

6

김남천은 『낭비』에서 비단 헨리 제임스를 주인공 이관형과 관련시키는 것에 그치지 않는다. 이 작품에서는 주인공과 관련한 것 외에 작품의 다른 면에서도 제임스한테서 받은 영향을 쉽게 엿볼 수 있다. 무엇보다도 먼저 눈에 띄는 것이 김남천이 제임스처럼 중류층이나 상류층에 속하는 인물을 즐겨 작중인물로 삼는다는 점이다. 『낭비』의 주인공 이관형은 경성제국대학 법문학부와 대학원 과정을 밟는 당대 최고의 지식인이다. 경성에서 크게 무역업을 하는 그의 아버지 이규식은 원산 송도원에 여름 별장을 소유하고 있을 만큼 경제적으로 여유 있을 뿐 아니라 자유주의적 사상의 소유자다. 큰아들 이관형은 경성에서 대학을 다니고 둘째 아들 이관국과 외딸 이관덕은 일본에 유학했거나 현재 유학 중이다. 관덕은 이화여자전문학교를 거쳐 도쿄 소재 대학에서 음악을 전공하고 지금은 비행사와 결혼 준비를 하고 있다. 관국은 대학 예과에 해당하는 교토京都 소재 제3고등학교에서 독문학을 전공하고 있다. 특별한 이변이 없는 한 그는 교토제국대학에 입학하는 데 큰 어려움이 없을 것이다. 이관국은 조선문단의 수준이 낮다고 신랄하게 비판하면서도 문단 진출을 꿈꾸는 문학청년이다. 잠시 별장에 들리는 이관형의 외삼촌 윤갑수는 경성의 한 영화회사 중역이다.

이렇게 『낭비』에 등장하는 중산층 이상의 작중인물은 비단 이관형의 집안 식구에만 그치지 않는다. 이관형의 여동생 관덕의 친구로 의동생 사이로 송도원 별장에 함께 머무는 김연도 마찬가지여서 평양에서도 손꼽히는 유명한 '물산객주'의 딸이다. 그녀는 지금 이화여자전문학교 가사과 3학년에 재학 중이다. 또한 이 씨네 별장 바로 옆 다른 별장은 일본인 소유지만 지금은 경성의 동양은행 본점 지배인 백인영이 빌려 그의 애첩 최옥엽과 옥엽의 친구로 '슬픈 조선의 미망인'인 문난주가 머물며 피서 중이다. 메이지정明治町에서 양장점을 경영하는 문난주의 남편은 토월회시대부터 신극운동을 하던 예술인이었지만 갑자기 맹장염으로 사망한다. 소설의 화자는 이 두 별장이 "형제처럼 나란히" 서 있다고 말한다. 별장의 외형뿐 아니라 그 안에 머무는 사람들의 사회적 신분도 크게 다르지 않다는 사실을 보여 준다. 또한 이 두 별장 근처 송하리에는 여류 소설가 한영숙이 머무는데 그녀의 남편은 전문학교에서 경제학을 가르치는 교수다.

김남천이 제임스에게서 받은 영향은 단순히 중산층이나 상류층 인물을 작중인물로 삼는다는 점에 그치지 않는다. 김남천은 제임스처럼 외부 행동이나 사실의 객관적 묘사보다는 작중인물들의 심리 묘사와 성격 분석에 훨씬 더 관심을 기울인다. 『인문평론』 1940년 2월호 '편집후기'에서 편집자는 "독자의 힐책까지 받아오든 김남천 씨의 연재소설 『낭비』는 이달부터 신기 시작한다. 인물의 성격을 분석하면서 어떤 시대적 단면을 보여 주려는 역작이다"라고 밝힌다. 이 작품이 작중인물들의 외부 행동보다는 성격에 주목한다는 점을 시사한다.

성격 묘사 위주에 무게를 두는 『낭비』의 이러한 특징은 첫 장면부터 엿볼 수 있다. 서술 화자는 첫 문장에서 이관형이 잠에서 깨어나 누워 있는 행동을 묘사할 뿐 나머지 문장에서는 하나같이 주인공의 생각, 기억, 연상, 환상 등을 다룬다. 그의 이러한 심리 작용마저도 어떤 객관적 사실을 생각해 내기보다는 상상 속에서 짐작하고 추측하는 것에 그치는 경우가 많다. 주인공이 마침내 자리를 박차고 일어나는 것은 몇 단락이 지난 뒤다. 서술 화자는 "그때에 다시 뽐푸수도의 거유울음이 시작되었다. 영락없이 최옥엽이가 돌아온 것이라고 이관형은 생각하였으나, 그때엔 그러한 환상을 즐기고 있는 제 자신에 적지 않은 모멸을 주면서 그는 와이셔츠를 배 위에서 벗겨 던지고 뻘떡 다다미 위에 일어나 앉는다"고 말한다.

더구나 『낭비』에서 김남천은 제임스처럼 사랑과 연애를 중요한 플롯으로 삼는다. 제임스의 작품에서 사랑과 연애가 차지하는 몫은 아주 크다. 국제주의와 '이종 문명의 충돌'의 주제도 궁극적으로는 작중인물들의 사랑과 연애를 기반으로 이루어진다. 『낭비』에서도 무엇보다도 먼저 눈에 띄는 것이 사랑과 연애를 중요한 플롯으로 삼는다는 점이다.

이관형과 이관국이 누이동생 이관덕의 친구 김연을 은근히 좋아하면서 세 사람 사이에는 삼각관계가 일어난다. 조선문단에 관심이 많은 이관국은 "평범하고 범용스러운" 김연보다는 소설가 한영숙에게 더 관심이 많다. 이러한 동생을 두고 이관덕은 '타락한 학생'이라고 부르고, 관국은 자기가 '약간한 권태'에 빠져 있을 뿐이라고 대꾸한다. 서술 화자는 송도 별장에서 경성에 돌아온 이관국이 한영숙을 만나는 장면에서 "어린 청년과 온당치 않은 사련邪戀의 길을 밟기 시작하는 중년 부인네의 위태하고도 흥분한 상기된 몸매무시만이, 이 요란스럽게 장식한 방안에 대기하고 앉아 있었다"고 말한다. 경제학 교수와 결혼한 한영숙은 권태기를 맞아 자기보다 대여섯 살 어린 관국을 유혹하여 잠시 기분을 전환한다. 결국 두 사람의 관계는 '한 토막의 유희'로 끝나고 말지만 그 연애를 소재로 삼아 쓴 「바람」이라는 단편소설에서 여러모로 한영숙이라고 할 소설 화자는 두 사람의 관계를 단순한 자극제만은 아니었다고 말한다.

박하薄荷와 같은 약물로 온 세포를 씻어 버리면 이러한 청신한 기분을 마음 속에 맞아들일 수 있을 것인가. 나는 정히 이 박하수로 목욕을 한 것이었다. 자극제이기보담은 더 아름답고 맑은 샘물과 같은 청신한 물에 나는 목욕을 한 것이었다. 그러나 나의 몸과 마음에 이 박하의 향기는 얼마난 오랫동안 머물러 있을 것인가, 생각하면 덧없기 짝이 없어 가슴은 오히려 자꾸만 설레이고 분방한 말처럼 달래는 것이다. 나는 남편과 아이가 자는 방에 누워서도 박하수에 몸과 마음을 잠그기를 꿈을 빌어 희망하고 기도하였다.

한영숙과의 로맨스를 청산하고 난 뒤 이관국은 경성에서 부산행 특급열차 야카스키를 타고 일본에 건너간다. 지금 그는 침대칸에 누워 경성에서 한영숙을 만났을 때 그녀가 준 잡지에서 「바람」을 읽고 있고, 위 인용문은 그가 읽는 소설의 한 대목이다. 한여름 동안 이관국과의 짧은 로맨스가 청량한 박하수로 목욕한 것 같은 느낌이 든다고 말하는 한영숙은 그야말로 고삐 풀린 '분방한 말'과 다름없다.

한편 제임스 연구 논문 집필에 진력하면서도 이관형은 송도원 별장의 "다채한 풍속 가운데서 자기의 정신적 위기"를 느끼며 김연과 함께 문난주를 좋아한다. 그러나 이관형에게 은행가의 첩인 문난주는 '성욕의 대상'일 뿐이고, 아직 결혼하지 않은 김연은 '애정의 대상'일 뿐이다. "이미 중학에 단니는 아들을 가지고 있으나 성격으로는 거의 파산 된 상태에 떨어져 있는 미망인"인 문난주는 이관형의 외삼촌으로 영화사 중역인 윤갑수에게 관심이 있다. "정력이 비상한" 윤갑수에게 문난주는 물론 최옥엽도 스쳐가는 뭇 여성 중하나일 뿐이다.

김남천의 『낭비』는 관음증과 동성애를 다룬다는 점에서도 헨리 제임스의 작품과 비슷하다. 『데이지 밀러』를 비롯한 여러 작품에서 제임스는 관음증과 동성애를 즐겨 다룬다. 먼저 관음증과 관련하여 방금 인용한 문장에서 서술 화자가 이웃집 별장 탈의장에 설치한 펌프를 거위 같은 동물과 관련시킨다는 점을 주목해 볼 필요가 있다. 지난해 펌프에서는 당나귀 소리가 났지만 올해에는 거위 소리가 난다는 것은 사용자가 남성에서 여성으로 바뀌었음을 암시한다. 실제로 옆집 탈의장에서는 해수욕장에서 막 들어온 문난주가 펌프질하여 탱크에 물을 올리고 우욕기샤워기 밑에서 몸을 씻는다.

그런데 이 장면에서 서술 화자는 거위를 이중적 상징으로 사용한다. 첫 단락과 두 번째 단락 첫머리에서 거위는 펌프 소리와 관련되어 있지만 그 다음 문장에서는 문난주와 관련되어 있다. "키가 훌쩍 큰 탐스러운 흰 거유"는 두말할 나위 없이 샤워기 밑에서 서서 몸을 씻는 문난주를 가리킨다. '거위'라는 순수 한국어 낱말로도 충분한데도 화자가 굳이 한자어 '白鵝'를 덧붙여 놓는 것은 아마 벌거벗은 여성의 육체를 염두에 두기 때문일 것이다. 샤워하는 여성의 몸은 아무래도 당나귀보다는 흰 거위에 썩 잘 어울릴 터다. 거위를 뜻하는 영어 'goose'는 윌리엄 셰익스피어를 비롯하여 영미 문화권 작가들이 그동안 섹스와 관련한 속어로 자주 사용해 왔다. 아무리 학위 논문에 전념하고 있다고는 하지만 스물일곱 살의 청년 이관형에게 옆집에 머무는 삼십대 초반의 관능적 여성에 무관심할 수는 없을 것이다. 그는 누이동생의 친구 김연에 연정을 느끼지만 문난주에게서는 성적 감정을 느낀다.

우욕기雨浴器 밑에 섰던 여자는 꼭 경성부 명치정 청의양장점 주인 문난주였을 것이다 — 라고 이관형은 아무런 추리작용을 경과하지 않고 생각해 버린다. 이미 그는 그의 나체를 알고 있다. 자주빛 수영복으로 부끄러운 몇 군데는 감추었으나, 젊은 사나이의 원숙한 상상력으로 엷다란 한 꺼풀의 털로 짠 욕복 같은 건 아무런 장애도 없이 벗어 버린다.

겨드랑으로 라디오 체조를 하였고, 잔등의 붉은레하니 탄 근육이 비행기 츄브 같은 두 팔로 물을 끼얹을 때마다 오죽짢은 탄력을 보였고, 탐스러운 허벅다리가 삐치·슈즈도 신지 않고 따거운 백사장을 차면서 달아나 버리던 육체에서 양가슴과 배통머리의 한 부분을 숨겼노라고, 27세의 독신 청년, 이관형의 강렬한 시력으로부터 제 몸을 가리었노라 자신할 어떤 계집이 있을 수 있을 거냐.

요즈음에는 별로 사용하지 않는 낯선 낱말이지만 '우욕기'란 일본인들이 머리 위에서 비처럼 내리는 기계라고 하여 만들어낸 샤워기シャワ를 가리킨다. 펌프우물로 물을 길어 물탱크에 넣은 뒤 물을 떨어지게 하는 목욕 방식이다. 이관형은 별장 2층 다다미에 누운 채 머릿속으로 옆집 별장 탈의장에서 문난주가 샤워하는 모습을 머릿속으로 그려보며 "이미 그는 그의 나체를 알고 있다"고 말한다. 그도 그럴 것이 그는 해수욕장에서 수영복으로 살짝 가린 그녀의 몸을 찬찬히 눈여겨보았기 때문이다.

서술 화자는 문난주의 육체를 훔쳐보는 시선을 '강렬한 시력'이라고 표현하지만 페미니즘 이론가들의 용어를 빌려 말하자면 '강렬한 남성

응시'로 받아들일 수 있다. 이렇게 남성은 응시를 통하여 여성의 육체를 관음의 대상으로 삼음으로써 성적 쾌락을 느낄 뿐 아니라 더 나아가 가부장제에서 여성 신체를 억압하고 통제하는 기재로 사용한다. 화자는 수사적 의문법을 빌려 "이관형의 강렬한 시력으로부터 제 몸을 가리었노라 자신할 어떤 계집이 있을 수 있을 거냐"라고 묻는다. 두말할 나위 없이 어떠한 여성도 그의 강렬한 응시에서 벗어날 수 없다는 뜻을 힘주어 말하는 수사법이다. 실제로 그는 "사나이의 원숙한 상상력으로" 엷은 수영복이 감추는 문난주의 육체를 "아무런 장애도 없이" 훤히 들여다본다. 이관형이 문난주의 육체를 이미 잘 알고 있다고 밝히는 것은 바로 그 때문이다. 특히 문학도인 이관형은 유난히 상상력이 발달하여 실제 육체의 눈으로 바라보는 것보다도 오히려 마음의 눈으로 훨씬 더 생생하게 그려볼 수 있다. 말하자면 이관형의 강렬한 관음증적 응시는 마치 그녀의 몸을 샅샅히 투시하는 엑스레이와 같다.

이렇게 다른 사람의 알몸이나 성교하는 모습을 몰래 훔쳐봄으로써 성적 만족을 얻는 증세가 관음증이라면, 여성이 몸을 씻는 소리를 듣고 성적 만족을 느끼는 증세는 '청음증聽淫症'으로 부를 수 있을 것이다. 다다미 위에 누워 옆집 별장 탈의실에서 여성이 샤워하는 소리를 들으며 성적 쾌감을 느낀다는 점에서 이관형은 관음증 증세 못지않게 청음증의 증세를 보이기도 한다.

> 이관형이는 눈을 뜨고 뽐푸수도의 소리를 듣고 누워 있다. 작년에는 저 소리로 당나귀를 연상하였다. 그러나 금년부터 물을 뽑는 탈의장의 뽐푸수도의

소리에서 그는 언제나 흰 거유白鵝를 생각하였다.

흰 거유의 울음소리는 머졌다. 커다란 탕크에 차가운 담수가 고였을 것이다. 이윽고 우욕기 밑에서 가느다란 비를 맞고 섰는 키가 훌쩍 큰 탐스러운 흰 거유는 자꾸만 싸와— 싸와— 하는 것만 같다. 그러나 그것도 멎었다. 이제 아무런 소리도 붉은 지붕으로 뚜껑을 덮은 그의 옆집에서는 들려오지 않는다. 그러나 이관형의 환상은 그것으로 정지되어 버릴 수는 없다.

방금 앞에서 관음증의 예로 든 인용문에서는 시각적 이미지가 지배적이라면 위 인용문에서는 청각적 이미지가 지배적이다. 이관형의 머릿속에서는 여러 소리가 동시에 들린다. 위 인용문은 읽어보면 볼수록 성적 함축을 짙게 풍긴다. "키가 훌쩍 큰 탐스러운 흰 거위"라는 이미지가 그러하고, 차거운 담수가 담겨 있다는 탱크가 그러하다. 또한 흰 거위가 '싸와— 싸와—' 하고 소리를 내는 것도 성적 함축을 내포한다. 문난주를 이렇게 흰 거위에 빗대는 것은 10회에서도 되풀이된다.

김남천은 관음증과 청음증에 이어 이번에는 동성애를 다룬다. 물론 동성애 문제는 그것을 판단하는 기준이 시대에 따라 조금씩 다르므로 겉으로 보이는 것처럼 그렇게 간단하지는 않다. 헨리 제임스가 활약한 19세기 후반과 20세기 초엽과 21세기의 상황은 적잖이 다르다. 그러나 적어도 20세기 후반 이후의 기준에 따르면 제임스는 동성애자로 부를 수 없을지는 몰라도 동성애적 성향을 보인 것은 부정할 수 없는 사실이다. 그는 실제 생활이나 작품에서 동성애적 성향을 보인 예를 쉽게 찾아볼 수 있다.

제임스의 사생활은 접어두고 그의 작품으로 한정한다면 『로더릭 허든슨』1875과 『나사의 회전』 같은 작품은 동성애를 비교적 강하게 암시한다. 동성애 소설가요 비평가인 에드먼드 화이트는 1991년 영국 런던의 페이버출판사에서 펴내는 시리즈로 『게이 단편소설』을 편집하여 출간하였다. 이로써 제임스는 '정식'으로 게이 작가로 데뷔한 셈이다. 그런가 하면 케비 오히 같은 비평가는 제임스의 소설 문체에서 동성애적 성향을 찾아내기도 한다.

김남천은 『낭비』에서 관음증과 청음증을 암시적으로만 드러낸다면 동성애는 좀 더 명시적으로 드러낸다. 붉은 기와지붕을 한 별장에는 방금 바다에서 해수욕을 하고 지친 몸으로 돌아온 최옥엽과 문난주가 다다미 위에 벌렁 누워 있다. 그런데 소설 화자는 이 장면에서 두 여성의 모습을 자못 관능적으로 묘사한다. 가령 두 사람이 "알롱달롱한 엷다란 원피스로 터질듯이 난숙한 육체를 둘러싸고 보리 먹은 송아지처럼 이층 다다미 위에 딩굴고 누었었다"니, "이들은 처지할 수 없는 정력이 몸에 겨워서 잔디판 위에서처럼 딩굴딩굴 굴어다니고 있다"니 하는 문장이 좋은 예다.

이 별장의 주인 최옥엽은 눕자마자 금방 잠이 든다. 그녀는 평소 '사람 인人' 자가 아니라 '큰 대大' 자로 네 활개를 쭉 펴고 자는 버릇이 있다. 이 점에 대하여 서술 화자는 "그의 남편 백인영 씨의 억센 팔이 이것을 단속하지 않으면 그것은 그의 분방한 정열처럼 사방을 향하여 뻗어 나갈려는 본능이 있는 것이다"라고 말한다. 한편 잠을 이루지 못하는 문난주는 최옥엽 옆에 누워 잡지를 뒤적거리지만 기사에는 그다지 흥미를 느끼지 못한다. 화자는 문난주의 표정 한 구석에 어딘지 모르게 텅 빈 곳이 있는 것 같다고 말한다. 그러면서 "치밀한 관찰을 하는 사람은 그의 표정에서 결여된 것이 윤리적 신경倫理的 神經인 것을 알아맞힐 수 있을 것이다"라고 밝힌다.

'윤리'와 '신경'이 어떻게 서로 결합할 수 있는지는 의문이지만 김남천이 윤리와 도덕 문제를 신경과학과 연관시키는 것이 흥미롭다. 최근 율곡栗谷 이이李珥의 사단칠정론을 신경과학의 관점에서 재해석한 논문이 나와 관심을 끌기도 하였다. 어찌 되었든 문난주에게 '윤리적 신경'이 결여되어 있다는 것은 최옥엽의 '분방한 정열'처럼 성적으로 자유분방하다는 의미로 받아들여도 크게 무리가 없을 것이다.

잡지를 읽기에 지친 문난주는 자리에서 벌떡 일어나 포도주를 한 잔 따라 마시고는 "볼품 사나운 모양으로" 잠을 자는 최옥엽을 물끄러미 내려다본다. 문난주는 최옥엽의 남편 백인영과 함께 큰 대자로 벌떡 누워 있는 친구의 모습을 잠깐 눈앞에 그려보며 "가벼운 질투 같은 것"을 느낀다.

> 난주는 옥엽이의 몸 위에 말 타듯 가로앉아 본다. 그리고는 그의 두 귀를 쥐고,
>
> "이년 이년!"
>
> 그래 보고는, 갑자기 눈이 떠서 어리벙벙한 그의 눈을 난주는 제 커다란 입술로 눌러 버린다.
>
> "왜 이래, 이년이."

그러면서 옥엽이도 함께 엉겨 돈다. 두 고기 덩치는 함께 맞붙잡고 한참이나 방안을 딩굴었으나 이윽고 기진맥진하여 포옹하듯이 꽉 껴안고 서로 낯을 부비고 누웠다.

문난주와 최옥엽이 아무리 허물없이 친한 사이라고는 하지만 위 인용문을 읽노라면 한 쌍의 남녀가 성적으로 희롱하는 모습을 떠올리기에 충분하다. 난주가 친구의 '몸 위에 말 타듯' 가로앉는다'든지, 문난주가 최옥엽의 눈에 키스를 한다든지 하는 동작이 그러하다. 특히 옷을 거의 벗다시피 한 몸뚱어리로 한참 동안이나 방안을 뒹굴다가 기운이 다하고 맥이 다 빠져 스스로 가누지 못할 지경이 되자 두 여성이 포옹하듯 상대방을 꼭 껴안고 서로 얼굴을 비벼대는 마지막 단락은 더더욱 그러하다. 그들은 한낱 성적 희롱에 탐닉하는 '두 고기 덩치'에 지나지 않는다. 좀 더 엄밀히 말하자면 문난주와 최옥엽은 동성애자라기보다는 양성애자라고 해야 한다. 문난주는 이미 결혼한 뒤 남편과 사별했고, 최옥엽도 백인영의 첩 생활을 하기 때문이다.

문난주와 최옥엽의 동성애적 행동은 뒤 부분에서 좀 더 상징적으로 드러난다. 문난주가 2층에서 바다를 향한 베란다의 문설주에 몸을 기대고 서 있을 때 최옥엽이 아래층에서 올라온다. 최옥엽은 문난주에게 자기가 경영하는 양장점이 어떻게 되어 가는지 궁금하여 이제 그만 경성으로 돌아가야 할 것 같다고 밝힌다. 그러자 최옥엽은 "미친년! 네가 양장점 해서 돈 모으구 살련?"이라고 심술궂게 웃으며 말하고는 두 팔로 최옥엽의 허리를 꼭 감싸안는다.

“전도부인 할머니, 우리 젊은 청춘을 위해서 찬송가나 한마디 불러 주슈.” 허리를 두 팔로 둘러싸고 휘둘러치는 바람에 “아이쿠 켕긴다” 그러면서 비틀비틀 문난주는 다다미 위에 쓸어지는 듯 했으나, 옥엽이는 그를 안고서 또 한 번 뭉개어 돌았다. 그때에 겨우 흔적만으로 낭자를 틀었든 비녀가 빠져나가며, 머리까락은 얽어 매였던 결박에서 해방되어 다시 부스스 흩어져서 난잡스럽기 짝이 없다.

최옥엽이 장난삼아 문난주를 갑자기 두 팔로 꼭 껴안자 문난주는 비틀비틀 다다미 위에 쓰러질 뻔 하고, 옥엽은 친구를 안고서 돈다. 그 때 문난주의 머리에서 낭자를 튼 비녀가 빠져나가면서 머리카락이 어지럽게 흩어진다. “왕은 천천히 족두리를 벗기고 낭자를 끌러 봉비녀를 뽑아냈다”는 박종화朴鍾和의 『다정불심多情佛心』1942의 한 문장에서 볼 수 있듯이 낭자에서 비녀를 뽑는다는 것은 성행위를 하기 위한 예비 행동이다. 이밖에도 ‘결박에서 해방되어’라느니, ‘난잡스럽기 짝이 없다’라느니 하는 표현도 성적 함축을 지닌다.

이렇게 동성애적이나 양성애적 성향을 보여 준다는 점에서는 이관형의 누이동생 관덕과 그녀의 친구 김연도 크게 다르지 않다. 최옥엽이 문난주에게 옆집 별장 사람들을 소개하면서 하는 말이 여간 놀랍지 않다. “아랫층에 사는 큰년은 저 사람들의 누이, 연세로 따지면 둘째다. 그 양반은 동경 가서 음악학교를 나왔다고 한다. 가치 있는 이쁘작스런 계집애는 그의 동무. 이화엔가 다닐 때에 교제해서 맺은 동생이란다. 동성연애. 너하구 나하구처럼 …….” 최옥엽은 아예 이관덕과 김연이 동성연애

관계에 있다고 못박아 말한다.

이 말을 듣던 문난주가 놀라기도 하고 재미있어 하며 “아따 그년 조사도 자세힌 했다”고 말하자 최옥엽은 그 집 별장에서 일하는 가정부한테서 전해들은 정보라고 일러준다. 이에 앞서 소설 화자는 김연에 대하여 “이관덕의 전문학교 적부터의 의동생”이라고 밝힌다. 그러나 두 사람의 관계는 의형제의 범위를 훨씬 뛰어넘어 동성연애, 좀 더 정확히 말하면 양성애의 관계임이 밝혀진다. 뒷날 이관덕은 비행사와 결혼하고 김연은 고무공장을 경영하는 사업가와 결혼하기 때문이다.

자유주의의 거센 물결을 타고 요즈음 매스컴에서 ‘LGBT’, 즉 레즈비언, 게이, 양성애자, 트랜스젠더를 둘러싼 문제가 자주 화제가 된다. 최근에는 ‘LGBT’에 Q를 더하여 ‘LGBTQ’라는 용어를 사용하기도 한다. ‘Queer’ 또는 ‘Questioning’의 머리글자인 Q는 성정체성을 명확히 할 수 없는 사람을 가리킨다. 동성애와 양성애가 담론으로 자리잡기 몇십 년 앞서 김남천이 이 문제를 소설에서 다루었다는 것이 무척 놀랍다.

물론 한국문학사에서 동성애를 처음 다룬 작가는 김남천이 아니라 이광수였다. 일찍이 1917년 『청춘』에 발표한 「어린 벗의게」가 흔히 동성애를 다룬 첫 작품으로 일컫는다. 그 뒤 1920년 김환金煥이 『학지광』 19~20호에 ‘백악白岳’이라는 필명으로 발표한 「동정의 누淚」에서도 그러한 성향을 엿볼 수 있다. 그러나 이 두 작품은 동성애를 오직 암시적으로 다룰 뿐 『낭비』처럼 그렇게 명시적으로 다루지는 않는다. 그러므로 김남천의 『낭비』는 이 담론을 좀 더 전면에 드러내놓고 다룬 최초의 작품이다.

7

김남천은 『낭비』에서 헨리 제임스와 마찬가지로 여러 가지로 문체를 실험한다. 두 작가는 외국어를 자주 사용한다는 점에서 비슷하다. 어린 시절부터 주로 서유럽에서 교육을 받은 제임스는 작품 곳곳에 프랑스어를 비롯한 외국어를 자주 사용한다. 동시대에 활약한 식민지시대 작가들과는 달리 김남천은 일본어를 비롯한 외국어나 외래어를 눈에 띄게 많이 사용한다. 예를 들어 차를 갈아타는 '노리카에乗り替え', 일본 료칸의 서비스를 책임 맡는 여주인 '오카미상女将さん', 일본식 식탁인 '차부다이チャブ台', '사시미刺身, 다마고卵 등은 일본어다. 이밖에도 김남천은 절대적으로, 단연코, 무조건을 뜻하는 부사 '단젱断然'을 사용한다. "문난주와 조자를 맞추고 호흡을 갖추하면서, 같은 체온과 혈액의 순환을 나누어 ……"라는 문장에서 '조자'는 일본어 '調子조시로 일의 기세, 상태, 가락, 장단을 뜻하는 말로 일본어 '具合구아이'와 비슷하다. "우리 영감이 저렇게 당끼하실 때도 계시군!"이라는 문장에서 '당끼'란 일본어 '短氣'로 인내력이 없거나 참을 수 없는 성격을 일컫는다.

김남천은 굳이 '쇼윈도', '마네킹', '핸드백', '스위치', '비치 파라솔', '랑데부', '비프스테이크' 같은 경우는 접어두고라도 굳이 외국어나 외래어를 사용하지 않아도 될 '타올', '에고이스틱', '타이프라이터' 등을 사용한다. "아무려나. 그럼 컵으로 마셔 버리지"와 "주전자를 들어서 곱보에다 술을 따랐다" 같은 문장처럼 영어 '컵'과 네덜란드어 'kop'나 포르투갈어 'copo'를 일본어로 표기한 '곱보'나 '곱푸コップ'를 섞어 사용하기도

한다. 이관덕이 해수욕을 하다가 비에 흠뻑 젖어 찾아온 한영숙에게 옷을 내어주는 장면은 일본어와 영어 외래어를 어떻게 섞어 사용하는지 잘 보여 준다.

> 타올로 만든 커다란 까운을 꺼내서 팔에다 걸치며 연에겐 그저 무안스런 웃음을 씽긋이 건네고 있는데, 김연이는 잠자코 앉았다가 오시이레에서 제 스츠케스를 열고, 아직 입어보지 않은 아랫내의를 한 벌 꺼내서 관덕의 앞에 던졌다.

'타올'과 '까운', '스츠 케스'는 일상어에서 자주 사용하는 외래어다. 특히 일본에서는 이 단어는 그동안 번역하지 않고 'タオル', 'ガウン', 'スーツケース'로 사용해 온 탓에 이제는 외래어로 굳어졌다. '오시이레押入'는 일본식 주택에서 벽에 붙은 빈 공간을 일컫는 말로 한국식 주택의 붙박이장과는 조금 다르다. 심지어 김남천은 대화에서 일본어 구나 문장을 그대로 사용하기도 한다. 가령 한영숙은 이관국에게 "그래도, 아다시 잇쇼오켐메이 닷다노요. …… 유우기다난떼"니, "아이 참, 사람이 왜 저리 야보쿠사이 해댔을까"니 하는 문장이 좋은 예다. 앞의 문장은 '一生懸命', 즉 목숨을 다해 사랑했다는 뜻이고, 뒤의 문장은 '野暮臭い', 즉 촌스럽게 굴었다는 뜻이다.

이와는 달리 김남천은 요즈음에는 잘 사용하지 않는 순수 토박이말을 사용하기도 한다. 가령 양치질을 '잇솔질'로, 저력을 '밑힘'으로, 친구를 '동무', 장녀나 큰딸을 '큰년', 소녀를 '계집애', 어떤 일을 몸으로 때우는 일을 '몸방몸빵', 몸의 맵시나 모양새를 '몸매무시'로 표기한다.

김남천은 말장난펀을 즐겨 사용한다는 점에서도 제임스와 비슷하다. 예를 들어 문난주가 아들 자랑을 하자 최옥엽은 "아들인지 버들인지"라고 쏘아붙인다. 이관형이 송도원 별장을 떠나 한적한 양덕 산골로 가려고 결정하는 장면에서 김연은 그에게 그곳에 가려면 높은 고개를 건너야 하지 않느냐고 말한다. 그러자 김연이 그렇다고 대답한다.

> "네, 마식령. 말이 숨채기 한다고, 그렇게 높은 데라고 마식령인가 봐요."
> "그럼 지금은 자동차가 숨채길 할 테니까 차식령이라 되겠구나."

첫 번째 문장은 김연의 말이고, 두 번째 문장은 옆에서 대화를 듣고 있던 이관덕의 말이다. 강원도 원산시와 법동군 사이에 위치한 고개인 '마식령馬息嶺'은 험준하여 말이 쉬어가는 고개라는 뜻에서 붙은 이름이다. 이관덕은 당시에는 말보다는 자동차가 보편적인 교통수단이므로 말이 아니라 차가 쉬어가는 고개로 불러야 한다고 농담하는 것이다. 소리나 뜻에서 비슷한 낱말이나 어구를 끌어다 덧붙여 사용하는 추가법을 구사한 것이다. 이 수사법은 사설시조의 "세월아 네월아 가지를 마라. 청춘홍안靑春紅顔이 다 늙는구나" 같은 구절에서 사용된다. 꼭두각시 놀음의 "평양감사인지 모기 잡는 망사인지 그래 도임하면서 꿩사냥 먼저 한다니 오는 놈 족족 그 모양이로구나"라든지, 『춘향전』의 "한양으로 올라간 이도령인지 삼도령인지 그놈의 자식은 일거후一去後 무소식하니 ……"라든지 하는 문장에서도 엿볼 수 있다.

김남천은 복잡하고 모호한 문체를 구사한다는 점에서도 헨리 제임스와 적잖이 닮았다. 두말할 나위 없이 제임스는 작품의 주제를 보강하려는 기법으로 모호한 문체를 즐겨 사용한다. 그의 소설에서 형식과 기교는 주제와 깊이 연관되어 있다. 가령 『나사의 회전』에서 그는 애매한 문체를 빌려 독자의 능동적 참여를 유도한다. 그는 이 작품에서 여러 가능성이나 선택지를 제시하고 독자에게 선택하도록 한다. 제임스의 이러한 기법은 19세기 영국의 낭만주의 시인 존 키츠가 말하는 이른바 '부정적 수용능력negative capability'과 비슷하다. 키츠는 "위대한 작가가 되려면 자신처럼 주관과 개성을 드러내는 것만으로는 부족하다. 자신이 알지 못한다는 사실을 견디지 못하여 진실을 찾겠다고 버둥대기보다는 불확실성과 신비, 회의 안에 머무를 수 있는 능력이 필요한데 셰익스피어는 이런 자질을 갖고 있었던 것 같다"고 말한다. 키츠에 따르면 훌륭한 예술가의 자질 중 하나는 이렇게 사실이나 이성이나 추론의 한계에서 벗어나 불확실성과 신비와 회의에서 예술적 비전을 추구하는 것이다.

이렇게 모호성과 불확실성에서 예술적 비전을 추구하려 한다는 점에서 김남천도 제임스와 크게 다르지 않다. 난해한 제임스의 문법과 어법을 해독하는 이동형에 대하여 김남천은 이렇게 말한다.

> 이모저모로 여러 번 손을 달리하여 심리의 갈피를 뒤적여 보고, 의식의 흐르는 방향을 쫓아가 보고, 그것이 비약하는 동기와 계기를 붙들려고 애쓰고, 그리고 그의 상상력이 엉뚱한 환영을 쫓아서 날아 다닐 때, 이관형은 헨리 젬스의 생애와 생활 속에서 그것의 원천을 이끌어 올려고 애써 보는 것이나, 몇

일을 두고 쫓아다닌 결과 그가 결론으로 얻을 수 있는 것은, 그것을 이해하였다고 말하기에는 너무도 엉터리 없는 싸늘한 분석의 누적이었다.

오직 한 문장으로 된 위 인용문은 한 번 읽어서는 제대로 그 의미를 알아차릴 수 없다. 미로 같은 이 문장은 두세 번 읽어야 겨우 이해할 정도다. 여기에서 김남천은 제임스의 문체를 흉내내는 것임에 틀림없다. 이관형은 주제와 모티프를 다루는 논문의 전반부는 작품을 분석하고 나열하면 될지 모르지만 '부재의식의 천명'을 다루는 후반부는 이와는 사정이 다르다고 고백한다. 서술 화자는 "이연히 그의 빈약한 두뇌는 붓방아를 찟고, 발을 더듬고 앞뒤와 좌우를 곁눈질하면서, 드디어 열 번을 겹쳐서 씨름에 넘어진 사람처럼, 가쁜 숨을 내 쉬며 붓을 던지고 쓰러지는 것이었다"고 말한다.

제임스가 예술적 비전을 추구하려고 모호한 문장을 구사하듯이 김남천도 『낭비』에서 딱 부러지게 말하기보다는 유보를 두어 말하기 일쑤다. 가령 김남천은 '~은이 아니다'니 '~라고는 생각하지 않는다'니 하는 문장을 눈에 띄게 자주 사용한다. 예를 들어 "물론, 그러나, 정강바지만 입은 반나체에, 배가 시리다고 와이셔츠의 한 가닥으로 뱃퉁께를 가리고 번듯이 누워있던 이관형이가, 지금 방가운데 벌떡 일어나서 바다 있는 편을 바라보고 앉았는 것은 아니다"라는 문장에서 '바라보고 앉아 있다'라고 해도 될 것을 굳이 '바라보고 앉았는 것은 아니다'라고 말한다. 이러한 예는 "이관형이는 뽐푸의 절그럭거리는 소리로 그런 것을 연상하는 것이 아니다"니, "지금 이관형이는 옆집 탈의장에서 뽐푸수도를 쓰고 있는 이가 최옥엽임에 틀림없다고는 생각지 않는다"니, "제 자신의 혈액이 젊어지는 것 같은 착각을 맛보지 않을 순 없었다"니 하는 문장에서도 쉽게 찾아볼 수 있다. 겨우 두 쪽남짓한 분량에서 김남천은 세 번씩이나 이러한 문장을 구사한다. 그가 이렇게 딱부러지게 말하는 대신 일부러 에둘러 모호하게 말하는 것은 독자의 호기심을 자극하기 위한 것이다. 제임스에게서나 김남천에게서나 모호성은 중요한 서술 전략 중 하나다.

김남천은 이중부정 문장으로도 성이 차지 않는지 삼중부정 문장을 구사하기도 한다. 가령 "그러자면 나는 그들과 대신해서 혼자 바다에 나가 가슴에서 와사를 뱉어버리고 오존과 산소를 들이마시지 않으면 안 될런지도 모를 것이 아닌가?"라는 문장은 이러한 경우를 보여 주는 좋은 예다. '들이마시지 않으면 안 될런지도'는 '들이마셔야 할런지도'라는 긍정문으로 바꿀 수 있다. 또 '모를 것이 아닌가?'라는 수사적 의문문은 '모른다'라는 긍정 평서문으로 바꿀 수 있다.

이러한 이중 또는 삼중 부정문은 최소한의 재화로 최대한의 효과를 얻으려는 경제 원칙에 어긋난다. 또한 언어학자 노엄 촘스키가 주창한 최소주의 이론에도 어긋난다. 최소주의에 따르면 통사적 연산 과정은 해석 부문의 조건들과 최적성 또는 경제성의 원리를 바탕으로 일어나는 형태론적 자질들의 점검 과정이다. 이중 또는 삼중 부정은 강조나 수사적 효과를 얻을 수 있지만 경제성이나 최적성의 관점에서 보면 소설 제목 그대로 '낭비'로 볼 수밖에 없다.

더구나 김남천은 『낭비』에서 제임스가 즐겨 사용하는 영어 문체를 흉내 내기도 한다. 가령 "순간 그는 그런 것을 의아하게 되풀이하면서 일종의 적은 즐거움 같은 것을 맛보고 있는 자기 자신을 발견하는 것이었다"라는 문장을 한 예로 들어보자. '~하는 자신을 발견한다'라는 표현은 일본어 표현은 아니고 한국어에 고유한 표현은 더더욱 아니다. 그것은 'find oneself'라는 영어 표현을 한국어로 직역해 놓은 것이다. 본디 로망스어에서 자주 사용하는 이 표현은 노르만 정복 때 영어에 들어왔다. 프랑스어 'se trouver' 는 자신을 발견한다는 뜻이 아니라 존재를 가리키는 'être'와 같은 뜻이다. 그러므로 "맛보고 있는 자기 자신을 발견한다"라는 구절은 "맛보고 있다"로 바꾸는 것이 좀 더 한국어답다. '~하는 자신을 발견한다'와 그와 비슷한 예를 몇 가지 더 들어보면 다음과 같다.

그러나 그는 그편으로 걸어가다가 텐트 앞에서 발을 모래 속에 박고 섰는 **자신을 발견한다.**

동생 관국이나 관덕이보다 이화전문 삼학년 재학 중인 김연이를 부르고 싶었던 **자기 자신을 의식한다.**

연인의 독특한 말투에 귀가 솔깃해서 그의 낯을 뚫어지고 바라보는 **제 자신을 발견하고** 이내 얼굴을 돌렸다.

복도를 걸으며 저으기 흥분해 있는 **자기 자신을 발견하였다.**

영어가 국제어가 되다피한 세계화시대에 젊은이들 사이에서 '~하는 자신을 발견한다'라는 표현을 사용하는 것을 가끔 듣는다. 이 표현은 지금 낯설게 느껴지지만 앞으로 시간이 지나면 한국어 통사 구조에서 자연스럽게 느껴지게 될 것이다. '충분히 ~할 수 있어'를 뜻하는 '아무리 ~해도 지나치지 않다'라는 표현도 영어 'cannot ~ too'를 직역한 것이지만 지금은 이제 한국어에 어느 정도 자리 잡았다.

김남천은 『낭비』에서 헨리 제임스가 즐겨 사용하는 서술 화법을 사용하기도 한다. 인간 심리에 관심이 많은 제임스는 여러 작품에서 '제한적 삼인칭 화법'을 구사한다. 제임스가 미국 소설에 이바지한 바가 적지 않지만 이 화법을 정교하게 다듬은 것은 그의 중요한 업적으로 평가받는다. 흔히 '제한적 전지적 시점' 또는 '관찰자 시점'이라고도 일컫는 이 화법은 이야기 밖의 삼인칭 서술자를 사용하되 특정한 중심인물 한 사람 또는 소수의 인물의 마음속에 들어가 그 인물의 시각에서 이야기를 전개하는 방식이다. 제임스는 이렇게 선택된 작중인물을 '초점'이나 '거울', 또는 '의식의 중심'으로 불렀다. 『대사들』1903을 비롯한 후기 작품에서 모든 사건과 행동은 오직 한 작중인물의 특정한 인식과 자각과 반응을 통하여 독자들에게 전달된다. 뒷날 제임스 조이스, 버지니아 울프, 윌리엄 포크너 같은 모더니즘 계열의 작가들은 이 기법을 '의식의 흐름'으로 발전시켰다.

제한적 삼인칭 화법에서 서술자는 이야기 밖에 위치해 있으므로 일인칭 화법보다도 좀 더 자유롭게 사건을 바라볼 수 있다. 한편 제한적 삼인칭 화법은 같은 삼인칭 화법이라도 전지적 태도를 취하는 화법과 비교하여 좀 더 객관적인 태도를 유지할 수 있다. 또한 이 화법은 스토리를 좀 더 애매하고 모호하게 만들 수 있다는 이점도 있다. 물론 작품의 의미를 파악하는 과정에 독자의 역동적 참여를 유도하는 이 화법은 서술 화자가 마치 신처럼 모든 것을 꿰뚫어보는 삼인칭 전지적 화법과 비교하여 독자에게 주는 부담이 더 클 수밖에 없다. 전지적 화법이 '말하는' 데 무게를 둔다면 제한적 화법은 '보여 주는' 데 무게를 싣는다.

김남천은 『낭비』에서 삼인칭 화자를 내세워 주인공 이관형을 제임스가 말하는 '의식의 중심'으로 삼는다. 삼인칭 화자는 오직 그에 초점을 맞추어 그의 의식을 자유롭게 넘나들며 그의 생각을 묘사하고 그의 행동을 기술한다. 다음은 이관덕의 친구 김연이 김관수와 결혼식을 올리는 날 아침 이관형을 묘사하는 장면이다.

> 늦은 가을답게 아침부터 날은 맑게 드높았으나, 이관형의 마음은 반드시 천후와 같지는 못하였다. (…중략…) 누이동생의 동무의 결혼식이라고 생각하면 아무렇지도 않았으나, 역시 그렇게만 쓸어쳐 버릴 수 없는 어떤 심리적인 미묘한 심회가 가슴의 안껍질을 엷다란 막으로 둘러감는 것 같아서, 전보 용지를 얻어 들고 그는 잠시 동안 지그시 저의 가슴의 애달픔을 누르고 있었다. 눈을 지리감고 평범한 문구로 "축결혼 이관형"이라고 적어 본다.

김연에게 한때 마음을 두고 있던 이관형으로서는 그녀의 결혼이 마냥 즐겁지만은 않다. 그의 마음이 청명한 가을 날씨와 같지 못하다고 말하는 까닭이다. 그에게는 김연을 다른 남성에게 떠나 보내는 아쉬움이 남아 있을 터다. 그래서 그는 지금 "어떤 심리적인 미묘한 심회가 가슴의 안껍질을 얇다란 막으로 둘러감는 것" 같은 감정을 느낀다. 이관형이 느끼는 미묘한 감정과 행동은 삼인칭 서술 화자가 오직 제한적으로 독자들에게 전달할 뿐이다.

김남천은 제임스로부터 흔히 '통찰의 순간'으로 일컫는 수법을 배운 것 같다. 얼핏 대수롭지 않게 보이는 작중인물의 행동이나 사건에서 제임스는 순간적으로 진실을 간파해 내는 능력을 보여 준다. 그래서 제임스의 작품을 제대로 음미하려면 작중인물의 일거수일투족을 면밀하게 살펴야 한다. 김남천이 그 제목을 『어떤 여자의 초상』으로 번역한 『귀부인의 초상』에서 한 예를 들어보기로 하자. 어느 봄날 오후 팬지와 함께 시골을 드라이브한 뒤 이사벨은 로마의 저택으로 돌아온다. 자신의 방으로 들어가려고 막 응접실을 지나가다가 그 안에 누군가가 있음을 알아채고는 적잖이 놀란다.

> 마담 멀은 벽난로에서 조금 떨어져 양탄자에 서 있었고, 오스먼드는 푹신한 의자에 앉아 그녀를 올려다보고 있었다. 그녀의 머리는 평소처럼 꼿꼿이 서 있었지만 두 눈은 그의 눈을 응시하고 있었다. 무엇보다도 이사벨을 놀라게 한 것은 그가 앉아 있고 마담 멀이 서 있다는 사실이었다. 이러한 이례적인 행동 때문에 그녀는 발걸음을 멈추었던 것이다.

이 인용문은 언뜻 대수롭지 않게 보일는지도 모른다. 특히 서양 예절에 낯선 동양 문화권의 독자들에게는 더더욱 그러할 것이다. 어쩌면 제임스가 다루는 상류 사회에 속하지 않은 서구 독자들도 그냥 지나쳐 버리기 쉽다. 19세기 말엽과 20세기 초엽 상류 사회에서 남성이 의자에 앉아 있고 아내가 아닌 여성이 그 옆에 서 있다는 것은 정상적인 예법에 크게 벗어난다. 다시 말해서 이러한 행동은 두 사람이 아주 친근한 사이가 아니고서는 도저히 할 수 없는 일이다.

이 광경을 보면서 이사벨은 비로소 오스먼드와 마담 멀이 자신이 생각하는 것보다 훨씬 더 친밀한 관계라는 사실을 처음으로 깨닫는다. 한 편의 활인화를 떠올리게 하는 이 장면을 계기로 이사벨은 이 두 사람과 자신을 다시 한 번 되돌아보게 된다. 그리고 마침내 마담 멀은 오스먼드의 정부였을 뿐만 아니라, 팬지는 두 사람의 정열이 빚어낸 사생아라는 사실을 깨닫는다. 말하자면 진실을 깨닫는 '통찰의 순간', 제임스 조이스가 말하는 '이피퍼니[顯現]'가 그녀에게 찾아오는 것이다. 이렇게 언뜻 하찮아 보이는 행동이나 사건이 주인공의 의식을 갑자기 일깨우는 장면은 『낭비』에서도 찾아볼 수 있다. 원산 별장에서 만난 윤갑수와 문난주는 여름 휴가를 마치고 경성에 돌아온 뒤에도 애정행각을 계속한다. 그러나 경성에서 윤갑수는 문난주와의 관계를 되도록 멀리하려는 반면, 문난주는 오히려 전보다 더 적극적으로 접근하려 한다.

> "오래간만인데 한강으로 뜨라이브라도 갑시다."
>
> 그러나 윤갑수는 다시 놓았던 젓가락을 들면서,
>
> "도미를 마저 치워야겠군."
>
> 하고 꼬리 있는 쪽으로 저를 가져갔다. 그때에 어쨴 셈인지 죽은 도미의 꼬

리가 흠칠하는 것 같았다. 그는 젓가락을 도로 끌어오면서,

"이놈, 도미란 놈이 살었다!" 그리고는 흠칠하는 대목을 뜯어서 간장도 안 찍고 입안에 넣고는,

"난 급하게 만날 분이 있어서 같이 동무할 수가 없어서 죄송합니다."

아서원에서 만난 두 사람의 대화는 얼핏 보아서는 이렇다 하게 특별한 것이 없이 하찮거나 대수롭지 않다. 그러나 좀 더 꼼꼼히 살펴보면 자못 의미심장하다는 사실이 밝혀진다. 특히 오래간만에 한강 강변으로 드라이브 가자는 문난주의 제안을 들은 척 만 척 젓가락을 들어 그릇에 담긴 도미를 집는 윤갑수의 행동이 예사롭지 않다. 대표적인 흰살생선인 도미는 예로부터 맛이 있어 '생선의 왕'으로 일컫는다. 특히 일본에서는 축제나 고사를 지낼 때 도미를 제물로 바친다.

더구나 도미는 임진왜란 때 칠천량 해전과 명량 해전으로 유명한 도도 다카토라藤堂高虎는 다이묘가 된 후 도미를 얻어먹고 출세하니 이런 진미도 먹을 수 있다고 감탄했다고 전한다. 도쿠가와 이에야스德川家康는 매 끼니마다 도미 튀김을 먹었다. 이렇게 별미 요리인 도미를 젓가락으로 공격하다시피 집는 윤갑수의 행위는 그가 그동안 얼마나 여성을 저돌적으로 농락했는지 잘 보여 준다. 윤갑수는 지금 접시 담긴 죽은 도미가 꼬리를 움직이는 같다고 생각한다. '도마 위의 생선'이라는 관용어가 있듯이 도마 위의 생선은 아무리 살아 있다 하더라도 그 삶은 요리사의 칼에 달려 있을 뿐이다.

쇼와시대에 활약한 일본의 저널리스트요 평론가 오야 소이치大宅壯一

는 "잡은 물고기한테는 먹이를 주지 않는다"는 말을 남겼다. 남편들이 자기 부인을 무시하고 싶어질 때면 으레 농담처럼 사용하는 말로 악명이 높다. 윤갑수가 움칠 움직이는 것 같은 꼬리 부분을 뜯어 간장도 찍지 않고 입에 넣고 게걸스럽게 먹는 장면은 생각해 보면 볼수록 의미심장하다. 그는 잡은 물고기와 다름없는 문난주에게는 이제 별로 관심이 없다. 급하게 만날 사람이 있다고 하면서 윤갑수는 곧 식당에 문난주를 혼자 남겨두고 자리를 뜬다. 만나기로 약속한 사람은 모르긴 몰라도 아마 다른 여성일 것이다. 이렇게 여성 편력이 잦던 윤갑수는 마침내 성병에 걸려 병원에 입원하기에 이른다.

마지막으로 김남천은 헨리 제임스처럼 『낭비』에 음악적 요소를 가미한다. 유럽에서 교육을 받으면서 시각 예술에 관심을 기울인 제임스가 소설가와 화가를 같은 차원에서 보았다는 것은 잘 알려져 있다. 그런데 그는 비록 정도의 차이는 있지만 음악 같은 청각 예술에도 게을리하지 않았다. 그래서 그의 작품에는 음악적 요소를 쉽게 찾을 수 있다. 이와 마찬가지로 김남천도 『낭비』에 가끔 음악적 요소를 가미한다. 가령 이관국이 유부녀 한영숙과 가까이 지내는 것에 김연은 마음이 자못 어수선하다. 그래서 옆 자리에 누워 깊은 잠에 빠진 관덕과는 달리 김연은 좀처럼 잠을 이루지 못한다.

첼로와 떠불베스의 트레모로가 사람들을 들에서 집으로 몰아넣는다. 제 사악장의 중턱이다. 번갯불이 번쩍거린다. 호우가 쏟아진다. 어디 벼락이 떨어지는가, 처참한 소리, 소리, 소리 …… 그러나 이윽고 비와 사람은 지나간다. 산

넘어 먼 데로 흔적을 감추어 버린다. 하늘에는 푸른빛이 보이고, 구름은 어름장처럼 갈라져서 조각이 나고, 그것은 물결을 탄 듯이 흘러가 버린다. 성난 물결로 잠잔 듯이 가라앉기 시작한다. 일진광풍이 지나간 뒤, 폭풍우에 대한 즐거운 감사의 표현 우선 클라리넷트가 목가를 들려준다. 제오장으로 넘어간다. 호룽이 이어서 클라리에 대답하듯이 마주 들려온다. 봐이올린의 침착하고도 고운 멜로디가 환희의 노래를 부를 때에, 환상은 다시 제이악장으로 되돌아서 그곳에 아름다운 시냇물의 묘사를 펼쳐 보인다. 오보리가트의 형태를 빌어 제일 봐이오린이 고요히 주제테마를 되풀이한다. 파곳트의 제이 주제. 푸르트는 꾀꼬리 소리, 메추라기는 오베에, 클라리넷트는 두견새의 울음이다.

고전 음악에 관심 있는 사람이라면 김남천이 이 장면에서 김연의 혼란스러운 마음을 루트비히 판 베토벤의 교향곡 6번 〈전원〉에 빗댄다는 사실을 알 수 있을 것이다. 위 인용문은 뇌우와 폭풍우이 몰아치자 농부들이 서둘러 집으로 돌아가는 4악장으로 시작한다. 줄임표 다음은 목동의 노래와 폭풍우가 끝난 후 기쁨과 감사를 표현하는 5악장이다. 음악은 다시 2악장과 3악장으로 돌아와 시냇가에서의 정겨운 풍경과 시골 사람들의 즐거운 모임을 묘사한다. 마지막에는 시골에 도착했을 때 느끼는 흥겨운 감정을 표현한 1악장으로 돌아간다.

베토벤의 교향곡 6번은 그의 교향곡 중 표제가 있는 유일한 작품이다. ① 시골에 도착했을 때의 유쾌한 감정의 각성, ② 시냇가의 정경, ③ 시골 사람들의 즐거운 모임, ③ 뇌우, ④ 폭풍, ⑤ 목가와 폭풍 후의 기쁜 감사의 기분 등 다섯 개 표제가 붙어 있다. 또한 다섯 개의 악장으로 구성되고 3악장부터 5악장이 연속으로 연주된다는 점도 고전주의 교향곡의 문법에서 보면 자못 이례적이다. 김연이 느끼는 복합적 감정의 굴곡을 이렇게 〈전원〉 교향곡에 의탁하여 표현하는 김남천의 솜씨가 무척 놀랍다.

김남천이 카프나 조선문학가동맹에 속한 다른 작가들과 다른 점은 문학을 좀 더 열린 마음으로 받아들였다는 점이다. 1937년 이후 그는 당대 상황에 대한 새로운 창작 방법론으로 G. W. F. 헤겔과 죄르지 루카치의 이론을 수용하여 이른바 '로만 개조론'을 주창하였다. 『낭비』에서도 김남천은 프랑스의 소설가요 극작가인 쥘 르나르, 아일랜드 태생의 극작가 겸 소설가이자 수필가인 조지 버너드 쇼, 프랑스의 사상가요 문학이론가인 이폴리트 텐, 철학이 척박한 미국 땅에 실용주의의 꽃을 피운 존 듀이와 윌리엄 제임스, 수사학 연구가 토머스 윌슨 등을 언급한다. 이렇듯 김남천은 일제 강점기에 활약한 작가 중에서 서구문학에 배타적인 태도를 취하지 않고 오히려 그것에서 예술적 자양분을 섭취하려고 노력하였다. 『낭비』에서 중요한 역할을 하는 헨리 제임스처럼 김남천도 문학의 주제와 내용 못지않게 기교와 형식을 갈고 닦는 데 꾸준히 노력했던 것이다.

9
홍성원과 어니스트 헤밍웨이

홍성원洪盛原에게는 흔히 '소설 공장'이라는 꼬리표가 붙어 다닌다. 2008년 사망할 때까지 그는 대하소설을 포함하여 장편소설 20여 권, 단편소설 70여 편과 중단편소설을 모은 작품집 8권 등을 출간하여 전업 작가로서의 역량을 유감없이 발휘하였다. "나는 생각한다. 그러므로 존재한다"는 르네 데카르트의 유명한 명제에 빗대어 홍성원은 "나는 쓴다. 그러므로 나는 있다"고 말한 적이 있다. 또 그는 "나는 내가 쓴 글이다. 그 이외로는 나를 판단하지 말라"라고도 밝혔다. 그만큼 홍성원에게 작품 창작은 존재 이유 그 자체였다고 하여도 크게 틀리지 않다.

1970년대 중반쯤 왕성하게 작품 활동을 하던 홍성원에게 '소설 공장'의 꼬리표를 처음 붙여준 비평가는 다름 아닌 김병익金炳翼이었다. 그러나 홍성원은 이 표현을 별로 달가워하지 않았다. 달가워하기는커녕 오히려 자존심 상하는 '야유'로 생각하였다. 1990년대 중반 그는 작가 생활에 대하여 "어느 평론가의 야유처럼 소설 공장이라는 부끄러운 별명으로 지긋지긋한 글의 노예가 되고 만다"고 밝혔다. 홍성원이 이렇게

'소설 공장'이라는 별명을 야유로 받아들인 데는 알렉상드르 뒤마페르에게 으레 따라다니던 '소설 제작소'라는 명칭과 무관하지 않은 것 같다.

잘 알려진 것처럼 뒤마는 오귀스트 마케를 비롯한 여러 무명작가들을 동원하여 작품을 공산품처럼 생산해 낸 것으로 유명, 아니 악명이 높다. 뒤마가 소설의 줄거리와 작중인물 등 큰 틀을 설정해 주면, 고용된 작가들이 각각 부분을 맡아서 집필하였다. 이렇게 분업으로 쓴 초고는 뒤마의 의견을 듣고 수정을 거친 뒤 최종적으로 완성되었다. 물론 『삼총사』1844와 『몬테크리스토 백작』1846을 비롯한 모든 작품은 뒤마의 이름으로 출간되었다. 뒤마의 '소설 제작소'에는 많을 때는 70명에 이르는 작가들이 일하였고, 해마다 20편에서 30편 정도의 장편소설을 생산해냈다. 그래서 뒤마는 19세기 대중한테서 인기를 한 몸에 받았지만 문단에서는 따가운 눈총을 받아야만 하였다.

홍성원이 '소설 공장'이라는 별명을 달갑지 않게 생각하는 것을 눈치챈 듯 김병익은 뒷날 이 용어를 부연하여 설명하였다. '공장'이라고는 했어도 '획일적인 규격성'을 뜻하는 부정적인 의미로 사용한 것은 아닐뿐더러 여러 생산 라인을 갖추어 다양한 작품을 창작하면서도 적어도 타작駄作은 내지 않았다고 한 발 물러섰다. 그러면서 김병익은 홍성원이 그동안 발표한 많은 작품 중 몇 편은 한국문학의 뛰어난 '자산'이 될 수 있다고 주장하였다. 또한 김병익은 홍성원이 작품성을 일정 수준 유지하면서 좀처럼 양립하기 어려운 대중문학과 순수문학의 줄타기에서 비교적 균형을 잡는 데 성공을 거두었다고 지적하기도 하였다. '소설 공장' 대신에 김병익이 새로 사용한 용어가 산업화 이전의 수공업시대의 장인이다. 실제로 홍성원의 작품 집필 과정을 보면 장인에 가깝다. 전통적 도구에 의존하여 한옥을 짓는 도편수처럼 그는 빛의 속도로 정보를 주고받는 시대에도 만년필로 대학노트에 초고를 쓴 뒤 원고지에 다시 옮겨 적었다.

작가 홍성원의 특징을 '소설 공장'에서 찾든 아니면 '장인 정신'에서 찾든 그의 작품에는 미국 현대소설의 삼총사 중 한 사람으로 흔히 일컫는 어니스트 헤밍웨이의 그림자가 자주 어른거린다. 실제로 그는 미처 졸업하지는 않았지만 고려대학교에서 3년 동안 영문학을 전공하였다. 당시 영문학과에는 조용만趙容萬과 여석기呂石基와 노희엽盧熙燁 교수 등이 미국문학을 강의하였다. 홍성원은 『디데이의 병촌』 당선 소감에서 심사위원들과 함께 고려대 영문학과 은사인 조용만과 여석기 교수에게 고마움을 전하였다.

물론 홍성원은 영문학을 전공하면서 적잖이 회의를 느꼈다. 영국인이 아닌 외국인, 그것도 언어와 문화가 사뭇 다른 한국인으로 영문학을 전공한다는 것이 그에게는 '근원적인 불이익'처럼 생각되었다. 이 점과 관련하여 그는 "과비용을 지불하며 비능률적인 영문학에 내 일생을 걸어야 될 이유가 있는가?"라고 반문하곤 하였다. 이러한 회의와 함께 당시 가족을 부양해야 하는 경제적 압박 때문에 홍성원은 대학 3학년 때 영문학과를 중퇴하였다. 뒷날 학업을 계속할 생각이었지만 뜻대로 되지 않았다. 어찌 되었든 그가 영문학에게 진 빚은 그가 생각하는 것보다 훨씬 크다.

홍성원은 한 인터뷰에서 헤밍웨이 작품을 좋아한다고 밝힌 것으로 보아 대학 재학 시절과 그 후 아마 헤밍웨이 작품을 읽었을 것이다. 특히 그는 대학을 중퇴하고 나서 독서에 몰입했다고 밝힌다. 헤밍웨이는 산문집 『아프리카의 푸른 언덕』1935에서 어떤 작가는 오로지 다른 작가가 한 문장을 쓰도록 도와주려고 이 세상에 태어난다고 말한 적이 있다. 홍성원에게 헤밍웨이야말로 바로 그러한 작가 중 한 사람이다. 또한 헤밍웨이는 참으로 잘 쓴 소설이 다음에 오는 작가가 사용할 수 있는 총체적 지식에 이바지한다고 주장하기도 하였다. 홍성원이 헤밍웨이한테 받은 영향은 ① 창작 동기, ② 작품 소재, ③ 작중인물, ④ 작품의 모티프와 주제, ⑤ 문체 등 다섯 가지 측면에서 볼 수 있다.

1

작가들은 왜 작품을 쓰는가? 어떤 작가들은 자아실현을 위하여 글을 쓴다. 미국의 심리학자 에이브러햄 매슬로는 성장 동기가 계속적으로 충족되는 것을 자아실현이라고 부르면서 다섯 단계의 인간 욕구 중에서 최종 단계로 파악한다. 자아실현은 그에 앞서는 네 가지 욕구를 포함하는 정신적 만족에 해당한다. 그러므로 작가가 작품을 쓰는 행위는 물질적 욕구와 사회적 욕구를 뛰어넘는 어떤 정신적 자기만족, 즉 외부의 상대적 기준이 아닌 자기 자신의 기준을 만족시키는 욕구를 말한다.

한편 또 다른 작가들은 고통스러운 현실에서 벗어나기 위하여 글을 쓴다. 목구멍에 걸린 가래처럼 가슴에 맺힌 응어리를 뱉어내지 않고서는 견딜 수 없어 글을 쓰는 작가들이 의외로 많다. 지그문트 프로이트는 일찍이 작가들과 예술가들이 흔히 현실에서 얻지 못한 것을 예술 작품을 빌려 대리 만족을 느낀다고 지적하였다. 그의 이론에 따르면 예술가들에게 창작 행위란 도피이자 치유요 소망 실현이자 심리적 보상인 셈이다. 프로이트가 작가를 포함한 예술가를 일종의 정신질환자로 본 것은 바로 그 때문이다.

홍성원이 작품을 창작하는 동기는 자아실현보다는 아무래도 현실 도피나 심리적 보상에서 찾아야 한다. 1930년대 태어난 작가가 흔히 그러하듯이 홍성원은 한국사에서 가장 험난한 시기에 태어나 성장하였다. 일제 강점기에 태어나 어수선한 해방기에 유년 시절을 보냈고, 태평양 전쟁이 막바지에 접어들었을 때 그는 초등학교에 입학하였다. 소년기에 일제의 패망을 맞자 이번에는 소련의 '붉은 군대 로스케들'이 38선 이북에 진주해 오는 것을 목격하였다. 홍성원은 아홉 살 소년의 눈에 소련군들은 "괴이한 동물처럼 낯설고 무섭게만 했다"고 회고한다. 그는 가족과 함께 월남하여 수원에서 머물던 중 한국전쟁을 맞았고, 미처 피난을 가지 못한 그는 전쟁의 온갖 추악한 모습을 목도하였다. 그 뒤 홍성원은 4·19학생혁명과 5·16군사혁명을 겪으며 청년기를 보냈다. 홍정선洪廷善과의 인터뷰에서 홍성원은 "매일의 생활이 너무 힘들고 고통스러워서 이 비정한 현실로부터 나를 구출하는 방법으로" 소설을 쓰기 시작했다고 고백하였다.

이렇게 어린 시절부터 신산스러운 삶을 살아온 홍성원은 이런저런 방식으로 사회로부터 냉대와 괄시를 받았다. 특히 그는 현대사의 험난한 파고를 넘으며 궁핍, 폭력, 기만, 권위, 독선, 제도, 이기주의, 권력 따위를 몸소 겪었다. 습작 시절부터 홍성원은 이러한 부당한 억압과 기제로부터 인간을 지키는 일이 무엇보다도 중요하다고 생각하였다. 그에게 문학이란 사람이 사람답게 사려고 하는 길을 막는 권력이나 폭력, 제도 등에 맞서기 위한 그 나름의 화두였고, 누추한 현실 세계에서 고양된 정신 세계로 일탈하는 수단이었다. 그래서 홍성원은 "세상에 대한 노여움은 문학을 내 밖으로 밀어내는 에너지로 쓰일 것이며, 세상이 내게 보내는 핍박과 야유에 대해서는, 나는 보란 듯이 최고의 예술인문학으로 대답할 작정이다"라고 말하였다. 또한 "사람을 사람답게 지키는 일이 내 문학의 출발점이다"라고 잘라 밝히기도 하였다.

이 점에서는 홍성원의 창작 동기는 어니스트 헤밍웨이의 그것과 아주 비슷하다. 한 인터뷰에서 작가에게 가장 좋은 초기 교육이 무엇인가라는 질문을 받자 헤밍웨이는 기다렸다는 듯이 "불행한 유년 시절이지요"라고 대답하였다. 시카고 근교에서 의사인 아버지와 성악가를 꿈꾸던 어머니 사이에서 태어난 그는 비교적 유복한 중산층 가정에서 유년 시절을 보냈다. 그런데도 그의 유년 시절은 어머니와의 잦은 갈등으로 그렇게 행복하지 않았다. 더구나 헤밍웨이는 아버지가 권총으로 자살한 것이 어머니 때문이라고 믿고 있었다. 1948년 비평가 맬컴 카울리에게 보낸 편지에서 헤밍웨이는 "우리 어머니는 미국에서 전무후무한 심술궂은 여자로, 불쌍한 아버지는 말할 것도 없고 짐 나르는 노새도 자살하게 할 위인"이라고 어머니에 대한 불편한 심기를 숨기지 않았다. 그래서 그런지 1951년 어머니가 사망했을 때 헤밍웨이는 장례식에도 참석하지 않았다.

그러나 헤밍웨이가 작가로 성장하는 데는 젊은 시절의 실연이 어머니와의 갈등에서 비롯한 불행한 유년 시절 못지않게 큰 몫을 하였다. 그에게는 실연의 상처야말로 작가 수업에게 더할 나위 없이 좋은 교육이 되었다. 열아홉 살 때 헤밍웨이는 미국 적십자 앰뷸런스 부대원으로 이탈리아 전선에 파견되었다가 무릎과 다리에 큰 부상을 입었다. 밀라노 병원에 입원하여 치료를 받던 중 그는 연상의 간호사 애그니스 본 쿠로스키를 사랑했지만 그녀한테서 실연당하였다. 실연의 경험은 그에게 다리에 부상을 입은 것보다도 훨씬 큰 정신적 외상을 남겼다.

헤밍웨이는 『무기여 잘 있어라』1929에서 현실에서 미처 이루지 못한 쿠로스키와의 사랑을 캐슬린 바클리와의 사랑으로 완성하였다. 가령 쿠로스키를 자신에게 완전히 무릎 꿇고 그가 원하는 대로 고분고분하게 따르는 정부로 만들었는가 하면, 한 비평가의 지적처럼 한 개성을 지닌 인간이 아니라 단세포 동물인 아메바처럼 그에게 헌신적으로 봉사하도록 만들었다. 그렇게 함으로써 그는 대리 만족을 느꼈을 뿐 아니라 자신을 배반한 여성에 복수까지 하였다. 그러고 보니 헤밍웨이가 왜 작가 지망생들에게 "가슴 아픈 것에 대하여 열심히 그리고 분명하게 글을 쓰라"라고 충고하는지 알 만하다.

홍성원에게는 작품을 창작하는 두 가지 동기 외에 생계유지라는 또 다른 동기가 있었다. 8남매의 장남인 그는 공수의公獸醫를 거쳐 가축병원을 운영하던 아버지가 사무 착오로 공금 횡령죄로 구속되면서 갑자기 집안이 몰락하자 가족의 생계를 책임져야 하였다. 오노레 드 발자크는 "1828년 나는 살아가면서 12만 5천 프랑의 빚을 갚기 위해서는 갖고 있는 것이라곤 펜밖에 없었다"고 고백한 적이 있다. 청년 시절 홍성원이 즐겨 읽던 표도르 도스토옙스키도 자신이 도박으로 진 빚과 죽은 형의 빚을 갚기 위하여 소설을 썼다. 비록 빚은 아닐지라도 홍성원은 10명에 이르는 식구의 생계와 함께 동생들의 학비를 벌려고 학업을 중단한 채 작품을 썼다.

1960년대 중반 한국인 대부분이 가난과 싸웠지만 특히 홍성원에게 부여된 가난의 무게는 훨씬 더 컸다. 영문학 원서를 포함하여 그가 평소 아끼던 책을 팔아 식구들에게 쌀을 조금 사다 주고는 군에 입대하였다. 3년 남짓 군 생활을 마치고 막상 군에서 제대하자마자 그는 이번에는 열 식구를 먹여 살리는 생활전선에 나서지 않을 수 없었다. 군복무를 마치고 집에 돌아왔을 때 식구들은 창신동의 산비탈 무허가 판잣집에서 살고 있었고, 그 뒤 홍릉에서 월곡동으로 월곡동에서 다시 전농동 등지로 옮겨 다니는 동안 전세에서 사글세로 전락하였다. 당시 가난을 두고 홍성원은 "절박한 가난이었다. 하루 세 끼 밥만 먹여주면 우리 가족은 아마 지옥이라도 마다하지 않았을 것이다"라고 회고한 적이 있다. 그러면서 그는 "나는 허기진 아우들의 얼굴에서 굶주린 인간들만이 낼 수 있는 마지막 광기를 읽을 수 있었다"고 고백하였다.

홍성원은 스물다섯 살이던 1961년 단편소설 「전쟁」이 『동아일보』 신춘문예에 당선작 없는 가작으로 입선되면서 문단 말석에 이름을 올려놓았다. 소설가로서의 가능성을 탐색한 그는 소설을 써서 생계를 유지할 계획을 세웠다. 1964년 단편소설 「빙점지대」가 『한국일보』 신춘문예에 당선되었고, 단편소설 「기관차와 송아지」가 『세대』 창간 일주년 기념문에에 당선되었다. 홍성원은 작품 창작을 신생아를 분만하는 것에 빗대었다. 「빙점지대」 당선 소감에서 "백골부대 6번 사무실 뒤 골방이 산실이었소. 낳아놓고 보니 내 아들 같지가 않아서 혼자 실소도 해 보았소만 개구멍받이로 버리는 셈치고 우량아 심사에 업혀 보냈더니 이게 의외로 꼴보다는 튼튼했던 모양이오"라고 밝힌다.

홍성원은 장편소설 『디데이의 병촌』1966이 『동아일보』 50만 원 고료 장편소설 모집에 당선되면서 궁핍한 생활에서 어느 정도 벗어날 수 있었다. 당시 신문사가 상금을 내건 50만 원은 집 한 채를 구입할 만한 큰 돈이었다. 홍성원은 「당선 소감」에서 "이런 유類의 대금이 걸린 현상소설은 단순한 문단 등단의 기쁨뿐만은 아니다. 사실 나는 요즈음 꼭 50만 원쯤의 돈이 필요했다. 이 돈이 적시에 나를 찾아준 것은 나의 가난을 아는 모든 분들, 스승들과 선배들과 벗들의 정신적인 지원이 주효한 것 같다"고 솔직하게 털어놓았다.

2

홍성원은 작품 소재를 택하는 방식에서도 어니스트 헤밍웨이와 적잖이 닮았다. 헤밍웨이가 전쟁 체험을 즐겨 작품 소재로 삼았듯이 홍성원도 군대와 전쟁을 소재로 삼았다. 초등학교 2학년 때 그는 태평양전쟁을 겪으며 일본 제국주의의 패망을 목도하였고, 가장 예민한 사춘기에 한국전쟁의 한복판에 서 있었다. 나이 어린 중학생 홍성원에게 한국전쟁은 "떠들썩한 잔치처럼" 갑자기 찾아왔다. 전쟁이 잔치처럼 흥겨웠다는 뜻이 아니라 전쟁으로 모든 일상이 한꺼번에 뒤죽박죽 엉망이 되었다는 뜻이다. 홍성원이 병자호란과 임진왜란에 이어 한민족이 겪는 세 번째 전란으로 부른 한국전쟁은 그가 「소리 내지 않고 울기」에서 말한 대로 "괴롭고 참담하며 끔찍하고 잔인한 전쟁"으로 그에게 씻을 수 없는 상처와 깊은 허탈감을 안겨주었다.

5·16군사혁명이 일어나자 홍성원은 병역 기피자로 몰려 군대에 입대하여 그가 "하늘이 십원짜리 주화보다도 작은" 마을이라고 언급한 강원도 철원군 근남면 육단리 소재 최전방 백골부대5368부대에서 1961년부터 1964년까지 33개월 남짓 복역한 뒤 육군 하사로 제대하였다. 홍성원은 "3년 동안 무심히 겪어 내 의식의 밑바닥에 냉동된 채 보관된 체험들은 훗날 모두 악압의 기재가 풀리면서 생생한 모습으로 재생되어 여러 작품 속에 등장한다"고 밝혔다. 이렇듯 그의 군 생활은 헤밍웨이가 이탈리아 전선에서 겪은 경험과 비슷하다.

『동아일보』 신춘문예에 응모하여 당선작 없는 가작으로 입선한 홍성원의 첫 작품이 「전쟁」이라는 사실은 결코 우연이 아니다. 백골부대 사무실 뒤 골방에서 써서 『한국일보』 신춘문예에 응모하여 당선된 두 번째 작품 「빙점지대」와 월간 『세대』 창간 일주년 기념문예에 당선된 「기관차와 송아지」도 군대 생활을 소재로 삼은 작품이다. 더구나 홍성원의 첫 장편소설 『디데이의 병촌』은 제목에서도 엿볼 수 있듯이 최전방의 군부대에서 일어나는 사건을 중심 플롯으로 삼는다. 그는 3년 복무한 군에서 막 제대한 뒤라 기억이 아직 생생하게 남아 있어 비교적 쉽게 쓸 수 있었다고 회고한 적이 있다. 이렇듯 홍성원은 청소년기에 경험한 한국전쟁의 체험과 최전방 부대에서 근무한 군대 경험을 밑바탕으로 삼아 작품을 썼다. 단편소설과 장편소설을 가리지 않고 이 작품들이 속한 장르에 굳이 이름을 붙인다면 아마 '병영소설'이나 '군대소설'이 가장 적절할 것이다.

작가로서의 입지를 점차 굳히면서 홍성원은 그 뒤 '병영소설'이나 '군대소설'을 '전쟁소설' 장르로 발전시켰다. 1970년부터 그는 『육이오』를 『세대』에 5년여에 걸쳐 연재하기 시작하였다. 뒷날 『남과 북』1977으로 제목을 바꾸어 출간한 이 대하소설은 그가 가장 애정을 느끼며 쓴 작품 중 하나다. 1985년부터 홍성원은 『대구매일신문』에 임진왜란을 소재로 한 『달과 칼』1993을 연재하기 시작하였다. 한민족의 역사에서 가장 참혹한 전쟁을 다루면서도 그는 삼도수군통제사 이순신李舜臣은 물론 류성룡柳成龍, 이항복李恒福 등의 대신들, 도원수 권율權慄과 여러 의병장들보다는 오히려 그동안 역사의 주변부로 밀려나 있던 천민과 노비 등을 비롯한 일반 백성들을 중심 무대로 끌어들인다. 홍성원이 "역사는 사건을 기록하고 문학은 사람을 기록한다"고 밝히듯이 그의 작품에서 흔히 역사적 사건은 배경으로 등장할 뿐 무게 중심은 어디까지나 그 역사적 배경에서 움직이는 민중에 실려 있다.

헤밍웨이는 자신이 직접 겪은 경험에서 작품 소재를 빌려오기 일쑤였다. 그는 훌륭한 작품이란 진실한 작품이고 작가가 얼마나 삶에 대하여 잘 알고 있느냐에 비례하여 진실한 작품을 창작할 수 있다고 믿었다. 또한 작가는 경험에서 많은 것을 배우면 배울수록 더욱 진실하게 상상할 수 있다고 밝히기도 하였다. 헤밍웨이는 시베리아에서 유형 생활을 한 표도르 도스토옙스키를 실례로 들면서 마치 칼이 대장간에서 벼려지는 것처럼 작가들은 부당한 일에서 연단된다고 지적하였다. 헤밍웨이는 "내가 작가로서 성공을 거두었다면 그것은 내가 잘 알고 있는 것에 대하여 작품을 썼기 때문이다"라고 밝혔다. 이처럼 그는 작가로 데뷔할 때부터 사망할 때까지 자기 자신이 직접 겪은 일이나 잘 알고 있는 일을 소재로 작품을 썼다.

그런데 여기서 한 가지 유념해야 할 것은 체험이나 간접 경험이 아무리 작품 소재로 중요하더라도 헤밍웨이는 그 경험을 그대로 사용하지 않았다는 점이다. 그것은 포도 열매가 아무리 탐스럽게 익어도 발효 과정을 충분히 거치지 않고서는 좋은 포도주가 될 수 없는 것과 같은 이치다. 헤밍웨이의 작품을 읽다 보면 그가 겪은 삶의 경험이 알갱이 그대로 남아 있는 경우는 거의 없고 형체를 알아보기 어려울 만큼 화학 반응으로 일으켜 작품 속에 녹아 있다. 이를 달리 말하면 그의 작품에는 소재의 형상화가 잘 이루어져 있다.

헤밍웨이 연구가 잭슨 벤슨은 헤밍웨이가 "만약 ~라면 과연 어떻게 될까?"라는 '가정'의 시나리오에 의존해 작품을 썼다고 지적한다. 다시 말해서 헤밍웨이는 자신의 삶에서 작중인물이나 소재 등을 취해 오지만 그대로 사용하지 않고 어디까지나 가상적인 사건으로 만들어낸다는 것이다. 가령 전투를 하다가 병사가 성기에 부상을 입는다면 어떻게 될까? 젊은이가 전쟁터에서 부상을 입고 병원에 입원 중 연상의 간호사를 사랑하다가 실연당하면 어떤 심정일까?

첫 번째 가정을 소설로 형상화한 것이 『태양은 다시 떠오른다』1926다. 이 소설이 출간되자 해럴드 롭이 헤밍웨이에게 로버트 콘이 자신을 모델로 삼은 인물이라고 항의하였다. 그러자 헤밍웨이는 롭에게 "로버트가 자네라면 나는 서술 화자라는 말이네. 그렇다면 자네는 전투 중 내 성기가 잘려나갔다고 생각한단 말인가?"라고 되물었다. 헤밍웨이는 이 작품의 95퍼센트가 순전히 상상력이 빚어낸 산물이라고 밝혔다.

출간 연도는 『태양은 다시 떠오른다』보다 3년 늦지만 『무기여 잘 있어라』는 두 번째 가정을 소설로 형상화한 작품이다. 헤밍웨이는 『무기여 잘 있어라』를 제1차 세계대전 중 이탈리아 전선에서 겪은 경험을 바탕으로 썼다. 그가 부상을 입고 밀라노 병원에 입원하지 않았더라면, 또 병원에서 간호사 쿠로스키를 만나 연애를 하지 않았더라면 아마 이 작품을 쓰지 못했거나 비록 썼다 해도 지금과는 다른 작품이 되었을 것이다. 그러나 헤밍웨이는 서너 가지 사건을 제외한 나머지 사건을 상상력을 발휘하여 썼다고 말하였다.

홍성원은 헤밍웨이가 그랬던 것처럼 구체적인 체험에 바탕을 두되 상상력을 한껏 발휘하여 허구적 산물로 승화시켰다. 소설가로서의 직업을 두고 홍성원은 "거짓말을 만드는 것"에 종사해 왔다고 밝혔다. 그러면서 아무리 '정직하게' 쓰려고 해도 곧잘 '삐뚜로 나간다'고 고백하였다. 그의 솔직한 고백에서는 플라톤의 저 유명한 시인 추방론이 떠오른다. 이데아의 세계로부터 두 단계나 떨어져 있는 문학과 예술은 '거짓말'일 수밖에 없다. 그러므로 홍성원의 작품은 체험에 굳건한 뿌리를 두고 있는데도 허구성이 강하게 느껴지는가 하면, 상상력이 빚어낸 찬란한 우주인데도 고단하게 살아온 작가의 체취가 물씬 풍긴다.

홍성원이 군대와 전쟁에 이어 즐겨 삼는 작품 소재는 바다와 낚시다. 그가 유난히 바다를 좋아하게 된 것은 강원도 금화와 고성에서 유소년 시절을 보냈기 때문이다. 고성은 금강산과 동해와 가까운 곳이어서 계곡과 해안에서 물놀이를 하며 지낼 수 있었다. 특히 해금강의 아름다운 바다는 그의 감성이 형성하는 데 큰 역할을 하였다. 헤밍웨이도 마찬가지지만 홍성원에게 바다는 단순히 물고기를 잡는 공간 이상의 의미가 있다. 홍성원은 한 인터뷰에서 "내가 낚시 가는 행위의 90프로는 물고기가 아니라 물을 만나러 가는 거예요"라고 말한 적이 있다. 그러면서 "바다를 보면 나는 우선 그 단조로운 크기에 감동하고, 그 숨겨진 에너지에 반하고, 그 비릿한 갯내음에 끌려 어떤 때는 내 자신이 물속을 헤엄치는 고기가 되어 바위틈을 이리저리 돌아다니는 상상을 할 때도 있어요"라고 밝힌다.

홍성원이 물고기를 잡으러 바다에 가는 것이 아니라 물을 만나러 바다에 간다는 말을 좀 더 찬찬히 눈여겨보아야 한다. 어떤 의미에서 그는 동양 문화권에서 낚시꾼의 대명사라고 할 강태공姜太公과 닮았다. 강태공은 극진棘津이라는 나루터에서 지내며 하는 일이라고는 고작 독서와 낚시뿐이었다. 그렇다고 물고기를 잘 잡는 것도 아니어서 그가 드리운 낚시에는 바늘이 곧게 펴져 있거나 아예 바늘이 없었다고 전해진다. 어느 쪽이든 그의 목적은 단순히 물고기를 낚는 데 있지 않았다. 중단편집 『폭군』1984 서문에서 밝히듯이 홍성원에게도 낚시는 고기를 잡아 올리는 실제적 의미보다는 형이상학적 의미가 훨씬 더 크다.

바다를 처음 보았을 때의 감동을 잊을 수 없다. 우리가 만날 수 있는 모든 사물 중에 바다는 가장 단순한 구도를 지니고 있다. 한 개의 선과 두 개의 색상이 바다가 만드는 구도의 전부다. 가장 큰 것이 가장 단순해서 바다는 우리를 감동시킨다.

진실에 대한 믿음을 잃었을 때 나는 문학을 손에서 내려놓을 것이다. 그리하여 할 일이 없을 때 나는 바다에 나가 '감생이'를 낚을 것이다.

위 인용문에서 '한 개의 선'이란 수평선을 말하고, '두 개의 색상'이란 물빛과 하늘을 말한다. 1996년 5월 홍성원은 이 짧은 두 단락의 글에 살을 붙여 「바다, 내 사는 재미의 절반」이라는 제목으로 『매일신문』에 '매일 시론'의 형식으로 발표하였다. 임종의 자리에서도 그는 자식들에게 "우리가 다시 바다에서 만난다는 것은 더 할 수 없는 축복이다"라는 유언을 남겼다. 홍성원은 "그 가없는 크기와 침묵으로 바다는 우리를 우주의 끝에 서게 하고, 그리하여 우리는 우리의 작음과 덧없음에 대해 불현듯 겸허한 깨우침과 따뜻한 뉘우침에 젖어들게 한다. 바다가 우리 사이에 노스탤지어로 노래되는 것은 그곳이 우리가 장차 돌아가 소멸될 곳이기 때문이다"라고 밝히기도 한다. 2009년 5월 그의 사망 1주기를 맞아 '홍성원 문학비' 제막식이 그의 유골이 안치되어 있는 경기도 파주시 문산읍 내포리 소재 납골묘원에서 열렸다. 문학비에는 그가 자식들에게 유언으로 남긴 바다에서 만나자는 고인의 말이 새겨져 있다.

홍성원의 작품 중에서 바다나 낚시를 소재로 한 것은 무척 많다. 물론 그의 작품에 '해양소설'이라는 꼬리표를 붙이는 데는 무리가 따르지 모른다. 그러나 그가 바다나 낚시에서 작품의 소재를 즐겨 빌려오는 것은 사실이다. 이러한 작품을 대충 꼽아 보아도 「7월의 바다」를 비롯하여 「누항의 덫」과 「공룡을 본 사람들」, 「남도 기행」 등이 그러하다. 바다를 배경으로 한 작품으로는 「무전여행」과 「사공과 뱀」 등이 있다.

한편 홍성원은 여성과 성性을 즐겨 작품 소재로 삼는다는 점에서도 헤밍웨이와 비슷하다. 미국 작가 중에서도 헤밍웨이는 유난히 여성 편력이 많았다. 이혼을 개인의 패배로 간주하면서도 그는 무려 네 번에 걸쳐 결혼하였다. 스무 살 때 첫 사랑 애그니스 쿠로스키한테서 배신당한 헤밍웨이는 그 뒤 여성을 좀처럼 믿지 못하는 버릇이 생겨 아내가 자신을 배신하기 전에 자신이 먼저 배신하곤 하였다. 그밖에도 그는 여러 여성과 염문을 뿌리면서 어떤 때는 육체적 관계를 맺기도 하고 또 어떤 때는 플라토닉 러브로 끝내기도 하였다. 이 점과 관련하여 동시대 작가 윌리엄 포크너는 "헤밍웨이의 실수는 그가 만나는 여자마다 결혼해야 한다고 생각하는 데 있었다"고 날카롭게 꼬집었다.

여러모로 홍성원과 비슷한 인물이라고 할 「주말여행」의 서술 화자요 주인공인 '나'는 쾌락지상주의를 삶의 방식으로 고수한다. '나'는 여성들과 관계를 쾌락에서 시작하여 쾌락으로 끝낼 뿐 그 이상의 관계로 발전시키지 않는다. 그는 이 작품에서 "사실 나는 오래전부터 사랑이란 감정을, 들고 다니기에 너무 무거운 짐 같은 것으로 여겨 왔다"고 고백한다. 이 말을 뒤집어 보면 남녀의 정신적 유대나 교류보다는 육체적 관계에 훨씬 더 무게를 둔다는 뜻이다. 그러나 '나'는 이러한 관행을 깨뜨리고 젊은 술집 여성을 서울로 데리고 가기로 결심한다.

작품 소재와 직접 관련된 것은 아니지만 홍성원은 헤밍웨이처럼 작품에 여성 작중인물을 좀처럼 등장시키지 않는다. 두 번째 단편집 『여자 없는 남자들』1927의 제목에서도 볼 수 있듯이 헤밍웨이 문학의 우주에는 남성이 군림한다. 그런데도 그의 주요 작품에는 브렛 애슐리, 캐슬린 바클리, 마리아 같은 여성 작중인물들이 등장한다. 물론 『노인과 바다』1952에는 마지막 장면에 엑스트라처럼 등장하는 여성 관광객 한 명을 제외하고는 여성 작중인물은 단 한 명도 나오지 않는다.

홍성원의 작품에는 헤밍웨이 작품보다도 여성 인물이 눈에 띄게 등장하지 않는다. 그 이유에 대하여 홍성원은 여성에 대하여 잘 모르기 때문이라고 농담처럼 말한 적이 있다. 그가 즐겨 소재로 다루는 군대 생활과 전쟁에서 주역은 두말할 나위 없이 남성이다. 여성 작중인물이 주인공이나 중심인물로 등장하는 작품으로는 가정교사 이야기를 다루는 「늪」, 대학교수 부인의 일시적인 외도를 다루는 「사공과 뱀」, 주말에 지방에 위치한 호숫가로 여행을 가서 술집 여성들을 만나는 「주말여행」 정도다. 장편소설로는 『밤과 낮의 경주』1978를 꼽을 수 있지만 여성 작중인물은 작품 중간쯤에 이르러 흐지부지 사라지고 만다. 홍성원의 작품은 그야말로 '여자 없는 세계'라고 할 만하다. 그래서 김치수金治洙는 일찍이 홍성원의 문학을 '남성문학'으로 자리매김하였다. 단순히 여성 작중인물이 별로 등장하지 않는다는 것 외에 그의 문학은 성격 창조나 주제와 문체 등에서 남성적인 특성이 두드러지기 때문이다.

3

홍성원은 작품의 모티프와 주제에서도 어니스트 헤밍웨이한테서 직간접으로 영향을 받았다. 홍성원은 헤밍웨이처럼 기약 없는 내세보다는 '지금 여기'에서의 현세에 무게를 싣는다. 이러한 현세주의적 세계관은 「프로방스의 이발사」를 비롯한 작품에서 쉽게 엿볼 수 있다. 프랑스 남부지방을 공간적 배경으로 삼는 데다 서술 방식도 독백 형식을 취한다는 점에서 이 단편소설은 홍성원의 작품 중에서 아주 이색적이다. 엽기적인 연쇄살인 사건을 다루는 이 작품에서 서술 화자는 내세보다 현세를 믿고 초월적 존재자를 좀처럼 받아들이지 않는다. 화자는 이발을 하러 찾아온 고객 기욤에게 천국을 "밋밋하고 멋대가리 없는 동네"라고 부른다. 한편 도무지 재미라고는 없는 천국과는 달리 현세에는 즐거움이나 짜릿한 스릴이 흘러넘친다고 말한다.

> "그렇습니다. 천국은 분명히 우리 범속한 인간들이 살기에는 도무지 재미라고는 없는 멋대가리 없는 동넵니다. 아무 괴로움과 불편이 없고 모든 것이 충족되는 그런 고장에는 물론 간음이나 살인 같은 짜릿하고도 아기자기한 사고도 없겠죠. 하지만 선생님은 손가락이나 발가락 사이를 모기에게 물렸을 때 그 물린 상처를 손으로 긁어보신 일이 있습니까? 그 아릿하고 통쾌하면서도 상쾌한 긁는 맛이라니! 그러나 천국엔 모기가 없으니 그런 상쾌한 맛도 느낄 수 없겠죠."

서술 화자의 말대로 천국이 재미없고 따분한 곳이라면 지상의 세계는 그야말로 '살맛나는' 곳이다. 현세는 홍성원의 한 단편소설 제목 그대로 '즐거운 지옥'이다. 화자는 희로애락의 감정을 오직 지옥 같은 현세에서만 느낄 수 있을 뿐 천국에서는 전혀 느낄 수 없다. 그래서 화자를 비롯한 홍성원의 작중인물들은 재미없는 천국에서 살기보다는 오히려 고통 받는 즐거운 지옥에서 살기를 바란다. 이렇게 내세나 천국보다 현세를 더 좋아하는 것은 「주말여행」의 주인공도 마찬가지다. 이 작품에서 술집 종업원이 주인공인 '나'에게 귀신같은 것이 이 세상에 정말 존재한다고 생각하느냐고 묻자 '나'는 귀신같은 것을 믿지 않는다고 대답한다. 술집 종업원이 이번에는 하느님을 믿느냐고 묻자 그는 하나님도 믿지 않는다고 말한다.

전 세계 작가를 통틀어 헤밍웨이만큼 내세보다는 현세에서 삶의 의미와 가치를 찾으려고 한 사람도 드물다. 그는 확실하지 않은 내세에 희망을 두기보다 지금 현세의 삶에 충실해야 한다고 말하였다. "우리는 무덤 너머에 대해서는 아무런 확신을 줄 수 없는 우주의 일부다. 종말은 암흑이라는 사실을 충분히 깨닫고 인간 자신에서 용기 있게 빚어낸 실천적 윤리로 삶에서 우리가 할 수 있는 것을 만들어내야 한다"고 지적하였다. 이렇듯 헤밍웨이의 작중인물들은 인간의 삶이 보잘것없고 잔인하고 짧다는 것을 누구보다도 잘 알고 있기에 될수록 현세의 삶을 만끽하려고 애쓴다. 그들이 지나치다고 할 만큼 먹고 마시고 섹스를 하는 일에 탐닉하는 것은 바로 그 때문이다. 이 점에서 그들은 철저한 현실주의자요 경험론자다.

헤밍웨이가 좀처럼 제도화된 종교를 받아들이지 않는 것도 이러한 세계관과 관련이 있다. 인류 역사에서 그 유례를 찾을 수 없는 제1차 세계대전의 참상을 몸소 겪은 그는 서구 문명의 주춧돌이라고 할 전통적인 기독교에 대한 믿음을 모두 상실하였다. 헤밍웨이는 그래서 그는 『태양은 다시 떠오른다』에서 작중인물들은 신이 없는 세계에서 살아가는 방법을 찾는다. 헤밍웨이는 『무기여 잘 있어라』에서 주인공의 입을 빌려 "생각하는 사람들은 하나같이 무신론자"라고 말한다. 실제로 프레더릭 헨리는 기독교의 신보다는 차라리 로마 신화의 포도주 신인 바쿠스를 믿는다고 밝혔다.

홍성원과 헤밍웨이의 유사점은 정치적 무의식에서도 엿볼 수 있다. 정치에 무관심하다는 것 자체가 일종의 정치적 태도라고 볼 수 있으므로 작가는 물론이고 사회 구성원이라면 누구든 정치의 자장에서 완전히 벗어날 수는 없을지 모른다. 그러나 정치 문제를 명시적으로 드러내는 작가들이 있는가 하면, 그렇지 않은 작가들도 얼마든지 있다. 홍성원은 일찍부터 가난과 싸우면서 '세상에 대한 노여움'을 가슴 속에 품고 살면서도 좀처럼 계급투쟁의 관점에서 작품을 창작하지는 않았다. 다양한 삶의 모습을 계급의 렌즈로만 바라보는 데는 한계가 따를 수밖에 없다고 판단했기 때문이다. 그의 작품에는 카를 마르크스보다는 오히려 지그문트 프로이트의 그림자가 자주 어른거린다.

헤밍웨이는 정치 문제를 명시적으로 다루려고 하지 않은 것으로 유명하다. 경제 대공황기에 쓴 『유산자와 무산자』1937를 제외하고는 정치 문제에 비교적 초연하려고 애썼다. 그래서 영국의 소설가 윈드햄 루이스는 "헤밍웨이보다 정치에 완전히 무관한 작가를 상상하기 어렵다"고 지적하였고, 미국 시인 아치볼드 맥클리시도 그를 두고 "정치적으로 무책임한 작가"라고 못박았다. 그러나 이러한 지적에 헤밍웨이는 "작품에는 좌파와 우파가 없다. 오직 좋은 작품과 나쁜 작품이 있을 뿐이다"라고 맞섰다. 이 말은 "도덕적이거나 부도덕적인 책은 없다. 오직 잘 쓴 작품과 잘 쓰지 못한 책만이 있을 뿐이다"라는 오스카 와일드의 말을 살짝 돌려 말한 것이다.

홍성원이 헤밍웨이한테서 직간접으로 영향을 받은 또 다른 주제는 성性에 관한 개방적 태도다. 헤밍웨이는 유작 『에덴동산』1986이 출간되면서 최근에는 동성애 같은 다른 형태의 젠더 정체성에도 관심을 기울인 작가로 평가받기도 하지만 흔히 남성성을 상징하는 작가로 받아들여져 왔다. 실제로 미국 작가는 물론이고 전 세계 작가 중에서도 헤밍웨이만큼 호탕하고 박력 있는 남성의 상징으로 인정받아 온 작가도 없다시피 하다. 헤밍웨이는 실생활에서도 작가를 비롯하여 군인, 종군기자, 사냥꾼, 권투선수 등 온갖 남성다운 일에 종사했던 마초 중의 마초였다.

적어도 섹스에 대하여 개방적 태도를 취한다는 점에서 홍성원은 헤밍웨이와 적잖이 닮았다. 홍성원은 섹스를 "원래 우리에게 주어진 몇 안 되는 아주 아름다운 쾌락"이나 "우리 육체가 만들어 내는 아름답고 건강한 쾌락"으로 간주한다. 적어도 이 점에서 그는 성을 금기시해 온 유교 질서에 맞섰다. 홍성원은 몇몇 작품에서 유교 사회에서 도덕과 윤리의 이름으로 그동안 억압하거나 왜곡해 온 인간 본능의 본 모습을 찾아주기 위하여 시도하였다. 섹스에 관한 홍성원의 관심은 「주말여행」에서 잘 드러난다. 그는 1970년대 소비 사회로 막 진입한 근대화 초기 단계의 한국 사회의 세태를 그리면서 개인의 소외를 다룬 작품이라고 말한다. 그런데 주인공을 포함한 작중인물들이 소외감을 극복하는 방법은 여성 편력이다.

「주말여행」은 제목 그대로 고등학교와 대학 동창 다섯 명이 주말을 이용하여 지방으로 떠난 천렵 여행을 다룬다. 그들은 '토요회'라는 모임을 만들어 도회에서 느끼는 스트레스를 해소하고 삶의 자극과 활력을 찾으려고 주말마다 여행을 떠난다. 작품 첫머리에서 서술 화자는 "여자 없는 여행이라니, 될 법이나 한 말씀인가?"라고 말한다. 그의 말대로 이번 여행에도 어김없이 술집 여성들과의 성적 희롱이 이어진다. 서술 화자요 주인공인 '나'는 자기와 짝을 이룬 젊은 여성에게 "혹시 엄마 젖 먹다가 이리루 기어서 도망쳐 온 거 아냐?"라고 묻는다. 젊은 여성은 아직도 어머니 젖을 먹을 만큼 어린애가 아니라고 대답한다. 그러자 '나'는 다시 "젖은 어른두 곧잘 먹더라. 입으로 먹는 것만 젖이 아니야"라고 대꾸한다. 이 말을 금방 이해하지 못하는 젊은 여성은 순진하게 입이 아니면 젖을 또 어디로 먹느냐고 묻고, '나'는 "글쎄, 그건 네 서방한테 물어보렴"이라고 대답을 회피한다. 술집 종업원이라고는 하지만 나이 어린 여성에게 하는 말로는 무척 외설스럽다. 서술 화자는 술집 종업원을 여러 번 '물건'으로 부르는 것을 보면 여성을 폄훼하는 남성 중심의 가부장적 태도를 여실히 드러낸다.

「사공과 뱀」도 현대 사회에서 여성의 성적 자유를 중심 주제로 다룬다. 이 작품은 섬진강과 바다가 만나는 망덕이라는 해수욕장을 공간적 배경으로 삼는다. 헤밍웨이의 작품처럼 홍성원의 작품에서도 공간적 배경은 흔히 지리적 배경 이상의 의미가 크다. 뒤에 두고 떠나온 서울이 의식의 세계라면 남해의 외딴 피서지는 무의식이나 잠재의식을 상징한다. 이러한 지리적 배경이 암시하듯이 홍성원은 관습과 허위로 무장한 현대인이 성의 금기를 깨뜨림으로써 얼마나 자유로울 수 있는지 그 가능성을 탐색한다.

> 청년은 닭 뼈다귀를 바닷속으로 휙 던지고는 두 손을 썩썩 팬티에 문지른 뒤 그이의 손에서 가방 두 개를 받아 든다. 땀에 번쩍이는 사공의 근육이 내 눈엔 무척 아름다워 보인다. 나는 아직 영화나 사진 외에서는 이렇게 육중하고 아름다운 사내의 근육을 본 일이 없다. 그는 마치 대좌 위에 서 있던 동상이 갑자기 피가 통해서 지상으로 껑충 내려온 듯한 인상이다.

'그이'는 이 작품의 여성 서술 화자 '나'의 남편으로 대학 교수다. 남편은 도회 생활에 권태를 느끼고 입버릇처럼 시골에서 농장을 경영하며 살고 싶다고 말해 온 사람이지만 막상 여행 이틀째 날 벌써 심한 피로와 짜증을 느낀다. 서술 화자인 '나'는 남편의 짜증과 무기력이 단순히 육체적 피로에서 비롯하는 것만은 아니라고 생각한다. 반면 나룻배를 젓는 사공은 남편과는 사뭇 대조되는 인물로 온몸이 청동 빛으로 그을려 있는 데다 몸에는 수영 팬티 한 장을 입고 새까만 색안경을 쓰고 있다. 무기력한 남편과 비교해 보면 뱃사공은 "마치 대좌 위에 서 있던 동상이 갑자기 피가 통해서 지상으로 껑충 내려온 듯한" 모습이다.

이렇듯 홍성원은 창백한 도회 지식인과 건강한 원시인을 떠올리게 하는 뱃사공을 첨예하게 대비시킨다. 서술 화자는 뱃사공에게서 피로한 탓에 불평을 일삼는 남편에게서는 좀처럼 볼 수 없는 건강한 원시적 생명력을 느낀다. 서술 화자는 "바다가 아직 얕은 탓인지 사공은 노 대신에 상앗대로 갯바닥을 밀고 있다. 상앗대를 미는 사공의 전신으로 다시 눈부신 힘살들이 솟아오른다"고 말한다. 화자는 뱃사공의 이러한 모습을 바라보며 남편에게서는 한 번도 느껴 본 적이 없는 성적 에너지를 처음 맛본다. 목적지 섬에 도착하자 뱃사공이 '나'의 허리를 두 손을 잡아 힘껏 밀어 올리자 화자는 "전율이 흐를 만큼 잊을 수 없는 감미로운 접촉"을 느낀다. 이 말에서는 홍성원의 「역류」에서 한 작중인물이 "내가 백정에게 감동을 받는 것은 백정이 보여 준 빈틈없는 남성미 때문이었다"고 말하는 대목이 떠오른다.

한편 화자는 시선을 돌려 두 겹으로 겹쳐진 남편의 흰 목덜미를 바라본다. 그 순간 화자는 "추하다. 왈칵 구토증이 치받쳐서 나는 재빨리 침을 한 모금 삼켜본다"고 말한다. 침을 삼켜 보지만 메스꺼움은 어느새 현기증으로 바뀔 뿐이다. 화자는 '날렵한 육식 동물'을 떠올리게 하는 뱃사공의 몸을 다시 한 번 바라보면서 이상야릇한 감정을 느낀다. "해방감이다. 메스꺼움은 씻은 듯이 사라지고 나는 신경의 한쪽 끝자락이 짜릿하게 긴장되는 기묘한 희열을 느낀다"고 말한다. 화자가 솔직하게 밝히듯이 그녀는 지금 남편을 배반하고 있다. 서술 화자는 마치 바늘 끝으로 곪은 상처를 건드리는 것 같은 "지극히 통렬하면서도 상쾌한 충격"을 느낀다. 그런데 문제는 화자에게 이 경험이 단순히 '일상에서의 탈출'의 범위를 뛰어넘어 '근원적인 의식의 해방'으로 느껴진다는 데 있다. 화자는 남편을 배반한 것이 아니라 비로소 그와 자신을 분리하여 생각할 수 있을 만큼 해방되었다고 말한다.

여기에서 한 가지 주목해 볼 것은 홍성원이 건강한 뱃사공의 육체적 이미지를 강조하려고 뱀을 등장시킨다는 점이다. 이 작품의 제목이 다름 아닌 '사공과 뱀'이라는 사실을 다시 한 번 떠올리는 것이 좋을 것이다. 방갈로에 짐을 푼 뒤 서술 화자 '나'는 피곤해하는 남편을 남겨둔 채 바람을 쏘이러 혼자서 해수욕장으로 내려온다. 바닷가 축대에서 '나'는 뜻하지 않게 뱃사공을 다시 만난다. 축대 밑에 있던 뱃사공은 "흡사 먹이를 덮치는 날렵한 육식 동물"처럼 축대 위로 뛰어오른다. 두 사람은 등대 아래 솔숲을 함께 내려가다 두꺼비를 입에 물고 있는 뱀 한 마리를 발견한다. 뱀이 목을 탱탱하게 팽창시킨 채 두꺼비를 거의 다 삼켜 발끝만 조금 입 밖으로 베어 물고 있다. 이 모습을 보고 '나'는 "처절하도록 아름답다. 이런 경험은 처음이다. 뱀이 두꺼비를 잡아먹는 장면도 처음이거니와, 처절함과 아름다움이 이토록 완벽하게 조화된 모습도 처음이다"라고 말한다.

이 장면에서 서술 화자는 뱀을 원시적 건강성을 상징하는 뱃사공과 동일시한다. 뱃사공은 두꺼비를 잡아먹은 뱀이 몸에 좋은 보약이라고 말하며 나뭇가지를 꺾어 뱀을 잡으려고 하자 화자는 그를 말린다. 그러면서 화자는 "그는 지금 뱀과 자신이 한 몸은 것을 모르고 있다. 나는 뱀을 처음 본 순간, 내 몸이 무언가에 삼켜지는 듯한 통쾌감을 느끼고 있다"고 생각한다. 화자는 자신이 마치 뱀이 집어삼킨 두꺼비가 되어 등대의 컴컴한 동굴 속으로 한없이 끌려가는 듯한 느낌이 들었다고 고백한다. 두말할 나위 없이 이 장면은 성적 이미지로 가득 차 있다. 두 인물이 만나는 뱀도 그러하고, 화자가 뱀에 삼킨 두꺼비가 되어 동굴로 끌려가는 모습도 그러하다.

방갈로에 돌아가지만 끝내 잠을 이루지 못하는 화자는 새벽녘에 다시 바닷가로 나왔다가 전날 물에 빠뜨린 카메라를 찾고 있는 뱃사공을 만난다. 이제 체면의 옷을 모두 벗어버린 두 사람은 나룻배 위에서 두 번, 백사장에서 한 번 더 격렬하게 사랑을 나눈다. 그러고 난 뒤 화자는 이제는 더 자기의 삶을 남의 삶처럼 '임대하여' 거짓으로 살아가지 않을 것이라고 다짐한다. 바다와 땅이 만나는 낯선 섬의 모래밭에서 화자는 이렇게 처음으로 "나만의 자[尺]로 세상을 재[測]는 진정한 해방감"을 맛본다. 이 작품을 권태로운 도시 생활의 무료를 성적 일탈로 해소해 보려고 하지만 화자에게 되돌아오는 것은 공허와 허무감뿐이라고 해석하는 비평가도 있다. 그러나 섬으로 떠난 피서지 여행은 화자요 주인공에게 영적 개안開眼을 가져다주는 영혼의 순례로 해석하는 쪽이 더 옳다. 화자는 이제 예전의 삶과는 전혀 다른 새로운 삶을 살게 될 것이기 때문이다. 홍성원의 말대로 "관습과 허위로 무장된 가짜 인간이 성의 금기를 깨뜨림으로써 얼마나 자유로울 수 있는지" 생각하게 하는 작품이다. 적어도 이 점에서 「사공과 뱀」은 D. H. 로런스의 『채털리 부인의 사랑』1928과 여러모로 닮았다.

홍성원이 헤밍웨이한테서 영향 받은 주제는 결과보다는 과정, '무엇'보다는 '어떻게'에 무게를 싣는다는 점에서 찾을 수 있다. 앞에서 홍성원이 낚시를 작품 소재로 즐겨 삼는다는 점을 이미 언급하였다. 그는 낚시에서 물고기를 잡는 것보다는 낚시질에서 이런 저런 삶에 대한 교훈을 얻는다. 그에게 바다는 물고기가 아니라 삶에 대한 지식을 낚는 교육장 같은 구실을 한다. 그런데 바다낚시를 산으로 옮겨놓은 것이 사냥이고, 사냥을 중심 플롯으로 삼은 작품이 다름 아닌 중편소설 「폭군」이다.

홍성원이 「폭군」을 처음 발표한 1969년은 한국 정치사에서 10월 유신에 길을 열어준 3선 개헌안으로 무척 혼란스러운 시기여서 이 작품에서 정치적 알레고리를 읽을 수도 있다. 그러나 이 작품은 결과보다는 과정을 중시하는 주제를 다룬 것으로 해석하는 쪽이 더 적절하다. 홍성원의 소설이 흔히 그러하듯이 플롯은 비교적 단순하다. 한국전쟁 이후 남한 지역에서 자취를 감춘 것으로 알려진 호랑이가 어느 날 갑자기 산간 마을에 나타나 주민과 집짐승에 여러 피해를 입힌다. 그러자 수렵협회에서 70대의 박포수 노인을 고용하여 호랑이를 잡으러 산에 들어간다. 박포수와 동행하는 2성 장군 출신인 40대의 다른 엽사만 해도 세계적 명성을 자랑하는 엽총과 엽탄으로 무장하고 있다. 가죽 점퍼와 탄띠를 두른 40대 엽사를 비롯한 다른 사냥꾼들에 대하여 서술 화자는 "사실 그들에겐 짐승 사냥이 골프나 마작, 사교춤 따위의 흥겨운 놀이와 별반 다를 것이 없다"고 말한다.

그러나 박포수는 망원렌즈나 야간용 조준기 따위를 사용하지 않고 오직 구식 엽총과 엽랑 하나만 들고 호랑이와 싸운다는 점에서 일반 엽사들과는 다르다. 눈보라 치는 깊은 산속에서 이틀 동안 호랑이를 추적한 노인은 마침내 호랑이를 향하여 방아쇠를 당기고 호랑이는 노인을 덮친다. 마을 가까운 산기슭에서 노인을 찾아냈을 때 노인은 호랑이와 한 몸이 되어 서로 얼싸안은 듯이 껴안고 죽어 있다. 박포수는 호랑이와 싸우면서 사망하지만 평생 사냥꾼으로서 지켜온 긍지를 저버리지 않는다.

> 결국 노인이 짐승들에게 보내는 애정은 일종의 순수한 동료애와 같은 것이다. 그것에는 일방적인 사랑이 있을 뿐 복잡한 계산도 까다로운 격식도 없다. 보이지 않는 질긴 끈으로 그는 짐승들과 한 동아리가 된 것이다. (…중략…) 쫓고 쫓기는 그들만의 다툼에서 이왕이면 양편이 자기의 최선을 다하기를 희망한다. 특히 그는 상대가 강할 때 두 가지 엇갈린 감정을 경험한다. 하나는 상대에게 맹렬히 불붙는 강한 투지고 또 하나의 감정은 상대의 지혜와 담력에 저절로 우러나는 존경심과 경탄이다. 결국 노인의 그 두 개의 감정들은 애정이라는 한 개의 바탕 위에 형제처럼 자리해 있는 것이다.

박포수는 한편으로는 호랑이와 싸워 짐승을 죽여야 하고 다른 한편으로는 짐승에 애정과 존경심을 느낀다. 노인에게 중요한 것은 최선을 다하여 정정당당하게 싸운다는 사실일 뿐 승리에는 관심이 없다. 서술화자는 "쫓기는 짐승은 살기 위해서 자기의 최선을 다할 것이고 쫓는 사람은 잡기 위해서 역시 최선을 다할 뿐이어서 누가 이기고 누가 지는가는 별로 마음 쓸 일이 아니다 (…중략…) 최선을 다한 끝에 노인에게 남는 것은 겨룸의 결과가 아니라 녹녹치 않은 상대에 대한 마음으로부터의 존경과 사랑이다"라고 말한다. 그러므로 박포수의 죽음은 홍성원이 「남도 기행」에서 이순신의 죽음을 두고 말하는 '아름다운 죽음'과 비슷하다. 이 단편소설의 서술 화자는 "문득 이통제 순신의 아름다운 죽음이 생각난다. 그는 칠년전쟁이 승리로 끝나는 날 전사했다"고 말한다.

홍성원의 이러한 태도는 중단편집 『폭군』을 '나남문학선'으로 출간하면서 쓴 서문에서 여실히 드러난다. 그는 "가끔 손닿지 않는 목표를 향해 무리한 싸움을 걸 때가 있다. 이룰 수 없는 목표를 향해 그들이 열심히 부닥쳐 보는 것은, 목표에는 이를 수 없다고 하더라도 그 과정이 값진 것임을 알기 때문이다. 그들은 패배까지도 아름다운 것으로 만든다. 그들이야말로 싸울 줄 아는 사람들인 것이다"라고 말한다. 목표 못지않게 과정을 소중하게 생각하는 박포수와 이순신은 바로 '싸울 줄 아는 사람들'이다.

「폭군」은 여러모로 헤밍웨이의 『노인과 바다』와 비슷하다. 그래서 작품 제목을 '폭군' 대신에 '노인과 산'으로 불러도 좋을 듯하다. 박포수와 호랑이의 싸움이나 산티아고와 청새치의 싸움은 궁극적으로는 인간과 자연의 대결이다. 심해 바다에서 청새치를 잡든, 깊은 산속에서 호랑이를 잡든 주인공들이 최선의 노력을 아끼지 않는다는 점에서 두 작품은 서로 닮았다. 산티아고는 젊은 어부들과 달리 부표나 모터보트를 사용하여 고기를 잡지 않는다. 그는 부표 대신에 찌를 사용하고 모터보트 대신에 목선을 사용한다. 바다를 남성형으로 '엘 마르el mar'라고 부르는 젊은 어부들과는 달리 산티아고는 바다를 여성형으로 '라 마르la mar'라고 부른다. 그에게 바다는 경쟁자나 적대자가 아닌 삶의 터전일 뿐이다.

더구나 산티아고는 청새치는 물론이고 바다에 사는 온갖 생물에 깊은 관심과 애정을 기울인다. 종류나 크기에 상관없이 바다에 사는 동물은 하나같이 그의 다정한 친구들이요 한 부모에서 태어난 형제자매들이다. 예를 들어 날치를 비롯한 물고기를 다정한 친구로 생각하는 산티아고는 "날치를 무척이나 좋아하여 날치를 바다에서는 가장 친한 친구로 생각했다"고 말할 정도다.

또한 산티아고는 비록 죽이기는 하지만 청새치에게 적잖이 연민을 느낀다. 예를 들어 자신은 다랑어라도 잡아 허기를 채웠지만 꼬박 사흘 동안이나 아무것도 먹지 못한 채 자신과 사투를 벌이고 있는 청새치가 왠지 불쌍하다는 생각마저 든다. 산티아고는 청새치를 친구로 간주하는가 하면, 또 어떤 때는 형제라고 부르기도 한다. 그는 "하기야 저 고기도 내 친구이긴 하지. (…중략…) 저런 고기는 여태껏 본 적도, 들어 본 적도 없어. 하지만 나는 저놈을 죽여야만 해"라고 말한다. 또 산티아고는 "고기야, 네놈이 지금 나를 죽이고 있구나"라고 생각하면서도 "하지만 네게도 그럴 권리는 있지. 한데 이 형제야, 난 지금껏 너보다 크고, 너보다 아름답고, 또 너보다 침착하고 고결한 놈은 보지 못했구나. 자, 그럼 이리 와서 나를 죽여 보려무나. 누가 누구를 죽이든 그게 무슨 상관이란 말이냐"라고 말하기도 한다.

산티아고는 어떤 일의 결과보다는 그 결과를 얻기 위한 과정을 중요하게 생각한다는 점에서 박포수와 비슷하다. 헤밍웨이 작중인물들에게 흔히 그러하듯이 산티아고에게도 정신적 승리는 물질적 승리 못지않게, 아니 어쩌면 그것보다도 더 소중하다. 산티아고는 자신의 어선보다도 더 큰 청새치를 잡지만 결국에는 상어 떼에게 모두 빼앗기고 만다. 그가 청새치를 지키기 위하여 사투를 벌이며 죽인 상어만도 무려 다섯 마리나 된다. 그가 항구로 무사히 돌아왔을 때 청새치는 상어 떼에게 뜯어 먹힌 나머지 형체는 알아 볼 수 없고 오직 뼈만이 앙상하게 남아 있다. 그렇다고 산티아고가 패배한 것은 아니다. 그는 "인간은 패배하도록 창조된 게 아니야. 인간은 파멸당할 수는 있을지 몰라도 패배할 수는 없어"라고 말한다. 언뜻 보면 '패배'와 '파멸' 사이에 이렇다 할 차이가 없을지 모른다. 그러나 여기서 헤밍웨이는 산티아고의 입을 빌려 물질적 승리와 정신적 승리를 엄밀히 구분 짓는다. 즉 '패배'는 물질적·육체적 가치와 관련된 반면, '파멸'은 어디까지나 정신적 가치와 관련되어 있다. 또한 어떤 목적을 이루기 위하여 최선을 다했으면 비록 실패로 끝나고 하여도 그것은 파멸일지언정 패배한 것은 결코 아니다. 산티아고한테서 볼 수 있는 이러한 백절불굴의 정신과 과정을 중시하는 태도야말로 헤밍웨이가 무엇보다도 소중하게 생각하는 덕목이요 가치다. 헤밍웨이가 다루는 이러한 주제는 『노인과 바다』에 그치지 않고 「50만 달러」와 「패배하지 않는 사람들」 같은 중단편소설에서 엿볼 수 있다.

그러나 홍성원이 헤밍웨이한테서 가장 큰 영향을 받은 모티프와 주제라면 개인의 의지를 무참하게 훼손하고 무력하게 만드는 폭력성과 비인간성에 대한 날카로운 비판을 빼놓을 수 없다. 전쟁에서 입은 정신적 외상은 홍성원의 군대소설과 병영소설에 잘 드러나 있다. 그는 한 인터뷰에서 군대처럼 인간성을 말살하고 폭력을 적나라하게 보여 주는 조직도 이 세상에 없다고 말하였다.

> 내가 군대에 특별히 집착한 이유는 군대라는 조직처럼 인간의 권위와 존엄

성을 파괴하고 훼손하는 조직을 본 적이 없기 때문이에요. 더구나 전쟁이 일어난 군대가 권력의 핵심으로 등장하면 그 군대는 국민이 동의한 가장 큰 무력 집단, 살인까지도 명령할 수 있는 무력 집단으로 다시 태어납니다. 이 군대간의 싸움을 우리는 전쟁이라고 부르는데 전쟁은 인간이 연출할 수 있는 최고 최대의 폭력입니다.

홍성원의 분신이라고 할 군대소설과 병영소설의 주인공들은 병영 생활의 어려움이나 전쟁의 잔혹함 그 자체보다는 그것에 으레 수반되게 마련인 폭력과 비인간성에서 훨씬 더 정신적 충격을 받는다. 홍성원은 「소설은 어떻게 쓰여지는가」에서 군대를 '몬도가네' 집단으로 규정짓는다. 1962년 세계 각지의 엽기적인 풍습을 소재로 한 이탈리아의 다큐멘터리 영화 〈몬도 카네〉이탈리아어로 '개 같은 세상'에서 비롯한 몬도가네는 좁게는 혐오성 식품을 먹는 등 비정상적인 식생활, 더 넓게는 상식에서 벗어난 기이한 행위를 가리키는 말이다. 물론 홍성원은 후자의 의미로 이 용어를 사용한다. 그는 군대라는 비이성적 집단에서 자신을 결사적으로 보호하려고 노력했다고 밝힌다. 그러면서 "외부로부터 누군가가 나를 끊임없이 해체하고 파괴하려 했다. 그것을 끝까지 물리치기 위해 나는 3년 동안 피투성이로 싸운 것이다"라고 말한다. 그가 여기에서 말하는 '외부로부터 누군가'란 다름 아닌 거대한 군대 조직을 말한다. 이러한 피투성이 싸움을 소설로 형상화한 작품이 바로 『디데이의 병촌』이다.

이러한 군대 조직의 폭력이 가장 완성된 형태로 발전한 것이 곧 전쟁이다. 동서 냉전시대에 자유 진영과 공산 진영의 대리전이었던 만큼 한국전쟁은 영웅도 승자도 없을뿐더러 참혹한 살육, 광기어린 폭력, 증오와 복수심으로 점철되어 있었다. 홍성원은 『남과 북』과 관련하여 전쟁을 인간이 생각해 낸 '최고 최대 폭력 형태' 또는 '폭력의 최고작'이라고 부른다. 그는 "인간 무리와 무리 사이에 조직적으로 자행되는 집단 폭력의 현장에서는 한 개인의 의지의 힘은 보기에도 딱하리 만큼 왜소했고 무력했던 것이다"라고 말한다. 평소 인간 본능을 제어하는 것이 오직 의지의 힘밖에는 없다고 생각해 온 홍성원으로서는 개인의 의지가 이렇게 전쟁이라는 집단 폭력에 무참하게 무너지는 것이야말로 엄청난 충격이 아닐 수 없었다. 그러나 그의 주인공들은 좀처럼 폭력에 굴복하지 않고 인간성을 지켜내기 위하여 있는 힘을 다하여 끊임없이 분투한다. 홍성원은 「폭군」 서문에서 폭력이 난무하는 세계에서 인간성을 지켜내는 것이 곧 작가로서의 사명이라고 분명히 밝힌다.

> 나는 사람이다 하는 계속적인 확인과, 지적 절름발이가 되지 않기 위한 부단한 자기 각성과, 그리고 무엇보다도 급한 것은 휘청거리는 우리 정신에 평형감각을 찾아주는 일이다. 우리가 다시 조심해야 될 것은 허위 그 자체보다 그것을 방치해 두려는 우리 내부의 게으름이다. 게으름에 대한 부단한 일깨움과, 허위의식에 거듭된 문제 삼기는 잡다한 모양새의 내 작품들이 꾸준하게 시도해 온 일관된 작업이다.

첫 문장 "나는 사람이다"라는 말은 얼핏 소금이 짜다는 말처럼 췌언법처럼 들린다. 그러나 폭력과 위선이 난무하는 세계에서 사람답게 산다는 것이 그만큼 어렵다는 사실을 힘주어 말하려고 이 수사법을 구사한다. 홍성원은 평생 허위의식에 채찍질하면서 인간성을 위협하는 온갖 폭력에 맞서 부단히 싸웠다. 이렇게 온갖 어려움을 무릅쓰고 인간성을 끝까지 지켜내려고 안간힘을 썼다.

홍성원에 앞서 헤밍웨이는 세계대전과 스페인내전 같은 여러 전쟁을 겪으면서 참혹성 못지않게 폭력과 비인간성을 목도하였다. 옛날부터 현대까지 전쟁에 참가한 사람들이 쓴 수기를 한데 모은 『전쟁하는 인간들』1942 서문에서 헤밍웨이는 "전쟁에서 인간의 마음과 인간의 정신을 배우라"라고 말한다. 허먼 멜빌에게 드넓은 바다가 교육장 구실을 했듯이 헤밍웨이에게는 목숨을 걸고 싸우는 전쟁터가 삶의 의미를 배울 수 있는 교육장이었다.

서두에서 잠깐 언급한 미국 작가 토비어스 울프는 헤밍웨이의 전쟁소설이 전쟁 그 자체를 다루기보다는 그 여파나 결과를 다룬다고 지적한다. 좀 더 구체적으로 말해서 헤밍웨이의 전쟁소설은 전쟁이 인간 영혼에 끼치는 영향을 다룬다고 밝힌다. 실제로 『태양은 다시 떠오른다』와 『무기여 잘 있어라』, 『누구를 위하여 종은 울리나』1940 같은 작품을 보면 울프의 말을 수긍하게 된다. 제이크 반스와 프레더릭 헨리, 로버트 조던 같은 헤밍웨이 주인공들은 무릎과 국부에 부상을 입는 것 못지않게 영혼에 깊은 상처를 입고 피를 흘린다.

『태양은 다시 떠오른다』에서 주인공 제이크 반스는 "나는 삶이 무엇인지에 대해서는 아랑곳하지 않았다. 내가 알고 싶은 것은, 이 세계에서 어떻게 살아가느냐 하는 것이다. 만약 이 세상에서 어떻게 살아갈 것인가를 알아낸다면, 그것이 무엇인지는 자연히 알게 되리라"라고 말한다. 삶이 무엇인가 하는 물음은 어떻게 살아가는 것이 훌륭한 삶인가 하는 문제와 직결된다는 말이다. 헤밍웨이의 작중인물들은 훌륭하게 살아가는 방법 중 하나로 삶이라는 승산 없는 싸움에서 사람답게 처신할 수 있는 방법을 모색한다. 즉 무질서와 고통과 비참, 폭력과 죽음이 난무하는 세계에서 균형을 잃지 않고 적절하게 살아가는 방법을 터득하려고 애쓴다. 이렇게 적절하게 살아가는 방법으로 그들은 위엄·용기·인내·절제 같은 몇 가지 원칙을 지키면서 헤밍웨이가 말하는 '압박 속의 우아함'을 보여 주려고 끊임없이 노력한다.

헤밍웨이는 『무기여 잘 있어라』를 비롯한 작품에서 전쟁의 참혹성과 함께 폭력과 비인간성을 고발하였다. 이탈리아군에서 복무하는 미국인 프레더릭 헨리가 무릎에 입은 큰 부상을 치료하고 전선에 복귀한 뒤 마침내 탈영하는 것은 무엇보다도 전쟁의 비인간성을 절감하기 때문이다. 이렇게 전쟁의 비인간성을 고발한다는 점에서 이 작품은 반전소설로 읽어도 크게 무리가 없다. 실제로 이 작품 곳곳에서는 전쟁을 날카롭게 비판하는 구절을 쉽게 읽을 수 있다. 예를 들어 프레더릭 밑에서 기술병으로 근무하는 한 사병은 "아무것도 깨닫지 못하고 또 깨달을 능력도 없는 계급이 있어요. 그런 부류 때문에 지금 이런 전쟁이 벌어지고 있는 겁니다"라고 말한다. 전쟁을 일으키는 정책자들에게 전쟁은 사리사욕을 채우는 데 더할 나위 없이 좋은 수단이다.

사유보다 행동에 무게를 두는 프레더릭은 추상적이고 관념적인 것에 적잖이 메스꺼움을 느낀다. 그가 그렇게 추상적이고 관념적인 말을 끔찍이도 싫어하게 된 데는 그럴 만한 까닭이 있다. 그가 생각하기에 그러한 말들은 한낱 전쟁의 폭력과 잔혹함을 감추거나 정당화하기 위한 술책에 지나지 않기 때문이다. 도살장처럼 살육과 폭력이 난무하는 전쟁을 불러일으킨 장본인들은 무엇보다도 추상적이고 관념적인 것을 중시한다. 그러나 마침내 이탈리아군과 '단독강화'를 맺은 프레더릭은 추상적이고 관념적인 것과도 결별한다.

> 나는 신성·영광·희생 같은 공허한 표현을 들으면 늘 당혹스러웠다. 이따금 우리는 고함소리만 겨우 들릴 뿐 목소리도 잘 들리지 않는 빗속에서 그런 말을 들었다. 또 오랫동안 다른 포고문 위에 덧붙여 놓은 다른 포고문에서도 그런 문구를 읽었다. 그러나 나는 이제껏 신성한 것을 실제로 본 적이 한 번도 없으며, 영광스럽다고 부르는 것에서도 전혀 영광스러움을 느낄 수 없었다. 희생은 고깃덩어리를 땅속에 파묻는 것 말고는 달리 할 것이 없는 시카고의 도살장과 같았다. (…중략…) 영광이니 명예니 용기니 또는 성스러움이니 하는 추상적인 말들은 마을 이름이나 도로의 번지수, 강 이름, 연대의 번호와 날짜와 비교해 보면 오히려 외설스럽게 느껴졌다.

최전선에서 전쟁의 실상을 목격한 프레더릭에게 신성·영광·희생·명예·영광 같은 추상적 표현은 한낱 알맹이 없는 껍데기요 공허한 메아리에 지나지 않는다. 지금까지 그가 전장에서 겪은 경험으로는 그러한 추상적 표현은 실제로 존재하지 않았다. 그러고 보니 프레더릭의 생각은 어떤 의미에서 철학에서 말하는 명목론名目論 또는 유명론唯名論과 비슷하다. 실재론에 대립되는 명목론에 따르면 추상적 개념은 이 세계에 실제로 존재하지 않고 한낱 명목상의 이름에 지나지 않을 뿐이다. 홍성원이 위 인용문의 전반부를 『디데이의 병촌』 첫머리에 인용하는 것을 보면 그가 얼마나 추상적 개념을 싫어하는지 알 수 있다.

혜밍웨이처럼 이렇게 추상적이고 관념적인 것에 의문을 품는 것은 홍성원도 마찬가지다. 제1차 세계대전이든 한국전쟁이든 정치 지도자들이 추상적이고 관념적인 것을 내세워 젊은이들을 전쟁터로 내몬다는 점에서는 크게 다르지 않다. 헤밍웨이가 신성·영광·희생 같은 말을 '공허한 표현'이라고 했듯이 홍성원은 『남과 북』의 서문에서 그러한 추상적인 말을 '거창한 이름' 또는 '고귀한 말'이라고 부른다.

> 그렇게 많은 사람들을 까닭 없이 살해하고도, 전쟁에서는 기묘하게도 그 행위를 책임지거나 처벌받을 사람이 없다. 사람처럼 눈과 귀와 심장의 박동이 없는 전쟁은, 앞으로도 조국·민족·성전聖戰 따위의 거창한 이름으로 무수한 젊은 사람들을 숲과 늪지대와 산골짝 등지에서 대량으로 살해할 것이다. 가장 더럽고 추악한 일을 전쟁은 가장 고귀한 말들을 빌려 가장 무지비한 방법으로 완벽하게 해치우는 것이다.

더구나 헤밍웨이의 『무기여 잘 있어라』와 홍성원의 『남과 북』이 반전소설이라는 점에서도 비슷하다. 홍성원에게 전쟁 같은 폭력의 광기에 맞서는 방법은 더 큰 폭력이나 군비를 증강하는 데 있지 않고 전쟁의 잔혹함과 어리석음을 꼼꼼하게 지적하여 전쟁의 생생한 고통을 작품으로 보여 주는 데 있다. 그래서 그는 34명에 이르는 패자들을 주인공으로 삼아 전쟁의 비참한 모습을 그려내려고 노력하였다. 그에게는 한국전쟁이라는 배경과 사건이 필요했을 뿐 그가 막상 관심을 기울인 것은 다른 데 있었다. 『남과 북』이 발표한 뒤 비평가들의 반응에 대하여 홍성원은 "내가 그토록 공들여 강조한 반전에 대해서는 아무도 주의하지 않았다"고 불평을 늘어놓은 적이 있다. 헤밍웨이가 비평가들을 불신한 것처럼 홍성원도 작품의 본질을 꿰뚫어보지 못하는 비평가들에게 불편한 심기를 드러내었다. 그러고 보니 이 작품이 제2회 빈공문학상대통령상을 수상했다는 것은 아이러니가 아닐 수 없다. 반전문학과 반공문학은 얼핏 비슷해 보이지만 마치 '무당'과 '무당벌레'라는 말처럼 의미에서는 큰 차이가 난다.

4

홍성원이 어니스트 헤밍웨이한테서 받은 가장 큰 영향이라면 역시 문체에서 찾아야 한다. 홍성원은 그가 헤밍웨이의 하드보일드 스타일에서 영향을 받았다는 비평가들의 언급을 불편해 하였다. 한 인터뷰에서 홍성원은 "내 문장 분위기가 헤밍웨이와 비슷하다는 뜻이지 형태상으로 같다는 건 아니라고 생각해요"라고 잘라 말한다. 홍성원이 헤밍웨이를 좋아한다고 말하는 것을 보면 대학 재학 시절과 휴학한 뒤 헤밍웨이 작품을 읽었을 것이다.

나는 헤밍웨이를 좋아하긴 했지만 문장에서는 그게 안 된다는 걸 진작부터 깨닫고 있었어요. 그래서 나는 헤밍웨이하고는 전혀 다른 방법으로 공부를 했어요. 내가 언제부터 그렇게 시작했는지 모르지만 내 처녀작이라고 할 수 있는 『디데이 병촌』을 보면 아주 짧은 단문으로만 속도감 있게 이어지고 있어요. 단문으로 이어가면서 형용사와 부사를 의식적으로 피했기 때문에 사물의 움직임이나 형태 자체로만 그 다음의 상황들을 미루어서 짐작해야 할 부분이 많지요. 거기서부터 그 문장이 제질화 되면서 그 다음은 오히려 조금씩 형용사와 부사를 첨가하기 시작한 게 요즘의 내 문체입니다.

홍성원의 말대로 그의 문장은 헤밍웨이 문장과 '형태상으로' 같을 수 없다. 인도유럽어족에 속하고 굴절어인 영어는 우랄알타이어족이든 한국어 고립어족이든 교착어인 한국어와는 문장 구조가 서로 다를 수밖에 없다. 홍성원이 「사공과 뱀」에서 "나는 또 한 번 해방된 자신을 발견했다"는 문장을 사용하는 것을 보면 홍성원은 자신도 모르게 어느덧 영어 표현을 내면화했음을 알 수 있다.

홍성원은 '문장'은 아니어도 문체에서는 헤밍웨이의 하드보일드 스타일에서 영향을 받았다. "문장을 감각적으로 화려하고 아름답게 궁글리는 쪽에 근원적이 거부감이 있어요"라는 홍성원의 말은 이 점을 뒷받침한다. 그는 헤밍웨이처럼 '무엇을' 쓰느냐에 못지않게 '어떻게' 쓰느냐에 깊은 관심을 기울였다. 이처럼 두 작가는 작품의 내용 못지않게 그것을 표현하는 형식에 주목하였다. 헤밍웨이의 작품을 읽다 보면 비록 작가를 모른 채 읽어도 그가 쓴 작품이라는 사실을 쉽게 알 수 있다. 그만큼 헤밍웨이는 그 만의 독특한 문체를 정립하는 데 심혈을 기울였고, 이 점에서는 홍성원도 크게 다르지 않다.

한국 현대 작가 중에서 홍성원만큼 언어 구사에 자의식을 느낀 사람도 찾아보기 쉽지 않다. 가정교사를 하는 젊은 남녀 대학생을 다룬 「늪」에서 서술 화자는 "댁, 댁. 구차스러운 대명사다. 우리 국어에는 왜 이렇게 옹색한 대명사밖에 없는 것일까? you는 얼마나 간편한가. 대통령도 you, 사기꾼도 you, 아버지도 you, 공산당도 you ……"라고 생각한다. 그만큼 홍성원은 언어 사용에 무척 자의식을 느꼈다.

홍성원의 작품을 읽다 보면 헤밍웨이 작품을 읽을 때처럼 알베르토 자코메티의 조각 작품이 떠오른다. 자코메티가 덜어내고 비워낸 형태에서 사물의 본질을 찾아내듯이 홍성원도 이렇다 할 살이 없이 뼈대가 두드러진 '여윈' 문체로 삶의 본질을 표현하려고 하였다. 첫 장편소설 『디데이 병촌』은 그의 꼬리표가 되다시피 한 행동 묘사 위주의 단문 문체를 알리는 신호탄이었다.

> 『디데이의 병촌』은 내가 최초로 쓴 장편소설이며, 내 젊음의 한때가 투사된 내게는 각별한 의미를 지닌 작품이다. 이 소설 속의 짧고 간결한 단문들에는 형용사와 부사가 의도적으로 절제되어 있다. 아껴 쓴다는 정도가 아니라 꼭 필요한 장소에도 작가의 고집과 횡포로 문장들이 살 한 점 붙지 않은 여윈 모습으로 삭막하게 드러나 있다. 이 고집스러운 과잉 절제는 그 후의 내 글들의 기본 골격과 성격으로 자리 잡는다.

홍성원이 「열린 세상 쪽으로 뚫린 좁고 긴 터널」이라는 글에서 한 말이지만 마치 헤밍웨이가 자기 작품을 두고 하는 말처럼 읽힌다. 실제로 홍성원은 "가령 헤밍웨이 문장이 하드보일드하다는 건 그 사람이 신문기사처럼 속도감 있는 정확한 문장을 쓰려고 애를 썼고, 그뿐 아니라 정확하게 쓰기 위해 형용사나 부사 같은 수식어를 잘 쓰지 않았다는 것입니다. 건조하다고 느껴질 정도로 사실 그대로만 짤막짤막하게 단문으로 집어서 얘기를 했어요"라고 말한다. 이 말은 방금 앞에서 인용한 말과 함께 문체에 관한 홍성원의 선언문이라고 할 만하다. 그는 이 선언문의 내용에 충실하게 문체를 구사하였다.

홍성원의 작품이 유난히 '여위어' 보이는 것은 그의 말대로 조금 지나치다 할 만큼 어휘를 절제하여 사용하기 때문이다. 예를 들어 『디데이의 병촌』에서 "은영은 그를 올려다보았다"와 "차가 충무로를 달리고 있었다" 같은 문장이 그러하다. 은영이가 현 중위를 어떤 표정으로 올려다보았는지, 은영과 현 중위를 태운 자동차가 충무로를 어떤 속도로 어떻게 달리고 있었는지 묘사할 수 있는 터인데도 부사 같은 수식어를 모두 생략하고 오직 동작만을 묘사한다.

흔히 언어의 마술사요 언어의 장인으로 일컫는 헤밍웨이는 마치 보석 세공업자가 보석을 갈고 닦듯이 언어를 갈고 닦았다. 그는 사전이 필요한 작가라면 아예 글을 쓰지 말아야 한다고 지적하였다. 첫 어휘부터 마지막 어휘까지 사전을 적어도 세 번은 읽어야 한다는 것이다. 유능한 작가는 어휘를 마음대로 구사할 수 있는 능력이 필요하다는 말이다. 그러면서도 헤밍웨이는 네 번째 부인 메리 웰시에게 보낸 편지에서 "평생 나는 어휘를 마치 처음 보는 것처럼 바라보았다"고 밝힌다.

헤밍웨이가 부사와 함께 형용사를 불신하는 태도는 마크 트웨인한테서 받은 영향 때문이다. 트웨인은 일찍이 "만약 형용사를 붙잡게 되면 죽여 버려라. 아니, 모두 죽이지는 말고 대부분을 죽여 버려라. 그러면 나머지 것들이 가치 있게 될 것이다. 형용사들이 서로 가까이 놓여 있으면 글이 약해진다. 멀리 떨어져 있을 때 힘이 생긴다"고 말하였다. 트웨인에 앞서 볼테르는 "형용사는 실사實辭의 가장 큰 적"이라고 말한 적이 있다. 최근 미국에서 대중 소설가로 이름을 크게 떨치고 있는 스티븐 킹도 "지옥에 이르는 길은 형용사로 포장되어 있다"고 밝히면서 후배 작가들에게 될 수 있으면 형용사를 사용하지 말 것을 권하였다.

홍성원이 말하는 '과잉 절제'는 포스트모더니즘에 이르러 주목을 받기 시작한 미니멀리즘 수법이다. "작은 것이 아름답다"는 축소지향의 미학을 소설에 적용하는 방식을 말한다. 이러한 방식 중 하나는 '말하기' 수법보다는 '보여 주기' 수법에 무게를 싣는 것이다. 그런데 보여 주기 수법 중에서도 가장 효과적인 방법은 작중인물들이 주고받는 대화에서 드러난다. 홍성원의 작품 중에서도 『디데이의 병촌』은 대화가 차지하는 비중이 무척 크다. 줄잡아 대화가 90퍼센트 정도를 차지하고, 서술과 묘사에 해당하는 지문이 나머지 10퍼센트 정도를 차지한다. 지문 중에서도 홍성원은 묘사보다는 서술 쪽에 무게를 두었다. 그래서 대화가 소설의 대부분을 차지하는 『디데이의 병촌』은 헤밍웨이의 「살인자들」처럼 희곡처럼 읽힌다. 첫머리에서 운전병 정 상병과 정훈장교 현 중위가 군 트럭을 타고 가며 나누는 대화는 이러한 경우를 보여 주는 좋은 예로 꼽을 만하다.

"금년에 눈이 무지하게 오는군요."

"비도 많이 왔지."

"금년 농사두 엉망 되겠습니다."

"십중 팔구는……"

"이젠 몇 달 안 남았는데 걱정이 많습니다."

"제대 언제가?"

"한 달 남았죠."

"그런데 왜 아직 병장이 안 됐지?"

"군풍기軍風紀 때문입니다."

"군풍기에 걸리면 진급이 안 되나?"

"일 개월 누락된다나요."

"그래두 지금쯤은 병장이 됐어야겠는데?"

"말씀 마십쇼. 닭기장영창을 네댓 번 탔는걸요."

"네댓 번씩이나?"

"음주, 속도위반, 주차금지, 민간인 승차, 무지하게 많습니다."

속도계기가 시속 40킬로를 가리켰다.

"천천히 가세."

"체인을 감아서 괜찮습니다."

두 사람의 대화는 요점만을 말할 뿐 좀처럼 감정을 드러내거나 불필요한 말을 하지 않는다. 말이 많은 쪽은 오히려 현 중위 쪽이 아니라 정 상병 쪽이다. 현 중위는 장교로서의 위신을 염두에 둔 듯 짤막하게 묻고 짤막하게 대답한다. 가령 "금년에 눈이 무지하게 오는군요"라는 정 상병의 말에 현 중위는 "비도 많이 왔지"라고 짤막하게 대꾸한다. 지난여름 많이 내린 비를 언급하기 전에 "정말로 그렇군" 정도는 대답하는 것이 일반적 대화 문법이다. 그런데도 현 중위는 비도 많이 왔지라는 말로 정 상병에 말에 대답한다. 눈비가 너무 많이 내려 "금년 농사두 엉망 되겠습니다"라는 정 상병의 말에도 현 중위는 "십중 팔구는 ……"이라는 말로 얼버무릴 뿐 문장을 끝맺지 않는다. 그러자 정 상병은 갑자기 화제를 바꾸어 제대할 날이 몇 달 남지 않아서 사회에 나가 어떻게 살아가야 할지 걱정이라고 밝힌다.

이렇게 홍성원의 작품에서 작중인물들이 되도록 감정을 억제하고 용건만 말하는 것은 비단 장교와 사병 사이에서만 볼 수 있는 것은 아니다. 음악의 스타카토 같은 이러한 대화는 심지어 사랑하는 연인 사이에서 엿볼 수 있다. 다음은 서울로 외출 나온 현 중위가 다방에서 애인 은영과 나누는 대화다. 침묵이 어색한지 은영이 먼저 입을 연다.

> "건강해지셨어요."
> "물이 좋은 탓인가 ……."
> "제 편지 전부 받아보셨어요?"
> "답장을 하나두 못 해줬군."
> "바쁘세요, 그렇게?"
> "노느라구 바쁘지."
> "말솜씨 여전하시군요."

그녀는 웃는 듯했다.

"손 왜 그래요? 다치셨어요?"

"아, 불에 데었소."

오랜만에 만난 연인의 대화치고는 전보문처럼 길이가 너무 짧을 뿐 아니라 감정도 거의 배제되어 있다. 물론 은영과 마주 앉아 있는 현 중위는 최전방 P 마을의 선경을 떠올리면서 은영에게 미안한 생각이 드는 탓도 있다. 그렇다 해도 그들의 대화는 두 사람 사이에 감정의 거리가 꽤 멀다는 사실을 보여 준다. 서술 화자의 말대로 두 사람의 만남은 "정부情夫와 정부情婦가 밀회를 하는 것"과 크게 다르지 않다. 두 사람 사이에는 육체적 관계가 남아 있을 뿐 어떤 정신적 교류나 교감을 찾아볼 수 없다.

이렇게 감정을 최대한으로 배제한 '여윈' 대화는 「늪」에서도 드러난다. 이번에는 초등학교 3학년 학생에게 각각 피아노와 영어를 가르치는 대학생 가정교사의 대화다. 가정교사는 일인칭 서술 화자의 말대로 '시간제 머슴살이'일 뿐이다. 어느 날 초등학생이 텔레비전의 어린이 프로그램에 출연하는 바람에 허탕을 친 두 가정교사는 집에서 나와 함께 길을 걸으며 대화를 나눈다.

"지금 몇 시죠?

"10시 반입니다."

"전 오늘 페이를 타면 고양이를 한 마리 살까 했어요."

"고양이를?"

"전 고양이의 오만이 좋아요. 주인을 우습게 아는 유일한 동물이거든요."

"하지만 그놈은 댁한테 일부러 오만한 체를 할지도 모르죠."

"폼으로 말인가요?"

"예."

"댁은 참 이번 페이로 뭘 하실 계획이었어요?"

"아령을 하나 살까 했습니다."

"아령을?"

"네."

"댁은 운동을 좋아하시나요?"

"아니 전혀 좋아하지 않습니다."

헤밍웨이의 대화처럼 홍성원의 대화도 겉으로는 단순하고 무미건조해 보이지만 표층적 의미 밑바닥에는 심층적 의미가 용암처럼 꿈틀거린다. 여대생 가정교사가 고양이를 사겠다는 말이나, 남학생 가정교사가 아령을 사겠다는 말에는 다른 의미가 숨어 있다. 두 대학생의 대화는 수면에 떠 있는 빙산에 불과할 뿐 삶에 대한 무료나 권태라는 심층적 의미는 수면 아래에 잠겨 있어 좀처럼 드러나 보이지 않는다. 그러나 서술화자 '나'는 "권태는 내가 발짝을 뗄 때마다 큰북을 두드리듯이 차근차근 고조되고 있다"고 말한다. 적어도 삶의 태도에서 두 대학생은 "재수 없는 스물세 살. 얼른 서른 살쯤 되었으면"이라고 말하는 「무전여행」의 주인공과 비슷하다.

무료나 권태의 빙산 바로 아래쪽에는 한국의 교육 현실 비판이라는 또 다른 의미가 숨어 있다. 두 가정교사는 그들이 가르치는 아홉 살 소녀 미나를 한국 교육의 희생양으로 간주한다. 마음껏 뛰어놀아야 할 어린 나이에 미나는 낮에는 피아노와 영어를 배워야 하고 저녁에는 헬스클럽에서 수영을 배워하며, 가난한 이웃 동네 아이들과는 함께 놀아서도 안 된다. 여대생이 미나에게 자기 나름의 세계가 필요하다고 말하자, '나'는 "한데 그 집 부모들은 그 애를 애로 키우지 않고 사나운 맹수를 길들이듯 돈으로 칭칭 얽맸군요?"라고 반문한다.

젊은 대학생이 느끼는 삶에 대한 권태와 피로는 「주말여행」과 「즐거운 지옥」에서는 장년으로 이어진다. 「주말여행」의 서술 화자 '나'는 이렇다 할 까닭도 없이 삶에 점차 싫증과 권태를 느낀다. 직장도 안정되고 문명의 이기가 발명되면서 일상생활도 전보다 훨씬 편리해졌는데도 세상살이가 시들해지고 따분해졌다. 화자는 "뭔가 나라는 사람 대신 내 껍데기가 살고 있는 기분이다. 알맹이는 어딘가로 빠져버리고 내 양복만이 내 이름을 달고 나를 대신하여 휘젓고 다니는 기분이다"라고 심경을 털어놓는다. 1970년대 중산층의 내면 풍경은 「즐거운 지옥」으로 이어진다. 홍성원을 떠올리게 하는 중심인물 H를 비롯한 작중인물들은 하나같이 권태와 무기력과 싸움을 벌인다. 그들에게 직장은 한낱 '권태로운 싸움터'에 지나지 않는다. 서술 화자는 "그들은 권태에 지친 것이다. 일상의 권태가 그들을 흐물흐물 물컹물컹하게 만든 것이다"라고 말한다.

「늪」에서 수면 아래 좀 더 깊이 잠겨 있는 또 다른 의미는 부유층에 대한 증오심이다. 홍성원은 겉으로 드러내놓고 계급을 문제 삼지는 않지만 작품 곳곳에서 계급 문제를 암시한다. 예를 들어 서술 화자 '나'가 가정교사 일을 '지긋지긋한 시간제 머슴살이'에 빗대는 것이나, '나'가 돈에 원한이 있다고 말하는 것이 그러하다. 그런가 하면 돈이 떨어지면 전당포를 찾는 '나'는 표도르 도스토옙스키의 『죄와 벌』1866의 주인공 라스콜리니코프를 '가난한 대학생의 영웅'으로 생각하기도 한다. '나'가 여자 대학생에게 인간은 계급과 인종과 종교를 초월하여 하나로 뭉치는 예를 좀처럼 찾을 수 없다고 말하자 여대생은 인간은 둘 이상만 모여도 의견이 엇갈린다고 대꾸한다. 그러자 카를 마르크스 저서를 여러 권 읽은 '나'는 한 가지 예외가 있다고 말하면서 "가난한 사람들이 부자를 공격할 때"라고 밝힌다. 마르크스 저서를 읽으면서 그는 가난은 선이고 부는 악이라는 생각을 품게 되었다. 「즐거운 지옥」의 주인공 H도 돈에 깊은 원한을 품고 있다고 고백한다.

간결한 대화와 평서문을 구사하는 홍성원의 문체는 헤밍웨이가 말하는 '빙산 이론' 또는 '언더스테이트먼트'의 수법이다. 빙산은 90퍼센트가 수면 밑에 잠겨 있고 나머지 10퍼센트만이 수면 위에 솟아 있다. 헤밍웨이는 뛰어난 작가라면 독자에게 10퍼센트만을 보여 주되 나머지 90퍼센트를 상상할 수 있도록 해 주어야 한다고 말한다. 허풍이나 과장한 말을 뜻하는 '오버스테이트먼트'의 반대말인 언더스테이트먼트는 되도록 삼가서 하는 말이나 표현을 가리킨다. 빙산 이론이나 언더스테이트먼트를 문장에 적용한 것이 흔히 '하드보일드'로 일컫는 문체다. 그래서 그의 작품에서 대화와 문장은 언뜻 무미건조해 보일지 모르지만 좀 더 찬찬히 뜯어보면 그 밑에는 용암처럼 강렬한 감정이 응축되어 있다.

이렇듯 헤밍웨이는 새 술은 새 부대에 담아야 하듯이 새로운 시대에는 새로운 산문이 필요하다고 굳게 믿었다. 좁게는 소설 문체, 넓게는 산문 문체에 그야말로 혁명을 일으켰다. 그는 고대 그리스어나 라틴어에서 파생된 어휘보다는 앵글로색슨 토착어의 짧고 단순한 어휘를 즐겨 구사하였다. 외국어에서 파생한 어휘는 흔히 추상적이고 관념적 특성이 강한 반면, 순수한 토착어는 구체적이고 감각적이고 극적 특성이 강하다. 헤밍웨이의 작품에는 중등 교육을 받은 사람이라면 누구나 쉽게 이해할 수 있는 필수 기본 어휘들이 대부분이다. 또한 헤밍웨이는 지시적인 어휘보다는 함축적인 어휘를 사용하려고 애쓴다.

그런가 하면 헤밍웨이는 되도록 형용사나 부사 같은 다른 어휘를 수식하는 품사를 좀처럼 사용하지 않는다. 첫 단편집 『우리 시대에』1925를 출간할 때 헤밍웨이는 출판업자 호러스 라이브라이트에게 보낸 편지에서 자신의 작품에서 한 어휘도 자기의 허락 없이 생략하지 말라고 부탁하였다. 그러면서 "한 마디 어휘를 바꾸면 작품 전체의 기조를 깨뜨릴 수 있다"고 경고하였다. 헤밍웨이는 이처럼 어휘 하나하나를 신중하게 선택하여 적재적소에 사용하였다.

문장 단위로 범위를 넓혀 보면 헤밍웨이는 사실을 있는 그대로 설명하는 평서문을 사용하여 직접적으로 표현하되 될 수 있는 대로 시적 긴장을 느낄 수 있도록 짧고 간결한 단문 문장을 구사하였다. 한 문장 속에 다른 문장이 종속되거나 포유되는 복문은 좀처럼 사용하지 않고, 어쩌다 긴 문장을 사용할 때는 단문을 등위접속사로 연결하는 중문을 즐겨 사용한다. 그래서 그의 작품에서는 'and'나 'but' 같은 접속사를 자주 만나게 된다.

이렇듯 헤밍웨이가 이룩한 혁신적 문체는 어휘에서 구와 절과 문장, 그리고 단락 등 작품 전반에 걸쳐 폭넓게 드러난다. 그는 "산문은 실내 장식이 아니라 건축물이다. 그런데 바로크 건축양식은 이미 한물 지나갔다"고 밝힌다. 건축물 같은 간결하고 명징한 평서문을 구사하는 솜씨를 그는 『캔자스 스타』 신문의 수습기자 시절에 배웠다. 그는 저널리즘의 훈련은 작가가 되려는 모든 사람에게 필요하다고 밝혔다. 또한 헤밍웨이는 형용사나 부사 같은 수식어에 대한 불신을 에즈러 파운드한테서 배웠다.

더구나 홍성원은 헤밍웨이처럼 되도록 감정을 절제한 채 겉으로 드러난 외부 행동만을 기록하는 데 힘을 쏟는다. 그래서 그의 문장은 문법에 빗댄다면 형용사가 아니라 동사와 비슷하고, 그림에 빗댄다면 완성된 작품보다는 스케치와 비슷하다. 이 점에서는 홍성원도 헤밍웨이와 크게 다르지 않아서 그의 작품에서는 겉으로 드러나는 작중인물의 행동 못지않게 그 뒤에 숨어 있는 동인이 중요하다. 그러다 보니 홍성원은 간접화법보다는 직접화법, 묘사보다는 서술, 과거시제보다는 현재시제를 즐겨 사용한다. 「폭군」 서문에서

> 소설은 사물의 움직임을 글로 표현한 것이라고 해도 좋다. 사물의 움직임은 그것 자체로도 의미를 지니지만 그런 동작을 유발시킨 사물의 이면에 숨은 이웃과의 역학 관계까지도 간접적으로 드러내 보여 준다. 정지 상태나 침묵까지도 그런 의미에서 명확한 움직임으로 간주될 수 있다. 이웃들 모두가 울부짖거

나 고함칠 때 한 사람의 침묵은 돋보이는 움직임인 것이다.

사물의 움직임을 간접화법으로 설명하는 것을 나는 꺼린다. 움직임에서 중요한 것은 움직임이 진행되는 바로 그 시간이다. 간접화법이 부당하다고 하는 것은 움직임의 시간을 놓친다는 의미만은 아니다. 보여 줘야 될 움직임을 간접화법은 설명으로 대신한다. 설명은 움직임이 지닌 고유의 민첩성과 현장성을 훼손한다.

'사물의 움직임'에 관심을 기울이는 홍성원의 기법을 가장 잘 엿볼 수 있는 작품은 『디데이의 병촌』이다. 그는 헤밍웨이처럼 사물의 움직임을 가장 효과적으로 표현하는 문학 장르가 바로 소설이라고 주장한다. 앞에서 문법 용어를 언급했지만 시가 형용사에 해당한다면 소설은 동사에 해당한다. 그런데 홍성원은 작중인물의 외적 행동 못지않게 그 이면에 숨어 있는 내적 동기에도 관심을 기울인다. 소설에서는 침묵도 웅변 못지않게 중요하다고 말하는 까닭이다. 공간 못지않게 시간 속에서 일어나는 작중인물의 행동은 동시성이 무엇보다도 중요하다. 그래서 홍성원은 행동을 기술하는 방법으로 간접화법보다는 직접화법을 중요하게 생각한다고 말한다. 간접화법으로 행동을 설명하다 보면 민첩성과 현장성을 놓치게 된다고 주장한다.

여기에서 홍성원이 말하는 '설명'은 소설 이론에서 '서술'이라고 일컫는 것으로 보아 크게 틀리지 않다. 물론 서술과 묘사를 엄밀히 구분 짓기란 여간 어렵지 않다. 그러나 묘사는 그림 그리듯이 사물이나 인물의 물리적 특징을 생생하게 표현하는 것인 반면, 서술은 사실이나 현상을 논리적으로 알기 쉽게 풀어서 보여 주는 것이다. 감각에 의존하는 묘사와는 달리 서술은 특정한 관점에서 구체적인 시공간에서 일어나는 사건을 이야기할 때 주로 사용한다. 홍성원이 심리 묘사를 줄이고 행동 위주의 서술을 어떻게 사용하는지 『디데이의 병촌』에서 한 예를 찾아보기로 하자.

> 목사가 방을 나갔다. 현 중위는 소녀의 이마에 손을 짚어보았다. 열이 대단했다. 두 볼이 분홍색으로 달아올랐고, 숨소리도 고르지 못했다. 선경이 타월로 소녀의 이마에 땀을 닦아주었다.

전방 부대 P 마을에 콜레라가 돌면서 현 중위의 하숙집 여주인 선경의 딸 민혜가 갑자기 병에 걸려 누워 있는 장면이다. 목사는 현경의 시아버지로 감리교회 목회자다. 위 인용문의 문장에서 민혜 이마의 열과 숨소리를 기술하는 두 번째와 세 번째 문장을 제외하면 홍성원은 세 작중인물의 세 동작'나갔다', '짚어보았다', '닦아주었다'을 차례로 서술한다. 그래서 이 세 동작은 주체가 서로 다른데도 마치 한 사람이 연속으로 하는 동작처럼 읽힌다.

작중인물들의 행동과 그것에 관한 서술과 함께 문장 구조도 찬찬히 눈여겨보아야 한다. 홍성원은 짧은 다섯 문장으로 한 단락을 구성한다. "두 볼이 분홍색으로 달아올랐고, 숨소리도 고르지 못했다"라는 중문을 제외하고는 나머지 문장은 하나같이 단문이다. 만약 박태원朴泰遠이 『소설가 구보씨의 일일』1934이나 『천변 풍경』1936에서 사용한 이 단락을 썼더라면 아마 다섯 문장을 한 문장으로 처리하고도 남았을 법하다.

물론 예외 없는 규칙이 없다고 홍성원의 문장이 늘 짧은 문장으로만 되어 있는 것은 아니다. 어떤 문장에서는 박태원이 구사했을 법한 치렁치렁하게 긴 문장이 쉽게 떠오른다. 「즐거운 지옥」에서 인용하는 다음 문장은 좋은 예다.

S는 잘생긴 얼굴은 아니지만 여자처럼 곱다랗게 생겼고, 웃을 때는 송곳니가 살짝 드러나고, 좀 긴 편의 얼굴이고, 코가 유난히 길고, 윗눈까풀이 얇아서 눈이 상큼해 보이고, 전에는 이발을 잘 하지 않아서 턱 밑으로 돼지비계에 가끔 섞여 나오는 것 같은 몇 가닥의 깜짝 놀란 수염들이 삐죽삐죽 듬성듬성 박혀 있었으나 결혼 후에는 좀 깨끗해졌고 (…중략…) 착하고, 순진하고, 화 안 내고, 사랑할 수는 있지만 미워할 수는 없는, 그래서 이웃들이 저 녀석은 어떤 재주로 저렇게 희한한 방어 기제를 갖추게 되었나 하고 부러워 못 견디는 그런 친구였다.

중간에 생략해서 그러하지 이 문장은 한 쪽이 넘는 분량의 장문이다. 홍성원은 「즐거운 지옥」에서 이렇게 꼬리에 꼬리를 물고 이어지는 긴 문장을 여러 번 사용한다. 이 작품에서도 긴 문장은 짧게는 반쪽을 차지하는가 하면, 길게는 한 쪽 정도를 차지한다. 특히 이 작품은 박태원의 『소설가 구보씨의 일일』처럼 소설가를 주인공으로 삼는 일종의 예술가 소설이다. 작가에 대하여 소설 화자는 자조 섞인 말투로 "그들은 정직하다. 그들은 네모반듯한 2백 개의 구멍들이 그려진 원고지 장수로만 돈을 번다. 그곳에는 터럭만 한 에누리도, 요란스러운 박수 소리도, 동전 한 푼의 특혜도 없다"고 말한다. 이 작품에서 홍성원은 작가로서의 궁핍한 생활, 소설 창작의 어려움, 지옥 같은 자유를 중심 주제로 다룬다. 홍성원은 「주말여행」에서도 이러한 긴 문장을 구사한다.

홍성원의 문체는 관조적이고 사색적인 이청준李淸俊의 문체와 다르고, 감성적이고 화려한 김승옥金承鈺의 문체와도 다르다. 앞에서 문장의 유형을 언급했지만 이청준의 문장을 복문에 빗대고 김승옥의 문장을 중문에 빗댄다면 홍성원의 문장은 단문에 빗댈 수 있다. 홍성원은 그만의 독특한 문장을 구사함으로써 한국 현대문학의 문체에 신기원을 이룩하였다. 그러고 보니 그가 왜 "문학은 언어라는 질료를 바탕으로 하여 생산되는 제품인데 자기 체격에 맞는 언어, 자신이 가장 편하고 쉽게 다룰 수 있는 문체를 갖고 써야지 자기에게 맞지 않는 걸 가지고 작품을 쓰면 작품의 진전도 없을 뿐 아니라 자기가 전하고자 하는 메시지도 잘 전달이 안 된다"고 말하는지 알 만하다.

한국 현대 작가 중에서 홍성원만큼 미국 현대문학의 아이콘이라고 할 헤밍웨이한테서 크고 작은 영향을 받은 작가를 찾아보기 어렵다. 가령 홍성원은 창작 동기, 작품 소재의 선택, 작품의 모티프와 주제, 문체 등에서 헤밍웨이한테서 직간접으로 영향을 받았다. 특히 '언어의 곡예'를 싫어 하는 두 작가는 비정할 정도로 객관적이고 간결한 문체를 구사한다는 점에서 서로 적잖이 닮았다. 이렇게 간결하고 명료한 문체를 바탕으로 천상에 희망을 두는 대신에 지상의 삶을 만끽하고 자신의 운명을 스스로 개척하며 온갖 폭력에 맞서 인간성을 지켜내려는 인물들을 그려냈다는 점에서 홍성원은 헤밍웨이와 함께 휴머니즘 작가로 불러도 크게 틀리지 않을 것이다.

10
김원일과 조세희와 윌리엄 포크너

문학사에서 일어나는 변화를 좀 더 미시적으로 좁혀 보면 개별적인 작가에게 일어나는 변화와 맞물려 있다. 개별적 작가의 변화라는 냇물이 한데 모여 문학 사조나 운동이라는 거대한 강을 이룬 뒤 다시 문학 전통의 드넓은 바다로 흘러간다. 그런데 냇물의 크기와 흐름의 속도가 저마다 다르듯이 이러한 변화는 작가에 따라서도 조금씩 차이가 난다. 이러한 변화가 비교적 완만하게 일어나는 작가가 있는가 하면 급격하게 일어나는 작가가 있고, 비교적 일찍 일어나는 작가가 있는가 하면 뒤늦게 나타나는 작가도 있다. 물론 아무런 변화도 겪지 않는 작가도 얼마든지 있다.

김원일金源一은 비교적 뒤늦게 변화를 모색한 작가 군에 속한다. 그는 그동안 리얼리즘을 기반으로 하여 주로 한반도 분단을 비롯한 정치 문제와 사회 문제를 다루는 작품을 써 왔다. 데뷔 초기의 실존주의적 경향의 작품에서 일제 강점기의 역사를 다룬 작품에 이르기까지 변주를 보이면서도 그는 민족 분단과 한국전쟁 그리고 이산의 비극을 집요하게 파고들었다. 그래서 그에게는 흔히 '분단 작가'라는 꼬리표가 붙어 다닌다. 김원일의 대부분 작품은 김병익金炳翼이 일찍이 '6·25 콤플렉스'라고 부른 동족상쟁의 비극을 다룬다. 김원일은 한 인터뷰에서 한국전쟁에 관한 작품이 그의 작품에서 줄잡아 60퍼센트를 차지하는 것 같다고 말한 적이 있다. 그러면서 그는 작가란 "누구나 가장 강렬하게 오래 남는 기억에 대해 쓰게 마련이다"라고 밝혔다.

그러나 21세기에 들어와 김원일은 리얼리즘문학에서 점차 젖을 떼고 모더니즘문학으로 이유식을 하면서 궤도 수정을 시도하였다. 이러한 궤도 수정의 조짐을 엿볼 수 있는 첫 작품은 아마 『노을』1977·1991일 것이다. 이 작품은 일인칭 화자 '나'가 소년 시절에 경상남도 진영에서 겪은 남로당 폭동의 상처를 30년 가까운 세월이 지나 중년이 되어서 극복하는 과정을 보여 준다. 그런데 김원일은 이 작품에서 그로서는 보기 드물게 일인칭 시점을 사용할 뿐 아니라 이보다 한 발 더 나아가 40대 중반의 출판사 사원인 현재의 '나'와 29년 전 소년 시절의 '나'를 장章 별로 교차하면서 사건을 전개해 나가는 방식을 취한다. 과거에 일어났든 현재에 일어났든 사건은 여름 며칠 동안에 일어난 것으로 압축되어 있다.

그러나 『노을』에는 아직 덜 진화한 원숭이 꼬리처럼 여전히 리얼리즘의 흔적이 남아 있다. 김원일이 리얼리즘에서 모더니즘으로 좀 더 가까이 다가가는 작품은 다름 아닌 『슬픈 기억의 시간』2001이다. 김주연金柱演도 지적하듯이 이 소설은 "김원일의 문장이라고는 보기 힘든, 관능적이면서도 섬세한, 그것도 여성 화자에 의한 내면적 독백이 숨 가쁘게 전개되고 있는" 작품이다. 물론 이 소설에 김원일은 세 여성 화자 말고도 남성 화자 한 사람을 더 등장시키고 내면 독백 못지않게 의식의 흐름 기법을 구사한다. 한마디로 김원일의 문학은 이 작품을 분수령으로 그 이전과 이후로 크게 갈린다.

1

김원일이 이렇게 리얼리즘에서 모더니즘으로 궤도 수정을 하는 데 산파 역할을 한 작가가 바로 미국문학에 모더니즘의 초석을 세운 윌리엄 포크너다. 김원일은 기회 있을 때마다 그가 존경하는 작가로 포크너를 꼽는다. 2000년부터 한국문화예술진흥원에서 매주 개최한 '금요일의 문학 이야기'에서 그는 작가에게 제도 교육이란 이렇다 할 의미가 없다고 밝힌 적이 있다. 그러면서 그는 "미국 케네디가 늘 머리맡에 놓고 있었다는 시인 프로스트는 초등학교를 졸업했고, 제가 여러분 나이 때 제일 존경한 미국의 윌리엄 포크너도 고등학교 졸업하고 대학의 우체국 직원으로 근무하면서 틈틈이 청강을 한 정도입니다"라고 밝힌다.

물론 김원일의 진술은 실제 사실과는 조금 다르다. 가령 프로스트는 초등학교 졸업자가 아니라 고등학교를 졸업한 뒤 대학에 입학하였다. 그것도 비록 정식으로 대학을 졸업하지는 않았어도 미국의 명문 사학 다트머스대학을 다녔고, 하버드대학교에서 2년 동안 수학했지만 건강 때문에 자퇴하였다. 문학청년 시절 포크너가 미시시피대학교 구내 우체국에 임시 직원으로 잠시 근무한 것은 맞지만 그는 고등학교를 미처 졸업하지 못하고 중퇴하였다. 그러나 여기에서 중요한 것은 포크너의 학업이 아니라 김원일이 청년 시절 "제일 존경한" 작가가 다름 아닌 이 미국 남부 작가였다는 점이다.

문학청년 시절 김원일은 외국 작가들의 작품을 두루 읽으며 소설가로서의 길을 모색하였다. 그는 "그 시기 러시아소설, 프랑스 실존주의, '의식의 흐름' 수법의 소설에 경도되어 습작했으나 지금 생각하면 어설픈 흉내 내기였다"고 말한다. 김원일이 표도르 도스토옙스키를 비롯하여 장폴 사르트르와 알베르 카뮈 같은 실존주의자들의 영향을 받았다는 것은 이미 잘 알려져 있다. 그는 실존주의뿐 아니라 앙티로망의 영향도 적잖이 받았다고 고백하였다.

여기에서 김원일이 '앙티로망'을 언급한 사실에 주목해야 한다. 그는 '앙티로망'을 1950년대 프랑스 문단을 풍미한 새로운 유형의 소설, 즉 '누보로망'을 가리키는 용어보다는 전통적인 소설의 방법과 형식을 파괴한 실험소설이라는 일반적 의미로 사용하는 것 같다. 그러면서 김원일은 권오룡權五龍과의 인터뷰에서 "윌리엄 포크너나 제임스 조이스 같은 작가들은 자기만이 쓸 수 있는 그런 작품을 쓴 작가들 아니겠어요?"라고 말한다. 김원일은 이렇게 포크너나 조이스의 모더니즘 계열의 실험 소설을 '앙티로망'이라고 부르는 것이다.

또 다른 인터뷰에서 김원일은 영향을 받은 서양 작가로 포크너와 조이스와 함께 토마스 만을 꼽았다. 김원일은 "내가 제일 좋아하는 독일의 토마스 만, 존경하는 포크너, 제임스 조이스 같은 분들이 다 그랬다"고 밝힌다. 여기서 '다 그랬다'는 것은 작가란 으레 자신의 기억에 가장 강렬하게 남아 있는 경험을 소재로 작품을 쓴다는 사실을 두고 한 말이다. 그렇다면 김원일은 도대체 왜 토마스 만을 '제일 좋아하는' 작가라고 말하고 포크너와 조이스에 대해서는 '존경하는' 작가라고 말할까? 모르긴 몰라도 아마 만의 작품이 비교적 쉽게 읽히는 반면, 포크너와 조이스의 작품은 읽기에 만만치 않기 때문일 것이다. 영어를 모국어로 사용하는 독자들 중에도 이 두 작가의 작품을 제대로 읽어낼 문해력을 지닌 사람이 그다지 많지 않다. 영문학에서 포크너와 조이스는 흔히 가장 난해하여 도전적인 작가로 꼽힌다.

김원일은 토마스 만의 작품을 처음 읽은 것이 고등학교 2학년 즈음이라고 기억한다. 앞으로 어떻게 살아가야 할 것인가 하는 무제를 두고 고민하던 시절 김원일은 만에게서 탈출구를 찾았다. 권오룡과의 인터뷰에서 그는 "시민성과 예술성 사이의 갈등과 부조화, 그 두 가지 양면성이 융합되지 못하는 삶에 대한 고뇌를 주된 테마로 하는 토마스 만의 소설을 읽으면서 저도 '아! 나 자신도 앞으로 생활의 패배자가 될지는 모르지만 그렇다 하더라도 나에게도 조그마한 예술적 재능은 있지 않느냐'라는 것을 발견할 수 있었던 거지요"라고 밝힌다. 한편 김원일은 만의 작품에서 좁게는 예술가소설, 좀 더 넓게는 성장소설 또는 교양소설 장르의 가능성을 탐색하기도 하였다.

그런데 김원일이 『슬픈 기억의 시간』을 집필하면서 가장 영향을 받은 외국 작가는 누구보다도 포크너였다. 중학교 때는 영국 작가 마리 루이즈 드라 라메의 『프란다스의 개』1872를 읽고 고등학교 1학년 때는 김말봉金末峰의 『찔레꽃』1937·1955이나 김내성金來成의 『청춘극장』1953~1954, 방

인근方仁根의 통속소설을 주로 읽던 김원일로서는 포크너의 작품은 아마 신세계로 떠난 모험처럼 무척 낯설었을 것이다.

> 윌리엄 포크너의 노벨상 수상작인 『음향과 분노』도 20대 말에 씌어졌습니다. 포크너는 미국에서 인정을 받지 못하다가 프랑스에 가서 실존주의자들의 인정을 받아 유명해졌지요.
>
> 포크너는 헤밍웨이와 같은 시기에 활동하던 작가인데, 노벨상은 헤밍웨이보다 훨씬 먼저 받았습니다. 말년에 헤밍웨이에 대해 어떻게 생각하느냐고 물었더니, 묵묵부답이었다고 합니다. 미국 작가 중에서는 누가 잘 쓰냐고 했더니, 버지니아 울프 정도라고 대답했다고 합니다. 그만큼 자존심이 강한 사람이었습니다.
>
> 이 사람의 소설은 의식의 흐름 수법을 쓰는 등 어렵습니다. 일반 독자들은 쉽게 따라갈 수가 없지요.

앞에 인용한 대목처럼 위 인용문에서도 포크너에 관한 김원일의 언급은 실제 사실과는 조금 다르다. 포크너는 『고함과 분노』1929로 노벨문학상을 받지 않았다. 잘 알려진 것처럼 노벨문학상은 문학성이 뛰어난 개별적인 작품에 주는 작품상이 아니라 인류에 공헌한 업적의 기준으로 판단하여 주는 공로상이다. 포크너가 이 작품을 쓴 것도 20대 말이 아니라 30대 초반이었다. 이 네 번째 장편소설을 두고 그는 모순어법으로 "가장 비극적으로, 그리고 가장 찬란하게 실패한 작품"이라고 밝힌 적이 있다. 그는 작가로서 혼신을 다하여 썼지만 독자의 기대에 미치지 못했기 때문이다.

김원일은 포크너가 헤밍웨이보다 노벨상은 훨씬 먼저 받았다고 했지만 헤밍웨이의 수상은 포크너보다 겨우 5년 늦었다. 김원일의 진술과는 달리 포크너는 헤밍웨이에 관하여 부정적으로 언급하기 일쑤였다. 예를 들어 랜덤하우스의 편집자가 『포터블 포크너』1945를 출간하면서 포크너에게 이 책의 서문을 헤밍웨이에게 쓰도록 하는 것이 어떠냐고 물었더니 그는 그 제안을 단호하게 반대하였다.

더구나 문체에서 두 작가는 마치 하늘과 땅만큼이나 차이가 난다. 포크너가 마치 염주 알을 꿰어놓은 듯한 만연체 문장을 구사하는 반면, 헤밍웨이는 스타카토의 하드보일드 문체를 즐겨 구사한다. 헤밍웨이의 문체와 관련하여 포크너는 "독자로 하여금 사전을 찾아보도록 할 단 한 마디 낱말도 사용한 적이 없는" 작가라고 날카롭게 꼬집었다. 포크너에 질세라 헤밍웨이는 헤밍웨이대로 "아, 가엾은 포크너! 그 사람은 엄청난 낱말을 사용하면 엄청난 감정이 생겨나는 것으로 생각한단 말인가?" 라고 되받아쳤다. 포크너에게 작품을 잘 쓰는 미국 작가가 누구냐고 물었더니 버지니아 울프 정도라고 대답했다는 진술도 어불성설이다. 포크너가 동시대 미국 작가 중에서 '가장 재능 있는' 작가라고 언급한 사람은 자신처럼 남부 출신인 토머스 울프였다. 더구나 버지니아 울프는 미국 작가가 아니라 영국의 여성 작가였다.

그러나 김원일의 이러한 진술은 그렇게 중요하지 않다. 그는 영문학 전공자도 아닐 뿐더러 책에서 읽었거나 남한테서 전해들은 내용이 얼마든지 헷갈릴 수 있기 때문이다. 여기서 무엇보다도 중요한 것은 그가

"포크너의 소설은 의식의 흐름 수법을 쓰는 등 어렵습니다. 일반 독자들은 쉽게 따라갈 수가 없지요"라는 진술이다. 외국문학 작품에서 배울 점이 없는지 찬찬히 눈여겨보던 김원일은 포크너가 구사한 의식의 흐름 기법을 언제가 자신의 작품에서 사용하려고 염두에 두었을 것이다. 이 점과 관련하여 그는 한 인터뷰에서 "저 나름대로 『슬픈 시간의 기억』에서 어떤 서술 방식을 취할 것인가에 대해 고심하면서 젊은 시절의 꿈과 정열을 되살려 보고자 했는데, 결과적으로 힘도 많이 들었지만 자부심 또한 큽니다"라고 밝힌다.

김원일이 포크너의 작품을 처음 읽은 것은 『슬픈 기억의 시간』을 집필하기 몇십 년 전인 1960년대 초엽으로 거슬러 올라간다. 김원일은 서라벌예술대학에 다니던 1962~1964년 무렵 같은 대학 1년 후배인 조세희趙世熙의 하숙방에서 포크너의 『음향과 분노』를 처음 알게 된 뒤 이 작품에 심취하였다. 그는 당시 아마 조세희의 책을 빌려서 읽었거나 아니면 직접 구입하여 읽었을 것이다. 김원일은 『슬픈 기억의 시간』에서 시도한 기법이 포크너의 작품에 등장하는 『고함과 분노』에 나오는 백치 벤지의 의식과 표현 양태와 동일하다고 밝혔다.

김원일이 영어 원서로 『고함과 분노』를 읽었을 가능성은 아주 희박하고 아마 한국어 번역본으로 읽었을 것이다. 그렇다면 그는 어떠한 번역본을 읽었을까? 포크너의 작품은 영어가 모국어인 독자들도 읽어 내기 어려울 뿐 아니라 한국어로 번역하기란 더더욱 어렵고 거의 불가능에 가깝다. 사정이 이러하다 보니 일본어 번역본에 의존하여 중역할 수밖에 없었다. 일본에서는 미국문학 전공자 다카하시 마사오高橋正雄가 포크

너의 작품을 『히비키토이카리響きと怒り』라는 제목으로 번역하여 1959년 마카사쇼보三笠書房쪽에서 출간하였다. 그로부터 10년 뒤 후잠보冨山房에서 '포크너 전집'을 간행하면서 1969년 오노에 마사지尾上政次가 같은 제목으로 다시 번역하였다. 그 뒤 1979년 다카하시는 이 작품을 보완하여 이번에는 고단사講談社 쪽에서 '고단샤문고'로 출간하였다. 이로써 포크너의 이 작품은 일본에서 10년 간격을 두고 수정에 수정을 거듭하면서 번역을 다듬었다.

한국에서 『고함과 분노』가 '음향과 분노'라는 제목으로 처음 번역된 것은 정음사가 '세계문학전집'을 출간하면서 그 중 한 권으로 처음 간행한 1958년이었다. 번역자는 일찍이 와세다早稻田대학에서 영문학을 전공한 눈솔 정인섭鄭寅燮이었다. 셰익스피어 연구를 졸업 논문으로 제출하고 1929년에 대학을 졸업한 그는 연희전문학교 교수로 재직하다가 중앙대학교에서 근무하였다. 정인섭의 번역본은 그 뒤 삼중당1972, 자유교양사1987, 민족문화사2000, 북피아2006에 이르기까지 거의 반세기에 걸쳐 면면히 명맥을 이어 왔다. 정인섭 번역본 말고도 1970년에 오정환吳正煥이 동서문화사에서, 1974년에 곽동벽郭東璧이 대양서적에서, 전호종田浩鐘이 1990년에 금성출판사에서 이 작품을 번역하였다. 이 번역본들 역시 일본어 번역본에 의존했음은 두말할 나위가 없다.

김원일이 읽은 포크너의 작품은 아마 정인섭이 번역한 『음향과 분노』이었을 것이다. 1960년대 당시로서는 이 번역본이 국내 유일의 번역본이었기 때문이다. 그런데 문제는 원문이 무척 난해한데다가 일본어 번역본에서 중역하다 보니 원문에서는 두 단계 멀어져 있어 한국 독자들은 거의 이해할 수 없다시피 하였다. 무엇보다도 먼저 '음향과 분노'라는 작품의 제목부터가 원작과는 거리가 있었다.

일본어 제목의 '히비키響'는 울림이라는 뜻이고, 한국어 제목의 '음향'도 물체에서 나는 물리적 소리와 그 울림을 뜻한다. 포크너는 "The Sound and the Fury"라는 제목을 윌리엄 셰익스피어의 『맥베스』에서 비극의 주인공이 마지막으로 내뱉는 독백에서 따온다. "꺼져라, 꺼져라 덧없는 촛불이여! / 인생은 걸어가는 그림자, (…중략…) 그것은 바보가 지껄여대는 이야기, / 시끄럽게 고함치고 화를 내지만 / 아무런 의미도 없는 이야기인 것을."5막 5장 셰익스피어는 인간의 삶을 즐겨 연극 무대에 빗대곤 하였다. 이 장면에서도 그는 맥베스의 입을 빌려 삶이란 가련한 배우가 인생이라는 무대에 등장하여 한바탕 아무런 의미도 없는 이야기를 시끄럽게 고함치고 분노를 터뜨리다가 무대에서 사라지는 행동에 빗댄다. 메리엄-웹스터 사전에 따르면 여기서 'sound'는 단순한 소리가 아니라 "loud and angry words"를 의미한다. 그러므로 포크너의 작품 제목을 좀 더 정확하게 옮긴다면 '음향과 분노'보다는 '고함과 분노'가 좀 더 적절하다.

비록 『고함과 분노』의 한국어 번역본에 오역과 졸역 등이 적지 않지만 김원일이 이 작품에서 영향을 받는 데는 아마 크게 문제가 되지 않았을 것이다. 그는 미국의 한 남부 귀족 가문의 몰락을 통하여 현대 사회의 와해라는 주제보다는 그 몰락을 다루는 포크너의 형식적 기교에 주목했을 것이기 때문이다. 최근 한 인터뷰에서 김원일은 "뭘 쓰는 것이 중요한 것이 아니라 어떻게 쓰느냐가 중요하다. 작은 소재라도 그걸 살려내는 문장력 자체가 중요하다"고 밝힌 적이 있다. 작가가 '무엇'보다 '어떻게'에 관심을 기울인다는 것은 곧 소재나 주제보다 기교와 형식에 무게를 싣는다는 것을 뜻한다. 그렇다면 김원일이 의식의 흐름과 내면 독백 기법을 배우는 데는 정인섭의 번역본으로도 충분할지 모른다.

김원일이 『슬픈 기억의 시간』을 집필하기 시작한 것은 2000년쯤이지만 이 작품은 그의 상상력에서 마치 포도주처럼 오랫동안 숙성되고 있었다. 이 작품 뒤에 붙어 있는 '작가의 말'에서 그는 "지난 일 년여 이 연작소설을 쓰는 데 바쳐, 여러 계간지에 네 편을 발표했다"고 말한다. 그러고 나서 그는 계속하여 "오랜 전에 구상해 두었던 노인 이야기를 쓰다 보니, 살아감이 하도 괴로워 어서어서 세월이 흘러 세상 어느 한 구석에 있듯 없듯 존재하는 늙은이가 되었으면 하던 소년 적의 바람을 얼추 이룬 나이에 당도했음이 고맙다"고 밝힌다. 그렇다면 김원일은 오래 전에 이 작품을 구상하면서 아마 포크너의 작품을 염두에 두었을 것이다.

2

문학과지성사에서는 『슬픈 기억의 시간』을 간행하면서 책 표지에 이 작품을 일반 장편소설과 구별하기 위하여 '연작 장편소설'이라는 꼬리표를 붙였다. 그도 그럴 것이 김원일은 이 작품을 처음부터 한 편의 장편소설로 집필한 것이 아니라 『문학과사회』를 비롯한 『문예중앙』과 『작가세계』 같은 문예지에 발표한 중편소설 네 편을 장편소설의 형태로 한

데 묶었기 때문이다. 「나는 누구인가」, 「나는 나를 안다」, 「나는 두려워요」, 「나는 존재하지 않았다」가 바로 그것이다. 연작 장편소설이란 단편소설과 장편소설의 중간 형태에 속하는 소설 장르다. 네 편 작품에 동일한 배경을 사용하고 비중을 달리하면서 동일한 작중인물들이 등장하여 동일한 주제를 다룬다는 점에서 『슬픈 기억의 시간』은 전형적인 연작 장편소설의 범주에 속한다.

그런데 『슬픈 기억의 시간』이 포크너의 작품과 비슷한 것은 단편소설을 연작 장편소설의 형식을 취하여 장편소설로 만든다는 점이다. 『정복되지 않는 사람들』1938, 『마을』1940, 『모세의 내려가라』1942 같은 소설은 일련의 단편소설을 한데 묶어 장편소설로 만든 작품이다. 김원일은 포크너 작품 두 편은 아직 한국어로 번역되지 않아서 읽지 못했을 터지만 『정복되지 않는 사람들』은 아마 읽었을 것이다. 이 작품은 정음사에서 출간한 '세계문학전집 45권'에 정인섭이 번역한 『음향과 분노』와 함께 '불멸의 인간상'이라는 제목으로 수록되어 있기 때문이다. 『정복되지 않는 사람들』은 포크너가 미국의 유명한 주간잡지 『새터데이 이브닝 포스트』에 발표한, 남북전쟁을 소재로 한 단편소설 일곱 편을 장편소설로 만든 작품이다. 『슬픈 기억의 시간』에 수록한 단편소설은 포크너의 작품처럼 작중인물을 비롯하여 시간적 배경과 공간적 배경, 소재, 주제, 서술기법 등에서 서로 닮았다.

작품 구성에서도 『슬픈 기억의 시간』은 포크너의 『고함과 분노』와 적잖이 닮았다. 포크너의 작품이 네 파트로 구성되어 있는 것처럼 김원일의 작품도 네 파트로 이루어졌다. 포크너의 작품에서 처음 세 파트는 콤슨 집안의 세 자녀를 다루는 반면, 마지막 파트에서는 콤슨 집안의 흑인 가정부가 중심인물로 등장한다. 김원일의 작품에서도 처음 세 작품은 여성이 주인공으로 등장하지만 마지막 작품에 이르러서는 남성이 주인공으로 등장한다. 한맥기로원 가동에서 한 방을 사용하는 한 여사와 윤 선생과 초정댁은 콤슨의 세 남매와 같은 역할을 하고, 기로원 사무장 김중호는 흑인 가정부 딜지의 역할을 한다.

김원일은 이전 작품들과는 달리 삼인칭 시점을 사용하되 전통적인 방식과는 조금 다르게 사용한다. 스토리나 내러티브를 구성하는 방법인 시점은 소설에서 플롯 못지않게 매우 중요하다. 시점은 마치 카메라의 앵글과 같아서 그것을 어떻게 사용하느냐에 따라 작품의 내용이 달라지게 마련이다. 김원일은 지금까지 주로 삼인칭 화법을 즐겨 사용해 왔다. 그는 가족 구성원에 관한 이야기를 한 예로 들면서 그것을 작품으로 쓰려면 아무래도 시 형식보다는 그릇이 큰 소설 형식이 적절하다고 언급한다.

> 소설은 삼인칭 전지적 시점이라고 해서, 아버지 문제를 따라가다가 아버지와 형과 싸우는 문제를 따라가다가 가족의 불화 문제, 이혼 문제, 아들의 직장 문제, 여동생의 연애 문제 등 모든 것을 섞어서 담아낼 수 있습니다. 그렇기 때문에 바로 소설이라는 그릇은 산업 구조 내지 도시화 구조에 가장 알맞은 장르입니다.

위 인용문에서 김원일은 '전지적 삼인칭 시점'을 언급하지만 삼인칭 시점이나 서술화법도 '간섭적 화자의 시점'과 '객관적 화자의 시점'의 두 유형으로 나뉜다. 전자는 소설의 우주에 마치 전지전능한 신처럼 존재하면서 작중인물들과 사건에 관하여 모조리 알고 있다. 시간과 공간을 초월하여 마음대로 이 작중인물에서 저 작중인물로 옮겨 다니면서 그들의 언행뿐 아니라 그들의 생각과 감정과 심지어 동기까지도 언급한다. 이 화법에서 화자는 독자에게 작중인물들에 관하여 보고하는 것에 그치지 않고 그들의 행동과 동기를 평가할 뿐 아니라 그것에 대하여 논평하고 자신의 견해를 피력하기도 한다.

'객관적 삼인칭 시점'에서는 이러한 간섭적인 전지적 화자와는 달리 될수록 작중인물들의 언행에 관한 논평이나 판단을 유보한 채 그들의 행동을 객관적으로 묘사하거나 보고하는 등 '보여 주는' 데 초점을 맞춘다. '비간섭적 시점' 또는 '몰개성적 시점'으로 부르기도 하는 이 유형에서 서술 화자는 다른 작중인물들의 생각이나 동기를 알지 못하므로 눈앞에서 벌어지는 사건이나 행동이나 의식 앞에 떠오르는 사건이나 행동만을 전달한다. 귀스타브 플로베르나 어니스트 헤밍웨이 같은 작가들이 이 기법을 주로 사용하였다.

한편 '제한적 삼인칭 화법'에서 서술 화자는 여전히 삼인칭으로 스토리나 내러티브를 전달하지만 그의 이야기는 어디까지나 스토리 안에 있는 한 작중인물 또는 기껏 아주 제한된 수의 인물들이 경험하고 생각하고 느끼는 것에 국한되어 있다. 헨리 제임스는 이 유형의 화법을 '초점' 또는 '의식의 중심'으로 불렀다. 제임스의 후기 소설에서 볼 수 있듯이 모든 사건과 작중인물들의 행동은 오직 한 인물의 특수한 의식을 통해서만 독자들에게 전달된다. 이 시점은 뒷날 의식의 흐름 기법으로 발전하는 데 크게 이바지한다.

그런데 김원일이 『슬픈 기억의 시간』에서 사용하는 화법은 전통적인 시점보다는 서술학 이론가 제라르 주네트가 말하는 '초점화'의 개념으로 파악하는 것이 훨씬 더 적절하다. 소설 작품에서 독자가 듣는 화자의 목소리 못지않게 중요한 것이 화자의 눈에 비친 사건과 행동이다. 주네트는 '서술의 초점'과 '작중인물의 초점'을 구분 짓는다. 전자는 작가나 화자가 스토리를 바라보는 관점을 가리키는 반면, 후자는 독자가 관심을 가지고 주목하는 작중인물을 가리킨다. 다시 말해서 초점을 받는 작중인물은 연극으로 말하자면 스포트라이트를 받는 인물이라고 할 수 있다.

소설의 시점에서 문법적인 인칭보다도 훨씬 더 중요한 것이 누구의 목소리나 시점이 스토리에 영향을 미치는가 하는 점이다. 주네트가 소설의 화법을 '호모디에제시스적homodiegetic 화법'과 '헤테로디에제시스적heterodiegetic 화법'으로 구분 짓는 이유가 바로 여기에 있다. 전자는 화자가 스토리 안에 놓여 있는 경우를 말하고, 후자는 화자가 스토리 밖에 놓여 있는 경우를 말한다.

소설의 시점에는 비단 삼인칭 시점만이 있는 것은 아니다. 더구나 미셸 뷔토르나 이탈로 칼비노의 작품에서 볼 수 있는 이인칭 시점을 제외하고라도 소설의 시점을 문법적으로 일인칭 시점과 삼인칭 시점으로 크게 나누지만 이 문제는 훨씬 복잡하고 미묘하게 이루어진다. 삼인칭 시점이란 흔히 서술 화자가 스토리 안에 존재하지 않는 경우를 일컫는다. 좀 더 엄밀히 말하면 삼인칭 화자는 자신을 일인칭으로 언급할 수 있는 반면, 일인칭 화자도 거의 언제나 삼인칭 화법을 포함할 수 있다. 앞에서 언급했듯이 김주연이 이 작품을 "여성 화자에 의한 내면적 독백이 숨 가쁘게 전개되고 있는" 작품이라고 주장하는 것은 바로 그 때문이다. 그러나 엄밀히 말하면 이 작품에서 서술 화자는 삼인칭 화자이되 그가 과연 여성인지 남성인지는 정확히 알 수 없다.

김원일은 『슬픈 기억의 시간』에서 본질적으로는 객관적 삼인칭 시점을 구사하면서도 일인칭 시점의 효과를 거두려고 노력한다. 무엇보다도 눈에 띄는 것은 이 작품을 구성하는 네 작품의 제목이다. ①「나는 누구인가」, ②「나는 나를 안다」, ③「나는 두려워요」, ④「나는 존재하지 않았다」에서 주어는 하나같이 일인칭 대명사 '나'다. 항목 ①은 서술 화자의 자아 정체성, 항목 ②는 서술 화자의 인식론 문제, 항목 ③은 서술 화자의 심리 상태, 항목 ④는 서술 화자의 존재론 문제와 깊이 관련되어 있다.

이렇게 서로 다른 주제를 다루면서도 네 작품에 등장하는 '나'는 동일한 인물이 아니라 서로 다른 인물임이 밝혀진다. 그러나 '나'는 서로 다른 인물이되 하나같이 암울한 일제 강점기와 어수선한 해방 정국, 한국 전쟁 등 한국 근대사의 어둡고 험난한 터널을 거쳐 온, 불우한 70대 말에서 80대에 이르는 노인들이다. 가족과 친구들과 떨어져 지금은 사설 양로원 '한맥기로원'에 머물며 죽음을 눈앞에 두고 있다는 점에서 그들은 서로 비슷하다. 그들은 하나같이 한국 근대사의 굴곡을 보여 주는 일그러진 자화상들이다.

『슬픈 기억의 시간』의 시점을 전통적인 삼인칭 시점으로 볼 수 없다는 것은 작품 네 편의 제목으로 사용한 '나'라는 일인칭 대명사뿐 아니라 네 작품의 마지막 문장에서도 '나'를 사용한다는 데서도 여실히 드러난다. 예를 들어 첫 작품 「나는 누구인가」는 "어, 마, 아,, 나, 느,, 누, 구, 야? 내, 가,, 도, 대, 체 누, 구, 지?"69쪽라는 문장으로 끝난다. 한밤중에 아카시아나무 숲에 가서 혼절한 뒤 치매 증세를 보여 정신이 오락가락하던 한 여사는 이렇게 받침도 없는 말을 어눌하게 중얼거리며 죽음을 맞는다. 그녀는 "엄마, 나는, 누구야? 내가, 도대체 누구지?"라고 말하려는 것이다.

이 점에서는 나머지 세 작품도 크게 다르지 않다. 두 번째 작품 「나는 알고 있다」에서도 뇌졸중을 앓던 초정댁은 임종의 순간에 남편이 아닌 과객 우 씨와 관계하여 낳은 막내아들을 바라보며 "넌 절대로 우가가 아냐. 어디까지나 박가라고. 세상 사람이 다 몰라도 나만은 그 비밀을 알아. 내가 누군지 내가 잘 아니깐. 한마디로, 나는 나를 안다"라고 중얼거린다. 세 번째 작품 「나는 두려워요」에서 암 투병하던 윤 선생은 "저, 저, 는,, 주, 님, 을,, 만, 나, 기, 가,, 두, 려, 워, 요 ……"라고 마지막 신음소리를 내며 죽음을 맞는다.

마지막 유일하게 남성 주인공이 등장하는 작품 「나는 존재하지 않았다」에서도 마지막 문장은 "사, 라, 암, 은,, 주, 죽, 음, 을,, 햐, 앙, 해,, 누, 구, 나,, 스, 슬, 프, 음, 을,, 차, 참, 으, 며,, 가, 가, 고,, 이, 있, 어. 나, 여, 억, 시,, …… 김 씨의 주절거림이 흐르는 눈물처럼 이어진다"로 끝난다. 앞의 세 작품과는 달리 마지막 작품에서는 주인공의 독백 끝에 화자의 행동을 언급한다. 그러나 이 경우 주인공과 서술 화자를 구별 짓기라 그렇게 쉽지 않다.

그런데 여기서 한 가지 주목해야 할 것은 제목에서는 비록 일인칭 화자 '나'가 등장하지만 작품 안에서는 삼인칭 화자가 등장한다는 점이다. 김원일이 『슬픈 기억의 시간』에서 사용하는 시점은 원거리와 근거리를 선명하게 볼 수 있도록 해 주는 이중 초점 렌즈에 빗댈 수 있다. 삼인칭 서술 화자는 근거리에서 주인공의 일거수일투족을 자세하게 보여 주는 반면, 제목의 '나'는 원거리에서 과거와 현재를 자유롭게 넘나들며 주인공의 내면 세계를 보여 준다. 서술 화자는 주인공을 오랫동안 가까이서 지켜본 사람인 듯하다. 그래서 그런지는 몰라도 '나'와 주인공의 이미지는 서로 겹칠 때가 적지 않다.

첫 번째 작품 「나는 누구인가」의 주인공은 열여덟 살 때 가난을 피하여 고향을 떠나 부산에 이주하여 온갖 시련을 겪으며 살아온 '한 여사'다. 일제 강점기에 건빵공장 포장부에서 일하다가 직속상관이었던 일본인 모리森가 사직하고 관부연락선 선착장 앞에 제과점을 개업하자 제과점 종업원으로 근무하며 모리의 정부 노릇을 한다. 이 무렵 그녀는 일본 유학생 '홍'과 그녀의 말대로 "부평초 같은 사랑"을 하기도 한다. 그러다가 그녀는 정신대로 끌려가 오키나와沖繩와 말레이시아 말라카에서 위안부로 고생하다가 해방과 더불어 귀국한다. 한국전쟁 중에는 이른바 '양공주' 생활을 하여 혼혈아들을 낳는다.

그 뒤로도 한 여사는 생물학자 황 교수, 클라리넷을 잘 부는 음악 선생, 마흔 살인데도 머리카락이 반백인 산부인과 전문의, "가진 것이라곤 오직 돈과 시간과 정력밖에 없다"는 땅 부자 '주먹코', 제과점에 자주 들리는 노老 회장 등 남성 편력이 화려하다. 이 점에 대하여 서술 화자는 "서로 몸을 섞으며 한때를 즐긴 얼굴들이지만 그들은 즐길 때 그때뿐 마음에 감미로운 추억으로 남아 머물지 않는다"고 말한다. 한 여사는 그녀의 말대로 "산전수전 다 겪은" 여성이다.

한 여사가 겪는 온갖 시련과 그에 따른 정체성의 혼란은 계속하여 바뀌는 그녀의 이름과 깊이 관련이 있다. 태어날 때부터 가슴에 점이 있어 고향에서는 그녀를 '점아가'라고 불렀지만 부산에서 일본인 제과점에서 일할 때는 '게이코한경자'로, 한국전쟁 중 미 군사고문단 문관이었던 미국인 남편과 동거할 때는 다시 '한안나'로 이름이 바뀐다. 요양원에서는 그녀를 곡마단의 어릿광대처럼 화장을 짙게 한다고 하여 '광대댁'으로 부른다. 심지어 요양원 근처 아파트에 사는 강노인은 그녀를 '이 여사' 라고 잘못 부르기도 한다.

체력이 갑자기 쇠약해진 한 여사는 어느 날 한밤중에 맨발로 요양원 근처 야산 아카시아 숲에 가서 쓰러진다. 그런데 의식이 희미한 그녀의 귓가에는 "이년아, 넌 한경자도, 게이코도, 한안나도 아냐. 넌 한점아가야. 이름을 그렇게 바꿔갈 동안 네 인생은 수렁으로 깊이깊이 빠져들었어. 인생을 망쳤다고!"라고 소리치는 죽은 아버지의 소리가 희미하게 들린다. 그러자 그 목소리에 한 여사는 "그래요. 난 집 떠날 그때부터 점아가가 아니었어요. 내장이며, 쓸개며, 간까지 내주고 살아왔어요"라고 대꾸한다.

두 번째 작품 「나는 나를 안다」의 주인공은 초정댁 또는 장터댁이다.

면사무소 장터거리 술도갓집에서 행랑살이 하던 집안의 딸로 태어난 그녀는 돈은 많지만 듣지도 말하지도 못하는 중증 장애인에게 시집을 간다. 열일곱 살에 팔려가다시피 하는 결혼이 행복할 리 없다. 그녀는 적자생존의 치열한 경쟁에서 살아남으려고 발버둥 친다. 가령 '씨종자'를 받기 위하여 유혹했던 지식인 우 씨를 남파 간첩으로 경찰에 신고하고, 정을 통하던 이 씨를 개천 다리를 건너던 중 떠밀어 죽게 한다. 작품의 제목 그대로 초정댁은 탐욕으로 점철된 자신의 어두운 과거를 누구보다도 잘 알고 있다. '나는 누구인가?' 하는 정체성 문제를 겪는 한 여사와 비교해 보면 초정댁은 자신의 정체성을 두고 전혀 혼란을 겪을 필요가 없다.

한 여사와 초정댁과는 달리 세 번째 작품 「나는 두려워요」의 주인공은 기독교 신앙이 두터운 초등학교 교사 출신 윤여은이다. 제자들이 윤 선생을 사모하는 모임인 '윤사모'를 만들 만큼 제자들로부터 존경을 받는 스승이다. 그러나 그녀에게도 비록 의도한 것은 아니지만 젊은 시절 한 젊은이를 기차에서 떠밀어 죽음에 이르게 했다는 죄의식에 사로잡혀 있다. 그래서 서술 화자는 "가차든 승용차든 타가 터널을 통과할 때면 윤 선생은 습관적으로 눈을 감고, 주여, 저의 죄를 용서하옵소서 하고 입속말로 기도부터 드린다"고 말한다. 평생 신실한 신앙인으로 살아 왔지만 윤 선생은 임종의 순간 신 앞에 적잖이 두려움을 느낀다. 지식인 과객 우 씨한테서 '씨종자'를 받은 초정댁과는 달리 윤 선생은 '믿음의 씨종자'를 받은 인물이 되려고 노력한다.

마지막 작품 「나는 존재하지 않았다」의 주인공은 유일하게 여성이 아닌 남성으로 한맥기로원 설립자의 삼촌으로 양로원의 사무장인 김중호다. 양로원에서 '김 씨'로 통하는 그는 세 여성과 동시대를 살아오면서 굴곡진 역사의 통로를 헤쳐 왔다. 다만 김 씨는 일본에 유학하여 와세다 대학에서 철학을 전공하고 한때 충칭의 임시정부에서 일하는 지식인이라는 점에서 그들과 조금 다를 뿐이다. 비록 체계적이라고는 할 수 없어도 그는 노자와 장자의 도가 철학에서, 이색李穡, 성현成俔, 박지원朴趾源, 정약용丁若鏞, 이익李瀷을 거쳐 표도르 도스토옙스키, 장폴 사르트르와 독일 관념철학에 이르는 작품을 섭렵하며 험난한 역사의 파고와 허무주의의 수렁을 헤쳐 왔다. 양로원 직원들이 그를 "책을 든 부처님"이라고 부르는 것은 바로 그 때문이다.

『슬픈 기억의 시간』에서 김원일이 초점화를 어떻게 효과적으로 구사하는지 「나는 누구인가」의 첫 대목에서 구체적인 실례로 들어보기로 하자. 여기서 굳이 '첫 대목'이라고 한 것은 이 작품은 다른 세 연작 장편소설과 마찬가지로 오직 한 단락으로만 구성되어 있기 때문이다.

> 한 여사는 화장대 앞에 앉는다. 처음 하는 일은 마른 수건으로 거울의 먼지를 닦기이다. 늘 닦아 먼지가 앉을 짬이 없건만 거울에 티 한 점, 얼룩 하나 없어야 직성이 풀린다. 한 여사가 거울 앞에 앉아 허리 펴 곧은 자세를 취하자 등줄기가 당기고 가쁜 숨길이 목젖에 걸린다. 허리를 꼬부장히 낮추어 편한 자세를 취하지 않을 수 없다. 할미꽃 같은 늙은이가 안 되어야지 하고 늘 다짐하건만 실천이 쉽지 않다. 그네는 거울에 비친 자기 모습을 본다.

위 인용문에서 이 작품의 주인공 '한 여사'가 아침에 일어나 거울 앞에 앉아 화장하는 모습을 독자에게 전달하는 사람은 삼인칭 서술 화자이지만 초점은 어디까지나 주인공에 모아진다. 주인공의 언행에 관하여 좀처럼 논평이나 판단을 유보한 채 그녀의 행동을 객관적으로 묘사하거나 보고한다는 점에서 삼인칭 객관적 시점을 사용한다. 그렇지 않고서야 그녀가 허리를 펴고 거울에 앉자 등줄기가 당기고 가쁜 숨이 목젖에 걸려 허리를 낮추고 편안한 자세를 취할 수밖에 없다는 사실을 알 수 없을 것이다.

제라르 주네트식으로 말하자면 김원일은 '서술의 초점'이 아니라 '작중인물의 초점'에 무게를 싣는다. 작가는 화자가 스토리를 바라보는 관점보다는 오히려 독자가 주목하는 작중인물을 중시한다. 다시 말해서 김원일은 한 여사를 향하여 스포트라이트를 비춘다. 그러다 보니 가득이나 익명인 서술 화자는 이 작품에서 이렇다 할 실체가 없고 그림자와 같은 존재로 뒷전으로 밀려날 수밖에 없다. 이를 달리 말하면 이 작품에서 '초점자'는 이름이 밝혀지지 않은 화자가 아니라 거울 앞에 앉아 화장하고 있는 한 여사라는 작중인물이다. 서술 화자는 작품이 시작할 때부터 끝날 때까지 독자의 시선을 한 여사의 시선에 일직선에 맞춘다. 작품에서 독자가 듣는 목소리가 스토리 안의 작중인물이거나 스토리 밖에 위치한 서술 화자일 수 있듯이, 초점자도 스토리 안의 작중인물이 될 수도 있고 아니면 스토리 밖의 서술 화자가 될 수도 있다.

김원일이 「나는 누구인가」에서 사용하는 시점은 제한된 삼인칭 시점을 한 단계 더 밀고나간 '근접 삼인칭 시점'에 가깝다. 이 유형의 시점에서 서술 화자는 제한적 삼인칭 시점의 화자보다 작중인물과 훨씬 더 친근한 관계를 맺는다. 작중인물의 머릿속에 완전히 들어가 있지 않으면서도 작중인물에 좀 더 가까이 놓여 있다. 작품의 어떤 구절은 적어도 부분적으로나마 마치 화자가 아닌 작중인물이 쓴 것처럼 읽힌다. "할미꽃 같은 늙은이가 안 되어야지 하고 늘 다짐하건만 실천이 쉽지 않다"는 문장은 직접화법과 간접화법의 중간 형태라고 할 묘출화법에 가깝다. 이 제3의 화법은 생동감을 살리기 위하여 소설이나 기행문에서 주로 많이 사용한다.

김원일은 비교적 짧은 인용문 안에 '거울'이라는 낱말을 무려 네 번 사용한다는 점도 눈길을 끌기에 충분하다. 물론 여성이 화장을 하려면 마땅히 거울 앞에 앉아야 할 터이지만 김원일은 필요 이상으로 거울을 강조한다. 서술 화자는 "한 여사는 화장하기 전 얼굴은 자기 얼굴이 아니라고 생각한다"고 말한다. 그런데 한 여사가 이렇게 한 시간쯤 걸려 화장에 관심을 기울이는 데는 그럴 만한 이유가 있다. 가난한 농부의 딸로 태어나 온몸을 내던져 험난한 역사의 풍파를 견뎌온 그녀에게는 감추고 싶은 치욕적인 상처가 너무 많기 때문이다. 화장으로 외모를 꾸미는 것은 그녀에게 자신의 누추한 과거를 덮기 위한 상징적 몸짓이다. 서술 화자는 "한 여사는 나이 들어서까지 여성으로서의 품위를 외양에 두고 열심히 자신의 모습을 가꿨던, 기로원 입소 이후 특별히 기억에 남는 여성이었다"고 말한다.

양로원에서 한 여사가 가곡이나 오페라 아리아 같은 고전 음악과 독서를 취미로 삼는 것도 화려한 화장처럼 자신의 과거를 숨기기 위한 위

장술에 지나지 않는다. 그녀가 즐겨 읽은 한국 시인으로는 김소월金素月, 윤동주尹東柱, 김영랑金永郞, 서정주徐廷柱 등이 있고 서양 시인으로는 윌리엄 워즈워스, 하인리히 하이네 등이 있다. 한 여사는 양로원 담당 소명종합병원 젊은 의사에게 "마음의 양식이 될 아름다운 시를 읽지요"라고 말한다. 그녀는 그동안 양로원에서 이렇게 온갖 수단과 방법으로 귀부인 행세를 하려고 애써 왔다. 이 점과 관련하여 서술 화자는 "정신대의 악몽과 기지촌 주변에서 살았던 어두운 과거를 끊임없이 씻어내는 삶으로 자신의 노년을 채우고 갔다"고 말한다.

3

김원일이 『슬픈 기억의 시간』을 쓰면서 윌리엄 포크너한테서 받은 영향이라면 뭐니 뭐니 하여도 의식의 흐름이나 내면 독백 기법을 빼놓을 수 없다. 한국문학사에서 지금껏 김원일처럼 이 모더니즘 기법을 그렇게 효과적으로 사용해 본 적 작가가 없다고 하여도 크게 틀리지 않다. 「어떤 사람이 소설을 쓸 수 있는가」에서 김원일이 포크너가 '의식의 흐름' 기법을 구사한 난해한 작가라고 언급한 점을 여기에서 다시 한번 떠올리는 것이 좋을 것이다. 김원일은 마침내 이 연작 장편소설에서 1960년대 초 대학 시절에 읽은 『고함과 분노』를 떠올리며 포크너가 시도한 의식의 흐름이나 '내면 독백'을 유감없이 구사한다.

의식의 흐름과 내면 독백은 지금껏 흔히 동의어처럼 사용해 왔을 뿐 아니라 두 유형이 뒤섞여 사용되어 왔다. 그러나 엄밀히 말하면 두 기법은 조금 차이가 나므로 서로 구별하여 사용하는 쪽이 옳다. 헨리 제임스의 형인 심리학자 윌리엄 제임스가 『심리학 원리』1890에서 처음 사용한 의식의 흐름은 한 인간의 내적 경험의 유동성을 의미하는 좀 더 포괄적인 개념이다.

그러나 이렇게 심리학 용어로 처음 사용한 의식의 흐름은 문학에 도입되어 한 작중인물의 정신을 스쳐지나가는 수많은 생각과 감정을 비롯하여 인상, 기억, 예상, 임의적인 연상 등을 묘사하는 모더니즘 기법으로 자리 잡았다. 의식의 흐름 소설은 ① 인간의 의미 있는 삶은 외면 세계보다는 내면의 정신적-감정적 과정에서 엿볼 수 있고, ② 이러한 정신적-감정적 삶은 다분히 비논리적이고 지리멸렬하며, ③ 논리적 연관성보다는 자유로운 심리적 연상의 패턴이 인간의 생각과 감정의 변화를 결정짓는다는 전제에 기초를 둔다. 의식의 흐름이 문학 기법으로 발전하는 데 지그문트 프로이트의 정신분석 이론이 큰 영향을 미쳤음은 두말할 나위가 없다.

프로이트의 지적대로 인간의 마음은 생각, 감정, 본능, 충동, 갈등, 동기, 기억 등으로 채워져 있다. 그런데 이러한 것들의 대부분은 의식보다는 무의식이나 전의식 영역에 놓여 있다. 의식과 무의식의 중간 지점에 있으면서 이 두 가지의 교량 역할을 하는 전의식 또는 잠재의식은 의식의 영역으로 쉽게 바뀔 수 있지만, 무의식은 의식의 영역으로 좀처럼 쉽게 바뀌지 않는다. 무의식이나 전의식 단계에 속한 생각, 감정, 본능, 충동, 갈등, 동기, 기억 등은 언어로 표현하기 이전 상태이므로 문법에 맞게 기술하는 것보다는 비문법적으로 처리하는 것이 오히려 의식의 흐름 기법에 적절하다.

한편 내면 독백이란 의식의 흐름보다 좀 더 제한된 기법을 말한다. 넓은 의미에서 의식의 흐름의 한 형태라고 할 내면 독백이란 작가가 전혀 개입하지 않거나 설령 개입하더라도 최소한으로 제한한 상태에서 작중인물의 의식에 떠오르는 파편 같은 것들을 될 수 있는 대로 직접 독자에게 전달하려고 하는 기법을 말한다. 또한 작가는 예측할 수 없는 정신 과정을 문법적인 문장으로 만들거나 논리적이고 일관성 있는 질서로 정리하지 않는다. 감각, 지각, 심상, 감정, 일부 생각 등은 비언어적이므로 작가는 이러한 요소를 될수록 그대로 재현하려고 애쓴다.

제임스 조이스의 『율리시스』1922에서 볼 수 있듯이 한 작품 안에서도 의식의 흐름과 내면 독백이 동시에 사용되기도 한다. 김원일이 문학청년 시절 영향을 받은 포크너와 조이스를 비롯하여 표도르 도스토옙스키, 마르셀 프루스트, 버지니아 울프, 토머스 울프 같은 외국 작가들은 하나같이 이런 저런 방식으로 의식의 흐름이나 내면 독백 기법을 즐겨 사용하였다. 김원일은 포크너에게서 영향을 받았지만 그 계보를 거슬러 올라가 보면 '에두아르 뒤자르댕→도러시 리처드슨→버지니아 울프→조이스→포크너→김원일'이 될 것이다.

의식의 흐름이나 내면 독백과 관련하여 김원일이 포크너의 작품에서 어떻게 영향을 받았는지 알기 위해서는 『고함과 분노』에서 한두 예를 들어보는 것으로 충분할 것이다. 이 작품은 김원일의 『슬픈 시간의 기억』처럼 모두 네 편으로 구성되어 있다. 흔히 '벤지의 장章'으로 일컫는 이 소설의 첫 편은 "1928년 4월 7일"이라는 제목 그대로 이 날 하루 동안 일어나는 사건을 기록한다. 이 장의 서술 화자요 주인공인 벤지벤저민는 콤슨 집안의 막내아들로 태어날 때부터 정신박약자다.

흑인 소년 러스터는 주인집 아들인 서른세 살의 벤지를 데리고 집 근처 골프장 울타리를 따라 걷고 있다. 서커스 구경을 가려고 할머니한테 힘들게 얻은 25센트 주화를 잃어버린 러스터는 벤지를 돌보기보다는 주화를 찾는 데 여념이 없다. 울타리 너머 골프장에서 골프를 치는 사람들이 "어이, 캐디!"라고 부를 때마다 벤지는 짐승처럼 울부짖는다. '캐디'라는 소리를 듣자 벤지는 집을 떠난 누이 캐디캔디스를 떠올리기 때문이다. 러스터와 벤지는 울타리를 따라 가다가 콤슨 집의 정원에 구멍이 뚫린 곳에 이른다.

"잠깐 기다려 봐." 러스터가 말했다. "또 철사에 걸렸잖아. 어째서 여길 빠져나올 때마다 저 철사에 걸리는 거야."

캐디가 철사에 걸린 나를 풀어주었고 우리는 기어서 빠져나왔다. 모리 삼촌이 사람들 눈에 띄지 말라고 했으니까 몸을 구부리는 게 좋아, 캐디가 말했다. 벤지, 몸을 구부려. 자 봐, 이렇게. (…중략…) 우리는 울타리를 기어 올라갔는데 그곳에 돼지들이 꿀꿀거리고 흥흥거리고 있었다. 오늘 한 놈이 죽어서 안쓰러워하는 거 같아, 캐디가 말했다. 딱딱한 땅바닥이 엉망진창으로 울퉁불퉁했다.

호주머니에 두 손을 집어넣어, 캐디가 말했다. 그렇지 않으면 손이 꽁꽁 얼 거야. 크리스마스 때 손이 얼면 좋겠어.

"밖이 너무 추워." 버쉬가 말했다. "설마 밖에 나가고 싶진 않겠지."

"또 무슨 일이냐." 엄마가 말했다.

"밖에 나가고 싶어 해요." 버쉬가 대답했다.

"내보내 줘요." 모리 삼촌이 말했다.

첫 단락은 1928년 4월 7일 현재 시점에 일어난 사건을 다룬다. 사체斜體로 되어 있는 두 번째 단락은 어린 시절 벤지가 누이 캐디를 따라 외삼촌 모리의 심부름으로 울타리를 넘어 한 패터슨 부인에게 연애편지를 전해 주러 가는 장면을 다룬다. 벤지는 러스터와 함께 울타리에 뚫린 구멍을 빠져나가면서 문득 몇십 년 과거를 기억해 내는 것이다. 계절부터가 첫 단락은 4월이지만 두 번째 단락은 크리스마스가 가까운 12월 23일이다. 나머지 단락은 두 번째 단락이 일어나기 바로 한두 시간 전의 사건을 묘사한다.

벤지가 밖에 나가고 싶어 안달하자 그를 돌보던 흑인 소년 버쉬가 너무 추워서 안 된다고 말한다. 그러자 신경쇠약에 걸린 어머니 콤슨 부인이 왜 벤지가 칭얼거리느냐고 묻고, 버쉬는 밖에 나가고 싶어서 그런다고 대답한다. 그러자 이번에는 옆에 있던 외삼촌 모리가 누이에게 벤지를 밖에 내보내 주라고 말한다. 벤지가 이렇게 추운 날씨에도 밖에 나가려고 하는 것은 학교에서 돌아오는 누이 캐디를 마중하기 위해서다. 곧이어 외삼촌은 학교에서 갓 돌아온 캐디에게 패터슨 부인에게 편지를 전하도록 심부름을 보낸다.

이렇듯 『고함과 분노』에서 시간은 현재와 과거가 부단히 교차한다. 시간의 유동성과 관련하여 포크너는 앙리 베르그송한테서 적잖이 영향을 받았다. 포크너는 현재에 과거와 미래를 포함시키고, 그것이 곧 영원성이라고 말하였다. 그런데 위 인용문을 비롯한 '벤지의 장'에서 시간을 추이를 알려주는 편리한 지표 중 하나는 누가 벤지의 시중을 드느냐 하는 점이다. 콤슨 집안에서 일하는 흑인 가족 깁슨의 자녀들이 정신박약자인 벤지를 돌본다. 벤지가 가장 어린 시절에는 버쉬가 시중을 들고, 나이가 들어서는 T. P.라는 소년이 시중을 들며, 성인이 현재는 러스터가 시중을 들고 있다. 버쉬와 T. P.는 깁슨 부부의 아들들이고, 러스터는 여러 정황으로 미루어보아 깁슨 부부의 딸 프로니의 아들이다.

김원일은 『슬픈 기억의 시간』의 첫 작품 「나는 누구인가」에서 마지막 작품 「나는 존재하지 않았다」에 이르기까지 의식의 흐름 기법을 일관되게 사용한다. 작품의 첫 쪽에서 구체적인 실례를 들어보기로 하자.

> 한 여사는 부드럽게 물결치는 듯한 가발을 남아 있는 생머리에 여러 개 핀으로 붙여 고정시킨다. 새카만 가발이 한 여사님한텐 어울리지 않아요. 연세는 드셨지만 헤어스타일만은 마님다운 기품이 자연스럽게 배어나야죠. 머리방 최 마담이 가발머리를 빗질로 가꾸어주며 말했다. **그래야 귀부인답다는 말이죠?** 거울에 비친 머리 모양새를 살펴보며 한 여사가 호물짝 웃었다. (…중략…) 한 여사는 가발의 부풀릴 데는 올리고 낮출 데는 다독거리며 가볍게 빗질을 한다. **점아가, 머리를 자주 감아. 참빗질만 한다고 머릿니가 빠지겠니. 창포물에 머리를 감으면 머릿니가 빠지고 윤기가 나지. 엄마가 말했다.**

한 여사가 "할미꽃 같은 늙은이가 안 되어야지"라고 다짐하면서 거울 앞에 앉아서 화장하는 장면이다. 위 인용문에서 찬찬히 눈여겨볼 대목은 고딕체로 강조한 세 문장이다. 이 세 문장에서 김원일은 심리적 연상 작용에 따른 의식의 흐름 기법을 사용한다. 나머지 문장들의 대부분은 서술 화자가 한 여사의 행위를 묘사하거나 기술하는 것들이다. "머리방 최 마담이 가발머리를 빗질로 가꾸어주며 말했다"라느니, "엄마가 말했다"느니 하는 문장은 의식의 흐름 안에서 대화의 주체를 가리키는 표현이다.

한 여사는 정수리에 "검불처럼 성글게" 남아 있는 흰 머리카락이 흉하게 보이자 가발을 써서 흰 머리를 감춘다. 이렇게 거울 앞에서 생머리에 핀으로 가발을 고정시키자 그녀의 뇌리에 갑자기 얼마 전 미장원의 최 마담이 가발머리를 빗질해 주며 "새카만 가발이 (…중략…) 자연스럽게 배어나야죠"라고 한 말이 떠오른다. 역시 고딕체로 강조한 마지막 문장 "그래야 귀부인답다는 말이죠?"는 최 마담의 말에 대한 한 여사의 대꾸다. 평소 귀부인 행세를 해 온 한 여사로서는 "마님다운 기품"이라는 최 마담의 말에 귀가 솔깃하고 기분이 좋다. 손님의 성격을 잘 아는 머리방 주인은 한술 더 떠 누가 보더라도 영국 왕족 못지않은 '귀부인다운 품위'가 느껴진다면서 한껏 한 여사의 기분을 돋운다.

한 여사의 의식은 머리방에서 다시 한맥기로원 가동의 현실로 돌아와 거울을 바라보며 가발에서 조금 부풀릴 곳은 부풀리고 낮추어야 할 곳은 낮게 다독거리면서 가볍게 빗질을 한다. 그러자 머리 모양새를 매만지던 그녀의 의식은 이번에는 산골 마을의 고향집에서 어머니가 자기 머리카락을 두고 한 말이 갑자기 떠오른다. 점아가의 머리에 이[蝨]와 서캐가 득실거리는 것을 보고 어머니는 딸에게 참빗질만 한다고 이와 서캐가 없어지지 않으니 창포물로 머리를 자주 감으라고 말한다.

어머니의 말이 실마리가 되어 한 여사는 이어 열예닐곱 살 때 보퉁이 하나를 가슴에 안고 짚신 발에 방물장수 아줌마를 따라 고향집을 떠나던 날을 기억한다. 그녀의 불행한 미래를 예측이라도 하듯이 당산나무 위에서는 까마귀들이 청승맞게 운다. 점아가의 귀에는 까마귀의 울부짖음이 마치 "배고파 못 살겠다, 굶어 죽은 송장 없냐"라고 말하는 것처럼 들린다.

부산 건빵 공장에서 취직하면서 시작된 점아가의 파란만장한 삶은 예순을 바라볼 나이에 처음 고향을 방문하던 일까지 두 쪽 남짓 계속 이어진다. 고향집에 대한 회상은 "큰집 조카 칠복이 승용차로 고향 가까이 갈 때까지 그네는 고향 땅 골짜기 일대가 큰 저수지로 변해 마을이 자취도 없이 수몰된 줄을 몰랐다"는 문장에서 끝난다. 바로 그 뒤 "방문이 살그머니 열린다. 이불을 일광욕시키러 들고 나갔던 윤 선생이 바가지에 물을 담아 들고 조심스런 걸음으로 들어온다"는 문장에서 서술 화자는 다시 현실 세계로 돌아와 한 여사의 화장하는 모습을 묘사한다. 윤 선생은 한 여사와 초정댁과 함께 3호실 방을 사용하는 룸메이트이다.

위 인용문에서 한 여사가 과거 사건을 기억하도록 촉발하는 매체는 다름 아닌 가발이거나 머리카락이다. 그녀의 의식의 흐름을 도표로 정리하면 '흰 머리카락을 조금 섞어 은회색으로 만든 가발 → 흰 머리카락 하나 없는 새카만 가발 → 등판에 두 줄로 꼬아 내린 삼단 같은 검은 머리채'가 된다. 한편 이번에는 주인공이 위치한 장소에 따라 가발이나 머리카락이 촉발한 의식의 흐름을 따라가 보면 '한맥기로원 가동의 방→부산 시내의 머리방→한맥기로원 가동의 방→산촌 마을의 고향집'이 될 것이다.

이번에는 『슬픈 시간의 기억』에서 윤 선생을 주인공으로 다루는 세 번째 작품 「나는 두려워요」에서 의식의 흐름의 한 예를 들어보기로 하자. 겨울철에 감기와 몸살로 고생하던 그녀는 남녘에 새봄이 찾아오자 양로원 근처 들길로 산책을 나간다. 윤 선생은 숨이 차고 다리가 후들거리자 새 풀이 돋아나는 땅 바닥에 주저앉아 한동안 쉬다가 다시 걷기 시작한다.

> 윤 선생은 천천히 걸으며 얼굴을 들어 눈길을 멀리 보낸다. 하늘은 높게 푸르다. 무슨 새인가 멀리에서 창공을 유연하게 난다. 왜가리인가? **왜가리란 별명이 붙었던 강 선생이 후딱 머리에 스친다. 이제 기억에도 가물가물한, 훌쭉한 키와 여위고 갸름한 모습만이 아스라이 떠오른다.** (…중략…) 그런데 저 새가 왜가리일 리 없어. 왜가리는 여름새가 아닌가. (…중략…) 아카시아나무들을 쳐내어 계단을 만들고 메타세쿼이아나무 숲이 베어진 언덕 한쪽을 헐어 전원주택 한 채가 완공 단계에 이르렀다. (…중략…) 윤 선생의 머릿속에 각인된 첫 그림으로 떠오르는 것은 한 장의 풍경은 첨탑 있는 벽돌집 교회와 교회에서 대숲을 지나 조금 떨어진 언덕 위의 붉은 기와를 올린 통나무집 선교사 사택이다.

고개를 쳐들어 봄 하늘을 바라보던 윤 선생은 새 한 마리가 공중에 나는 모습을 바라본다. 왜가리일지 모른다고 생각하자 갑자기 그녀의 뇌리에 동료 교사 사이에서 '왜가리'라는 별명이 붙었던 임시 음악 교사 강 선생을 떠오른다. 한국전쟁이 막바지로 접어들던 1953년 6월 "홀쭉하게 여위어 마치 왜가리 같은 젊은이" 하나가 윤 선생이 근무하던 천막학교에 찾아온다. 전쟁 전에는 신의주에서 고등중학교 음악 교사를 하던 그는 전쟁이 일어나자 인민군에 입대하여 포로로 잡혀 거제도 수용소에서 지내다가 반공 포로로 석방된다. 윤 선생이 근무하던 초등학교에 임시 교사로 취직한 강 선생은 어느 날 홀연히 자취를 감춘다. 남한에도 북한에도 마음 둘 곳이 없던 그는 소문에 따르면 밀항선을 타고 일본으로 건너간다.

이 장면에서 윤 선생이 갑자기 강 선생을 뇌리에 떠올리는 것은 하늘을 나는 왜가리 모습 때문이다. 더구나 윤 선생은 자기보다 나이가 어린 그에게 관심이 있었다. 위 인용문에서 30여 쪽 뒤에 가서 윤 선생의 제자들은 은사를 데리고 다대포 쪽으로 드라이브 나가서 점심식사를 하는 장면이 나온다. 이때 윤 선생은 중부리도요새 무리가 개활지에서 날아오르는 모습을 보면서도 다시 한 번 강 선생을 떠올린다. 한편 그녀가 이렇게 강 선생을 떠올리는 데는 왜가리나 도요새뿐 아니라 푸른 하늘도 한몫을 한다. 강 선생이 처음 천막학교에 나타난 것은 장마 끝에 오랜만에 구름 사이로 푸른 하늘이 엿보이던 날 오후였다. 왜가리와 도요새와 관련한 장면에서도 그날따라 하늘이 유난히 높게 푸르다.

위 인용문에서 윤 선생은 새 봄에 왜가리가 하늘을 날 리가 없다고 판단하고 다른 종류의 새이려니 생각한다. 이렇게 생각을 가담고 현실 세계로 돌아온 그녀는 건너편 언덕에서 나무들을 베어내어 내고 언덕 한

쪽에 거의 완성된 전원주택 한 채를 바라본다. 윤 선생이 언덕 위의 전원주택을 바라보자 그녀의 머릿속에는 가난하던 어린 시절 첨탑 있는 벽돌집 교회와 교회에서 조금 떨어진 언덕 위의 붉은 기와를 올린 제임스 선교사의 사택이 갑자기 떠오른다. 윤 선생의 의식에는 시골 고향에 위치한 선교사 사택과 한맥기로원 근처 언덕 위의 전원주택이 오버랩되어 나타난다.

제임스 선교사의 사택이 실마리가 되어 윤 선생은 희미한 기억의 창고에서 경상남도 진양군 내동면 면사무소 소재지인 유수리에서 시작하는 과거를 소환한다. 가난한 소작농의 넷째로 태어난 그녀는 어린 시절 봄철이면 어김없이 냉이죽과 쑥국으로 보릿고개를 넘길 만큼 무척 가난한 유년기를 보낸다. 그러나 일곱 살 때 예배당에 처음 가본 윤여은 윤 선생은 인생에서 전환점을 맞는다. 선교사 집의 심부름 하는 아이로 들어갔다가 양딸이 되어 선천성 언청이 수술도 받고 학교도 다니게 된다. 마침내 그녀는 진주사범학교를 졸업하고 1939년부터 초등학교 교사로 사회생활을 시작한다.

양로원 근처 언덕 위의 전원주택에서 촉발되어 제임스 선교사를 만나게 되면서 신앙인과 교사로서 살아온 과거를 회상하는 윤 선생은 열한 쪽 남짓 지나서야 비로소 현실 세계로 다시 돌아온다. 이 작품의 서술 화자는 "윤 선생은 걸음을 멈추고 잠시 묵도를 한다. 그러고 보니 병환에 든 마리아 할머니를 만났을 때 그분 연세가 지금 내 나이고 그로부터 세 해를 더 사셨군"이라는 문장이 바로 그것이다. 마리아 할머니란 윤여은이 심부름을 하고 말벗이 되어 주던 제임스 선교사의 노모를 말한다.

윤 선생은 어린 시절을 떠올리며 아카시아나무 숲 사이로 난 길을 걷자니 이번에는 자연스럽게 이 길을 혼자 산책하기를 즐기던 한 여사에 생각이 미친다. 두 사람 모두 이제는 이 세상에 없지만 한 여사와 마리아 할머니는 이 세상에서 사는 동안 서로 다른 길을 살다가 갔다는 생각이 든다. 온갖 시련을 겪으며 험난한 세월의 풍파를 헤쳐 온 한 여사는 윤 선생에게는 "특별히 기억에 남는 여성"이다.

4

의식의 흐름 기법과 비교하여 내면 독백은 작가의 개입이 비교적 적게 일어난다고 앞에서 이미 밝혔다. 내면 독백은 자유간접 화법이나 문체를 한 발 더 밀고나간 것으로 흔히 '자유간접 화법'이나 '자유간접 문체'라고도 일컫는다. 내면 독백에는 극화된 내면갈등, 자기분석, 상상한 대화와 합리화를 포함한 여러 유형이 있다. 『율리시스』의 '몰리 블룸의 내면 독백'처럼 작가의 개입이나 통제가 거의 없는 일인칭 표현일 수도 있고, '그는 생각했다'느니 '그의 생각에 ~에 이르렀다'느니 하고 삼인칭으로 취급할 수도 있다.

내면 독백에서 심리의 유동성은 흔히 언어 이전의 상태에서 이루어지므로 사전에 따른 지시적 언어보다는 함축어나 이미지가 중시된다는 점에서 의식의 흐름과는 조금 다르다. 의식의 흐름 기법과 마찬가지로 내면 독백에서도 따옴표를 비롯하여 마침표나 쉼표 같은 문장부호는 흔히 모두 생략하기 일쑤다.

『슬픈 시간의 기억』은 앞에서도 잠깐 언급했듯이 짧게는 60여 쪽에서 길게는 80여 쪽에 이르는 네 작품이 오직 한 단락으로만 되어 있다. 한국문학사에서 박태원朴泰遠이 긴 문장을 구사하는 작가라면 김원일은 긴 단락을 구사하는 작가로 꼽힌다. 이 작품에서는 단락의 구별이 없는 것처럼 지문과 대화의 구별도 없다. 그런데도 이 작품은 여느 다른 작품처럼 쉽게 읽힌다. 이 점과 관련하여 김병익은 "마치 블랙홀 같은 흡인력을 가져 독자가 한 편의 작품을 읽기 시작하면 마지막 문장을 놓을 때까지 책에서 손을 떼지 못하게 하는 마술적인 힘을 가지고 있다"고 밝힌 적이 있다.

김원일의 작품은 제임스 조이스의 『율리시스』에서 흔히 '몰리 블룸의 독백'으로 일컫는 18장과 아주 비슷하다. 다만 조이스가 긴 단락에 구두점 하나 사용하지 않는 긴 호흡의 문장을 쓴다면 김원일은 쉼표와 마침표를 비롯하여 물음표와 마침표를 그대로 사용하는 것이 조금 다를 뿐이다. 한 여사가 한밤중에 아카시아 숲에 맨발로 걸어 나가 의식을 잃는 장면은 이러한 경우를 보여 주는 좋은 예로 꼽을 만하다.

> 이년아, 넌 한경자도, 게이코도, 한안나도 아냐. 넌 한점아가야. (…중략…) 언제 나타났는지 어둠 속에서 낫을 쳐든 아버지가 소리친다. (…중략…) 그래요. 난 집 떠날 그때부터 점아가가 아니었어요. 내장이며, 쓸기며, 간까지 내주고 살아왔어요. 부엌에서 물 사발을 들고 나온 엄마가 아버지를 맞는다. 저 땀 좀 봐. 여보, 냉수터 마시구려. 벗고 수챗간에 엎드려요. 점아가, 샘물 길어 아

버지 묵물 좀 해드려. 점아가는 아무리 아버지지만 남자 몸에 손대기가 싫었다. 모리가 내 맨살에 처음 손을 댄 남자였지. 게이코 상은 몸매조차 참으로 아름답구나. 빵 익는 풍미가 온몸을 감싸고, 모찌 같은 유방도 참스러워. 제과점 뒷방에서 모리가 게이코의 옷을 한 겹씩 벗기며 말했다. 난 싫어요. 엄마가 아버지 목물 해드려요. 죽은 내가 쑬게.

반의식 상태에서 누워 있는 지금 한 여사의 마음속에는 지나간 과거가 주마등처럼 스치고 지나간다. 작가나 서술 화자의 개입이나 통제가 거의 없이 주인공의 의식이나 전의식에 떠오르는 여러 생각과 감정과 기억 등이 마치 강물처럼 흐른다. 위에 인용한 내면 독백을 문법에 맞게 정리하면 다음과 같이 될 것이다.

"이년아, 넌 한경자도, 게이코도, 한안나도 아냐. 넌 한점아가야." (…중략…)

언제 나타났는지 어둠 속에서 낫을 쳐든 아버지가 소리친다. (…중략…)

"그래요. 난 집 떠날 그때부터 점아가가 아니었어요. 내장이며, 쓸기며, 간까지 내주고 살아왔어요."

부엌에서 물 사발을 들고 나온 엄마가 아버지를 맞는다.

"저 땀 좀 봐. 여보, 냉수부터 마시구려. 벗고 수챗간에 엎드려요. 점아가, 샘물 길어 아버지 목물 좀 해드려."

점아가는 아무리 아버지지만 남자 몸에 손대기가 싫었다. '모리가 내 맨살에 처음 손을 댄 남자였지.'

"게이코 상은 몸매조차 참으로 아름답구나. 빵 익는 풍미가 온몸을 감싸고,

모찌 같은 유방도 참스러워."

제과점 뒷방에서 모리가 게이코의 옷을 한 겹씩 벗기며 말했다.

"난 싫어요. 엄마가 아버지 목물 해드려요. 죽은 내가 쑬게."

한 여사가 땅바닥에 누운 상태에서 눈을 지그시 감자 갑자기 시골 아버지의 모습이 어른거린다. 그녀가 갑자기 아버지를 떠올리는 것은 아카시아꽃 향기가 풍기고 꽃 사이로 벌떼들이 윙윙거리는 소리가 들리기 때문이다. 아버지는 딸이 그동안 살아온 슬픈 과거를 모두 알고 있다는 듯이 그녀가 지금껏 사용해 온 이름을 하나하나 열거한다. 한여름 아버지는 들에서 풀을 베다가 막 집에 돌아온 참이다. 아버지의 말을 듣자 한 여사는 "그래요. 난 집 떠날 그때부터 점아가가 아니었어요. 내장이며, 쓸기며, 간까지 내주고 살아왔어요"라고 대꾸하며 신산스러웠던 자신의 과거를 반추한다. 바로 그때 남편이 들일을 마치고 돌아온 것을 알고 어머니는 부엌에서 냉수 한 사발을 들고 나와 아버지를 맞는다.

어머니는 남편에게 물을 마시게 한 뒤 이번에는 딸에게 샘에서 시원한 물을 길어다 땀으로 뒤범벅되다시피 한 아버지를 목물 해드리라고 말한다. 그러나 어머니의 이 말을 듣자 점아가는 아무리 아버지라고는 하지만 남자 몸에 손을 대기가 싫다. 아버지의 맨몸을 생각하는 순간 마치 파블로프의 개처럼 반사적으로 부산 라이라이껭 제과점 주인 모리를 떠올린다. 그러면서 제과점 종업원이었던 게이코한경자는 "모리가 내 맨살에 처음 손을 댄 남자였지"라고 회상한다. 제과점 뒷방에서 모리는 게이코의 옷을 한 겹씩 벗기면서 "게이코 상은 몸매조차 참으로 아름답구나. 빵 익는 풍미가 온몸을 감싸고, 모찌 같은 유방도 참스러워"라고 말했던 것이다.

게이코는 자신의 처녀성을 빼앗은 모리에 생각이 미치자 어머니에게 "난 싫어요. 엄마가 아버지 목물 해드려요. 죽은 내가 쏠게"라고 단호하게 말한 것을 떠올린다. 여기서 '난 싫어요'라는 말에는 이중적 의미가 담겨 있다. 자신을 겁탈하려는 모리에게 내뱉는 말로 해석할 수 있고, 어머니의 말에 대한 점아가의 대답으로 받아들일 수도 있다. 물론 뒤의 해석이 좀 더 적절하고 타당하지만 원문의 "~벗기며 말했다. 난 싫어요. 엄마가~"를 보면 반드시 그러하지만도 않다. 김원일은 '난 싫어요'를 두 문장 사이에 놓음으로써 양수겸장의 효과를 노리고 있음이 틀림없다.

물론 시간적 추이로 보면 아버지에게 목물을 해 주는 행위가 먼저 일어나고 모리한테 겁탈당하는 사건은 그로부터 몇 해 뒤에 일어난다. 그래서 한 여사가 기억하는 사건이 자칫 시대착오적이라고 볼 수도 있다. 그러나 내면 독백이나 의식의 흐름에서 시대착오는 크게 문제가 되지 않는다. 한 작중인물의 전의식이나 무의식 속에는 과거와 먼 과거와 현재에 일어난 사건이 뒤죽박죽 뒤섞여 있기 때문이다.

이러한 내면 독백은 한 여사가 중증 환자를 관리하는 양로원 나동에서 임종을 맞기 직전 반의식 상태에서 중얼거리며 내뱉는 혼잣말에서 좀 더 뚜렷하게 엿볼 수 있다. 의식이 점차 희미해지면서 그녀의 독백은 좀 더 스타카토처럼 단속적이고 조리가 없어진다.

우기에 그 열병, 뭐라더라? 여섯이나 죽고 가, 갖은 고생 하잖았니. 빵? 빵 굽

> 는 냄새야 좋지. 모리 사마는 계집 밝히는 간사한 도꾸, 개였어. 아니야. 거짓말이야. 나는 귀부인이야. 모두 나를, 그렇게 불렀지. 모나리자, 우아하고 아름다운 그림 같은, 푸, 품위 있는 귀부인으로. 음악 듣고 시 읽고, 사람 한평생, 이만하면 됐지 뭐. 초정댁, 제발 떠들지 마. 망할 년. 내 화장품을 몰래 썼잖아. 난 더 바라지 않아. 지옥, 거기도 가보고 천당, 극락, 거기도 가봤으니깐. 더 바랄 게 뭐 있겠냐.

한 여사가 "우기에 그 열병"을 언급하는 것은 말레시아 말라카에서 위안부로 있을 때 돌던 열병 때문이다. 동료 위안부 여섯 명이 이 말라리아 같은 열병에 걸려 사망하고 한 여사는 가까스로 살아남았다. 오키나와에서는 그런대로 괜찮았지만 말라카로 이동한 뒤에는 열병뿐 아니라 굶주림에 시달리기도 한다.

이 장면에서 시간은 과거로 되돌아가 한 여사는 모리가 경영하던 제과점에서 일하던 무렵 길거리에서 시장바구니를 든 채 야마구치山口 형사에 붙들려 주재소로 끌려갔던 일을 기억한다. 야마구치 형사는 게이코에게 "지금 시국이 야마도 다마시大和魂 정신에 입각해 신민 모두 충성을 맹서한 총동원령 전시체제야"라고 협박하면서 그녀를 정신대로 끌고 간다. "빵? 빵 굽는 냄새야 좋지"라고 말하는 것은 좀 더 과거로 돌아가 게이코가 모리의 제과점에서 종업원을 일하던 일과 모리한테 겁탈당한 일을 회상하는 장면이다. 한 여사에게 모리의 능욕과 위안부 생활은 자신의 의지와는 관계없이 식민주의의 폭력에 육체를 겁탈 당한다는 점에서 서로 깊이 연관되어 있다.

또한 "아니야. 거짓말이야. 나는 귀부인이야"라는 문장은 한맥기로원에서 한 여사가 한국전쟁 당시 미군부대 근처에서 '양공주' 노릇을 했다는 소문이 돌자 그것을 완강히 부정하는 언급이다. 앞에서도 잠깐 언급했듯이 한 여사가 유난히 외모에 신경을 쓰고 고전 음악을 듣고 문학 작품을 읽는 것은 자신이 그러한 소문과는 거리가 먼, 교양 있는 '귀부인'이라는 사실을 강조하기 위해서이다. 어느 날 밤 아카시아 숲에서 의식을 잃고 쓰러질 때까지 한 여사는 그동안 레오나르도 다빈치가 그린 초상화 모나리자처럼 "우아하고 아름다운 그림 같은, 푸, 품위 있는 귀부인으로" 행세해 왔다.

그런가 하면 "초정댁, 제발 떠들지 마"로 시작하는 문장은 한 여사가 룸메이트인 초정댁을 비난하는 소리이다. 한 여사는 평소 초정댁이 자기 화장품을 몰래 사용한다고 불평해 왔던 터다. 윤 선생도 한방을 사용하는 룸메이트이지만 한 여사는 신앙심이 깊고 매사에 사려 깊으므로 그녀에게는 좀처럼 혐의를 두지는 않는다.

"난 더 바라지 않아. 지옥, 거기도 가보고 천당, 극락, 거기도 가봤으니깐. 더 바랄 게 뭐 있겠냐"는 마지막 문장은 평소 윤 선생이 한 여사에게 기독교 신앙에 귀의할 것을 권고하던 것과 관련이 있다. 초정댁은 일 년 남짓 전에 기독교에 귀의했지만 한 여사는 끝까지 윤 선생의 전도를 받아들이려고 하지 않았다. 마지막 순간에도 윤 선생은 그녀에게 "한 여사, 이제 예수님을 받아들일 마음의 준비가 됐나요?"라고 묻는다. 한 여사가 지옥에도 가보고 천당이나 극락에도 가보았다는 것은 신앙의 의미에서가 아니라 어디까지나 세속적인 비유적 의미에서 한 말이다.

김원일의 『슬픈 시간의 기억』은 주제에서 보면 노년의 문제를 다루는 작품이다. 이 점에서 형용사 '슬픈'은 '시간'보다는 '기억'을 수식하는 말로 읽힌다. 나이가 들어 지나간 과거 시간을 기억하여 회상하는 일은 슬프다는 뜻이다. 이 작품은 장르로 보자면 요즈음 들어 심심치 않게 입에 자주 오르내리는 '실버문학'의 범주에 넣을 수 있다. 적어도 주제에서는 이 작품은 박완서의 『너무도 쓸쓸한 당신』1998이나 『친절한 복희씨』2007, 최일남의 『아주 느린 시간』2000과 비슷하다. 아동문학이 문학 장르로 자리 잡은 지는 수 세기 지났지만 노령화시대를 맞이하여 이제 노령문학이 새로운 문학 장르로 부상하기 시작하였다.

사회학에서는 일반적으로 65세가 넘는 인구가 전체 인구의 7퍼센트 이상이 되면 고령화사회, 14퍼센트 이상이 되면 고령사회, 20퍼센트 이상이 되면 초고령사회라고 부른다. 대한민국은 그동안 기대 수명이 빠르게 증가해 온 데다 여기에 설상가상으로 출산율 감소까지 더해져 다른 국가에 비하여 고령화가 빠르게 이루어졌다. 통계청 자료에 따르면 대한민국은 2017년 고령화사회에서 고령사회가 되었다. 2022년 1월 현재 고령 인구는 17.6퍼센트로 지금의 추세로 계속 늘어난다면 2025년에는 20.3퍼센트에 이르러 초고령사회로 진입할 것으로 내다본다. 어느 작가보다도 사회 문제에 민감한 김원일에게 이 문제가 비켜갈 리 만무하였다.

다만 김원일은 노령 문제를 특정 시대에 국한한 문제가 아닌 앞으로 인류가 함께 고민하며 풀어가야 할 문제로 생각하였다. 그는 한 인터뷰에서 "『슬픈 시간의 기억』이 다루고 있는 문제는 정치적이거나 사회적인 분위기와는 상관없이, 이 시대만이 아니라 다음 시대에도 똑같이 제기될 수 있는 노인 문제의 한 패턴이라고 생각해요"라고 밝힌 적이 있다. 환경 문제 못지않게 고령화 문제도 이제 문학가가 외면할 수 없는 소재가 되다시피 하였다.

5

지금까지는 의식의 흐름 기법이나 내면 독백과 관련하여 김원일이 윌리엄 포크너한테서 받은 영향을 다루었지만, 여기에서 잠깐 조세희가 이 미국 작가에게서 받은 영향도 짚고 넘어가는 것이 좋을 것 같다. 앞에서 밝혔듯이 김원일이 포크너에 입문한 것도 다름 아닌 조세희를 통해서였다. 이 점에 대하여 김원일은 "이 사람의 소설 스타일의 문장과 기법은 「난쟁이가 쏘아올린 작은 공」의 작가 조세희도 이 소설에서 많은 영향을 받은 걸로 알고 있습니다. 수십 번 통독하면서 윌리엄 포크너의 의식의 문장과 기법과 그것을 완전히 자기 걸로 소화했다고 알고 있습니다"라고 말한 적이 있다. 김원일과 조세희가 같은 외국 작가에게서 영향을 받았으면서도 조금 다르게 영향을 받았다는 것은 자못 흥미롭다.

포크너는 『고함과 분노』에서 1부를 콤슨 가문의 막내아들 벤지의 시점, 2부를 장남인 퀜틴의 시점, 3부를 둘째아들 제이슨의 시점, 그리고 4부를 전지적 시점으로 설정하였다. 그는 『압살롬, 압살롬!』1936에서도 서로 다른 네 명의 서술 화자를 등장하여 이야기를 펼쳐나간다. 한편 포크너는 『내 죽으며 누워 있을 때』1930에서는 이 두 작품보다 한 발 더 밀고 나가 무려 15명이나 되는 화자를 등장시킨다. 이렇게 화자나 시점의 수만이 많은 것이 아니라 내면 독백의 수도 무려 59개로 늘어난다. 작품의 양을 떠나 지금까지 서구문학사에서도 포크너만큼 한 작품에서 이렇게 많은 화자에 많은 내면 독백을 사용한 작가가 일찍이 없었다. 모르기는 몰라도 아마 앞으로도 이러한 작가를 찾아보기란 그렇게 쉽지 않을 것이다.

『고함과 분노』의 복수적 시점과 서로 다른 서술 화자와 관련하여 포크너는 똑같은 이야기를 네 번에 걸쳐 썼다고 밝힌다. 여기에서 네 번이란 바로 『고함과 분노』의 네 장章을 가리킨다. 즉 그는 맨 먼저 벤지 콤슨의 입을 빌려 캐디의 비극을 비롯한 콤슨 집안의 와해를 전달하려고 했지만 실패하였다. 이번에는 퀜틴 콤슨을 통하여 말하려고 했지만 이 역시 성공을 거두지 못하였다. 다시 시도한 제이슨 콤슨을 통한 방법도 실패하자 마지막으로 작가가 직접 나서 부족한 점을 보완하려고 했지만 그러한 시도 역시 실패했다는 것이다. 사실 『고함과 분노』를 출간하고 15년이 지난 뒤 맬컴 카울리가 편집한 『포터블 포크너』에 수록하려고 쓴 「부록—콤슨 집안사람들」까지 넣는다면 포크너는 네 번이 아니라 무려 다섯 번에 걸쳐 이 작품을 다시 쓰려고 한 셈이다.

포크너가 이 작품을 미완성 작품으로 여기는 것은 바로 그 때문이다. 그는 『포터블 포크너』에 실린 「부록」에 대하여 언급하면서 "그 작품은 15년이 지난 뒤에도 여전히 살아 있으며, 여전히 살아 있다는 것은 곧 계속 자라나고 변화한다는 것을 뜻한다"고 밝힌다. 물론 이것은 「부록」의 내용과 작품의 내용이 몇몇 세부 사항에서 차이가 있다는 비판에 대하여 변명 삼아 한 말이다. 농담 삼아 그는 두 내용 사이에 일치하지 않는 것이 있다면 그것은 「부록」이 잘못된 것이 아니고 작품이 잘못된 것이라고까지 말한다. 그러고 보니 폴 발레리가 왜 모든 예술 작품은 결코 완성될 수 없으며 오직 중도에서 포기할 뿐이라고 말했는지 알 만하다. 발레리의 말대로 이 세계에 존재하는 예술 작품은 어떤 의미에서는 하나같이 미완성품에 해당할지 모른다.

김원일이 포크너로부터 의식의 흐름이나 내면 독백 기법에서 영향을 받았다면 조세희는 복수적 또는 다원적 시점에서 영향을 받았다. 다시 말해서 두 작가 모두 기법에서 영향을 받되 김원일은 미시적인 측면에서 영향을 받은 반면, 조세희는 좀 더 거시적인 측면에서 영향을 받은 셈이다. 『슬픈 시간의 기억』에 수록한 네 편 작품에서 김원일은 시점을 바꾸지는 않는다. 초점을 받는 주인공은 저마다 달라도 익명의 삼인칭 서술 화자가 일관되게 주인공과 관련한 사건이나 기억을 독자에게 전달해 주는 역할을 한다.

그러나 조세희의 중편소설 「난장이가 쏘아올린 작은 공」은 복수적 시점을 사용한다는 점에서 『슬픈 시간의 기억』과는 적잖이 다르다. 복수적 시점이란 한 작품 안에 개별적인 장이나 스토리마다 하나 이상의 서로 다른 시점을 사용하는 기법을 말한다. 물론 배경이나 작중인물은 공통으로 사용하면서도 오직 시점에서만 차이가 날 뿐이다. 여러 가지 빛깔의 돌, 색유리, 조가비, 타일, 나무, 종이 따위의 조각을 맞추어 만든

무늬나 그림과 같다고 하여 최근에는 '모자이크 소설mosaic novel'이라고 부르기도 한다.

현대 소설가 중에서 복수적 관점을 사용한 작가는 흔히 포크너가 첫 손가락에 꼽히지만 그 계보를 거슬러 올라가다 보면 영국 작가 윌키 콜린스의 『흰 옷을 입은 여인』1859과 『월장석月長石』1868이라는 서간체 소설과 버지니아 울프의 『등대로』1927를 만나게 된다. 포크너는 문학 작품 못지않게 파블로 피카소의 입체파 화풍과 이고르 스트라빈스키의 12음 기법에서도 적잖이 영향을 받았다. 김원일은 400여 점의 도판과 방대하고 상세한 자료를 바탕으로 작가의 소설가적 영감을 발휘하여 『김원일의 피카소』2004라는 단행본 저서를 출간하였다.

조세희의 『난장이가 쏘아올린 작은 공』은 중편소설 「난쟁이가 쏘아올린 작은 공」을 비롯하여 「뫼비우스의 띠」, 「우주여행」, 「클라인 씨의 병」, 「내 그물로 오는 가시고기」 등 모두 12편의 작품으로 구성한 연작 중편소설집이다. 이 책에 실린 작품들은 『문학과 지성』을 비롯하여 『세대』, 『문학사상』, 『한국문학』 등에 단편소설과 중편소설로 발표했다가 한데 묶어 연작 장편소설 형태로 출간하였다.

그중에서 중편소설 「난장이가 쏘아올린 작은 공」은 세 파트로 구성되어 있다. 그런데 조세희는 세 파트마다 서로 다른 화자를 등장시켜 산업화의 그늘에 가려 고통 받는 김불이 집안의 이야기를 자신의 목소리나 시점으로 독자에게 전달한다. 세 파트는 각각 다음과 같이 시작한다.

①사람들은 아버지를 난장이라고 불렀다. 사람들은 옳게 보았다. 아버지는

난장이였다. 나는 아버지, 어머니, 영호, 영희, 그리고 나를 포함한 다섯 식구의 모든 것을 걸고 그들이 옳지 않다는 것을 언제나 말할 수 있다.

② 나는 방죽가 풀섶에 엎드려 있었다. 온몸이 이슬에 젖어 축축했다. 조금만 움직이면 잡초에 맺힌 이슬방울이 나의 몸에 떨어졌다.

③ 거실에 걸려 있는 부엉이가 네 번을 울렸다. 이렇게 긴 밤을 세워 보기는 처음이다. 한 밤에 비하면 지금까지의 열일곱 해는 얼마나 긴 것인가. (…중략…) 오십억 광년이라면 나에게는 영원이다.

항목 ①에서 서술 화자 '나'는 김불이 집안의 장남 영수다. 화자는 난쟁이 가족이 철거 계고장을 받아 행복동에서 내쫓기게 된 상황을 기술한다. 항목 ②에서 서술 화자 '나'는 김 씨 집안의 둘째아들 영호다. 화자는 여동생 영희가 집을 나가고, 아파트 입주권을 투기꾼에게 판 난쟁이의 집이 철거되는 상황에 초점을 맞춘다. 항목 ③에서 서술 화자는 김 씨 집안의 외동딸 영희다. 영희는 투기꾼 사내의 금고에서 입주권과 돈을 들고 나와 아파트 입주 절차를 마치고, 신애 아주머니에게서 아버지의 죽음을 전해 듣고는 사회의 비정함에 절규한다.

조세희는 「난쟁이가 쏘아올린 작은 공」을 집필하면서 비단 포크너한테서만 영향을 받은 것은 아니다. 그는 영국의 풍자작가 조너선 스위프트의 『걸리버 여행기』1724에서도 적잖이 영향을 받았다. 조세희는 작품에 실제로 '릴리퍼트 읍'을 언급한다는 것은 이를 뒷받침한다. 작중인물 '난장이' 김불이는 스위프트 작품의 1편 '릴리퍼트'에 등장하는 소인국 주민들과 여러모로 비슷하다. '릴리퍼트'에 등장하는 주민들이 영국의 마음이 좁고 편협한 영국인을 상징하는 것처럼 난장이 김불이는 근대화 과정에서 소외받는 왜소한 소시민을 상징한다. 더구나 조세희는 스위프트처럼 비현실적이고 환상적인 세계를 즐겨 다룬다. 그런가 하면 스위프트와 조세희의 작품 모두 풍자적 요소가 아주 강하다.

김원일이 피카소와 그의 입체파 회화와 조각에 관심이 많았다는 점은 이미 앞에서 밝혔다. 조세희도 김원일처럼 스페인 화가의 화풍을 좋아했는지는 알 수 없지만 그가 「난쟁이가 쏘아올린 작은 공」에서 사용한 서술 기법도 입체파의 기법과 아주 비슷하다. 피카소를 비롯한 입체파 화가들은 삶의 실재를 입체적으로 바라보면 평면적으로 바라볼 때보다 훨씬 더 진실에 가깝게 접근할 수 있다고 믿었다. 입체파 화가처럼 조세희는 1970년대 산업화와 도시 개발에 따른 여러 부작용을 단일한 시점이 아니라 복수적 시점에서 바라보려고 하였다.

장폴 사르트르의 지적대로 작가의 기법은 흔히 그의 형이상학과 밀접하게 연관되어 있게 마련이다. 포크너가 『고함과 분노』를 비롯한 몇몇 작품에서 복수적 시점이나 다층적 서술 화자를 구사한 것은 진리란 포착하기 어렵고 가변적인가 하는 점을 보여 주기 위해서다. 그는 모더니스트답게 진리의 가변성을 통하여 진리의 절대성에 의문을 품는다. 어떤 객관적 진리나 절대적 진리를 받아들이지 않는다는 것은 질서나 체계의 붕괴를 뜻하고, 이러한 질서나 체계의 붕괴는 곧 허무주의로 이어진다.

그렇다면 김원일은 『슬픈 시간의 기억』에서 도대체 왜 의식의 흐름 기법을 사용하고, 조세희는 『난장이가 쏘아올린 작은 공』에서 복수적 시점을 사용하는 것일까? 뒷날 그는 문학청년 시절을 회고하면서 당시 그가 시도한 의식의 흐름 기법은 어디까지나 "어설픈 흉내 내기"에 지나지 않았다고 고백한 적이 있다. 그러나 작가로 데뷔한 지도 40여 년이 지난 지금 이 기법은 "어설픈 흉내 내기"가 아니라 이 작품에는 그야말로 필수불가결한 기법이었다. 이 점에서는 조세희도 마찬가지였다.

여기서 굳이 독일의 사회학자 페르디난트 퇴니스의 이론을 언급하지 않더라도 현대 사회는 공동체 의식에 무게를 두던 '게마인샤프트'에서 복잡한 이해관계로 얽히고설킨 '게젤샤프트'로 이행한 지 이미 오래 되었다. 전통이나 관습이나 종교가 강력히 지배하고 정서적 일체감 속에서 사람들이 함께 어울려 생활하던 공동사회를 밀어내고 그 자리에 서로의 관심이 일치하고 등가의 교환이 전제가 되는 경우에만 성립하는 이익사회가 들어섰다. 이익사회에서는 늘 사람들 사이에 긴장과 갈등이 일어나고 개인의 원자화를 초래할 수밖에 없다. 김원일과 조세희가 이익사회에서 노년을 맞이한 개인이 느끼는 고독, 근대화 과정에서 주변부로 밀려난 사회적 약자의 소외를 형상화하는 데 의식의 흐름과 복수적 시점만큼 아마 효과적인 기법도 없을 것이다.

11
최인호와 J. D. 샐린저

신문 연재소설은 요즈음 일간신문에서 좀처럼 찾아보기 어렵지만 20세기 후반기만 하더라도 약방의 감초 역할을 하였다. 일간신문 중에서 가장 먼저 연재소설을 그만둔 일간지는 『중앙일보』였다. 1999년 12월 31일 김주영金周榮의 『아라리 난장』 마지막 연재분을 내보내면서 편집자는 '신문 연재소설 역사 속으로'라는 제호의 글에서 "구한말 신문 등장과 거의 동시에 선보이기 시작한 민족의 삶과 역사를 담아온 연재소설은 이제 신문에서 점차 사라지고 있다"고 밝혔다. 편집자는 일간신문 연재소설이 시효를 다하여 이제 문예지와 단행본에 그 기능을 넘겨야 할 때가 왔다고 지적하였다. 이러한 선언은 21세기를 바로 눈앞에서 두고 있던 시점에 이루어진 것이어서 더욱더 상징적 의미가 컸다. 다른 일간신문들도 『중앙일보』의 뒤를 따라 점차 연재소설을 줄이거나 아예 싣지 않기 시작하였다. 물론 지금도 몇몇 일간신문에서는 여전히 연재소설을 싣고 있지만 그 이전과 비교해 보면 연재소설은 거의 생명력을 상실한 것과 크게 다름없다.

일간신문 연재소설 하면 누구보다도 가장 먼저 떠오르는 작가가 바로 최인호崔仁浩다. 군대에서 갓 제대한 그는 1972년 9월부터 이듬해 9월까지 『조선일보』에 『별들의 고향』1973을 연재하여 장안의 화제가 되었다. 연재가 끝난 뒤 두 권으로 출간된 소설은 100만 부쯤 팔리면서 낙양의 지가를 올렸다. 이로써 최인호는 신문 연재소설의 전성시대를 활짝 열어젖힌 작가가 되었다. 이 무렵 『중앙일보』에서는 최인훈崔仁勳, 박순녀朴順女, 서기원徐基元, 최인호 네 작가의 중편 시리즈를 기획하였고, 이때 최인호가 연재한 작품이 다름 아닌 『내 마음의 풍차』였다. 그때 최인호의 나이 겨우 스물아홉이었다. 1977년 단행본으로 출간된 이 작품은 비록 『별들의 고향』만큼은 그렇게 큰 주목을 받지 못했어도 최인호의 작품 세계에서 아주 중요한 위치를 차지한다.

『내 마음의 풍차』는 비록 신문 연재소설이라는 꼬리표가 붙어 있지만 한국 현대소설의 수준을 한 단계 끌어올린 작품이다. 이 작품의 주인공은 고등학교 시절 교사들이 '마음의 양식'으로 추천하는 책들을 마다한 채 이광수李光洙의 『사랑』1938이나 김내성金來成의 『애인』1954, 최인욱崔仁旭의 『벌레 먹은 장미』1953 등을 읽는다. 그런데 그들 작가 중에서도 특히 김내성을 주목해야 한다. 그는 최인호보다 몇십 년 전 앞서 탐정소설 같은 통속소설을 '대중소설'의 수준으로 끌어올렸기 때문이다. 『애인』은 몰라도 『청춘극장』 전 5권은 순수문학과 대중문학의 경계를 허무는 데 크게 이바지한 작품으로 평가받는다. 이렇게 예술소설과 신문소설, 순수문학과 대중문학 사이에 놓인 장애물을 없애려고 노력했다는 점에서 김내성과 최인호는 아주 비슷하다.

그렇다면 최인호가 『내 마음의 풍차』를 쓰면서 좀 더 구체적으로 어느 작가한테서 영향을 받았을까? 김병익金炳翼은 헤르만 헤세의 『데미안』1919과 장 주네의 『도둑 일기』1949를 언급한다. 물론 최인호는 간접적으로는 이 두 작품에서 영향을 받았을지도 모른다. 그러나 그 직접 받은 구체적인 영향은 어떤 작품보다도 미국 작가 J. D. 샐린저의 『호밀밭의 파수꾼』1951이었다. 최인호는 흔히 '청년문화의 기수'로 일컫던 이 미국 작가한테서 여러모로 크고 작은 영향을 받았다. 최인호의 작품을 읽다 보면 작품 곳곳에서 샐린저의 그림자가 자주 어른거린다. 여기에서 최인호가 연세대학교에서 영문학을 전공했다는 사실을 염두에 둘 필요가 있다. 그는 샐린저의 작품을 원문으로 직접 읽었거나 원문으로 직접 읽지 않았더라면 아마 적어도 번역본으로라도 읽었을 것이다.

1

최인호가 『내 마음의 풍차』를 창작하면서 『호밀밭의 파수꾼』에서 받은 영향이라면 무엇보다도 먼저 작중인물 설정을 꼽을 수 있다. 두 작품 모두 한 가족 구성원을 중심으로 플롯이 전개된다. 가족 구성원 중에서도 부모는 뒷전으로 물러나 있고 자녀가 전면에서 중심축을 이룬다. 샐린저의 작품에서 중심적인 작중인물은 콜필드라는 유대계 집안의 가족 구성원들이다. 주인공이요 서술 화자인 열여섯 살 정도의 홀든, 열 살 난 여동생 피비, 작품이 시작하기 전 이미 백혈병으로 사망한 동생 앨리, 홀든의 형 D. B. 그리고 홀든의 부모가 이 작품의 중심인물들이다. 홀든의 아버지는 잘나가는 기업체의 고문 변호사로 근무하고, 어머니는 앨리를 잃은 슬픔에 신경쇠약으로 고생한다. 그들은 맨해튼 고급 아파트에서 비교적 풍요롭게 살고 있다. 이밖에도 이 작품에는 대학 예비학교의 교사들을 비롯하여 홀든과 D. B.의 친구들이 여러 명 등장한다. 잠깐 언급되는 작중인물까지 계산에 넣는다면 작중인물은 무려 50명이 넘는다. 그러나 이 소설은 어디까지나 홀든을 중심으로 한 콜필드 집안 구성원들에 초점이 모아진다.

한편 최인호는 『내 마음의 풍차』에서 김영후와 김영민을 중심으로 한 김 씨 집안을 중심적인 작중인물들로 삼는다. 아버지는 직업이 분명히 밝혀져 있지는 않지만 두 집 살림에 1970년대에 자가용을 소유하고 사냥을 취미로 삼을 만큼 그런 대로 부유한 중산층에 속한다. 기독교 신앙에 빠져 있는 어머니는 홀든의 어머니처럼 좀처럼 집에 있을 때가 없다. 영후는 의모義母를 두고 "독립운동 하던 이화학당 여학생 같은 무거운 느낌을 주고 있어. 흰 저고리에 검은 치마를 입고, 한 손엔 성경책을, 한 손에는 태극기를 흔들어대는 유관순 아주머니와 다른 것이 없어 보였으니까 말이야"라고 말한다.

한편 영후의 생모는 모든 면에서 의모와는 정반대다. 이화학당 여학생처럼 생겼다면 생모는 아마 명월관의 화류계 여성처럼 생겼다고 할 수 있다. 동숭동 단독주택에서 영후와 함께 사는 그녀는 영후의 아버지가 주는 돈으로 살림을 꾸려나간다. 그녀는 좀처럼 외출하지 않고 집에만 틀어박힌 채 친구들을 불러 술을 마시거나 화투를 치는 것으로 소일한다. 술을 많이 마시는 생모는 술에 취하면 나이 어린 아들에게 "죽일 사람은 니 애비다, 니 애비. 자기가 숫총각이라고 거짓말하고 날 이 지경으로 만들어 놓은 것이 바로 니 애비니까 말이야"라고 불평을 털어 놓는다. 그래서 영후는 "어머니. 그 이름은 가깝고도 먼 이름이었어. 어머니는 내게 타인처럼 낯이 설었다"고 고백한다.

이렇듯 『호밀밭의 파수꾼』에서나 『내 마음의 풍차』에서나 부모는 부모로서의 구실을 제대로 하지 못한다. 아이들이 정서적으로 불안하고 사회화 과정에 어려움을 겪는 것도 부모의 책임이 크다. 홀든의 아버지와 영후와 영민의 아버지는 사업 일에만 몰두할 뿐 집안일에는 그다지 관심을 두지 않는다. 어머니의 경우도 이와 크게 다르지 않아서 홀든의 어머니는 백혈병으로 죽은 앨리로 받은 심리적 상처를 잊지 못한 채 어머니로서의 구실을 제대로 하지 못한다. 영민의 어머니는 기독교 신앙 뒤로 숨고, 영민의 어머니는 화투놀이에 숨어 버린다. 백화점에서 물건을 훔치다 발각되어 파출소에 끌려갔다가 집에 돌아와 잠들어 있는 동생을 바라보며 영후는 "우리가 서로서로에게서 진정으로 확인되는 것은 우리만이 아는 슬픔, 외로움, 고독 따위가 다른 사람에겐 두 장의 화투장이나 기나긴 기도문에 불과하다는 것이었어"라고 말한다.

『내 마음의 풍차』에도 『호밀밭의 파수꾼』처럼 사망한 형제가 하나 있다. 앨리가 열한 살 때 백혈병으로 사망했다면 영민의 형은 월남전에 참전했다가 사망하였다. 두 인물은 비록 사망한 상태에 있지만 살아남은 형제들에게 크고 작은 영향을 끼친다. 홀든은 도움이 절실히 필요할 때면 죽은 동생에게 도움을 청한다. 마찬가지로 영민도 걷뜻 하면 3층 옥상에서 우산 타고 뛰어내렸다던 용감한 형을 자주 떠올리곤 한다. 영민은 언젠가 종로 2가에 혼자서 하모니카를 사러 갔다가 길을 잃은 경험을 회고하며 영후에게 "죽은 형은 이 이야기를 믿어 주었어. 정말이야. 죽은 형은 참 훌륭한 형이었어. 삼층 옥상에서 우산을 타고 정원에 사뿐히 내리기도 했었어. 죽은 형은 내 이야기라면 무슨 이야기든 믿어 주었어"라고 말한다. 현실 감각이 없는 영민에게 죽은 형은 용기의 화신일 뿐 아니라 수호신의 역할을 한다.

다만 샐린저의 작품에는 피비라는 여동생이 등장하지만 최인호의 작품에는 여동생은 등장하지 않는다는 점이 다르다. 여동생이 등장하지 않는 대신 본처와 첩의 신분으로 어머니가 둘 등장한다. 길이가 짧은 탓도 있지만 최인호의 작품에는 샐린저의 작품처럼 작중인물이 그렇게 많이 등장하지 않는다. 김 씨 집안 식구들과 영후의 어머니를 빼고 나면 영후의 여자 친구 한명숙, 본가와 첩 집에서 일하는 하녀와 창녀들이 등장할 뿐이다. 작중인물은 아무리 계산에 넣어도 열 손가락으로 꼽을 수 있을 정도다.

그런데 여기에서 한 가지 찬찬히 눈여겨볼 것은 김영후와 김영민 두 형제가 함께 홀든 콜필드의 역할을 맡는다는 점이다. 영후는 첩의 자식이지만 본처의 둘째 아들 영민보다 나이가 한 살 더 많다. 그러니까 "월남 가서 베트콩 잡다가 아까운 나이로" 사망한 인물이 영민의 친형으로 김 씨 집안의 장남이다. 『호밀밭의 파수꾼』에서 홀든은 평소 '괴상한' 청소년으로 통할 뿐 아니라 실제로 정신착란을 일으켜 캘리포니아주 요양원에서 치료를 받다가 곧 퇴원을 앞두고 있다. 그와 관련지어 보면 얼핏 홀든이 영민에 해당하고 그의 형 D. B.가 영후에 해당하는 것처럼 보일지 모른다. 서술 화자인 영후는 동생을 두고 "뭐 약간 돌아버린 괴상한 녀석"이라고 부른다. 세 살 때 층계에서 떨어진 뒤로 그는 '이상'해졌고 실제로 정신병원에 입원한 적도 있다.

그러나 영후와 영민은 단순히 배다른 형제 이상의 의미가 있다. 태어나서부터 어머니와 함께 살다가 고등학교 3학년 때서야 비로소 아버지 집에서 살게 되는 영후와 형이 월남전에서 사망한 뒤 고독 속에서 혼자 지내는 영민은 최인호도 밝히듯이 서로 다른 두 인물이라기보다는 동일한 인물의 두 분신에 해당한다.

> 여기에 나오고 있는 두 형제는 별개의 인물이 아니라 누구나의 가슴속에 숨어 있는 순수의 자아와 그 껍질을 벗고 탈출하려는 또 다른 분신인 위악적인 자아의 상징인 것이다. 나는 그 누구나의 가슴속에 숨어 있는 순수의 자아를 내 마음속에 들어 있는 풍차로 그려보고 싶었다.

여기에서 영후는 '위악적인 자아'에 해당하고 그의 제2의 자아라고 할 영민은 '순수의 자아'에 해당한다. 서로 상반되는 이 두 자아는 서로 갈등을 일으킬 수밖에 없다. 말하자면 영후는 심각한 자아분열을 겪는 셈이다. 서술 화자 영후는 '순수의 자아'인 영민을 그의 '마음속에 들어 있는 풍차'로 묘사하고 싶었다고 고백한다. 영후는 영민과의 관계에 대하여 "우린 좋은 의미로 몸만 떨어져 있을 뿐 한 몸의 쌍둥이와 다를 것이 없어 보였던 거지"라고 말한다. 또한 그는 "동생은 타인이 아니라 사랑스러운 나의 분신, 내 가슴속에 숨겨진 또 하나의 나였던 것이다"라고 밝히기도 한다.

최인호는 이 작품에서 서로 다른 자아가 타협과 모색을 통하여 새로운 자아를 정립해가는 과정을 다룬다. 영후는 영민을 만나 함께 생활하면서 자기 가슴 속에 멈추어 있던 풍차를 다시 돌아가게 하려고 몸부림친다. 그렇다면 홀든이 세 번째로 대학 예비학교에서 퇴학당한 후 맨해튼 집에 가기 전까지 사흘 동안 방황하는 오디세이아를 최인호는 『내 마음의 풍차』에서 영후와 영민이 서울에서 3년 동안 벌이는 '모험'으로 확장해 놓은 셈이다. 영후뿐 아니라 그의 제2의 자아라고 할 영민도 여러모로 홀든 콜필드와 비슷하다.

첫째, 영후는 가정에서나 학교에서나 소외된 인물이다. 동생 영민은 자기가 창조한 환상의 세계로 도피라도 하지만 영후에게는 그러한 보호막조차 없다. 아버지 집에 살려고 처음 도착했을 때 그는 갑자기 동생 영민이 쏜 '물총 세례'를 받고 놀란다. 영후는 마르틴 하이데거 같은 실존주의자의 빌리면 이 황량한 우주 속에 '던져진' 존재, 즉 피투적被投的 존재다. 실존주의에서 피투성이란 인간의 비극적 실존을 말한다. 이때 현존재는 자신의 삶을 스스로의 힘으로 개척하겠다는 의지를 다지며 능동적인 삶을 살려고 하는데 이를 '기투성企投性'이라고 부른다. 실제로 영후는 "나는 언제나 어디서나 내팽개쳐져 있었으니까 낯선 세계에 대해 익숙해져 있었던 거야"라고 밝힌다.

둘째, 영민은 사회 부적응자요 사회의 낙오자다. 좋게 말하면 순수한 영혼이지만 세상의 척도로 보면 그는 자본주의의 치열한 경쟁사회에 적응하지 못하는 낙오자다. 영후는 영민이 살고 있는 세계를 진공의 세계, 중력 상태, 또는 증류수 같은 세계라고 말하는 것은 그 때문이다.

> 동생의 세계는 우리들의 세계 위에 존재하고 있었다. 그래서 그의 세계는 마치 진공의 상태처럼 모든 사물이 무중력으로 둥둥 떠 있는 거야. 하늘도 나무도 땅도, 모두 뿌리도 없이 허공에 둥둥 떠 있는 거지.
>
> (…중략…)
>
> 녀석은 마치 단단히 막은 마호병 속에 보관된 뜨거운 한 모금 물과 같은 자식이었어. 끓이고 끓여서 수증기만 모은 증류수 같은 자식이었어.

여기에서 '진공'이라는 어휘에 주목해야 한다. 물론 물리학에서 말하는 '진공'은 일반인이 흔히 생각하는 것보다 훨씬 복잡한 개념이지만 기체물질가 없는 빈 공간의 상태를 가리킨다. 다시 말해서 압력이 제로0인 상태를 일컫는 말이다. 우주공간이든 인공으로 만든 진공 상태든 비록 극소량이지만 입자 물질들이 계속 움직이고 있기 때문에 '완전 진공' 또는 '절대 진공'은 존재하지 않는다. 그래서 일반적으로 대기압보다 압력이 낮으면 진공으로 분류하는 것이 보통이다. 어찌 되었든 진공 속에서는 어떠한 유기체도 살아갈 수 없다. 그렇다면 영민은 현실과는 유리된 '꿈의 세계' 속에서 살고 있는 셈이다. 엄밀히 말하면 진공 상태와 무중력 상태는 서로 다르지만, 영후가 말하는 '무중력 상태'라는 것도 중력이 작용하지 않는 상태를 말한다. 중력이 작용하지 않는다는 것은 곧 현실 세계의 지배를 받지 않는다는 말과 같다. 이 점에서는 증류수도 마찬가지지여서 증류수에는 물고기가 같은 생물이 살아갈 수 없다.

셋째, 앞에서 잠깐 언급했듯이 영민은 홀든처럼 정신병원에 입원한 전력이 있다. 종로 2가로 하모니카를 사러 혼자서 나갔다가 길을 잃고 일주일 만에 동대문 시장 근처에서 발견된 적이 있다. 집에 돌아온 그는 어머니를 알아보지도 못한 채 하모니카만 계속 불어대고 있다. 그래서 그의 부모는 그가 정신착란에 빠진 것으로 판단하여 그를 정신병원에 입원시킨다. 한 달 뒤 퇴원하지만 영민은 두 번 다시 시내에 나가지 말라는 명령을 받는다. 그는 자신이 만들어 놓은 도시가 있으므로 굳이 시내에 나가고 싶지 않다고 말한다. 뒷날 영민은 영후에게 "내가 만든 거리가 난 제일 좋아. 평화롭고, 자유가 있어. 강도 흐르고, 전차도 달리고 말야"라고 밝힌다. 그는 이 환상의 도시의 유일한 주민으로 자족적인 삶을 영위한다.

넷째, 영민은 사회화 과정에서 창녀를 비롯한 젊은 여성의 도움을 받는다. 그는 영후를 통하여 '혀 짧은 계집애', 즉 창녀 순자를 처음 만난다. 영민이 두 번째로 순자를 스스로 찾아간 날 밤 영후는 그에게 "넌 이제 어른이 되었다. 네가 어른이 된 것을 축하한다"고 칭찬한다. 그러나 영후의 의도와는 달리 영민은 창녀를 통하여 육체적 입문 못지않게 정신적 입문 과정을 밟는다.

그런데 영민이 순자를 만나면서 겪는 사회화 과정은 홀든이 뉴욕 호텔에서 '서니'라는 창녀를 만나면서 세상물정에 눈을 뜨는 과정과 비슷하다. 밤늦게까지 혼자 술을 마시다가 호텔로 돌아온 홀든은 엘리베이터 보이로부터 콜걸을 소개받는다. 공허한 마음을 달랠 길 없는 그는 5

달러를 주기로 약속하고 자기 방에 콜걸을 불러들인다. 그러나 육체적인 욕망보다는 그녀에 대한 측은한 동정심이 앞서자 홀든은 그녀와 몇 마디 잡담을 나눈 뒤 5달러를 주어 그녀를 도로 돌려보낸다. 서니가 홀든을 보고 '덜 떨어진 녀석'이라고 말하는 것은 그 때문이다. 그녀가 방에서 나간 뒤 곧바로 호텔 보이가 방에 들어와 화대가 5달러가 아닌 10달러라고 말했다고 거짓말을 하며 홀든에게서 10달러를 빼앗아간다. 이 문제를 두고 서로 승강이를 벌이다가 홀든은 결국 호텔 보이한테 구타당한다. 가까스로 의식을 회복한 홀든은 인간의 기만과 위선적인 행동에 절망한 나머지 호텔 창밖으로 뛰어내려 자살하고 싶은 충동마저 받는다.

2

『내 마음의 풍차』는 작중인물뿐 아니라 배경에서도 샐린저의 『호밀밭의 파수꾼』과 비슷하다. 샐린저가 미국에서 가장 큰 도시일뿐더러 흔히 '세계의 도시'로 일컫는 뉴욕을 공간적 배경으로 삼듯이 최인호도 전체 인구 중 4분의 1 정도가 사는 서울을 공간적 배경으로 삼는다. 1970년대 서울시는 근대화와 일제 강점기를 거치면서 훼손되었던 한양 도성에 대한 대대적인 보수와 복원 사업에 착수하면서 600년 역사 도시의 위상을 회복하려고 노력하였다. 이와는 별도로 서울 도심에서는 재개발 사업이 본격화되어 소공동에 플라자호텔과 롯데호텔 같은 대형

건축물이 하나둘씩 건설되면서 현대 도시로서의 면모를 갖추기 시작한 것도 이 무렵이었다. 비록 규모는 달라도 뉴욕과 서울은 한 국가의 경제와 문화의 중심지로서의 자리를 굳혔다.

샐린저의 작품과 최인호의 작품에서는 이러한 공간적 배경 못지않게 중요한 것이 시간적 배경이다. 제2차 세계대전이 끝난 뒤 전쟁을 치른 유럽의 여러 나라와는 달리 오히려 미국은 막강한 국가로 발돋움하기 시작하였다. 두 번째 세계대전은 미국이 정치적으로나 군사적으로 세계의 만형으로 군림하고 경제 부국으로 나아가는 길을 활짝 열어놓았다. 이러한 힘을 바탕으로 미국 사회는 '대중 사회'로 성큼 나아갔다. 이 무렵 자본주의가 고도로 발달하고 자본의 독점과 집중에 따른 생산 규모가 늘어나면서 기계적 수단의 크게 발달하고, 대량 생산과 대량 소비가 증대하였으며, 기능 집단의 규모가 커지고 그 기구가 관료화하였다. 또한 매스커뮤니케이션의 발달과 같은 현상이 급속히 이루어지면서 인간의 의식과 행동 양식이 규격화되고 획일화되어 사람들은 거대한 조직의 톱니바퀴 같은 존재로 전락하였다. 이러한 대중 사회는 무엇보다도 개인의 창조성을 말살하고 개인을 집단의 가치관이나 삶의 방식에 순응시키는 역기능을 낳았다.

그러다 보니 대중 사회에 대한 비판의 목소리가 점차 늘어나면서 그 문화에 반기를 든 문화가 고개를 쳐들기 시작하였다. 그것이 바로 '반문화' 또는 '청년 문화'로 일컫는 새로운 유형의 문화였다. 반문화란 미국의 사회학자 J. M. 잉거가 처음 도입한 개념으로 어떤 집단의 문화가 그 사회의 지배적인 문화와 크게 대립하는 하위문화를 가리킨다. 전통적인 기성 문화에 도전한 1960년대 미국의 히피는 반문화의 가장 대표적인 예로 꼽힌다. 잭 케루악과 앨런 긴스버그 같은 비트Beat 세대의 작가들은 자유와 생명감을 갈망하여 재즈, 마약, 섹스에 도취하거나 선禪을 통하여 서구의 과학 문명에 등을 돌린 채 내면 세계 쪽에 눈을 돌렸다. 반문화의 하부 유형이라고 할 청년 문화는 성인의 기성 문화에 대항하는 젊은이들의 문화를 말한다.

미국의 반문화와 청년 문화를 이해하는 데 『호밀밭의 파수꾼』만큼 좋은 작품도 찾아보기 어렵다. 물론 샐린저는 마약, 섹스, 폭력 따위에 의존하지 않고 오히려 유머와 풍자와 연민을 통하여 순응을 거부한다는 점에서 비트 세대의 작가들과는 조금 결이 다르다. 샐린저가 비트 세대 작가들과 비슷한 점을 지니고 있다면 아마 동양의 선불교에 깊은 관심을 보인다는 점일 것이다. 1950년대 말과 1960년대에 걸쳐 미국과 유럽을 휩쓴 청년 문화는 지배 문화를 단순히 파괴한다기보다는 새로운 질서로 기성 문화를 대치하려고 하였다. 지배 문화와 대립한다는 점에서 반문화나 청년 문화는 때로 '대항문화'로 일컫기도 한다.

홀든 콜필드는 성인들의 기성 문화에 반기를 든다. 그가 고등학교 과정에 적응하지 못하고 낙오자가 되는 것도 따지고 보면 기성세대의 가치관을 받아들이려고 하지 않기 때문이다. 이 무렵 미국의 대중 사회에서는 그 어느 때보다 물질적 가치관과 삶의 방식이 자리 잡았다. 기성세대의 삶의 방식과 가치관에 염증을 느끼는 홀든은 그것에 가차 없는 비판의 칼날을 들이댄다. 이 작품은 1950년대의 미국 사회를 비춘 거울과 같아서 당시 미국의 젊은이들의 고뇌와 절망 그리고 그들이 추구하려는 삶의 방식 등이 고스란히 담겨 있다.

가령 홀든은 물질적인 성공 신화를 좀처럼 받아들이려고 하지 않는다. 이 무렵 어른들은 물질적 성공을 삶에서 이룩하여야 할 가장 큰 목표나 이상으로 삼았다. 심지어 순수하기 이를 데 없는 피비조차 기성세대의 가치관에 충실히 따른다. 피비가 홀든에게 과학자나 변호사가 될 것을 종용하는 것을 보면 알게 모르게 얼마나 많은 청소년이 이 신화에 깊이 세뇌되어 있는지 쉽게 알 수 있다. 과학자가 될 수 없으면 자신의 아버지처럼 변호사가 되라는 피비의 말에 홀든은 아주 회의적이다.

> "변호사는 괜찮긴 하지 ……. 하지만 별로 흥미가 없어. 내 말은 만약 변호사들이 언제나 죄 없는 사람 목숨을 구해 주느니 뭐 그런다면야 좋지. 하지만 일단 변호사가 되면 그런 일은 하지 않거든. 한다는 일이란 게 고작 돈 많이 벌어 골프 치러 다니고, 브리지 게임 하고, 자동차를 몇 대씩 사들이고, 마티니를 마시고, 유명 인사 행세를 하는 것뿐이라고. 그리고 그밖에 일 등등 말이야. 설령 사람들 목숨 구하는 일이니 뭐니 한다 치자. 그렇다 해도 정말 사람 목숨을 살려 주려고 그 일을 했는지, 아니면 훌륭한 변호사가 되길 원해서 그 일을 했는지 알 수 없지. 법정에서 그 놈의 재판이 끝나면 마치 영화에서 나오는 것처럼 기자들이든가 그런 부류들이 등을 두드리며 축하를 해주는 그런 굉장한 변호사가 되기 위해서 그랬는지 어떻게 알 수 있겠어? 사이비 변호사가 아닌지 어떻게 알겠느냐고? 문제는 그걸 모른다는 데 있지."

홀든은 변호사들이란 거의 하나같이 사회 정의를 위하여 일한다기보다는 결국은 자기만족이나 물질적 이익을 위하여 일할 뿐이라고 생각한다. 남의 시빗거리를 밑천으로 돈을 많이 벌어 골프를 치러 다니고 고급 자동차를 몇 대씩 사들이고 유명 인사 행사를 한다는 홀든의 말은 귀담아 들을 만하다. 홀든은 여기에서 변호사를 한 예로 들고 있지만 그것은 다른 전문직의 경우에도 크게 틀리지 않을 것이다.

홀든처럼 기성 질서에 반기를 드는 것은 『내 마음의 풍차』의 주인공도 크게 다르지 않다. 미국의 대중 사회와 프랑스의 68혁명으로 촉발된 저항적 청년 문화의 바람은 1970년대 한국에도 거세게 불어왔다. 봅 딜런이나 존 바에즈 등 반전 포크송 가수들의 노래가 인기를 끌었고, 통기타와 블루진과 생맥주가 청소년들에게 큰 인기를 끌면서 이른바 '통블생'이라는 신조어를 낳을 정도였다. 1967년 윤복희가 처음 퍼뜨린 미니스커트는 청년 문화의 기호와 다름없었다. 이러한 청년 문화는 영민의 옷차림과 취미에서도 쉽게 엿볼 수 있다. 작품 첫머리에서 서술 화자요 주인공인 영후는 동생 영민에 대하여 "녀석이 좋아하는 낡은 골덴 바지에 목을 덮는 검은 빛깔의 스웨터를 입고 앉아서 기타를 퉁기는 모습을 보노라면 난 자식이 내 동생이면서두 이뻐서 미치겠어"라고 말한다.

『내 마음의 풍차』에서 1970년대 한국의 청년 문화를 대변하는 주인공들은 단순히 외형적으로만 서구의 청년 문화를 흉내 내지 않았다. 다시 말해서 그들은 서구 청년 문화의 육체뿐 아니라 그 영혼마저도 따르려고 하였다. 영민은 스물한 살의 나이에 방안에 개미를 잡아다가 사육하고 어항에는 금붕어와 열대어를 키우고 창가에는 대여섯 종류의 새를 키운다. 더구나 방바닥에는 모형 기차를 비롯하여 온갖 장난감으로 모조 시를 건설해 놓고 외부 세계와 완전히 담을 쌓고 환상의 동화 세계에서 살아간다. 영후는 영민을 두고 "물론 나 또한 동생을 약간 돌아버린 녀석이라고 생각하고 있다. 이 집안 식구처럼. 아버지와 어머니조차 자기 아들을 이상한 녀석이라고 생각하고 있듯이 나도 녀석을 어딘지 좀 모자란 녀석이라고 생각하고 있어"라고 고백한다. 그러나 영민의 이러한 생활방식은 어떤 의미에서는 홀든처럼 사회의 물질주의와 출세지향적인 가치관을 거부하기 위한 상징적 몸짓으로 받아들일 수 있다.

영후는 겉으로는 기성 질서나 가치관을 충실히 따르는 것처럼 보일지 모르지만 실제로는 영민처럼 그것을 거부한다. 다만 거부하는 방식이 조금 서로 다를 뿐이다. 가면을 쓰고 있는 영후는 학교에서든 집에서든 겉모습과 실제 모습이 전혀 다르다. 이 점과 관련하여 그는 "바보 같은 녀석들은 진짜의 나를 모르고 있단 말야. 나는 늘 웃으며 다니고 있었지만 실상 내 내면에 숨겨진 우울함, 슬픔 그리고 야비함, 교활함, 이 모든 것을 눈치조차 채지 못하고 있는 거야"라고 말한다. 그러면서 그는 "마치 양지바른 바위 뒷면에 이끼가 자라듯 내 마음속에는 무성한 이끼가 자라고 있는 것이야. 축축하고 습기진 마음이 흐르지도 못하고 괸 채 썩어 있는 것이지. 내 마음의 밀실은 통풍장치조차 되지 못한 더럽고 어두운 헛간에 불과했던 거야"라고 밝힌다. 이렇게 영후는 겉으로는 좀처럼 드러내지 않지만 기성 문화에 대한 불만은 그의 마음속에 마치 휴화산처럼 도사리고 있다.

물론 이 무렵 청년 문화에 대한 시선이 늘 고운 것은 아니었다. 기성세대의 '왜색일본' 대중 문화에 좋은 대안은 될 수 있을지언정 당시 혹독한 유신체제에 대한 비판이나 대항은 비교적 약했기 때문이다. 더구나 '통블생' 현상이라는 것도 주로 대학 사회나 일부 운동권에서 볼 수 있는 현상이었을 뿐 민중의 저변으로까지는 뻗어가지 못하였다. 당시 청년 문화는 공동체 정신과 민중성과는 여전히 거리가 먼 일부 기득권의 향락주의적 문화라는 비판이 만만치 않았다.

3

최인호의 『내 마음의 풍차』는 장르에서 성장소설 전통에 서 있다는 점에서 샐린저의 『호밀밭의 파수꾼』에서 적잖이 영향을 받았다. 두 작품은 각각 미국문학과 한국문학에서 성장소설의 수준을 한 단계 끌어올렸다. 샐린저는 나이 어린 소년의 정신적 개안開眼을 다루는 전통적인 '빌둥스로만성장소설'에서 크게 벗어나지 않는다. 다시 말해서 주인공이 소년기에서 청년기로 접어드는 정신적 입문 과정을 다룬다. 그러나 『호밀밭의 파수꾼』이 전통적인 성장소설과 조금 다른 것은 사회 풍자적 요소가 가미되어 있다는 점이다. 언뜻 보면 사회 풍자적 요소는 성장소설에는 어긋나는 것 같지만 달리 생각해 보면 주인공이 사회의 부조리를 깨닫는 것은 성장을 도와주는 촉진제 역할을 한다. 또한 풍자성은 성장소설의 한계나 문제점을 지적함으로써 이 장르의 인습을 비판하기도 한다.

샐린저는 『호밀밭의 파수꾼』 첫 머리에서 "정말로 이 이야기를 꼭 듣고 싶다면, 무엇보다도 내가 어디서 태어났고, 내 거지같은 유년 시절이 어떠했으며, 또 내가 태어나기 전 우리 부모님이 무엇을 하셨는지 따위를 알고 싶으실 겁니다. 그러니까 온통 시시콜콜하게 내력이나 캐는 데이비드 코퍼필드 식 얘기들 말이지요"라고 말한다. 여기에서 샐린저가 굳이 찰스 디킨스의 『데이비드 코퍼필드』1850와 그 주인공을 언급하는 것은 그럴 만한 까닭이 있다. 디킨스의 이 작품은 영문학에서 그동안 전형적인 성장소설로 꼽혀 왔다. 전형적인 성장소설에서는 한 소년이나 소녀가 온갖 역경을 겪으며 정신적으로 성장하는 과정을 될수록 분명하게 보여 주게 마련이다.

그러나 샐린저는 작품의 첫 문장에서 서술 화자 홀든의 입을 빌려 독자들에게 전통적인 성장소설에서 으레 기대하는 것을 바라지 말라고 미리 귀띔해 준다. 샐린저는 독자들에게 홀든이 겨우 며칠 겪는 모험을 단편적으로 말해 줄 뿐 그의 출생이나 성장, 즉 그의 말대로 '데이비드 코퍼필드 식 얘기'에 대해서는 입을 꼭 다물고 있다. 즉 샐린저는 홀든이 들려주는 경험 중 상당 부분을 독자들이 스스로 알아서 판단하도록 맡긴다.

더구나 전통적인 성장소설에서 주인공은 흔히 극적으로 그리고 언제나 좋은 방향으로 성장하고 발전해 나간다. 그러나 『호밀밭의 파수꾼』에서 독자들은 홀든이 과연 정신적으로 성장했는지 의문을 품게 된다. 정신병원에 퇴원한 뒤 홀든이 앞으로 어떻게 행동할지 확신할 수 없다. 한마디로 샐린저는 주인공의 좀 더 복잡하고 모호한 변화와 성장 과정을 보여 줌으로써 전통적인 성장소설 장르 자체에 의문을 품으면서 새로운 방향을 모색하려고 한다. 비록 전형적인 성장소설에서는 조금 빗겨 서 있을망정 『호밀밭의 파수꾼』은 미국 소설사에서 성장소설의 대표적으로 꼽힌다. 마크 트웨인의 『허클베리 핀의 모험』1884이 19세기의 대표적인 성장소설이라면 샐린저의 작품은 20세기 미국문학을 대표하는 성장소설이다. 홀든은 그가 '가짜phony'라고 부르는 성인 세계의 허위와 위선을 깨닫고 그것에 가차 없는 경멸과 조소를 보낸다. 그러한 과정에서 그는 조금씩 삶의 진정한 의미를 깨달으면서 도덕적으로 성장해 가기 시작한다.

『내 마음의 풍차』도 샐린저 작품처럼 성장소설의 전통에 서 있는 작품이다. 이 소설이 한국 현대문학사에서 차지하는 위치 중 하나는 성장소설의 전통을 굳건히 세웠다는 점이다. 이 작품에 대하여 김병익은 "우리 문학에서 희귀한 성장소설이며 한국 소설이 좀처럼 얻기 힘든 악인문학惡人文學이다"라고 밝힌다. 그러면서 그는 "앞으로의 탐구와 성과에 더 많은 기대를 걸게 하는 최인호 문학에서 가장 감동적인 대표작의 하나가 될 것이며 한국의 소설문학에서 손꼽히는 성장소설의 백미白眉로 평가될 것이라고 감히 예측한다"고 평가하기도 한다. 김병익이 이 작품을 '악인문학'으로 간주하는 점에서는 선뜻 동의할 수 없을지 몰라도 대표적인 성장소설로 간주하는 점에 어떤 이의를 제기할 사람은 아마 없을 것이다.

실제로 최인호 자신이 직접 이 작품은 성장소설이라고 못박아 말하였다. 그는 이 작품이 처음 출간한 지 30여 년 만에 다시 출간하면서 "스스로 내 젊은 날의 초상을 되돌아보기 위함"이니 "청춘의 제단 위에 올리는 제물"이니 하고 말하면서 이 작품이 성장소설의 전통에 서 있다는 사실을 숨기지 않았다. 그는 '작가의 말'에서 "마치 알에서 깨어난 애벌레가 번데기의 껍질을 벗고 그 고통을 통해 눈부신 나비가 되어 날아갈 수가 있듯이 이 작품은 젊음의 터널과 청춘의 고통을 벗어나는 일종의 할례割禮 의식을 그린 성장소설인 것이다"라고 잘라 말하였다. 성장소설에서 알과 나비의 은유는 마치 연애소설에서 사랑의 감정처럼 핵심적이다. 예를 들어 헤르만 헤세의 『데미안』에서도 알과 부화는 아주 중요하다. 막스 데미안이 에밀 징클레어의 책에 꽂아준 쪽지에는 "새는 알에서 나오기 위해 투쟁한다. 알은 새의 세계이다. 누구든지 태어나려고 하는 자는 하나의 세계를 파괴하지 않으면 안 된다"는 그 유명한 구절이 적혀 있다.

성장소설에서 무엇보다도 중요한 것은 육체적 성장이 아니라 정신적 성장이지만 주인공의 나이는 자못 중요하다. 주인공은 아직 세상에 때묻지 않은 순진무구한 소년이거나 소녀다. 『내 마음의 풍차』의 주인공 영후는 사건이 처음 시작할 때는 홀든 콜필드와 비슷한 나이다. 영후가 어머니 집을 떠나 아버지 집으로 거처를 옮기는 것이 열아홉 살이었고, 홀든이 펜시 예비학교에서 퇴학당할 때 나이 열여섯 살이었으니 세 살 차이가 난다.

홀든이 성인 세계를 '가짜'라고 비판하면서 기성세대의 위선과 허위의식에 '메스꺼움'을 느끼듯이 영후도 주위 세계에서 느끼는 불쾌한 감정을 '구역질난다'는 말로 표현한다. 예를 들어 어머니 집을 떠나 아버지 집에 처음 도착한 날 영후는 집이 큰 데 적잖이 놀란다. 그는 "머리에

든 것이라고는 쥐뿔도 없는 사람들이 갑자기 마당 한 가운데에서 유전을 발견하거나, 벼락부자가 되어서 집이라도 크게 짓지 않고는 직성이 풀리지 않는다는 식으로 만들어 놓은 가짜 속눈썹과 같은 집이었어"라고 말한다. 그가 막상 대문 안으로 들어서자 집안은 더더욱 화려하다. 정원에는 온갖 꽃들이 피어 있고 꿀벌들이 꽃과 꽃 사이를 윙윙 거리며 날고 있다. 정원 분수에서는 "희고 맑은 물줄기가 솟구쳐서 태양의 비늘을 긁어내리고" 있다.

더구나 영후는 홀든처럼 영화 같은 대중 문화에 구역질을 느끼기도 한다. 영후는 "난 가끔 영화에서, 소설에서 반항기 있는 새끼들이 자기들의 탈선을 합리화시키기 위해서 자기의 어머니는 계모라든가, 자기 부모들의 무성의를 탓하는 것을 볼 때마다 구역질이 나서 미치겠거든"이니, "집어치워. 구역질나는 소리 지껄이지 말어"니 하고 말하기 일쑤다. 여기서 메스꺼움이나 구역질은 신체적 현상이라기보다는 정신적 현상이요 심리적 현상이다.

영후는 홀든처럼 막상 신체적으로 토하지는 않지만 정신적으로 적잖이 메스꺼움을 느낀다. 영후는 만물의 영장이 아니라 오히려 한낱 박제한 동물에 지나지 않는다고 생각한다. 어느 날 생물 시간에 표본실을 견학하면서 그는 "기껏해야 참새, 두루미, 그것도 아니면 포르말린 속에 들어 있는 회충, 요충, 촌충 따위나 보여 주는 일이 산교육이라면 우리들이야말로 걸어 다니는 박제 짐승이 아니겠냐는 얘기다"라고 말한다. 홀든이 위선의 세계에서 벗어나려고 몸부림치듯이 영후도 이러한 박제 상태에서 벗어나려고 발버둥 친다. 『호밀밭의 파수꾼』에서 홀든은 피비를 기다리던 중 뉴욕시의 자연사 박물관에 들어간다. 이집트 미라가 놓여 있는 돌무덤에서 그는 평온함을 느낀다. 그곳이야말로 위선과 허위로 가득 찬 외부 세계와 완전히 차단되어 있기 때문이다.

홀든이 여동생 피비를 만나려고 맨해튼 아파트에 몰래 들어갔다가 빠져나오듯이 영후도 마침내 아버지의 집에서 나와 다시 어머니의 집으로 돌아간다. 이러한 상징적 몸짓을 통하여 영후는 마침내 3년 동안의 방황과 모험을 끝내고 비로소 성인 세계에 입문한다. 『내 마음의 풍차』는 "나는 너무나 피로하였으므로 어젯밤 집을 나와 밤샘 일을 하고 돌아온 노동자처럼 침대에 쓰러졌다. 긴장 끝에 밀린 잠들이 송두리째 쏟아져 나는 이내 잠이 들었어"라는 문장으로 끝을 맺는다. 영후에게 잠은 '거꾸로 선 세계'에서 '제대로 선 세계'로, 미몽의 세계에서 깨달음의 세계로 이행하는 통로인 셈이다. 지난 3년 동안 살았던 아버지의 집을 나오면서 그는 두 번 다시는 그 집을 찾아올 것 같은 기분이 들지 않는다. 그는 "나는 비탈길을 뛰듯이 내려갔어. 늘 보던 거리였지만 짐을 들고 내려가는 내 마음은 또 다른 미지의 세계로 빠져 들어가는 것처럼 울렁거리고 있었다니까"라고 고백한다.

이러한 정신적 성장은 영후보다는 오히려 영민에게서 좀 더 뚜렷이 나타난다. 외출이 잦아지면서 영민은 평소에 앓던 열병도 앓지 않고 건강한 일상 세계 속으로 점점 빠져들어 간다. 영후는 동생에게 온갖 방법으로 명숙을 만나게 하지만 영민은 절대로 그의 유혹에 넘어가지 않는다. 영민은 영후에 이끌려 억지로 서울의 여관으로 그녀를 찾아갈 때도, 심지어 시골 온천 호텔에 함께 머물 때조차 아무런 일도 일어나지 않는다. 그래서 명숙이 임신했다고 밝혀도 영민과는 달리 영후는 영민의 아이일 것으로 단정 지을 뿐이다.

영민의 이러한 행동은 지금껏 정성껏 지켜온 모형 도시를 돌보지 않는 데서도 엿볼 수 있다. 그러다 보니 어항 속의 열대어들은 한 마리씩 죽어간다. 더구나 놀랍게도 영민은 자기 방 마룻바닥을 가득 채운 '꿈의 도시'를 무자비하게 파괴한다. 그러고 나서 그는 새장에 갇힌 새들을 풀어주어 날게 하는가 하면, 애지중지 키우던 다람쥐도 정원으로 달아나게 한다. 동생의 이러한 행동을 지켜보다가 자기 방으로 돌아와 침대에 엎드려 누운 영후는 오랫동안 영민의 행동에 대하여 곰곰이 생각한다.

왜 그랬을까. 왜 동생 녀석은 이 밤중에 자기가 키우는 새들을 날려 보냈을까. 그리고 왜 그는 자기가 만든 도시를 모조리 파괴해 버렸을까. 그것은 무엇 때문일까.

새들은 날아갈 것이다. **열린** 동생의 가슴을 뚫고 잠든 도시의 하늘 위로 서툰 날갯짓을 퍼득이면서 한없이 날아갈 것이다. 이 도시를 떠나 버릴 것이다. 나무와 숲이 우거진, 일광이 부서지는 전원으로 새들은 날아갈 것이다. 그곳이 어디일까. 새들이 찾아가는 일광이 부서지는 초원은 어디일까.

어쩌면 그곳은 우리들의 마음속일까. **또 다른** 우리들의 마음속으로 흘러 들어가는 한 줄기의 냇물처럼 날아들어 박힐지도 모른다. 그곳에 **새로운** 둥우리를 틀고 알을 깔지도 모른다.

영후가 던지는 물음에 답하기 위해서는 위 인용문에서 '열린', '또 다른', '새로운'이라는 세 어휘를 주목해야 한다. 영민은 그동안 외부 세계를 향하여 굳게 닫혀 있던 문을 활짝 열어젖히고 세상 밖으로 뛰쳐나간다. 외출하고 돌아오면 으레 앓던 것과는 달리 영민은 이제는 오히려 건강한 몸으로 집에 돌아온다. 앞에서 이미 영민은 영후의 '또 다른 자아', 즉 분열된 제2의 자아라고 언급하였다. 이제 두 형제는 '나'에서 '우리'로 발전한다. 각자의 마음은 이제 '또 다른 우리들의 마음'이 되는 것이다. 그런가 하면 창밖 세상으로 날아간 새는 그들의 마음속에 '새로운 둥우리'를 틀고 알을 까게 될지도 모른다.

그러고 보니 영후가 위 인용문 바로 다음에 하필이면 왜 "내 가슴속의 작은 새. 내 가슴속의 작은 도시. 내 가슴속의 작은 풍차"라고 말하는지 알 만하다. 파괴하지 않고서는 그 자리에 새로운 것을 세울 수 없게 마련이다. 영후는 적어도 정신적으로 영민과 함께 도시를 모조리 부수어 버리고 가슴속에 새로운 작은 도시를 건설하고 그곳에 있던 작은 풍차에 동력을 불어넣는다. 영후는 "그 새들은, 동생이 부순 도시들은 내 가슴속에 살아 움직이고 있을지도 모른다. 불어가는 바람이 내 가슴속으로 쏟아져 들어와 내 마음속의 조그마한 풍차를 세차게 움직일 거야. 그리하여 풍요한 곡식을 찧고 있겠지"라고 말하는 것은 바로 그 때문이다. 영후의 마음속에 있던 풍차는 그동안 멈추어 있었지만 이제 영민이 세상 밖으로 뛰쳐나가면서 불러일으킨 바람으로 다시 돌아가기 시작한다.

풍차가 돌기 시작한다는 것은 곧 영후가 과거의 삶의 버리고 새로운 삶을 살기 시작한다는 것을 뜻한다. 영후는 무자비하게 도시를 파괴하는 영민의 행동에서 뜻하지 않게 큰 깨달음을 얻는다. 아버지 집에 살려

오자마자 영후는 "독아毒牙를 들이대고" 동생의 꿈의 세계, 환상의 세계를 파괴하려고 작정하였다. 그러나 3년 뒤 자기가 영민의 세계를 파괴한 것이 아니라 오히려 자기 세계가 파괴당했다는 사실을 깨닫는다. 그렇다면 영후를 다시 태어나는 데 산파 역할을 하는 인물은 다름 아닌 동생 영민이다. 영민이 산파 역할을 맡는다면 명숙은 산파 보조 역할을 맡는 셈이다. 명숙은 영민에게 "이제는 당신과 나, 두 사람의 차례예요. 당신의 형이 우리들에게 진정으로 원하는 것은 우리 둘로서 자기를 눈뜨게 해주기를 바라는 것예요"라고 말한다. 여기에서 명숙은 영혼의 개안, 즉 정신의 각성을 언급함은 두말할 나위가 없다.

4

최인호의 『내 마음의 풍차』를 창작하면서 J. D. 샐린저의 『호밀밭의 파수꾼』에서 무엇보다도 가장 큰 영향을 받은 것은 다름 아닌 서술 기법과 문체를 비롯한 형식에서다. 문학 작품에서 내용이나 주제는 시간적으로나 공간적으로 큰 변화나 차이가 없게 마련이다. 윌리엄 포크너는 『모기』1927에서 "삶이란 어느 곳에서나 다 마찬가지다. 삶을 영위하는 방식은 서로 다를는지 모른다. (…중략…) 그러나 인간이 예로부터 강요받고 있는 심리적 부담, 의무와 성향 — 즉 그가 살고 있는 다람쥐 집의 축과 원주는 변하지 않는다"고 밝힌다. 그래서 포크너는 문학의 혁명이란 내용이나 주제가 아니라 형식과 기법에 일어난다고 지적하였다.

『내 마음의 풍차』는 주인공의 지리적 여정을 중요한 모티프로 삼는다는 점에서 『호밀밭의 파수꾼』과 아주 비슷하다. 홀든이 펜시 예비학교에서 퇴학당한 뒤 며칠 동안 지리적으로 방황하듯이 영후와 영민도 지리적으로 옮겨 다닌다. 그런데 여기에서 한 가지 주목해야 할 것은 이러한 지리적 여정이란 곧 심리적 여정이요 정신적 여정이라는 점이다. 그들은 이러한 공간적 여행을 통하여 정신적으로든 심리적으로든 조금씩 성장해 나가기 때문이다. 여행을 시작하기 전의 주인공의 모습과 여행을 끝내고 난 뒤의 모습은 사뭇 다르다.

더구나 『내 마음의 풍차』는 『호밀밭의 파수꾼』처럼 일인칭 소설이되 현재 시점에서 과거를 회상하는 수법을 사용한다. 홀든은 지금 캘리포니아주에 있는 정신병원에서 지난 1년에 일어난 일을 회상하면서 독자에게 들려준다. 좀 더 구체적으로 말하면 1년 전 크리스마스 무렵 펜시 예비학교를 떠나 뉴욕시를 배회하다가 유원지에서 쓰러진 이후 정신병원에 입원하기까지의 경험을 전한다. 최인호도 『내 마음의 풍차』에서 주인공이요 서술 화자인 영후가 대학 3학년이 되던 시점에 아버지 집에서 살면서 3년 남짓 일어난 일을 독자들에게 들려주는 형식을 취한다.

샐린저는 『호밀밭의 파수꾼』에서 서술 방식에서 일인칭 화자를 내세워 독자에게 자신이 겪고 생각하는 것을 직접 고백하는 형식을 취한다. 가령 허먼 멜빌의 『모비딕』1851과 마크 트웨인의 『허클베리 핀의 모험』1884과 어니스트 헤밍웨이의 『무기여 잘 있어라』1929 같은 미국소설처럼 일인칭 서술 기법 중에서도 특히 서술 화자가 동시에 주인공 역할을 하는 유형을 택한다. 그중에서도 샐린저는 트웨인의 작품에서 영향을 받은 바가 자못 크다.

홀든 콜필드는 뉴욕의 센트럴파크 유원지에서 동생 피비가 회전목마를 타는 것을 지켜보다가 갑자기 쓰러진 뒤 캘리포니아주 정신병원에 입원한다. 1년 남짓 치료를 받고 몸을 회복한 그는 이제 뉴욕 집으로 돌아가기 직전 병원에 입원하기 바로 전 1년 동안 있었던 일을 독자들에게 고백한다. 이 점과 관련하여 홀든은 1장에서 "지난 해 크리스마스 무렵 건강이 갑자기 건강이 나빠져서 이곳에 와 요양을 할 수밖에 없었는데, 바로 그 직전에 일어난 그 미치광이 짓거리를 털어놓으려는 겁니다"라고 말한다. 마지막 26장에서 그는 "내가 말하려는 얘기는 이것이 전부입니다"라고 말하면서 그 '미치광이 짓거리'를 모두 끝낸다.

소설 문장은 크게 대화와 지문으로 나뉜다. 대화는 다시 회화와 독백으로 나뉘고, 지문은 서술과 묘사로 나뉜다. 샐린저는 『호밀밭의 파수꾼』에서 주인공 홀든의 외부적 행동에 대한 묘사와 서술은 최소한으로 줄이는 반면, 그의 내적 독백과 대화에 무게를 싣는다. 말하자면 이 작품은 주인공이요 서술 화자인 홀든의 내적 독백을 한 편의 소설 분량으로 길게 확장해 놓은 것과 같다. 홀든의 목소리가 그야말로 낭랑하게 귓가에 들리는 듯하다. 그러므로 이 소설은 눈으로 '읽는 소설'이라기보다는 귀로 '듣는 소설'에 가깝다.

이러한 청각적 효과는 『호밀밭의 파수꾼』보다도 『내 마음의 풍차』에서 좀 더 뚜렷하게 드러난다. 최인호는 작품의 첫 장부터 끝 장까지 문어체 문장이 아니라 일상대화에서 사용하는 구어체 문장을 일관되게 구사한다. 가령 "내 동생 얘기를 해야겠다. 동생 녀석은 정말 잘생긴 녀석이라고 할 수 있지. 삼삼하게 생겼어"라는 첫 문장은 이러한 경우를 보여 주는 좋은 예다. 이밖에도 '~하거든', '~말씀이야', '~했다는 거야', '~한다니까' 같은 구어체의 종결어미를 즐겨 사용한다. 물론 드물게 '~하다'나 '~이다'로 끝나는 평서문 또는 서술문의 종결 어미를 더러 사용할 때가 있지만 그러한 종결 어미는 서술 내용이 길거나 묘사적 성격이 강한 경우에 국한된다. 그러나 이마저도 한두 문장을 사용한 뒤에 곧바로 다시 구어체의 종결어미로 되돌아간다.

심지어 최인호는 샐린저가 『호밀밭의 파수꾼』에서 사용한 문장을 거의 그대로 가져다 사용하기도 한다. 작품 첫머리에서 영민에 대하여 영후는 "솔직하게 얘기를 할 것 같으면 네 동생은 정상이라고 할 수 없을 정도야"라고 말한다. 또 그는 "이제야 고백하는 얘기지만 나는 그 무렵 나쁜 습성을 가지고 있었어"라고 말한다. 여기서 앞부분 '솔직하게 얘기를 할 것 같으면~'이라느니, '이제야 고백하는 얘기지만~'이니 하는 구절은 샐린저가 작품에서 즐겨 사용하는 표현이다. 가령 그는 "정말로 이 이야기를 꼭 듣고 싶다면 … 따위를 알고 싶으실 겁니다"라는 문장으로 소설을 시작한다. 두말할 나위 없이 샐린저는 『호밀밭의 파수꾼』의 첫 문장을 쓰면서 마크 트웨인의 『허클베리 핀의 모험』에서 영향을 받았다. 트웨인은 "『톰 소여의 모험』이라는 책을 읽어 보지 않은 사람이라면 아마 나에 대해 잘 모를 겁니다. 하지만 그것은 그리 대수로운 일이 아닙니다. 그 책을 쓴 사람은 마크 트웨인이라는 사람인데 대체로 진실을 말하고 있습니다"라는 문장으로 이 소설을 시작한다. 최인호의 '솔직하게 얘기를 할 것 같으면~'이라는 표현은 샐린저의 '정말로 이 이야기를 꼭 듣고 싶다면~'에 상응한다. 두말할 나위 없이 두 작가 모두 의도적으로 독자들에게 자신이 들려줄 이야기에 너무 기대하지 말라는 일종의 조언이다.

최인호는 구어체 문장을 구사하면서도 샐린저와는 조금 다르게 사용하기도 한다. 작중인물이 서로 주고받는 대화에서 샐린저는 영문법의 문장 규칙에 따라 따옴표를 사용하지만 최인호는 따옴표의 관행을 완전히 무시한다. 영후가 아버지 집에 도착하여 처음 그와 대면하는 장면을 한 예로 들어보자.

> 아버지는 될 수 있는 한 나하고 눈이 마주치는 것을 꺼리시는지 열심히 엽총 총구를 쑤시면서 헛기침만 킁킁 하고 계셨지.
>
> 어떠냐, 니 에미가 널 보낼 때 울지 않더냐.
>
> 우셨습니다.
>
> 나는 구두시험을 치르는 생도처럼 상체를 빳빳이 세운 채 또박또박 대답하였다.
>
> 울다니, 어머니가 나를 떠나보내신다고 울다니, 울기는커녕 앓던 이 빠졌다고 차라리 기뻐하시는 눈치였는데.
>
> 하지만 나는 현명한 머리를 가지고 있으니까 비록 곁에 어머니가 계시지 않더라도 그처럼 대답해야 한다는 것을 잘 알고 있었거든.
>
> 많이 울더냐.
>
> 예.
>
> 몸이 아프다더니 좀 나았냐.

그저 그만합니다.

첫 문장은 서술 화자가 아들을 만나 어색한 행동을 묘사하는 문장으로 지문에 해당한다. 두 번째 문장 "어떠냐, 니 에미가 널 보낼 때 울지 않더냐"는 아버지가 영후에게 묻는 말이다. 세 번째 문장 "우셨습니다"는 아버지의 물음에 대한 영후의 대답이다. 그러므로 한국어의 문장 규칙에 따른다면 마땅히 겹따옴표로 처리해야 한다. 그런데도 최인호는 그냥 줄만 바꿀 뿐 아무런 인용부호를 사용하지 않는다. 심지어 의문문인데 물음표 대신 마침표로 처리해 버린다. 그 다음 "나는 구두시험을 치르는 생도처럼 상체를 빳빳이 세운 채 또박또박 대답하였다"는 지문으로 서술 화자 영후의 행동을 서술하는 문장이다. "울다니, 어머니가 … 기뻐하시는 눈치였는데"는 영후가 혼자서 마음속으로 생각하거나 혼잣말로 내뱉는 독백이다. 이 경우 실제 대화와 구별 짓기 위하여 홑따옴표를 붙이는 것이 일반적 관행이다. "하지만 나는 … 잘 알고 있었거든"은 독백도 대화도 아닌, 독자에게 하는 말로 지문에 가깝다. 마지막 네 문장은 아버지와 아들이 서로 주고받는 대화를 겹따옴표 없이 그냥 옮겨놓은 것이다.

더구나 최인호는 샐린저가 『호밀밭의 파수꾼』에서 그러했듯이 『내 마음의 풍차』에서 속어와 비어를 비롯하여 은어와 욕설 등을 즐겨 사용한다. 가령 그는 '돈'을 'dough'로, '거지같다'나 '형편없다'를 'lousy'로 '한물 지난'을 'corny' 등으로 표현하기 일쑤다. 이밖에도 '몹시 화를 내다'를 '천장에 닿다hit the ceiling'로, '돈이 많다'를 '두둑하게 장전되어 있다

pretty loaded, '잡담을 나누다'를 '비계를 씹다chewing the fat'나 '넝마를 씹다chew the rag' 등으로 표현한다. 이 소설에는 홀든 같은 청소년들이 즐겨 사용하는 표현이 수없이 많이 나온다. 그래서 영어가 모국어가 아닌 독자들이 샐린저의 작품을 읽으려면 속어사전이나 구어사전을 옆에 놓고 읽어야 한다.

이 점에서 최인호는 샐린저보다 더하면 더하지 결코 덜하지는 않다. 서술 화자 영후는 속어나 비어를 사용하지 않고서는 거의 입을 떼지 못할 정도다. 방금 앞에 인용한 겨우 세 줄밖에 되지 않는 짧은 첫 단락에 그는 '삼삼하게'니 '공갈'이니 '동생 녀석'이니 하는 말을 사용한다. '공갈'은 불법적인 이익을 얻기 위하여 다른 사람을 협박하는 행동을 일컫지만 이 말이 '때리다'라는 동사와 결합하면 독특한 의미를 낳는다. 또 '동생 녀석'은 형이 동생을 친근하게 부르는 표현으로 볼 수 있지만 영후의 평소 말투로 보아 그렇게 보기 어렵다. 영후와 그의 생모에게 '머리'는 '대가리'나 '대갈통'이고 눈은 '눈깔'이며 '얼굴'은 '낯짝'이나 '쌍판'이다. '배'는 흔히 '배짱'으로, '마음'은 '심뽀'로 부른다. 이밖에도 '지랄하다', '환장하다', '미치다', '용빼다', '우라지다', '주접떨다', '쥐뿔도 없다', '개뿔도 아니다', '나발 불다', '씨부리다', '젬병이다', '따먹다', '씨부리다', '지랄하다', '지랄발광하다', '빌빌대다' 등 주인공이 사용하는 비속어는 하나하나 열거할 수 없을 만큼 아주 많다.

이러한 거친 말버릇은 그의 생모도 마찬가지다. 어쩌면 영후의 말버릇은 어머니한테서 배운 것인지도 모른다. 그녀는 걸핏하면 영민을 '망할 새끼'나 '니 새끼'라고 부른다. 어렸을 적부터 영후가 무슨 실수를 저

지르면 어머니는 “이 망할 새끼야 한시라도 빨리 원수놈의 니 새끼를 그 우라질 애비한테 넘겨줘야 이 에미는 맘이 편하겠다”고 윽박지르기 일쑤다. 한번은 밤중에 천둥이 치자 영후가 무서워서 어머니 방에 들어가자 어머니는 “니 새끼는 어릴 땐 어둠이 무섭다고 지랄이더니 이젠 불알에 털까지 난 자식이 천둥이 무서워”라고 심하게 나무란다. 어머니는 다정하게 아들을 이름으로 부르는 적은 한 번도 없고 오직 ‘망할 새끼’, ‘미친 새끼’, ‘멍텅구리 새끼’, ‘니 새끼’ 등으로 부를 뿐이다. 아무리 “잘못 흘려서 낳아 놓은” 자식이라고 할지라도 웬만한 어머니 같으면 그렇게까지 심하게 부르지는 않을 것이다.

최인호가 구사하는 비속어와 욕설과 은어와 관련하여 “참 아니꼽고, 더럽고, 메스껍고, 치사한 심정이었어”라는 문장을 주목해 보아야 한다. 영후의 사주로 물건을 훔치는 일에 재미를 붙인 영민이 어느 날 백화점에서 모형 금속품을 훔치다가 그만 붙잡힌다. 동생이 파출소로 끌려가는 모습을 바라보고 큰 충격에 빠진 영후는 “주책없긴 하지만, 쌍스러운 어머니이긴 하지만” 자기를 낳아준 어머니가가 갑자기 보고 싶어진다. 그가 집에 찾아가 대문을 두드리자 가정부로 일하는 낯선 계집애가 나타나 누구냐는 듯이 앙칼지게 그를 노려본다. 그 순간의 느낌을 영후는 그렇게 묘사하는 것이다.

한편 영후는 자주 찾아가던 창녀 순자에게 동생 영민을 유혹해 달라고 간곡하게 부탁한다. “여자란 풀잎에 맺힌 이슬만 먹고 살며 남자 여자가 아기를 낳는 것은 그저 한솥밥을 먹으면 자연히 낳게 되는 것이라고 믿는” 순진한 영민의 환상을 무자비하게 깨뜨려 주고 싶은 충동이

들었기 때문이다. 영후는 젊은 창녀에게 동생의 동정을 빼앗아 달라고 부탁하면서 "참 아니꼽고 더럽고 메스껍고, 치사한 일이었어. 내가 뭣 땜에 그 혀 짧은 년을 보며 빌어야 하는지 내가 생각해도 우스꽝스런 일이었으니까 말야"라고 말한다.

최인호가 두 번에 걸쳐 사용하는 이 문장은 지금은 잊히고 말았지만 1970년대 초엽 젊은이들을 중심으로 널리 퍼져 있던 속어와 맞닿아 있다. "아니꼽고 더럽고 메스껍고 치사하다"는 말의 머리글자를 따서 만든 '아더메치'라는 속어가 바로 그것이다. 어떤 특정 인물의 됨됨이를 폄하하거나 세상 일이 돌아가는 꼴이 썩 마음에 들지 않을 때 당시 이 표현을 주로 사용하였다. 이렇게 최인호가 두 번씩이나 사용하는 것을 보면 '아더메치'를 염두에 두고 있음이 틀림없다.

최인호는 샐린저처럼 간혹 사전에 등재되지도 않은 신조어를 만들어 사용하기도 한다. 예를 들어 '조용무쌍'과 '근사무쌍' 같은 어휘가 바로 그것이다. 한국어에 '변화무쌍이라는 어휘는 있어도 이 두 어휘는 없다. 변화가 무척 심한 것을 일컫는 변화무쌍에 빗대어 최인호는 지나치게 조용한 상태를 '조용무쌍'이라고 부른다. 또한 '근사무쌍'이란 어떤 사물이나 현상이 매우 보기에 좋거나 아주 그럴듯하게 보이는 것을 두고 이르는 표현이다.

최인호의 『내 마음의 풍차』는 어조나 말투에서도 샐린저의 작품과 많이 닮았다. 『호밀밭의 파수꾼』에는 우울하면서도 냉소적인 분위기가 짙게 깔려 있다. 이 점에서는 최인호의 작품도 마찬가지여서 영후의 말과 행동에서는 냉소주의가 묻어난다. 예를 들어 그는 박제 동물을 훔치려고 생물 표본실의 유리창을 두드려 깨뜨리면서 "두드리라, 그러면 열릴 것이니라. 성인의 말은 하나도 틀린 게 없어"라고 내뱉는다. 열아홉 살 난 청년이라고는 좀처럼 믿어지지 않을 만큼 영후는 나이에 비하여 삶에 지쳐 있고 모든 일을 부정적으로 보려고 할 뿐이다. 아버지 집에 도착하던 날 동생은 그에게 물구나무서기를 할 줄 아냐며 그렇게 해 보라고 부탁한다. "거꾸로 선 세계 속에서 동생이 크게 흰 이를 드러내고 웃는 모습과 박수를 치는 소리를 나는 들었다"고 말한다. 영후는 말하자면 '거꾸로 선' 채 세계를 바라보려고 한다.

영후는 자기가 살고 있는 세계에 냉소적인 태도를 취할 뿐 아니라 적잖이 환멸을 느낀다. 물론 그것은 영후가 첩의 아들로 태어나 부모의 사랑을 받지 못하고 자란 환경이 큰 몫을 하였다. 아버지 집으로 이사한 날 아버지는 영후에게 몰라보게 많이 컸다고 말하자 영후는 마음속으로 "크다니. 전번에 본 것이 한 달밖에 안 되는데 벌써 컸다면, 그렇다면 나는 돌연변이를 일으킨 특종 재배식물이냐는 얘기지만, 아버지의 그런 인사말이야, 자기가 잘못 흘려서 낳아 놓은 내게 미안해서, 어딘지 죄스러워서 인사치레로 건네는 말이 아니고 무엇이랴"라고 생각한다. 친어머니와 함께 살 때도 영후는 사랑을 전혀 받지 못하였다. 그의 어머니는 그를 '귀찮은 존재'로 여겨 외할머니가 사는 어촌에 보내져 그곳에서 초등학교를 마칠 때까지 살아야 하였다. 이렇게 자란 영후는 학교에서도 집에서도 사회에서도 무척 냉소적인 태도를 취한다.

5

최인호의 『내 마음 속의 풍차』는 제목에서도 샐린저의 『호밀밭의 파수꾼』과 상호텍스트적 관계를 맺는다. 얼핏 두 작품의 제목은 서로 아무런 관련이 없는 것처럼 보인다. 그러나 좀 더 꼼꼼히 살펴보면 제목에서도 유사점을 찾을 수 있다. 일요일 아침 홀든은 뉴욕시 길거리에서 교회에서 막 나온 듯한 어떤 가족이 바로 그이 앞을 걸어가고 있는 모습을 발견한다. 그때 여섯 살쯤 되어 보이는 사내아이가 콧노래로 "호밀밭 사이를 걸어오고 있는 누군가를 붙잡는다면"이라고 노래를 부르는 것을 듣는다.

홀든이 피비를 만나러 몰래 맨해튼 아파트에 들어가 여동생과 대화를 나누는 장면에서 피비는 오빠의 장래 문제를 걱정한다. 그러자 홀든은 여동생에게 앞으로 그가 되고 싶은 것은 '호밀밭의 파수꾼'이라고 말한다. 홀든은 피비에게 "너도 그 노래 알고 있지? '호밀밭 사이로 걸어오고 있는 누군가를 붙잡는다면' 하는 그 노래 말이야. 내가 되고 싶은 건 ……"이라고 말한다. 그러자 피비는 "그건 '호밀밭을 사이로 걸어오고 있는 누군가를 만난다면'이지!"라고 고쳐준다. 그러면서 그 시를 쓴 사람이 로버트 번스라는 것까지도 가르쳐준다.

> "어쨌거나 나는 넓은 호밀밭 같은 데서 조그만 꼬마들이 어떤 놀이를 하고 있는 모습을 줄곧 머릿속에 그려보고 있었거든. 몇 천 명이나 되는 애들이 놀고 있는데 주위엔 사람이 아무도 없는 거야……. 내 말은 어른이 한 사람도 없다는

거지 ……. 나를 빼놓고는 말이야. 그런데 나는 아주 가파른 벼랑 끝 옆에 서 있는 거야. 그러다가 누구든지 벼랑 너머로 떨어지려고 하면 그 애를 붙잡아 주는 거지 ……. 내 말은 말이야, 애들이 어디로 달리는지 도무지 살피지 않고 마구 달리는 순간, 내가 어디선가 갑자기 나타나 그 애들을 붙잡아 주는 거야. 하루 종일 그 일만 하는 거지. 나는 다만 호밀밭의 파수꾼이 되고 싶을 뿐이라고. 바보 같은 짓이라는 건 나도 알고 있지만, 내가 정말로 하고 싶은 건 그것밖에는 아무 것도 없어. 나도 그게 미친 짓이라는 건 알고 있지만 말이야."

샐린저가 이 장면에서 '호밀밭의 파수꾼'이라는 소설 제목을 붙였다. 자기 몸 하나 제대로 건사하지 못하는 주제에 무슨 호밀밭에서 아이들을 구출하는 파수꾼이 되겠느냐고 할지 모른다. 그러나 홀든은 당시 미국 사회가 추구하던 성공 신화를 거부한 채 나름대로 파수꾼의 역할을 하고 싶어 한다. 홀든은 그러한 행동이 '바보 같은 짓'이라는 사실도 잘 알고 있지만 아무도 그러한 일을 하려고 하지 않는다면 자신이라도 해야 한다는 사명감을 느낀다.

최인호는 『내 마음의 풍차』에서 '파수꾼'이라는 어휘를 사용한다. 영민이 명숙을 만나러 여관에 가서 집에 돌아오지 않은 밤 영후는 동생 방에 들어가 그가 만들어 놓은 장난감 도시를 바라보며 "정교하게 만들어진 텅 빈 도시는 그 도시의 유일한 파수꾼인 동생마저 외출하여 죽음의 도시처럼 적막하였다"고 말한다. 또한 영후는 "이 도시의 유일한 파수꾼인 동생이 외출을 하였으므로 그 대신 새로 고용된 파수꾼처럼 나는 우울하게 그 도시를 내려다보았다"고 말한다.

그러나 『호밀밭의 파수꾼』에서 샐린저가 말하는 파수꾼은 최인호의 작품에서는 풍차가 그 역할을 대신 맡는다. 제목에서도 잘 드러나듯이 풍차는 주인공 영후가 마음속에 간직하고 있는 잠재력이나 가능성이다. 실제로 최인호는 '작가의 말'에서 "나는 그 누구나의 가슴속에 숨어 있는 순수의 자아를 내 마음속에 들어 있는 풍차로 그려보고 싶었나"고 밝힌다. 그러면서 그는 "풍차가 바람의 힘으로 곡식을 빻아 우리의 일용할 양식을 만들 듯이 우리들의 인생은 성장하면서 때 묻고 추악해 가지만 그러나 그 깊은 내면에는 영혼의 양식을 만드는 풍차가 들어 있음을 소설로 표현해 보고 싶었던 것이다"라고 말하기도 한다.

영민은 명숙을 만나러 여관에 갔다가 이틀째 돌아오지 않은 밤 영후는 하얗게 성에가 낀 유리창을 바라보면서 찬 겨울바람이 유리창을 덜컹거리는 소리를 듣는다. 영민이 집에 돌아오지 않는다는 것은 마침내 그동안 수인처럼 갇혀 있던 방에서 벗어나 새로운 삶을 시작했다는 것을 뜻한다.

> 바람은, 겨울바람은 유리창을 뚫고 새어 들어와 강하게 내 뚫린 가슴속으로 한꺼번에 밀려들어오고 있었어. 그리하여 내 가슴속에 내가 만든 조그마한 풍차를 힘차게 돌려대고 있었다니까.
>
> 내가 만든 풍차.
>
> 그런가, 그럴지도 몰라. 사람들은 모두 말들을 안 하고 있지만 자기 가슴속에 자기 혼자서 만든 풍차를 하나씩 가지고 있을 거야. 그리하여 바람에 의하여 그 풍차를 돌리는 거야.

그러면 무엇이 되어 나올까.

풍차는 돌아가서 곡식을 가루로 만드는데 내가 만든 풍차는 불어가는 바람, 그리고 내가 스스로 일으키는 바람, 아 아, 공연히도 부서뜨리고, 아아, 공연히도 파괴하는 나의 슬픔, 나의 공허, 나의 더러움, 나의 뻔뻔함, 나로서도 어쩌지 못하는 이 참담함, 그리고 이러한 모든 것으로 내 가슴속의 풍차는 힘차게 돌아간다. 돌아간다. 그리하여 무엇을 만드는가.

풍차가 곡식을 빻듯이 영후의 가슴속에 있는 조그마한 풍차는 영민이 불러일으킨 바람으로 힘차게 돌아가기 시작한다. 또한 그동안 영후의 가슴을 짓누르던 슬픔과 우울, 분노, 공허, 교활함, 야비함 등도 풍차를 돌리는 소중한 동력이 된다. 이렇게 온갖 동력으로 풍차가 만들어낸 에너지로 영후는 자기의 삶에서 과연 무엇을 만들어낼 수 있을까? 이 물음에 대하여 영후는 아직 답할 수 없다. 그는 두 번이나 "그러면 무엇이 되어 나올까"니 "그리하여 무엇을 만드는가"니 하고 말하는 것을 보면 그 자신도 아직은 알지 못하는 것 같다. 다만 지금 중요한 것은 그동안 돌아가지 않던 풍차를 돌아가게 한다는 데 의미가 있을 뿐이다.

작품이 시작할 때의 영후의 태도와 작품이 끝날 때의 그의 태도는 사뭇 다르다. 아버지 집에 머물기 시작하는 첫머리에서 그는 "교묘한 손재주와 천재적인 손놀림을 가진 나는 감쪽같이 미지의 세계를 면도날로 자르고 해치우고 말겠다는 수상한 결의만을 가득 안은 채 긴 여행을 떠나기 시작했던 거야"라고 말한다. 그러나 작품이 끝날 무렵 아버지의 집을 떠나면서 영후는 "늘 보던 거리였지만 짐을 들고 내려가는 내 마음은 또 다른 미지의 세계로 빠져들어 가는 것처럼 울렁이고 있었다니까" 라고 말한다. 영후는 지금 육체적으로뿐 아니라 정신적으로도 3년 동안의 삶을 뒤로 한 채 새로운 삶을 향하여 달려가고 있다. '도둑 여행' 또는 '도둑으로의 탐험'은 이제 그와는 전혀 다른 유형의 여행이나 탐험이 될 것임을 강하게 내비친다.

영후의 이러한 결의를 보여 주는 상징적 몸짓이 영민을 온천 호텔에서 강제로 데리고 나오는 장면에서 그가 생모 집에 도착하여 멈추어 있던 괘종시계에 다시 태엽을 감아주는 행동이다. 물론 그의 행동은 생모의 집에 들를 때마다 되풀이하는 것이지만 마지막 행동은 전과는 조금 다르다. 처음 생모 집을 나올 때 그는 "마루에 걸린 괘종시계가 죽어 있더군. 나는 그냥 나서려다 말고 그 괘종시계에 태엽을 주었어. 그러니까 시계가 재깍재깍 움직이기 시작하였어"라고 말한다. 영후가 명숙을 데리고 생모 집에 갈 때도 시계는 여전히 멈추어 있다. 그는 "벽시계가 죽어 있었다. 내가 이 집을 떠날 때처럼 나는 일어서서 벽시계의 태엽을 감아 주었다"고 밝힌다. 그러나 마지막으로 영후가 보여 주는 행동은 앞의 두 행동과는 성격이 조금 다르다.

> 마루에 걸린 괘종시계는 여전히 죽어 있었다. 나는 그 시계에 태엽을 주었다. 그러자 시계는 째깍째깍 이면서 움직이기 시작하였다. 모든 것이 죽어 있고 정지되어 있는 냉랭한 어머니의 집 속에서 그 시계만이 살아 있는 유일한 것처럼 생동하고 있었다. (…중략…) 땡땡땡땡. 내가 태엽 준 괘종시계가 울기 시작하였다. 그 소리는 빈집을 울려서 차라리 음산한 느낌을 일깨우고 있었다.

무심코 그냥 넘겨 버리기 쉽지만 첫 번째 장면에서 영후가 시계에 태엽을 감아주자 시계는 '재깍재깍' 소리를 내며 다시 돌아간다. 그러나 마지막 장면에서 시계는 '재깍재깍'이 아닌 '째깍째깍' 소리를 낸다. 시계가 내는 같은 소리라도 '째깍째깍'은 '재깍재깍'보다 강도가 크다. 더구나 위 인용문에는 영후가 전에는 기술하거나 묘사하지 않은 내용도 들어 있다. 마치 시체처럼 차갑게 식어 있는 생모의 집에서 오직 시계만이 살아 있는 것처럼 보인다는 언급이 그러하다. 시계는 마치 살아 있다는 것을 증명이라도 하듯이 곧 '땡땡땡땡' 시각을 알리는 소리를 낸다. 시각을 알리는 소리는 텅 빈 집 안에 울림으로써 '음산한' 분위기에 생기를 불어넣는다고 말한다. 음산한 분위기에서 벗어나 새롭게 삶을 출발하려는 영후에게 괘종시계 소리는 진군의 나팔소리와 같다.

시계에 태엽을 감아 준 뒤 영후는 생모의 집을 나와 땅거미가 내리는 거리로 나선다. 그때 그가 보여 주는 행동도 자못 상징적이다. 어디로 발걸음을 옮겨야 할지 모르는 그는 잠시 길거리에 서 있다. 영후는 "나는 주머니에 손을 찌르고 제자리에서 우향우 좌향좌를 해대는 신병처럼 방향만을 바꾸면서 곰곰이 생각하기 시작하였다"고 말한다. 왼쪽으로 갈지 오른쪽으로 갈지 아직은 모르지만 영후는 곧 방향을 결정하고 그 방향을 향하여 주저하지 않고 나아갈 것이다.

한국 현대문학사에서 최인호의 『내 마음의 풍차』는 성장소설 장르에 새로운 이정표를 세웠다. 한국문학에서 성장소설은 그동안 주로 단편소설의 형식을 빌리기 일쑤였다. 가령 이광수李光洙의 「소년의 비애」에서 시작하여 황순원黃順元의 「소나기」와 「별」, 김유정金裕貞의 「동백꽃」이나

「봄봄」, 주요섭朱耀燮의 「사랑 손님과 어머니」 등이 이러한 경우를 보여 주는 좋은 예다. 그러나 최인호에 이르러 성장소설은 단편소설의 좁은 굴레에서 벗어나 중편소설이나 장편소설의 영역으로 점차 옮겨가기 시작하였다. 이 점에서 최인호의 『내 마음의 풍차』는 이문열李文烈의 『젊은 날의 초상』1981이나 장정일蔣正一의 『아담이 눈뜰 때』1990가 올 길을 미리 닦아놓았다.

최인호는 성장소설을 쓰면서 영문학을 비롯한 외국문학 작품에서 직접 또는 간접 자양분을 얻었다. 그는 청소년이 성장하기 위하여 크고 작은 주위의 도움이 필요하듯이 한 나라의 문학도 다른 나라의 문학과 끊임없이 유기적 관계를 맺으면서 성장하고 발전하는 것으로 생각하였다. 한마디로 최인호에게 외국문학은 걸림돌이 아니라 디딤돌의 구실을 했던 것이다.